20세기
한국문학의
탐험

장석주

장석주張錫周(1955~)는 시인 · 비평가 · 작가로 활동하고 있다. 충남 논산에서 태어나고 서울에서 사십여 년을 살았다. 2000년부터 경기도 안성으로 내려가 시골생활을 하고 있다. 1975년에 『월간문학』 신인상 공모에 시가 당선하고, 다시 1979년에 『조선일보』와 『동아일보』 신춘문예에 시와 문학 평론이 입상하면서 본격적으로 작품 활동을 펼쳤다. 출판사 '청하'의 발행인으로 있었으며, 『현대시세계』와 『현대예술비평』 같은 문학 계간지를 펴내면서 당대의 첨예한 논쟁 속을 헤쳐 나왔다. 2002년부터 동덕여대 · 경희사이버대학교 · 명지전문대 등에서 문학창작에 관한 강의를 하고 있다. 2002년 조선일보 '이달의 책' 선정위원, 2003년 MBC '행복한 책읽기' 자문위원을 역임했으며, 『월간 MBC가이드』, 『출판저널』 등에 북리뷰를 기고했다. 2007년 현재 『출판저널』과 『북새통』의 '이달의 책' 선정위원으로 활동하며, 주간 『뉴스메이커』, 월간 『현대시학』, 월간 『숲』에 정기적으로 기고를 하고, 불교방송에서 월요일 밤마다 '장석주의 책과 삶'이란 코너에서 책 이야기를 한다. 지은 책으로는 『햇빛사냥』(1979), 『붕붕거리는 추억의 한때』(1994), 『크고 헐렁헐렁한 바지』(1996), 『간장 달이는 냄새가 진동하는 저녁』(2001), 『물은 천 개의 눈동자를 가졌다』(2002), 『붉디붉은 호랑이』(2005) 등의 시집, 『느림과 비움』(2005), 『비주류 본능』(2005) 등의 산문집, 『한 완전주의자의 책읽기』(1986), 『비극적 상상력』(1989), 『세기말의 글쓰기』(1993), 『문학의 죽음』(1994), 『문학, 인공 정원』(1997), 『풍경의 탄생』(2005), 『장소의 탄생』(2006), 『들뢰즈, 카프카, 김훈』(2006) 등의 문학 평론집, 『이산의 사랑』(1995), 『세도나 가는 길』(1997) 등의 장편 소설을 펴낸 바 있다.

20세기 한국 문학의 탐험 · 1 (1900-1934)

2007년 2월 26일 개정판 1쇄 발행
2015년 8월 10일 개정판 5쇄 발행

지은이 | 장석주
발행인 | 이원주

발행처 (주)시공사
출판등록 1989년 5월 10일 (제3-248호)

주소 | 서울특별시 서초구 사임당로 82 (우편번호 137-879)
전화 | 편집(02)2046-2869 · 영업(02)2046-2800
팩스 | 편집(02)585-1755 · 영업(02)588-0835
홈페이지 www.sigongsa.com

글 ⓒ 장석주, 2000

사진 제공 : 갑오농민혁명계승사업회, 국립중앙도서관, 나혜석기념사업회, 동서문학관, 문학과지성사, 문학세계사, 사계절출판사, 삼성출판박물관, 세계사, 소명출판사, 증산도 서울사무소, 창작과비평사, 천도교 중앙총부, 조선일보자료실, 성암잡지도서관, 서울대중앙도서관

ISBN 978-89-527-4858-4 04810 978-89-527-4857-7 (set)

1900~1934

장석주

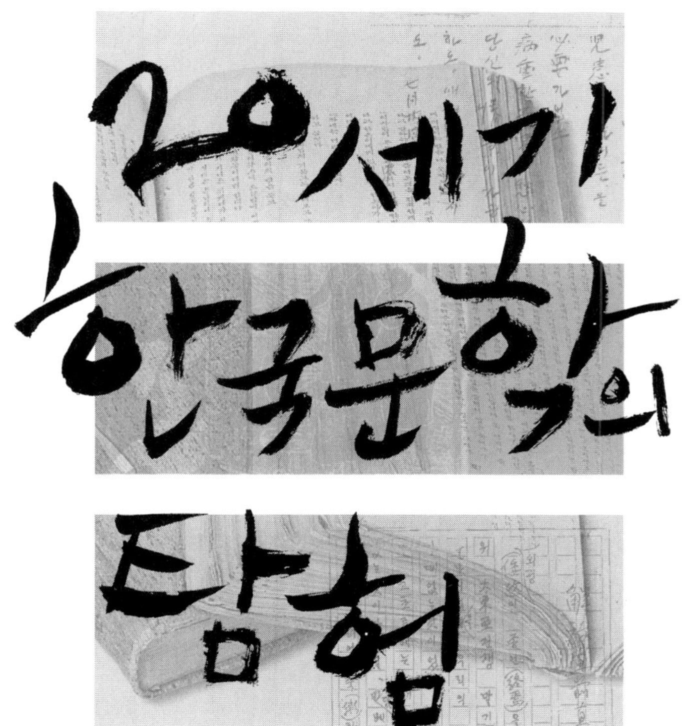

20세기 한국문학의 탐험

1

시공사

일러두기

서술과 인용

1. 한글로 쓰는 것을 원칙으로 하되, 이해를 위해 필요할 경우 용어, 인 · 지명, 술어, 도서명 등에 한자 또는 원어를 붙여 썼다.

　보기 /　이인직李人稙
　　　　　언더우드H. G. Underwood
　　　　　생민 존망生民存亡
　　　　　『정감록鄭鑑錄』

2. 맞춤법은 문교부 제정 '한글 맞춤법' 및 국정 교과서의 표기 원칙을 따르되, 띄어쓰기의 경우 필요에 따라 허용 규정을 따랐다.

3. 외래어 표기는 문교부 발행 『편수 자료-외래어 표기 용례』 '지명 · 인명' 편과 '일반 외래어' 편을 따르되, 중국과 일본의 지명과 인명 가운데 용례를 찾을 수 없는 경우는 부득이 우리식 한자 발음으로 표기했다.

　보기 /　도쿄東京
　　　　　아베阿部

4. 한글 고어체로 씌어진 작품이나 문장을 인용할 때는 그 내용을 다치지 않는 범위 안에서 현재의 표기법으로 고치기도 했다.

5. 작품이나 글을 인용할 경우에는 끝에 작품의 제목이나 그 글의 지은이와 출전, 그리고 재인용 여부를 밝혔다.

6. 본문을 집필하는 데 참고로 삼은 자료는 직접 인용한 경우에는 각주 처리하고, 내용을 참고한 경우에는 '참고 자료'로 구분해 출전을 밝혔다. 또 한 문헌의 판본이 여럿일 경우, 독자의 편의를 위해 최근의 것을 수록했다.

7. 인물의 생몰 · 활동 · 작품 관련 연도는 정확을 기하려고 노력했으나, 참고한 여러 백과 사전과 문학 관련 문헌의 기록이 서로 다를 경우에는 어느 한 가지를 따랐고, 알 수 없거나 불명확한 연도는 '?'로 대신했다.

　보기 /　현상윤玄相允(1893~?)

문장 부호

" " 인용
' ' 재인용, 강조, 다른 부호 속에서 언급되는 작품 제목
· 비슷한 사항의 열거
『 』 문헌 자료, 단행본, 정기 간행물
「 」 단위 예술 작품, 단위 논문
( ) 생몰 연도 등 보충 설명
/ 인용문(시)에서 행을 구분할 때
// 인용문(시)에서 절(연)을 구분할 때

사진의 사용

사진 자료는 작가와 문학 작품의 표지나 본문, 당시의 주요 사건이나 사회상을 드러내는 데 알맞은 것을 골라 실었다. 각 사진의 출처와 소장자를 사진마다 일일이 표기하지 않고, 판권란에 일괄해 그 내용을 기록했다.

파란과 격동의 20세기에 한국인으로 태어나
글쓰기를 업으로 삼고,
현대 한국 문학의 씨를 뿌려 그 열매를 거두는 데 한 생애를 바친
이 땅의 모든 유·무명 문학인에게 존경과 감사의 마음으로
이 책을 바칩니다.

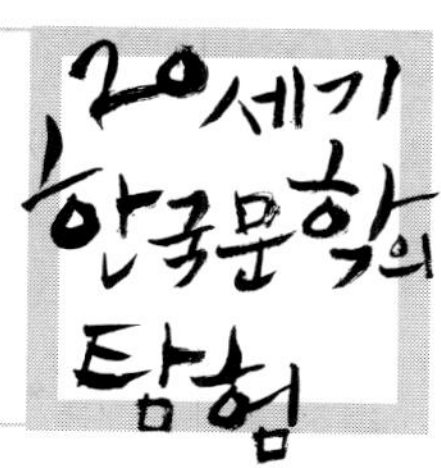

1   1 9 0 0 ~ 1 9 3 4

『20세기 한국 문학의 탐험』에 부쳐

　　1999년 12월 31일 자정, 나는 설렘과 기대 그리고 많은 회한을 안고 새 천년을 축복하는 세계인들의 모습을 텔레비전 화면으로 지켜봤다. 서울 광화문은 묵은 천년을 보내고 새로 열리는 천년을 맞이하려는 사람들로 북적거렸다. 나는 막 새 밀레니엄의 문턱을 넘어서고 있는 것이다. 세기말은 뒤집어 보면 세기초의 도래와 잇닿아 있다. 천년, 아니 백년이라는 시간의 *끄트머리*에 서서 나는 찰나적으로 현기증을 느낀다. 가벼운 현기증 속에서 나는 지난 시대를 돌아본다. 까마득한 소실점의 저 끝에서 한 세기의 첫 해가 어른거린다. 1900년부터 2000년까지, 나는 지난 백년 동안의 한국 문학에 대해 말하려고 한다. 지난 백년 동안 이룩한 한국 현대 문학의 내면에는 한국인의 정서와 집단 무의식, 한과 상처와 집단 히스테리, 역사와 기억이 고스란히 나이테로 새겨져 있다. 나는 미욱하게도 우리 현대 문학의 나이테를 더듬으며 그 속에서 의미를 길어올리려고 한다.

　　우리가 인습적으로 받아들이던 '문학'이라고 하는 것의 경계는 막상 모호해지고 있다. 왜냐하면 문학을 둘러싼 지난날의 패러다임이 이제 와서는 별로 유효하지 않기 때문이다. 문학은 그것을 떠받치는 밑바닥으로부터 숱한 세포 분열을 통해 새로운 그 무엇으로 진화하고 있다. 1990년대에 들어 한국 문단 일각에서 나돌던 '문학의 죽음'에 대한 담론들도 이런 명제에 들러붙는 일종의 거품이다. 문학은 책-종이 문화의 종언 이후 빌렘 플루서가 지적하고 있듯이 "문자와 글쓰기로 이루어진 휴머니즘과 구텐베르크적 문화로부터 컴퓨터와 디지털 코드로 대변되는 텔레마틱적 문화로의 이행"이라는 변화된 문화 구조 속에서 새롭게 조명되고 이해되어야 한다. 주변 장르로 인식되던 것들이 문학 정전들을 제치며 그 고유 영역 안으로 밀려드는 움직임 또한 같은 맥락에서 파악되어야 할 것이다. 문학은 주변에서 서성거리는 것을 더 많이 끌어당겨 몸피를 키우고, 따라서 문학과 문학 아닌 것의 경계는 흐릿해지고, 그것의 생산과 소비 방식의 변화와 함께 필연적으로 매우 빠르게 그것에 대한 인식론적 지형도를 바꾸고 있다. 문학의 새살은 문학 정전들의 죽음이라는, 압도적인 전자·영상 문화의 영향력이라는 바이러스에 의해 괴사한, 문학 주검의 썩어 문드러진 거죽, 그 갈라 터진 곳을 뚫고 돋아난다. 정전들에 덧씌워진 신비는 벗겨지고 거짓 기의들로 꽉 찬 그것들은 해체된다. 그렇다. 언제나 새로운 문학의 정전들은 묵은 정전들의 주검에서 싹 튼다.

문학은 언어를 매개로 한다는 것, 언어는 인간과 사회와 역사로부터 나온다는 것, 이런 것은 문학이 끌어안고 있는 불변의 운명이다. 롤랑 바르트의 말대로 언어가 사물들이 만들어지고 해체되는 변증법적인 장소라면, 작가는 그 속에 자신의 주관성을 담그고 풀어 헤치는 사람이다. 작가의 언어가 실어 나르는 것은 현실-현존이 아니라 현실-현존의 징후다. 그것은 작가와 그를 감싸고 있는 당대의 교호성 속에서 회임하고 발양되는 그 무엇이다. 아울러 문학은 시간이 지남에 따라 박제화하고, 딱딱하게 굳어 화석이 되어가는 역사를 '살아 있는 현재'로 되살려내는 작업이다. 박제화·화석화는 기억의 죽음으로 이어지는 길이다. 기억의 죽음과 의미의 영도零度로부터 다시 기억과 의미를 살려내는 것이 문학이다. 되살려냄은 당대의 콘텐츠를 이루는 사회 체제와 생활 양식을 제도와 틀이 아니라 생생한 삶의 결로 드러내는 작업으로 실현된다. 삭막하게 얘기하자면 문학은 기억의 소요逍遙이며, 징후적인 삶의 결 드러내기다. 그것은 유아 독존적 몽상의 산물이 아니라 시대와 소통한 대화의 산물이기 때문에 의미가 있다.

문학은 시대의 흐름과 더불어 끊임없이 변한다. 문학의 유동성은 현실의 유동성에서 온다. 최남선·이광수의 개화 또는 계몽 시대로부터 일제 강점기를 거쳐 분단 시대와 산업화 시대, 세기말의 멀티미디어 시대에 이르기까지, 봉건주의의 밀실에 스며든 서구의 모더니티라는 한 줄기 빛의 추동성에 의해, 티끌처럼 떠도는 우리네 삶은 끊임없이 변해왔고, 이에 따라 문학도 변해왔다. 나는 이 책에서 그 변화의 속도, 변화의 총량, 변화의 파장을 따라가며 궤적을 있는 그대로 보여주고 싶다.

지난 백년 동안 한국 문학은 서구에서 발흥한 문학 장르들을 로열티 없이 무단으로 빌려 쓰며 피와 살을 빚어왔다. 우리 현대 문학은 처음부터 이런 한계를 안고 오늘까지 흘러온 것이다. 20세기의 개막을 전후한 시기에 서구 문물에 섞여 수입된 문학상의 장르들은 근대화를 목말라하던 이 땅에 현대 문학의 형식으로 안착한다. 그것을 부정하려고 해서는 안 된다. 시인 김수영이 "아무래도 나는 비켜 서 있다 절정絶頂 위에는 서 있지/않고 암만해도 조금쯤 옆으로 비켜 서 있다/그리고 조금쯤 옆에 서 있는 것이 조금쯤/비겁한 것이라고 알고 있다!"*고 명제화한, 유난히도 예민하던 그의 자의식 안에 녹아 있는 콤플렉스, 중심부가 아니라 주변부에 있다는 쓰디쓴 인식은 한국 문학이 뿌리와 단절된, 우리의 생래적 기질과 무관하게, 이식된 서구 문학 형식의 피동적 수납 속에서 이루어졌다는 한계성의 인식을 배경으로 하고 있다. "옆으로 비켜 서 있다."는 인식은 곧바로 "우리는 아직도 문학 이전에 있다."는 과도한 부정을 낳는다. 그것은 한국 문학에는 깊이, 전율과 법열, 아우라가 부족하다는 뼈아픈 성찰에서 나온 부정이다. 이런 것은 김수영만의 콤플렉스가 아니라 한국 문학 전체가 안고 있는 콤플렉스이며, 치욕이다. 한국 문학은 서구 근대 문학 장르들의 무단 차용, 각종 문예 사조의 추수, 그에 따른 착종과 파행, 가위눌린 삶에서 터져 나오는 혼미한 언어들로 얼룩져 있다. 지난 백년 동안의 한국 문학 생산자들은 우리가 헤쳐 나온 어두운 시대의 위대한 증언자들이며, 작가라는 불행한 운명에 포박되어 "온몸으로 온몸을 밀며" 현대 문학을 일궈온 이들이다. 세월과 함께 두께를 더하는 동안 온갖 문예 사조와 유파가 들락거렸지만, 한국 문학은 아직 문학 이전에 있다는 김수영의 자기 모멸이 농후한 단말마적 부르짖음은, 따라서 아직도 유효하다. 평론가 김현의 "한국 문학은 주변 문학을 벗어나야 한다."는 말은 김수영식 명제의 재확인이며, 한국 문학을 향한 절규다. 그럼에도 우리는 그것을 끌어안고, 애정 어린 시선으로 읽어야 한다. 왜냐하면 한국 문학이니까. 그것이 우리의 상상력과 사유 그리고 우리의 언어로 형상화한, 우리 문학이고, 뿌리 뽑힌, 20세기 한국인의 고단한 부랑의 삶의 세목들과 비바람 몰아친 역사의 무늬들을 보여주고 있기 때문이다. 그것은 일그러진 우리 역사와 정확하게 상동 관계를 이룬다.

이 책은 "문장文章으로 보국報國할 것"을 결심한 한국 근대 문학 생성기의 선각자에서 영상·전자 문화 시대의 텔레비전, 영화, 컴퓨터 게임, 만화를 자신의

---

* 김수영, 「어느 날 고궁古宮을 나오면서」, 『문학춘추』(1965. 12.)

문학적 영감의 발원지로 삼고 있는 1990년대의 작가까지를 한자리에 아우르는 방대한 시간적 부피를 갖고 있다. 평론가 김병익은 『한국 문단사』를 기술할 때의 첫 번째 어려움으로 "많은 자료의 산일과 2차 자료의 오류"를 꼽았는데, 그것은 내게도 마찬가지 벽이었다. 아마도 이 책은 많은 오류와 실수를 담고 있을 것이다. 그것은 무엇보다 백년 동안의 우리 문학을 아우르려는 나의 과욕과 능력의 불균형에서 비롯된 것이지만, 적지 않은 부분을 2차 자료에 의존할 수밖에 없어 생긴 문제이기도 하다. 그러므로 이 책은 감히 통사나 문헌 고증학적 영역의 크래디트나 권위를 넘보지 않는다.

1992년 말 뜻하지 않은 필화 사건에 연루되어 두 달 남짓 영어囹圄의 몸이 되었다가 막 풀려난 나는 심신이 지친 상태에서, 다만 지리 멸렬한 삶의 누추함에 대한 환멸만 되새기고 있었다. 그 때 '시공사'로부터 이 책의 기획을 제안받게 되었다. 처음에 계획한 것과 달리 원고량이 엄청나게 늘어났고, 따라서 예정된 기일을 훨씬 넘기고도 작업은 끝나지 않은 채 많은 시간이 내 삶을 가로질러 흘러갔다. 자료를 모으고 읽고 원고를 쓰고 고치고, 그리고 또 읽고 쓰는 적막한 나날이 이어졌다. 이 작업에 나설 때 30대 후반이던 내 생물학적 나이는 어느덧 40대 중반을 훌쩍 넘어버렸다.

내 운명에 원초적으로 각인된 그것, 내 피의 불가피한 기질, 문학, 그것은 뿌리칠 수 없는 내 삶의 DNA다. 문학에 대한 그 막무가내의 미욱한 사랑이 없었다면 이 작업은 불가능했을 것이다. 나의 사유는 20세기 한국 문학의 생산자들의 신원, 그들을 둘러싼 역사적 정황, 또 그것들 사이의 내밀한 소통 행위, 상관 관계, 그것의 총체인, 20세기에 이룩된 우리 문학 정전들의 틈으로 스며든다. 그 스며듦을 통해 '나'의 사유와 상상력은 새롭게 발효되고, 이 때 나의 신원은 20세기에 생산된 한국 문학의 정전들을 '읽는 사람'이다. '읽는 사람'은 어쩌면 나의 타고난 운명일지도 모르겠다. 이 책은 한국 문학의 정전들을 '읽는 사람'의 눈길 속에서 태어난다.

따라서 이 책은 철저하게 '나'라는 개체의 주관적 진실에 복속되는 필연성을 자신의 운명으로 내재화할 수밖에 없지만, 그럼에도 나는 객관적 진실에 다가서려는 노력을 소홀히 하지는 않았다. 내 시선과 판단에 어떤 편견과 오류가 있을 수 없다는 식의 터무니없는 오만은 애초부터 내 마음 어느 구석에 자리잡을 수가 없었다. 이 책은 많은 오류와 편견을 담고 있으며, 그것들은 시간을 두고 고쳐질 것이다. 그러므로 이 책은 아직 미완성이다. 아울러 이 책은 문학의 통사를 다루기 위해 씌어진 것이 아님을 밝혀두고 싶다. 이 책은 20세기에 생산된 한국 문학을 통해, 그것의 발생론적 배경인 사회 역사적 조건을 읽어내고, 거꾸로 그것에 투영되어 있는 우리네 삶의 숨결을 느끼도록 하기 위한 것이다. 그러나 어쩌면 이 모든 것은 과욕일지도 모르겠다. 다만 한 가지, 이 책이 문학에 대한 호기심을 자극하고, 한국 문학의 숲 속에서 문득 그 숲이 뿜어내는 산소를 흠뻑 들이마시고 싶은 욕구를 불러일으킨다면, 그래서 문학과 대중 사이의 다리가 되었으면 할 따름이다.

나의 『20세기 한국 문학의 탐험』 작업은 20세기 한국 문학에 대한 선행 연구자들의 땀과 시간이 배어 있는 작업의 연장이다. 그들의 작업이 없었다면 이 책은 결코 세상에 나올 수 없었을 것이다. 따라서 이 책의 부피는 그들의 땀과 시간의 켜로 이루어진 것이며, 이 책의 부피를 이루는 어떤 페이지에서 뿜어 나오는 빛이나 메아리가 있다면 그것 또한 오로지 그들의 몫으로 돌려져야 한다. 이 책이 꼴을 갖추기까지는 많은 손이 따랐고 도움이 있었다. 그들이야말로 이 책의 산파들이다. 본문 편집과 표지 장정을 맡아준 꼬레디자인의 최만수 씨, 교열 책임자 강용운 씨, 자료 어시스터 이미경 씨, 김종민 씨와 이연선 씨. 그들과 함께 일한 시간은 즐겁고 행복한 기억들로 차 있다. 특히 게으르기 짝이 없는 저자를 마냥 기다려주며 말없이 뒷받침한 '시공사'와 사진 자료 촬영에 협조를 아끼지 않은 동서문학관·삼성출판박물관 등의 관계자들에게 감사의 마음을 전한다. 이 책은 20세기 한국 문학의 모든 생산자, 20세기 한국 문학의 별자리에 떠올라 명멸한 유·무명의 문학인들에게 바쳐진다. 바로 그들이 주인이므로, 그들의 창조의 노고에 경의를 표하고, 그들에게 바쳐지는 것은 당연한 일이다. 나는 이제 『20세기 한국 문학의 탐험』의 마침표를 찍는다.

서교동 작업실에서 2000년 10월 20일 오후 5시

1900

인류가 일찍이 겪은 바 없는 파란과 격동으로 이어진 20세기는 1900년 파리 만국 박람회의 개막과 함께 열린다. 파리의 샹드마르스공원에서 열린 만국 박람회에는 2백 일 동안 5천만 명이 넘는 관람객이 밀려든다. 새로 건설된 지하철과 도로를 통해 몰려든 관람객들은 공원을 가득 채운 바로크풍의 전시관들과 아르 누보의 물결에 감동을 받고, 앞날에 대한 장밋빛 환상을 가슴에 품는다. 만국 박람회장의 축제 분위기에 휩싸인 그 누구인들 20세기가 내장한 격동과 파란, 숨막히는 냉전 체제, 미증유의 살상극인 1·2차 세계대전을 내다볼 수 있었으랴! 서구의 한복판에서 화려한 만국 박람회가 열리고 있을 때 아득히 먼 극동의 한 작은 나라, 오랫동안 문호를 닫아 걸고 있던 '조용한 아침의 나라' 조선은 세계 열강 앞에 따로 준비할 겨를도 없이 자신을 열고 불안과 공포가 어린 음울한 눈빛으로 앞날을 응시한다.

1876년 개항 이후 서구 문물이 밀려들고 봉건적 왕조 체제가 급격히 무너져내리던 이 무렵, 조선의 운명은 거센 바람 앞에 흔들리는 등불과 마찬가지였다. 밖으로는  미국·영국·러시아·일본 같은 외세가 국권을 넘보고, 안으로는 봉건 지주와 외래 상업 자본가에게 이중으로 수탈을 당하던 농민과 의병 일부가 뭉쳐 만든 활빈당이 곳곳에서 나타난다. 힘을 잃은 왕권은 정국을 주도하지 못하고, 이와 같은 상태에서 개화파와 수구파, 민족주의와 사대주의 세력은 혼란스럽고 소모적인 논쟁을 되풀이한다. 러일전쟁을 승리로 이끈 일본은 조선 침략을 노골화해 1905년, 병탄을 위한 사전 조치로 조선의 외교권을 강탈하는 불평등 조약인 을사조약을 체결한다.

일본은 조정 대신들을 매수하고 위협하는 한편, 어전 회의가 열리는 궐내에 무장 헌병들을 들여보내 강압적인 분위기 속에서 조약을 받아들이게 만든다. 그 뒤 일본 행상과 거상들은 드러내놓고 한반도 깊숙이 들어와서 값싸게 생산한 면직물 등을 팔고 조선의 미곡을 실어 내가는 구조를 고착시키면서 경제 예속을 빠르게 진행시킨다. 1910년, 조선은 마침내 일본에 주권을 빼앗기고 강점된다.

1900년대에 접어들면서 서울 거리는 대한제국의 상징인 경운궁을 중추로 새로 정비된다. 경운궁에서 종로를 거쳐 홍릉에 이르는 길과 숭례문 곧 남대문에 이르는 길이 중심 가로를 이루었는데, 평탄하게 깎은 길바닥에 자갈을 깔고 갓길에는 하수관로를 설치한 뒤 그 위에 여기저기 돌다리를 얹었다. 처음에는 소나 말·개·닭의 똥오줌을 큰길이나 도랑에 내다버리는 주민이 많았으나 도로가 정비되면서 이런 현상은 차츰 사라진다. 민간용 전화가 처음으로 개통된 것은 1902년의 일이다. 통신원에서는 재력가들을 일일이 찾아다니며 가입을 권유하나, 전화를 외세의 침략 도구로 생각한 나머지 신청하는 이가 드물었다. 1903년 6월에 들어 인천 앞바다 팔미도에는 나라에서 관할하는 첫 등대가 세워져 밤 뱃길을 밝힌다.

많은 문학사가는 열여덟 살 난 최남선에 의해 『소년』이 나온 1908년을 신문학의 시발점으로 보는 데 의견을 같이한다. 중국과 한약재 무역을 통해 막대한 가산을 이룬 거부巨富를 아버지로 둔 최남선이 펴낸 『소년』은 우리 나라 최초의 근대적인 문화 잡지라는 점에서 큰 의미가 있다.

1909

하늘이 무심하여 요사스런 저 왜놈들이 들어와 개화를 읊조리고
조정의 간신들과 부동하여 대궐을 범하고 난동을 일으키는데
사직을 보할 사람이 없으니 어찌 통탄할 일이 아니랴

1900

활빈당 선언

생각건대 난시에 싸움터에 나아가 장將이 되고 평시에는 재상이 되어 정치에 참여하여 사절 진충死節盡忠함이 사민士民의 대의라. 때때로 작록爵祿을 도식하면서도 난세를 만나면 숨어 몸조심하여 임금을 불의에 빠지게 하고 아랫사람으로 나아가 보필함이 없으면 이 어찌 군신의 대의라 할 수 있겠는가! 성대聖代의 덕을 입고도 오랑캐와 통하고 기강이 퇴패하여 성도가 민멸하고 있는데 밖으로 부식함이 없으면 이를 사림의 대의라 할 수 있는가!

우리는 본시 어리석은 백성으로서 몸은 초야에 있어 혹독 혹경或讀或耕하고 마음은 늘 천조天朝에 걸고 만세의 일월을 의재擬載하나 중흥 이후 하늘이 무심하여 요사스런 저 왜놈들이 들어와 개화를 읊조리고 조정의 간신들과 부동하여 대궐을 범하고 난동을 일으키는데 사직을 보할 사람이 없으니 어찌 통탄할 일이 아니랴. 무릇 사방의 오랑캐들과 국교를 맺은 이래로 시항市港의 요리要利는 거의 다 저들의 약탈하는 바가 되고 거기에 백 가지 폐단이 들고 일어나 삼천리 강산의 백성은 많이 이산하고 원성이 잇따라 들리니 원한은 이보다 더 큼이 없도다. 지난 4월에 황

도유회소皇都儒會所에서 임금을 보하고 백성을 편안하는 뜻으로 유론儒論을 사방에 발하였던 바 먼저 호서와 영남에 미치고 다음으로 호남에 이르니 만성萬姓이 공의하는 바 되고 죽음에 맹서하여 의를 삼남三南에서 거擧하여 가장 급한 국정과 민원民寃의 13조목을 후록後錄하고 이에 감히 임금의 말씀을 엎드려 바라나이다.

바라옵건대 살피시어 이로 하여금 뒤에 임금께 계달啓達되어 각 도의 사림 중에서 현량 충의의 선비를 뽑아 위로는 거의 없는 거나 마찬가지가 된 나라를 보하고 아래로는 빈사 상태에 빠진 백성을 보하여 다시 문명의 성세聖世를 복구하시기를 천만 읍축하나이다.

을미 의병 활동이 차츰 수그러들자, 농민과 의병 일부가 손을 잡고 활빈당活貧黨이라는 단체를 조직한다. 활빈당은 내륙 깊숙이 들어온 일본의 행상과 거상들을 역습해 경제 수탈에 시달리던 대중의 지지를 얻으며, 1904년까지 나라 안의 신문에 실리지 않은 날이 거의 없을 만큼 활발한 운동을 펼친다.

1900

1월
1 만국우편연맹에 가입
19 우편국, 최초의 외국 우편물로 미국 외교 문서 운송

2월
27 영국, 노동자대표위원회 결성(뒷날의 노동당)

3월
10 일본, 치안 경찰법 반포
20 충남 홍주·연산 등지에 활빈당 1천여 명 출몰
30 러시아에 마산포 조차를 허용(거제도협약)

4월
9 충북 연풍·괴산, 경북 문경 등지에 활빈당 1천여 명 출몰
10 한성전기회사, 한성부 종로에 최초의 전기 가로등 설치
0 영국·미국·독일·프랑스 등 베이징의 열국 공사단, 청에 2개월 안에 의화단 진압을 요구

5월
1 일본, 도쿄에서 전차 운행 개시

7월
5 한강 철교 준공
0 8개국 연합군, 청의 톈진 점령

8월
17 경부 전선의 복선 공사 완료
19 8개국 연합군, 청의 베이징 점령

9월
29 형률刑律을 개정해 참형斬刑을 부활

10월
10 간도 거류민, 정부에 관리 파견을 요청
0 함북 북청에서 농민 봉기 발생

11월
5 통신 업무 개시, 함흥·북청 사이 전선 가설

12월
30 청의 전권 위원, 강화 조건 12항 수락으로 의화단 사건 종결

0
0 오스트리아의 프로이트, 『꿈의 해석』 간행

낯설고 위협적인 손님 '현대'

신문학의 발전을 거든 『신약 전서』의 출간

오랫동안 외부 세계 앞에 문을 굳게 닫고 있던 한국인들에게 다가온 '현대'는 낯설고 위협적인 타자他者였다. 그것은 봉건과 전통이라는 토대 위에 서 있는 '낡은 나'에게 다가와서, 바로 그 주체를 버리고 갱신하라고 울러대는 무례한 '손님'이었다. '구舊'는 무조건 나쁜 것의 대명사였고, 불편과 불합리의 다른 이름이었으며, 따라서 그것은 당연히 개화·개량·계몽의 대상이었다. 이 땅이 '손님'들에게 문호를 개방한 것은 19세기 말의 일이다. 은둔의 땅으로 남아 있던 극동의 한반도 역시 세계를 뒤흔드는 서세 동점西勢東漸의 도도한 흐름을 피할 수 없었다.

빗장이 벗겨지자 이 나라에는 낯설고 위협적인 타자(서구·현대)에 의해 창안되고 다듬어진 숱한 '신新'과 '양洋'이 쏟아져 들어오는데, 기독교 또한 그 가운데 한 품목이다. 개화의 먼동이 트던 이 무렵에 우리의 문자 언어를 재발견하는 계기를 마련해준 것이 새로 유입된 기독교다.

두말할 나위 없이 한글은 우리의 고유한 문자 언어다. 한국 문학은 당연히 한국 사람에 의해 한글로 씌어진 문학을 가리킨다. 19세기 말, 서구 문물과 함께 들어온 개화기의 기독교는 이 땅의 낡은 전통과 유습, 폐쇄적 성향을 깨뜨리고 새로운 문화를 일구던 첨병이었다. 그뿐 아니라, 성경을 번역하는 과정에서 의사 소통이 쉽고 간결한 문자 언어인 한글을 새로이 인식하게 만드는 효과까지 낳음으로써, 20세기 한국 문학의 발전에 이바지한다.

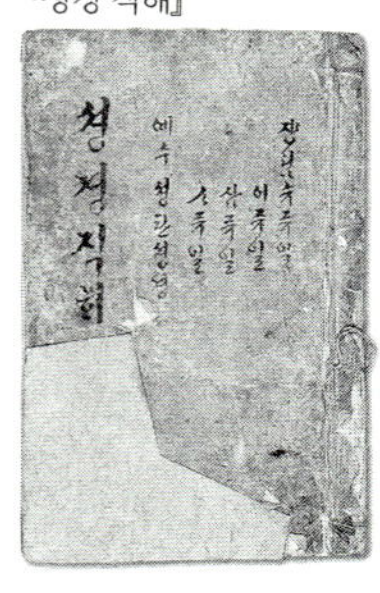

1897년 간행된 『성경 직해』

기독교가 이 땅에 첫발을 디딘 것은 임진왜란 때의 일이다. 포르투갈 사람 세스페데스 G. Cespedes가 1594년 왜군의 종군 신부로 들어오는데, 전쟁으로 말미암은 혼란 때문에 전교 활동은 제대로 펼치지 못한다. 기독교는 18세기 말 중국을 통해서 우리 나라에 본격적으로 전파된다. 동지사 서장관인 아버지를 따라 베이징에 간 이승훈은 1784년 봄 천주교도가 되어 돌아와서 포교를 한다. 1790년대에는 신도 3만 명을 확보했다는 기록이 있으나, 대원군의 박해로 많은 천주교도와 외국인 선교사가 참형을 당한다. 그 뒤 대원군의 실각과 갑신정변(1884)을 거치며 기독교에 대한 박해가 수그러들면서 천주교에 이어 개신교 또한 신도 수를 늘리며 차츰 이 땅에 뿌리 내린다.

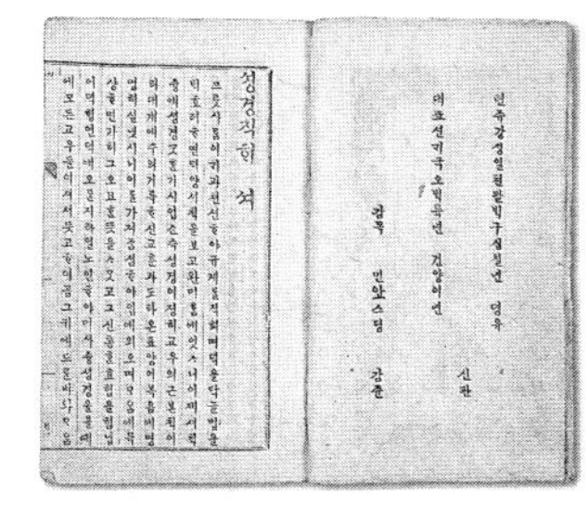

『성경 직해』 본문

1885년 4월 부활 주일에 우리 나라를 찾아온 언더우드 H. G. Underwood와 아펜젤러 H. G. Appenzeller는 선교와 더불어 의료와 교육 사업을 추진해 개화에 목말라하던 이 땅에 신문화 운동의 물결을 일으킨다. 아펜젤러는 고종으로부터 이름을 받아 배재학당을 설립하고, 감리교 선교사인 스크랜턴 M. F. Scranton 여사는 정동에 최초의 여성 교육 기관을 설립한다. 학생 하나를 앉혀놓고 여성 교육을 시작한 스크랜턴의 학교는 나중에 명성 황후가 이름을 지어준 이화학당의 효시이기도 하다.

언더우드의 정동 집에 모이던 선교사들은 부녀자를 비롯한 민간인에게 더욱 널

평양의 숭실학교에서 학생들이 성경 교육을 받고 있다.

리 복음을 전하기 위해 고심한다. 논의를 거듭한 끝에 그들은 성경을 한글로 옮겨 보급하는 일이 무엇보다 시급하다는 결론에 이른다. 성경 번역 사업은 1887년에 시작되는데, 이듬해에는 「마태 복음」·「마가 복음」·「누가 복음」이 한글로 옮겨진다. 사람들은 서양에서 온 '복음'에 기꺼워하는 한편, 번역 성경을 통해 몇백 년 동안 감추어져 있던 한글의 '지극히 편리하고 용이함'을 새삼스럽게 깨닫는다. '한글도 글'이라는 생각을 강렬하게 심어준 이 '혁명적 불멸의 업적'*에 대해 이광수는 이렇게 말한 바 있다.

> 아마 조선 글과 조선 말이 진정한 의미로 고상한 사상을 담는 그릇이 됨은 성경의 번역이 시초일 것이요, 만일 후일에 조선 문학이 건설된다 하면 그 문학사의 제일면에는 신구약의 번역이 기록될 것이외다.
>
> 이광수, 「야소교耶蘇敎의 조선에 준 은혜」, 『청춘』(1917. 7.) ― 『이광수 전집』(삼중당, 1962)

초기의 천주교 관계 성경을 숨어서 베껴 쓴 『제경편』(왼쪽)과 최초의 완역 한국어 『구약 전서』(오른쪽)

『신약 전서』는 많은 어려움과 시행 착오를 거쳐 13년 만인 1900년 9월에 레이놀즈·게일·언더우드와 김정삼·김명준·이창식 등에 의해 번역 작업이 일단락된다. 『신약 전서』의 초기 번역자들은 로스 J. Ross 번역본의 사투리와 난해성 문제를 해결하기 위해 1887년 '성서번역위원회'를 조직하고, 1893년 제1회 장로 공의회에서 "모든 문서는 한문을 섞지 않고 순전히 한글로만 기록"할 것을 결의한다. 한글체 사용에서도 정약용과 홍종삼이 규정한 국문 수용법을 채택해 쓰다가 1906년 『신약 전서』 제2차 개역 때는 유성준 문체를 쓰게 된다. 성경 번역 작업을 하면서 더 쉽고 간결한 한글 표현을 연구하고 선택하는 데 세심한 공을 들이는 동안, 그들은 저희도 의식하지 못하는 사이에 한글 문체를 다듬고 기름지게 하는 부수적인 성과를 거둔다. 이 때의

---

* 김병철, 『한국 근대 번역 문학사 연구』(을유문화사, 1975)

어려움에 대해 아펜젤러는 이렇게 돌아본 바 있다.

두 나라를 잇는 철도를 부설하는 것과 같다. ……파나마운하의 개설 공사가 이보다 더 어려웠겠느냐.

W. E. Griffis, *A Modern Pionner of Korea : The Life Story of Henry G. Appenzeller*, New York : Fleming H. Revell, 1912

변변한 사전도 없고 의사 소통도 제대로 안 되는 상황에서 몇몇 외국인 선교사와 한국 사람들이 머리를 맞대고 시작한 성경의 한글 번역 작업이 얼마나 힘들었을지는 충분히 상상할 수 있겠다. 1900년부터 출간된 『신약 전서』는 1904년과 1906년의 부분 개정에 이어, 1938년에 개역이 이루어지고, 1952년에는 '한글 맞춤법 통일안'에 따라 개정된다.

기독교와 한국 문학의 관계에서 빼놓을 수 없는 또 한 가지는 우리 근대시의 모태인 '창가唱歌' 양식의 발전에 개신교가 앞장섰다는 점이다. 이미 우리 나라에는 가사歌詞와 시가詩歌 그리고 잡가류雜歌類 같은 시문학 또는 노래 양식이 퍼진 바 있으나, 일부 향가와 잡가류를 빼고는 지배 계급의 정서를 담은 것이 많았다. 19세기 말 국내 정세의 변화와 개신교 전파의 영향을 받아 재래의 영탄조 가락과 결합해 나타난 창가는 처음으로 이 나라 대중 사이에 퍼진 노래 형식이다.

창가는 1896년 배재학당 같은 신교육 기관의 교과 과정에 포함되면서, 대중에게 사랑받는 개화기 문화의 한 양식으로 이 땅에 뿌리를 내린다. 애국가 형태의 창가가 나타난 것은 1896년의 일인데, 이보다 앞서 1892년에 감리교의 존스 G. H. Jones와 로스 와일러L. C. Rothweiler가 엮은 찬송가인 『찬미가』가 나온다. 1894년에는 장로교의 언더우드가 『찬양가』를 선보이고, 이어서 1895년에는 『찬셩시』가 번역

원산감리교회 신자들의 기념 사진

출판되어 널리 불린다. 백철은 이렇게 말한다.

찬송가는 1882년 성서 번역 작업에 참여한 바 있는 서상륜과 백홍준 등이 귀국해 의주와 황해도 일대에서 비밀리에 예배를 보며 처음으로 부르는데, 그 때는 중국어 발음으로 불렀다고 한다. 그러다가 1886년께 선교사들에 의해 곳곳으로 퍼지게 되고, 1892년에야 비로소 『찬송가』라는 이름을 단 책자로 출판된다. 하나님을 찬미하는 내용이 중심인 찬송가는 임금이라든지 나라를 찬양하는 것이 목표인 왕조 정치의 문화 유습과 얽히면서 개화기에 '창가'라는 독특한 양식을 낳기에 이른다.

기독교는 신문과 잡지 발간에 큰 관심을 보인다. 『독립신문』이 나온 열 달 뒤에 종합 편집 체제에 따라 다양한 기사를 실은 『죠선그리스도인회보』를 창간한 것도 그 결과라고 할 수 있다. 1898년 5월에 아펜젤러는 배재학당 안에 인쇄소를 갖추고 교회 월보를 펴내는데, 이것이 한국 정기 간행물의 효시다. 성경이며 찬송가의 출판과 아울러 한글로 된 갖가지 번역 책자를 펴내는 데 힘쓴 외곽 단체들도 있다. 1889년 10월에 조직된 '한국성교서회The Korean Religious Tract Society'와 1891년 선교사 올링거F. Ohlinger에 의해 설립된 '심문출판사'가 이런 곳이다. '한국성교서회'는 언더우드가 번역한 『성교 촬리 *The Salient Doctrine of Christianity*』를 발간해 1903년에 25만이라는 판매 부수를 올렸고, '심문출판사' 또한 활발한 출판 사업을 벌인다.

기독교는 이처럼 한국 신문학의 역사에 큰 발자취를 남기는데, 그 과정은 다른 나라 사람들에게 한글과 우리 문화를 알리는 계기도 된다. 나라 안에 들어온 외국 선교사들은 앞을 다투어 우리말의 어법과 음운 등에 관심을 갖는다. 존 로스는 한국어와 일본어와 중국어 등을 비교한 『*A Korean Premier*』를, 제임스 스콧 J. Scott은 『언문 말책』을, 언더우드는 『*Introduction to The Korean Spoken Language*』와 『한영 문전』 및 『선영 문전』을 펴낸다. 게일J. S. Gale은 3만 5천 자, 국판 1160쪽으로 된 『한영 대자전』을 펴낸다. 아울러 그는 1895년에 존 버니 언의 『천로 역정』을 우리말로 옮김으로써 이 땅에서 처음으로 영문 서적을 한글로 번역한 업적을 남길 뿐 아니라, 『춘향전』과 『구운몽』을 영문으로 번역하기도 한 다. 게일은 다음과 같이 한글에 대한 자신의 애정과 찬미를 표현한다.

한글은 세상에서 가장 간소하고 재치 있는 글이다. 그것은 지금껏 먼지에 뒤덮여져 사람 눈 에 띄지 않은 채, 허구한 세월을 지내왔다. ……그런데 그것은 오래 기다리다가 놀라운 섭리 에 의해서 신약 전서와 그 이외의 기독교 문학을 받아 쓰여지게 되었다. 교회는 이 글을 남달 리 사랑하고 또 완전하게 쓰고 있는 실정이다. 부녀자들의 허리띠 틈에 일상어로 된 신약 성 서 책이 꽂혀 있고 사랑방 책상 위에는 한글 성경이 올려져 있다.

J. S. Gale, Korea in Transition, 1909

1900년 초부터 한반도 곳곳에 세워진 교회가 한일합병 무렵에는 7백여 곳을 헤 아리게 될 만큼 늘어난다. 신도가 모인 마을의 교회마다 성경 구절과 찬송가는 울 려 퍼지고……. 이처럼 서양에서 들어온 기독교의 전파와 융성은 사회 문화 전반 에 걸쳐 개화의 기운을 북돋는 한편, 새로운 시대로 나아가는 한국 문학의 발전에 도 밑거름 구실을 톡톡히 한다.

참고 자료

『신문화 100년』, 신구문화사, 1980
「한국 근대 문학사」, 『한국 문학 대사전』, 광조출판사, 1980
김병철, 『한국 근대 번역 문학사 연구』, 을유문화사, 1975
민경배, 『한국 기독 교회사』, 연세대학교 출판부, 1993
이만열, 『한국 기독교 문화 운동사』, 대한기독교출판사, 1987
백철, 『신문학 사조사』, 신구문화사, 1992

개화기 작가들의 한계

불혹의 나이에 유학길에 오른 이인직

신문화 습득에
남다른 열의를
보인 이인직

　　1900년 2월, 이인직李人稙(1862~1916)은 정치학을 공부하기 위해 일본 유학길에 오른다. 마흔이 다 된 나이에 쟁쟁한 젊은이들을 제치고 관비 유학생이 된 그는 어떤 인물이며, '선진 일본'으로 건너갈 때 가슴속에 품고 있던 그의 희망은 무엇이었을까? 그는 누구 못지않게 정치적인 열망을 키우며 살던 인물이다. 그러나 이인직은 자신의 열망을 실현할 만한 배경을 타고나지 못했을 뿐 아니라, 재래 사회 또한 그 열망을 수용할 채비가 갖추어져 있지 않았다.

　　양반 가문이 아닌 집안에서 태어난 이인직은 벼슬 없는 집안의 양자로 들어가게 된다. '출세'하는 데 몹시 불리한 배경을 지닌 이인직의 가슴 한구석에는 어느 결에 열패감이 자리를 잡는다. 출신에 따른 이 열패감은 차츰 봉건 사회에 대한 증오심으로 바뀐다. 그가 품고 있던 정치적인 열망은 일본 유학의 큰 동기였다. 일찌감치 서구 문물을 받아들여 선진화를 이룩한 일본에 가서 자신의 열망을 실현할 수 있는 발판을 마련함으로써 열패감을 보상받으려고 한 것이다. 이 땅에도 개화의 바람이 불어왔으나, 지배 계층은 여전히 낡은 전통과 의식에 사로잡혀 있었고, 유교 사상에 젖은 이들이 득세하고 있었다. 이인직은 구태 의연한 기성 세대에 대한 거부감으로 더욱 서구 문물에 마음이 기울고, 그 서구 문물을 앞서 습득한 일본에 경외감마저 품는다.

　　이인직은 일본에 가서 도쿄정치학교 청강생으로 등록한다. 거기서 그는 1883년 북방 남개론北防南開論을 주장해 유배당하고, 1894년 갑오경장 뒤 개화파의 관료로 있다 일본으로 망명한 조중응과 사귀게 된다. 뒷날 법부 대신과 농상공부 대신 자리에까지 오르는 극단 친일론자 조중응을 만나면서, 이미 일본 문화와 정치에 마음을 빼앗긴 개화 지식인 이인직의 '짝사랑'은 더 깊어진다. 이인직은 조중응과 함께 '열국 정치

제도와 국제법' 같은 고마쓰의 강의를 들으며 정치학도로서의 자질과 소망을 다진다.

이 무렵 그는 출신과 관계없이 정치에 입문할 수 있는 통로를 발견한다. 그것은 '신문 정치 소설'이라는 통로였다. 당시 일본 신문에는 비판적인 정치 소설들이 제법 큰 지면을 차지하며 연재되곤 한다. 이인직은 문학의 한 양식으로 정착한 '정치 소설'이 정치에 대한 자신의 꿈을 실현시켜줄 수 있는 통로라고 생각한다. 3년 동안의 정치학 공부를 마친 뒤 그는 곧바로 일본 신문사에 견습 기자로 들어간다. 그 곳에서 일본어로 동화집『용궁의 사자』등을 쓰며 열심히 습작한 것도 실은 '정치 소설'을 쓰기 위한 준비 작업이었다. 그러나 신문사에 들어간 지 얼마 안 되어 유학생 소환령으로 말미암아 귀국함으로써 이 '정치 소설'의 집필 계획은 한동안 유보된다. 1904년 2월에 러일 전쟁이 일어나자 그는 일본군에 배속되어 육군성의 한국어 통역관으로 복무한다.

이인직은 유학 시절부터 '신문'이라는 매체가 현실 정치에 다가서기 위한 수단으로 얼마나 유용한지 잘 알고 있었다. 1906년 2월, 어떻게 하든 '신문'에 줄을 대보려고 애쓰던 그는『국민신보』의 주필이 된다. 그러나 꿈을 펼쳐보기도 전에 경영난으로『국민신보』가 정간停刊되자, 곧『만세보』로 자리를 옮긴다. 거기에서 그는 돌파구를 찾기라도 하듯이 소설 쓰기에 매달린다. 이렇게 해서 나온 것이 바로 한국 문학사에서 '신소설'의 첫 번째 자리를 차지하는「혈의 누」다.『만세보』에 1906년 7월 22일부터 같은 해 10월 10일까지 총 50여 회 연재된, 비련으로 끝난 한 여자의 애정 행각을 그린 이 소설은 당대 사람들의 주목을 받지만, 기대와는 달리 그에게 정치적 '날개'는 달아주지 못한다. 이인직은「혈의 누」에 이어 10월부터「귀의 성」을 새로 연재하나,『만세보』가 폐간되는 바람에 끝맺지 못한다.

러일전쟁에서 이긴 일본이 한반도에서 주도권을 잡자 친일 성향의 이인직에게는 다시 없는 기회가 찾아온다. 도쿄정치학교 시절의 스승인 고마쓰가 통감부의 외사국장이라는 합병의 실무자로 한국에 온 것이다. 고마쓰와 친교를 두텁게 하면서 친일 개화 사상을 굳힌 이인직은 조정의 실권을 거머쥔 이완용의 심복으로 들어앉아 한일합병의 주도자 가운데 한 사람이 된다.

이인직은 가슴에 응어리로 남아 있던 정치적인 야심을 하나씩 실현함과 아울러 연극 분야에 남다른 관심을 보인다. 궁내부 소관인 협률사 자리에 원각사가 들어서자, 그는 「은세계」와 「설중매」 등을 극화해 무대에 올리는가 하면 재래의 판소리와 창극을 무대에서 선보이기도 한다.

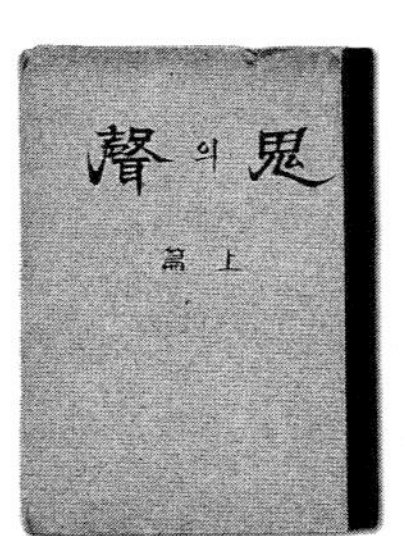

1906년
『만세보』에 연재된 뒤
단행본으로 나온
이인직의 신소설
『귀의 성』

조선 최초의 소설가 씨는 우리 조선 문학계에 적지 아니한 공로가 있었다 할지니, 씨의 창작한 소설이 문학상 얼마나 가치가 있난지난 지금 말할 바이 아니려니와 조선 최초의 소설가이며 소위 신소설의 원조가 됨은 확실한 사실이라. 아직 조선의 일반 사회가 소설이라는 무엇인가 알지도 못하던 명치 삼십구년에…… 그러한즉 씨는 우리 조선 문학계에 공로가 많은 사람이며 그의 죽음에 대하여 우리는 한 주먹의 눈물을 아끼지 못하리로다.

『매일신보』(1916. 11. 28.)

이인직 군 들어보소 연극 개량 한다 하고 일본까지 건너가서 여러 달을 유학타가 근일에야 왔다 하니 무삼 연극 배와 왔나 연극 개량 그만두고 동분 서주 출몰하는 군의 원장願狀 볼작시면 연극보다 자미있네.

박종화, 「여명기의 한국 근대 문화」, 『현대문학』 제10 · 12호

신소설과 신연극의 개척자로 받들어짐과 동시에 매국적 친일 개화론자라고 비난받던 이인직은 1908년 '유일서관' 에서 『치악산』과 『은세계』를 내고, 1912년에는 「빈선랑의 일미인」을 『매일신보』에 발표하나, 한일합병 뒤로는 '문학의 무대' 에서 사라진다. 그는 1911년 7월 성균관 사성司成 자리에 올라 1915년까지 전국의 유림을 순회하고, 경학원 잡지의 발행인 및 편집인으로 활동하다가 1916년 쉰네 살로 삶을 마감한다.

구질서가 무너지며 근대로 넘어가는 여명기에 등장한 개화기 유학 세대는 봉건 세대에 대한 반감으로 낡은 것은 무조건 배격하고 새로운 것이면 지나치게 숭배하는 태도를 보이기 일쑤였다. 신문학은 곧 서양 문학이라는 단선적인 공식을 검토 없이 받아들인 것도 이와 같은 배경 때문이다. 그들은 우리의 고유한 정서와 문화 유산은 거들떠보지도 않은 채, 여러 세기에 걸쳐 쌓인 서구의 문예 사조를 피동적이고 무비판적으로 받아들인다. 이렇듯 분별 없이 모방하고 이식한 서구의 문예 사조를 우리 문

학의 지표로 삼은 탓에, 그들의 한계는 처음부터 드러날 수밖에 없었다.

개화에 목말라하던 유학 세대의 눈에는 일찌감치 서구의 문물을 받아들여 근대화를 이룩한 일본이 우리가 따라야 할 본보기로 비쳤을 것이다. 따라서 유학 세대 중심으로 형성된 개화기의 신문학이 기형적인 이식 문학의 양상을 띠는 것은 당연하다. 서둘러 일본으로 가서 남보다 먼저 근대 문물을 경험하며, 서구의 문학 양식은 따라야 할 훌륭한 것이고 재래의 문학 양식은 버려야 할 나쁜 것이라는 이분법에 빠진 그들의 한계와 오류는 곧 우리 개화기 문학의 한계이자 오류다. 이인직을 비롯한 개화기 유학 세대 작가들은 우월감과 자신감 속에서 저희의 유학 체험을 바탕으로 글을 쓴다. 그들은 신소설 등을 통해 신교육의 필요성을 강조하고, 근대화된 세계로 유학하는 것이 신교육과 신문화를 수용하는 지름길임을 알려 저희의 선택을 합리화하려고 한다.

갑신년 시월에 변란이 나고 김씨가 일본으로 도망한 후에 최씨가 시골로 내려가서 재물 모으기를 시작하였는데, 그 경영인즉 재물을 모아 가지고 그 부인과 옥순이를 데리고 문명한 나라에 가서 공부를 하야 지식이 넉넉한 후에 우리 나라를 붓들고 백성을 건지는 경륜이라.

　　이인직, 「은세계」, 『은세계』(유일서관, 1908)

우리 나라 사람들이 제 몸과 제 부모, 제 처자, 제 집, 제 재물만 중히 여기고 제 나라는 망하든지 흥하든지 모르는 사람들이라 제 손으로 제 발등 찍듯이 우리 나라 사람이 우리 나라를 망하여 놓고 분하니 절통하니 남에게 천대받기가 싫으니 먹고 살 도리가 없느니 하면서 저무도록 하는 것은 나라 망할 짓만 하니 그렇게 미련한 일이 있소. 나는 하늘같이 중한 부모의 은혜를 저버리고 바다같이 정든 아내를 믿고 만리 타국에 가서 공부하려 하는 것은 나라를 위하는 생각에서 나온 마음이오.

　　이인직, 「치악산」, 『치악산』(유일서관, 1908)

이 곳에 와서 처음으로 문명국 성황을 관찰하오매 시가의 화려함은 좁은 안목에 모다 장관이옵고 풍속의 미함은 어둔 지식에 배울 것이 많사와 날마다 풍속 시찰하기에 착심하고 있사오니 본국 여자는 모다 집안에 침복하여 능히 사람된 직책을 이행치 못하고 그 영향이 국가에까지 미치게 함은 마음에 극히 한심하옵기 속히 학교에 입학하여 신학문을 많이 공부하여 가지고 귀국하와 일반 여계를 계량코저 하옵나이다.

　　최찬식, 「추월색」(1912)

이인직이 1908년에
내놓은 또 하나의
신소설 『치악산』

이인직의 「혈의 누」에서 미국 유학에 나서는 옥련과 구완서, 「은세계」에 나오는 일본 유학생 백돌과 미국 유학생 옥남 · 옥순, 이해조의 「모란병」에서 일본 유학에서 돌아온 황수복과 결혼해 미국으로 유학가는 금선, 「빈상설」의 상하이 유학생 서정길, 최찬식의 「추월색」에 나오는 도쿄 유학생 이정임 · 김영창 같은 인물들은 모두 개화기를 배경으로 정치 · 사회 개혁과 남녀 평등 및 자유 연애 등을 삶의 가치로 추구하는 상징적 대리자다. 그러나 여러 신소설 속에서 주인공들이 선택하는 유학은 전쟁이나 계모의 흉계 또는 강제 결혼 등으로부터 도피하는 한 가지 수단이라는 혐의가 짙다. 따라서 그들은 실생활에서 개혁 의지를 펼치거나 근대적 가치를 구현하는 데까지 제대로 나아가지 못할 때가 많다. 이것은 개화기 유학 세대 작가들의 현실 인식이 철저하지 못한 데서 비롯되기도 한다. 흔히 그들의 유학 동기 자체가 관념 수준에 머문 것 또한 같은 맥락이다. 그들은 신학문과 서구 문물의 습득만이 재래 사회가 안고 있는 문제를 해결할 길이라는 안이한 도식에 빠지고 만다. 결국 유학 세대 작가들이 보여준 현실 인식의 한계는 당대에 드러나고, 이것은 곧 신소설의 한계로 나타난다.

이인직만이 아니라 최남선 · 이광수 · 김동인에 이르기까지 개화기 유학 세대 작가들은 비슷한 모순 속에서 비슷한 시행 착오를 저지른다. 이처럼 여명기의 한국 근대 문학은 그 주체들의 시행 착오와 오점 때문에 누추한 일면이 있음을 감출 길 없다. 특히 이인직의 경우, 신소설의 개척자로서 우리 문학사에 남긴 업적은 기릴 만하지만, 한일 합병 때의 매국 행적 탓에 그 공은 빛이 바래고 만다. 어쩌면 작가의 행적과 문학 작품은 따로 놓고 살펴야 할지도 모르겠다. 그러나 이인직은 친일 매국 행적에 따른 오점이 너무 큰 나머지 개화기 문학을 통해 남긴 업적마저 스스로 덮어버리는 느낌이다.

참고 자료
전광용, 「이인직 연구」, 서울대학교 논문집, 1957
홍일식, 『한국 개화기의 문학 사상 연구』, 열화당, 1991
이재선 외, 『개화기 문학론』, 형설출판사, 1993
백철, 『신문학 사조사』, 신구문화사, 1992
이어령, 『한국 문학 연구 사전』, 우석출판사, 1990
조동일, 『한국 문학 통사 4』, 지식산업사, 1994

의적으로 나선 농민들

세상을 구하러 나선 '활빈당'

> 이후로 길동이 자호를 활빈당이라 하여 조선 팔도로 다니며 각읍 수령의 불의로 약탈한 재물이 있으면 탈취하고 가난한 백성이 있으면 구제하며 백성을 침범치 아니하고 나라에 속한 재물은 추호도 범치 아니하고…….
>
> 허균 지음/ 박동우 엮음, 『홍길동전』(청목, 1993)

활빈당은 조선 광해군 때 허균이 지은 한글 소설 『홍길동전』에 등장하는 단체다. 그런데 이 소설 속에 나오는 활빈당이 한 4백 년 뒤인 1900년, 왕조가 무너지고 근대 사회로 나아가려는 혼란기의 현실 공간에 실제로 나타나는 '황당한 일' 이 벌어진다. 활빈당은 처음에는 삼남三南 지방에서 그 모습을 드러내고, 다음에는 경기 지역에서 출몰하더니, 나중에는 나라 곳곳에서 나타난다.

갑오경장 이후 봉건 지주들의 착취가 한결 심해지고 일본의 상업 자본이 수탈을 일삼자 그렇지 않아도 쪼들리던 농민들은 더욱 살기가 어려워진다. 농긴들은 견디다 못해 영학당 운동, 서학당 운동, 제주 농민 봉기 운동 같은 갖가지 이름으로 곳곳에서 들고 일어나기 시작한다. 그 중에서도 갑오년과 광무 연간의 개혁 이후 거친 야산이나 척박한 땅에 밭을 일구며 비참하게 삶을 이어가던 빈농들이 뭉쳐 화적 무리를 이루게 된 것이 활빈당의 시발이다. 이들은 날이 갈수록 수가 불어나며 비밀 결사와 같은 체계를 갖추게 됨으로써 의적을 표방하는 조직으로 탈바꿈한다.

허균의 소설 『홍길동전』의 내용을 살펴보는 것은 이 시기의 활빈당을 이해하는데 도움이 된다. 홍 판서와 시비侍婢 춘섬 사이에서 태어난 길동은 총명하고 무예가 뛰어남에도 단지 서자라는 이유로 벼슬길에 오르지 못하고 온갖 모욕과 음모에 시달린다. 길동은 마침내 제 목숨을 노리던 자객을 죽이고 집에서 나오기에 이른다. 이리저리 떠돌던 그는 산적의 소굴로 들어가는데, 이윽고 힘과 슬기를 인정받아 우두머리가 된다. 그는 산적 조직을 '활빈당'이라고 이름지은 뒤, 백성을 수탈한 탐관 오리와 양반 부호들을 치죄하고 그들로부터 빼앗은 재물을 가난한 사람들에게 나눠주며 민심을 얻는다. 도술까지 부리는 길동을 관군은 아무리 쫓아다녀도 잡지 못한다. 사태를 심각하게 여긴 조정은 그에게 병조 판서 자리를 주며 무마에 나선다. 나중에 홍길동은 무리와 함께 율도국으로 건너가서 이상理想 국가를 세운다.

중국의 『수호전』에서 영향을 받은 것으로 알려진 허균의 『홍길동전』과 1900년대 개화기에 일어난 농민 운동을 결부시키는 것은 지나친 일일까? 아무튼 작가가 지어낸 이야기 속의 상황이 근대 사회로 이행하는 혼란스러운 현실 공간에서 거의 그대로 일어난 것은 눈길을 끄는 대목임에 틀림없다. 이는 작가의 현실 예지력을 증명하는 하나의 보기라고 할 수 있을 것이다.

활빈당은 '자유 평등', '사회 빈부의 타파', '나라의 혁신'을 강령으로 내세운다. 그들은 30명에서 50명씩 무장을 한 채 다니며 부유한 양반과 상인 계층, 그리고 외국인들의 재산을 털어 가난한 사람들과 나눈다. 이런 활빈당의 움직임이 신문에 오르내리면서 지방 토호를 비롯한 유산 지배 계층은 잔뜩 긴장하게 된다.

> 생등生等은 본디 우준愚蠢한 잔맹殘氓으로서 몸을 초야에 묻은 채 혹은 책을 읽고 혹은 밭을 갈면서, ……개화를 빙자하여 우리 조정의 간뇌奸惱의 무리와 부동符同하고 궁궐을 침범하고…… 중요한 이익은 모두 저들에게 약탈되는 바가 되고, ……위로 보필하고 아래로는 편안하게 하려는 의意를 가지고…… 죽음을 맹세하고 의義를 삼남에 들어……
>
> 『황성신문』(1900. 10. 8.)

.이런 배경 설명에 이은 13조목 '대한 사민 논설'에는 활빈당의 요구 사항이 상세하게 담겨 있다. 첫째로 요순의 효제 안민의 법을 행할 것, 둘째로 검소한 선왕의 의제擬制를 본받을 것, 셋째로 흥국 안민興國安民을 내세운 국가 정책 결과를 논할 것, 넷째로 백성의 호소를 왕이 정당하게 받아들일 것, 다섯째로 방곡을 실시

해 구민법을 채용할 것, 여섯째로 외국 상인의 시장 출입을 금지할 것, 일곱째로 행상인의 세금 폐단을 시정할 것, 여덟째로 금광 채굴을 금지할 것, 아홉째로 사전私田의 폐지와 균전均田으로 하는 목민법을 채택할 것, 열째로 곡가 안정책을 펼 것, 열한째로 악형법을 폐지할 것, 열두째로 도우屠牛를 금지할 것, 열셋째로 타국에 철도 부설권을 허용하지 말 것 등이 그들의 요구 사항이다.

강령과 이 13조목에서 한 가지 흥미로운 사실을 발견할 수 있다. 즉, 도둑 떼거리로 몰려 조정으로부터 목숨을 위협당하고 반봉건과 반침략을 부르짖으면서도 여전히 유교적 충효 사상에 입각한 절대 왕권만은 그들이 부정하지 않는다는 점이다. 이 점은 허균의 소설 『홍길동전』과 그 맥을 같이한다.

사람이 세상에 나매 오륜이 으뜸이요, 오륜이 있으매 인의예지 분명하거늘, 이를 알지 못하고 군부의 명을 거역하여 불충 불효하면 어찌 세상이 용납하리오. 우리 아우 길동은 이런 일을 알 것이니, 스스로 형을 찾아와 사로잡히라. 우리 부친이 너로 말미암아 병입 골수病入骨髓하시고, 성상聖上이 크게 근심하시니, 네 죄악이 큰지라.
　　허균 지음/박동우 엮음, 앞의 책

이것은 조정에서 그의 배다른 형을 내세워 홍길동을 잡아들이려고 낸 방의 내용이다. 홍길동이 여전히 충과 효라는 유교 사상에 매여 있다는 점에 착안해 세운 책략임이 분명히 드러난다. 홍길동은 그것을 알면서도 제 발로 걸어 들어가서 잡히고 만다. 왜 그랬을까. 신분 제도 타파를 주제로 내세우고도 작가가 아직은 신분 제도의 모순과 적폐를 극복할 만한 전망을 갖추는 데까지 이르지 못했음을 드러내는 대목이다. 허균은 다만 적서 차별을 없애자고 주장하는 데 그친다.

불도라 하옵난 것이 세상을 속이고 백성을 혹게 하여 갈지 아니하고 백성의 곡식을 취하며 짜지 아니하고 백성의 의복을 속여 부모의 발부를 상하야 오랑캐 모양을 승상하며 군부를 버리고 부세를 도망하오니 이예 더한 불의지사 없아오며
　　완판본 『홍길동전』 제22장

홍길동이 유교 사상에 매여 있었다는 것은 불교에 대한 극도의 배척을 통해서도 드러난다. 불교에 대한 배척 의식은 해인사 같은 사찰을 터는 것으로 '행동화' 하기도 하는데, 이 또한 1900년께 활빈당이 실제로 재현한다. 이 무렵 활빈당의 탈취 대상에는 사찰이 여럿 포함되어 있었다.

> 양남의 도적떼가 이름을 활빈당이라 하여 모두 경주의 운문사, 양산의 통도사에 거처하여 열 명에서 백 명씩 무리를 이루어 부민富民의 재물을 겁탈하고 그것을 가난한 사람에게 나눠준다.
>
> 김윤식, 『속음청사續陰晴史』 권9(광무 4)

1900년에 나타난 활빈당은 1904년 나라에서 취한 일단의 조치로 기세가 누그러진다. 즉, '경장 오조更張五條'의 정치 개혁에 따라 궁정 안의 숙청, 지방관의 경질, 관리의 인원 삭감, 각 도에 파견한 세관의 소환, 잡세의 폐지 등 그들이 내건 요구 사항을 어느 정도 받아들이는 내용의 격문이 붙는 것을 기점으로 활빈당은 눈에 띄게 움직임이 줄어들고 차츰 해산하기에 이른다.

> 활빈당의 무리들이 나주 등의 제읍에 방枋을 걸고 말하기를, "지금 조정에서 정치를 개혁하고 수령을 선택하여 지방에 보냄으로써 이로부터 민생이 편안하게 되리라고 들었으니 우리들은 오늘부터 장차 철거하려 한다. 그 각자는 잘 알아두라."
>
> 김윤식, 앞의 책 권11(광무 8)

그러나 활빈당이 나라의 정책 개혁만을 믿고 해산한 것은 아니었다. 활빈당은 워낙 비밀스럽게 결속된 단체라서 확실한 기록을 찾기가 매우 어렵다. 그러나 당시의 정황으로 비추어보건대, 그 가운데 많은 사람은 1905년의 을사조약을 계기로 식민지화를 반대하는 의병 항쟁 조직에 편입되고, 나머지 사람 가운데 일부는 화적 농민 부대로 돌아갔을 것이라는 추측이 가능하다.

허구인 『홍길동전』의 의적들과 현실 공간 속의 활빈당은 그 활동상과 목표가 적지 않게 일치한다. 아울러 뜻을 이루지 못한다는 점에서도 흥미있는 일치점을 보이지만, 마지막에 가서는 약간의 차이가 나타난다. 즉, 홍길동은 자신이 뒤집어엎으려던 봉건 왕조 세력과 타협해 병조 판서라는 벼슬을 얻고 나중에는 율도국으로 가서 이상 국가를 세움으로써 결과적으로 현실에서 도피한다. 현실 속에 널려 있는 모순을 한 가지도 해결하지 않고 율도국으로 떠난 홍길동은 신분 제도 타파를 포함한 민중 구제의 이념을 저버린 현실 도피자에 그치는 셈이다.

1900년께 활빈당이라는 이름으로 나타난 의적 무리 또한 여전히 유교 사상의 굴레에서 벗어나지 못한 까닭에 그들의 활동과 선택은 일정한 한계 속에 머물 수밖에 없었다. 그러나 구성원 가운데 많은 사람이 외세의 침략에 맞서 의병 항쟁의 일선에 나섬으로써 활빈당이 애초에 내건 대의를 현실 속에서 펼치려그 애쓴다. 현실 도피에 그친 '허구' 속의 상황보다 '현실'은 한 걸음 더 나아간 것이다.

참고 자료

허균 지음/ 박동우 엮음, 『홍길동전』, 청목, 1993
황패강 · 정진영, 『홍길동전』, 시인사, 1984
강재언, 『근대 한국 사상사 연구』, 한울, 1983
망원한국사연구실, 『한국 근대 민중 운동사』, 돌베개, 1989

대한 백성들이 예수교회에 들어와서 교인이 될지라도 전과 같이
백성인데 우리가 가르치되 하느님 말씀 거스름 없이 황제를
충성으로 섬기며 관원을 복종하며 나라 법을 다 순종할 것이오

1901

교회와 정부 사이에 교제할 몇 조건

1)우리 목사들은 대한 나라 일과 정부 일과 관운 일에 대하여 도무지 그 일에 간섭하지 아니하기를 작정한 것이오.

2)대한국과 우리 나라들과 서로 약조가 있는데 그 약조대로 정사를 받되 교회 일과 나라 일은 같은 일 아니라 또 우리가 교우를 가르치기를 교회가 나라 일 보는 회가 아니오 또한 나라 일은 간섭할 것도 아니오.

3)대한 백성들이 예수교회에 들어와서 교인이 될지라도 그 전과 같이 백성인데 우리가 가르치되 하느님 말씀 거스름 없이 황제를 충성으로 섬기며 관원을 복종하며 나라 법을 다 순종할 것이오.

4)교회가 교인이 사사로이 나라 일 편당에 참예하는 것을 시킬 것 아니오 금할 것도 아니오 또 만일 교인이 나라 일에 실수하거나 범죄하거나 그 가운데 당한 일은 교회가 담당할 것 아니오 가려울 것도 아니오.

5)교회는 성신에 붙친 교회요 나라 일 보는 교회 아닌데, 예배당이나 교회 학당이나 교회 일을 위하여 쓸 집이오 나라 일 의논하는 집도 아니오 그 집에서 나라 일

공론하러 모일 것도 아니오 또한 누구든지 교인이 되어서 다른 데 공론하지 못한 나라 일을 목사의 사랑채에서 더욱 못할 것이오.

미국의 선교사들은 근대화라는 미명 아래 개신교를 퍼뜨리기 시작한다. 그들은 이른바 '정교 분리' 정책을 들고 나온다. 정교 분리 정책은 조선 기독교인의 탈정치, 탈역사를 주장한 선교 정책으로 이는 우리 민족의 기대에 크게 어긋나는 것이었다. 외세의 침탈에 맞서 뭔가 할 수 있으리라 기대되던 교회가 현실 문제에 등을 돌린 까닭이다. 이는 바로 일제가 바라던 것으로, 일제는 교회의 방침을 두 손 들어 환영한다.

조선의 많은 교회와 교인들은 미국 선교사들이 내놓은 이 정책을 따르게 된다. 특히 조선 장로교는 점점 비정치화 경향을 띠더니 마침내 정교 분리 정책을 교리로 명문화하기에 이른다. 이 정책은 『그리스도신문』과 교회, 강단을 통해 퍼져나간다. '교회와 정부 사이에 교제할 몇 조건'은 1901년 9월 장로회 공의회에서 발표한 것이다.

사실주의 문학의 새싹

문학적 인습에 대한 반기 : 박지원과 정약용의 실학 세계

1901년 김택영·양재건·현채 같은 조선 말기의 한문학 세대가 앞 시대의 실학을 빛낸 커다란 두 별, 박지원과 정약용의 저서를 모아 묶어낸다. 이것은 개화의 모델을 밖에서만 찾으려고 한 급진 개화파와는 달리 우리 안에서 개화의 에너지를 길어올리려고 한 소중한 노력의 일환이다.

잠깐 뒤로 돌아가서 더듬어 나오자. 신라 적부터 골품 제도에 따라 혈연과 불교를 등에 업고 기득권을 행사하던 세력이 참선參禪으로 본성本性을 깨달으려는 새로운 종파 곧 선종에 의해 흔들리게 되자, 고려 초엽에 이르러서 유교 이념을 앞세운 최승로의 '시무 이십팔조時務二十八條'가 나온다. 이는 중앙의 왕권을 견제하려는 지방 호족들의 정치적 방편이라는 성격이 짙다. 그런데 무신들이 조정의 실권을 장악하면서 사정은 달라진다. 예전의 영향력을 잃게 된 호족들이 유교 사상을 적극적으로 받아들이게 된 것이다. 그들은 사대부 세력을 형성하면서 임금에 대한 절대 충성과 청렴주의, 그리고 주자학적 엄격성에 바탕을 둔 유교 이념을 다져나간다. 아울러 그들은 유교 이념의 발원지인 중국의 여러 문학 양식을 비판 없이 받아들인다. 조선 시대에 들어 사대부들은 유교의 규율에서 한치라도 벗어난 시도는 문학으로 인정하지 않는 극히 폐쇄적인 태도를 지니게 됨으로써, 어찌 보면 중국 사람들보다 더 심하게 문학을 이념에 복속시킨다. 따라서 문학은 순수성을 잃어버리고 정치 이념을 대변하는 도구로서만 그 존재 명분을 지닐 수 있었다.

조선 중엽에 이르자 문학을 유교 이념에 복속시키는 전통을 이어받은 사대부들

---

* 982년(성종 1)에 최승로가 임금에게 당면한 과제들에 대해 자신의 견해를 밝힌 글

의 맞은편에 서서 사회의 모순을 비판하고 개혁의 방향을 찾으려는 여러 실학자가 나타난다. 1600년대의 유형원·이만부·이익, 1700년대의 안정복·권철신·이용휴·이가환 등이 그들이다. 이익이 바탕을 닦은 남인 실학은 계승자들이 입지에 대한 자신감을 잃으면서 지리 멸렬해진다. 바로 이 무렵, 노론 실학은 홍대용과 박지원이 나타난다.

박지원은 1737년 서울의 청빈한 양반 집안에서 태어난다. 학문에 정진하는 틈틈이 그는 농촌의 풍속과 농민의 실상을 접하고, 1765년께 실학자 홍대용을 만나 지구의 자전설을 비롯한 신학문을 배운다. 청나라에 가서 새로운 문물을 둘러보고 돌아온 그는 이윽고 조선 실학의 이용 후생利用厚生 학파를 대표하게 된다.

기존의 완고한
정통 문학에
정면으로 도전하는
풍자와 해학의
산문을 선보인
박지원

박지원은 도시 상공업의 발전을 추구하는가 하면, 양반 출신임에도 지배 계급의 기득권을 부정한다. 아울러 중국 여행에서 보고 느낀 바를 바탕으로 『열하일기』를 쓰고, 몸소 농사를 지으며 『과농소초』 같은 농업 연구서도 펴낸다. 문학 부문에서 그는 새로운 양식을 도입하고 파격적인 문체를 구사함으로써 중서 문학의 틀을 깨뜨리고 근대 문학으로 나아갈 수 있는 길을 터놓는다. 그의 단편들 모아놓은 『방경각외전』에는 「광문전」·「마장전」·「예덕 선생전」·「민옹전」·「김신선전」·「우상전」 등이 실려 있다. 고루한 양반과 무능한 위정자를 꼬집는 내용의 이 소설들은 모두 정통에서 비켜난 단형 서사 문학 양식인 한문 단편이다.

박지원이 쓴 것은 한글 소설이 아니라 한문 소설이지만 그 나름으로 기발한 착상과 독특한 표현 양식을 모색한 점은 높이 사서 마땅하다. 그는 대상의 실체를 거짓 없이 드러낼 때, 즉 있는 그대로 표현하는 '진眞의 문학' 이 이루어질 떠 비로소 참된 문학에 이를 수 있다고 주장한다.

양반의 위선을
폭로한 박지원의
『양반전』

글이란 생각을 있는 그대로 표현해 내면 그만일 뿐이다. 저 사람들이 제題에 임하여서 붓을 잡고는 문득 옛 사람이 쓴 어구語句를 생각하고, 경전의 뜻을 애써 찾아내어 생각을 근엄하게 꾸미고 글자마다 장중하게 하는 것은, 비유하면 화공을 불러 초상화를 그릴 때에 용모를 고쳐 그 앞에 서는 것과 같다. 눈을 뜨고 있으나 눈동자는 구르지 않고 옷은 주름도 잡히지 않아 그

평상시의 모습을 상실하고 말았으니, 아무리 훌륭한 화공이라 한들 그 본래의 모습(眞)을 그려낼 수는 없는 것이다. 글을 짓는 것이 이와 무엇이 다르겠는가.

「공작관문고 자서 孔雀館文稿自敍」, 『연암집』 권31(1900)

박지원은 또 "천하의 연고와 만물의 정에 통달하는 것이 언어"이며 "언어는 분별이므로, 분별하고자 하면 형용하지 않을 수 없다."고 말함으로써, 표현 이전의 진실은 분별하고 형용하는 것을 통해서만 진실로서 그 가치를 인정받을 수 있다는 점을 분명히 한다. 옛 문학을 버릇처럼 되풀이하는 것에서 벗어나야 하며, 상스러운 말이나 방언도 문자화하여 받아들이는 '열린' 자세를 가져야 한다고 그는 말한다. 아울러 옛 문학에서 굳이 배울 바가 있다면 그 형식이 아니라 그 속에 담긴 정신이며, 글을 쓰는 사람이 이를 독창적으로 승화시킬 것을 제안한다.

『열하일기』는 중국 역사에서 한족과 이민족의 격전지이자 청조 역대 황제의 여름 별장지인 '열하'에 다녀오는 길에 보고 겪은 바를 기록한 것이다. 일종의 기행문이라고 할 수 있는데, 박지원은 여기에 여행 틈틈이 쓴 시편과 허구로 지어낸 이야기까지 버무려 넣는다. 책을 내면서 당시에 유행한 '연행잡록'이나 '연행록' 또는 '연행일기' 같은 이름을 따르지 않고 '열하일기'라는 이름을 붙인 것은 단순한 견문기에서 탈피하려던 그의 의도를 보여준다. 『열하일기』는 나오자마자 세인들의 눈길을 끈다. 기존의 관념을 뒤엎는 여러 주제와 복합 구성, 그리고 다양한 서술 시점을 통해 『열하일기』는 문학적 인습에서 벗어나 새로움을 구현한다. 『열하일기』에는 경제 문제를 풍자한 「허생전」, 유학자의 허위 의식을 고발한 「호질」, 양반의 위선을 폭로한 「양반전」 같은 이야기가 삽입되어 있다. 이렇게 함으로써 책 속의 글들을 하나하나 독립된 작품이면서 수필·소설·정론 등의 형식으로 읽을 수 있게 만든 것이다. 박지원은 산문과 달리 파격적인 문체를 구사하지는 않지만 표현과 율조가 훌륭한

박지원의 시문집인 『연암집』. 「열하일기」·「과농소초」·「양반전」 등이 실려 있다.

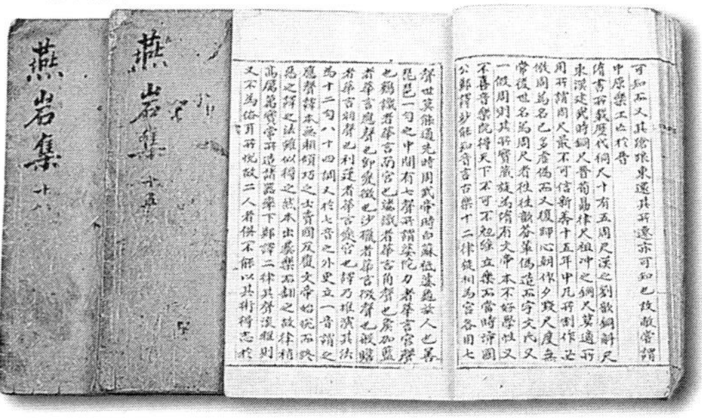

「총석정 해돋이」를 비롯한 한시도 선보인다.

연암체라고 불린 박지원의 대담한 문체와 기존의 정통 문학에 도전하는 풍자와 해학의 산문류는 당대의 지식인 사회에서 바람을 일으키며 차츰 확산될 낌새를 보인다. 그러자 정조 임금은 이런 글을 조정의 권위를 손상하고 질서를 어지럽히는 패관 잡서稗官雜書로 규정해 문체 반정文體反正이라는 조처로 엄격히 금지하기에 이른다.

박지원은 작품 속에서 양반층과 상민층의 대립을 자주 보여준다. 그러나 어느 한쪽에 치우치지 않고, 계급의 특권으로 수탈을 일삼는 양반과 약삭빠르게 신분 상승을 꾀하는 돈 많은 상민을 함께 질책한다. 그가 높이 사는 부류는 돈도 없고 권력도 없지만 건실하게 생활을 꾸려가는 서민층이다.

여러 작품 속에서 그는 인간의 개성을 억누르는 사회 제도의 불합리성을 비판하고 봉건 말기의 사회 경제적 변동과 신분 제도의 붕괴 과정을 그려낸다. 그러나 박지원은 작중 인물을 묘사할 때 지나치게 풍자에 치우쳐서 다소 현실감이 떨어진다는 평가를 받기도 한다.

농민을 비롯한 피지배 계급의 현실을 다루면서 박지원보다 한 걸음 더 나아간 이가 바로 다산 정약용이다. 즉, 조선 후기 실학파 문학의 맥이 박지원에서 정약용으로 이어지게 되는 것이다. 정약용은 1762년 경기도 광주의 유학자 집안에서 태어난다. 어릴 적부터 경전과 고전 시문을 공부하던 그는 자라면서 홍대용과 박지원 등의 실학 관련 저서들도 접한다. 스무 살 무렵에는 박제가·이덕무 등과 사귀며 실학을 연구하고 「뜻을 말한다」·「소천에서 배를 타고 가면서」 등의 시를 쓴다.

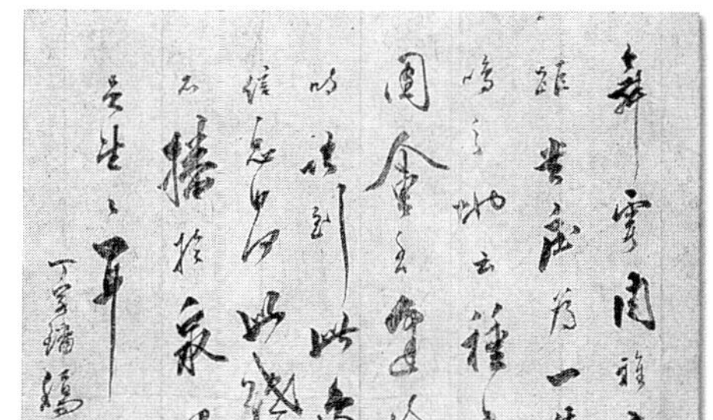

정약용의 편지
「정약용 간찰丁若鏞簡札」

정약용은 남인으로서 불리한 처지에 있었으나 일찍 벼슬길에 올라 정조의 총애를 받는다. 정조 재위 말기에는 「전론田論」을 지어 토지의 공동 소유 필요성을 제기하기도 한다. 그러나 순조가 즉위하면서 '신유사옥'*에 연루되어 장기와 강진 등지에서 18년 동안 귀양살이를 한다. 귀양살이 동안 정약용은 오히려 학문 연구에 깊이를 더하고, 농민과 어민의 피폐한 삶을 몸소 겪으면서 사회 현실에 새로 눈뜨게 된다. 아울러 자신의 학문을 현실과 연관지어 구체화하면서 실학의 근본 정신을 탐구한다. 이 시기에 그는 『목민심서』와 『경세유표』를 지어 현실의 병폐와 시정 방안을 다룬다. 그뿐 아니라 시를 지을 때 전통 규범이나 중국 전래의 격식에서 벗어나 소재나 표현을 시대의 요구에 맞게 독자적인 방법으로 채택할 것을 제안하는 등 파격적인 면모를 보인다. 농촌과 어촌의 풍속에 관심이 많던 그는 「장기 농가」·「여름날에 술을 마시며」·「애절양」·「보리 타작」·「탐진 농가」 등을 쓰기도 한다.

정약용은 농민을 수탈하는 지배 계급의 행태를 사실적이면서도 간결한 언어로 담아내어, 당대 현실의 직시와 증언이라는 새로운 문학적 전범을 선보인다. 이는 봉건적 쇄국주의와 계급주의에 대한 저항 의식을 보여준 것이며, 그가 추구한 인인애隣人愛와 자유 사상의 실천이라고 평가할 만하다.

갈밭골 젊은 여인 울음도 서러워라 / 고을문 내닫다가 땅치고 통곡하네 / 출정 군인 징포란 있을 법도 하다만 / 자고로 '남절양男絶陽'은 들어보지 못했노라 / 시아버님 삼년상은 끝난 지 오래고 갓난아이 물도 아니 가셨는데 / 삼대의 이름이 군적에 실리다니 내달아 신소를 하재도 관가의 문지기 호랑이 같네 / …… / 부자들은 일년 내내 풍악이나 즐기며 / 쌀 한 알 베 한 치도 바치는 데 없다네 / 다 같은 나라의 백성이언만 왜 이다지도 고르지 못한고 / …….
정약용, 「애절양」(1807) — 허문섭, 『한국 민족 문학사』(세계, 1989) 재인용

문학을 '조수 초목鳥獸草木', '민간 남녀들의 이야기', '성정性情'의 표현으로 본 정약용의 문학관은 "물태物態에 의거하고 인간의 정에서 발원한다."라는 말 속에 잘 나타난다.
허문섭, 앞의 책

---

* 일명 신유박해. 1801년 신유년에 일어난 천주교도 박해 사건을 말한다.

정약용의 사상은 이정·이강회·황상·정학연 등으로 이어져서 어윤중·이기·이정직·박은식 같은 개화파를 배출하는 토대가 된다. 한때는 고종도 다산 사상에 심취해『여유당전서』사본을 늘 옆에 두고 참조했을 뿐 아니라, 광무 연간의 양전 사업에 유형원과 아울러 정약용의 토지 개혁론을 반영하기도 했다.

초기 실학파 사람들은 청나라를 오가며 넓힌 견문과『해국도지』같은 책에서 얻은 지식을 통해 서양 문물의 수용과 개방의 필요성을 깊이 인식하게 된다. 1860년대에 들어서며 박규수·오경석·최한기·유대치·이동인 등이 주축이 된 개화론자들에게 동조하는 세력은 차츰 늘어난다. 특히 박지원의 손자로서 할아버지와 아울러 정약용·서유구로부터 영향을 받은 박규수의 집 사랑에는 김옥균과 박영효·유길준 같은 청년 개화파가 모여서『연암집』과『해국도지』등을 토며 실학 사상과 개화를 논한다. 그들은 초기·중기 개화 사상과 말기 개화 사상 사이에 징검돌을 놓는다. 일본과 구미의 근대 문물을 직접 체험한 1880년대의 김옥균·박영효·유길준·홍영식·서재필·서광범 등은 지나친 급진 논리로 개화를 앞당기려고 한다. 그들이 개화에 조급함을 보인 것은 정치적 야욕과도 무관하지 않다. 병탄의 속셈을 가진 일본과 이들 급진 개화파의 이해가 맞아떨어져, 우리 나라는 불평등 조약을 맺고 개항하기에 이른다.

박지원과 정약용을 비롯한 뛰어난 인물들로 맥을 이어온 이 땅의 실학 사상이 자주 개화를 끌어내는 동력이 되지 못하고 오히려 조선 병탄의 속셈을 숨긴 일본에 이용당하게 된 것은 무엇 때문일까? 그 까닭은 크게 보아 다음과 같다. 첫째, 그들은 계급 타파와 신분 평등을 주장하면서도 실제로는 민중을 개화의 주체로 파악하기보다 단지 계몽의 대상으로 폄하하는 잘못을 저지른다. 둘째, 초기·중기의 실학자들은 알고 보면 실학 또한 유교 이념에 뿌리를 두고 있으며, 따라서 겉보기에 유교와 맞서는 것처럼 비칠지언정 그 자장磁場으로부터 벗어나지 못하는 한계에 부딪칠 수밖에 없었다. "낡은 나라를 혁신하자는 것이었다."는 정약용의 말에서 엿볼 수 있듯이, 모순과 질곡에 빠져 허우적거리던 조선 왕조 체제를 극복하고 새로운 사회로 나아가기를 꿈꾸던 개화파 실학자들은 개혁을 지향하던 그들의 사상과 결이 맞지 않는 유교에서 벗어나지 못한 채 계몽과 교화를 중시하는 주관적 관념론에 젖어든다. 그들은 갖가지 제약으로 말미암아 당대를 지배하던 봉건 사상인 주자학, 다시 말해서 유교의 틀에 머물게 되며, 이로 말미암아 현실 사회에서 근본적인 개혁을 추구하지 못한다. 중국의 속박에서 벗어나려던 초기·중기 개화파의 노력은 후기 급진 개화파가 '개화'의 당위성과 국권을 맞바꿈으로써, 조선 병탄을 노리던 일본의 지배 아래 스스로 걸어 들어가는 결과를 낳기에 이른다.

1900년대에 들어서며 몇몇 학자 사이에 앞 시대의 실학을 돌아보려는 움직임이 나타난다. 창강 김택영은 『연암집』에 이어 1901년 『연암속집』을 펴내는 등 박지원의 작품을 적극 소개해, 그를 조선 한문학 사상 가장 뛰어난 산문 작가의 반열에 올려놓는다. 같은 해에 양재건과 현채는 각각 『목민심서』와 『흠흠신서』 등 다산 정약용의 저서를 묶어낸다. 정약용에 대한 연구는 장지연이 물려받게 되어 실학의 재조명 작업은 한동안 활기를 띤다. 실학은 당대 민중의 소망을 반영하고 전근대 사회의 모순을 극복하기 위해 구습 타파와 혁신을 추구한 사상으로 문학 부문에서도 적지 않은 성과를 거둔다. 그러나 실학 운동은 갖가지 제약과 내재된 한계로 말미암아 현실 혁파의 이념을 멀리 밀고 나가지 못한다. 결국 실학의 맥은 자주 개화의 동력으로 전환되지 못한 채 끊기고 만다.

1901

정약용의 저서
『흠흠신서』

참고 자료

『신문화 100년』, 신구문화사, 1980
조동일, 『한국 문학 통사 3』, 지식산업사, 1994
임형택, 『한국 문학사의 시각』, 창작과비평사, 1984
박기석, 『박지원 문학 연구』, 삼지원, 1984
김현, 『전체에 대한 통찰』, 나남, 1991
홍일식, 『한국 개화기의 문학 사상 연구』, 열화당, 1991
허문섭, 『한국 민족 문학사』, 세계, 1989
한국정신문화연구원, 『한국 민족 문화 대백과 사전』 제14권, 1992

민중 종교의 번영 속에서 피어나는 문학

개화기 민중 종교의 별들 : 최저우와 김일부와 강일순

어느 나라에서든 혼란기나 위기 국면에는 대중 사이에 종교가 번성한다. 제 힘으로는 어찌해 볼 수 없는 상황에서 절대 존재나 관념에 마음을 기대고, 그 속에서 평화와 구원을 찾으려는 것은 인간 성정의 자연스러운 발로라고 하겠다. 신라에서 고려로 넘어오는 시기에 발흥勃興한 미륵 신앙, 고려 때 묘청이 서경 천도 운동과 함께 퍼뜨린 도참圖讖 사상, 그리고 고려 말과 조선 초 사이 이금伊金의 출현도 같은 맥락으로 볼 수 있다. 조선 중기 이후에는 나라의 운명과 생민 존강生民存亡을 걱정하는 풍수 사상과 도참 신앙이 섞여 이루어진 『정감록鄭鑑錄』이 퍼진다. 『정감록』은 이상적인 주권자의 출현을 기다리는 민중의 열망이 낳은 것이라고 할 수 있다. 조선 후기, 봉건 세력의 수탈이 극심해지자 살림이 피폐하고 희망을 잃어버린 민중은 새롭게 전파된 천주교 중심의 서학西學이나 진인眞人의 출현설에 기대어 희망을 일구고 마음의 안정을 찾고자 한다. 이 과정에서 발생한 대표적인 민중 종교가 1860년 최제우의 동학, 1885년 김일부의 정역正易, 그리고 1901년 강일순의 증산교甑山敎다.

동학을 창시한 최제우(위)와 제2대 동학 교주 최시형(아래)

최제우는 1824년 경상도 경주에서 명색은 양반이나 몇 대에 걸쳐 벼슬 한 자리 얻지 못한 가난한 집안의 서자로 태어난다. 산 속에서 득도한 최제우가 1860년에 일으킨 종교가 천도교 곧 동학이다. 동학東學은 서학西學 곧 서양의 기독교(천주교)에 대비되는 동양 학문이라는 뜻에서 지은 이름이고, 천도天道는 한울님을 모시는 도라는 뜻에서 지은 이름이다. 최제우는 인생의 병고 현상과 정치·사회의 불안을 천도가 교역하는 운수에 의한 선천과 후천의 교체 시기에 나타나는 필연적인 상태로 풀이하며, 그 시기가 곧 찾아올 것이라고 예언한다.

말을 전해 듣고 몰려온 사람들을 위해서 최제우는 집에 머문 채 가르침을 베풀고 이적을 행한다. 본디 그는 혼자 유·불·선 사상을 공부해 스스로 깨달음을 얻은 까닭에 동학에는 따로 경전이 없었다. 사람들에게 효율적으로 가르침을 베풀려면 경전이 필요하다고 생각한 최제우는 손수 그것을 쓰기로 마음먹는다. 그의 주위에 모여든 사람들은 대개 서민층이었으므로, 최제우는 누구나 쉽게 읽고 이해할 수 있도록 이미 알려진 한글 가사를 이용해 「용담가」·「안심가」·「교훈가」 같은 가사를 만든다.

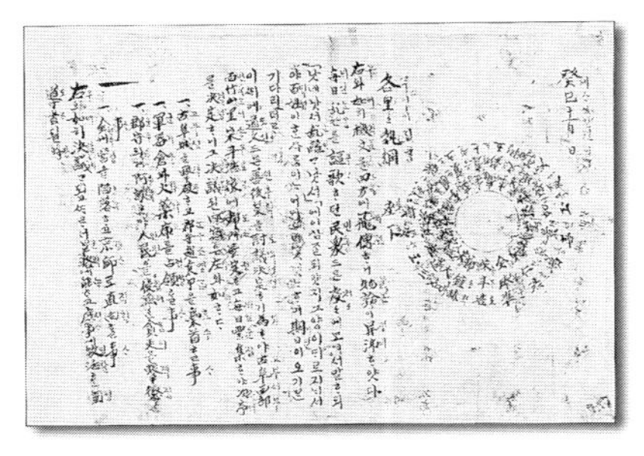

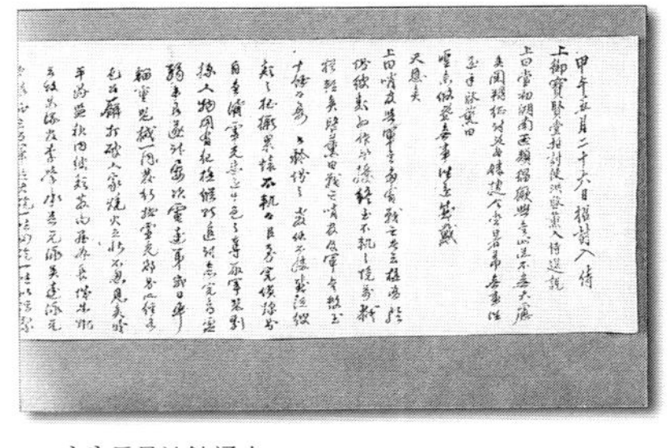

사발 통문沙鉢通文 (1893. 11.) — 전라도 고부에서 전봉준 등 20명이 군수 조병갑의 학정에 항거해 봉기할 것을 약속하며 작성한 통문(위). 동학 농민 운동 관련 문서. 동학 농민군의 조직적 봉기 상황과 당시의 국내 정세 등을 기록하고 있다(아래).

경상도에서 생겨난 동학이 차츰 나라 전체로 퍼질 조짐이 보이자, 조정은 감시를 강화하고 규제하려는 움직임을 보인다. 조정의 감시와 압박에서 벗어나려고 포교 활동을 잠시 중단한 최제우는 1861년, 전라도 무주·진안·장수를 거쳐서 남원의 교룡산성 안으로 숨어든다. 이윽고 전라도 일대에도 동학이 자연스럽게 퍼진다. 이 무렵에 최제우는 스스로 믿는 바를 확고히 하기 위해서 가사 몇 편을 짓는다. 1861년의 「도수사」·「몽중 노소 문답가」·「검결」, 1862년의 「권학가」, 1863년의 「도덕가」·「흥비가」가 그것이다. 이 가운데 「검결」을 제외한 나머지 가사는 모두 한글로 된 『용담유사』에 실리며, 이것은 한문에 익숙한 사람들을 위한 『동경대전』과 함께 동학의 기본 경전으로 자리잡는다.

동학이 민중의 큰 호응 속에 들불처럼 번져나가자 조정에서는 마침내 최제우를 수배하기에 이른다. 최제우는 1862년 경주에서의 1차 조사를 무사히 넘기나, 1863년 서울에서 붙잡힌 뒤 이듬해인 1864년에 사도 난정邪道亂正이라는 죄명으로 처형된다.

최제우에 이어 동학의 제2대 교주가 된 최시형은 1827년 경주 동촌에서 태어난다. 열두 살 때 고아가 되어 떠돌던 그는 1861년에 동학을 처음 접한다. 그는 최제

동학 운동의 최고 지도자 전봉준이 체포되어 서울로 압송되고 있다.

우가 붙잡히자 조정의 탄압을 피해 태백과 소백의 멧줄기를 타고 다니면서 주변 농촌 지역의 주민들을 상대로 포교한다. 최시형은 교단 조직을 새로이 정비하는 한편, 불에 타 없어진 경전을 복원하는 일에도 힘쓴다. 곧 간행소를 설치한 그는 『동경대전』과 『용담유사』를 목판으로 인쇄해 보급한다.

충청도 보은에 본거지를 두게 된 동학 조직은 1892년 조정에 '교조 신원'을 요구하고, 1892년 11월에는 전라도 삼례역에서 군중 집회를 연다. 이듬해 2월에는 40여 명의 동학 상소단이 서울 왕궁으로 나아가서 복합 상소까지 하기에 이른다. 1893년 3월, 2만여 명의 신도가 보은에 모여 '척왜양창의斥倭洋倡儀'라는 반침략 구호를 내걸자 일반 농민도 공감하기 시작한다. 이는 1894년 전라도 고부 군수의 가혹한 수탈에 반발해 전봉준을 앞장세워 봉기한 민란의 기폭제가 된다.

우리가 의義를 들어 차此에 지至함은 그 본의가 단단斷斷 타他에 있지 아니하그 창생蒼生을 도탄 중에서 건지고 국가를 반석 위에다 두자 함이라. 안으로는 탐학한 관리의 머리를 베고 밖으로는 횡포한 강적의 무리를 구축코자 함이라. 양반과 부호 앞에 고통을 받는 민중들과 방백과 수령 밑에 굴욕을 받는 소리小吏들은 우리와 같이 원한이 깊은 자라. 조금도 주저치 말고 이 시각으로 일어서라. 만일 기회를 잃으면 후회하여도 미치지 못하리라.

호남 창의대장 전봉준, 「격문 1894년 갑오 3월 27일」 —유광열, 『항일 선언 창의 문집』(서문당, 1975) 재인용

이렇게 시작된 민란의 불길은 삼남을 휩쓸며 우리 역사에서 가장 규모가 큰 농민 반란으로 번지는데, 이것이 바로 동학혁명이다. 이 뒤로도 많은 민중 종교가 나타나지만 대개 유교와 불교의 테두리에서 크게 벗어나지 못한 채 민중 운동으로 발전하지는 못한다.

최제우의 동학 이후 주목할 만한 민중 종교는 김일부(본명 김항)의 정역이다. 충청도 논산의 가난한 집안에서 태어난 김일부는 스스로 학문을 익히는데, 특히 서른여섯 살 때 역학자 이운규로부터 배운 『주역』을 바탕으로 역철학을 연구하다가 1885년 '후천 개벽설後天開闢說'을 내세운 『정역』을 완성한다. 정역 팔괘正易八卦는 첫 번째 역을 기조로 하는 복희 팔괘伏羲八卦와 두 번째 주역을 기조로 하는 문왕 팔괘文王八卦 사이의 시간 경과와 천지 운행 사이를 바로잡을 수 있는 역으로 만들어진 것이다. 그는 대개 주역에 사상의 뿌리를 두면서도 역학 사상과는 다른 선·후천 개념을 설정해 후천 개벽 사상을 체계화한다. 후천 개벽 사상의 주요 내용은 다음과 같다. 우주에는 생장기와 성수기가 있는데, 생장기는 초초지력初初之曆에 따라 움직이고 성수기는 내래지력來來之曆에 따라 움직인다. 일월이 운행하는 천지 도수天地度數가 때를 다하면 선천 시대가 가고, 그 뒤부터는 새로이 정력 도수正曆度數에 따라 모든 것이 결정되는 후천 시대가 찾아온다. 그 시대에는 인간의 본질인 신명성神明性이 계발되어 인간이 완성됨으로써, 신인 일여神人一如의 조화로운 이상 세계가 열린다.

그러나 김일부는 본디 종교를 일으킬 생각으로 『정역』을 저술한 것이 아니었으므로, 계룡산 속에 들어가서 초당을 짓고 소수의 제자만을 상대로 가르친다. 김일부는 조선의 모든 차별과 불행을 없애고 평등·사랑·조화를 이룩하는 데 앞장서야 한다는 가르침을 펴는데, 그 가르침에 감화를 받고 노래와 춤을 곁들인 그의 독특한 종교 의식을 따르는 이가 많았다. 김일부가 죽은 뒤에는 그의 영향을 받은 하상역의 대종교大倧敎, 황대순의 대동교大同敎, 성주탁의 정경학회正經學會와 같은 민중 종교들이 나타난다.

1901년에 이르러 최제우의 동학 사상과 김일부의 정역 사상, 그리고 무속의 이모저모를 취하면서도 그 나름의 독특한 교리를 들고 나온 이가 강일순이다. 호가 증산인 강일순은 1871년 전북 정읍군 이평면에서 태어나는데, 어릴 적부터 기이한 행동을 해서 사람들을 놀라게 한다. 한때 동학의 자극을 받아 최제우가 지은 가사를 읊조리기도 하던 그는 어느 날 세상을 구제해야 한다는 사명감으로 전주 모악산 대원사에 들어간다. 그는 수도를 시작한 지 불과 9일 만에 성도를 하고 1901년 증산교를 창건하기에 이른다. 사람들은 천지 공사天地公事라는 이름으로 기묘한 행위를 일삼는 강일순을 미친 도인으로 취급해 외면하기도 하지만, 한편에서는 옥황 상제의 사람 또는 미륵불의 현신現身으로 여겨 그의 주변에는 많은 신도가 모인다.

강일순은 상극相剋과 원한과 억압의 선천 시대에서 벗어나 현실계가 평온해지기 위해서는 인간 세계 이전에 옥황 상제의 신명 세계에 신명 공사神明公事를 해야 한다는 가르침을 편다. 아울러 이 세계에서 나라는 충, 집은 효, 몸은 열 때문에 망했으니 헛되이 충 · 효 · 열에 구속되지 말고 미련을 갖지 말라고 가르친다. 이에 따라 그는 인간이 사는 곳의 지방신과 문명신에 의한 혼란을 없애기 위해서 세계의 각 지방신과 문명신, 만고 역신과 만고 원신 등 여러 신을 소집한 통일 신단統一神壇의 결성을 역설한다. 그러면서 이 통일 신단은 선후 교역기의 세계 정세의 변천 계제와 선천의 불합리한 이법理法 · 규범 · 질서 등을 해소하고, 후천 세상의 모든 이법 · 규범 · 질서 등을 새로 규정하는 천지 공사를 해야 한다고 주장한다. 이 천지 공사에는 신정 정리 공사神政整理公事, 세운 공사世運公事, 교운 공사敎運公事 등 세 가지가 있고, 신정 정리 공사에는 다시 해원 공사解冤公事, 지방신 통일 공사, 문명신 통일 공사, 지운 통일 공사 등 네 가지가 있다. 이와 같은 것의 밑바탕에 깔린 이념으로는 해원 이념, 보은 이념, 상생相生 이념, 조화 이념이 있다. 이렇게 대통일 신단이 결성됨으로써 비로소 천지 공사가 이루어진다는 것이 그의 주장이다. 특히 강일순이 강조한 해원 사상은 개인적인 원한의 청산으로는

증산교의 창시자
강일순

성취되지 않고 천지 운행의 도수부터 고칠 것을 내세우는데, 이는 종래의 무당들이 '가족 신명' 중에 신명의 원한을 풀어주려고 하던 '푸닥거리' 에 바탕을 둔 것이라고 할 수 있다.

강일순은 우리 나라 전역에 퍼져 있던 온갖 무속 신앙을 모으고, 선가仙家의 신도神道와 음양·풍수 등 전래의 민간 신앙 위에 유·불·선과 동학·서학 등 갖가지 종교의 영역을 새로이 해석해내어 후천 문명의 기틀을 마련하겠다는 의지로 제자들을 가르친다. 그가 여러 고을을 돌면서 신도를 몇십 명씩 거느린 채 여러 날에 걸쳐 집단 수련을 시키자, 주위에서는 혹세 무민惑世誣民을 한다는 지탄이 일고 관헌의 감시가 따른다. 1907년 12월, 강일순은 고부에서 스무 명 남짓한 신도와 함께 천지 공사를 하던 중 '의병 모의' 라는 혐의로 체포되어 40여 일 동안 감옥에 갇힌다. 이 일로 많은 신도가 떨어져 나가고, 신앙이 굳었던 추종자들조차 의심과 불만을 품게 되어 교단 조직은 서서히 와해의 조짐을 보인다. 1909년, 강일순은 서른여덟 살의 나이로 세상을 뜬다.

개화기에 나타난 민중 종교의 공통점은 한 사람이 득도해 인간 만사에서 천지 운행까지 꿰뚫어 모든 민중의 포한을 일시에 풀어주려 했고, 낡은 세상을 타파해 시름과 고통이 많은 현세를 혁신할 것을 내세우는 가르침을 폈다는 것이다. 여러 민중 종교는 불행의 시대인 선천은 가고 평등과 조화와 화합의 시대인 후천이 온다는 후천 개벽 사상을 펼치는데, 이는 당시의 위기를 세계사적 전환의 필연적 징후로 보는 해석과 잘 맞아떨어진다. 이와 같은 바탕에서 나온 미래관, 즉 선천에 기를 펴지 못한 미천한 사람들이 후천의 주인이 되어 장차 세계사를 이을 것이라는 낙관적 미래관은 실의에 빠져 있던 민중에게 힘과 꿈을 주었음에 틀림없다.

그러나 이 무렵의 민중 종교는 교주가 세상을 뜨면 종단 체제를 유지하며 융성하기보다는 각자의 이기심과 교리를 앞세워 숱한 분파로 갈라서며 힘을 잃기 일쑤였다. 특히 1919년 이후에는 근대적 합리주의와 이에 따른 인식이 퍼지면서 개화기 민중에게 희망을 주던 민중 종교의 열기가 차츰 식는다.

어찌 보면 민중 종교는 외래 문화가 넘쳐나며 우리의 고유 문화와 풍속을 변질시키던 당시에 재래 신앙과 사상의 보루 구실을 한 측면이 있다. 이에 따라 혼란과 위기감으로 불안 속에서 방황하던 사람들에게 민족적 공감대를 자아낼 수 있는 전망을 제시하고 꿈과 희망을 안겨주며 민중 내부에서 현실 극복 의지를 끌어낸 것은 높이 평가할 만하다. 문학과 관련지어 살핀다면, 종교의 전파와 내부 결속을 위한 것이지만 민중 속에 퍼져 있던 우리말 가사나 민요를 차용해 계층과 신분에 상관없이 누구나 쉽게 알아들을 수 있는 가사를 지어 노래로 부르게 함으로써, 전통 가사와 민요를 보존하고 전파하는 데 이바지한 점을 빠뜨릴 수 없다. 또 교주의 생애나 득도 과정을 담은 이야기가 영웅 신화의 성격을 띠고 민간에 널리 퍼지면서 구전 문학의 중요한 부분으로 자리잡는 성과도 낳는다.

근세로 넘어오던 길목에 사회적으로는 민중 종교 운동으로, 종교학적으로는 경전의 편찬으로, 문학사적으로는 민중 종교 문학으로 이행기적 자취를 남긴 민중 종교의 주체가 처음에는 교리를 표현하기 위해서 개발한 방법이 그 뒤로 문학 창작의 자극제가 되어 오늘까지도 이어지고 있는 것이다.

참고 자료

조동일, 『한국 문학 통사 4』, 지식산업사, 1994
유병덕, 『한국 신흥 종교』, 원광대학교 종교문제연구소 엮음, 시인사, 1986
김탁, 『증산교학』, 미래향문화, 1992
이강오, 『한국 신흥 종교 총감』, 한국신흥종교문제연구소, 1992
강재언, 『근대 한국 사상사 연구』, 한울, 1983
유광열, 『항일 선언 창의 문집』, 서문당, 1975

여러분들은 마치 우물 가운데 들어앉은 것 같아서 필시
외세 형편에 혼암昏暗할 줄로 생각되므로 이에 삼전론 일 편을
지어서 고루固陋함을 잊고 돌려 보이느니

1902

삼전론三戰論

지금 세계 형편을 살펴보니 도道의 앞길이 더욱 환하게 밝도다. 경전에 '병기兵器 없는 전쟁' 이라 일렀으니 어찌 명백하지 않은가. 어쨌든 여러분들은 마치 우물 가운데 들어앉은 것 같아서 필시 외세 형편에 혼암昏暗할 줄로 생각되므로 이에 삼전론 일 편을 지어서 고루固陋함을 잊고 돌려 보이느니 행여 심지를 극진히 하여 그 크고, 작고, 같고, 다른 이치를 분석할 것 같으면 여기에 힘을 얻어서 빛나는 문채文彩가 마치 단 것이 양념을 받은 것 같고 흰 것이 채색을 받은 것 같으리니 마음을 가라앉히고 잘 음미하여 담벼락에 마주 선 탄식이 없게 함이 어떠하뇨.

방금 세계 문명은 실로 천지가 한 번 크게 변해서 새로 창조될 운수인지라, 선각先覺한 처지處地에는 반드시 서로 가까워지는 기운의 응함이 있으리니 생각하고 생각하여 천지의 감동하는 정신을 어기지 말라. 대개 효제 충신孝悌 忠信과 삼강 오륜三綱五倫은 세계에서 부러워하는 바라. 그러므로 "인의예지仁義禮智는 선성先聖의 가르친 바라."고 하였나니 우리 도의 종지宗旨와 삼전의 교리를 아울러 활용하면 어찌 천하의 으뜸이 아니겠는가. 대개 이와 같은즉 그야말로 금상 첨화라. 이로써 명심하기를 바라고 바라노라.

1906년 최시형에 이어 동학의 제3대 교주에 오른 손병희는 동학을 천도교로 개칭하고 보성·동덕 등 학교를 인수해 교육 사업을 벌인다. 이에 앞서 1904년에는 개혁 운동을 목표로 권동진·오세창 등과 진보회를 조직하고, 이용구가 친일 단체인 일진회를 만들자 즉시 귀국해 이용구 등 친일 분자 26명을 출교시키기도 한다. 그는 또 보성사 인쇄소를 부설해 『천도교월보』를 발간하고, 1919년 민족 대표 33인의 대표로 3·1운동을 이끈다. 결국 그는 일경에 체포되어 서대문형무소에서 복역하다가 이듬해 병 보석으로 출감하나 치료중 숨진다.

'삼전론'은 손병희가 북접北接의 10만 교도를 이끌고 동학혁명에 나섰다가 일본군의 개입으로 패퇴한 뒤 해외에서 망명중이던 1902년에 국내의 교도에게 지어 보낸 것이다. 이는 일종의 교양 자료로 도전道戰·재전財戰·언전言戰을 삼전이라 불렀으며, 동학 세력의 선봉적 임무를 강조하고 있다. 여기에 인용한 것은 총론에 해당한다.

서구식 옥내 극장 협률사

판소리, 그 구비 문학이 살아 숨쉬는 현장

1902년, 궁중의 혼상 제례와 종묘 사직을 주재하는 봉상시奉常寺 안, 어디에선가 휘는 듯 꺾이는 듯 기막힌 창 소리 한 가닥이 흐른다. 그 소리를 쫓아가 보면 서구 근대 문물을 막 받아들이기 시작한 개화의 여명기인 이 시대, 이 땅 안에는 있을 성싶지 않은 로마 양식의 극장 문이 나온다. 문을 살그머니 열고 그 안을 들여다본다. 벽돌식 건물 내부 한 면에는 '희대戲臺'라고 하는 무대가 보이고, 그 무대 위에서는 각색 창기와 명창名唱 김창환 · 송만갑 · 이동백 · 강용환 등 무려 170명쯤 되는 남녀가 공연 준비로 분주하다. 이들 전속 단원은 경륜과 기량에 따라 1 · 2 · 3등급으로 나뉘고 10원에서 20원까지 급료를 받았다. 무대 주위에는 1천 명은 넉넉히 앉을 수 있는 계단식 객석이 삼면으로 가지런히 배열되어 있다. 이것이 고종 즉위 40주년 기념 행사를 위해 만든 협률사 내부의 전경이다.

우리 나라 최초의 현대식 극장인 협률사. 고종 즉위 40주년 기념식을 거행하기 위해 로마식 극장을 본떠 지은 것인데, 이후 주로 현대식 연극의 공연장으로 사용된다.

당시로서는 파격적인 기획에 따라 많은 돈을 들여가며 준비한 공연은 영친왕이 '두진'이라는 병에 걸리고, 그 얼마 전부터 돌기 시작한 콜레라가 걷잡을 수 없이 퍼진 데다, 엎친 데 덮친 격으로 흉년까지 겹쳐 거듭 연기되더니 끝내 흐지부지되고 만다. 나라에서는 이 대공연이 무산되자 일반 대중에게 협률사를 개방해 판소리를 중심으로 한 가무 잡희歌舞雜戲 '소춘 대유희'를 연다. 지금의 A·B·C석에 해당하는 상·중·하로 입장권의 색깔을 차별화해 유료 관객을 받은 이 공연에서 가장 인기를 끈 것은 판소리였다. 이미 오래 전부터 계승되어오던 구비 문학이 무대에 올려진 것이다.

물론 판소리가 무대에 오른 것이 이 때가 처음은 아니다. 1899년에 설치된 용산의 무동舞童 연희장과 1900년에 개설된 광무대 협률사에도 구경꾼이 몰렸다는 얘기가 신문에 난 적이 있다. 그러나 초기의 옥내 극장들은 시설이나 단원 구성 면에서 봉상시 협률사와 비교할 만한 수준이 아니었다. 비가 오면 객석에 빗방울이 떨어졌으며, 단원들의 '직업 정신' 또한 결여되어 있었다. 그러므로 협률사에서 펼친 공연과 같은 정상적인 무대 공연을 기대하기는 아무래도 어려웠다.

'광대'에서 '예술가'로 격상된 판소리꾼

오래 전부터 입에서 입으로 전승되던 여러 구비 문학 형태 가운데, 음악과 문학이 어우러져 상·하층 계급을 막론하고 사람들로부터 사랑받은 것이 바로 판소리다. 판소리의 인기가 더욱 치솟은 것은 1800년 무렵부터다. 옛 설화와 각 고장의 무속 음악이 결합되어 서민층의 사랑을 듬뿍 받던 판소리는 이즈음 이미 열두 마당으로 늘어나서 주로 호남 지방에 뿌리를 내린다. 본디 판소리는 흥겨운 한 판 굿으로 청중과 함께 하던 것인데, 1800년대 초 동편제의 확립자로 일컬어지는 송흥록에 와서는 기교로 한 마당을 이끄는 연창자와 소리에 도취되어 추임새를 넣는 청중의 분리가 이루어진다. 이 무렵부터 점차 양반층에게도 호응을 얻어 판소리의 관객층이 두꺼워진다. 송흥록은 철종으로부터 정3품 '통정 대부'라는 벼슬까지 얻게 되는데, 이런 양상은 1800년대 중반인 대원군 시대에 와서 절정에 이른다.

대원군은 서편제를 창안한 박유전과 동편제를 계승한 박만순, 전라도 고창의 아전 출신인 신재효에게 무관직을 주어 후대한다. 양반 출신으로 판소리 광대가 된 '비가비'라는 특수한 계층까지 나타난 것을 보면 당시에 판소리의 열풍이 얼마나 대단했는지 가늠할 수 있다. 이 때의 공연 목록으로는 주로「춘향가」·「심청가」·「흥보가」·「수궁가」·「적벽가」등 다섯 마당이 채택된다. 훌륭한 판소리꾼이 갖추어야 할 조건으로는 인물, 세련된 문장으로 표현하는 사설, 오음 육률五音六律을 자유 자재로 다룰 수 있는 득음得音, 그리고 구경꾼을 사로잡는 너름새가 꼽힌다. 그들은 스스로 고되고 엄격한 훈련을 하면서 예술가의 자질을 인정받기 위해 몸을 아끼지 않는다. 앉아서 북을 치는 고수鼓手의 장단에 맞추어, 판소리 연창자는 선 채로 사건의 연속을 뜻하는 '아니리'와 한 장면의 상태를 나타내는 '창'을 엮는다. 판소리는 아무나 부를 수 있는 민요나 웬만큼 익히면 부를 수 있는 시조 또는 가곡과는 달리 전문성과 기교가 요구되는 창악唱樂이다. 따라서 피나는 수련 과정을 거쳐 경지에 이른 판소리 연창자는 차츰 예전과 달리 광대가 아니라 어엿한 예술가로 인정받게 된다.

판소리의 영역을 개척하고 '판소리계 소설'이라는 새로운 양식을 선보인 신재효의 초상

신재효는 많은 시간과 노력을 들여 판소리를 연구하고 재능 있는 소리꾼을 찾아내어 수천 명의 제자를 기른다. 특히 신재효는 여태껏 남창男唱의 전유물이던 판소리판에 진채선과 허금파 같은 여성 명창을 등장시켜 판소리의 영역을 한층 더 넓힌다. 또 판소리를 새로 짓기도 하고, 이미 있던 판소리를 개작해 '판소리계 소설'이라는 새로운 양식을 만들기도 한다. 판소리 마당에서 연창자와 청중으로 만나던 이들이 문학의 영토에서 작가와 독자로 전이되어 만나게 된 것이다. 판소리는 음악에서는 산조를 취하고, 문학에서는 판소리계 소설로 뻗어나간다.

대원군이 집권하고 있을 때 실력을 인정받은 판소리꾼 중에는 좀더 번듯한 예술가로 대우받기를 바란 이들도 있었는데, 그들이 판소리꾼의 사회적 지위를 높이기 위해 만든 단체가 '협률사協律司'다. 이 단체는 봉상시 내의 극장 건물 및 기관을 뜻하는 1902년의 그 협률사協律社와는 달라서 청나라 창극인 '협률 창희'에서 유래한 것이다.

문 닫을 위기에 빠진 협률사

1903년 2월, 갑자기 협률사 극장 무대에는 몇몇 기생만이 모습을 드러낼 뿐 유명 배우들은 출연하지 않는 상황이 벌어진다. 이에 실망한 관객들은 공연에 등을 돌리게 되고, 극장은 경영 적자에 허덕이다가 문을 닫고 만다. 그 뒤 협률사는 1주일 만에 다시 문을 열어 활동 사진을 상영하는데, 이번에는 전기 파열 사고가 나는 바람에 다시 문을 닫는다. 협률사가 또다시 문을 연 것은 그로부터 한 달 뒤의 일이다. 이렇듯 협률사는 문을 닫고 열기를 몇 차례나 되풀이하는 곡절을 겪으며 휘청거린다. 마침내 창설자 장봉환은 협률사 경영에서 손을 떼고 궁내부 참서관인 김용제를 비롯한 세 사람에게 극장을 넘기게 된다. 그러나 세 사람은 명목상의 주인일 뿐 실제로 인수 자금을 대고 뒤에서 주인 노릇을 한 이는 어느 일본인이었다. 협률사가 일본인의 손에 넘어갔다는 소문이 장안에 퍼지자, 그렇지 않아도 일부 상류층이나 사대부로부터 '친일' 집단의 소굴로 눈총을 받던 협률사는 더욱 나빠진 세간의 여론으로 말미암아 고립 무원의 처지에 빠지고 만다.

1906년 3월 8일치 『대한매일신보』의 사설란에는 협률사의 폐지를 주장하는 일종의 연극 비평문 「연극장 주인에게」가 실린다. 협률사가 참된 민속 예술을 도외시한 채 국난 속에서도 상업적 잇속을 노린 나머지 음담 패설만 무대에 올린다는 지적이 인 것이다. 이어서 4월 17일에는 봉상시 부제조副提調인 이필화마저 협률사 폐지를 주장하는 상소문을 고종 황제에게 올린다. 창부 기녀를 내세운 난잡한 공연으로 민간인을 끌어모아 풍속을 타락시킨다는 비판의 글들이 신문에 계속 실리고, 이필화의 상소문에 궁중의 다른 신하들도 뜻을 같이하게 되자, 황제는 끝내 협률사를 폐지하라는 포고령을 내린다.

그러나 달리 즐길 만한 것이 거의 없던 서민층 사이에서 일어난 재개관 여론에 힘입어, 협률사는 1908년에 자선 공연 형식으로 다시 문을 연다. 예전의 공연에 향수를 품고 있던 사람들이 몰려들어, 다시 문을 연 협률사는 한때 입장권이 매진될 정도로 호황을 누린다. 황태자의 일본 유학 생활을 담은 활동 사진을 상영하고, 안창호와 정운복 같은 애국 지사들의 강연을 유치하는 등, 협률사는 다양한 공연물과 행사를 선보이며 활기를 되찾는다. 그러나 협률사가 독립 운동의 장으로 이용되는 조짐이 보이자 이를 못마땅하게 여긴 일본 경시청은 공공연히 폐쇄 압력을 넣는다. 곧 협률사는 다시 문을 닫아야 할지도 모를 지경에 빠진다. 위기를 맞은 협률사의 관계자들은 타개책으로 이인직을 비롯한 친일 성향의 인사들을 운영 주체로 끌어들인다. 이 일과 때를 같이해 이름도 '원각사圓覺社' 로 바뀌면서 극장은 새로 문을 열게 된다.

역사의 무대 뒤로 사라지는 판소리와 창극

수용자가 양반 계층으로 확산되고 연창자의 예술적 권위가 강화되자, 판소리는 민중의 생활로부터 차츰 멀어진다. 1900년대 초엽에 이르면 그 틈이 더욱 벌어져서, 판소리가 소수 양반 계층의 전유물로 굳어가는 양상마저 나타난다. 그러자 개화에 눈뜬 서민 계층을 상대로 돈을 벌어보려는 사람들이 무대에 판소리 대신 새로운 구경거리를 끌어들인다. 이것이 바로 '창극' 이며, 이것을 주도한 이가 바로 이인직이다.

이인직은 신연극을 표방하고 신소설 「은세계」를 각색해 무대에 올린다. 그러나 이것은 예전부터 있던 「최병두 타령」에 친일 색채만 덧칠해놓은 것에 지나지 않아 관객들을 실망시킨다. 그 뒤로도 이인직은 신연극을 한다고 광고를 하고서 실제로는 종래의 판소리를 무대에 올려 관객들을 끌어모으려고 하지만, 이것은 그의 생각과는 달리 쉬운 일이 아니었다. 신연극에 대한 열정이 남달랐음에도 그는 스스로 지닌 친일 성향과 설익은 연극관으로 말미암아 웬만큼 비판적 안목까지 갖춘 서민층의 욕구를 좀처럼 충족시킬 수가 없었다. 이인직은 고심하던 끝에 판소리 명창들과 합의해 판소리의 극적 요소에 신연극을 가미한 창극을 고안해낸다.

1902년께는 강용환에 의해 청계천 일대에서 중국 상인들을 상대로 상연되던 청극淸劇과 함께 일본의 신극에서 힌트를 얻어 개작한 창극 형태의 「춘향전」과 「최병두 타령」 등이 이미 나와 있었다. 새롭게 무대에 오른 창극은 연창자와 고수로 단출하게 구성되어 단조롭게 느껴지던 종래의 판소리 공연과는 달리, 역을 나누어 하는 연창자가 여러 명 한꺼번에 무대에 나섬으로써, 작품 속 인물들의 성격이 더 살아나고 볼거리도 풍성해서 관객들의 큰 호응을 받는다.

원주 사는 양민 한 사람이 정 감사한테 억울하게 맞아 죽은 것을 원각사에서 상연했는데 정 감사의 후손들이 상연 중지 운동을 하고 야단이었지요. 그 때 피살된 양민을 김창환 씨가 냈는데(맡았는데 ─ 인용자) 무대에서 죽어 나올라 치면 손님들 중에서 엽전을 목에 걸어 주고 인기가 굉장했었지요.

『춘추』(1941. 3.)─정병헌, 『판소리 문학론』(새문사, 1993) 재인용

이 무렵에 이해조는 신재효의 맥을 이어 명창들의 구술을 바탕으로 「춘향가」를 「옥중화」로, 「심청가」를 「강상련」으로, 「흥부가」를 「연의 각」으로, 「수궁가」를 「토의 간」으로 개작하는 등 판소리계 소설을 시도한다. 그러나 판소리계 소설은 문학 양식으로서 뚜렷한 영역을 개척하지 못하고 판소리 공연에 도움을 주는 정도의 구실을 하는 데 그친다. 소설 형태로 개작하는 과정에서도 너무 품위를 염두에 둔 탓인지, 원래의 질펀하고 익살스러운 표현이 많이 없어져서

그림 속에 담긴 연흥사.
1908년에 창립된
민간 종합 예술단으로
당시 원각사와
더불어 우리
공연 예술을 주도한다.

이해조가 「춘향가」를 개작한 판소리계 소설 「옥중화」(오른쪽)와, 나중에 판소리계 소설로 개작되기도 하는 「춘향전」과 「심청전」 등의 육전 소설들

판소리가 지닌 묘미를 반감시킨 면이 있다.

1909년에 이르러 일제는 갑자기 일본 것을 모방한 연극을 무대에 올리게 하거나 각본을 사전 검열하는 등 부산을 떨어댄다. 우리 연극판의 창조 역량을 말살하려고 나선 것이다. 같은 해 12월, 원각사는 끝내 친일 단체인 '국민회' 본부에 흡수되고 만다. 원각사가 해체되자 구성원들은 뿔뿔이 흩어져서 일부는 광무대에 편입되고, 일부는 지방 유랑 공연 극단에 편입된다. 이로써 뒤이어 등장한 신파극과 영화에 밀려 창극은 판소리와 더불어 역사의 무대 저편으로 사라지는 운명을 맞는다.

참고 자료

『신문화 100년』, 신구문화사, 1992

조동일, 『한국 문학 통사 4』, 지식산업사, 1994

김윤식 · 김우종 외, 『한국 현대 문학사』, 현대문학, 1994

정병헌, 『판소리 문학론』, 새문사, 1993

『한국 연극, 무용, 영화사』(연극편), 대한민국 예술원, 1985

1900년대에 접어들어 일인극 형태의 판소리는 점차 대중의 욕구를 충족시키지 못하게 된다. 이에 새로운 형식을 모색한 끝에 기존의 판소리에 극적인 성격을 강화해 분창과 사실극의 요소를 덧보태 내놓게 된 것이 창극이다. 판소리가 창자唱者와 고수鼓手 두 사람이 소리를 중심으로 펼치는 음악 위주의 일인극 형태인 데 비해 창극은 여러 창자가 인물을 나누어 맡기 때문에 등장 인물이 많고 대사와 연기, 무대 장치 등이 좀더 사실적이다. 이로써 판소리가 들을 거리 위주라면 창극은 보고 들을 거리로, 종합적인 무대 예술로 바뀌게 된다.

같은 극음악 양식인 서양의 오페라나 오페레타가 대본에 의한 창작 음악에 바탕을 두고 있는 데 비해 창극은 자연 발생적인 소리와 이야기(설화)로 이루어져 훨씬 민속적이고 민족적인 색깔이 짙다.

창극은 1902년 협률사 공연에서 시작되어 원각사 공연으로 이어지고, 원각사의 폐쇄 이후에는 창극단으로 흩어지면서도 명맥을 유지, 해방 이후 여성 국극단으로 부흥의 움직임을 보이다가 1960년대에 들어서 급속히 쇠퇴한다.

협률사의 탄생으로
발전하기 시작한 창극 공연.
1938년 동양극장에서 상연된
「춘향전」의 주요 배역들.

침해 혹은 내란으로 인해 대한제국 황실의 안녕과
영토의 보전에 위험이 있을 경우에는 대일본제국 정부는
곧 필요한 조치를 취할 것

1903 · 1904

한일의정서

제1조 한일 양 제국은 영구 불변의 친교를 유지하고 동양의 평화를 확립하기 위해 대한제국 정부는 대일본제국 정부를 확신해 제도 개선에 관한 그 충고를 받아들일 것.

제2조 대일본제국 정부는 대한제국 황실을 확실한 친의로써 안전 강녕케 할 것.

제3조 대일본제국 정부는 대한제국의 독립과 영토 안전을 확실히 보증할 것.

제4조 제3국의 침해 혹은 내란으로 인해 대한제국 황실의 안녕과 영토의 보전에 위험이 있을 경우에는 대일본제국 정부는 곧 필요한 조치를 취할 것이며, 대한제국 정부는 대일본제국 정부의 행동이 용이하도록 충분히 편의를 공여할 것. 대일본제국 정부는 전항의 목적을 달성하기 위해 전략상 필요한 지점을 수시로 사용할 수 있다.

제5조 대일본제국 정부는 대한제국 정부와 상호간의 승인이 없이는 본 협정의 취지에 반하는 협약을 제3국과 체결하지 않을 것.

제6조 본 협약에 관련된 미비한 세부 조항은 대일본 대표자와 대한제국 외부 대신간에 수시로 협정할 것.

1904년 2월 23일, 외부 대신 임시 서리로 있던 이지용과 일본 공사 하야시 사이에 한일의정서가 조인된다. 러시아 침략을 준비하던 일본은 조선 식민지화의 제1단계로 조선 정부를 강압하기 시작한다. 그 동안 국내에는 일본측에 영합하는 친일파가 늘어나고, 특히 정부의 인사들은 막대한 뇌물을 받아가며 회유와 매수의 대상이 된다. 한일의정서에 조선 정부의 서명자가 된 이지용 역시 일본 공사 하야시의 뇌물을 받아가며 일본측의 주장을 그대로 받아들이는 행태를 보인다.

이 가운데 "충고"(제1조)란 국제법상으로는 명령과 같은 것이다. 이 한 조항으로 조선은 일본의 지배하에 들어가 사실상 '보호국'이 되며, 조선 내의 토지가 일본의 주권에 예속됨을 보여준다(제4조)는 지적도 따른다.

이 조약으로 인해 조선과 러시아의 모든 관계가 철폐되고, 조선은 일본의 군수 기지 역할을 떠맡게 된다. 한일의정서는 이듬해 체결된 을사조약의 앞 단계인 셈이다.

1903

3월
23 외국산 옷감의 사용 금지와 토산품 장려 지시

5월
13 러시아군 1만 2천 명, 의주 부근에 진주

6월
10 세르비아 왕과 왕비, 군인 집단에 의해 피살됨
15 내장원경 이용익이 입원한 한성병원 안에서 폭발 사건 발생
16 미국, 포드자동차회사 설립

7월
30 러시아사회민주노동당 대회 개최, 볼셰비키와 멘셰비키로 분열

8월
7 홍승하 · 윤병구를 중심으로 호놀룰루에서 최초의 교포 정치 단체인 신민회 발족
11 이범윤을 간도 관리사로 임명, 간도 거류민의 생명과 재산을 보호
29 러시아 총리 실각, 한국 · 만주 무력 진출을 주장하는 베조브라조프 일파 승리

10월
5 영국 · 미국 · 일본 공사, 용암포 개항 요구
28 황성기독교청년회YMCA 창립

11월
6 미국, 파나마 독립을 승인
16 목포 부두 노동자, 임금 인상과 처우 개선 등을 요구하며 동맹 파업 (~12. 24.)
26 무산 · 종성 · 회령 등지에서 청군과 교전

12월
17 미국의 라이트 형제, 비행에 성공
0 장지연 편 『대한 강역고』 간행

1904

1월
21 정부, 국외 중립 선언
0 미국 · 러시아 · 영국 · 이탈리아 · 프랑스 등이 공관과 교민 보호 명분으로 한성에 각각 수비병 투입

2월
8 일본군, 인천 · 남양 · 군산 · 원산에 상륙 개시
9 일본군, 한성에 진주
10 일본, 러시아에 선전 포고
12 러시아 공사 파블로프 철수
23 한일의정서 조인

3월
17 이토 히로부미伊藤博文, 특파 대사로 한성에 도착

5월
13 학부, 애국가「상제上帝는 우리 황상皇上을 도우소서」를 각 학교에 반포
18 러시아 주재 공사관 철폐, 러시아와 맺은 조약과 협정 모두 파기
21 프랑스, 정교 분란 문제로 대사를 소환하고 교황청과 단교

6월
0 『The Korea Times』 창간, 제1호 발간 뒤 영국인 베델에 의해 『Korea Daily News』로 개제

8월
22 제1차 한일협약 조인

9월
11 황해도 · 평안도의 동학교도 1천여 명, 국권 회복 호소를 위해 한성으로 출발(9. 15. 해산)
14 강제 모집에 반발한 수천 명의 노동자, 경기도 시흥에서 일본군과 충돌, 군수와 일본인 두 명 살해

11월
15 이승만, 고종의 밀지密旨를 휴대하고 미국행

12월
27 미국인 스티븐스를 외부 고문관으로 초빙

0
0 독일의 쿠셀, 텅스텐 전구 발명

계몽의 텃밭에서 솟아난 창가

창가 발생론의 맥락

노래는 한국인들에게 단순한 여흥의 차원을 넘어서 생활의 중요한 한 영역이다. 역사를 돌아보아도 한민족에게는 즐겁거나 슬픈 자리에 으레 노래가 따랐으며, 그것은 오랜 전통으로 가꾼 미풍 양속이기도 하다. 한국인이라면 누구나 주름진 마음을 펴주고 시름의 그늘을 걷어내는 노래와 그토록 오랫동안 벗삼아 지내지 않으면 안 될 쓰리고 아픈 역사를 간직하고 있다. 한국인에게 노래는 생명력의 자연스러운 발현이며, 가장 뿌리가 깊은 문화적 양태인 것이다.

이 땅의 사람들이 1900년대에 부른 노래는 과연 어떤 것일까? 1904년 『황성신문』 5월 13일치에는 학교마다 다르게 부르던 애국가를 정리하기 위해 내놓은 국가國歌가 실린다. 노랫말에서 풍기는 정서를 헤아리고 곡조도 그려보자.

상재上宰는 우리 황제皇帝를 도우소서/성수 무강聖壽無彊하사 해옥수海屋壽를 산같이/쌓으소서/위권威權이 환영에 떨치사/어천 만세於千萬歲에 복록이 무궁케 하소서/상재는 우리 황제를 도우소서

1880년대에 들면서 개화와 발을 맞추어 이 땅에는 숭덕·배재·이화학당 같은 신식 교육 기관이 세워진다. 기독교계 선교사들이 세운 이들 교육 기관에서는 교육 운동의 명분과 이념이 담긴 교가와 나라에 대한 충성심을 심어주는 애국가가

필요하게 된다. 당시에는 학교마다 다른 애국가를 불렀는데 이를 통일하기 위해 학부에서는 군악대가 곡조를 다듬어 만들도록 한다. 물론 처음부터 이들 학교에서 교가나 애국가를 부르게 한 것은 아니다. 한쪽에서는 여전히 전통 민요와 창을 부르는가 하면, 다른 한쪽에서는 우리의 재래 음계와는 판이한 곡조의 찬송가를 외국인 선교사의 풍금에 맞추어 부르기도 한다. 얼마 지나지 않아 학생이나 교인 사이가 아니더라도 '찬미가' 곧 찬송가의 곡조에 당대 사람들의 정서에 맞는 가사를 붙여 부르는 노래들이 유행하게 되는데, 이것이 바로 '창가' 다.

대한제국 학부에서 1910년 처음 발간된 『보통 교육 창가집』. 가사는 한글이지만 일본을 찬양하거나 반일 감정을 누그러뜨리는 내용을 담고 있다.

1896년 4월 7일에 창간된 『독립신문』의 5월치에 이용우의 「애국가」가 실리는데, 이 때부터 창가는 찬송가의 그늘에서 벗어나 제 모양을 갖춘다. 바로 뒤를 이어 이중원의 「동심가」가 실리고, 같은 해 7월 25일에는 고종 황제의 탄신을 기리는 「황제 탄신 경축가」가 나온다. 모두 다섯 편으로 이루어진 이 「황제 탄신 경축가」는 새문안교회의 교인들이 영국 국가의 가사를 우리말로 고친 것인데, 『합동 찬송가』 468장의 곡조에 가사를 실어 4분의 3박자로 부르게 된다. 이어 같은 해 11월에는 독립협회가 독립 사업에 힘을 보탤 요량으로 독립문을 건립하며 만든 「애국가」가 나온다.

개화 초기의 창가에는 기독교의 영향이 짙게 배어 있다. 그러나 이 때 까지도 임금에게 충성을 보이려는 인습이 많이 남아 있어서, 창가의 가사에는 기독교의 전파와 함께 애국심의 고양이라는 내용이 혼재混在되어 나타난다. 1896년 민영환이 러시아 황제의 대관식에 다녀오는 길에 군악 나팔을 들여오고, 1900년에는 나라에서 독일인 지휘자 프란츠 에케르트Franz Eckert를 초빙해 군악대를 만든다. 이와 같은 일을 계기로 서양의 종교 음악과 군대 음악이 우리 나라에 자연스럽게 들어온다.

『독립신문』을 비롯한 여러 신문에 잇달아 창가가 발표되면서 이 땅에는 개화기 시문학의 물꼬가 트인다. 우리 문화의 적지 않은 부분이 그렇듯이 창가 또한 자생적 근대성의 힘으로 자라난 것은 아니다. 그럼에도 음악과 문학의 이중적 양식으로 발전한 창가는 개화기 민중의 생활 양식과 정서를 어지간히 반영하고 있다. 충성을 보이고 임금의 만세를 비는 것으로 채워지던 창가의 내용은 점차 민족 의식의 고취나 항일 운동의 이념을 내세우는 방향으로 탈바꿈한다.

개화와 계몽 이념의 젖으로 자라난 창가

1896년부터는 독립협회 · 만민공동회 · 신민회 등 여러 정치 · 경제 · 문화 단체나 조직의 행사가 활발해지면서 이 모임들의 활동 이념을 담은 창가가 쏟아져 나온다. 신교육을 권장하는 내용의 「권학가」가 나오고, 운동 경기를 통해 체력과 투지를 기르자는 내용의 「운동가」와 「응원가」가 널리 불리며, 젊은이 사이에서는 진취적 기상과 애국적 투쟁을 독려하는 「학도가」가 유행한다.

창가는 곡조가 붙여져서 노래로 불리고, 『대한매일신보』와 『황성신문』 · 『제국신문』 · 『경향신문』 등 여러 신문에 가사歌詞가 '활자화되어' 실린다. 신문에 투고하는 이들은 주로 학생과 일반 지식인 그리고 언론인이었는데, 가명을 쓰고 실제의 이름을 밝히지 않은 경우가 많다. 일반인이 쓴 창가는 새 시대에 대한 생각이나 현실에 대한 불만을 토로하는 평면적인 내용이 대부분이고, 언론인이나 여느 지식인이 쓴 것은 신문 기사와 크게 구별되지 않는 논설조 형식이 주류여서 시문학이라고 하기에는 조금 산만한 느낌을 준다. 그러나 창가는 남녀 노소를 가리지 않고 누구나 참여할 수 있는 국민 문학의 면모를 갖추고 있기도 하다. 따라서 개화기의 창가는 어느 문학 양식보다 폭넓은 계층을 수용한 장르로 문학사에 기록될 수 있을 것이다.

창가는 그 양식의 측면에서 고대 시가에서 완전히 벗어나지 못해 근대 시문학으로 보기에는 미흡한 점을 많이 가지고 있다. 이를테면 초기의 창가는 고대 가사와

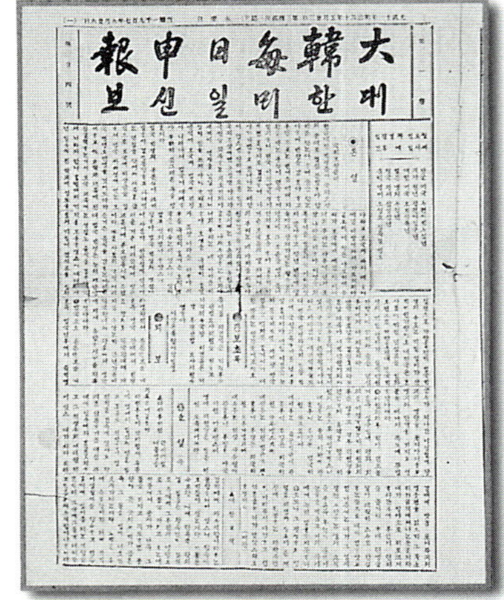

마찬가지로 3·4조나 4·4조의 율격을 그대로 따르고, 차츰 7·5조나 8·5조 또는 5·7조라든지 6·5조나 6·4조로 변형된 것도 나오지만, 여전히 전통 시가의 형식을 크게 뛰어넘지는 못한다. 내용의 측면에서도 봉건 이념을 가저 떨쳐 내지 못한 채 대부분의 작품이 애국 계몽 사상을 담는 차원에 머문다. 창가는 고대 시가에서 신체시로 넘어오던 시기를 담당한 과도기적 문학 형태로 평가된다. 1908년에 최남선의 「해에게서 소년에게」가 나오기까지, 창가는 어설프나마 근대 시문학의 디딤돌 구실을 한다.

1910년 병탄을 전후로 해서 창가는 이완용이나 일진회, 『대한신문』 등 친일 세력을 비판하는 내용을 담기 시작한다. 일부에서는 비밀리에 전사轉寫하거나 인쇄한 창가집을 일부러 퍼뜨리는데, 일제는 이를 금지하는 조처를 취한다.

이완용 씨 들으시오 총리 대신 저 지위가/일인지하 만인지상壹人之下萬人之上 그 책임이 어떠한가/수신 제가修身齊家 못 한 사람 치국治國인들 잘할손가/전일사前日事는 여하如何 턴지 금일부터 회개悔改하여/가정 풍기 바로잡고 백도 정무 유신百度政務維新하여/중흥 공신中興功臣 되여보소.
　「권고현내각勸告現內閣」, 『대한매일신보』(1909. 1. 30.)

일진회야 일진회야 너도 역시 인류로다/대장부의 처세함은 뇌뢰 낙락磊磊落落 저 심법心法이/태산 교악泰山喬嶽 본을 받어 빈부 귀천貧富貴賤 변할손가/당당 제국 신민堂堂帝國臣民이요 충신 명현忠臣名賢 자손으로/일조 돈견壹朝豚犬 무삼일가 명예상의 관계로도/번연 퇴회飜然退會할 것이요.
　「일진회야」, 『대한매일신보』(1909. 2. 17.)

일제는 항일 의식을 담은 '불온한' 창가가 비밀스럽게 유통되는 것에 맞서 노골적으로 일본을 찬양하거나 반일 감정을 누그러뜨리는 내용을 담은 창가로 꾸며진 『보통 교육 창가집』 같은 것을 학교나 단체를 통해 보급한다. 일제의 식민 지배가 강화되자 국내에서 그 입지를 잃어버린 '항일' 창가는 해외로 밀려나서 독립 운동

가로 쓰인다. 이처럼 일제의 검열과 감시로 항일 창가가 뿌리 내릴 터전을 빼앗기
자, 일반 대중 사이에는 일제의 간섭을 덜 받는 개인의 취향과 정서를 담은 창가가
많이 나돈다. 개화인의 국민 의식을 심어주려는 취지에서 나온 창가는 그 일부가
가요 형식의 노래로 이어지고, 일부는 신체시 같은 근대 문학의 새로운 양식에 섞
여 거듭난다.

참고 자료

조동일, 『한국 문학 통사 4』, 지식산업사, 1994
김재용 외, 『한국 근대 민족 문학사』, 한길사, 1993
백철, 『신문학 사조사』, 신구문화사, 1992
조연현, 『한국 현대 문학사』, 성문각, 1993
『신문화 100년』, 신구문화사, 1980
오세영, 『20세기 한국 시 연구』, 새문사, 1989
김용직, 『한국 근대 시사』, 학연사, 1986
김윤식, 『교재용 한국 현대 문학사』, 서울대학교 출판부, 1992

창가 唱歌

조선 말 갑오경장 이후 신시新詩로 된 최초의 서양식 시가詩歌를 '창가'라고 한다. 개항과 함께 국내에 수용된 서구의 악곡에 맞춰 제작된 노래 가사로 일종의 가사 형식이다. 4·4조가 많으나, 시조와 재래의 가사 및 찬송가의 영향으로 차츰 7·5조나 8·5조 등으로 변해 자유시로 발전한다. 창가는 개화 가사의 다음 자리에 위치하면서 뒤이어 나오는 신체시와 이어지는 다리 구실을 한다.

내용은 계몽적인 근대 의식을 담거나 애국심을 북돋는 것이 많으며, 1896년부터 『독립신문』 같은 매체에 자주 실린다. 특정 시인에 의해 예술로 창작되는 단계까지 이르지는 못하지만, 1910년 한일합병 뒤로는 민족혼을 심어주고 광복에 대한 민중의 열망을 담은 것이 많이 나타난다. 개화기에는 대체로 애국가류나 단체가가 주를 이루다가 점차 세련된 형태와 전문적인 제작자가 나오기 시작한다. 최남선·이광수·윤치호·안창호·김인식 등이 그들이다. 마지막으로 서정적인 단면을 지닌 것과 수백 행에 이르는 대형 창가가 ㄴ타나면서 뒷날 나오는 근대적 서정시 양식과 장편 서사시의 전초 현상을 보인다.

1876년 새문안교회 교인들이 영국의 국가를 곡조로 삼아 부른 「황제 탄신 경축가」와 288행의 대형 창가인 최남선의 「경부 철도가」(1908)를 비롯해 「독립가」·「권학가」·「한양가」 등이 대표작으로 꼽힌다. 창가는 근대식 교육 기관의 교과목으로 채택되어 일반 대중이 널리 부름으로써 민족 교육과 정서 교육에 크게 이바지한다.

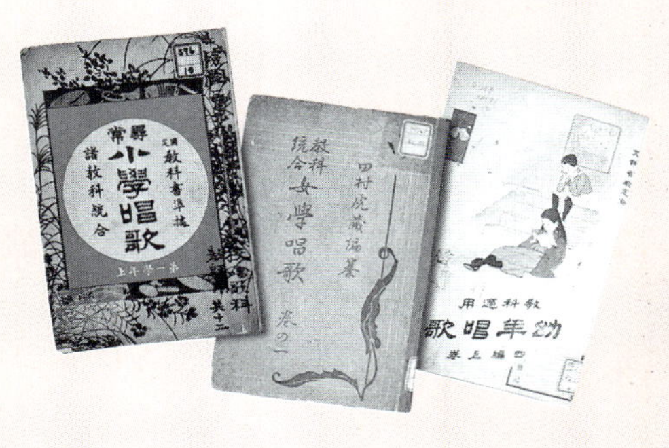

자라나는 세대를
겨냥해
일제가 퍼뜨린
갖가지 창가집
(1882~1912)

우리 2천만 동포 노예들이여! 살겠느냐, 죽겠느냐?
단군, 기자 이래 4천 년 국민 정신이 하룻밤 사이에 졸연히
멸망하고 멈추지 않았는가

1905

시일야방성대곡是日也放聲大哭

지난번에 이토가 조선에 오매 우리 인민들이 서로 말하기를 이토는 동양 3국의 정족鼎足의 안녕을 담당하여 주선하던 인물이라 금일 내한함이 필시 우리 나라 독립을 공고히 부식할 방략을 권고하리라 하여 경향간에 관민 상하가 환영하였더니 천하의 일이 측량하기 어렵도다. 천만 뜻밖에도 5조약을 어떤 연유로 제출하였는고? 이 조약은 비단 우리 나라만 아니라 동양 3국이 분열하는 조짐을 나타낸 것인즉 이토의 본래 뜻이 어디에 있느냐?

그러나 우리 대황제 폐하의 강경하신 거룩한 뜻으로 거절하고 말았으니, 이 조약의 불성립함은 상상컨대 이토가 스스로 알 수 있을 바이어늘 오호라, 개돼지 새끼만도 못한 소위 우리 정부 대신이라는 작자들이 영리에 어둡고 위협에 떨어서 이를 따르고 굽신거려 나라를 팔아먹는 적이 되기를 서슴지 않았으니, 4천 년 강토와 5백 년 종사를 타인에게 바치고 2천만 생령을 노예로 만들었으니, 저들 개돼지 새끼만도 못한 외부 대신 박제순 및 각 대신은 타인 책망할 여지도 없으려니와 이름을 소위 참정 대신이라 하는 자는 정부의 우두머리라, 겨우 부좀자로 책임을 면하

여 이름을 남기고자 꾀하였는가? 청음淸陰 김상헌金相憲의 책을 찢고 곡哭함에도 이기지 못하겠고 동계桐溪 정온鄭蘊의 할복함도 이기지 못하겠으니, 아연히 살아 세상에 남아 무슨 면목으로 강경하신 황성 폐하를 대하며 무슨 면목으로 2천만 동포를 대하겠느냐?

오호라! 찢어질 듯한 마음이여! 우리 2천만 동포 노예들이여! 살겠느냐, 죽겠느냐? 단군, 기자 이래 4천 년 국민 정신이 하룻밤 사이에 졸연히 멸망하고 멈추지 않았는가. 아프고, 아프도다. 동포여, 동포여!

일제의 강압으로 1905년 11월 17일에 을사조약이 체결되자 당시 『황성신문』의 주필이던 장지연은 「시일야방성대곡是日也放聲大哭」이라는 제목의 우국적 논설을 써서 11월 20일치 신문에 싣는다. 장지연은 사전 검열을 거부한 채 이 논설이 실린 신문을 대량으로 배포해 나라 안을 온통 울음 바다로 만든다.

1905

1월
5 한국 경찰의 임무를 일본군이 대신 담당한다는 군령 발표
22 러시아, 겨울궁전으로 행진하는 민중을 향해 군대가 발포, 1천여 명의 사망자와 2천 명 이상의 부상자 발생(피의 일요일)
28 경무청, 고등 경찰 제도 실시(현행범은 고관일지라도 체포 가능)

2월
22 일본, 독도를 강탈해 다케시마 곧 죽도竹島라고 개칭

6월
24 용산에 철도 공장 설립

7월
1 신·구 화폐 교환 시작, 금융난이 심각해 종로 상가 철시 상태에 빠짐
6 황제의 밀사 이승만·윤병구, 루스벨트 미국 대통령에게 독립 청원서 전달
19 의학교장 지석영이 상소한 한글 사용법 「신정 국문 오음 상형반新訂國文五音象形班」을 전국에 보급

8월
12 제2차 영일동맹조약 조인

9월
5 포츠머스에서 러일강화조약 체결
9 미국 대통령, 일본의 한국 외교권 인수에 이의 없음을 밝힘

10월
27 러시아, 페테르스부르크에서 노동자 대표 소비에트(평의회) 조직
0 학부에서 고등 학교 교과를 개정해 한국의 역사와 지지地誌 모두 폐지

11월
17 제2차 한일협상조약(을사조약) 조인
20 『황성신문』 주필 장지연, 논설 「시일야방성대곡是日也放聲 大哭」 게재
30 시종 무관장侍從武官長 민영환 자결
0 각지에서 을사조약에 반대하는 의병 항쟁 발발

12월
21 통감브 초대 총장에 이토 히로부미 임명

0
0 아인슈타인, 특수 상대성 이론 발표

현실을 머금은 '토론 소설' 유행

「소경과 앉은뱅이의 문답」

12월 21일 일본은 조선 병탄을 앞당기기 위해 천황 직속으로 통감 이토 히로부미伊藤博文를 파견한다. 이처럼 일본의 압박이 점차 노골화하자 나라 안팎으로 국권 상실에 대한 위기감이 짙어진다. 이 위기 국면을 뚫고 나가기 위한 대응책으로 독립협회와 만민공동회 등의 정치 운동이 활발해진다. 따라서 각종 정치 집회와 토론회가 여기저기에서 빈번하게 열리는데, 이 때 국권 회복과 자주 독립 그리고 문명 개화를 골자로 한 글이 많이 나온다. 그런데 여기에는 연설문이나 논설문 외에 문답체의 시사 토론문이 끼여 있어 눈길을 끈다. 통감 정치 개입으로 한층 더 엄격해진 규제와 검열을 피하면서 동시에 독자들의 흥미와 공감대를 이끌어내기 위해 딱딱한 논설 형식을 벗어나야 한다는 당위와 만난 것이다. 이로써 전에 보던 것과는 다른 형식의 글들이 여러 신문과 잡지며 단행본을 통해 나타난다.

1905년 『대한매일신보』에 투고자의 이름을 밝히지 않고 실은 「소경과 앉은뱅이의 문답」은 새로 나타난 시사 토론 소설의 대표 작품이다. 이 작품에서는 점을 봐주는 것으로 생계를 꾸려가는 소경과 망건을 만들어 파는 앉은뱅이가 등장해, 개화기의 풍속 교정인 단발령과 미신 타파의 실책이 저희의 직업에 끼치는 불이익에 대한 푸념으로 대화를 풀어간다.

『대한매일신보』에 실린 「소경과 앉은뱅이의 문답」

"아니 돈이 귀하여 그렇지. 신화 한 푼 얻어보기는 하늘의 별따기요, 구화조차 구경할 수 없으니 어느 결에 술 먹을 수 있으며 먹는들 취할 수 있겠나. 전에는 내가 문수 소리를 지르고 돌아다니면 이 집 저 집에서 불러들여 하루 못 벌어도 삼사십 냥이더니 근일에는 다리에 가래톳이 서도록 다녀도 삼사 푼을 구경치 못하니 참 알 수 없어."

"자네는 그렇지. 나도 이왕에는 망건을 세 개만 맡아도 매일 사오십 냥 오륙십 냥을 벌어 고기도 사 먹고 술도 먹었더니, 근일 당하여는 돈도 귀할 뿐 아니라 머리 깎은 사람이 많아서 제가끔 망건을 팔아 먹으려 드는 까닭에 생애 없어 죽겠네."

「소경과 앉은뱅이의 문답」, 『대한매일신보』(1905.11.17.)

돈의문(서대문) 앞에서 행진하고 있는 신식 군대. 총과 검으로 무장하고 있다.

1905년, 원래 쓰이고 있던 백동화와 엽전을 거둬들이고 일본 화폐의 유통을 인정한 폐제 개혁은 '전황錢荒'이라는 사회적 현상을 몰고 와서 가뜩이나 어렵던 우리 농업과 상업을 더욱 피폐하게 만든다. 「소경과 앉은뱅이의 문답」은 여느 서민층보다 더욱 개화에서 소외될 수밖에 없는 천민 계층의 두 인물을 내세워 '개화'라는 명목으로 일본이 자행하던 경제 침략의 악영향을 풍자 수법으로 고발한다. 또 말로는 개화와 문명을 외쳐대고 무당과 판수를 엄금하면서도, 실제로는 부국 강병에 어긋나는 행동을 하며 사리 사욕을 채우기에 바쁜 관료들의 위선적 태도를 신랄하게 꼬집는다.

"이 사람, 딴소리 말게. 지금 판세를 가만히 보면 '개화'니 '문명'이니 한다고 머리는 잘들 깎았나 보네만 속에는 전판 완고의 구습이 가득하여 겉으로는 어찌 개명 진취의 뜻이 있는 듯하나 실상은 잠을 깨지 못하여 길에 다니는 자들이 말짱 코를 골고 다니니 비유컨대 고목 나무 겉은 성하나 속은 좀이 먹어들어 가는 모양이라. 참 겉개화라 할 만하여 내 망건 생애만 조잔하여 갈 뿐이오. 조금 별수는 없을 터인데 자네 복술에는 관계치 아니하리."

"남 화나는 말 하지 말게. 자네는 듣지도 못하였나. 지금 경무청에서 무당과 판수를 엄금한다네. 무당은 사지 백태가 멀쩡하여 아무래도 관계치 않거니와, 우리 눈깔 먼 소경 놈은 아무것도 할 수 없고 다만 배운 바 경 읽고 점치는 수밖에 없으니 내가 내 생각하여도 꼭 죽었지.

다른 계책 없읍네."

앞의 글, 『대한매일신보』(1905. 11. 24.)

이 대목에서 문명 개화가 일본 경무청의 개입으로 말미암아 일종의 폭력적 양상으로 치닫는 데 대한 반감을 엿볼 수 있다. 여기에서 보듯이 이야기는 등장 인물들의 직업에 따른 구체적 생활 감정이 생생하게 실린 대화를 축으로 하는 소설 형식으로 펼쳐지는데, 완곡한 표현 속에 내재한 날카로운 비판 정신을 보여줌으로써 논설과는 다른 새롭고 독특한 양식임을 입증한다. 이런 시사 토론 소설의 작가는 거의 밝혀져 있지 않으나, 대개는 신문사에서 일하던 언론인들이 썼을 것으로 짐작된다.

「거부 오해車夫誤解」

1905

성벽이 헐리기 전에
숭례문(남대문)을
지나다니던 전차

『대한매일신보』에 1906년 2월 20일부터 3월 7일까지 연재된 「거부 오해車夫誤解」라는 작품도 시사 토론 소설의 하나다. 이 소설에서는 당대의 유력 인사들을 태우고 다니는 인력거꾼이 화자로 등장한다. 그는 무식해 '조직' 이라든가 새로 부임한 '통감統監' 이라는 말의 뜻을 이해하지 못하고 '조짚' 과 '통감通鑑' 이라는 말로 엉뚱하게 알아들어 독자들을 포복 절도하게 만든다. 그러나 이 무식한 인력거꾼은 정부 조직이나 통감의 정책을 이해하지도 못한 채 맹목적으로 끌려다니며 휘둘리는 바로 우리 민족의 상징이자 대변자인 것이다.

"나는 아무리 생각하여도 알 수 없는 일이 한 가지 있어 모든 친구에게 묻나니, 내가 인력거로 생애하는 고로 남북촌 재상가도 많이 가서 보고 각처 연회에나 연설하는 곳에도 더러 가서 들은즉, 정부 조짚 정부 조짚 하니 정부에서 조짚은 하여 무엇에 쓰려는지. 정부라는 말은 각 대신네들이 모여 나라일 의논하는 처소로 짐작하거니와 그 조짚은 무슨 조짚인지 알 수 없네. 정부가 마소 치는 여각집이 아닌즉 말이나 소를 먹이려고 조짚을 구할 것도 아니오, 혹 시골서는 조짚이 지붕이나 담 같은 것을 이거나 하거니와…… 그 조짚은 어디 쓸 소용인지 알 수 없어 갑갑히 지내노라."

"이 무식한 놈아. 정부 조짚이란 말도 있던가. 정부 조직이라 하는 말이지. 조직이라 하는 말은 물론 무엇이든지 짠다는 말이니 정부 조직은 정부를 짠다는 말이다."

「거부 오해」 제1회, 『대한매일신보』(1906. 2. 20.)

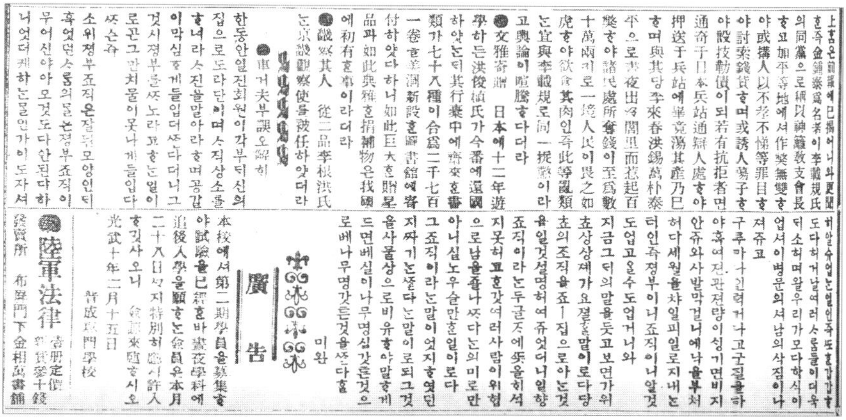

『대한매일신보』에 실린 「거부 오해」

언뜻 보면 말의 이중성에 기댄 말장난처럼 보이는 이 대화에는 나랏일 의논한다고 내세운 정부 조직이 실제로는 지푸라기보다도 못하다는 예리한 비판이 숨어 있다.

"이 사람, 되지 않는 말은 작작 하소. 듣기를 잘못하였나, 생각을 잘못하였나. 더찌 그리 오해하는 말이 많은고. 근번에 일본에서 건너온다는 통감은 서책 이름의 통감이 아니고 벼슬 이름의 통감이니 그 통감은 일본의 유명한 원로 후작 이등박문 씨가 통감으로 건너왔다네. 그 통감의 직권을 말하자면 대단히 훌륭한가 본데, 이왕에 일본 신문상에도 통감의 운치를 논란하였는데 한국 풍속이 주임관 이상은 영감이라 하고 책임관 이상은 대감이라 하고 황제 폐하는 상감이라 한즉 지금 통감이라는 칭호가 극히 운치가 있고 재미스러운 말이라 하고 하였는데 그런 말 듣고 가만히 헤아려 보면 통감이라는 통자는 거느릴 통자요, 감이라는 감자는 볼 감자이니 그 통감 두 글자를 합하여 말하게 되면 도통 거느려본다는 말 아닌가. 그렇게 미루

어보게 되면 통감이라는 칭호와 직권이 우리 한국에는 굉장한 칭호와 직권이 아닌가. 저 사람
들은 운치도 있게 알 만도 하고 재미스럽게 여길 만도 하거니와 우리 나라 일반 국민에게는 어
찌 기막히고 한심한 일이 아니리요."

이 대화체 소설은 당시의 지배 계급인 영감과 대감은 물론이거니와 황제인 상감
마저도 '통감' 밑에 있다는 부끄러운 현실을 우회적으로 드러내 보인다. 「소경과
앉은뱅이의 문답」이 두 사람의 대화로 일관하는 데 비해, 「거부 오해」는 무식한 인
력거꾼과 그의 오해를 놓고 시시 비비를 가리는 주변 사람들의 일화로 구성된다.
이 작품 밑에 깔려 있는 것은 개화를 빙자해 서민을 억압하고 수탈하는 일제의 폭
력과, 그것에 제대로 항거하지 못하는 무력한 정부를 향한 탈개화론자의 분노다.
그 분노를 떠받치고 있는 것은 무력한 정부에 나라를 더 맡길 수 없으므로 일반 국
민은 자각해 개화를 이룰 수 있는 내부의 힘을 키우자는 계몽론자의 논리다.

토론문은 1898년 3월 29일치『독립신문』에 처음 실린다. 위정자를 독한 나무에
빗대면서 그 나무 때문에 강산이 병들고 있음을 대화체로 표현한 것이었다. 그 뒤
로 1903년『황성신문』에 연재된 최영표의 「천하 대세 문답」, 1905년에 우시생이
연재한 「향객 담화」, 역시 1905년의 「향로 방문 의생」 등이 나온다. 처음에는 단지
대화나 문답을 기록한 것에 지나지 않던 이런 토론문은 점차 등장 인물에게 성격
을 부여하게 되면서 독특한 짜임새를 지닌 문학 형식으로 발전한다.

이해조의 「자유종」

1908년에 나온 이해조의 「자유종」은 토론체 소설의 또다른 면모를 보여준다.
이 작품은 먼저 단행본 표지에 '신소설', 본문 서두에 '토론 소설'이라고 밝히고
있다. 아울러 이전의 시사 토론 소설이 거의 다 단편인 데 비하면 꽤 길다는 것도
특징이다. 「자유종」은 1908년 음력 1월 16일, 주인 이매경 부인과 그의 생일에 초

대를 받고 온 신설헌 · 홍국란 · 강금운 부인이 모여 나누는 이야기를 담고 있다. 여러 부인이 문명 개화와 남녀 평등에 관한 이야기를 하다가 지식과 교육에 관한 이야기를 하고 나중에는 각자의 꿈 이야기로 끝을 맺는 방식이다. 이 토론체 소설에서는 한일합병을 눈앞에 둔 시대 정황 탓인지, 1905년께의 시사 토론문이 보여 준 신랄한 비판 의식은 엷어진 대신에 허황된 표현을 길게 늘임으로써, 인물들의 성격과 주제 의식이 오히려 약해진다. 따라서 이해조의 「자유종」은 정치 소설에서 상업주의적 소설로 이행하는 과도기의 산물로 평가된다.

나라가 위태로운 시기일수록 구성원의 정체성과 정치 · 경제 · 사회 문제를 살펴보는 것은 중요한 일이다. 이렇게 위기의 원인을 밝히는 것은 위기 극복의 첫 단계이자, 앞으로 나아갈 방향을 찾는 데 유용한 지표가 될 수 있기 때문이다. 시사 토론 소설은 이 땅에 위기와 혼란을 가져온 모순과 갈등의 내용을 끄집어내고, 이것을 풍자와 해학의 수법으로 비판함으로써 시대 상황을 반영한 독특한 문학 형태라고 할 수 있다.

참고 자료

홍일식, 『한국 개화기의 문학 사상 연구』, 열화당, 1991
김윤식 · 정호웅, 『한국 소설사』, 예하, 1994
김재용 외, 『한국 근대 민족 문학사』, 한길사, 1993
조동일, 『한국 문학 통사 4』, 지식산업사, 1994

나라가 없고 임금이 없으니 우리 삼천리 인민은 모두 노예며
신첩일 뿐이다. 남의 노예가 되고 남의 신첩이 된다면
살았다 하여도 죽는 것만 못하다

1906

포고팔도사민布告八道士民

아, 원통하다. 오늘날의 국사를 차마 말로 할 수 있으랴. 옛날에 나라가 망할 때는 종사만 멸망할 뿐이었는데, 오늘날 나라가 망할 때에는 인종까지 함께 멸망하는구나. 옛날에 나라를 멸망시킬 적에는 전쟁으로써 하더니 오늘날 나라를 멸망시킬 적에는 계약으로 하는구나. 전쟁으로 한다면 그래도 승패의 판가름이 있겠지만 계약으로 하는 것은 스스로 망하는 길로 나아가는 것이다.

아, 지난 10월 20일의 변은 전세계 고금에 일찍이 없었던 일일 것이다. 우리에게 이웃 나라가 있어도 스스로 절교하지 못하고 타인을 시켜 절교하니 이것은 나라가 없는 것이요, 우리에게 토지와 인민이 있어도 스스로 주장하지 못하고 타인을 시켜 대신 감독하게 하니, 이것이 임금이 없는 것이다. 나라가 없고 임금이 없으니 우리 삼천리 인민은 모두 노예며 신첩일 뿐이다. 남의 노예가 되고 남의 신첩이 된다면 살았다 하여도 죽는 것만 못하다. ……

1. 전번 유약소儒約所의 통고문을 보니, 결세結稅를 내지 말고 윤차輪車를 타지

말자는 것과 포백布帛, 기용器用 등 저들의 물건을 쓰지 말자는 말이 있었는데, 이것은 진실로 틀림없는 의론이다. 대저 결세는 국가 경영에 사용하는 것인데 오늘날에는 모두 왜놈의 금고에 들어가니, 어찌 우리 백성들의 고혈을 원수의 먹이가 되게 할 수 있겠는가? 마땅히 각각 자기 고을에서 해당 마을의 부유한 집에 거두어두었다가 오적이 제거된 다음 궁내부에 바쳐야 한다.

최익현은 1906년 4월에 의병을 일으키면서 「창의토적소倡儀討賊疏」를 발표해 궐기의 의지를 밝힌 데 이어 「포고팔도사민布告八道士民」을 통해 항일 의병의 궐기를 촉구한다. 대원군을 실각시키고 의병장으로 활동하던 그는 일제에 체포되어 쓰시마 섬에 유배중이던 1906년 12월 30일, 단식 끝에 숨을 거둔다.

개화의 이념을 담은 신소설

'신소설'임을 내세운 이인직의 「혈의 누」

1906년 7월에 『만세보』에는 제법 묵직한 느낌을 주면서도 그 이전과는 다른 소설 작품 하나가 실린다. '신소설'로 일컬어지는 이인직의 「혈의 누」가 『만세보』에 연재되기 시작한 것이다. 1900년대의 혼란스러운 사회 현실을 투영한 신소설은 과도기 문학의 특성을 보여주는 문학 양식이다. 더구나 최초의 신소설인 「혈의 누」는 개화기라는 시대 배경에 지은이 이인직의 개인사와 정치적 동기까지 교묘하게 얽힌 채 출현한 작품이다.

과도기 문학의 선구는 새로운 조선의 정치적 이상을 선전하고 깨우치지 못한 민중을 계몽하려는 의도가 직접적 또는 노골적으로 표현된 정치 소설에서 시작한다.

임인식, 『문학의 논리』(학예사, 1940)

청일전쟁에서 가족을 잃고 방황하는 일곱 살짜리 소녀 옥련이 이 소설의 주인공이다. 옥련은 총탄에 다리를 다쳐 야전 병원에서 치료를 받다가 일본 군의관의 수양딸로 들어간다. 이윽고 양부의 도움으로 유학을 간 옥련은 일본에서 구완서라는 청년을 만난다. 사랑하는 사이가 된 두 사람은 뜻을 같이해 미국 유학길에 나선다. 「혈의 누」는 크게 뭉뚱그리면 이런 줄거리로 되어 있는데, 당장 도입부에 나타난 형식과 몇몇 어휘에서 지은이의 숨은 의도를 내비친다.

최초의 신소설인 이인직의 『혈의 누』

日淸戰爭의 총소리는 平壤一境이 떠나갈 듯하더니 그 총소리가 그치매 靑人의 敗한 軍士는 秋風에 落葉같이 흩어지고 日本군사는 물밀듯 西北을 향하여 가니 그 뒤는 山과 들에 사람 죽은 송장뿐이라.

이인직, 「혈의 누」, 『만세보』(1906. 7. 22.)

청일전쟁이 아니라 굳이 '일청전쟁'이라고 한 것부터 의식적인 조어造語로 보인다. 아울러 한자 위에 작은 토를 다는 것은 일본에서 흔히 쓰는 표기법이다. 이와 같은 것에서 알 수 있듯이, 이 소설에 나타난 몇 가지 특징은 중국을 배척하고 일본을 유난히 선호하는 지은이의 태도에서 비롯된다. 일본적인 것의 수용을 개화의 지름길로 믿은 이인직의 생각이 작품 전면에 고스란히 나타난 것이다.

『만세보』 연재가 끝나고 1년 뒤인 1907년, '광학서포'에서 신소설이라는 이름표를 달고 나온 단행본에서도 흥미로운 사실을 몇 가지 발견할 수 있다. 괄호 속에 최소한의 한자만을 남긴 채 거의 다 한글로 표기되고, 일본식 표기법이나 표현이 우리식으로 바뀐 것이다. 이런 배려는 신문 매체에서 단행본으로 옮겨가면서 소비 주체인 대중의 요구에 한결 민감하게 반응한 결과로 보인다. 다시 말하면 상업 출판에 따른 변화인 셈이다. 결과적으로 앞의 것보다는 뒤의 것이 우리 근대 문학의 규범에 훨씬 가깝다고 할 수 있다.

이인직 스스로도 「혈의 누」 이후 1906년에서 이듬해에 걸쳐 완성한 「귀의 성」, 1908년의 「은세계」와 「치악산」, 1913년의 「모란봉」에서 이런 대중적 요구를 외면하지 못한다. 특히 「혈의 누」의 하편 격인 「모란봉」에서 이인직은 새로 서일순이라는 인물을 내세워, 미국에서 돌아온 옥련과 구완서 사이에 끼여 삼각 관계에 빠지는 인물로 그리고 있다. 이로써 「모란봉」은 상편에서 보이던 정치적 색채가 옅어지고 애정 소설로 흐른다. 왜 이렇게 된 것일까.

이인직은 신문 정치 소설을 현실 정치에 개입하는 한 방편으로 여긴 사람이다. 그가 작가로 나선 것도 실제로는 정치적 야심 때문이다. 유학 시절에 일본에서 암시를 받은 대로 논객을 거쳐 정객이 되려고 그는 정치 소설에 매달린다. 그러나 얼마 지나지 않아 일본식 의회 제도와 거리가 먼 우리의 정치 구조에서는 그것이 불가능하다는 것을 깨닫는다. 소설을 통한 정치적 입신이라는 꿈을 접고 나서, 이인

이인직의 신소설
『은세계』의 표지와 본문.
최초의 신연극 소설이기도
하다.

직은 새삼스럽게 소설의 대중성과 상업성에 눈길을 돌린 것이다.

이해조와 최찬식

이인직과 어깨를 겨룰 만한 신소설 작가로서 이해조가 있다. 조선 왕조의 명문가 출신인 그는 열아홉 살 때 진사에 급제한 적도 있는 인물이다. 이해조는 1906년 「잠상태」를 발표하고, 적을 두고 있던 『제국신문』에 1907년 「고목화」·「빈상설」, 1908년 「원앙도」·「구마검」·「홍도화」·「만월대」·「쌍옥적」, 1909년에 「모란병」을 연재한다. 그의 활동은 여기에 그치지 않고 '대한협회'와 '기호흥학회'의 회원으로 자강 운동을 하면서 『대한민보』에 1909년 「현미경」, 1910년 「박정화」 등을 연재하며, 번역에도 관심을 보여 1908년 「화성돈전」·「철세계」를 펴낸다. 그는 1910년에 내놓은 대표작 「자유종」까지 포함해 개화기를 배경으로 주로 집안

신소설

조선 말기 갑오경장 이후 개화기를 시대 배경으로 해서 나타난 일군의 계몽주의적 소설을 일컬어 '신소설'이라고 한다. 이것은 고대 소설과 현대 소설을 이어주는 과도기적 소설로서, 봉건 타파와 개화 계몽, 자주 독립과 민주·애국 사상의 고취, 서구의 신사조 도입 등을 주제로 삼는다. 1906년 7월 22일부터 『만세보』에 연재된 이인직의 「혈의 누」가 효시이며, 1917년 이광수의 소설 「무정」이 나오기까지 그 사이에 나온 소설을 통틀어 가리킨다. 주요 작품으로는 이인직의 「치악산」·「귀의 성」·「은세계」를 비롯해, 이해조의 「모란병」·「자유종」, 최찬식의 「추월색」·「금강문」·「강상촌」, 안국선의 「금수 회의록」, 구연학의 「설중매」 등이 있다. 신소설은 작품의 소재를 현실 세계에서 취하고, 언문 일치의 한글로 산문체 문장을 구사하는 등 고대 소설에서 볼 수 없던 새로운 면을 갖추고 있다. 그러나 권선 징악의 이분법적 주제에 머문 점, 인물의 정형화에서 벗어나지 못한 점, 사건의 결말을 인위적으로 설정한 점 등은 신소설이 아직은 고대 소설의 테두리에서 벗어나지 못했음을 보여준다. 이와 같은 한계가 있음에도 신소설은 근대 신문학 운동의 한 계기를 마련했다는 점에 그 문학사적 의의가 있다. 신소설은 이광수와 김동인 등이 현대 소설을 선보이면서 자취를 감춘다.

에서 발생하는 처첩 사이의 갈등, 미신 숭상을 둘러싼 불화, 과부의 재혼 문제 등을 다루며 반봉건과 문명 개화 사상을 고취하려고 애쓴다. 그러나 이허조의 신소설은 권선 징악이라는 이분법적 주제에 머문 채, 근본을 파고들어 사회 구조적인 갈등을 드러내는 데 실패함으로써, 고대 소설의 자장磁場에서 크게 벗어나지 못한다. 1910년 한일합병 뒤, 그는 총독부의 기관지인 『매일신보』에 입사해 「화세계」·「자유종」을 발표한 데 이어 1911년 「월하 가인」, 1912년 「화의 혈」·「춘외춘」·「봉선화」, 1913년 「우중 행인」 등을 내놓는다. 다수의 판소리 개작 소설을 펴내기도 한 이해조는 유생으로서의 보수성을 마저 떨쳐버리지 못한 채 1920년에 숨을 거둔다.

이해조 역시 「자유종」에서는 옅으나마 정치적 색채를 드러내기도 하지만, 「화의 혈」이나 「춘외춘」 등에서 보듯이 나중에는 차츰 통속성이 강한 작품을 쓰게 된다. 이해조의 뒤를 잇는 작가로서는 최찬식을 꼽을 수 있다. 그는 1914년 「추월색」·「금강문」·「안의 성」, 1916년 「도화원」을 발표함으로써 신소설의 주요 작가가 된다. 이해조와 최찬식의 작품을 통해서도 알 수 있듯이, 신소설은 계몽성과 통속성의 결합이라는 그 양식의 특징을 어김없이 보여준다.

기자 왈, 소설이라 하는 것은 매양 빙공 착영憑空捉影으로 인정에 맞도록 편집하여 풍속을 교정하고 사회를 경성하는 것이 제일 목적인 중, 그와 방불한 사람과 방불한 사실이 있고 보면, 애독하시는 열위列位 부인 신사의 진진한 재미가 일층 더 생길 것이요. 그 사람이 회개하고 그 사실을 경계하는 좋은 영향도 없지 아니할지라. 고로 본 기자는 이 소설을 기록하여 스스로 재미와 그 영향이 있음을 바라고 또 바라노라.

　　이해조, 「화의 혈」 발문

개화의 젖을 먹고 자라난 통속적 계몽 소설은 1910년대의 근대 소설, 이를테면 이광수의 「무정」으로 건너가는 길목에 놓인 다리 구실을 한다.

소설이라는 하나의 문학 장르가 나타나지 않더라도 고대 소설에서 직접 춘원의 현대 소설이 나올 수 있는 연결선도 예상을 전연 불가능하게 하는 바는 아니지만 우리의 현대 소설이 고대 소설에서 한 걸음 전진한 신소설의 터전을 밟아서 다시 한 단계 위의 것으로 발전한 경로를 더듬어 우리 소설사에 있어서 주체적인 전통 계승 문제에까지 상도想到할 때, 신소설의 매개적인 역할은 컸다. 만일 신소설의 단계가 없이 춘원의 작품이 나왔다면 우리는 현대 소설에 있어서의 자기 전통에 대한 관점이 일층 박약薄弱하였을 것을 가설적으로 예측할 수도 있다. 이것은 바꾸어 말하면 현대 소설에 한국적인 것이 어느 정도 남게 하게 한 공功이 (그것이 오히려 현대 소설 발전 도상에 장해가 되었는지 모르나) 과도기적인 작품인 신소설이 있었기 때문이라고 추정할 수도 있다는 이야기다.

전광용, 「이인직 연구」, 『서울대학교 국어 국문학 논문집』(1977)

신소설은 근대 소설의 효시로 삼기에는 미흡한 구석이 많다. 그렇다고 문학사에서 간과하고 넘어가도 좋을 만큼 의의가 없는 것은 아니다. 문명 개화와 풍속 개량을 내세운 신소설은 개화기라는 시대 배경과 맞물려 나타난 과도기의 문학 양식으로 우리 문학사에 자리를 매길 수 있을 것이다. 신소설 작가들은 구체제에 매인 이들을 악인으로, 신사조를 받아들이는 이들을 선인으로 그리는 도식적인 선악관에서 벗어나지 못한다. 따라서 권선 징악 같은 구태 의연한 결말이나 틀에 박힌 인물 설정은 고대 소설의 특징과 다를 바가 없다. 그러나 신소설은 한문체의 운문 형식에서 벗어나 국한문 혼용이나 국문으로 쓰는 산문 표현의 전범을 내놓아 언문 일치의 문장을 정착시키고, 고대 소설과 달리 설화나 전설에서 소재를 따오지 않고 개화기라는 당대의 현실을 담아내려고 한다. 이와 같이 신소설은 고대 소설과 견주어 진일보한 면모를 갖춤으로써 새로운 문학 양식으로서 변별력을 보여준다.

오래된 것을 지키려는 노력과 새로운 것을 추구하는 의지는 시공을 넘어 늘 충돌하면서도 기묘하게 공존한다. 혼란은 그 충돌의 겉보기이며, 이는 필경 새로운 질서로 귀결된다. 신소설의 발생론적 정당성은 봉건적 왕조 시대로 표상되는 낡은

이 무렵 쏟아져 나온 신소설들. 왼쪽부터 『추월색』· 『구의산』· 『능라도』.

질서의 해체라는 당위에 있다. 그 당위에 따른 시대 정신을 머금고 있는 신소설은 근대 문명을 추구하던 개화기 '신세대'가 서구식 문물을 모방하고 도입하는 데 열을 올리는 과정에서 발생한 과도기의 문학 양식이다.

참고 자료

김윤식 · 정호웅 공저, 『한국 소설사』, 예하, 1994

홍일식, 『한국 개화기의 문학 사상 연구』, 열화당, 1991

김재용 외, 『한국 근대 민족 문화사』, 한길사, 1993

전광용, 「이인직 연구」, 『서울대학교 논문집』, 1977

백철, 『신문학 사조사』, 신구문화사, 1992

조동일, 『한국 문학 통사 4』, 지식산업사, 1994

조연현, 『한국 현대 문학사』, 성문각, 1993

김윤식 · 김우종 외, 『한국 현대 문학사』, 현대문학, 1994

이재선 외, 『개화기 문학론』, 형설출판사, 1993

김윤식, 『교재용 한국 현대 문학사』, 서울대학교 출판부, 1992

만약 명령에 복종치 않은 자가 있으면 관찰·수령으로
먼저 목을 베어 파출罷出하고 처분하여 강토를 보전하고
사직을 수호함에 목숨을 다하여라

1907

고종 황제 칙서

칠로七路에 권송勸送하니 각기 의병에 나서라.

슬프다. 나의 죄가 크고 허물이 많은지라 하늘의 도움을 받지 못하여 강악强惡한 이웃 나라가 넘보게 되고 역신逆臣이 국권을 농단하여 마침내 4천 년 종사와 삼천리 강토가 하루아침에 오랑캐의 땅이 되려 하니 나의 이 실낱 같은 목숨이야 아까울 것 없지만 오직 종상하 인민을 걱정하여 애통하는 바이다.

여기에 이강년으로 하여금 도체찰사에 임任하고 일로一路에 권송하는 바이니 양가良家의 재자才子로서 각기 의병을 일으키게 하고 초모관召募官에 임하여 스스로 인부印符를 새기어 종사토록 할지어다. 만약 명령에 복종치 않은 자가 있으면 관찰·수령으로 먼저 목을 베어 파출罷出하고 처분하여 강토를 보전하고 사직을 수호함에 목숨을 다하여라. 이 글을 비밀히 보내니 나의 뜻을 다 알아서 행하라.

1907년 6월 29일, 고종은 네덜란드의 헤이그에서 열리는 만국 평화 회의에 특사를 파견해 을사조약의 부당성을 역설하고 조선의 안전과 독립을 보

호해줄 것을 호소하려 한다. 그러나 일본의 방해로 특사는 회의에 참석하지 못하고, 오히려 일본은 이 일을 트집잡아 고종의 퇴위를 요구한다. 이에 따라 이완용 · 송병준 등 각료들이 고종의 양위를 주장하고 나선다. 7월 19일, 고종은 마침내 양위 조칙을 발표하기에 이른다. 고종은 양위에 앞서 7월 11일 의병들에게 황제의 '칙서'를 보내 궐기를 호소한다.

고종의 '칙서'에는 4천 년의 종사와 삼천리 강토를 집어삼키려는 야욕에 불타는 일제와 국권을 농단하는 역신들을 향한 분노와 슬픔이 그대로 드러나 있다. 나라 곳곳에 흩어져 있는 우국 충정의 인사들로 하여금 의병에 나서 강토를 보전하고 사직을 수호하도록 권유하는 고종의 어조는 사뭇 비장하기 이를 데 없다.

사그러들지 않는 의병 항쟁

최초의 봉기, 유생들 일어나다

동학혁명 이후 '개화'와 '신문물의 도입'을 빙자한 일제의 침략은 더욱 노골화된다. 이에 대한 반발이 1895년에 을미 의병, 1904년에 을사 의병으로 조금씩 표출되더니 1907년 정미 의병에 와서는 활화산처럼 분출된다. 그 처절한 투쟁과 숱한 희생이 있었음에도, 결국 조선은 일제에 나라를 빼앗기고 만다. 그러나 의병 활동 와중에 남긴 기록이나 시문은 격동하던 시대의 이모저모를 전함으로써 후손에게 귀중한 문화 유산이 된다.

의병장들은 의병을 일으킬 수밖에 없는 당위성과 항쟁의 근본 취지를 밝힌 격문이나 포고문을 내고, 전쟁중에도 항일 활동에 관한 기록과 자신의 비통한 심경을 표현한 일기나 한시 또는 가사를 남긴다. 또 민중 사이에서는 의병 활동을 칭송하는 민요나 창가가 울려 퍼지고, 혁혁한 공을 세우고 죽은 의병장들의 행적과 사상을 담은 영웅 설화나 신화가 구전된다. 이로써 우리 문학사에는 구비 문학의 줄기가 하나 더 보태진다.

1895년의 을미 의병 항쟁은 명성 황후 시해와 단발령에 반발한 유생들이 주도함으로써 일어난다. 이 무렵의 의병 활동은 사대부 계층과 평민 계층의 연대와 역할 분담을 통해 펼쳐진다. 동학 농민들을 비롯한 평민 계층은 조직의 결점을 보완하기 위해 반봉건이라는 이념의 측면에서는 적대 관계가 될 수도 있는 사대부 계층에게 손을 내민다. 유생들도 무장 투쟁을 위한 조직체가 절실한 상황에 이르자 기꺼이 기층 민중과 손을 맞잡는다. 동학혁명 이후에도 끊임없이 위협받던 농민들을 비롯한 평민 계층과 갑오경장 이후 과거 제도의 폐지와 문벌 타파로 기댈 곳을 잃어버린 사대부 계층의 이해가 맞아떨어진 것이다. 이로써 유림 세력이 지도하고 농민들이 무력의 주축을 이루는 의병 조직이 잇달아 나타나게 된다. 의병장들이 임금에게 올린 상소문과 의병을 모으려고 낸 갖가지 격문은 이 시대의 중요한 문학적 자산으로 남는다.

최익현·유인석·민용호 같은 유림 세력이 이끈 을미 의병은 척사 운동과 아울러 반개화의 깃발을 내건다. 명분을 앞세운 사대부 출신 지도자들의 복고주의 성향이 반영된 것이다. 을미 의병은 1896년 여름에 해산하게 된다. 이에 의병 출신 농민들은 영학당·남학당·동학당·북대·남대·활빈당 등의 새로운 농민 항쟁 조직에 합류하거나, 잠적해 뒷날 의병 운동을 다시 일으킬 역량을 갈무리한다.

1904년 9월, 강원도 홍천을 중심으로 다시 의병이 일어날 낌새가 보인다. 같은 해 12월에는 평안도 지방에서 유인석이, 전라도 장성 쪽에서는 기우만이 의병을 조직함으로써 점차 그 물결이 거세진다. 1905년, 조약의 강제 체결로 외교권을 빼앗기자 민영환과 이한응 등이 분한 나머지 스스로 목숨을 끊는 일이 발생한다. 이에 자극받은 옛 관리와 유생, 농민과 노동자들은 너나없이 뛰쳐나와 외적의 침략을 규탄하고 일제에 항거하는 의병 대열에 가세한다. 같은 해 9월께 일어난 2차 의병 항쟁을 을사 의병이라고 하는데, 원용팔을 비롯해 정운경·이세영·김도현 등이 사방에 격문을 보내서 의병을 규합한다. 이 을사 의병도 처음어는 유림 세력이 이끌지만 차츰 농민을 비롯한 기층 민중의 반외세 투쟁 성격이 짙어진다. 함경도 부령 지방에서는 포수들이 중심이 되어 의병 부대를 조직하고, 1906년 봄에는 민종식과 최익현이 나서는 등 의병 항쟁의 불길은 나라 전체로 번진다.

1906년 3월, 충청도 정산에서 일어난 민종식 부대는 홍주성을 점령하고 그 기세로 서울까지 진격하지만, 전투 경험이 없는 유생들로 구성된 탓에

구한말의 의병들

끝내 패퇴敗退하고 만다. 얼마 뒤인 6월, 최익현은 전라도 지방에서 자신의 문하
생을 동원해 태인의 무성서원에 모인 유생들에게 임무를 분담시킨다. 그는 정읍·
태인·곡성을 돌며 9백여 명의 군사를 모집하고, 무기와 탄약을 마련해 순창으로
들어간다. 정부는 전주와 남원의 진위대를 출동시켜 최익현 부대를 포위하는데,
이 때 최익현은 같은 피를 나눈 정부군과는 싸울 수 없다며 자진 투항한다. 결국 최익
현은 일본의 쓰시마 섬으로 끌려가고 그가 이끌던 부대는 흩어진다. 적국의 섬에 유배
된 그는 쇠락하는 국운을 대하는 비통함과 자신의 무력함을 한시에 담는다.

원한의 피 하늘에 맺힌 원수 칼자국에 파랗고, /자리에 들어도 잠 못 이루어 가슴이 아프다. /
야생의 말을 홀로 달려 왜적의 목을 달고 와서, /우리 나라 저자 남대문에다 효수해 놓으리라.
　조동일, 「의병 투쟁의 체험과 문학」, 『한국 문학 통사 4』(지식산업사, 1994)

남한 대토벌 때
끝까지 항전하다가
체포된
항일 의병장들

봉건 유생층의 중도 포기나 소극적 투쟁과는 달리, 한때 화적들이 출몰하던 강
원·경상·충청 지역에서는 기층 민중이 중심이 된 김순현·신돌석·정용기 등
의 의병 부대가 끈질긴 항쟁을 벌인다. 화적 출신인 신돌석의 부대는 영해군에서
농민 3백여 명을 모아 동해안과 일월산 등지를 돌며 3천여 명을 의병에 끌어들인
다. 이들은 "태백산의 나는 호랑이"라고 불릴 만큼 맹활약을 펼친다. 또 농민 출신
인 지석홍과 필묵 장수 출신인 강무경 같은 의병장들은 낮에는 행상을 하면서 정

찰을 하고 밤에는 숨어 다니며 의병 활동을 한다. 유생들이 주로 맡던 의병장 자리에 조금씩 계층의 변화가 나타난 것도 이 무렵의 일이다.

1907년, 일제는 헤이그 밀사 사건을 빌미로 고종을 황제 자리에서 강저로 밀어내고 '정미7조약'을 체결한다. 이에 민중은 매국노 이완용의 집에 불을 지르는가 하면, 기왓장과 돌로 일제 무장 경찰과 투석전을 벌이고, 친일 단체인 일진회의 기관지를 내고 있던 국민신문사를 습격한다. 항쟁이 확산되던 즈음인 8월 1일, 일제는 조선 군대마저 강제 해산시키기에 이른다. 이에 시위대 제1연대 대대장 박승환이 자결을 하고, 오랫동안 일제 밑에서 수모를 당하던 조선 군인들의 분노가 폭발한다. 시위대는 남대문을 거점으로 일본 군대와 시가전을 벌이는데, 이 때 서소문 주변에서는 연지학당 여학생들과 주민들이 자진해 탄약을 나르고 사상자를 간호하며 항쟁에 지지를 보낸다. 그러나 탄약이 떨어지는 바람에 시위대는 많은 사상자를 내고 물러난다. 패배의 아픔을 안고 흩어진 병사들은 고향으로 내려가서 스스로 의병을 조직하거나 기존의 항일 의병 부대에 합류한다. 이는 여태껏 농기구나 화승총 또는 죽창 같은 재래식 무기로 투쟁하던 의병 부대가 새로운 무기와 전술을 도입하는 계기가 된다. 새롭게 투쟁의 각오를 다진 의병 부대는 점차 세력을 키우다가 마침내 1차 의병 봉기인 을미 의병 이후 약 10년 만에 전국 규모의 3차 의병 항쟁을 펼친다.

힘을 합친 의병들

의병과 민간인의 무력 항거를 막으려는 방책으로 일제는 1907년 9월 7일에 '총포 화약류 단속법'을 제정하고, 무기가 될 수 있는 조선 민간인 소유의 사냥총과 탄약 등을 압수한다. 이 조처로 한때 나라 안에서는 예기치 못한 사태가 벌어진다. 포수들이 총을 빼앗겨서 사냥에 나서지 못하게 되자 곳곳에서 맹수가 급격히 증가한 것이다. 심지어 어떤 마을에서는 며칠 동안 호랑이가 끊이지 않고 나타나서 30명이 넘는 사상자를 내기도 한다.

『르 프티 주르날』(1909. 12. 12.) ― 조선일보사, 『격동의 구한말 역사의 현장』(1986) 재인용이 무렵에 함경도의 포수 홍범도는 '총포 화약류 단속법'에 반발해 주변 포수들을 끌어모아 의병 부대를 조직한다. 가난한 농부의 아들로 태어나서 제지 공장 노동자와 머슴, 구군대의 병졸 등을 거친 그는 뛰어난 사격술과 사냥 솜씨 덕분에 유능한 직업 포수로서 이름을 날리던 사람이다. 홍범도는 1907년 북청에서 친일 인사 주도익과 일진회 회원을 잡아죽이고, 4백여 명의 의병을 거느린 채 일본 군대와 벌인 몇 차례 교전에서 눈부신 활약을 펼친다. 홍범도는 차츰 민중 사이에서 거의 신화적 존재로 떠오름으로써 그를 기리는 민요까지 생긴다.

홍범도 대대장님 도상리 은거시에
왜적 순사대 열두 놈을 포살했소

(후렴)
에헤야 에헤야 에헹 에헹 — 에헤 — 요
왜적 군대가 다 쓰러진다

홍 대장님 행군하는 길에는 일월이 명랑해도
왜적 군대 가는 곳마다 눈개비 온다
　　음악대학 음악연구소 편찬, 『조선 민요곡집 3집』 — 고려대학교 민족문화연구소,
　　『근대 전환기의 언어와 문학』(1991) 재인용

항쟁이 전국 규모로 확대되면서 각 지역 의병 부대들은 힘을 합쳐 서울 탈환 작전에 나선다. 1907년 9월에 강원도 원주에서는 을미 의병 이후 은둔하고 있던 이인영이 주변 의병장들의 추대로 '관동 의병장' 자리를 맡는다. 그는 병사들을 모아 경기도까지 나아가서 나라 안의 여러 의병장에게 양주에 집결하자는 격문을 띄운다. 이어서 서울 주재 각국 영사관에 부하를 보내 일본의 불법 침략을 알리고, 민생과 국권 회복을 위해 일어난 의병을 국제 사회 차원에서 정식 전쟁 단체로 인정해달라는 호소문을 전달한다. 관동 의병장 이인영의 격문에 따라 1907년 12월에 강원도의 민긍호, 충청도의 이강년, 경상도의 신돌석, 전라도의 문태수, 경기도의 허위, 황해도의

권중희, 평안도의 방인관, 함경도의 전봉준 등이 의병 부대를 이끌고 양주에 모인다. 이들은 곧 13도 전국 연합 부대의 부서와 임무를 편성하고서 서울 공략 계획을 세운다. 그러나 거사를 벌이기 전에 기밀이 새는 바람에 일본군의 습격을 받고 후퇴하게 된다. 더구나 부친상을 맞은 대장 이인영이 곧 고향으로 돌아가는 바람에 의병 부대들은 갈팡질팡한다. 그러다가 허위 부대는 임진강 유역으로, 이강년 부대는 제천으로, 민긍호 부대는 영월 · 홍천 · 원주 쪽으로 흩어져서 각각 투쟁하게 된다. 신분이 낮다는 이유로 13도 창의 대진소의 부서에서 제외된 신돌석 · 홍범도 · 김수민 등의 평민 출신 의병장들이 이끄는 부대는 유생 출신 의병장이 이끄는 부대보다 한결 강인한 투쟁력으로 민중의 열렬한 호응을 받으며 항쟁의 영역을 넓혀 나간다.

1905년 을사조약으로 불붙어 1907년에 크게 번진 정미 의병 봉기는 병탄을 앞둔 1909년에 이르러 걷잡을 수 없이 타오른다. 이 사이에도 "신출 귀몰한 전해산", "심남일은 용마를 타고 산 밖으로 뛰어나가고⋯⋯"라는 동요가 생길 만큼 유생 출신의 뛰어난 의병장이 나온다. 그러나 1 · 2차 의병 봉기 때에 비하면 1907년의 3차 봉기 때는 그 수가 현저히 줄어들어 총 255명의 의병장 가운데 63경(25퍼센트)만이 양반 계급 출신이었다. 나머지 192명(75퍼센트)의 의병장은 농민 · 노동자 · 군인 · 수공업자 · 소상인 출신의 민중이었다.[*]

이 밖에도 많은 기층 민중은 스스로 나서지 않더라도 의병들을 숨겨주거나 그들에게 식량과 군자금을 조달하는 등 뒷바라지에 힘쓴다. 이 무렵에 유인석의 사촌형 유홍석의 며느리인 윤희순은 남녀 모두가 의병으로 나서거나 의병 활동을 돕자는 뜻의 「안사람 의병가」라는 가사를 한글로 지어 의병 성원을 널리 호소한다.

아무리 외놈들이 강승한들 /우리들도 뭉쳐지면 외놈 잡기 쉬울새라 /아무리 여자인들 나라 사랑 모를손야 /아무리 남녀가 유별한들 나라 없이 소용 인나 /우리도 나가 의병하러 나가보세 /의병대를 도와주세.

윤희순, 「안사람 의병가」, 조동일, 앞의 책

---

[*] 망원한국사연구실, 『한국 근대 민중 운동사』(돌베개, 1989)

의병 항쟁의 불길이 좀처럼 수그러들 낌새가 보이지 않자 일제는 1909년 9월 1일부터 '남한 대토벌 작전'이라는 특단의 조치를 취하는데, 이 때 약 두 달 동안 전라도 지방의 의병은 말할 나위 없고 의병을 돕는 사람까지 샅샅이 찾아내 무차별 살육하는 만행을 저지른다. 일제의 의병 토벌 작전은 점차 경기·황해·강원도 등 전국으로 확대되어 1907년 8월부터 1909년 말까지 일본군에게 학살된 의병은 무려 1만7천여 명, 부상당한 이는 3만7천여 명에 이르렀다.

일본군은 항일 의병 운동을 탄압하기 위해 의병과 의병을 돕는 백성에게 매우 악랄한 행위를 자행했다. 박은식의 『한국 통사』를 보면, 고성에서는 사람들을 학살한 다음 목을 장바닥에 효수梟首하였으며 시체를 공개리에 가마솥에 끓여 그 골육骨肉을 보라고 강요하기도 했고, 원주에서는 나무에 묶어 할복 박피割腹剝皮 하여 그것을 보고 손뼉을 치며 웃도록 강요하는가 하면, 어떤 곳에서는 강제로 물을 먹여 배를 팽팽하게 부풀린 다음 그 위에 널판지를 놓고 일본군 여러 명이 올라가 발을 굴러 물을 뿜어대는 모양을 대중에게 보여주었으며, 어떤 지방에서는 의병을 잡지 못하자 주민들을 반신만 땅에 묻어놓고 마치 풀 베듯 목을 치게도 했다. 평산에서는 추운 겨울에 남녀 수십 명을 잡아다가 얼음을 깨고 개울 속에서 얼어죽게 했다.

『라 크로와 일뤼스트레』(1905. 5. 21.) ― 조선일보사, 앞의 책 재인용

한일합병 뒤에도 의병 항쟁과 이에 대한 일제의 탄압은 그치지 않는다. 국내에서 활동이 어렵게 된 일부 의병은 만주나 노령 등지로 활동의 근거지를 옮겨 무장 독립 운동 전사로 변신한다. 이 중에는 한때 정미 의병에 가담한 안중근도 들어 있는데, 그는 1909년 10월 26일 하얼빈역에서 이토 히로부미를 권총으로 쏘아 죽이고, 이듬해 3월 26일 뤼순 감옥에서 숨을 거둔다. 죽음을 눈앞에 두고, 안중근은 어두운 조국의 미래와 그 강산에 서린 한을 한시에 담는다. 안중근의 이 한시에는 예전에 의병의 가사나 시에서 흔히 나타나던 유교적 충군 사상은 이미 보이지 않는다.

전민족 차원으로 번져나간 의병 항쟁이 끝내 실패로 돌아가고 일제에 국권을 내줄 수밖에 없게 된 이유는 무엇일

초기 의병들의 모습

까. 초기 의병의 주축을 이룬 유생 출신들이 침략 세력인 외세에 대해 극도로 반감을 품고 있었으면서도 여전히 충군 사상에 바탕을 둔 봉건적 신분 제도의 틀을 깨지 못한 점을 먼저 들 수 있겠다. 아무리 민족 의식이 투철한 의병장일지라도 왕권과의 충돌 앞에서 너무 쉽게 계획을 포기하고 투항함으로써 그 동안의 항쟁이 수포로 돌아가는 일이 흔히 나타난 것이다. 또 평민 계급이 중심 세력으로 떠오른 후기의 의병 부대는 유림 세력 중심의 의병 부대보다는 한결 강인한 투지와 인내력을 보여주지만, 기층 민중 출신의 의병들을 '강고한 조직'으로 묶어낼 만한 체계적이고 통일적인 기반이 없었다. 게다가 일부 지식층과 개화론자가 이들을 돕기는커녕 화적이나 폭도로 매도함으로써, 가뜩이나 미국과 영국 같은 제국주의 열강이 일제의 조선 침략을 승인하고 지원하던 마당에, 의병 운동이 국제 사회에서 고립화의 길을 걷는 데 한몫을 하게 된 점도 짚고 넘어가야 하겠다.

1910년 병탄 이후에도 항쟁이 끊이지 않자 일제는 11월부터 약 한 달 동안 헌병·경찰·수비대를 내세워 다시 한 번 의병 말살 작전을 강행한다. 그 속에서도 살아남은 몇몇 의병장은 일제에 맞서 목숨이 다할 때까지 싸우지만, 대부분의 의병 부대는 만주나 노령으로 근거지를 옮긴다. 의병 항쟁은 3·1운동을 비롯한 항일 독립 투쟁의 원천일 뿐 아니라, 많은 독립군을 길러내며 민족 해방 운동의 못자리 구실을 한다.

참고 자료

망원한국사연구실, 『한국 근대 민중 운동사』, 돌베개, 1989
한국독립운동사연구회, 『한국 민족 운동사 연구』, 지식산업사, 1986
고려대학교 민족문화연구소, 『근대 전환기의 언어와 문학』, 1991
유광열, 『항일 선언 창의 문집』, 서문당, 1975
이현희, 『한국 근·현대의 쟁점』, 삼영, 1992
조선일보사, 『격동의 구한말 역사의 현장』, 1986
김용직, 『한국 현대시 연구』, 일지사, 1974
조동일, 『한국 문학 통사 4』, 지식산업사, 1994
김재용 외, 『한국 근대 민족 문학사』, 한길사, 1993
이재선 외, 『개화기 문학론』, 형설출판사, 1993
홍일식, 『한국 개화기의 문학 사상 연구』, 열화당, 1991

애국심에 불을 지핀 역사 전기 문학

번역 소설 속에 살아난 구국 영웅들

나라 곳곳에서 항일 의병 활동과 갖가지 구국 운동이 열기를 더하자 애국 계몽 지식인들은 비슷한 상황에서 나라를 건진 국내외의 역사적 영웅들을 문학의 영역으로 끌어들여 애국심에 불을 지피는 데 앞장선다. 1907년에 발표된 「애국 부인전」과 「서사 건국지」, 1908년의 「을지문덕」과 「이순신전」 등이 바로 그것이다. '개화'를 명분으로 이루어진 서구 문물의 살포가 약소국을 식민지로 만들려는 강대국의 전략에서 비롯된 측면이 강하다면, 하필 우리가 그 표적이 되고 만 까닭과 아울러 국난을 극복할 수 있는 역량을 돌아보기 위해 나온 것이 역사 전기 문학이다. 역사 전기 문학 작품은 민족사 연구의 선각자들인 박은식 · 장지연 · 신채호 · 김택영 · 황현 등의 역사서와 때를 맞추어 나온다. 역사 전기 문학은 왕실의 치적을 연대순으로 다룬 실록류의 역사서마저 의도적으로 왜곡한 일본의 횡포에 맞서 우리 국사를 바로잡으려는 의도 또한 내포하고 있다.

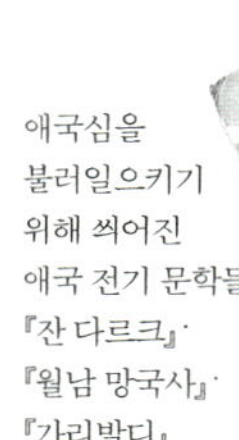

애국심을 불러일으키기 위해 씌어진 애국 전기 문학들. 『잔 다르크』 · 『월남 망국사』 · 『가리발디』.

「애국 부인전」은 대한자강회를 통해 항일 운동을 벌이던 장지연이 자신의 민족 사관을 '역사 전기 소설'이라는 독특한 양식에 담아내어 우리 나라 사람들의 애국심을 북돋우려고 한 작품이다. 장지연은 프랑스 백년전쟁 때 영국의 침략을 받은 왕실과 지배 계층이 국가와 민족은 아랑곳하지 않고 침략자의 손아귀에서 놀아나던 와중에, 잔 다르크라는 소녀가 프랑스 국민에게 잠재되어 있던 민족혼과 역량을 일깨워 나라를 위기에서 구한다는 '역사적 사실'을 「애국 부인전」으로 옮겨 우리 실정에 비추어 다룬다. 이에 대해 장지연은 다음과 같이 토로한다.

> 슬프다. 이 때 아리안 성은 도마 위에 살점이요 가마 안의 고기라 어찌 위태하지 아니리오. 옛적 우리 나라 고구려 시대에 당 태종의 백만 군병을 안시성 태수 양만춘이 능히 항거하여 백여 일을 굳게 지키다가 마침내 당병을 물리치고 평몰케 하였으며 고려 강감찬은 수천 병으로 걸안 소손녕의 삼십만 병을 물리치고 손경을 보전하였으니, 아지 못커라. 법국은 이 때에 양만춘, 을지문덕, 강감찬 같은 충의 영웅이 뉘 있는고.
>
> 장지연, 『애국 부인전』(광학서포, 1907)

장지연은 중국본을 원전으로 삼아 한글본으로 펴낸 이 소설에서, 아무리 강한 적과 맞설지라도 민중이 힘을 모으면 나라를 지킬 수 있다는 것을 프랑스의 애국 소녀 잔 다르크의 구국 일념과 희생 정신을 통해 호소한다. 그의 노력은 가슴속에서 타오르는 뜨거운 나라 사랑에서 비롯된 것임에도 작품 속에 잠재한 봉건적인 여성관과 프랑스 역사에 대한 얕은 인식으로 말미암아 깊은 감동을 불러일으키는 데는 실패한다.

대한매일신보사에서 펴낸 『서사 건국지』 또한 다른 나라의 역사 전기 소설물을 번역한 것이다. 이것은 스위스의 전설적 영웅 빌헬름 텔의 행적을 그린 소설로서, 외세의 압박에 시달리던 약소 국가의 민중에게 용기와 희망을 준 한 인물의 이야기를 담고 있다. 이웃 나라 오스트리아의 침략으로 국권을 잃은 스위스는 일본의 강압으로 국권을 내줄 위기에 처한 그 무렵의 한국과 비슷한 면이 많다. 따라서 우리 나라 사람이라면 누구나 국난을 극복하는 데 앞장설 이 땅의 빌헬름 텔이 나타나기를 고대했을 것이다. 박은식은 "국가는 멸할 수 있으나 역사는 멸할 수 없으니, 그것은 국가는 형체요, 역사는 정신인 까닭"*이라는 역사관을 가진 이다. 그는 국권 상실이라는 절체 절명의 위기 속에서도 초연히 나라를 지켜낸 스위스 사람들의 정신력과 우리의 끈질긴 민족혼을 포개어 보여준다. 그러나 박은식은 한글 소

---

* 박은식, 『한국 통사』

설을 통속적인 것이라고 경시하는 바람에 국한문 혼용으로 옮기는데, 이 때문에 정작 독자가 되어야 마땅할 기층 민중 깊숙이 파고들지 못하는 한계를 안게 된다. 더구나 계몽과 교화의 측면이 두드러지고 문학을 도구로 여기는 유교적인 행태에서 벗어나지 못한 점까지 겹쳐 이 소설은 민중의 호응을 별로 얻지 못한다.

쇠잔한 국운에 생기를 불어넣은 민족혼

역사 속의 영웅을 다룬 전기물을 펴내는 작업에 누구보다 힘을 기울인 사람은 단재 신채호다. 그는 1907년에 역술한 『이태리 건국 삼걸전』에서 오스트리아와 프랑스의 지배하에 놓여 있던 19세기 중엽의 이탈리아가 애국자 마티니 · 카브르 · 가리발디의 영웅적 활동으로 통일 국가로 나아가는 과정을 보여준다. 우리 나라 독자들의 애국심에 불을 지피기 위해 '외국의 영웅'들을 내세운 것이다.

신채호는 1908년에 이제껏 보던 외국 영웅 전기물과는 다른, 우리에게 훨씬 친숙한 이 땅의 영웅을 내세운 「을지문덕」과 「이순신전」을 집필한다. 「을지문덕」에서 그는 막강한 수나라 군대와 싸울 때 보인 을지문덕 장군의 영웅적 기상과 용맹을 그려내어 민족의 자긍심을 일깨운다. 또 「이순신전」에서는 임진왜란 때 왜군을 통쾌하게 무찌른 이순신 장군의 예지와 용맹을 그려냄으로써 강악한 일본의 침략도 우리 속에 잠재된 민족적 역량을 끌어내면 얼마든지 물리칠 수 있다는 사실을 보여준다. 그의 작품은 묘사와 서술을 적절하게 섞어 형상화에 임하는 소설 문법에 충실하기보다는 객관적으로 검증된 사실을 메마르고 딱딱한 문체로 서술한 역사 논문에 가깝다. 그러나 「을지문덕」 · 「이순신전」 · 「최도통전」을 자세히 들여다보면, 미세하나마 작가의 개입 면이나 내용 면에서 문학의 근대성에 조금씩 다가서는 징후를 엿볼 수 있다. 신채호의 작업 외에도 이 시기에는 우기선의

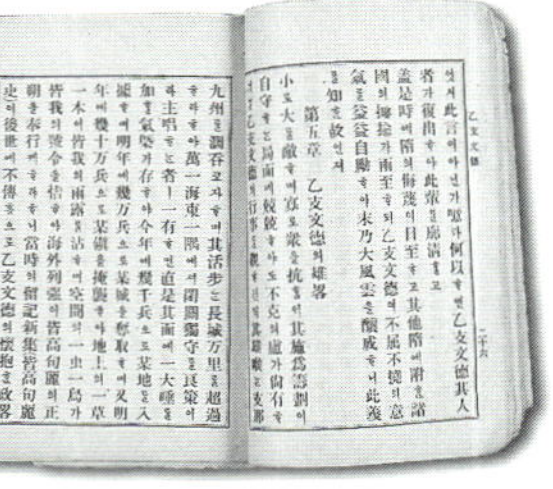

우리의 영웅
을지문덕의 기상과
용맹을 묘사해
민족적 자긍심을
일깨운
애국 전기 소설
『을지문덕』의
본문과 속표지

「강감찬전」, 박은식의 「천개소문전」 등 우리의 영웅을 다룬 역사 전기물이 유행한다. 이는 민족혼을 불러일으키려는 애국 계몽 지식인들의 활동을 엿볼 수 있는 단면이다.

한쪽에서 이인직에 이어 이해조 같은 당대의 신세대 작가들이 쓴 신소설이 나올 때, 다른 한쪽에서 다소 고루한 한문학 세대가 내놓은 구소설 형태의 이 역사 전기물은 그 나름으로 개화기 문학의 한 영역을 차지한다. 이들 작품은 작가의 과도한 계몽 의식 때문에 역사 속의 영웅을 과장되게 묘사하거나 틀에 박힌 결말을 보이는 등 현실감이 떨어지는 약점을 안고 있다. 이 무렵의 역사 전기 문학은 기교와 문체 등에서 한계가 뚜렷하지만, 쇠잔한 국운 앞에서 민족 정신과 역량을 일깨우려는 애국 지식인들의 염원을 담아냄으로써 일정 부분 문학의 시대적 소명을 수행한다.

참고 자료

이재선 외, 『개화기 문학론』, 형설출판사, 1993
김윤식 · 김우종 외, 『한국 현대 문학사』, 현대문학, 1994
홍일식, 『한국 개화기의 문학 사상 연구』, 열화당, 1991
조동일, 『한국 문학 통사 4』, 지식산업사, 1994
김재용 외, 『한국 근대 민족 문학사』, 한길사, 1993

일본 정부는 이에 일정 기간 상당액의 보급을 시행하고,
한국 정부는 사업 용지의 일부로 국유지를 출자하게 함으로써
동국이 자원 개발 식산 진흥을 담당케 하며,

1908

동양척식주식회사 설립 취지

1906년 11월 및 다음해 7월에 체결된 양국의 협정에 따라 일본은 정치적인 면에서뿐만 아니라 경제적인 면에서도 이를 지도 · 인도하여 식산 흥업의 방도를 열어 부원富源을 개척하고 인격의 함양을 도모하며 한국민이 문명의 혜택을 입게 할 중책을 짊어지게 되었다.

양국 정부는 이에 뜻하는 바가 있어 한국에서 척식 사업의 영위를 목적으로 하는 회사를 설립하고, 일본 정부는 이에 일정 기간 상당액의 보급을 시행하고, 한국 정부는 사업 용지의 일부로 국유지를 출자하게 함으로써 동국이 자원 개발 식산 진흥을 담당케 하며, 일본으로부터 선량 · 근면하고 경험이 풍부한 농민을 이식하고 진보된 농법을 시범함과 동시에 기업자에게도 저리의 자금을 공급하여 식산 산업에 이바지하게 되었다. 이것이 본사 창립의 근원인 것이다.

1908년 일제는 우리 나라의 경제를 독점, 착취하기 위한 특수 국책 회사로 동양척식주식

회사를 설립한다. 이후 동척은 우리 민족의 토지와 재산을 착취하는 원부怨府가 된다.

동척은 주로 토지 매수에 힘을 기울여 막대한 농지를 소유하게 된다. 이렇게 점유한 토지는 소작을 주어 5할이 넘는 고율의 소작료를 받는 한

편, 빌려준 곡물에 대해서도 2할 이상의 고리를 매겨 추수 때 거둔 뒤 일본으로 반출한다.

우리 농민의 원성 속에서도 사세가 확장되자 동척은 1917년 회사법을 고쳐 본점을 도쿄로 옮긴다. 동척은 우리 나라에 17개의 지점을 두는 외에 만주·몽골·동부 러시아·중국·필리핀·남양 제도·말레이시아 반도·태국·브라질 등 세계 곳곳에 52개의 지사를 세워 경제 침략을 꾀한다.

최남선

애국 계몽 문학의 거장

집필에 몰두하고
있는 최남선

신문학의 기수이며 계몽 운동가인 육당六堂 최남선崔南善 (1890~1957)은 춘원 이광수 및 「임꺽정」의 작가 벽초 홍명희와 함께 조선 3대 천재로 일컬어진다. "동시대인으로부터 너무 앞서 있었기에, 그의 주위는 사면이 모두 처녀지였기에, 그의 일거수 일투족이 모두 신기한 것이었기에, 시대는 그에게 '무슨 하나'가 되는 것보다는 '모든 무엇'이 되기를 요구하였기에 그는 문학가, 학자, 사상가, 사업가, 저널리스트, 정치가가 되었고, 또 아무것도 아니었다면 아무것도 아닌 인물이 되고 말았다."는 유진오兪鎭五의 평가처럼, 최남선은 여러 분야에서 눈에 띄는 업적을 남긴 인물이다. 육당·춘원·벽초는 일찍이 10대 때부터 교유했는데, 이광수는 다음과 같은 말을 들려준다.

"하루는 홍명희 군이 오라고 하기에 가보니 검은 청년 하나를 내게 소개하는데 그가 최남선이었습니다. 그는 와세다대학 예과를 버리고 문장 보국文章報國을 목적으로 경성에 돌아가 『소년』이란 잡지를 발행하기로 하였으니 나더러도 집필하라고 하였습니다."

1906년 봄 와세다대학을 중퇴하고 한국 최초의 근대 잡지인 『소년』을 내기 위해 귀국 준비를 하던 최남선은 홍명희의 소개로 이광수와 만난다. 그 때 홍명희가 가장 연장자로 18세였고, 최남선은 16세, 이광수는 14세로 대성중학에 다니고 있었다.

최남선은 1904년 고관 자제들을 중심으로 50명을 뽑는 일본 국비 유학생 시험에 응시해, 최연소이면서도 최고점으로 합격해 일본 유학길에 오른다. 인천에서

최남선이 발행한
최초의 근대 잡지
『소년』

화륜선을 타고 일본에 도착한 국비 유학생들은 모두 도쿄 부립 다이이치중학에 특대생으로 편입학한다. 일본측은 처음에는 조선 상류 계층의 자제로 구성된 국비 유학생들을 정중하게 대접한다. 그러나 유학생 가운데 일부는 얼마 못 가서 아무런 수치심 없이 무례하고 천박한 행동을 일삼게 된다. 밤이면 기숙사 방이 있는 2층에서 아래층으로 내려오는 것이 귀찮아 2층 창문을 열고 바깥에 오줌을 누기 일쑤이고, 배가 고프다는 핑계로 기숙사 식당에 몰래 내려가서 음식을 도둑질해 먹기도 한다. 학교 당국은 반장인 최남선을 대표로 불러 꾸짖고 모욕한다. 그러나 유학생들의 몰지각한 행동은 점점 심해져서, 유곽 출입을 하다가 성병에 걸린 몇몇이 일본말 잘하는 최남선을 앞세워 병원까지 찾게 된다. 열네 살 나이의 그는 마지못해 따라나서지만 낯이 뜨거워 차마 통역을 하지 못하고 기숙사로 돌아와서 혼자 울곤 한다. 괴로움을 참다 못한 소년 최남선은 결국 석 달 만에 어머니가 위독하다는 핑계를 대고 서울로 돌아오고 만다.

최남선은 열여섯 살 때 『황성신문』에 투고한 반일 성격의 글이 문제가 되어 잠시 구속되었다가 풀려난 뒤 다시 일본으로 건너가서 1906년 4월 와세다대학 고등사범 지리역사과에 입학한다. 학문을 연마한 다음 후학에게 우리의 역사와 지리를 가르치며 민족혼을 북돋고 국토애를 심어줌으로써 국운 회복의 기틀을 마련하는 것이 최남선의 꿈이었다.

당시에 와세다대학 학생회는 연례 행사로 모의 국회를 열었는데, 그 해

효제동 시절의 육당 최남선의 일가. 뒷줄 왼쪽부터 사위 강건하, 장남 한인, 차남 한웅, 삼남 한검, 앞줄 왼쪽부터 장녀 한옥, 최남선 부부.

에는 조선의 국왕을 모욕하려는 의도에 따라 의제를 「조선 왕 내조에 관한 건」으로 결정한다. 와세다대학에 다니던 70여 명의 조선 유학생들은 이에 반발해 의제를 즉각 거두어들일 것과 도쿄에서 발행하는 일간지에 사과문을 낼 것을 요구함과 아울러 자진 퇴학 결정을 내린다. 조선 학생회의 요구대로 의제는 철회되지만 일간지에 사과문을 게재하라는 요구는 받아들여지지 않는다. 이 사건으로 다시 유학을 온 지 불과 석 달 만에 학업을 접은 최남선은 이 뒤로는 어떤 정규 교육도 받지 않는다. 따라서 그의 다방면에 걸친 방대하고 해박한 지식은 거의 독학의 산물이라고 볼 수 있다.

최남선은 1890년 4월 26일, 당시 지명으로 경성부 삼각정 21번지(현재의 중구 을지로2가 22번지)에서 태어난다. 아버지 최헌규는 조선 중기부터 중인 계급에

신체시

애국가 유형, 개화 가사, 창가 등과 함께 개화기 시가의 한 유형으로 한국 근대시에 이르는 과도기적인 시가 형식을 '신체시'라고 한다. 1908년 11월 『소년』 창간호에 실린 최남선의 「해에게서 소년에게」를 기점으로, 1919년 『창조』 창간호에 주요한의 「불노리」가 실리기 이전까지 『학지광』·『청춘』·『태서문예신보』 등의 잡지에 발표된 시들과 이 밖에 이광수·현상윤·최승구·김여제·김억·황석우 등의 초기 시들이 이 범주에 든다.

신체시는 전통과 인습을 깨뜨리고 서구 문화를 받아들이려는 근대 정신의 소산이기 때문에, 그 이전의 전통 시가와는 몇 가지 면에서 구별된다. 무엇보다 형태 면에서 보아 정형적인 율격에서 벗어난 것이 신체시가 재래 시가와 다른 점이다. 다시 말해 고시가, 애국가 유형, 창가 등이 가창을 전제로 한 율조라면, 신체시는 산문화한 자유시로 넘어가던 길목에 나온 시가 형태다. 애국가 유형과 개화 가사가 3·4조, 4·4조의 음수율을 지키고, 창가가 각 행간의 음수율을 7·5, 8·5, 6·5조로 일치시키고 있는 데 비하면, 초기의 신체시는 분련체分聯體로서 각 대응행에서만 음수율의 일치를 보인다. 이처럼 창가의 율문성과 자유시의 산문성이 혼합된 과도기적인 형태가 바로 신체시의 대표적인 특성이라고 할 수 있다.

신체시는 형태 면에서만 과도기의 성격을 띠는 것이 아니라, 시 자체의 생명이라고 할 수 있는 시 정신의 자각이라는 면에서도 아직 근대시 이전의 양상을 드러낸다. 실제로 최남선의 신체시는 자아의 각성이나 탐구를 지향하기보다 지은이가 처한 시대 상황을 드러내는 데 머물고 있다.

속하던 집안에서 태어나는데, 열 살 때부터 한약방에서 한의학을 익힌 사람이다. 그는 일찍부터 상투를 자르고 실크 모자에 흰 장갑을 낀 손으로 상아 단장을 휘두르며 거리를 활보하던 개화인이다. 궁정 내시와 가까이 지낸 인연으로 관상감觀象監 기사로 일하던 최헌규는 따로 을지로에서 한약방을 경영하며 중국 상인과 거래를 터서 한약재 무역까지 겸함으로써 큰 돈을 벌어들인다. 막강한 현금 상업인으로 성공한 그는 화폐 경제에 어두운 양반들의 가옥과 토지를 사들이며 부를 늘려 마침내 거부가 된다. 이에 따라, 이광수가 열 살 때 고아가 되어 타고난 머리 하나로 고학을 하며 세파를 헤치고 산 데 반해, 최남선은 풍족한 환경에서 자라며 어린 시절부터 천재성을 마음껏 발휘한다.

최남선은 보통 학교에 다니지 않고 글방에 다니며 자습으로 학문을 익히는데, 1809년 2월 25일자로 발행된 『대한학회월보』 제1집에 '대몽최大夢崔'라는 필명으로 「모르네 나는」이라는 시를 발표함으로써 아홉 살 때 벌써 문학에 재능을 보인다. 열한 살 때는 『황성신문』에 물산 장려 운동에 관한 글인 「대한 흥국책」을 투고함으로써 주변 사람들을 놀라게 하기도 한다. 최남선은 열두 살 되던 1902년부터 일본인이 경영하는 경성학당에 들어가서 일어를 공부하고, 『대판조일신문大阪朝日新聞』을 구독하며 일본 문화를 간접적으로 접한다. 1904년 일본은 한일의정서에 따른 고문 정치의 한 방편으로, 한국 학생들의 일본 유학을 우리 정부에 제안한다.

와세다대학에 입학한 지 석 달 만에 학업을 그만둔 최남선이 문화 사업으로 나라를 일으킬 결심을 하고, 도쿄에서 가장 큰 인쇄소인 수영사에서 인쇄기와 주조기 자모를 사서 일본인 인쇄공 두 명과 함께 서울로 돌아온 것은 1906년 겨울의 일이다. 그는 옷보시곶이(현재의 을지로2가)에 있는 2층집을 세내 아래층에는 공장을, 위층에는 편집실을 차리고 '신문관'이라는 간판을 내건다. 최초의 신체시로 평가되는 「해에게서 소년에게」가 실린, 한국 근대 잡지의 효시인 『소년』의 창간호는 1908년 11월에 바로 여

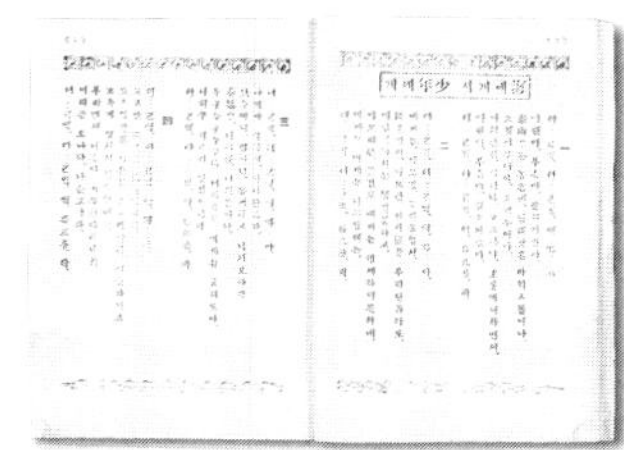

『소년』에 실린 최남선의 권두시 「해에게서 소년에게」. 최초의 신체시로 평가받고 있다.

기서 나온다.

『해에게서 소년에게』

1.
텨—ㄹ썩, 텨—ㄹ썩, ㅌ, 쏴—아.
때린다, 부순다, 무너버린다,
태산 같은 높은 뫼, 집채 같은 바윗돌이나,
요것이 무어야, 요게 무어야,
나의 큰 힘, 아느냐, 모르느냐, 호통까지 하면서,
때린다, 부순다, 무너버린다,
텨—ㄹ썩, 텨—ㄹ썩, ㅌ, 튜르릉, 콱.

2.
텨—ㄹ썩, 텨—ㄹ썩, ㅌ, 쏴—아.
내게는, 아무것, 두려움 없어,
육상陸上에서, 아무런, 힘과 권權을 부리던 자라도,
내 앞에 와서는 꼼짝 못하고,
아무리 큰, 물건도 내게는 행세하지 못하네.
내게는 내게는 나의 앞에는
텨—ㄹ썩, 텨—ㄹ썩, ㅌ, 튜르릉, 콱.

3.
텨—ㄹ썩, 텨—ㄹ썩, ㅌ, 쏴—아.
나에게, 절하지, 아니한 자가,
지금까지, 없거든, 통긔하고 나서 보아라.
진시황, 나팔륜, 너희들이냐,
누구누구누구냐 너희 역시 내게는 굽히도다.
나하고 겨를 이 있건 나오라.
텨—ㄹ썩, 텨—ㄹ썩, ㅌ, 튜르릉, 콱.

4.
텨—ㄹ썩, 텨—ㄹ썩, ㅌ, 쏴—아.
조그만 산山모를 의지하거나,
좁쌀 같은 적은 섬, 손뼉만한 땅을 가지고,
그 속에 있어서 영악한 태를,

부리면서 나 혼자 거룩하다 하는 자,
이리 좀 오너라, 나를 보아라.
텨―ㄹ썩, 텨―ㄹ썩, ㅌ, 튜르릉, 콱.

5
텨―ㄹ썩, 텨―ㄹ썩, ㅌ, 쏴―아.
나의 짝될 이는 하나 있도다,
크고 길고, 넓게 뒤덮은 바 저 푸른 하늘.
적은 시비 적은 쌈 온갖 모든 더러운 것 없도다.
조 따위 세상에 조 사람처럼,
텨―ㄹ썩, 텨―ㄹ썩, ㅌ, 튜르릉, 콱.

6.
텨―ㄹ썩, 텨―ㄹ썩, ㅌ, 쏴―아.
저 세상 저 사람 모두 미우나
그 중에서 딱 하나 사랑하는 일이 있으니
담 크고 순정純情한 소년배들이,
재롱처럼, 귀엽게 나의 품에 와서 안김이로다.
오너라 소년배 입맞춰 주마.
텨―ㄹ썩, 텨―ㄹ썩, ㅌ, 튜르릉, 콱.
최남선, 『소년』 창간호(1908)

「해에게서 소년에게」는 바로 이 『소년』 창간호의 권두시로 실려 있다. 밖으로는 도도하게 밀려드는 서세 동점의 큰 파고와 맞닥뜨리고, 안으로는 기름이 다한 등불처럼 쇠잔한 국운을 직시하며, 열여덟 나이의 천재 최남선은 「해에게서 소년에게」를 통해 조선의 자라나는 세대에게 바다에 도전하는 씩씩한 기상을 불어넣으며 새 시대의 주역이 되자고 외친다.

1877년 개항 이후 한국인에게 아직은 낯설고 두려운 바다는 세계 그 자체이며, 아울러 서구 근대 문화가 건너오는 통로였다. 이 시에 대해 이어령은 "왜 최남선은 「해에게서 소년에게」의 발상을 뒤집어 「소년에게서 해에게」라고 말하지 못했을까. 20세기 문명의 발신자가 아니라 언제나 그 수신자로서 살아온 우리의 비밀

이 바로 이 제목 속에 숨겨져 있는 것은 아닌가. 한복이 양복이 되고 한옥이 양옥으로 바뀌는 대양(바다)의 문명 앞에서 우리는 1백 년 동안이나 소년이었다."* 라고 말한다. 그러나 최남선은 여기에서 파격적인 운율과 의성어를 섞어가며 그 이전의 어느 시보다 힘차게 약동하는 시공간을 창조해내고, 근대화의 대열에서 낙오한 한반도에 서서히 덮치는 어둠, 그 미지의 것이 몰아오는 불안과 두려움을 떨치고 일어나서 청년들에게 더 넓고 큰 세계를 바라보도록 촉구한 것이다.

최남선은 '신시 대현상 모집新詩大懸賞募集'을 하면서 오로지 한글로 쓰되 뜻이 통하지 않을 때만 단어 옆에 한자를 덧붙이라는 조건을 내세운다. 이것은 표지를 '책거죽', 삽화를 '그림 본', 목판을 '나무 새김', 고선考選을 '글꼬느기', 사고社 告를 '여쭈는 말씀'으로 하는 등 새 말을 만들어 쓸 정도로 우리말에 대한 사랑이 남달리 깊던 육당의 '국주 한종國主漢從', '언주 문종言主文從' 같은 새 문장 건립 운동의 이상을 표출한 것으로, 우리 시의 발전에 커다란 전기를 마련한 것으로 평가된다. 『소년』은 발간되자마자 큰 인기를 얻어 매호 2천 부에서 2천5백 부를 찍는데, 여러 학교에서 교과서 대용으로 쓸 만큼 선풍을 일으키며 매진되기도 한다.

『소년』은 더러 이광수의 도움도 받기는 하지만 대개 최남선 자신의 글들로 지면을 채우고, 잡지의 편집과 제작 실무마저 그가 도맡는다. 그는 당시 죽음을 맞은 톨스토이의 작품 세계를 특집으로 다루는 재간을 보이는가 하면, 신시를 현상 모집해 문학에 자질이 있는 새 인물을 찾아내는 일에도 힘쓴다. 이 현상 모집으로 본격적인 신체시단이 형성되기도 한다. 최남선은 『소년』을 펴내는 일말고도 출판사 '신문관'을 통해 교양 서적과 지리 역사서, 창가집, 번역물 등 다양한 책을 선보임으로써 개화기의 출판 문화를 선도한다.

이렇게 바쁜 와중에도 그는 도산 안창호가 조직한 '신민회'의 청년학우회에 들어가 취지 강령을 쓰고 「청년학우회가」·「청년학우회 행보가」 같은 창가를 만든

---

* 이어령, 『조선일보』(1999. 1. 28.)

다. 또 전국 순회 강연을 하는 한편 미문·경신 등의 중학생들과 일반인에게도 야학을 열어 지리와 역사를 가르치면서, 나라 안에 최남선이라는 이름을 널리 알린다. 그뿐 아니라 '조선광문회'를 만들어 「동국통감」과 「열하일기」를 펴내고 「서유기」·「춘향전」·「장화홍련전」 같은 육전六錢 소설을 한글로 개작해 퍼뜨린다. 우리 전통 문학을 되살리는 것도 그의 관심 분야 가운데 하나였는데, 우리말 사전과

한글로 개작된
육전 소설들인
『장화홍련전』·
『조웅전』·『흥부전』

문법책을 펴내는 일에 앞장선 것에서 그 관심의 깊이를 헤아릴 수 있다.

곧 1910년 한일합병을 맞아 청년학우회가 해산되고, 1911년 1월에는 『소년』마저 폐간된다. 1년 반 뒤인 1912년 7월, 최남선은 이광수가 추천한 김여제를 발행인과 편집인으로 내세워 타블로이드판 8면으로 된 『붉은 저고리』를 간들지만, 이것도 1년 만인 1913년 6월에 총독부에 의해 폐간되고, 그 해 9월에 다시 『아이들 보이』를 창간한다. 최남선은 당시 일본에서 돌아와 신문관에서 지내던 이광수와 함께 기획에 대해 의논을 하고, 표지와 지질 등 제작의 세부 사항에 대해서도 꼼꼼하게 챙길 뿐 아니라, 독자 참여란을 따로 두고 우리말 표기에도 각별히 신경을 쓰며 이 잡지의 발간에 의욕을 보인다. 그러나 이 잡지 또한 1년 만인 1914년 8월에 폐간당한다. 그 뒤 최남선은 새 잡지 『새별』을 이광수에게 맡긴 채 금강산 유람을 떠난다.

최남선이 창간하거나
관여한 어린이 잡지들

금강산에 다녀온 최남선은 곧 『청춘』을 기획해 1914년 10월에 선을 보인다. 『청춘』은 그 무렵에 도쿄미술학교를 졸업하고 돌아온 서양화가 고희동의 호랑이를 쓰다듬는 청년이 담긴 그림을 표지화로 쓰고, 이광수·현상윤·홍명희·이상협 등과 같은 인물로 필진을 짠다. 최남선은 고전과 신문학을 따로 가르지 않고 여러 분야에 걸쳐 문예 작품을 현상 모집해 개화기의 척박한 토양에서 이른바 '문단'을 일구는 데 큰 몫을 한다. 『청춘』은 표제처럼 특히 청년층의 인기를 누리며 다달이 2~3천 부는 어렵지 않게 나간다. 그럼에도 내용이 불온하다는 이유로 1915년 6호를 내고는 정간되는 등 수난이 잇따른다. 이윽고 속간호가 나오는데,

이 속간호 역시 며칠 되지 않아 수천 부가 팔릴 정도로 호응이 따른다. 그러나 1918년 『청춘』 역시 15호를 끝으로 폐간의 비운을 맞는다.

1919년 3월 3일, 최남선은 2·8 독립 선언문 작성에 가담한 혐의로 체포되어 서대문형무소에 갇힌다. 1년 뒤 그는 2년 6개월의 징역을 선고받고 지금의 마포에 있던 경성형무소에 수감된다. 그는 이 시기에 성경과 불경을 탐독하는데, 감옥 안에서는 종교 서적만 읽도록 허용되었기 때문이다.

1921년 10월에 가석방으로 풀려난 뒤, 그는 1922년 7월에 신문관을 해산하고 '동명사'를 창립해 18면으로 된 타블로이드판 주간 종합지인 『동명』을 펴낸다. 『동명』은 나온 지 며칠 만에 2만 부가 넘게 팔리는 등 폭발적인 인기를 얻으나 난해한 내용과 재정의 압박, 총독부의 간섭 같은 장애에 부딪혀 1923년 6월에 폐간된다. 최남선은 다시 일간지 『시대일보』의 발행을 준비하는데, 그 동안 잡지의 창간과 속간 그리고 폐간의 반복을 비롯해 '돈벌이'에 도움이 되지 않는 문화 사업에 돈을 과도하게 쏟아부은 탓으로 『시대일보』 창간 무렵에 이르러서는 심각한 재정 위기에 직면한다. 이 때문에 불거진 발행자 명의 조작 사건으로 『시대일보』는 곡절 끝에 속간되지만 최남선은 결국 『시대일보』와 인연을 끊고 나온다. 1925년 그는 『동아일보』 사장의 권유로 잠시 객원 논설 위원으로 일하면서 사설은 물론 「심춘 순례」 같은 글을 쓴다. 그러나 얼마 되지 않아 위당 정인보를 추천해 그 자리에 앉히고, 자신은 한글 학자 박승빈이 만든 '계명구락부'에 드나들며 학술지 『계명』에 「삼국유사」를 옮겨 싣거나 여행을 하면서 지낸다.

최남선은 매우 활동적인 사람이었다. 키가 크고 골격이 장대하며 몸집도 비대했는데, 잡지 『소년』을 낼 때는 원고를 도맡아 썼을 뿐 아니라, 모자를 쓰고 두루마기를 입은 채 자전거를 타고 다니며 종이값 흥정, 인쇄 기계 부속품 구입, 소설 삽화 독촉, 잡지대 수금을 혼자 처리했다.

근대 문학의 산실인 조선광문회 건물(서울 삼각동 소재). 우리 나라 신문화 개화의 온상으로 『소년』 발행 등 언문 일치 한글 운동이 이 곳에서 잉태되며 기미 독립 선언서가 조판되기도 한다.

"그는 담배도 안 피우고 술도 안 먹고 연애 생활은 물론이거니와 노는 계집을 희롱한 일도 없고, 무슨 운동 경기나 유희, 연극, 활동 사진, 바둑, 장기, 화투 같은 오락물에 취했던 일도 없으며, 몸을 단장하거나 맛나는 음식을 구한 일도 없고,

1943년 11월 최남선은 이광수 등과 함께 총독부의 강권으로 조선인 유학생 학병 권유차 일본에 간다. 왼쪽부터 윤석중·최남선·이광수·마해송·김을한.

심지어 문학이나 미술에 미친 일도 없이 20년의 세월을 잡지와 고서 간행과 조선 역사 연구, 일언이폐지하면 조선주의를 위하여 희생한 것이다."라고 이광수는 회고한 바 있다. 춘원이 말한 대로 별다른 취미가 없던 육당이 그나마 빠져든 취미라면 고서 수집을 들 수 있다. 육당의 장서는 17만여 권에 달했으며, 효제동에서 우이동으로 이사할 때는 소 달구지로 옮기는 데만 사흘이 걸렸다고 한다. 그의 장서는 상당수가 6·25 때 불타 없어지고, 일부는 고려대학교에 기증된다.

육당 최남선은 1926년부터 「단군론檀君論」·「아시조선兒時朝鮮」·「단군급기연구檀君及其研究」 등 일련의 논문을 통해 불함 문화론을 제창함으로써 학계의 관심을 모은다. '불함' 이란 빛을 뜻하는 고대어로, '불함 문화' 란 곧 빛 문화를 말한다. 이것은 한반도를 중심으로 일본, 중국 북부 지역, 몽골, 중앙 아시아를 포괄하는 넓은 지역에 태양신을 숭배하는 거대한 문화권이 존재했다는, 단군 중심의 대문화권이 있었음을 주장하는 학설이다. 육당의 불함 문화론을 놓고 일부에서는 민족적 자긍심을 높인 것으로 보는가 하면, 일부에서는 식민 사학의 골격인 '일선동조론日鮮同祖論' 이나 조선과 만주를 하나로 묶는 '만선 사관滿鮮史觀' 의 복사

판에 지나지 않는다고 깎아내린다.

3·1 독립 선언서의 초안자인 최남선은 돌연 1928년 10월 일제가 설치한 조선사편수회朝鮮史編修會에 촉탁으로 들어가고, 총독부 중추원 참의직을 받아들여 주위 사람들을 어리둥절하게 만든다. 육당이 조선 역사를 일본식으로 왜곡시키는 일에 앞장서던 이 단체에 들어간 것은 그들의 비리에 맞서 싸우려는 소명 의식 때문인 것으로 후일의 기록에 나타나지만, 당시 이 일과 관련해 그에게는 적지 않은 비난이 쏟아진다. 어쨌든 계몽 운동가요 민족의 지성인 육당 최남선은 이 일로 말미암아 하루아침에 변절자의 누추한 처지가 되고 말았다는 세간의 수근거림을 피할 수 없었다. 그 뒤로 최남선은 문필 생활을 계속하고 1938년에는 만주 『만몽일보』의 고문을 맡기도 하지만, 이런 일보다는 방송이나 여러 대학의 강단에서 조선의 지리·역사·문화에 관한 강의를 하는 등 계몽 운동에 힘쓴다.

최남선은 어린 나이에 일찌감치 개화에 눈을 떠서, 낡은 것을 거부하고 새로움과 아울러 자유로운 시 정신을 추구한다. 그러나 나이가 들면서 차츰 눈치를 보는 듯하더니 어느 때부터 그의 작품은 더 뻗어나가지 못하고 제자리에 붙박인 느낌을 준다. 조금만 더, 한 걸음만 더 근대시에 다가설 수 있었더라면……. 왜 그럴 수 없었을까. 우리 사회에 그의 열정과 실험적 시 정신을 받아들일 만한 토양이나 문화 계층이 미처 형성되지 못한 탓이었을까. 그러나 좀더 근본적인 원인은 아무리 부정하려고 해도 부정할 수 없는 전통적 유교 사상의 찌꺼기가 육당의 어느 구석에 남아 있었기 때문이 아닐까. 최남선 역시 한편으로는 문학을 한 사회의 자율적 표현 양식으로 보는 것이 아니라 정치적 도구나 계몽의 효율적 수단으로만 보려고 들던 그 무렵의 대다수 지식인과 별로 다르지 않았다. 자신을 '문사'로 대우하지 말기를 바란 것이나, 나중에는 문학보다 교육이나 역사 복원 또는 계몽 사업에 힘을 쏟게 된 것도 이런 맥락에서 이해할 수 있겠다.

「경부 철도가」를 비롯한 창가에 대한 그의 집착도, 실은 그것이 신체시보다는 민중을 계몽하는 데 훨씬 더 큰 힘을 발휘할 수 있다고 여겼기 때문인 것으로 추측된다. 근대 정신과 신체시에 쏟아부은 열정과 잠재된 유교 사상에 뿌리를 둔 교훈적 문학관은 오래도록 그의 내부에서 마찰을 일으킬 수밖에 없었을 것이다. 이에 따라 그는 조금은 유교적 정신에 기우는 「백팔 번뇌」 같은 시조며 가사로 도피하거나, 실천적 계몽 활동으로 내부의 마찰열을 식힌 것인지도 모른다.

그러나 자신이 태어나고 자란 조국의 위기를 눈앞에 두고서, 시대 상황과 동떨어진 채 존재할 수 있는 문학이 과연 가능한 것인가? 여기에 대한 답은 육당을 비롯한 그 시기의 모든 예술인 앞에 놓인 피할 수 없는 과제였으며, 조금 다르더라도 이런 과제를 받아들이고 극복하기 위한 노력은 오늘에 이르기까지 거듭되고 있는 것이다.

1949년 1월 초부터 반민특위는 반민족 행위자의 검거에 나서는데, 2월로 접어들자 문화계 인사들에게까지 그 손길이 뻗친다. 당시 집에서 『조선 역사 사전』을 쓰고 있던 최남선이 체포된 것은 2월 7일의 일이다. 그는 "시대적 현실을 거스를 수 없다."며 집에 들이닥친 반민특위 조사관들의 체포에 담담하게 응한다.

내가 변절한 대목, 즉 왕년에 신변의 핍박한 사정이 지조냐 학식이냐의 양자 중 하나를 골라잡아야 하게 된 때에 대중은 나에게 지조를 붙잡아라 하거늘 나는 그 뜻을 휘뿌리고 학업을 붙잡으면서 다른 것을 버렸다. 대중의 나에 대한 분노가 여기서 시작하며 나오는 것을 내가 잘 알며 그것이 또한 나를 사랑함에서 나온 것도 내가 잘 안다.
최남선, 「자열서自列書」—정운현, 『나는 황국 신민이로소이다』(개마고원, 1999), 재인용

마포형무소에 수감된 최남선은 거기서 「자열서」라는 일종의 '반성문'을 쓰게 된다. 그는 이 글에서 자신의 변절이 '학문'과 '지조'를 선택해야 하는 갈림길에서 학문을 선택한 결과라고 변명한다.

말년에 당뇨병과 중풍으로 투병 생활을 하던 최남선은 1957년 10월 10일 오후 5시, 종로구 묘동의 자택에서 숨을 거둔다. 육당 최남선은 춘원 이광수와 함께 개화·계몽 시대에 '2인 문단 시대'를 꾸리며 우리 근대 문학의 서장을 연 문학가이

자 이 땅에 처음으로 근대 잡지와 신체시를 선보인 선구자다. 그는 또 남다른 박
람 강기博覽强記를 바탕으로 민족 정신을 일깨우고 문화 운동을 펼친 사상가이자
계몽 운동가다. 그러나 최남선의 빛나는 업적 뒤에는 아쉽게도 친일 행각이라는
치부가 숨어 있다. 그의 업적이 뿜어내는 광채는 일제의 침략 전쟁을 성전으로 미
화하며 학병 입대를 권유하는 등의 지울 수 없는 오욕의 행로로 말미암아 친일 문
학가 또는 맹목적 근대 지상주의자라는 폄하 속에 그 빛이 잦아든다.

참고 자료

조연현, 『최남선과 이광수의 문학』, 새문사, 1981
홍일식, 『한국 개화기의 문학 사상 연구』, 열화당, 1991
고려대학교 민족문화연구소, 『근대 전환기의 언어와 문학』, 1991
조동일, 『한국 문학 통사 4』, 지식산업사, 1994
김용직 외, 『한국 근대 문학의 사적 이해』, 삼영사, 1977
이재선 외, 『개화기 문학론』, 형설출판사, 1993
김학동, 『한국 개화기 시가 연구』, 시문학사, 1981
권오만, 『개화기 시가 연구』, 새문사, 1989
정운현, 『나는 황국 신민이로소이다』, 개마고원, 1999

불함 문화론不咸文化論

    최남선의 이른바 '불함 문화론'은 동북 아시아 문화권이라는 큰 틀에 한국 문화를 집어넣어 그 연원과 의미를 짚어본 것이다. 그에 의하면 한반도는 이 문화권의 중심지다.

    요컨대 흑해로부터 이해裏海를 거쳐 파밀의 북동지인 천산산맥으로부터 알타이산맥, 사안산맥, 야브로노이산맥을 따라 다시 남쪽으로 가서 홍안산맥, 대행산맥 이동의 땅, 조선 · 일본 · 유구琉球를 포함하는 일선一線에는 파크Park 중심의 신앙과 사회 조직을 가진 민족이 분포하여, 그 종족적 관계는 하옇든 문화적으로는 확실히 하나의 연쇄를 이루고 있다.…… 이것이 중국 · 인도의 두 남계에 대하여 동방 문화의 북계를 이루는 불함 문화 계통이니, 그 계통에 속하는 민방으로는, 어느 시기까지는 특수한 역사가 없는 것이 그 일대 특색을 이룰 정도로 공통 일치한 감정이 흐르고 있었다. 파크에 비추어지고 타이거Taigar에 지켜져서, 그들의 현실적 · 이념적인 일체 생활은 안태安泰와 만족을 얻으려는 것이었다. 그리고 그 명백한 증빙證憑과 끼긴喫緊한 계기를 이루는 것이 조선 역사상에 있어서의 단군과 부루夫婁, 그리고 그 가르침이라고 하는 풍류도이다.

— 최남선,「불함 문화론」

    서쪽으로는 멀리 흑해로부터 동쪽으로는 한반도와 일본 열도에 이르기까지 알타이 어족이 사는 드넓은 지역을 한데 엮어 최남선은 '불함 문화권'으로 규정한다. 그는 이 지역에 널리 퍼져 있는 원시 신앙에 주목했는데, 그에 의하면 단군 신화檀君神話는 그 원시 신앙의 구체적이며 시원적인 형태의 구현이다. "조선 국토에 대한 나의 신앙은 일종의 애니미즘일지도 모릅니다."라고 한 최남선의 말에서 알 수 있는 것처럼, 그는 한민족의 보금자리인 우리 국토에 대해 신앙과도 같은 남다른 애정을 보이는데, 그 애정은 민족적 자긍심을 뿌리로 하고 있다. 우리 문화를 동방 문화의 중심으로 내세우는 최남선의 불함 문화론은 몇몇 일본 학자의 단군 신화 말살 시도에 정면으로 맞선 것이며, 차츰 약화되는 민족적 자긍심을 되살리려는 노력에서 비롯된 것이다 불함 문화론의 한복판에는 백두산이 우뚝 솟아 있다. 그에 의하면 백두산은 "동방 문화의 핵심"이요, "동방 의식의 최고 연원"이다.

    어쨌든 서쪽에서 동쪽으로 궤적을 그리며 진행된 고대 아시아의 문화 이동 경로를 볼 때 한반도는 그 문화의 마지막 집결지이자 기착지이고, 따라서 한반도는 자연스럽게 동방 문화의 중심지가 되었다고 보는 것이 불함 문화론의 골자다. 불함 문화론은 논리의 비약에 따른 관념적 독단론이라는 혐의가 없지 않으나, 일제의 식민지로 전락한 한반도와 우리 민족의 긍지를 먼 '과거'에서 찾아보려는 '애국심'에 바탕을 둔 문화론임은 분명하다.

지금 동양 대세로 말해보면 참상이 극심하여 기록하기가 어렵다.
이토라는 놈은 천하의 대세를 헤아리지 못하여 잔혹한 정책을
남용하니 동양 전역이 짓밟히고 깨지는 장소로 변할 것이다

1909

노적 이토의 죄악을 성토한다

하늘이 백성을 내셨으니 온 세상 모두 형제다. 각각 자유를 지키며 삶을 좋아하고 죽음을 싫어함이 인간의 본성이다. 오늘날 세상 사람들이 문명 시대라고 하나 우리만이 그렇지 못하다며 한탄하고 있다.

문명이란 동서양의 똑똑한 사람, 어리석은 사람, 남녀 노소를 막론하고 각자 천부의 본성을 지키며 도덕을 숭상하고 경쟁심을 없애며 편안한 땅에서 직업을 즐기며 태평을 함께 누리는 것, 이것이 바로 문명이다. 지금의 시대는 이렇지 못하다. 상등 사회의 고등 인물들은 논하는 것이 경쟁이요, 탐구하는 것이 살인 기계이므로 동서양 육대주가 포탄의 연기와 빗발치는 탄환으로 어느 날이고 편안한 날이 없으니 어찌 개탄치 않겠는가. 지금 동양 대세로 말해보면 참상이 극심하여 진실로 기록하기가 어렵다.

이토 히로부미라는 놈은 천하의 대세를 헤아리지 못하여 잔혹한 정책을 남용하니 동양 전역이 짓밟히고 깨지는 장소로 변할 것이다. 슬프구나. 천하 대세를 깊고 멀리 생각해야 할 뜻있는 청년들이 어찌 속수 무책으로 앉아서 죽기를 기다림이 옳은가?

이 한탄스러운 생각이 계속되었기 때문에 하얼빈 만인의 눈앞에서 한 방 쏘아 늙은 적 이토의 죄악을 성토하고 뜻있는 동양 청년의 정신을 경고하고 각성시키려고 했다.

1909년 10월 26일, 일본인으로 가장한 안중근은 만주 하얼빈역에 들어가 러시아 군대의 군례를 받는 이토에게 열 걸음 이내의 거리까지 접근, 권총으로 이토의 배와 등에 3발을 명중시켜 즉사시킨다. 이어 일제의 침략 첨병 다수에게 중상을 입힌 뒤 안 의사는 현장에서 러시아 경찰에게 체포된다. 안 의사는 곧 일본 관헌에 넘겨져 뤼순의 일본 감옥에 수감된 뒤 이듬해 2월에 열린 재판에서 사형 선고를 받는다. 옥중에서 안 의사는 「동양 평화론」과 「노적老賊 이토의 죄악을 성토한다」는 글을 남긴다.

옥중에서 집필한 「동양 평화론」과 3월 26일 집행된 형의 최후 진술에서 안 의사는 "동양 평화를 위해 한·중·일 3국이 대동 협력해야 하며, 일본이 침략으로써 동양 평화를 파괴했기 때문에 이토를 처단한 것은 정당한 행위"라고 주장한다.

1909

1월
9 콜롬비아, 파나마의 독립 승인

2월
1 청으 상하이에서 아편 금지를 위한 제2차 국제 회의 개최
3 출판법 반포(출판물의 원고 검열 및 배일적인 출판물 압수)
4 이슬람교도, 오스만제국 내의 아르메니아인 대학살
12 신문관, 십전十錢 총서의 첫 권으로 『걸리버 여행기』 간행

5월
27 일저의 검열 당국, 금서로 압수한 3천7백여 권 소각

7월
12 사법 및 감옥 관련 사무를 일본 정부에 위탁하는 각서 조인
26 일본과 중앙 은행에 관한 각서 조인, 조선 은행 조계 반포
26 스페인, 바르셀로나의 급진파가 모로코 파견을 위한 군 동원령에 반대해 총파업을 선언하자 계엄령 선포한 뒤 진압(피의 1주간)
0 인천 공장에서 우리 나라 최초의 기관차 조립

9월
1 의병 진압을 위한 일본군의 '남한 대토벌 작전' 가시(~10.30.)
4 간도에 관한 청일협약 조인(이로써 간도가 청에 귀속됨)

11월
1 창경궁에 동·식물원을 설치하고 일반인에게 공개

12월
28 평남 순천의 상인 수백 명이 지방세 납부를 거부하고 재무서와 주재소에서 농성

0
0 우리 나라 최초의 여성 합창단인 이화합창단, YMCA 강당에서 헨델의 「할렐루야」 공연

문약한 국민은 그 시부터 문약하느니

동국 시계 혁명

시는 들을 수 없는 것을 듣게 하고, 볼 수 없는 것을 보게 한다. "감각들의 증언"이며, 언어로 빚어진 "반사광들, 광채들, 무지개"(옥타비오 파스)인 시는 그 안에 깃들인 주술적 예지력으로 말미암아 때로는 놀랍게도 민족의 미래와 운명을 담아낸다. 위대한 시인의 시일수록 그 주술적 예지력의 영역은 넓어진다. 어느 시대나 그 시대의 위대한 시인은 언어의 사제이며 민족의 예언자인 것이다.

우리 역사에서 시가 나라의 흥망 성쇠를 좌우한다는 믿음이 일던 때가 있었다. 1909년 11월부터 12월 사이 『대한매일신보』에 17회 실린 「천희당 시화」에서 비롯된 '동국 시계 혁명'을 두고 하는 말이다.

시란 자는 국민 언어의 정화精華다. 고로 강무强武한 국민은 기시其詩부터 강무하며, 문약文弱한 국민은 기시부터 문약하나니, 일국의 성쇠 치란治亂은 대저 기국시其國詩에서 가험可驗할지요, 우기국又其國의 문약을 회回하여 강무에 입入코자 할진대 불가 불기 문약한 국시부터 개량할지라.

신채호, 「천희당 시화」(1909)

이 글은 일정한 순서나 형식 없이 국한문으로 연재된다. 시가 국민 언어의 정화이고 국민을 강하게 만들 수 있으므로, 국가의 존립을 위해서는 무엇보다 시부터 개량하자는 것이 이 글의 알맹이다. 이에 의하면 시는 "환호, 분규, 처량 애읍凄凉哀泣, 신음 광제呻吟狂啼 등의 정태情態로 결정된 문언文言"이며, 따라서 시는 사람의 환희·분노·고뇌 같은 감정을 다스리고 움직일 수 있는 도구다. 우리 나라가 약소국에서 벗어나고 강한 국민성을 기르려면 우선 국시國詩의 개량이 전제되어야 하는데, 그 국시는 동국어 · 동국음 · 동국문으로 만들어진 것이어야 비로소 동국시가 될 수 있다는 것이 문학 혁명을 주장하는 '동국 시계 혁명' 의 요지다. 이는 중국의 량 치차오梁啓超가 쓴 '중국 시계 혁명' 의 "고도적인 시대에는 반드시 혁명이 있어야 한다. 그런데 혁명이란 응당 그 정신을 개혁해야 할 것이요, 형식의 개혁에 있는 것은 아니다."라는 이론과 그 맥락을 같이하는 것이다.

군이 '동국 시계 혁명' 이라는 식으로 말하지는 않았으나 이와 비슷한 주장은 1905년께부터 매천 황현과 육당 최남선을 비롯한 일본 유학생 및 젊은 계몽 지식인들도 제기한 바 있다. 어쨌든 문학 혁명을 주장하는 이 글은 재래 문학에서 오랫동안 높은 지위를 누려오던 한시漢詩와, 개화에 관한 내용이나 신사상을 한글로 담아낸 것이라고 할지라도 한시 형식을 빌린 시는 사대주의事大主義의 궤두리에서 벗어나지 못한 신시의 아류라고 비판해, 이 무렵의 우리 문학계에 신선한 논쟁을 불러일으킨다.

민족의 잠재 역량을 찾아나선 신채호

이름은 밝히지 않고 단지 '천희당' 이라는 호와 '시화' 라는 제목으로 연재된 이 「천희당 시화」의 작자는 신채호申采浩(1880~1936)로 알려져 있다가, 한때 천희당이 윤상현의 호임이 밝혀지며 글쓴이가 누구인지 적잖은 혼선이 빚어지기도 한다.* 그러나 문학관과 문체와 주변의 다른 글들을 두루 고려해볼 때, 「천희당 시화」는 신채호가 쓴 것이 틀림없다는 쪽으로 다시 가닥이 잡힌다.

충청도의 한 유생 집안에서 태어난 신채호는 자연스럽게 유교적 분위기 속에서 한학을 익히며 자란다. 이윽고 성균관에 들어간 그는 더욱 학문을 연마해 1905년 성균관 박사가 된다. 그러나 신채호는 우리 민족 고유의 정신 사상이 지닌 역량과

---

* 김윤식 · 김우종 외, 『한국 현대 문학사』(현대문학, 1994)

중요성을 깨닫고 과감하게 유교 사상을 떨쳐내고자 곧 성균관을 떠난다. 그는 『황성신문』의 논설 위원을 거쳐 1906년 『대한매일신보』 주필 자리에 앉게 되고, 1907년에는 신민회의 창립 회원으로 들어간다. 그 뒤 1910년대에는 신민회의 국외 독립 운동 기지 건설 계획과 관련해 중국 및 연해주 등지로 나가서 항일 독립 투쟁에 힘을 쏟는다. 이런 와중에도 신채호는 집필 활동을 중단하지 않고 문학가와 역사가로서 많은 업적을 남긴다.

그는 중국의 유교 사상 같은 모든 외래 사상을 물리쳐야 한다는 반외세론을 들고 나오는 한편, 예로부터 전해 오는 화랑도 정신인 '낭가郎家 사상'을 앞세워 우리 민족의 주체성을 세우려고 노력한다.

조선의 역사가 원래 낭가의 독립 사상과 유가의 사대주의로 분립하여 오더니, 돌연히 묘청이 불교도로서 낭가의 이상을 실현하려다가 그 거동이 너무 광망狂妄하여 패망하고, 드디어 사대주의파의 천하가 되어…… 그 뒤에 몽고의 난을 지나매 더욱 유가의 사대주의가 득세하게 되고, 이조는 창업이 곧 이 주의로 성취되매 낭가는 아주 멸망하여 버리었다. 정치가 이렇게 되매 종교나 학술이나 기타 모두가 사대주의의 노예가 되어……

신채호, 「조선 역사 일천년래 제일대 사건」, 『조선사 연구초』 ─ 『신문화 100년』(신구문화사, 1980) 재인용

신채호는 '아我와 비아非我의 투쟁'이라는 시종 일관하는 역사관으로 우리 민족과 다른 민족의 관계를 해석한다. 바탕에 흐르는 이런 사상은 그의 문학을 이해하는 데도 많은 도움을 준다.

역사란 무엇이뇨? 인류 사회의 '아我'와 '비아非我'의 투쟁이 시간부터 발전하며 공간으로 확대하는 심적 활동의 상태의 기록이니, 세계사라 하면 세계 인류의 그리 되어 온 상태의 기록이며 조선사라면 조선 민족의 그리 되어 온 상태의 기록이니라. 무엇을 '아'라 하며, 무엇을

'비아'라 하느뇨. 깊이 팔 것 없이 앝이 말하면, 무릇 주관적 위치에 선 자를 아라 하고 그 외에는 비아라 하나니, 이를테면 조선인은 조선인을 아라 하고 영英·노露·법法·미美 등을 비아라 하지만, 영·미·법·노…… 등은 각기 제 나라를 아라 하고 조선을 비아라 하며 무산 계급은 무산 계급을 아라 하고 지주나 자본가…… 등을 비아라 하지만…… 그리하여 아에 대한 비아의 접촉이 번극할수록 비아에 대한 아의 분투가 더욱 맹렬하여 인류 사회의 활동이 휴식될 사이가 없으며 역사의 전도가 완결될 날이 없나니, 그러므로 역사는 아와 비아의 투쟁의 기록이니라.

신채호, 「조선 상고사」 제1편 총론―앞의 책 재인용

조선을 아我로 생각하고 '밖'에서 들어온 유교를 비롯한 일체의 외세를 비아非我로 보는 반외세 사상을 꿋꿋하게 지키던 신채호는 「천희당 시화」에서 국력이 자꾸 약해지는 원인을 남의 나라 문자인 한문을 과신하고 우리의 문자를 천시하는 나쁜 습성 때문이라고 규정한다. 그는 여기에서 벗어나려면 우리의 문자를 새롭게 편성하고 다듬어 모든 국민이 읽을 수 있도록 해야 한다고 주장한다. 국문으로 되어 있다고 하더라도 7자·11자 일본 음절이나 중국 율체를 모방한 시는 국시가 될 수 없다는 논리를 펴면서, 그는 부녀자와 어린이 등 우리 나라 사람 모두가 부를 수 있는 민요인 「아리랑」·「파랑새」·「영변가」 등에 신사상을 담아 개작한다.

을지문덕의 영웅적 기상과 용맹을 묘사해 민족적 자긍심을 일깨운 신채호의 애국 계몽 소설 『을지문덕』

그는 시조에서도 한시투가 아닌 애국 또는 상무尙武 정신을 담고 있는 김종서의 「삭풍가朔風歌」와 남이 장군의 「장검곡長劒曲」 같은 것을 국시 개혁의 본보기로 추천한다. 그러나 신채호는 국시 개혁의 가장 중요한 목적을 「천희당 시화」에서 "시가詩歌는 인人의 감정을 도모함으로 목적하나니"라고 하거나, 시는 "국민 지식 보급에 효력이 내유乃有"해야 한다고 해서 사람의 감정을 움직이고 지식을 전달하는 데 둔다. 이런 계몽적 시론과 아울러 그는 국시 개혁을 이끄는 시인은 여느 사람이 아니라 "대시인이 즉 대영웅이며, 대시인이 즉 대한이며, 대시인이 즉 역사상의 일거물―巨物"이라고 하면서 영웅적 시인론을 펼친다.

신채호의 시론이 투영된 작품은 「천희당 시화」를 연재한 1909년부터 이듬해까지 『대한매일신보』의 고정란인 '사회등'에 꽤 발표된 것으로 추측되나 확실하게 그의 이름으로 남아 있지는 않다. 그의 시는 국한문 혼용체로 난해하게 표현된「철추가鐵椎歌」말고는 1910년 한일합병 뒤 국외로 망명해 쓴 작품이 대부분인 것으로 알려지고 있다.

신채호는「소설가의 추세趨勢」에서 소설을 "국민의 나침반"이라고 일컬어 시뿐 아니라 소설의 중요성도 강조한다. 곧 민족의 현실을 올바르게 인식하고 국권 회복의 길을 제시해야 한다는 측면에서 소설의 맡은 바도 중요하다는 것이다. 그러나 "차 소설도 회음誨淫 소설이요, 피 소설도 회음 소설이라. 미인의 야유 용태를 묘출描出하며 남자의 화류 신분을 사래하여 일독하매 음심이 맹萌하며, 재독하매 음심이 탕케 하니"라고 말해 중국 것을 모방한 고대 소설과 가정 소설, 정치 소설을 빙자한 '회음 소설'과 풍속을 해치는 '연애 소설'은 국민 문학에서 배격할 것을 주장함으로써, 역시 소설의 교훈적·계몽적 기능을 중요시한다. 그는 이와 같은 소설 이론의 실천 행동으로 1916년「꿈하늘」과 1928년「용과 용의 대격전」을 발표한다. 두 작품 모두 환상적이고 우화적인 수법으로 씌어진 것이지만, 두 작품 사이의 12년에 이르는 간극에서 신채호의 민족주의적 영웅주의 사관이 점차 투쟁적 민중 이념으로 바뀌어가는 과정을 엿볼 수 있다.

신채호는 중국 베이징을 주요 무대로 급진적 민족주의자로서 무장 투쟁 노선을 걷다가, 1920년 뒤로는 무정부주의연맹에 들어가서 활동한다. 1928년 그는 운동 자금을 마련하기 위한 공작을 벌이던 중 일제의 헌병대에 체포된다. 10년형을 선고받고 뤼순감옥에서 갇혀 지내던 단재 신채호는 1936년 3월 25일에 뇌일혈로 숨진다.

언제 꺼져버릴지 모를 만큼 쇠잔한 국권, 그 흔들리는 국권을 끊임없이 넘보던 일본 제국주의와 맞선 상태에서 우리 민족에게 요구된 것은 무력 투쟁만이 아니었다. 국민 대중의 힘을 모아내는 애국 계몽 운동이나 문화 투쟁 또한 시대의 요청에 따른 것이었다. 그 일환인 '동국 시계 혁명'은 1909년 항일 민족 언론 기관인『대한매일신보』에 연재된「천희당 시화」가 불을 당기고, 그 '정신'은 점차 애국 계몽 단체에서 펴낸 학회지나 잡지를 통해 뻗어나간다.

　그러나 우리 문학사에서 한 전환점이 될 뻔한 신·구 문학의 교체 혁명론은 문학이 나라의 흥망 성쇠를 좌우한다는 지나치게 비약된 문학 지상주의와 영웅주의 사관에 빠져 구체적인 방법론을 내놓는 데까지는 나아가지 못한다. 그나마 내놓은 방법도 사대주의 극복을 비롯한 반외세론 정도에 머문다. 이런 혁명을 이끈 신채호 역시 유교적 잔재에서 벗어나려는 욕구는 강하였으나, 작품 속에서 불쑥불쑥 튀어나오는 한시투가 보여주듯이 문학 이론과 실천 행위인 시작詩作 사이에 적지 않은 거리를 드러내고 만다. 반외세 성향과 유교적 잔재의 틈바구니에서 불거진 갈등은 좀처럼 사그라들지 않으며, 따라서 애국적 항일 투쟁 의식을 담은 그의 사상 소설 또한 도식화한 계몽 의식을 드러내는 데 그치게 된다.

　신채호가 펼친 애국 계몽 문학론은 1920년대에 이르러 진정한 민중 사회를 건설하려면 폭력 투쟁으로 특권 지배 계급을 타도해야 한다는 폭력적 민중 혁명론이 나오는 발판이 되기도 한다. 민중 중심 사관에 바탕을 둔 그의 문학관은 한국 문학사에서 카프 계통의 프롤레타리아 문학을 융성하게 만드는 씨앗 구실을 하며, 뒷날 진보 성향의 민족 문학론자들이 이어받아 발전시킨다.

참고 자료

김재용 외, 『한국 근대 민족 문학사』, 한길사, 1993
송백헌 외, 『한국 문학 사조사』, 새문사, 1992
『신문화 100년』, 신구문화사, 1980
홍신선, 『한국 근대 문학 이론의 연구』, 문학아카데미사, 1991
박경수, 『한국 근대 문학의 정신사론』, 삼지원, 1993
임형택, 『한국 문학사의 시각』, 창작과비평사, 1984

1910

2. 18 　최초의 상설 영화관인 경성고등예술관 설립
5 　이범윤 · 홍범도 등 연해주 연합 의병 4천5백여 명, 청의 마적 3백여 명과 국내 진공, 일본군과 교전
0 　미국의 모건, 유전자설 발표

1911

8. 23 　조선 교육령 공포(한국인 교육 방침 규정, 일본어 보급과 일본화 촉진)
10. 10 　청, 신해혁명 시작
11. 5 　최초의 방직 회사 경성방직 창립(자본금 10만 원)

1912

3. 24 　호남선(강경 · 군산 사이) 개통
3. 29 　윤백남 · 조중환, 문수성을 창립하고 「불여귀」 공연
10. 17 　불가리아 · 세르비아 · 그리스와 터키 사이에 제1차 발칸전쟁 발발

1913

5. 16 　안창호 등, 샌프란시스코 국민회관에서 흥사단 창립
6. 29 　불가리아가 세르비아와 그리스를 공격, 제2차 발칸전쟁 시작
7. 30 　제2차 발칸전쟁 종결

1914

1. 17 　단성사 신축(수용 인원 1천여 명)
6. 28 　오스트리아의 황태자 피살(사라예보 사건)
7. 28 　오스트리아, 세르비아에 선전 포고, 제1차 세계대전 발발

1910~1919

1915

5. 25 　중국과 일본, 중일조약 조인
9. 11 　전신전화소 설치
12. 4 　일본, 도쿄의 주식 시장에서 주가 대폭등(전쟁 경기의 시작)

1916

3 　YMCA, 농구와 배구를 본격적으로 보급
6. 25 　경복궁 터에 총독부 청사 기공
7. 1 　영국과 프랑스군, 독일군에 총공세
11. 28 　독일, 최초로 영국 런던 공습

1917

10. 29 　박용만, 미국 뉴욕에서 열린 세계 약소 민족 회의에 한국 대표로 참석
11. 7 　러시아, 페트로그라드에서 볼셰비키 무장 봉기, 군사혁명위원회가 소비에트 정권 수립 선언(10월혁명)

1918

4. 17 　일본, 군수 공업 동원법 공포
11. 5 　토지 조사 사업 완료
11. 11 　연합국과 독일, 휴전 협정 조인, 제1차 세계대전 종결
11. 30 　여운형, 파리 강화 회의와 미국 대통령에게 보낼 한국 독립 요망 건의서를 미국 대통령 특사에게 전달

1919

1. 18 　파리 강화 회의 열림(~6.13)
3. 1 　민족 대표 33인 태화관에서 독립 선언서 낭독, 시민 2만여 명 탑골공원에서 독립 선언서 낭독 뒤 만세 시위(3 · 1운동)
4. 6 　인도, 간디가 지도하는 1차 비폭력 저항 운동 개시
10. 27 　최초의 한국 영화 『의리적 구투仇鬪』, 단성사에서 상영
10. 28 　미국, 금주법 의결

1910

최초의 세계대전과 러시아혁명이 일어나고 대량 생산 기술의 개발이 이루어진 1910년대는 근대와 현대의 분기점이 된 연대다. 대량 생산 기술의 개발은 양지와 음지를 아울러 지니게 된다. 인류의 물질적 풍요에 대한 기대의 실현이 그 양지라면, 고성능 살상 무기의 양산 체제가 미증유의 살상자를 낳은 세계대전은 그 음지다. 세계대전은 러시아혁명의 촉매 인자로 작용하는데, 그 혁명의 내부에는 20세기를 뒤흔드는 '격동과 파란의 유전자'가 숨어 있었다.

별다른 준비 없이 문호를 연 뒤 드높은 외세의 파도에 휩싸여 움츠리고 있던 우리 나라는 이 연대의 초입에서 일제에 국권을 빼앗기는 치욕적인 사건으로 세계사에 편입된다. 1910년 한일합병 소식이 전해지자 국권 상실에 따른 비통함을 이기지 못한 선비들의 순절은 곳곳에서 이어진다. 특히 "문자나 안다는 사람, 인간 되기 어렵구나."라는 내용의 「절명시」를 남긴 매천 황현의 자결은 나라 잃은 선비들의 슬픔과 분노를 대변하는 것이다.

군사력과 경제력을 앞세워 우리 나라를 한입에 삼켜버린 일제는 지배 체제를 다지기 위해 조선총독부를 세우고 동양척식주식회사를 차린다. 초대 총독을 맡은 일본 육군 대장 출신의 데라우치 마사타케寺內正毅는 중앙과 지방의 행정 관제를 정비해 2만2천 명의 관리를 배치하고, 헌병 경찰 제도로 통치 권력을 장악한다. 데라우치 총독은 아울러 토지 조사 사업에 착수하고 회사령을 선포해 억압과 수탈로 이어지는 무단 통치를 위한 토대를 닦는다.

한편, 1914년 6월 28일에 오스트리아 황태자 페르디난트 부부가 보스니아의 수도 사라예보에서 세르비아 민족주의자들에게 피살당한 사건은 인류 역사상 최대의 전면 살상전으로 번진다. 산업혁명에서 뒤처진 후발 자본주의 국가로 영국과 프랑스가 주도하는 국제 질서에 불만을 품은 독일이 국지전을 빌미로 제국주의 전쟁에 뛰어들며 제1차 세계대전은 인류가 일찍이 겪어본 적 없는 엄청난 규모의 인명 살상을 낳은 전쟁이 되고 만다.

늘어난 외채 때문에 휘청거리던 일본은 이 대규모 전쟁 덕분에 뜻밖의 반사 이익을 얻는다. 전쟁 특수로 구리·아연·석탄 채광과 같은 1차 산업이 활기를 띠게 되고, 화학 약품과 염료의 국제 가격이 폭등하며 군수품의 대종을 이루는 면직업에도 주문이 쇄도함으로써, 일본 경제는 갑자기 호황 국면으로 돌아선다.

1914년, 나라 안에서는 일제의 의도에 따라 쌀의 원활한 유출을 위해 호남평야와 목포항을 잇는 호남선이 개통되고, 대륙 진출을 위한 정치·군사적 목적으로 서울에서 철원과 안변을 거쳐 원산에 이르는 총 연장 222. 7km의 경원선이 잇달아 개통된다.

1917년 이광수는 남녀의 애정 문제를 축으로 전통과 근대의 긴장과 갈등 구조를 풀어가는 새로운 소설『무정』을 총독부 기관지인『매일신보』에 연재한다. 이 소설은 한국 현대 문학 사상 최초로 등장한 장편 소설이자 한국 현대 문학의 시발점이라고 할 만한 작품이다.

1919년, 제1차 세계대전이 끝나자 세계 곳곳에서 피압박 민족의 독립 투쟁이 잇따른다. 우리 나라의 3·1운동을 비롯해 중국의 5·4운동, 간디가 이끈 인도의 비폭력 무저항 운동은 그 보기들이다.

한국 황제 폐하와 일본국 황제 폐하는 양국간의 특수하고도
친밀한 관계를 회고하여 상호 행복을 증진하며 동양의 평화를
영구히 확보코자 이에 양국간에 합병 조약을 체결하기로 결하고

1910

한일합병조약

한국 황제 폐하와 일본국 황제 폐하는 양국간의 특수하고도 친밀한 관계를 회고하여 상호 행복을 증진하며 동양의 평화를 영구히 확보코자 하는바, 이 목적을 달성하기 위해서는 한국을 일본제국에 합병함만 같지 못한 것을 확신하여 이에 양국간에 합병 조약을 체결하기로 결하고, 일본국 황제 폐하는 통감 자작 데라우치 마사다케를, 한국 황제 폐하는 내각 총리 대신 이완용을 각각 전권 위원으로 임명함. 이 전권 위원은 회동 협의한 후 다음의 제조를 협정함.

제1조 한국 황제 폐하는 한국 정부에 관한 일체의 통치권을 완전하고도 영구히 일본국 황제 폐하에게 양여함.

제2조 일본국 황제 폐하는 전조에 게재한 양여를 수락하고, 또 전연 한국을 일본국에 병합함을 수락함.

제3조 일본국 황제 폐하는 한국 황제 폐하, 황태자 폐하와 그 후비 및 후예로 하여금 각기 지위에 응하여 상당한 존칭과 위엄 그리고 명예를 항유케 하며, 이를 보지하기에 충분한 세비를 공급할 것을 약함.

제4조 일본국 황제 폐하는 전조 이외의 한국 황족과 그 후예에 대해 각기 상당

한 대우를 향유케 하며, 또 이를 유지하기에 필요한 자금을 공여할 것을 약함.

제5조 일본국 황제 폐하는 공훈이 있는 한인으로서 특히 표창을 행함이 적당하다고 인정되는 자에 대하여 영작을 수여하고 또 은급을 줄 것.

제6조 일본국 정부는 전기 병합의 결과로써 한국의 사정을 모두 담임하고, 동지同地에 시행하는 법규를 준수하는 한인의 신체와 재산에 대해 충분한 보호를 하며 또 그 복리의 증진을 도모할 것.

제7조 일본국 정부는 성의와 충실로 신제도를 존중하는 한인으로서 상당한 자격이 있는 자를 사정이 허하는 한에서 한국에 있는 제국 관리로 등용할 것.

제8조 본 조약은 일본국 황제 폐하와 한국 황제 폐하의 재가를 거친 것으로 공포일로부터 시행함. 위 증거로 양 전권 위원은 본 조약에 기명 조인하는 것임.

융희 4년 8월 22일 내각 총리 대신 이완용
메이지 43년 8월 22일 통감 자작 데라우치 마사타케

안중근 의사가 이토를 처단한 뒤부터 일본은 한국의 주권을 마저 빼앗아 우리 나라를 식민지화하려는 계획을 서둘러, 급기야 1910년 8월 이완용과 데라우치가 한일합병조약을 조인하기에 이른다. 이로써 조선 왕조는 27대 519년 만에 멸망하고 우리 나라는 일본의 식민지가 된다.

이광수

흠 많은 근대 문학의 아버지

1940년대 초엽 어느 겨울날의 일이다. 덕수궁에서 도쿄 유학생들의 미술 전람회가 열린다. 마침 겨울 방학을 맞아 일본에서 돌아와 서울에 있던 20대 초반의 문학 청년 김춘수金春洙는 그 전람회장에 갔다가 뜻밖에 춘원春園 이광수李光洙(1892~1950)를 만난다. 춘원은 여러 학생에게 둘러싸여 나직한 목소리로 무슨 이야기를 하고 있었다. 키가 큰 춘원에 대한 첫 인상은 까만 테 안경을 낀 점잖고 준수한 신사의 그것이었다. 얼굴 생김새는 동글납작하고, 폐를 앓고 있던 터라 안색이 파리한 편이었다.

그날 김춘수는 몇몇 학생과 함께 효자동에 있던 이광수의 집까지 따라간다. 아내 허영숙의 산부인과 병원에 붙어 있던 춘원의 집 거실에서 차까지 얻어마시고 문학 이야기를 나누던 김춘수 일행은 정오 사이렌이 울리면서 눈앞에 펼쳐진 충격적인 장면을 보게 된다. 당시에 일제는 정오 사이렌이 울리면 행인들에게 걸음을 멈추고 그 소리가 멎을 때까지 황군皇軍의 무운 장구武運長久를 비는 묵도를 올리도록 했다. 그런데 거실에 있던 춘원과 차를 내온 춘원의 딸이 정오 사이렌이 울리자 묵도를 올리는 것이 아닌가! 일제의 창씨 개명 정책에 따라 자진해서 가야마 미쓰로香山光郎로 이름을 바꾼, 식민지 조선의 조숙한 천재이자 걸출한 작가인 춘원 이광수는 한국 현대 문학의 선구자이자 원죄의 배태자인 것이다.

이광수는 1892년 2월 27일 평안북도 정주에서 대소과大小科에 실패하고 술에 기대어 여생을 탕진하고 있던 이종원의 장남으로 태어난다. 아명은 보경寶鏡인데, 명치학

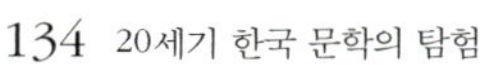

1922년 장편 소설 『개척자』를 집필하던 시절의 이광수

원 중학부 졸업생 명부에는 이 이름으로 올라 있다. 다섯 살 때 한글과『천자문』을 깨치고, 여덟 살 때에는『사략』·『대학』·『중용』·『맹자』·『논어』·『고문진보』 같은 동양 고전을 두루 섭렵할 만큼 신동이던 그는 생계를 돌보지 않는 아버지 때문에 어린 몸으로 산에 가서 나무를 하거나 궐련초를 팔아 학비를 보태며 서당에 다닌다.

열한 살 나던 해에 부모를 여의고 갑작스럽게 고아가 된 이광수는 절망감에 휩싸여 고향을 떠나기로 결심하고 사당에 불을 질러 홍패紅牌·문적文籍·위패位牌 등을 태워버린다. 이윽고 외가와 재당숙 집을 전전하며 떠돌이 생활을 하던 그는 1903년 한 접주의 인도로 포덕 천하布德天下, 광제 창생廣濟蒼生, 보국 안민지 대도덕保國安民之大道德이라는 이념에 감명을 받아 동학에 입도한다. 교도가 된 그는 정주 지방 동학도 박찬명 대령의 집에서 기숙하며 도쿄와 서울에서 오는 문서를 베껴 배포하는 서기 노릇을 한다.

1904년 러일전쟁으로 한층 심해진 동학에 대한 압박을 피해 서울로 온 이 '조숙한 천재'는 일진회와 접하며 개화 사상에 눈을 뜬다. 그는 삭발을 하고『일어 독학』전책을 암송하는 식으로 혼자 일본어를 익혀 일진회가 설립한 광무학교의 전신인 소공동학교에서 잠시 일본어 교사로 일한다. 곧 광무학교가 정식으로 설립되자 이번에는 학생 신분으로 일본어와 산술을 다시 배운다. 교사이자 학생 신분으로 지낸 광무학교 시절의 경험은 이광수의 운명을 상징적으로 암시한다.

1905년 8월 일진회의 유학생으로 뽑혀 일본 유학길에 오른 그는 이듬해 메이지학원 중학부 3학년에 편입학하는데, 이 시기에 최남선·홍명희 등과 교유하며 문학 이야기를 나눈다. 어느 날 도쿄에 들른 도산 안창호의 강연을 듣고 깊이 감동한 이광수는 이 때부터 기독교에도 관심을 가진다. 1907년 최남선이 서을로 돌아간 뒤, 그는 톨스토이·바이런 등의 작품을 읽으며 서양의 문예 사조에 심취한다. 또 홍명희·문일평 등과 함께 '소년회'를 만들어 회람지『소년』을 펴내고 여기에 시와 논설을 싣는다. 1909년에는 장편「노예奴隸」를 쓰고, 몇 해 뒤에는 메이지학원의 동창회보 『백금학보』에 일어로 발표한 「사랑인가」가 일본 잡지에 실린다. 이로써 이광수는 재일 유학생 사이에 문사로 알려지게 된다.

메이지학원 중학부를 졸업하고 다이이치고등 예과에 합격해 입학 준비를 하던 1910년 초, 그는 부모가 죽은 뒤 누이동생을 돌봐주고 어려운 살림에 학비까지 보태주던 할아버지가 위독하다는 전보를 받는다. 조국에 돌아온 이광수는 곧 상경해 신문관의 최남선을 찾는데, 두 사람은 날 새는 줄 모르고 그 동안 쌓인 정치와 문학 이야기로 꽃을 피운다. 그러고서 곧 『소년』에 단편 「어린 희생」과 「헌신자」를, 『대한흥학보』에는 단편 「무정」과 평론 「문학의 가치」를 싣는다.

『소년』 2월호와 5월호에 발표된 「어린 희생」은 1773년에 벌어진 러시아와 터키 사이의 전쟁을 배경으로, 아들 하나를 남겨두고 참전한 병사의 전사 통지를 받은 어느 노인 집안의 이야기를 담고 있다. 노인 몰래 군대에 지원한 소년은 아버지의 뒤를 이어 나라를 위해 희생하고, 노인 또한 집에 들른 적병을 독살해 제 나라의 전쟁 수행을 돕는다. 이 작품은 이광수의 창작이 아니라 일종의 번안 소설인데, 그는 이것을 매우 정확하고 짜임새 있는 문장으로 옮겨 타고난 문재를 선보인다. 또 그는 3월과 4월에 걸쳐 『대한흥학보』에 어린 몸으로 시집가서 남편과 시부모에게 구박을 받다가 도저히 견딜 수 없어 자살하고 마는, 조혼에 희생당한 구식 여성 문제를 다룬 단편 「무정」을 싣는다.

얼마 뒤 조부상을 치른 이광수는 오산학교에서 교편을 잡게 된다. 8월 들어 그는 『소년』에 장사를 해 모은 돈으로 교육 사업에 헌신하는 사람의 이야기를 담은 「헌신자」를 발표한다. 그러고는 실제로 오산학교에서 야학을 열어 계몽 운동을 벌이던 중, 8월 29일 비운의 '한일합병' 소식을 듣는다.

오산학교 설립자인 이승훈의 초청으로 교원이 된 이광수는 망명 도중 오산에 들른 신채호와 만나게 되고, 최남선과는 『조선 역사』 5부작을 계획한다. 1911년에는 이승훈이 '105인 사건'으로 구속되자 학감으로 취임해 오산학교를 실질적으로 책임지게 된다. 그런데 기독교계인 이 학교에서 학생들에게 생물 진화론과 톨스토이의 문학과 사상을 가르친 것이 빌미가 되어 선교 교사와 의견 충돌이 일어나고 이로 말미암아 4년 만에 교직에서 물러난다.

오산학교를 그만둔 이광수는 1913년에 만주와 상하이, 블라디보스토크와 시베리아를 여행한다. 곧 샌프란시스코의 『신한민보』 주필 자리를 맡아달라는 전갈이 와서 미국행을 기다리던 동안, 시베리아 국민회의 기관지 『정교보政敎報』의 주필에 먼저 임명된다. 그러나 제1차 세계대전 때문에 유럽을 거쳐 미국으로 가는 길이 막혀버리자 1914년 8월에 서울로 돌아온다. 서울에서 그는 최남선의 도움으로 잡지 『새별』을 창간하고, 최남선이 창간한 『청춘』에도 글을 싣는다.

1915년 그는 최남선과 인촌 김성수의 독려로 9월 일본 와세다대학 고등예과 2학기에 편입해 다음해 7월에 졸업한다. 이어서 1917년 3월에 같은 대학 철학과에 입학하는데, 이광수 이후로 이 학교의 영어 강독 시험에서 만점을 받은 사람이 거의 없다고 알려질 만큼 뛰어난 성적을 올린다. 그렇다고 학업에만 매달린 것이 아니라 틈틈이 『대한매일신보』에 계몽적 소설이나 논문을 게재하는가 하면, 조선학회의 월례회에서 「우리 민족성 연구」 같은 학술 논문을 발표하기도 한다.

1916년 12월, 일본에서 대학 진학을 준비하고 있던 그에게 '대한매일신보사'로부터 전보 한 통이 날아든다. 신년 연재 소설을 청탁받은 것이다. 이광수는 이미 써둔 원고 「영채英彩」를 다듬어 새 제목을 달아 서울로 보내는데, 이것이 1917년 정월 초하룻날부터 『대한매일신보』를 화려하게 장식한 장편 연재 소설 「무정」이다.

찬사와 비난을 동시에 받은 「무정」이 같은 해 6월 126회로 끝나자 그는 소설 집필에 한층 더 박차를 가한다. 7월 『청춘』에 단편 「어린 벗에게」를, 『매일신보』에 장편 「개척자」를 이듬해 3월까지 연재하고, 단편 「윤광호」도 곁들여 발표한다. 1918년 7월 와세다대학 철학과 2학년 학기말 시험에서 그는 우수한 성적을 거두고 진급한다. 그런데 이광수는 이것으로 학업을 접게 된다. 한 여자와 베이징으로 애정 행각을 떠나고 만 것이다. 이미 그는 1910년 고향 정주에서 중매로 결혼을 한 몸이었다. 그러나 애정이 없어 겉돌던 차에 유학 생활로 더욱 아내와 멀어지고 결국 1918년 9월에 이혼을 하기에 이른다. 이 무렵 그는 도쿄여의전을 졸업하고

임시 정부 시절 사료 편찬 위원들과 함께. 앞줄 왼쪽 세 번째부터 이광수·김두봉·김병조. 뒷줄 왼쪽부터 이원익·장붕, 한 사람 건너 안창호. 1919년 중국 상하이에서.

귀국한 허영숙을 만나 사랑에 빠지면서 함께 여행까지 다녀오게 된 것이다.

　1919년 독립 선언서 작성에 가담한 그는 이를 전달하기 위해 상하이에 간다. 중국 상하이에서 이광수는 임시 정부 기관지인 『독립신문』의 주필을 맡아 '3·1 독립 선언'을 『차이나프레스』와 『데일리뉴스』에 보내는 등 우리 나라의 독립 의지를 세계에 알리는 데 앞장선다. 1920년에는 홍사단의 임시 반장이 되어 안창호·주요한 등과도 일하는데, 이 때 상하이까지 허영숙이 찾아와 잠시 임시 정부 내에 파문을 일으킨다. 마침내 두 사람은 1921년 5월에 정식으로 결혼해 서울 당주동에 보금자리를 꾸민다. 결혼 뒤 허영숙이 다시 일본에 가서 공부하고 돌아오자 이광수는 제 소유의 땅과 저작권을 팔아 병원 공사를 계획하기도 한다. 두 사람은 한때 애정이 두터워 2남 2녀의 자녀를 두지만, 해방 뒤인 1946년 5월에 이혼하게 된다.

　종학원에서 철학과 윤리학을, 경성학교와 경신학교 등에서 영어를 가르치던 이광수는 1922년 5월 느닷없이 『개벽』에 「민족 개조론」을 발표한다. 이 논문에서 그는 우리 나라가 쇠퇴한 까닭은 타락한 민족성 때문이라고 주장한다. 그는 우리

민족의 속성으로 허위와 비사회적 이기심, 무신無信과 겁나怯懦와 나타賴惰, 사회성 결여 등을 꼽는다. 그러면서 이런 민족성을 개조해야만 우리 민족이 살아날 수 있다는 이론을 펼친다.

민족성에 대한 논의는 예전부터 있었지만, 특히 19세기 들어 제국주의 열강이 저희 민족의 우수성을 강조해 약소 민족에 대한 지배를 정당화하는 방향으로 이루어진다. 따라서 이광수의 「민족 개조론」은 침략 세력의 억지 논리와 강변에 맞장구를 친 셈이다. 그는 이 논문에서 우리 민족의 바탕이 '선' 하므로 노력하기에 따라서는 우리도 우수한 민족의 대열에 낄 수 있다고 한 가닥 희망을 제시하기도 한다. 그러나 민족성 개조의 방법론 면에서 설득력이 없고, 피침략자인 우리는 결국 열등한 민족일 수밖에 없다는 식의 태도를 보인다. 이광수의 「민족 개조론」은 한마디로 패배적 민족주의론이라고 할 수 있다.

이광수가 1922년에
제창해 많은 비난을 받은
『민족 개조론』.
『개벽』에 발표한 뒤
단행본으로 펴낸 것이다.

이 논문이 발표되자 문단과 독자들의 항의가 빗발쳐서 '개벽사' 는 호된 곤욕을 치르고, 이광수는 작품 활동을 계속하기 어려울 지경이 된다. 1923년 김성수와 송진우의 도움으로 『동아일보』에 단편 「가실嘉實」을 'Y생生' 이라는 필명으로 싣고, 뒤이어 동아일보사의 객원으로 논설을 쓰고 소설도 내지만, 문단은 그에게 등을 돌린 채 냉담한 반응을 보인다.

이듬해 10월 이광수는 방인근이 만든 『조선문단』의 일을, 1926년에는 『동광』의 일을 돕는다. 1926년 『동아일보』 편집국장을 거쳐 1934년 『조선일브』 부사장까지 지내는 동안에 그는 「재생」·「마의 태자」·「단종 애사」·「흙」 등을 발표하며 문단에서 차지하고 있던 자리를 어느 정도 회복한다. 그러나 1934년에 뜻하지 않은 일이 벌어진다. 두 번째 아내 허영숙과의 사이에서 태어난, 그가 몹시도 사랑하던 일곱 살배기 아들 봉근이 병으로 죽는 것이다. 게다가 수양동우회를 이끌던 도산 안창호의 장기 투옥은 그의 마음을 더욱 황폐하게 만든다. 그는 조선일보사를 그만두고 금강산이나 자하문 밖 홍지동 산장에서 불교 서적을 읽으며 은둔 생활에 들어간다.

민족 개조론

    그러면 내 의견은 어떠냐. 이 논문에 말한 것으로 이미 짐작도 하였으려니와, 나는 차라리 비관하는 자외다. 전에 말한 비관론자의 이유로 하는 바를 모두 진리라고 생각합니다. 우리는 과연 순順치 못한 환경에 있습니다. 우리는 그 이상을 상상할 수 없을이만큼 정신적으로나 물질적으로나 피폐한 환경에 있습니다. 또 우리 민족의 성질은 열악합니다(근본성은 어찌되었든 현상으로는). 그러므로 민족의 장래는 오직 쇠퇴 우 쇠퇴衰頹又衰頹로 점점 떨어져가다가 마침내 멸망에 빠질 길이 있을 뿐이니 결코 일점의 낙관도 허할 여지가 없습니다.

    — 이광수, 「민족 개조론」, 『개벽』(1922. 5.)

    민족 개조론은 이광수가 제창한 것으로, 『개벽』 1922년 5월호에 실린 뒤 나중에 단행본으로 출판되어 일제 치하의 우리 사회에 파문을 불러일으키며 적잖은 영향을 미친다. 이광수는 한민족의 장래를 매우 어둡게 내다보는데, "요컨대 조선 민족 쇠퇴의 근본 원인은 타락한 민족성에 있다 할 것이외다."라는 말에서 드러나듯이 그 비관의 근거를 우리의 타고난 민족성에서 찾고 있다.

    그는 우리 민족성의 속성으로 허위虛僞와 비사회적 이기심利己心, 나타懶惰와 무신無信과 겁나怯懦, 사회성社會性 결핍 등을 들고, 이런 것 때문에 우리 민족이 쇠퇴하고 있다고 주장한다. 따라서 우리 민족이 살아나려면 민족성을 개조할 수밖에 없는데, 이광수가 제시한 바에 따르면 이것은 도덕적인 개조를 뜻한다. 그 방법은 정치적 색채를 띠지 않은 단체를 조직하되, 이를 구성하는 개인의 도덕적 수양에서 출발해, 뜻을 같이하는 사람을 늘려서 차츰 민족 전체에 퍼지도록 하는 것이다.

    민족성에 대한 논의는 예전부터 있었지만, 열강의 제국주의적 침략 정책과 발을 맞추어 한결 잦아진다. 이와 같은 논의는 흔히 민족성의 우열을 따지는 식으로 이루어지는데, 제국주의자들이 저희 민족의 우수성을 강조해 약소 민족에 대한 지배를 정당화하기 위한 수단으로 퍼뜨리곤 한다. 한 마디로 이광수의 민족 개조론은 침략 세력의 강변에 굴종한 패배적 민족주의라고 할 수 있다.

　1935년 다시 마음을 가다듬은 그는 안재학·이상설 등과 함께 『조선일보』 편집 고문으로 임명되어 「일사 일언一事一言」 등을 쓴다. 그러다가 잠시 일본에 가서 가족과 그 곳의 작가들을 만나고 돌아온 뒤 '홍지출판사'를 설립한다. 여기에서 『인생의 향기』·『문장 독본』 등을 출간하며 기운을 되찾는 듯하더니, 1937년에는 이광수 자신이 수양동우회 사건'으로 5년의 징역을 선고받는다. 그는 서대문형무소에 수감되나 이듬해 병 보석으로 풀려난다.

　1939년 5월 몸을 추슬러 『세종 대왕』의 집필에 들어갈 무렵, 그는 일제의 권유로 박영희·임학수·김동인과 함께 '북지 황군 위문'에 나섬으로써 친일의 대열에 합류한다. 이렇게 발을 들여놓은 뒤, 이광수는 차츰 적극적으로 친일 노선을 걷는다. 제2차 세계대전 말기에는 김용제·최재서·김기진 등과 문인보국회를 조직하는가 하면, 이성근·김연수·최남선 등과 함께 도쿄에 파견되어 학병 지원 권유 강연도 한다. 일찍이 재일 유학생들의 2·8 독립 선언 때 문안을 기초하고 임시 정부 기관지인 『독립신문』 주필까지 지낸 춘원 이광수의 변절은 그를 아는 많은 사람에게 실망과 함께 분노와 배신감을 안긴다.

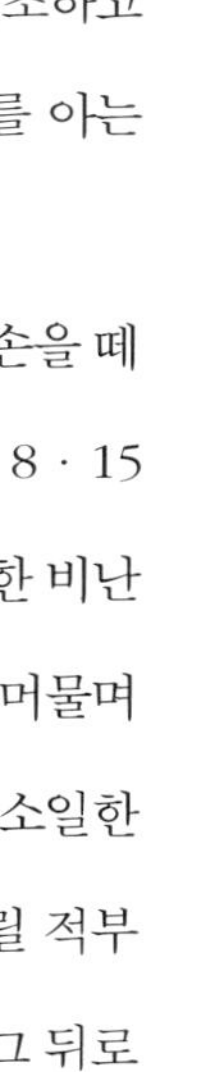

1933년 『삼천리』 3월호에 실린 이광수의 만화상

　1944년에 그는 건강을 돌보고 마음의 안정을 얻기 위해 정치 활동에서 손을 떼고 물러난다. 그러고서 경기도 양주의 사릉에서 농사를 짓던 중, 1945년 8·15 해방을 맞는다. 해방 직후 그는 일제 말기의 친일 행각으로 말미암아 격렬한 비난 속에서 적지 않은 고초를 겪는다. 이광수는 해방 뒤에도 사릉에 한동안 더 머물며 농사를 짓고, 중학교에서 영어를 가르치거나 수필집 『돌베개』를 쓰는 일로 소일한다. 그러다가 건강이 더 나빠지자 1948년 사릉에서 서울로 돌아온다. 어릴 적부터 워낙 몸이 약하던 그는 도쿄 유학 시절에 폐병을 심하게 앓은 바 있다. 그 뒤로도 집필 작업으로 인한 과로로 하루도 몸이 성할 사이가 없이 지낸 것이 이 무렵에 이르러 폐렴과 고혈압, 안면 신경 마비 등 합병 증세로 나타난 것이다.

---

* 1937년 6월부터 1938년 3월에 걸쳐 일제가 수양동우회에 관련된 지식인들을 검거한 사건으로, 주요한·이광수 등 관련자 181명이 붙잡혀 들어간다.

1949년 1월, 이광수는 최남선과 더불어 일제에 협력한 혐의로 반민특위에 걸려 서대문형무소에 수감된다. 그러나 아들 영근과 사릉 주민들이 탄원을 해서 곧 병보석으로 나온다. 1950년 『태양신문』에 장편 「서울」을 연재하던 도중 6·25를 맞는데, 미처 피난을 떠나지 못한 그는 7월 12일 인민군에 의해 납북된다. 이 뒤로 오랫동안 행적이 밝혀지지 않아 남한에서는 그의 생사조차 모르게 된다. 이광수가 북에서 어떻게 되었는지는 수십 년이 지나서야 알려진다. 강계에서 30여 킬로미터 떨어진 산악 지대의 강추위와 눈보라 속에서 그는 병약한 몸에 심한 동상까지 걸린다. 사경을 헤매던 그는 나중에 북한 부수상까지 지내는 홍명희의 도움으로 만포의 한 병원에 있다가 1950년 10월 25일 숨을 거둔다. 1970년대에 들어 북한 당국은 그의 무덤을 평양으로 옮기고 빗돌을 세워주는 것으로 조선 현대 문학의 개척자인 춘원을 예우한다.

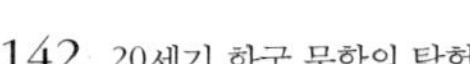

1964년에
삼중당에서 나온
『이광수 전집』

현대 한국 문학의 선구자로서 이광수만큼 많은 칭찬과 비난을 동시에 받으며 한 시대를 풍미한 사람은 달리 찾기 어렵다. 한국 문학사는 춘원 이광수를 빼놓고는 기술할 수 없다. 그가 한국 문학사에 남긴 발자취는 크고도 뚜렷하다. 최남선이 부잣집 아들로 태어나서 가족의 사랑과 보살핌을 받으며 자란 데 반해, 이광수는 몰락한 집안의 맏아들로 태어나서 어린 나이에 스스로 생계를 책임지며 세파를 헤쳐나간다. 고아의 운명을 받아들일 수밖에 없던 취약하고 불우한 배경 속에서도 춘원은 명민한 머리와 피나는 노력으로 한국 문학의 선구자, 민족의 지도자로 우뚝 선다. 그러나 우리 현대 문학사가 낳은 이 걸출한 인물은 동시에 변절자 또는 민족 반역자라는 오명으로부터 자유롭지 못하다. 이는 비행기 격납고 속처럼 폐쇄적이던 왕조 시대의 막바지에 목숨을 받아, 개화파의 계몽주의와 척사파의 민족주의가 한꺼번에 분출되며 혼란의 극치를 이루던 시기에 개화 사상에 눈을 떠서 계몽주의적 문학가의 길을 따른 한 식민지 작가의 한계이고, 치명적인 실패의 불가피한 노정인 것이다. 한국 문학의 자랑이자 수치인 이광수…… 이광수라는 선각자를 낳게 된 것은 우리 현대 문학사에 내장된 매우 불행한 행복이다.

참고 자료

구인환, 『이광수 소설 연구』, 삼영사, 1983
한승옥, 『이광수 연구』, 조일문화, 1984
김윤식, 『이광수와 그의 시대』, 한길사, 1986
조현연, 『최남선과 이광수의 문학』, 새문사, 1981
윤홍로, 『이광수 문학과 삶』, 한국연구, 1992
이동하, 『이광수』, 동아일보사, 1992
신동한, 「이광수론」, 『월간문학』 1969.7.
박용구, 「춘원의 역사 소설 - 방법론적 분석」, 『현대문학』 1956.6.

현역필의 만 20세 이상의 남자로서, 신체 건강하고
농업에 경험이 있고 가족을 동반하여 영주할 의지가
강고한 자라야 한다

1911

조선 이주민 모집

제1종 300호, 제2종 50호

지주로 되는 지름길―소작료보다 싼 연부금

조선 경성 동양척식주식회사 조선지점

조선의 농업은 유망

조선의 기후와 풍토는 일본과 다름없고, 작물의 종류 및 재배 방법도 거의 동일하다. 단당 수확은 일본인의 경우 보통 현미 2~3석, 토지 가격은 조선총독부의 인가를 받은 시가로 결정된다. 그러나 대개 단당 70~80엔에서 300엔이므로, 일본에서 1단보를 살 수 있는 금액으로 조선에서는 7단보를 살 수 있다. 또 토지는 앞으로 더욱 등귀할 경향을 보이고 있다.

회사가 양도하는 토지

회사로부터 양도받은 토지는 대저 철도 연선이라든지 일본인 부락 근처가 대부분이며 그 토지는 종래 회사가 경작하고 있던 숙전熟田이기 때문에, 홋카이도 및 사할린과 같이 새로이 개간된 토지와는 근본적으로 차이가 있다. 교통도 편리하고 또 수·한해의 염려도 적다.

이주민의 종류

제1종은 2정보 이내의 전답을 인도받고, 인도 가격은 연리 6분의 이자로, 5년 거치 25년 연부 변제의 방법으로 불입한다. 제2종은 10정보 이내의 토지를 인도받고 토지를 인도받을 때 양도 가격의 1/4을 일시불로 불입하고, 잔액은 연리 7분의 이자로, 25년간 연부 변제로 불입한다.

이주민이 되는 자격

현역필의 만 20세 이상의 남자로서, 신체 건강하고 농업에 경험이 있고 가족을 동반하여 영주할 의지가 강고한 자라야 한다.

러일전쟁에서 승리한 일제는 자본 척식拓殖 침략을 국책으로 내세우며 한국 강점의 준비 작업에 들어간다. 이에 따라 일본인 지주들은 대거 한국에 건너와 토지 침탈과 지주 경영 및 일본 농민의 이민 사업을 추진한다. 이는 일본 농민을 한국의 각 지방에 침투시켜 지배 체제의 안정을 도모하는 동시에 일본의 식량 문제, 인구 문제를 해결하기 위한 것이었다. 일제하 최대의 지주로 군림한 동양척식주식회사 역시 1911년 제1회 이민 160호를 시작으로 모두 17차례의 이민을 모집 · 실시한다.

1911

1월
1 경무총감부, 안명근 체포를 계기로 황해도 안악의 민족주의자 검거 시작(안악 사건의 발단)

2월
21 미일 신통상 항해 조약 및 의정서 조인(최초로 관세 자주권 확립)

3월
22 윤영기 · 방한덕, 서울에 서화미술원 설립
29 일본, 공장법 공포(최초의 노동 입법)

4월
13 경기도 내 사립 보통 학교 규칙(사립을 공립으로 전환, 일인 교장 채용, 학사 활동 제한 등) 공포
15 청, 화폐 개혁으로 4국 차관단과 1천만 파운드 차관 협정 조인
0 이해조의 장편 「화의 혈」, 『매일신보』에 연재

5월
9 멕시코의 독재자 디아스 대통령, 자유주의자 디데로와 농민 운동 세력에 의해 타도

7월
1 호놀룰루에서 주간 『독립신문』 창간

8월
10 도쿄, 쌀값 연일 폭등하며 매점買占 횡행
23 조선 교육령 공포(한국인 교육 방침 규정, 일본어 보급과 일본화 촉진)
31 러시아와 프랑스, 군사 협정 체결

9월
29 트리폴리전쟁 발발

10월
10 조선 교육령에 따라 법학교, 성균관, 관립 한성사범학교, 관립 한성외국어학교 폐지
10 청, 신해혁명 시작

11월
5 우리 나라 최초의 방직 회사인 경성방직 창립(자본금 10만 원)
7 헌병 경찰 배치, 관할 구역 공포 시행, 국세 징수령 공포

12월
2 청, 혁명군이 난징 점령
25 청, 쑨 원이 상하이에 도착, 임시 대통령에 피선

이해조

계몽 의식을 털어내고 재미를 보탠 '신소설'

신문학 운동의
선구자 가운데
한 사람인
「자유종」의 작가
이해조

친일 개화 문학의 이인직과 항일 개화 문학의 신채호 사이에 이해조李海朝 (1869~1927)가 서 있다. 1900년 중반에 나타나서 신소설의 시대를 연 사람은 이인직이지만, 그는 본디 문학보다는 정치에 뜻이 있던 인물이다. 한일합병 뒤로 이인직은 문학에서 점차 손을 떼고, 더러 신문에 실려도 독자들이 그의 소설에 별로 흥미를 보이지 않는다. 한편, 정열적이고 실천적인 계몽주의자로 이인직의 대척점에 서 있던 신채호는 일제의 조선 강점과 때를 같이해 해외로 나가서 활동한다. 이와 같은 두 극단적 계몽주의자 사이에서 온건 개화론자인 이해조가 「빈상설」·「자유종」 등을 발표하며 1910년대 신소설의 맥락을 이어간다.

일제의 가혹한 검열로 사회 비판 의식을 담은 양질의 작품들과 작가들이 비밀리에 사장되고, 암울하기만 한 시대상은 젊은 혈기의 작가들을 문학과 조국에서 떠나게 만든다. 이 와중에서 살아남은 몇 안 되는 작가들을 우리는 어떻게 보아야 할까. 순수하게 문학을 위해 정치·사회적으로 중간 노선을 택한 것으로 보아야 옳을까, 아니면 개인의 평안과 출세를 위해 문학을 도구 삼아 타협한 것으로 보아야 옳을까. 누구라도 딱 부러지게 대답하기는 어려운 문제일 것이다. 다만 겉으로 드러난 한 가지 사실은 한일합병이라는 역사적 사건 바로 뒤에 이해조가 비집고 들어선다는 점이다.

이해조는 1869년 경기도 포천에서 인조의 셋째아들 인평 대군의 10대손으로 태어난다. 자라면서 그는 신식 교육을 받지 않고 한시와 판소리에 관심을 가지며 혼자 문학 수업을 한다. 그의 아버지 이철용은 구국 운동 단체인 대한협회 회원으로 헌종 때 참봉과 진사를 지낸 인물이다. 이철용은 대원군으로부터 향리의 땅을 하사받은 지방의 토호로 상당한 재력가였으며, 1906년 8월에 보통 학교령이 실시될 즈음에는 신식 교육 기관으로 근대 학교의 면모를 갖춘 화야의숙華野義塾을 고향에 설립한 선각자이기도 하다. 이런 출신 배경은 이해조가 뒷날 정치적으로나 문학적으로 온건 개화파의 면모를 보이는 데 적지 않은 영향을 준다. 그는 열아홉 나이에 과거에 급제해 진사가 되고 군수 자리에 앉지만, 벼슬에는 별뜻이 없고 오히려 신학문에 관심을 보여 포천에 청성제일학교를 세우기도 한다.

1906년 그는 『소년한반도』의 일을 보게 되는데, 같은 해 11월부터 이 잡지에 「금상탑」을 연재하면서 언론인이자 소설가의 길을 걷는다. 그는 「구미호」에서 양반 계층의 실제 연애담을 다루어 사회에 물의를 일으키더니 1907년 『제국신문』에 입사해 「빈상설」·「고목화」, 1908년 「구마검」·「원앙도」·「홍도화」·「쌍옥적」, 1909년 「모란병」을 발표하고, 『대한민보』에 「현미경」을 연재한다. 1910년에 들어서는 「자유종」·「화세계」·「박정화」를 발표할 뿐 아니라, 틈틈이 '대한협회'·'기호흥학회'의 회원으로 자강 운동과 국채 보상 운동에 앞장서고 「화성돈전」·「철세계」를 번역하는 등 다방면에서 끊임없이 활동을 펼친다.

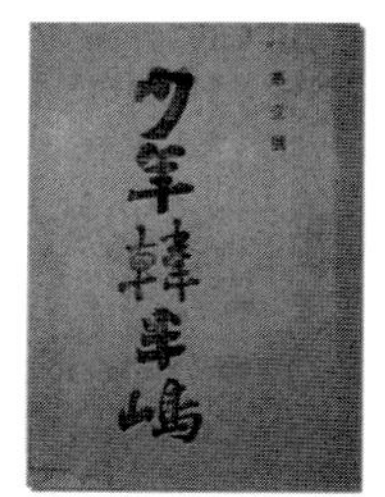

이해조가 편집에 참여하여 작품도 연재한 『소년한반도』

한일합병 뒤, 1905년 창간 이래 애국 계몽 운동을 벌이며 항일 독립 사상을 북돋곤 하던 『대한매일신보』가 일제의 압력에 의해 총독부 기관지인 『매일신보』로 탈바꿈한다. 그런데 이해조가 이 『매일신보』에 기자로 입사한다. 곧 그는 1911년에 「화의 혈」·「월하 가인」을 발표함으로써, 모든 분야의 창작 활동이 침체되어 있던 이 시기에 남달리 두드러진 활동을 보인다. 이어서 1912년 「춘외춘」·「봉선화」, 1913년 「우중 행인」, 1918년 「홍 장군전」, 1925년 「강명화 실기」 등을 발표하고, 1927년에 병으로 삶을 마감한다.

1910년 이전에 나온 논설인 「윤리학」과 토론체 소설인 「자유종」, 그리고 역사 전기물인 「서사 건국지」 등에서 보이던 그의 계몽적 윤리관이나 자주 독립관은 한일합병을 경계로 해 이후에 나온 작품들에서는 약화되거나 거의 사라진다. 이와 같은 작품의 뚜렷한 변모와 총독부 기관지인 『매일신보』의 기자로 입사한 행적은 그를 상황의 변화에 민첩하게 대응하는 기회주의자로 보게 만든다. 독자들은 그의 불투명한 노선에 대해 의혹을 품고 비난을 하면서도 1911년에 나온 「화의 혈」 같은 신소설에서 좀처럼 눈을 떼지 못한다. 그는 소설 속으로 독자들을 끌어들이기 위해 재미를 중시하고 대중의 흥미를 유발한다. 그러나 이것이 전부는 아니다.

「화의 혈」이 이해조의 대표작으로 꼽히는 것은 세태 묘사가 뛰어날 뿐 아니라 1900년대에 나온 여느 신소설과는 변별되는 복합 구조를 갖추고 있는 까닭이다. 이보다 더 눈길을 끄는 것은 서문과 발문에서 보이는 현실주의적 소설관이라는 새로운 문학 이념이다.

그 재료가 매양 옛 사람의 지나간 자취이거나 가탁의 형질 없는 것이 열이면 팔구는 되되 근일에 저술한 박정화, 화세계, 월하 가인 등 수 삼종 소설은 모두 현금의 있는 사람의 실지 사적들이라. 독자 제군의 신기히 여기는 고평을 이미 많이 얻었거니와 이제 또 그와 같은 현금 사람의 실적으로 「화의 혈」이라 하는 소설을 새로 저술할 새 허언 낭설일랑은 한 구절도 기록하지 아니하고 정녕히 있는 일동 일정을 일호 차착 없이 편집하노니 기자의 재주가 민첩치 못함으로 문장의 광채는 황홀치 못할지언정 사실은 적확하여 눈으로 그 사람을 보고 귀로 그 사정을 듣는 듯하여 선악간 족히 밝은 거울이 될 만한가 하노라.
　　이해조, 「화의 혈」 서문(1911)

기자 왈, 소설이라 하는 것은 매양 빙공 착영憑空捉影으로 인정에 맞도록 편집하여 풍속을 교정하고 사회를 경성하는 것이 제일 목적인 중, 그와 방불한 사람과 방불한 사실이 있고 보면 애독하시는 열위 부인 신사의 진진한 재미가 일층 더 생길 것이요,……
　　이해조, 「화의 혈」 발문(1911)

당시에 주류를 이루고 있던 소설의 사회 계몽이라는 도덕적 기능을 전면 부정하지는 않으면서 그 위에 현재성 · 사실성 · 허구성 · 흥미성의 개념을 언급한 것이 눈에 띈다. 이와 더불어 「탄금대」에서 다음과 같이 결말을 독자의 상상에 맡기는 대목에 와서는 그가 근대 문학 이론에 꽤 다가서 있음을 느끼게 해준다.

결사結事를 후분後分까지 지루히 기록하지 아니한대도 애독 제군의 추상推想으로 그 다음 일은 족히 요해了解할 줄로 믿는 바이로라.

이해조, 「탄금대」 발문

이렇게 문학적 각오를 다지며 시작한 「화의 혈」은 동학농민전쟁 직후 한 봉건 관료가 지위와 돈을 내세워 선하고 약한 계층을 유린하는 과정을 그린 소설이다. 이시찰은 지방 아전과 퇴기의 딸 선초를 소유하기 위해 동학군 진압을 빙자, 선초의 아버지에게 누명을 씌워 무고한 집안을 파괴한다. 그는 기생이 된 선초를 손아귀에 넣게 되지만 결국 선초는 스스로 목숨을 끊는다. 이에 한을 품은 선초의 동생 모란 역시 기생이 된 뒤 이시찰에게 접근해 그를 몰락하게 만든다.

소설은 첫머리부터 이해조 특유의 풍자적 문체가 생동감 있게 드러나며 봉건 관료의 위선과 부패성을 낱낱이 폭로하는 사회성 짙은 작품의 면모를 보여준다. 또 사건이 예전보다 훨씬 복잡하고 사건의 진행에 따른 인물의 심리와 성격 묘사도 구체적이며 치밀한 편이어서 그의 작가 기질이 유감없이 발휘된다. 그러나 과연 그의 문학 이론이 작품 속에 실제로 얼마나 투영되어 성과를 거두었는지에 대해서는 미심쩍은 구석이 많다. 소설의 특질인 사실성과 허구성의 필요성은 알면서도 그 자신이 앞서 말한 개념에 대한 인식이 부족해 이를 혼동하거나 모순되게 활용한 흔적이 곳곳에서 드러나는 것이다. 「화의 혈」은 끝부분에 이르러서 독자들의 흥미를 끄는 데 급급한 나머지 한 집안의 복수극으로 전락하고 만다. 이해조의 이런 성향은 바뀌지 않아 「구의 산」에서 악독한 계모를 등장시키는 데 이르면 고대 소설로 돌아가는 것이 아닌가 하는 의심마저 불러일으킨다.

그의 소설에서는 후기로 갈수록 여성의 절개, 의리, 부모에 대한 효도 같은 전

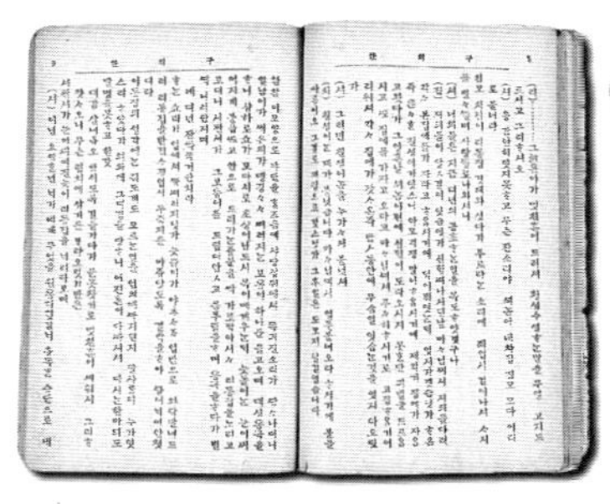

악독한 계모를 등장시키는 등 고대 소설로 돌아가는 것이 아닌가 하는 의심마저 불러일으킨 이해조의 신소설 『구의산』

통 윤리가 주제로 대두된다. 또 등장 인물들은 문제 해결의 방법으로 걸핏하면 자살을 선택하며, 고대 소설보다 훨씬 더 자극적인 묘사가 이어진다. 작가 이해조는 이런 식으로 독자들의 흥미를 유발하려고 든다. 이와 같은 태도는 물론 「화의 혈」 서문에서 나타난 바와 같이 소설의 허구성과 흥미성을 중시하는 그의 문학관과 신문 연재 소설이 가진 상업적 특성이 어우러져 나온 것으로 볼 수도 있다. 그러나 이보다는 한일합병이 가져온 사회 변동과 일제의 식민 정책에 발맞춘 것이 더 큰 요인으로 작용한 듯 보인다.

서구식 문물과 자본주의 경제의 도입은 우리 나라 개화기에 상공업의 발달과 더불어 신흥 지주의 출현을 가능하게 만든다. 반상 적서班常嫡庶의 구별보다는 부의 축적 정도에 따라 신분이 결정되는 시대가 온 것이다. 그러나 실제로는 예전부터 부를 쌓아온 계급이 주도권을 행사하는 상황이 이어지므로, 이 땅의 근대화는 오래도록 봉건적 모순을 껴안은 채 진행된다. 신흥 상공업과 금융계의 돈줄 노릇을 하던 봉건 지주들은 이윽고 우리 나라에 들어온 일본 자본과 결탁해 유착 구조를 형성한다.

한편, 일제는 우리 민족에 대한 억압적인 정책을 호도하는 한 방편으로 전통 유교 사회에서 받들던 충과 효를 비롯한 봉건적 이념을 다시 끌어들여 퍼뜨린다. 이와 같은 일제의 유도 정책은 사회 전반에 고루 스며드는데, 문학계 또한 예외가 아니다. 그 여파는 1910년대에 두드러진 문학 활동을 보인 이해조를 비롯한 몇몇 작가에게 미쳐 작품에서 복고 성향의 주제로 드러나게 된다.

언론인이자 작가인 이해조는 한때 사회 계몽과 구국 운동에 남다른 열정을 보여주는데, 국채 보상 운동도 그 연장선 위에 있다. 이 운동은 일제가 한국 침략을 염두에 두고 제공한 차관 1300만 원을 일반 국민이 담배를 끊거나 해서 모은 의연금으로 갚아, 나라의 재정 독립을 돕자는 취지로 벌인 운동이다. 이해조는 양기택 · 주시경 · 이준 · 노익형 등과 함께 광무사光武社를 결성해 이 운동에 앞장선다. 그러나 이해조의 봉건 이념 받아들이기, 즉 새로운 것에 대한 콤플렉스는 점차 일제 침략의 당위성을 옹호하는 방향으로 나아가더니 나중에는 작품에 노골적으로 일제를 찬양하는 색채까지 가미된다. 그는 1920년 이후 '대동기문회' 같은 친일 단체에 적극 참여하며, 문학 외의 사회 활동을 통해서도 친일 세력의 중심부에 선다. 식민지 동화 정책에 의식이 마비된 이해조를 비롯한 일부 지식인은 일제가 무력으로 이 땅을 강점하고 우리 민족을 질곡에 빠뜨린 사실을 잊은 듯이 행동한다.

참고 자료

김재용 외, 『한국 근대 민족 문학사』, 한길사, 1993

김윤식 · 정호웅, 『한국 소설사』, 예하, 1993

조동일, 『한국 문학 통사 4』, 지식산업사, 1994

양문규, 「1910년대 한국 소설 연구」, 연세대학교 박사 학위 논문, 1991

이어령, 『한국 문학 연구 사전』, 우석출판사, 1990

이용남, 『이해조와 그의 작품 세계』, 동성사, 1986

최원식, 『한국 근대 소설사론』, 창작사, 1986

권영민, 「이해조론」, 『한국 근대 작가론』, 한국방송통신대학 출판부, 1986

최찬식

근대 소설로 나아가는 길목에서 멈칫거린 신소설

이해조의 뒤를 잇는 신소설 작가 최찬식崔瓚植(1881~1951)에 이르러서는 이제 신소설이라는 용어가 무색할 만큼 특징이 약화되는 반면, 소설적 재미 면에서는 이해조를 능가하게 된다. 최찬식은 1900년대 중반 친일 기관지인 『국민신보』의 주필과 일진회의 총무원으로 활동한 친일파이자 한학자인 최영년의 아들로 태어난다. 그는 1908년 『자선부인회 잡지』와 1910년대 일본인 잡지 『신문계』·『반도시론』의 기자로 있으면서 단편 소설과 가사 등을 발표해 이해조와 마찬가지로 언론인이자 문인으로 활동한다. 1912년에 나온 「추월색」은 그의 첫 발표작이자 가장 인기를 끈 작품이다. 이를 시작으로 그는 1914년 「금강문」·「안의 성」·「해안」, 1916년 「도화원」, 1918년 「능라도」, 1926년 「백련화」 등 단행본으로 장편 10편 정도를 내놓는다.

1912년에 나온 「추월색秋月色」은 도입부의 배경부터 이제껏 보던 신소설과는 다른 분위기로 묘사된다.

시름 없이 오던 가을비가 긋치고 슬슬 부는 서풍이 쌓인 구름을 쓸어보내더니 오리알 빛 같은 하늘에 티끌 한 점 없어지고 교교한 추월색이 천지에 가득하니 이 때는 사람사람마다 공기 신선한 곳에 한번 산보할 생각이 도저히 나겠더라.

붉고 붉은 그 달빛에 도쿄 상야공원이 일폭 월세계를 이루었으니, 높고 낮은 누대는 금벽이 찬란하며 꽃 그림자 대 그늘은 서로 얽혀 바다 같고 풀 끝에 찬 이슬은 낱낱이 반짝거려 아름다온 야경이 그림같이 영농한대 밤은 어느 때나 되었는지 그 많던 사람들이 하나둘씩 다 헤져가고 적적한 공원에 월색만 고결한데 그 월색 안고 불인지不忍池 관월교 석난간에 의지하여 오똑 섰는 사람은 일개 청년 여학생이더라.

그 여학생은 나이 열팔구 세쯤 된 듯하며 신선한 조화로 머리를 장식하고 자줏빛 하가마를 단정하게 입었는데 그 온아한 태도가 어느 모로 뜯어보던지 천생 귀인의 집 규중어 서 고이 기른 작은 아씨더라.

제목 그대로 어느 가을밤 도쿄의 달빛 아래서 공원 다리 돌 난간에 기대 선 주인공 여학생을 묘사해놓은 것만 보아도, 이 무렵에 붐을 일으킬 조짐을 보이던 신파극의 무대를 연상시킨다. 부모에 의해 어릴 적에 결혼을 약속한 사이인 영창과 정임은 민란 때문에 헤어지는데, 정임은 열다섯 나이로 서울 박 과장의 아들과 다시 혼약을 맺게 된다. 그러나 정임은 집을 나와서 일본으로 건너간 뒤 한 여자 대학에 들어간다. 그러던 어느 밤 도쿄 상야공원에서 달빛 아래 산책하던 정임은 평소 자신을 연모하던 강한영의 위협을 받게 된다. 이 때 우연히 근처에 있던 영창이 정임을 구하게 되어 두 사람은 기쁨 속에서 재회한다. 이윽고 사랑이 결실을 맺어 두 사람은 만주로 신혼 여행을 떠나는데, 거기서 그만 마적들에게 납치를 당한다. 그러나 마적단 두목이 김영창의 아버지라는 것이 밝혀져서 두 사람은 감격스러운 해후를 한다.

일제 강점으로 너나없이 어떤 형태로든 결핍과 고통을 느낄 수밖에 없던 처지에, 민란으로 말미암아 헤어지게 된 남녀 주인공이 온갖 역경을 겪으면서도 어릴 적에 부모들이 맺어준 혼약 관계의 의미를 끝내 간직하고 있다가 다시 만나 사랑을 이루게 된다는 이야기를 담은 이 「추월색」은, 식민 통치를 받던 사람들의 갈증을 풀어주며 1921년까지 15쇄나 찍을 만큼 인기를 누린다.

최찬식은 같은 해에 쓴 「안의 성」에서는 며느리를 쫓아내려는 시어머니의 음모를, 1914년 「해안」에서는 시어머니에게 미움받는 며느리를 유혹하는 시아버지를, 1924년 「춘몽」에서는 지나친 탐심 때문에 양어머니를 살해하는 양녀를 그린다. 이처럼 그의 작품은 결혼 제도에 얽힌 남녀의 애정 문제와 고부 사이의 갈등을 다룬 가정 소설이 주류를 이룬다. 사회 혼란이나 신분 제도 때문에 불거지는 결혼 제도의 모순이나 남

지나친 탐심 때문에 양어머니를 살해하는 양녀를 그린 가정 소설 『춘몽』(1924)과 『능라도』(1918) 등 최찬식의 신소설들

녀 애정 관계의 묘사는 뒷날 나오게 되는 이광수의 소설과 맥락을 같이한다. 그러나 최찬식은 신분 제도의 모순 같은 사회 구조적 측면에서 갈등의 근본 원인을 찾기보다, 역경에 처한 주인공들의 수난에 초점을 맞추어 독자들의 흥미와 동정심을 자아내려는 의도가 뚜렷하고, 흔히 자살이나 우연히 나타난 구원자를 통해 문제를

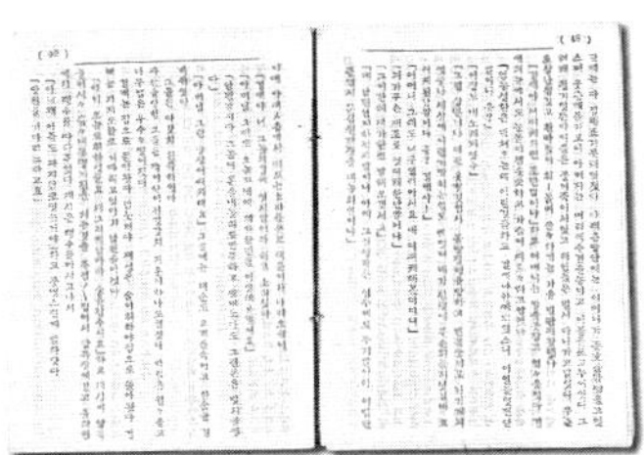

『능라도』 본문

해결한다. 그의 소설에 투영된 결혼관이나 연애관은 이인직이나 이해조의 작품에서 나타나는 것보다 더욱 보수성을 띠어, 이야기의 시간적 배경만이 현재일 뿐 가치관 면에서는 전통적 가부장 사회로 역류하는 느낌을 준다. 최찬식 소설의 봉건 회귀 현상 또한 앞서 살핀 이해조의 경우와 마찬가지로 일제의 식민 정책에 순응한 결과로 보이며, 이 때문에 근대 소설로 나아가는 길에서 멈칫거리기 일쑤다.

그의 작품 전반에는 친일 성향이 배어 있는데, 드물지만 다음과 같은 균형 잡힌 시각을 대하게 되는 것은 다행스러운 일이다.

상마적 괴수 왕씨는 도적질은 하나 천성이 지극히 인자한 사람이더라. 그런데 그 사람이 나를 어떻게 보았던지 그 때로부터 극진히 보호하여 의복 음식과 거처 범백을 모아 자기와 호리가 틀리지 아니하게 대접하며 글도 같이 짓고 술도 같이 먹고 바둑도 같이 두고 어데를 가도 같이 가니 자연 지기가 상합하여……

　　최찬식, 「추월색」

이것은 「추월색」에서 민란중 뒤주에 갇혀 강물에 떠내려가던 저희를 구해준 청나라 사람 왕씨에 대해 영창의 아버지가 하는 말이다. 이 대목은 이인직이 「혈의 누」에서 일본과 청을 이분화해 선과 악의 표상으로 그린 것과 대조를 이룬다. 이 밖에도 최찬식은 민란과 의병 봉기를 이인직이나 이해조보다는 한결 긍정적으로 그리는 것을 여러 군데서 볼 수 있다. 이 정도로 그의 친일 성향이 희석되는 것은 아닐 테지만, 그의 출신 배경을 고려한다면 그나마 남아 있던 민족에 대한 양심이 작품을 통해 은근히 드러난 결과가 아닐까 짐작되기도 한다.

　　1910년대에 이해조와 최찬식이 주도한 후기 신소설의 특징은 초기 신소설과
비교해 정치성과 계몽성이 훨씬 약화되는 반면에 주제 면에서 복고성을 짙게 띠어
봉건 사회의 가치관이라고 할 수 있는 효, 형제 사이의 우애,
여성의 정절 등을 강조하는 방향으로 흐른다는 점이다.
한 마디로 이 시기의 신소설은 고대 소설과 1900년대의 신
소설, 그리고 새로 나오게 되는 신파 소설의 특징이 한데 뒤엉
킨 복합체라고 할 수 있다. 1900년대 중반에 이인직이 시작해
1910년대에 이해조 등이 나오면서 우리 문학계를 풍미한 신소설은 최찬식에 이
르러 신파극과 신파 소설을 앞에 둔 채 이윽고 수명이 다하게 된다.

며느리를 쫓아내려는
시어머니의
음모를 그린
최찬식의 신소설
『안의 성』

참고 자료

김재용 외, 『한국 근대 민족 문학사』, 한길사, 1993

김윤식 · 정호웅, 『한국 소설사』, 예하, 1993

조동일, 『한국 문학 통사 4』, 지식산업사, 1994

신승희, 「최찬식 소설 연구」, 인하대학교 석사 학위 논문, 1986

이영순, 「최찬식 신소설 연구」, 고려대학교 석사 학위 논문, 1977

우리문학연구회, 『한국 문학론』, 일월서각, 1981

소유자 또는 임차인 기타 관리인은 조선 총독이 정하는 기간 내에
토지의 사방 강계에 표항을 세우고, 지목 자번호 및 민유지에서는
소유자의 씨명, 명칭, 국유지는 보관 관청명을 기재해야 한다

1912

토지 조사령

제1조 토지의 조사 및 측량은 본령에 의한다.

제2조 토지는 그 종류에 따라 아래의 지목을 정하고 지반을 측량하여 1구역마
다 지번을 붙인다. 단 제3호에 언급한 토지에는 지번을 붙이지 않을 수도 있다.

  1. 전, 답, 대垈, 지소池沼, 임야, 잡종지

  2. 사사지社寺地, 분묘지, 공원지, 철도 용지, 수도 용지

  3. 도로, 하천, 구거溝渠, 제방, 성첩城堞, 철도 노선, 수도 노선

제3조 지반의 측량은 평坪 또는 보步를 지적地積 단위로 삼는다.

제4조 토지 소유자는 조선 총독이 정하는 기간 내에 주소, 씨명, 명칭 및 소유
지의 소재, 지목, 자번호字番號, 사표四標, 등급, 지적, 결수結數를 임시 토지 조
사 국장에게 신고해야 한다. 단, 국유지는 보관 관청이 임시 토지 국장에게 통지해
야 한다.

제5조 토지의 소유자 또는 임차인 기타 관리인은 조선 총독이 정하는 기간 내에
토지의 사방 강계에 표항標抗을 세우고, 지목 자번호 및 민유지에서는 소유자의

씨명, 명칭, 국유지일 경우에는 보관 관청명을 기재해야 한다.

제17조 임시토지조사국은 토지 대장 및 지도를 작성하고 토지의 조사 및 측량에 대해 사정으로 확정한 사항 또는 재결을 거친 사항을 이에 등록한다.

조선총독부는 1912년 8월 13일 제령 제2조로 '토지 조사령'을 공표한다. 대한제국 정부의 토지 조사 사업을 중단시키고 추진된 일제의 토지 조사는 근대적인 소유권·토지 제도의 확립이라는 미명 아래 한국인의 경제 기반을 빼앗는 데 그 목적이 있었다.

근대적인 토지 사유제의 법적 조치를 토대로 토지의 소재·가격·지형 등의 조사·측량을 시행한 토지 조사 사업은 1918년에야 일단락된다. 토지 조사 사업의 결과 수백 만의 농민이 토지에 대한 권리를 빼앗기고 영세 소작인, 화전민 또는 자유 노동자로 전락하는 비운을 맞는다. 반면 조선총독부는 전국토의 40%에 해당하는 논밭과 임야를 차지하는 대지주가 된다. 총독부는 이 토지를 동양척식주식회사와 일본의 토지 회사 및 이민들에게 무상이나 싼 값으로 불하한다.

신문에 연재된 최초의 희곡

조일재의 「병자 삼인」

1900년대에 나온 시사 토론 소설인 「소경과 앉은뱅이의 문답」이나 이해조의 신소설인 「자유종」은 언뜻 보면 희곡과 비슷한 형식을 취하고 있다. 이윽고 연극 쪽에서도 구술에 의지하던 신파극을 위한 번안이나 창작 대본이 시도되지만, 문학 장르 차원에서 정식으로 나온 희곡은 일재一齋 조중환趙重桓의 「병자 삼인病者三人」이 처음이다. 1912년 11월 17일부터 12월 25일까지 『매일신보』에 실린 이 희곡은 각본을 미리 잘 보아두면 나중에 연극을 볼 때 더욱 흥미로울 것임을 예고하는 선전문까지 곁들여 연재를 시작한다.

일본에서 연극을 공부하고 돌아온 조일재는 윤백남과 함께 1912년에 '문수성'을 조직해 「불여귀」·「송백설」·「장한몽」·「청춘」 등을 번안·각색하고 스스로 연기자로 나서기도 한다.

「병자 삼인」에는 여교사·여의사·여교장 등 사회적으로 유능한 세 아내와 이들과 대조되는 무능한 남편 셋이 주요 인물로 나온다. 이런 인물 배치는 주제의 현대성을 기대하게 만든다. 그러나 지은이의 의도는 여권 신장에 있는 것이 아니라, 개화로 말미암아 아내와 남편의 역할이 바뀌면서 생긴 사회 질서의 혼란과 등장인물들의 허황된 의식 구조를 희극적으로 그려내는 데 있다. 이 작품은 일본의 화술극을 모방한 흔적이 뚜렷한데, 미흡한 대로 대사와 지문, 독백과 방백 등 현대 희곡의 형식은 거의 갖춘 것을 볼 수 있다.

정필수 : (독백) 학교에만 가면 우리 마누라까지 나더러 하인 하인 부르면서 말 갈 데 소 갈 데 함부루 심부름을 시키고, 하도 고단하면 할 수 없이 집에서 앓고 있을 때는 이렇게 밥이나 짓고 있으니, 이런 망할 놈의 팔자가 어데 있나, 계집을 이렇게 상전같이 섬기는 놈은 나밖에

1912

없을걸. (제1장)

설월 : 영감은 오래간만에도 뵈옵겠구려. 어쩌면 그렇게 한 번 아니 오신단 마리오. 우리 매화는 밤낮으로 영감 생각만 하고 있는데 인정이 있거든 한 번 와서 좀 보시구려. (박청원이는 하인이 옆에 있는데 창피함을 못 견디어 눈짓고 기침으로 눈치를 보이나, 종알거리기 좋아하는 설월이는 조금도 남의 창피한 것을 돌아보지 아니하고 물 흐르듯 종알거린다)

박청원 : 글쎄 다 알아들었으니 그만두어. 매화가 필 때가 되면 어련히 내가 또 꽃구경을 갈라구. (제3장, 여학교장 김원경 사무실)

그러나 이 무렵에 유행하던 신파극과는 조금 다른 사회성을 띠고 있기 때문인지 아니면 흥행에 자신이 없던 탓인지, 이 작품은 『매일신보』에서 예고한 바와는 달리 무대에 오르지 못한 채 희곡으로만 남게 된다.

우리 나라 최초의 희곡으로 알려진 「병자 삼인」은 일본인 헌병 보조원을 등장시켜 일본을 미화하는 등 친일 성향에서 벗어나지 못한 작품이다. 형식에서도 막을 여닫을 때 신호 도구로 딱딱이를 사용하고, 또 배우에게 꽃을 전하기 위해 객석과 무대 사이에 놓던 널빤지에서 유래한 '화도化道'를 무대에 끌어들이는 등 전근대적인 잔재가 남아 있다. 그러나 눈물이나 격정을 보이지 않고 당시에 유행하던 신파극에서 꽤 벗어난 면모를 갖추어 독립된 문학 장르로서 희곡의 발전을 기대하게 만든다. 희곡 작업을 하는 과정에서도 구어체 대사의 생동감과 현실감을 살리려고 애쓴 흔적을 엿볼 수 있다. 그러나 이 「병자 삼인」 또한 깊이 들여다보면, 전근대적인 남존 여비 사상에서 벗어나지 못한 채 남성에게 복종하는 여성상을 찬미함으로써, 후기 신소설과 마찬가지로 일제의 봉건 이념 전파 정책에 부응하는 결과를 빚고 만다.

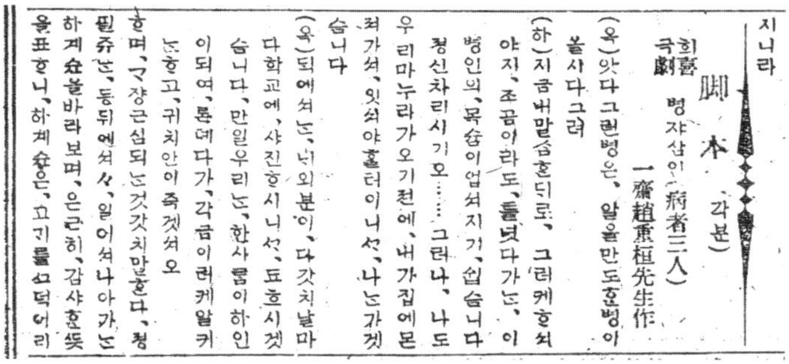
지니라

喜劇 脚本 (각본)

病者三人 (병자삼인) 一齋趙重桓先生作

(옥)앗다그런병은, 알을만도ᄒᆞᆫ병이올시다그려

(하)지금내말ᄉᆞᆷᄒᆞᆫ뒤로, 그러케ᄒᆞ셔야지, 조곰이라도, 틀녓다가는, 이병인의, 목숨이업셔지기, 쉽습니다 정신차리시기오…… 그러나, 나도우리마누라가오기젼에, 내가집에몬져가셔, 잇셔야ᄒᆞᆯ터이니셔, 나는가겟슴니다

(옥)되에셔는, 니외분이, 다갓치날마다학교에, 사진ᄒᆞ시니셔, 됴ᄒᆞ시겟슴니다, 만일우리는, 한사룸이하인이되여, 룸데다가, 각금이러케말키는ᄒᆞ고, 귀치안이죽겟셔오

ᄒᆞ며, ᄆᆞ장근심되는것갓치말ᄒᆞᆫ다, 청핑쥬는, 동뒤에셔셔, 일어셔나아가는하계쥬를바라보며, 은근히, 감샤ᄒᆞᆫ뜻을표ᄒᆞ니, 하계쥬은, 고기를쑤덕어리

『매일신보』에 연재된 조일재의 희곡 「병자 삼인」

1917년 『학지광』에 이광수는 희곡 형식의 「규한」을 발표한다. 이광수는 여기서 조혼한 부부가 성인이 되어 겪는 갈등을 다룸으로써, 소설로 보여준 바 있는 자유 연애 문제와 옛 결혼 제도의 모순을 희곡 양식으로 담아낸다. 또「순교자」에서 이광수는 천주교가 우리 나라에 뿌리 내리는 단계에서 신자들이 겪는 박해와 더불어 옛 결혼 제도의 모순을 다룬다. 가난한 집안의 딸로 태어나 가족을 위해서 돈에 팔려가는 여주인공을 등장시킨 도입부의 줄거리는 예전에 소설에서 보던 것과 비슷하다. 그러나 첫날밤에 여주인공이 남편을 살해하고 오빠가 천주교도로서 대신 죽음을 맞는 결말에 이르러서는 여태껏 그의 소설에서 보이던 신파조에 가까운 비극과는 다른 종교적 분위기가 느껴진다.

1918년『태서문예신보』에 윤백남은 남다른 열정과 자부심을 가지고「국경」과「운명」을 비롯한 희곡 작품을 잇달아 선보인다. 윤백남은 다양한 능력의 소유자로서 은행원과 대학 강사를 거치며 극단을 만들고 소설도 두어 편 발표한 사람이다. 그는「국경」에서 한 집안에서 일어난 남편과 아내의 갈등을 보여주고, 해외 교포 남자들과 우리 나라 여자들의 사진 결혼 풍속을 다룬「운명」으로 사회상을 풍자한다.

'사회극'이라는 이름을 붙인「운명」은 그 무대가 미국 하와이다. 우리 나라 사람들의 하와이 이민은 1902년께부터 시작된다. 사탕수수 농장의 일꾼으로 건너간 초기 이민들과 국내에 거주하는 처녀들이 서로 사진만 보고 혼인을 결정하는 풍속이 생긴 것은 몇 해 뒤의 일이다. 당시 이렇게 맺어진 부부가 8백 쌍이 넘었는데, 막상 폐해가 적지 않아 이런저런 말썽이 끊이지 않는다. 윤백남은 바로 이 '사진 결혼'이라는 새 풍속에 주목해 부권의 남용과 강제 결혼의 구습을 비판하는 희곡「운명」을 써낸 것이다. 윤백남의 희곡은 일본 신파극의 잔재를 떨쳐내지 못한 조일재의 희곡에 비하면 근대 희곡 쪽으로 한 걸음 더 내디딘 것이다.

우리 문학사에서 희곡은 일본의 신파극 곁에서 모호하게 시작된 까닭인지 발전이 더디고 문학 장르로 분화하는 과정에서도 어려움이 따른다. 그러나 1919년 3·1운동을 계기로 문학계와 연극계에서 현대로 이행하는 새로운 움직임이 싹트는데, 문학인이나 연극인 중에서 희곡에 관심을 기울이는 사람이 눈에 띄게 늘어난 것도 같은 흐름이다. 이에 따라 언론인 최승만이 「황혼」을, 화가 김호와 김유방이 「참회」와 「삼천오백 냥」을, 그리고 시인 조명희가 「김영일의 사死」를 쓰게 된다. 아울러 윤백남의 「연극과 사회」, 현철의 「연극과 오인품人」, 김우진의 「소위 근대극에 대하야」 등 연극 이론 분야도 활기를 띤다. 일본식 신파극에 갖서, 3·1 운동 이후 민족 의식의 자각을 반영한 희곡과 연극이 새로 발돋움을 하게 되는 것이다.

참고 자료

김윤식·김우종 외,『한국 현대 문학사』, 현대문학, 1994

차범석,「한국 희곡 문학 사략」,『한국 문학 개관』, 어문각, 1988

조동일,『한국 문학 통사 4』, 지식산업사, 1994

김원중,『한국 근대 희곡 문학 연구』, 정음사, 1986

김방옥,『한국 사실주의 희곡 연구』, 동양공연예술연구소, 1988

권오만,「1910년대의 희곡 연구」, 서울대학교 석사 학위 논문, 1970

만약 민중들에게 소리치는 자가 있어서 말하기를 일본이
한국을 돌려주는 것이 옳은가 그른가 하고 말하면 동서양 어떤
사람을 막론하고 반드시 돌려주는 것이 옳다고 할 것입니다

1913

총독 데라우치에게 보내는 글

각하는 재화로써 농락하려고 하여 많은 돈을 다 써서 몇몇 백성의 적의 배를 불리웠습니다. 백성들의 마음은 더욱더 불행이 가득 차게 되고 형벌로써 억제하려고 하나 일인과 한인 사이에 죄는 같으나 벌이 달라서 사람의 마음은 더욱더 복종치 않게 되었습니다. 각하는 이러한 정책으로 오랫동안 한국을 점유하려고 하니 이는 문에 들어가고자 하면서 그 문을 닫는 거와 다름이 없습니다.……

우리 한국은 최근에 간신이 권력을 희롱하여 정명正命이 행해지지 않아 병합을 당함에 이르렀으니 죄는 사실 자신에게서 나온 것이요, 남에게 허물을 돌릴 수 없습니다.

일본의 행위 또한 타당하다고 말할 수 없습니다. 청일전쟁의 선전 문서와 마관의 강화 조약에서 명백히 대한의 독립을 보존해서 당당히 의롭게 일어났으니 천하 사람들이 다시 보지 않는 사람이 없었고 우리 나라 사람은 고대하지 않는 사람이 없었습니다.

만약 민중들에게 소리치는 자가 있어서 말하기를 일본이 한국을 돌려주는 것이

옳은가 그른가 하고 말하면 동서양 어떤 사람을 막론하고 반드시 돌려주는 것이 옳다고 할 것입니다. 이로써 논해보건대 인심은 천심이니 이는 하늘의 뜻에 순하지 않을 것입니다. 지금 천의로써 헤아려보고 인사人事로써 따져보건대 만약 한국을 돌려주고 정족지세로 서서히 천하에 대의를 펴고 동아의 백성들을 보전하면 일본의 광명이 클 것입니다.

1910년 왕의 특명으로 가선 대부嘉善大夫가 된 임병찬은 1912년 항일 비밀 결사인 독립의군부를 조직해 도총장都總長에 취임한다. 임병찬은 전라남·북도의 독립의군부 편제를 완료한 뒤 일본 내각 총리 대신과 데라우치 조선 총독 이하 대소 관헌에게 국권 반환 요구서를 제출해 병탄의 부당성을 국내외에 밝힌다.

일본색 짙은 '신파극'의 유행

조일재의 「장한몽」

1913

원각사에서 이인직의 주도로 활발하게 일던 신극 운동이 사라지고, 1900년대를 풍미한 창극도 일제의 횡포에 못 이겨 외곽으로 밀려나자, 그 빈 자리를 차지하며 들어서는 것이 바로 신파극이다. 본디 이것은 1888년 일본의 스토오라는 사람이 연극을 정치 선전 수단으로 이용하면서 싹트게 된다. 신파극은 일본의 전통극인 가부키歌舞伎에 맞서 정치·군사극으로 나온 것이 점차 가정극 중심으로 변모한 것으로, 그 중에서도 비극을 주로 다루며 1900년께에 이르러 열도를 휩쓰는 일본 특유의 극 형태다. 신파극은 과장된 말투와 분장, 선과 악의 이분법적 구성, 관객을 격분시키는 자극적인 줄거리가 특징이며, 관객을 얼마나 울리는가 하는 것으로 그 성패가 좌우된다. 신파극은 도입 초기에 서울에 있던 일본인 극장에서 일본 사람들을 상대로 공연된다. 그러다가 한국 사람들에게 알려지며 급속도로 퍼짐으로써 한동안 신파는 연극계를 비롯한 우리 문화계의 주류로 떠오르게 된다.

당시 서울의 일본인 극장은 다다미식이어서 신발을 벗고 들어갔는데, 그 옆에 신발을 보관하는 신발방이 따로 있었다. 나중에 혁신단을 만드는 임성구는 바로 이 신발방에서 일하던 사람이다. 임성구는 일본인 배우들이 연습하거나 공연하는 것을 보면서 어느덧 무대 위에서 신파극을 하고 있는 자신의 모습을 상상하게 된다. 틈틈이 그들이 쓰는 말투와 몸짓, 무대 장치를 눈에 익힌 뒤 거기서 나온 그는 김치경의 재정 지원을 받아 13명의 회원으로 극단 '혁신단'을 조직한다. 그러나 남대문 밖에 있던 일본인 극장 어성좌를 빌려 처음 공연한 번안극 「불효 천벌」은 아직 부족한 면이 많아서 실패하고 만다. 혁신단은 1912년 「육혈포 강도」·「군인의 기질」·「친구 의형 살해」로 재기 공연을 갖는데, 이 때는 준비도 더 철저하게 하고『매일신보』에 광고도 해 일반인에게 널리 알린 까닭인지 흥행에 성공하게 된다. 곧 일본에서 연극 공부를 더 하고 돌아온 윤백남과 조일재가 '문수성'을 조직하고, 이기세 역시 '유일단'을 만들어 곳곳에서 공연을 하게 됨으로써 신파극은 대중 사이에 자리를 잡는다.

어찌 보면 신파극의 특징과 구조는 동·서양을 막론하고 봉건 사회에서 시민 사회로 넘어가는 과정에서 나타나는 보편적 예술 양식의 면모를 띠고 있다.

물론 서구에서도 중세 봉건 사회에서 근대 시민 사회로 이전하는 과정에서 생겨난 '멜러 드라마'는 그 특성이 신파극과 신소설의 특징과 일치한다는 점에서 후기 신소설에서 보이는 통속성은 예술 사회적 필연성을 지니는 양식임을 입증한다. 즉 감상주의, 흥미 본위, 상업주의라는 후기 신소설, 신파극의 통속성은 일본으로부터의 영향이나, 식민지라는 특정한 정치적 상황의 산물에 그치는 것이 아니라 봉건적 양반 귀족 사회가 무너지고 미흡하나마 새롭게 대두되는 시민 사회의 예술이 지니는 보편적 성격이라고 지적할 수도 있다.
김방옥, 「한국 연극사에 있어서의 신파극의 의미」, 『이화 어문 논총 6집』(1983)

그러나 근대 시민 사회로 이행하는 과정에서 일시적으로 나타난 셈치고 신파극은 우리 문화계에 너무 넓고 깊게 영향을 미친다. 천황 중심 체제에 절대 복종하는 공동체 규범인 일본 무사 정신에서 싹터 이 땅에 뿌리 내리게 된 신파극은 일본 제국주의에 대한 순응과 체념 등의 감정을 쉽게 이입시킬 수 있는 장치였다. 일제는 신파극을 통해 가부장적인 가치 체계인 효와 정절과 의리를 선으로 표상화하고 이를 국가관으로 확대·연결시켜 총독 통치가 최선의 제도라는 그릇된 믿음과 식민지 체제의 존속 당위성을 은근히 우리 민족에게 심어준 것이다. 이렇게 요긴한 식민지 동화 정책 도구를 우리에게 좀더 빠르고 깊게 전파시키기 위해 일제는『매일신보』에 신파극에 대한 광고와 흥행 기사를 실어 계속 대중의 눈길을 모은다. 이와 달리 창극에 대해서는 신문에 부정적인 논설을 싣고 대본을 사전에 검열하는가 하면 배우 단속법까지 만들어 활동을 일일이 간섭하는 등 입지를 좁히려고 거듭 압박을 가한다.

일본의
신문 연재 소설을
조일재가 번안,
일본인 주인공들을
이수일과 심순애로
바꾼 『장한몽』

　　흔히 우리 나라의 초기 신파극은 따로 대본 없이 대충 정해놓은 내용을 주연 배우가 즉흥적으로 연기하는 '구치다데口立' 방식을 따른다. 임성구가 처음에 공연한 「불효 천벌」이나 다음으로 공연한 「육혈포 강도」는 일본 작품을 번안해 무대에 올린 것이다. 그러던 중 조일재가 신문에 연재된 일본 소설을 번안하게 되는데, 바로 이것이 오늘까지도 신파극의 대명사로 일컬어지는 '이수일과 심순애' 이야기 곧 「장한몽長恨夢」이다.

　　「장한몽」은 청일전쟁 직후부터 러일전쟁 직전까지 일본 신문에 연재된 오자키 고요尾崎紅葉의 소설 「곤지키 야샤金色夜叉」를 조일재가 번안한 것인데, 임성구의 '혁신단' 이 각색을 해 무대에 올림으로써 신파극으로 더 알려지게 된다. 일본에서 이 소설이 연재되던 시기는, 제국주의로 전환하는 과정에서 돈으로 말미암아 인간의 가치가 떨어지는 자본주의식 폐해가 사회 문제로 떠오르며 몸살을 앓던 무렵이다. 돈 때문에 변심한 애인과 그에 대한 복수를 다룬 「곤지키 야샤」는 일본에서 무대에 오르자 당대의 사회 문제를 고발한 작품으로 큰 호응을 얻는다. 원작의 '아타미熱海' 를 대동강변 부벽루로 바꾸고 일본인 주인공들을 이수일과 심순애로 바꾼 조일재의 「장한몽」 또한 엄청난 인기를 끌어, 신파극 속의 주제곡인 「이수일과 심순애」와 함께 두메 산골까지 퍼져나가 본디 우리 것이 아닐까 하는 착각마저 불러일으킬 만큼 대중과 친숙해진다.

　　영등포, 영등포, 에이도호, 에이도호 하고 역명驛名을 부르며 창 밖으로 역부들이 외우고 지나가는데, 기차는 이미 영등포 정거장 플랫포옴에 닿았더라. 내리는 사람, 오르는 사람, 정거장 문 앞에서는 요령 흔드는 소리가 일시에 요란 복잡하여지며 그 사이로는 음식 파는 아이들이 목판을 언매고 창 옆으로 내왕하며

　　조일재, 「장한몽」, 『한국 신소설 전집 9』(을유문화사, 1968)

　　물론 일본 소설을 번안한 것이지만, 배경을 우리에게 맞추어 옮긴 조일재의 노력이 꽤 돋보인다. 기차역 풍경과 역 구내에서 음식을 파는 아이들을 묘사한 이 대

목은 여느 신소설에서는 거의 느낄 수 없던 도시적 분위기를 자아낸다. 이와 같은 부분은 원작인 오자키 고요의 「곤지키 야샤」에서와 마찬가지로 자본주의로 이행하는 사회의 풍경을 잘 포착한 보기라고 하겠다.

그러나 우리 나라에서 유행한 「이수일과 심순애」는 일본의 「곤지키 야샤」와 달리 사회 비판적 시각보다는, 잠시 금강석 반지에 현혹되지만 마음 바탕은 변하지 않는 순애의 정절 의식을 부각시킴으로써, 후기 신소설에서와 마찬가지로 봉건적 가치관을 옹호하는 태도를 보인다. 이처럼 신파극과 후기 신소설은 전통 윤리와 봉건적 가치관의 옹호라는 측면에서 같은 기반 위에 서 있다.

1913년에 상연한 「쌍옥루雙玉淚」 역시 일본 작가 도쿠토미 로카德富蘆花의 소설을 번안·각색한 것이다. 그런데 이 작품에서는 여배우 없이 여자의 역할을 오야마 또는 온나가타女形라고 부르는 남배우가 대신 연기하는 것까지 일본식을 모방해 혁신단의 안석현·임용구 등이 여자 역할을 한다. 조일재·윤백남·이기세 등은 임성구와 달리 일본에 가서 연극을 공부하고 돌아온 문사 출신으로, 극단을 만들어 각본과 연출을 맡는가 하면 스스로 무대에 올라 연기까지 한다. 1912년 조일재와 윤백남은 극단 '문수성'을 꾸려서 조일재가 번안·각색한 작품 「불여귀不如歸」를 공연한다. 다음해에는 이상협이 「눈물」을, 다시 이듬해에는 조일재와 이상협이 손잡고 「청춘」 등을 무대에 올린다. 이어서 윤백남과 이기세는 1916년 톨스토이 원작의 「부활」을 「카추샤」로 번안해 상연하고, 1917년에는 '신구극개량단'이 「장화홍련전」과 「사씨남정기」를 신파극으로 개작해 무대에 올리게 된다. 대본 없이 시작된 신파극은 이렇듯 번안물 시기를 거쳐 우리 고전 작품을 개작하는 데까지 영역이 넓어진다.

초기의 신파극은 일본의 것을 그대로 베끼고 단지 주인공과 지역의 이름을 바꾸는 수준에서 벗어나지 못한다. 따라서 거기에는 우리 정서와 맞지 않는 어색하

일본 작가
도쿠토미 로카의
소설을
번안·각색한
「쌍옥루」

고 이질적인 요소가 많이 섞여 있다. 그러나 시간이 지나면서 신파조에 깃들인 왜색과 왜풍이 우리 정서에 깊숙이 배어들어 심지어 우리 풍토에서 자생한 양식이 아닐까 하는 착각마저 불러일으킨다. 어찌 보면 등장 시기나 내용 전개 측면에서 신파극이 우리 민족에게 잘 들어맞은 구석도 없지 않다. 당시에 이 땅의 대중은 남녀의 사랑과 이별 그리고 죽음 등을 그린 신파극을 보며 나라 잃은 민족의 슬픔을 달래고 삶의 고달픔을 잠시나마 잊고 위로를 받은 것이 사실이다. 그러나 신파극에 빠져 넋을 놓고 있는 동안 그 바닥에 흐르는 일본식 규범과 정서에 길들여지며 문화를 통한 한반도의 '일본화'라는 일제의 식민지 동화 정책에 젖어든 것도 숨길 수 없다. 아울러 적지 않은 사람이 신파극에 내장된 봉건적 가치관과 퇴폐적 감상주의라는 함정에 빠져든 것 또한 부인할 수 없다. 신파극에 홀려서 저도 모르는 사이에 역사의 필름을 과거로 돌리려는 일제의 간계에 넘어간 것이다.

참고 자료

김윤식 · 김우종 외, 『한국 현대 문학사』, 현대문학, 1994
차범석, 「한국 희곡 문학 사략」, 『한국 문학 개관』, 어문각, 1988
조동일, 『한국 문학 통사 4』, 지식산업사, 1994
유민영, 『한국 현대 희곡사』, 홍익사, 1982

신파극

1910년대 초부터 1940년대 말까지 한국 신극사新劇史의 주류를 이룬 연극 양식의 하나로, 20세기 초엽에 일본에서 흘러들어 1910년대 중반부터 공연물의 대부분을 차지한다.

우리 나라 신파극의 전개 과정은 일본의 영향을 받아 퍽 비슷한 양상을 보이는데, 정치적 목적극이나 시사적 오락극에서 시작되어 이른바 '가정 비극'이라고 불리는 전형적인 멜로 드라마로 정착된다.

우리 나라에서 처음 공연된 신파극은 1911년 임성구의 '혁신단'이 공연한 「불효 천벌」로, 일본의 「뱀의 집념」을 번안한 작품이다. 혁신단에 뒤이어 윤백남·조일재의 '문수성'과 이기세의 '유일단'이 생김으로써 본격적인 신파 연극의 시대를 맞는다.

내용은 흔히 주인공이 몹시 딱한 처지에 몰려 관중의 눈물을 자아내다가 어려움을 이기고 행복을 찾는 식으로 끝나며, 통속적인 윤리관에 입각한 권선 징악적인 교훈을 담고 있다.

주요 공연 작품은 대개 일본 신파극의 번안물이거나 영향을 받은 것들로 「불여귀」·「장한몽」·「육혈포 강도」·「무사적 교육」 등이 있다.

임금이 잃어버린 것을 신하가 찾아 쓰고, 아비가
잃어버린 것을 자식이 찾아 쓰는 것은 당연한 이치인데
무엇이 불법이란 말이냐?

1914

의병장 이석용의 공판 기록

세 번째 물었다.

"무슨 목적으로 감히 폭도 노릇을 했느냐?"

"너희 일본 놈들을 배격하기 위한 것이었다."

네 번째 물었다.

"통솔한 부하가 삼백 명이 되었다고 하는데 과연 그랬느냐?"

"그랬다."

다섯 번째 물었다.

"조선이 일본에 합병된 이래로 천황의 은덕이 망극하여 일반 신민이 모두 다 즐거워하는데 너도 역시 충실한 국민이 되고 싶지 않느냐?"

크게 웃고 나서 대답했다.

"차라리 대한의 개와 닭이 될지언정 네 나라 신하 되기는 원치 않는다."

여섯 번째 물었다.

"의병이라 자칭하면서 인명을 살해하고 마을에 불을 놓고 공금을 강탈하였으니 이 무슨 불법의 행동이냐?"

"제 나라를 배반하고 일본 놈에게 붙은 자는 부득불 죽이고 집을 불태울 수밖에 없었으며, 그 공금이라 하는 것은 본시 대한국 국세다. 임금이 잃어버린 것을 신하가 찾아 쓰고, 아비가 잃어버린 것을 자식이 찾아 쓰는 것은 당연한 이치인데 무엇이 불법이란 말이냐?"

이석용李錫庸은 고종 양위 뒤 전라북도 진안에서 의병을 일으켜 일본군을 쫓아내고 많은 군수 물자를 노획한 다음 김동신金東臣의 부대와 합세해 기세를 떨친다. 나중에 남원과 전주 교전에서 패한 그는 순종에게 국가의 백년 대계를 상소한 뒤 재기를 도모하던 중 붙잡혀 전주에 수감, 대구로 이송되어 서른여섯 살의 나이로 사형당한다.

공판 기록에도 나타나듯이 이석용은 끝까지 일제에 굴하지 않고 올곧은 기백을 지키다가 순국한다.

1월
17 단성사 신축(수용 인원 1천여 명)

3월
1 지방 행정 구역 개편(317군 4351면을 12부 218군 2517면으로)
0 이화학당 대학과 제1회 졸업식 거행(여학사 3명 배출)

5월
1 중국, 중화민국 약법(대총통에게 독재적 권한 부여) 공포

6월
7 이탈리아, 아나키스트 폭동 발생
10 각급 학교 교과 과정에 교련 과목 신설됨
28 오스트리아의 황태자 페르디난트, 세르비아 민족주의자들에 의해 피살(사라예보 사건)

7월
8 쑨 원, 도쿄에서 중화혁명당 결성
13 선린상업학교 학생들이 일본 학생들과 충돌, 전원 동맹 휴교, 자퇴 원서 제출
28 오스트리아, 세르비아에 선전 포고, 제1차 세계대전 발발

8월
1 독일, 러시아에 선전 포고
3 독일, 프랑스에 선전 포고
4 영국, 독일에 선전 포고
15 파나마운하 개통
16 경원선(용산 · 원산 사이) 완공
23 일본, 독일에 선전 포고

9월
5 영국 · 프랑스 · 러시아, 런던에서 단독 불강화 不講和 선언
29 조선총독부, 군수 공업 원료와 석탄 수출 단속
0 권농회勸農會 등 독립 운동 단체 해산, 신문 발행 금지

10월
6 마적 1백여 명 의주에 진입
15 미국의 클레이튼, 반反트러스트법 공포

12월
18 영국, 이집트 보호국화 선언

근대 문학 발전에 기틀이 된 잡지들

『청춘』과 『학지광』의 창간

강점 이후 일제의 검열은 더욱 혹독해지고 우리 간행물의 폐간이 잇따른다. 이와 달리 친일 관변 기관지와 신파극은 총독부의 정책 지원을 등에 업고 날로 활기를 띤다. 이렇게 일제의 문화 잠식이 본격화될 무렵, 우리 문단에 새로운 바람을 일으키는 두 잡지가 창간된다. 하나는 최남선이 새 각오로 1914년 9월에 펴낸 『청춘』이고, 다른 하나는 이보다 다섯 달 전인 1914년 4월에 재일 도쿄 유학생들이 선보인 『학지광』이다.

최남선이 창간한 종합 잡지 『청춘』 창간호. 서양화가 고희동이 표지화를 그린다.

『소년』을 낼 때부터 잡지 문화에 관심을 기울여 이윽고 경험이 쌓인 최남선은 이를 충분히 활용해 소설·한시·신시·고전뿐 아니라, 과학·역사·지리·생물 등 다방면에 걸친 종합 잡지를 기획한다. 이로써 표지와 삽화, 독자 투고란 등 세세한 구석까지 신경을 쓴 『청춘』이 나온다. 이 잡지는 '현상 문예 쟁선爭先 응모'라는 제목으로 온갖 분야에 걸쳐 문학 작품을 공모하는데, 여기에는 최남선과 이광수의 심사평과 적지 않은 상금이 따라 독자들의 창작욕을 한층 더 돋군다. 일본을 자주 오가던 최남선과 이광수에 의해 『청춘』에는 서양의 유수한 문학 작품이 잇달아 번역·소개된다. 아울러 최남선 자신은 물론 이광수·현상윤·태학문·심우섭 등의 글이 실리면서, 이 잡지는 『소년』에 이어 다시 한 번 우리 문화계에 신선한 바람을 일으킨다.

일본에서 유학생 학우회가 내놓은 『학지광』 역시 만만치 않은 구성원과 수준을 보여준다. 당시에 재일 학우회 소속의 유학생은 4백여 명이었는데, 이들은 문학·철학·과학·정치·경제 등 전공이 다양했다. 이 중에서 특히 동인지 활동에 관심을 가진 유학생들이 모여 만든 『학지광』은 종합 학술지의 성격을 띠게 된다.

이 잡지의 편집 겸 발행인은 신익희가 맡고, 장덕수 · 현상윤 · 최승구 · 나혜석 등이 편집 작업과 기고를 한다. 이미 『대한흥학보』 같은 잡지가 일본에서 만들어진 바 있지만, 『학지광』은 학문과 예술 분야를 두루 다루어 내용이 한결 다양해진다. 이 잡지의 동인들은 문학 분야에서도 일본과 서양의 문학 작품과 이론을 번역 · 소개하고 창작에 활용하며 신학문 수용에 적극적인 자세를 보인다. 이를테면 서양 문예 사조에서 비롯된 상징주의를 소개하는가 하면, 특히 현상윤 · 최승구 · 김여제 · 이일 등이 당시 우리에게 생소하던 자유시 형식을 실험해 한국 시의 근대화에 이바지한다. 이들이 도쿄에서 유학 생활을 하며 얼마나 서양 철학과 문예 사조에 심취했는지는 다음과 같은 현상윤의 말을 통해 짐작할 수 있다.

워쓰워드의 시집이며 에머슨의 논문이며 뚜르게네프의 소설이며 오이켄 베륵슨의 철학 등을 삐어 들고 인생의 내적 생활이 어쩌니 외적 생활이 어쩌니…… 먼저 그들에게는 지식의 요구에 대하야 공급의 길이 십분 완비함을 보았음이라.…… 어느 날 어느 때를 물론하고 곳곳마다 연설이 있고 강연이 있어서…… 현대의 새 사조 새 경향을 들을 수 있음이라. 둘째, 그들에게는 주위에 있는 공기가 매우 가비여움을 보았음이니 그들의 가는 곳에는 몸이 남신 남신 날아날듯이 조금도 거침이 없고 그들의 머리 속에는 맑지고 새로와 항상 살고 뛰노는 피가 돌아다님이라.

1916년 『학지광』 10호에 김억은 「요구와 회한」이라는 제목으로 프랑스의 상징파 시인 베를렌Paul Verlaine과 보들레르Charles Pierre Baudelaire의 작품을 번역 · 소개하고, 백대진은 9호에 「20세기 초두初頭 구주歐洲 제諸 대문학가를 추억함」이라는 제목으로 상징주의 및 자유시의 대두와 보들레르 등 상징파 시인을 소개함으로써 본격적으로 프랑스 상징주의를 알리게 된다. 최남선은 『청춘』을 펴내는 틈틈이 일본에 들러 유학생들의 잡지 편집에 조언을 함으로써, 종합 잡지 성격의 동인지로 출발한 『학지광』은 점차 문예지 형태로 다듬어진다.

『학지광』과 『청춘』은 종합 잡지의 성격을 띠고 비슷한 시기에 나왔으며, 특히 문학 분야에서 서양 문예 사조인 상징주의의 소개에 주안점을 두었다는 공통점이

재일 유학생들이 창간한 『학지광』. 수준 높은 종합 학술지의 성격을 띠었다.

있다. 서양 문학의 소개나 영향 측면에서는 아무래도 일본으로 곧장 흘러든 이론과 작품을 먼저 접한 『학지광』이 『청춘』보다 좀더 빠르고 민감한 면을 보인다. 반면, 문체나 문장의 기교 측면에서 보자면 경험과 연륜을 갖춘 최남선과 이광수가 주도한 『청춘』이 한결 매끄럽고 세련된 면을 보인다. 그러나 1915년 뒤늦게 와세다대학 예과 철학과에 입학한 이광수가 참여하고 현상윤까지 가세하자 『학지광』은 이 문제를 어느 정도 극복할 수 있게 된다. 이광수보다 한 학년 위였지만 나이로는 한 살 아래이던 현상윤은 이광수를 스승으로 섬기며 『학지광』을 함께 이끌어 간다. 『학지광』은 지나치게 서양 문예 사조의 이입에 무게를 둠으로써 독자성이 결여된 면도 없지 않았으나, 『청춘』 못지않게 기고자의 선별에 까다로웠다. 1920년대 우리 소설계의 주역 가운데 한 사람인 김동인도 무명 시절 『학지광』에 원고를 보냈다가 거절당한 경험이 있다.

『학지광』이라 하는 잡지는 문예를 학대하기로 유명한 잡지로서 소설이라든가 문예에 관한 논설이면 반드시 말미에 6호 활자로, 그것도 절반 이상은 삭감을 하여 게재하여 주던 잡지라 거기에 몰서를 당하였다고 그다지 창피한 일도 아니며……
『김동인 전집』(1934) ― 김윤식, 『김동인 연구』(민음사, 1987) 재인용

『학지광』과 『청춘』은 1914년 거의 같은 시기에 나타나서, 특성은 조금 달라도 비슷한 비중으로 국내외의 우리 문단을 주도한다. 국내에 비하면 일제의 간섭으로부터 한결 자유롭던 『학지광』은 연 2회에서 3회씩 1930년 4월까지 총 29호를 발행하는 유례 없는 장수를 누린다. 그러나 『청춘』은 국내의 상황에 따라 창간 이듬해인 1915년 3월에 6호로 정간되며, 1916년에 다시 속간하지만, 1918년 9월에 15호로 폐간된다. 그러나 지령과 상관없이 이 두 잡지는 문학을 비롯한 예술과 정치 · 경제 등 여러 분야에 걸쳐 인재들을 배출한 '터'로서, 뒤이어 나오는 『태서문예신보』 · 『창조』 · 『폐허』 등의 전거가 된다.

1956년 가을 어느 날, 국문학자 김기현은 고려대학교 도서관에서 구한말 관계 문헌에 관한 자료를 조사하다가 한구석에서 케케묵은 필사본筆寫本 한 권을 발견한다. 표지에는 『소성小星의 만필慢筆』이라고 제목이 붙어 있었는데, 넘겨보니 88쪽 정도의 분량에 시와 소설과 수필이 실려 있었다. 퍼뜩 어떤 느낌이 일었다.

『학지광』을 주도한
인물 중의 한 명인
현상윤

1910년대 잡지 『청춘』이나 『학지광』 등에서 익히 보아오던 '소성' 이란 두 글자 때문이다. 이 사본寫本의 저자가 바로 그 소성과 동일인이 아닐까 하여 표지와 이면, 그리고 뒷장을 펼쳐보아도 아무런 근거될 만한 것이 없었다. 그리하여 『청춘』이나 『학지광』지를 모조리 뒤져 표제가 비슷한 글을 일일이 대조해보니 조금도 틀림이 없었다. 그리하여 비로소 소성은 현상윤(이하 존칭 약함)의 최초의 아호雅號이고, 또 이 '소성의 만필' 은 그의 동경 유학생 시절의 초고草稿를 엮은 문집임을 알게 되었다.

김기현, 「한국 문학 논고」(일조각, 1972)

40여 년 만에 빛을 본 『소성의 만필』의 주인 현상윤玄相允(1893~?)은 평안도 정주에서 성균관 전적典籍의 차남으로 태어난다. 그는 어릴 적에는 한학을 공부하고, 평양 대성학교와 서울 보성중학교를 거쳐 중앙고보를 졸업한다. 1914년 일본으로 건너간 그는 와세다대학 고등 예과를 거쳐 같은 학교 본과에 들어가 사학과 사회학을 공부, 우수한 성적으로 졸업한다. 졸업을 앞두고 그가 낸 논문 「동서 문화의 비교 연구」는 우수 논문으로 인정받아 당시 도쿄 유학생 사이에 화제가 된다. 재학중 한문 시험을 보았을 때에는 교수가 현상윤에게 100점 만점에 20점을 가산하여 120점을 주어 일본인 학생들이 불만을 품고 소란을 피운 일도 있다고 한다.

김기현, 「신문학 초기의 소설고」, 『어문 논집』 제12편(고려대학교 국어국문학연구회, 1970)

유학 초기 현상윤은 일본에 들른 최남선의 주선으로 이광수의 제자인 김여제와 같이 지내며, 이 밖에 김성수와 송진우도 자주 만난다. 특히 이광수와 현상윤은 같은 평안도 정주 출신으로, 나이도 한 살밖에 차이가 나지 않아 도쿄에서 유학 생활을 하는 동안 『학지광』에 같이 참여하는 등 매우 돈독한 관계를 유지한다. 오산 학교 교원으로 있던 이광수를 찾은 현상윤이 이광수의 아내가 장만한 집비둘기 요리를 먹고 이틀 동안 머문 일*은 나중까지 두 사람의 친밀한 관계가 이어졌음을 알려주는 일화다.

현상윤의 본래 호는 소성小星이지만 1930년대에 기당幾堂이라는 호를 쓰게 되는데, 이것이 뒷날 오랫동안 그의 작품 활동을 밝히지 못하는 원인이 된다. 1914년 도쿄 유학생 몇 사람이 뜻을 모아 창간한 잡지 『학지광』에 현상윤이 가세한 것은 1915년의 일이다. 그는 『학지광』의 편집에 적극적으로 참여하면서 시 · 소설 · 논설 · 수필 등 다양한 분야의 작품을 이 잡지와 『청춘』에 싣는다.

현상윤은 1919년 3 · 1운동 때 천도교와 기독교의 연합 및 민족 대표와 학생 단체 사이의 연락책을 맡아 활동하여 2년 동안 옥살이를 한다. 감옥에서 나온 뒤 그는 중앙학교 교원이 되고 1932년에 김성수의 권유로 보성전문학교로 옮긴다. 해방 뒤에는 1946년 보성전문학교 교장으로, 그리고 1947년 같은 학교가 종합 대학교로 승격함에 따라 고려대학교의 초대 총장으로 취임한다.

현상윤은 유학 시절에 문인으로 작품 활동을 하고, 귀국 뒤에는 오랫동안 교육계에 몸을 담는다. 아울러 그는 『조선 유학사』를 펴내 역사학자로서도 이름을 얻지만, 6 · 25 때 납북되어 생사를 알 수 없다.

전 5권의 시문집 『소성의 만필』은 1914년 1월 6일부터 같은 해 12월 20일까지 쓴 글들을 모은 것인데, 유학 생활 틈틈이 준비한 초고로 보인다. 나중에 발견된 것은 시와 소설 등 총 20여 편이 실려 있는 제5권뿐이나, 이것만으로도 식민지 문학인의 열망과 이에 비례하는 무력감을 담아낸 현상윤의 문학 세계를 엿볼 수 있다.

『소성의 만필』 속에 실린 작품 가운데 하나인 「실락원」은 일제의 강점으로 조국을 잃어버린 데 따른 식민지 청년의 저항감과 독립의 열망을 기독교적 신비 속에 투영해 가사 형태로 표현한 작품이다.

에덴의 달 밝은 빛아 비치는 곳 따로 있고 / 생명의 샘 맑은 물아 흐르는 곳 가렸더냐 / 같은

---

* 김윤식, 『이광수와 그의 시대』(한길사, 1976)

하늘 같은 땅에 /이 동산뿐 아득하고 이 백성뿐 목마름은 /불평등이 아니라고 /변명할 말 남
았더냐 //온 세상이 다 비웃어도 이곳은 한숨이요 /만 사람이 다 뛰어도 이들은 스심한다 /같
은 음악 같은 노래 /이들에겐 비애의 곡 차타嗟陀조를 아룀이라 /엄숙하게 찡근 얼굴 /침통의
빛 역력하다

　　현상윤, 「실락원」, 『소성의 만필』— 김재용 외, 『한국 근대 민족 문학사』(한길사, 1993) 재인용

　　「실락원」·「요게 무어냐」·「뉘 집으로서」·「어디로 갈고」 등 『소성의 만필』에
만 실리고 발표되지 않은 작품은, 1914년 『청춘』의 「친구야 아느냐」, 1915년 『학
지광』의 「생각나는 대로」, 1917년 『청춘』의 「웅커리로서」 등과 비교할 때 한결 사
실적이고 솔직하다. 이것은 그가 울분과 분노를 마음껏 표현하기 위해 적지 않은
초고를 『학지광』이나 『청춘』 같은 공식 지면에 발표한 작품과는 의도적으로 구별
해 썼기 때문인 것으로 보인다. 또 그는 「요게 무어냐」·「웅커리로서」·「생각나
는 대로」에서 일본 유학 시절에 접한 서구 시의 영향을 받아들이면서도 우리 고유
의 기법을 교차시키는 듯한 독특한 시 형식을 실험한다.

　　배 주리고 허울 벗은 인자人子들아 /웅커리로서 나오너라 — /영생永生의 양식, 영화榮華
의 옷이 여기 쌓여 있다 /고통과 아픔에서 끝까지 이기고, 끝까지 떨쳐 /보라 — 너희의 피,
너희의 고기로 //목마르고 속타하는 인자들아 /웅커리로서 나오너라 — /생명의 샘 맑은 물이
여기에 흘러간다 /절망과 낙심落心에서 마지막까지 참고, 마지막까지 /구하여라 — 너희의
힘, 너희의 정성으로 //어두움에 미혹된 인자들아 /웅커리로서 나오너라 — /구원의 홰가 여
기에 켜져 있도다 /번민煩悶과 오뇌懊惱에서 — 그날까지 다투어보고, 그날까지 / 싸워보라
— 너희의 용기, 너희의 노력으로

　　현상윤, 「웅커리로서」 전문, 『청춘』 제9호(1917. 7.)

　　'웅커리'는 그의 시에서 처음 나타난 말로 '웅크리다'라는 동사를 명사화한 것
으로 생각된다. 식민지 치하에서 겪는 고통과 절망, 비애를 상징적 공간에 투영한
이 시는 최남선이나 이광수의 초기 시에서 보이는 획일화된 소재와 주제에서 꽤
벗어나 있다. 이 시의 내용은 현실 문제의 제시에 그치지 않고 기독교 사상을 바탕

에 간 채 힘과 정성을 다해 싸워나가면 구원을 얻을 수 있으리라는 낙관적 미래관으로 이어진다. 현상윤의 시는 내용의 현실성과 상징 및 비유 기법 면에서는 최남선이나 이광수의 시보다 근대시에 가깝지만, 형식 면에서는 1900년대의 신체시 형태를 크게 벗어나지 못하는 한계를 안고 있다.

현상윤의 소설은 계몽 사상을 담아낸다는 점에서 이광수의 소설과 비슷하지만, 남녀 문제를 즐겨 다룬 이광수의 문화 중심주의와 달리, 과학과 산업 혁명의 필연성을 바탕에 깐 채 정치·경제 측면과 관련지어 식민지 사회의 문제점을 제시한다.

1914년『청춘』2호에 발표한「한의 일생」은 역경에 처한 사람을 물질과 지위로 더욱 고난 속에 빠뜨리는 과정을 그림으로써 사회의 부패상을 고발하는 소설이다. 비극으로 끝나는 이 소설의 기둥 줄거리는 다음과 같다.

김춘원은 본디 개성의 부호이자 양반 집안의 아들로 태어난다. 그러나 일찍 부모를 여의는 바람에 열여섯 살 때 서울의 윤 참봉 집 하인으로 들어간다. 윤 참봉이 죽은 뒤 아들 윤상호가 김춘원의 약혼녀 영애를 돈으로 유혹한다. 이에 한을 품게 된 김춘원은 두 사람을 죽이고 스스로 목숨을 끊는다.

근대 자본주의로 이행하는 사회의 한 단면을 보여주는 이 소설은 이광수의 단편들에 비해 수준이 결코 떨어지지 않는다. 그러나 당시에 큰 인기를 모은 번안물「장한몽」을 떠올리게 만드는 구석이 많아 신파 소설의 영향을 떨쳐버리지 못한 느낌을 준다.「한의 일생」이후로도 현상윤은『청춘』3호에「박명」, 4호에「재봉춘」, 7호에「광야」, 8호에「핍박」등을 잇달아 발표한다.

1916년『학지광』10호에 발표한「청류벽」은 남성적 지배 욕구와 돈으로 말미암아 희생되는 창기를 그린 소설이다. 여기에는 신소설에서 보이던 설교조의 계몽성이나 고대 소설의 특징인 권선 징악식 결말은 보이지 않는다. 그러나 이야기의 전개 과정에서 사회 및 경제 모순에 대한 자각 의식은 사건이 진행됨에 따라 굴절을 보인다. 즉, 물질 문명에 희생되는 주인공을 통해 비판적 시각으로 사회 모순을 바라보기는 하지만, 자살로 문제를 매듭짓는 방식은 신소설류의 결말에서 벗어나지 못한 것이라고 할 수 있다.

1917년에 발표한 「핍박」에서 그는 현실에 대한 자각은 있으나 무력감에서 헤어나지 못하는 식민지 지식인의 억눌린 내면을 그린다. 죄가 없어도 멀리서 경찰의 그림자만 보아도 가슴이 철렁 내려앉곤 하던 식민지인, 그 중에서도 젊은 지식인의 내면 심리에 대한 묘사는 현대 문학 작품과 비교해도 손색이 없다. 식민지 체제라는 정치 배경 속에서 이에 적응하지 못한 개인이 사회와 유리된 채 어떻게 세계와 단절되어가는지 보여줌으로써, 현상윤은 얼마 뒤에 나오는 자연주의나 사회주의 문학의 징후를 반영한다.

현상윤은 시와 소설을 통해 식민지화에 따른 내면의 황폐화와 상실감, 이상과 현실 사이에서 불거지는 비극적 자아 인식을 섬세하게 묘사한다. 그러면서 자폐적 패배주의에 빠져들지 않고 식민지 체제의 질곡을 극복하기 위한 비상한 용기와 노력, 투쟁을 강조하기도 한다. 그러나 당면한 문제를 사회 차원의 모순으로만 단정한 나머지, 현실에서 구체적인 극복 방안을 찾으려는 태도는 거의 보이지 않는다. 소설에서 주인공이 걸핏하면 자살을 문제의 해결책으로 선택한다든지, 시에서 기독교의 구원 사상에 의지하는 것은 마찬가지 양상이라고 하겠다.

참고 자료

김재용 외, 『한국 근대 민족 문학사』, 한길사, 1993
김윤식 · 김우종 외, 『한국 현대 문학사』, 현대문학, 1994
이재선 외, 『개화기 문학론』, 형설출판사, 1993
조종환, 「현상윤의 생애와 사상」, 경희대학교 사학과 석사 학위 논문, 1984
권오만, 『개화기 시가 연구』, 새문사, 1989
김기현, 『한국 문학 논고』, 일조각, 1972
이병기, 「신문학 80년 개관」, 『한국 문학 개관』, 어문각, 1986
김윤식, 『속 한국 근대 작가 논고』, 일지사, 1992

때에 운하의 가을이 저물어 쑥이 꺾어지고 풀이 마르고 원숭이가 슬퍼하고 부엉이가 운다. 내가 고향을 떠나 아직 눈물이 마르지도 않았는데, 이런 모습들을 보니 슬픔이 더하여 견딜 수가 없다

1915

『한국 통사』 서언

대륙의 원기는 동쪽 바다로 달려 백두산에 극하고, 북쪽으로는 요야遼野를 열고 남쪽으로는 한반도를 이루었다. 한국은 중국 요제堯帝의 시대에 건국하여 인문이 일찍이 열렸고, 그 백성은 윤리가 돈독하여 천하가 군자의 나라로 칭하였으며, 역사는 면면히 계속하여 4300여 년이 되었다. 오호라, 옛날의 문화가 극동 3도에 파급하여 저들의 음식, 의복, 궁실이 우리로부터 나왔고, 종교와 학술이 또한 우리로부터 나왔다. 그러므로 저는 일찍이 우리를 스승으로 삼아왔는데 지금은 이를 노예로 삼는가.

나는 재앙이 닥쳐왔을 때에 태어나서 나라가 망하였음을 애통하였는데 이미 죽지 못하고 있다가 마침내 도망하게 되었다. 경술년(1910) 모월 모일 아침에 서울을 떠나 저녁에 압록강을 건너 다시 북안北岸을 거슬러 올라가 위례성을 바라보며 멈추었다. 예와 지금을 아래 위로 살펴보니 공허한 느낌이 더하여 머리를 숙이고 거닐며 연연하여 오랫동안 떠나지 못했다.

외국에 망명하여 사람을 대하기가 더욱 두려우니 가동街童과 시졸市卒이 온통

나를 망국노인 자라고 욕하는 것 같다. 천지가 비록 크지만 이 욕을 짊어지고 어디로 가겠는가. 때에 운하의 가을이 저물어 쑥이 꺾어지고 풀이 마르고 원숭이가 슬퍼하고 부엉이가 운다. 내가 울면서 고향을 떠나 아직 눈물이 마르지도 않았는데, 이런 모습들을 보니 슬픔이 더하여 견딜 수가 없다.

……다만 내가 세상에 태어난 이후에 목격한 근사近史는 힘써 노력해 볼 만한 일이다. 이에 갑자년(1864)으로부터 신해년(1911)에 이르기까지 3편 114장을 지어 이름하여 '통사'라 하니 감히 정사正史로 자처하려는 것은 아니다. 다행히 우리 동포들이 국혼이 담겨 있는 바임을 인정하여 버리지 말고 내치지 않기를 바란다.

상하이 임시 정부에서 국무 총리와 대통령을 역임한 박은식은 1915년 중국 상하이에서 『한국 통사』를 간행한다. 『한국 통사』는 3편 114장으로 된 대작으로 1864년부터 1911년까지의 일제 침략사를 서술하고 있다. 박은식의 『한국 통사』는 민족주의 사학을 대표하는 저서로 일제의 온갖 탄압 속에서도 비밀리에 국내에 반입되어 널리 읽힌다.

1915

1월
15 윤상태 · 서상일 · 이시영 등 30여 명, 비밀 결사 조선국권회복단 조직
18 일본, 중국에 5호 21개조 요구(뤼순과 다롄의 조차 기한 연장, 산둥성에서의 독일 이권 양도 등) 제출

2월
3 터키, 수에즈운하 공격
4 독일, 대영국 해상 봉쇄 선언

3월
0 유둥열 · 박은식 · 신규식 · 이상설 등 중국 상하이의 영국 조계에서 신한혁명당 조직

4월
26 영국 · 프랑스 · 러시아 · 이탈리아, 런던 비밀조약 조인

5월
3 이탈리아, 삼국동맹조약 파기
9 중국, 일본의 21개조 요구 승인
23 이탈리아, 오스트리아에 선전 포고
25 중국과 일본, 중일조약 조인

6월
5 전염병 예방령 공포

8월
7 독일, 폴란드의 바르샤바 점령

9월
5 스위스에서 국제 사회주의자 회의 개최, 레닌을 비롯한 좌파, 우파와 결별
11 전신전화소 설치

11월
1 조선은행, 5원권 새로 발행
10 이광수 · 신익희 · 장덕수 등, 도쿄에서 조선학회 조직

12월
4 일본 도쿄의 주식 시장에서 주가 대폭등 (전쟁 경기의 시작)
24 조선총독부, 사립 학교에 일본 국가 부를 것을 지시
0 조선총독부, 해인사 대장경 인쇄본을 일본으로 반출

최승구

뒤늦게 빛을 본 요절 천재

　　1910년대에 최남선이나 이광수의 작품들과 비교를 해도 별로 손색이 없는 수준의 시를 썼음에도 오랫동안 묻혀 지내다가 나중에야 재능을 인정받은 시인이 있다. 스물다섯 나이에 요절한 최승구崔承九(1892~1917)가 그 주인공이다. 보성전문학교를 거쳐 일본의 게이오대학 예과에 입학한 그는 1915년께 가난과 병에 시달리면서 시·수필·평론 등을 쓴다. 그가 재일본동경조선학생학우회在日本東京朝鮮學生學友會의 기관지인 『학지광』 4호에 「벨지엄의 용사」라는 작품을 내놓을 때 ‘소월素月’이라는 필명을 쓴 까닭에 문학 연구자들은 한때 ‘김소월’로 널리 알려진 소월 김정식金廷湜과 그를 혼동하기도 한다. 1972년 5월 4일치 『동아일보』에 「소월에 동명 이인 있다」라는 기사가 나고, 1972년 5월 14일치 『주간조선』에 「제2의 소월이 있었다」라는 기사가 실리면서 그의 존재가 비로소 일반에게 알려진다. 최승구는 공식 문필 활동을 활발하게 한 사람은 아니다. 그가 쓴 극히 일부의 작품만이 『학지광』에 발표될 뿐 대부분의 작품은 미발표 유고로 전한다. 최승구의 미발표 유고 시작 노트는 그의 사촌동생인 최승만이 간수하고 있다가 내놓는다. 그가 손수 써서 남긴 유고 시집 노트에는 「종」을 비롯해 모두 25편의 시가 실려 있다. 최승구가 남긴 시는 총 25편에 이르지만 정식으로 지상에 발표한 시는 단 하나 「벨지엄의 용사」뿐이다.

　　산악山嶽이라도 벌개지는 / 대포의 탄탄彈알에 / 너의 아지阿只는 / 벌써 쇄골碎骨이 되었고 // 야수野獸보다도 폭악暴惡헌 / 게르만의 전사戰士에게, / 너의 애처愛妻는 / 치욕恥辱으로 죽었다. // 인제는, 사랑하던 / 가족도 없어졌고, / 너조차 도망할 / 길을 잃어버렸다. / …… // 벨지엄의 용사여! / 최후까지 싸울 뿐이다! / 너의 옆에 / 부러진 창이 그저 있다. // 벨지엄의 용사여!

벨지엄은 너의 것이다!/네 것이면/꽉 잡어라!
　　최승구, 「벨지엄의 용사」, 『학지광』 4호

　　형식과 운율은 신체시의 틀에서 크게 벗어나지 못한 느낌을 주지만, 독특한 비유 속에 치열한 주제 의식이 녹아 있는 것이 눈에 띈다. 이 시는 『학지광』 4호에 실리는데, '벨기에 용사'에게 학살과 잔혹 행위를 일삼은 게르만 군대에 맞서 싸울 것을 독려하는 내용을 통해 우리 나라를 강점한 일제에 대한 저항 의지를 보여준다. 즉, 최승구는 여기서 일제 강점이라는 현실에 굴하지 말고 끝까지 싸워야 한다는 것을 설교조가 아니라 진취적이고 힘찬 언어와 독특한 비유 기법을 써서 표현하고 있다.

뒤늦게 빛을 본
시인 최승구

　　그런데 발표되지 않은 최승구의 시에서는 이 「벨지엄의 용사」에서 보이는 저항 의지와 격렬함이 거의 나타나지 않는다. 그는 다른 시들에서 아름다움에 대한 찬미와 사랑하는 이나 고향에 대한 그리움 등을 영어와 일본어를 섞어 독백조로 표현한다. 최승구의 미발표 시들은 나라 잃은 슬픔과 분노, 가난과 사랑에서 오는 아픔이나 타향살이의 외로움, 또는 인생의 근원적인 문제로 그가 받은 고통을 짐작하게 만든다. 이런 내면의 고통은 그를 「박사 왕인의 무덤」·「나의 고리故里」·「불여귀」·「종種」·「조潮에 접蝶」·「사랑의 보금자리」처럼 감상적이고 낭만적인 서정의 세계로 이끈다.

　　최승구는 『학지광』에 산문을 더러 내놓는다. 1914년 9월 29일치에 발표한 서간체 형식의 「정감적 생활의 요구」에서 예술과 문학에 대한 그의 생각을 엿볼 수 있다.

　　형이야말로 나를 오해한 것이요. 형은 나더러 혹 아티스트라고 부르는 일도 있소. 내가 현재에 예술 방면으로 얼마큼 노력하지 않는 바도 아니요, 또 형은 나의 알려고 하는 예술이 생활에 근저根底되고 확실히 긍정하는 것까지 아는 줄을 믿소. 나는 아직 독서도 많이 하지 못하였소. 또 독서력도 부족하오. 허나, 오늘날 내가 가진 생각, 및 형에게 표현하는 것은, 야외에서 산보할 때에 위대한 자연의 힘이 준, 및 반야半夜에 정와靜臥하여 생각함으로 얻은 바 우뚝한 이상理想이 조금 있는 것도 나는 믿는 바요.

최승구, 「정감적情感的 생활의 요구」, 『학지광』 4호—이청원, 『한국 민족 문학사론』(원광대학교 출판부, 1982) 재인용

이 「정감적 생활의 요구」에는 'K. S. 형에게 여與하는 서書' 라는 부제副題가 붙어 있다. 여기에서 'K. S. 형' 은 나경석으로 밝혀진다. 나경석은 여성 화가이자 문인으로 널리 알려진 나혜석의 오빠다. 최승구는 이 시절 나혜석과의 염문으로 유학생 사회에서 큰 화제를 일으키기도 한다.

나중에 최승구가 폐결핵으로 학업을 중단하고 전남 고흥 군수이던 둘째형의 집에서 요양을 하다 스물다섯 살이라는 젊은 나이로 요절하자 나혜석은 발광할 정도로 큰 충격을 받는다. 나혜석은 몇 해 뒤에 "양편 친척들의 권유 및 자기 책임상" 변호사 김우영과 혼인을 한다. 김우영의 청혼을 받아들이는 과정에서 나혜석은 몇 가지 조건을 내세우는데, 이 가운데 하나로 목포에 있는 최승구의 무덤에 빗돌을 세워줄 것을 요구한다. 나혜석이 최승구를 얼마나 끔찍하게 아끼고 사랑했는지를 짐작케 하는 일화다.

최승구는 이 밖에 『학지광』 3호에 「남조선의 신부新婦」, 5호에 「너를 혁명하라」·「못 생긴 소견所見」 등을 발표한다. 그는 이와 같은 산문에서 국어학사에 기록될 만한 업적을 남긴다. 무슨 말인가 하면, 1886년 『독립신문』 이래로 여러 학자와 문인이 국어의 문장체 확립을 꾸준히 추진하는데, 이 가운데 종지법終止法과 새로운 형태의 시제가 최승구에 의해 도입된다는 것이다.

'하였었고', '하였었다' 의 시제는 분명히 대과거大過去이다. 이로 보면 최승구는 '이라, 노라, 도다' 등의 초기 언문 일치 문장을 현대화하는 최초의 사람이 되었고, 또한 종지법의 개혁으로 문장을 '이다', '아니다' 로 통일하였을 뿐만 아니라 '한다, 하였다, 하였었다' 의 현재, 과거, 대과거의 시제를 도입함으로써 우리의 문장을 문법적으로 재구성하여 훨씬 생명력 있는 것으로 만들었다.

이청원, 앞의 책

최승구는 우리 나라 최초의 신체시로 평가받는 「해에게서 소년에게」의 최남선과 우리 나라 최초의 자유시로 평가받는 「불노리」의 주요한 사이에 서 있다. 최승구의 시들은 더러 「벨지엄의 용사」처럼 일제 치하에서 사는 굴욕에 울분을 토로하고 저항 의지를 고취하기도 하지만, 시적 주체의 서정성을 표현한 작품이 주류를 이룬다. 최승구는 개화기 시가에서 현대시로 넘어가는 한국 근대 시사의 과도기에 징검다리 구실을 해낸 시인으로 자리매김할 수 있을 것이다.

흔히 우리 문학사에서 1910년대는 최남선과 이광수의 2인 문단 시대로 일컬어진다. 육당과 춘원의 계몽 문학이 판치던 시기에 『학지광』의 주역으로 자유시를 비롯한 근대 문학을 향한 여명기의 하늘에서 명멸한 두 별 현상윤과 최승구. 오랫동안 묻혀 있던 이들의 작품이 발굴된 것은 당시의 문단을 새롭게 비출 수 있는 빛을 던져준 일대 문학적 사건이다.

참고 자료

조동일, 『한국 문학 통사 4』, 지식산업사, 1994
이청원, 『한국 민족 문학사론』, 원광대학교 출판부, 1982
이재선 외, 『개화기 문학론』, 형설출판사, 1993
권오만, 『개화기 시가 연구』, 새문사, 1989
김학동, 『한국 근대 시인 연구』, 일조각, 1974

재주 없는 인영寅永이 이러한 의무를 주창함에 눈물을 흘리며
피가 스미는 참담한 마음으로 엎드려, 피가 뛰며 지혜와 용기를
갖춘 여러분들의 면전에 이 의義를 제출합니다

1916

간신을 목 베는 글

여러 의사義士들이여, 여러 의사들이여! 금일지사今日之事는 실로 대한 독립을 유지하기 위한 유일한 길이요, 우리 2천만 중생의 생사 문제다.

여러분, 진실로 자유를 사랑할 수 있는가. 청컨대 결사 의지로 이 오적을 죽이고 국내의 병폐를 소제하면 우리들 및 우리 자손들이 영원히 독립된 천지에서 숨을 쉴 수 있으니 그 성패가 오늘의 일에 달려 있으며 여러분의 생사 또한 여러분에게 달려 있습니다.

재주 없는 인영寅永이 이러한 의무를 주창함에 눈물을 흘리며 피가 스미는 참담한 마음으로 엎드려, 피가 뛰며 지혜와 용기를 갖춘 여러분들의 면전에 이 의義를 제출합니다.

여러분! 각자 각자 순결한 애국심을 불러일으켜 흉학한 매국적을 빨리 처형하고 우리 나라의 독립을 전세계에 드높이 선포하면 인영이 비록 18의 지옥에 들어가더라도, 지독한 고통을 당하더라도 기쁘고 즐겁기 한량없겠습니다.

이완용은 러시아, 일본에 붙어서 조약 체결의 선두에 섰으니 꼭 죽여야 함.

권중현은 이미 조약 체결을 인정했고 농부農部의 일국一局을 외인에게 양보했으니 꼭 죽여야 함.

이하영은 조약 체결이 그 손에서 나왔는데도 속으로는 옳다 하고 겉으로는 그르다 하여 백성을 속였으니 꼭 죽여야 함.

일제의 침략이 본격화되자 관직을 사임한 나철羅喆은 호남 출신의 지사들을 모아 1904년 유신회라는 비밀 단체를 조직해 구국 운동을 펼치는 한편 대종교大倧敎를 공표하기에 이른다. 교세의 급속한 확장에 불안을 느낀 일제가 대종교를 불법화하자, 그는 1916년 9월 일본 정부에 보내는 장서長書를 남기고 자결한다.

나철은 이에 앞서 1907년 3월 21일 「간신을 목 베는 글」을 내놓은 바 있다.

1916

2월
24 소록도에 자혜의원 설립

3월
26 박중빈, 전북 익산에서 '법신불 일원法身佛一圓'을 교지로 원불교 창설
0 YMCA, 농구와 배구를 본격적으로 보급

4월
22 대구의 달성공원에 신사神社 세움(이후 각지에 설립)
24 아일랜드, 더블린에서 반영反英 무장 봉기 발생

5월
6 YMCA, 최초의 실내 경기장 신축

6월
2 예성좌 · 문수성 · 혁신단, 단성사에서 합동 공연(최초의 대규모 신파 연극)
25 경복궁 터에 총독부 청사 기공

7월
1 영국과 프랑스군, 독일군에 총공세
3 제4차 러일협약 조인, 제3국의 중국 장악을 막기 위한 상호 군사 원조 규정

9월
12 대종교 교조 나철, 구월산에서 일제 폭정을 통탄하는 유서 남기고 자결

10월
10 일본, 입헌동지회 등 헌정회憲政會 결성

11월
7 미국, 민주당의 윌슨이 대통령에 당선
25 이광수, 「문학이란 하何오」를 『매일신보』에 발표
28 독일, 최초로 영국 런던 공습

12월
26 인도, 국민회의파와 이슬람교도가 연합해 공동 전선 결성

서구 문예 사조 위에 세운 문학론

이광수의 「문학이란 하오」

춘원 이광수는 『대한흥학보』 11호에 「문학의 가치」를 선보이더니, 1916년 『매일신보』에 실린 「문학이란 하何오」에 이르러 좀더 구체적이고 체계적인 문학론을 내놓는다. 서구 문학의 개념을 바탕으로 펼친 그의 문학론은 대체로 다음과 같다.

첫째, 문학이라는 용어는 서양의 'Literature' 나 'Literatur' 에서 나온 것임을 밝힌다. 둘째, 문학은 사람의 사상과 감정을 특정한 형식으로 표현한 것으로 이의 근본 목적은 미와 쾌감을 얻는 데 있다고 설명한다. 셋째 항목은 문학에 대한 그의 전반적인 태도를 보여주는 것으로, 지·정·의 가운데 '정' 을 종속적인 요소로 여기던 지난 시대의 문학관에 맞서 '정' 이라는 요소가 지닌 중요성을 강조함으로써 문학의 독립성을 주장한다. 넷째 항목에서는 '정' 의 문학과 흥미의 관계를 조명하면서 최고의 소재를 선택해, 최고로 정확하고, 최고로 정감情感 있게 묘사할 때 가장 좋은 문학이 된다고 설명한다. 다섯째, 종래의 유교 사상에 뿌리를 둔 권선 징악 위주의 도덕적 문학관에서 벗어나 감정의 사실적인 묘사에 중점을 두어야 마땅하다고 주장한다. 여섯째, 문학은 지식 전달과 교육의 기능이 있으며, 사람을 선행으로 이끄는 동정심을 불러일으키며, 죄악을 구제하며, 경험의 영역을 넓혀주며, 수준 높은 쾌락을 제공해 질 낮은 주색을 피하게 만들며, 교훈을 준다고 해서 '정의 만족' 과 더불어 지향할 만한 여러 덕목을 제시한다. 일곱째, 중국에서 흘러든 사상으로 인한 우리 문학의 폐해를 지적함과 아울러 서구 문화의 자유 정신에 입각해 신문학 창조에 나설 것을 역설한다. 여덟째 항목에서는 문학의 종류를 열거한다. 아홉째 항목에서는 문장과 문체에 관해 말하면서 일상어와 현대어의 필요성을 강조한다. 열째 항목에서는 문학인의 자질에 관해 말하면서 천재성과 함께 노력이 따라야 한다고 주장한다. 마지막 열한째 항목에서는 조선 문학은 조선인이 조선문으로 쓴 것이어야 한다고 정의를 내린다.

이광수는 문학의 발생론적 근저에 인간의 유희 본능이 자리잡고 있다는 사실은 인정하지만, 무엇보다 문학을 효용론의 관점에서 인식한다. 즉, 유교식 도덕률에 볼모로 잡혀 한낱 그 도구로 전락한 문학에서 과감하게 탈피해, 정서적 감화력을 바탕으로 신사상과 신이상을 전달하는 자율적인 매체가 되어야 한다고 보는 것이다. 자유와 개성을 중시한 서구의 문예론에 입각해 반봉건·반도덕 성향의 심미적인 문학 세계를 구축하려고 애쓴 그는 문학의 목적이 미와 쾌락에 있음을 강조하면서도 문학의 오락성을 탐탁치 않게 여겨 인생과 우주의 진리를 탐구하는 고급 문학을 옹호하는 모순된 문학론을 펼치기도 한다. 도쿄 유학 시절에 비판 없이 받아들인 서구 문예 사조, 거부하면서도 마저 털어내지 못한 유교 사상의 찌꺼기, 강점 뒤 일제가 편 문화 부문을 통한 동화 정책…… 이와 같은 여러 요소가 그를 감상적 예술 지상주의로 도피하게 만든 것이 아닐까 생각된다.

이광수가 제기한 '정'의 문학론은 근대 비평의 새로운 가능성을 보여준 것임에 틀림없다. 그러나 이런 문학론은 순수하게 문학의 독자성에 대한 자각에서 비롯된 것이 아니라, 정치·사회 환경과 맞물린 개인적 체념과 민족 차원의 콤플렉스에서 싹튼 것이다. 그는 우리의 고전 문학이 중국에서 흘러든 유교 도덕률에 얽매여 봉건성을 재생산할 뿐이므로 과거의 것을 버리고 새로운 것, 앞으로 오는 것만을 취해야 한다고 주장한다. 이런 식의 논리는 극단적인 전통 단절론으로 이어질 수밖에 없는데, 이에 따른 반향으로 이광수는 더욱 서구나 일본의 문화에 매달리게 되고, 마침내 식민지 체제에 의한 근대화를 긍정적으로 받아들이게 된다.

참고 자료

김윤식, 『이광수와 그의 시대』, 한길사, 1986
민병수·김철희, 『한국 문학 비평 강해』, 계문사, 1983
이선영 외, 『한국 근대 문학 비평사 연구』, 세계, 1989

오늘에 이르러 주변 정세의 흐름과 한 조각 붉은 마음의 격발로,
일반 국민의 놀라 깨어남을 재촉하며 겉으로는 세계의 공론을
불러일으키고자 하노니

1917

대동 단결 선언

오늘에 이르러 주변 정세의 흐름과 한 조각 붉은 마음의 격발로, 참으려 해도 참을 수 없고 주저할 여유가 없어 이에 주권 상속의 대의와 대동 단결의 문제를 들어 올려 먼저 각계의 밝으신 여러분의 찬동을 구하며 이어 일반 국민의 놀라 깨어남을 재촉하며 겉으로는 세계의 공론을 불러일으키고자 하노니 일치 단결은 신한의 광명이요 진리요 생명이라, 이를 떠나면 우리의 앞길은 암흑이요 거짓이요 사망이니 고로 갈라지고 합하는 문제는 즉 죽고 사는 갈림길이요 시비의 헛된 말이 아니라, 우리의 단결이 하루가 빠르면 신한의 부활은 하루가 빠르고 우리의 단결이 하루가 늦으면 건립은 하루가 늦으리니 이는 천리 인정에 비추어 지공 무사한 의논이라. 이로써 만천하 동지 여러분 앞에 선포, 제의하노니 하늘이 그 명심하신저! 사람이 그 응할진저!

제의의 강령

1. 해외 각지에 현존한 단체의 대소 은현大小隱顯을 막론하고 규합 통일하여 유

일 무이의 최고 기관을 조직할 것.

　2. 중앙 총본부를 상당한 지점에 치置하여 일체 한족韓族을 통치하며 각기 지부로 관할 구역을 명정明定할 것.

　3. 대헌大憲을 제정하여 민정民情에 합한 법치를 실행할 것.

　4. 독립 평등의 성권聖權을 주장하여 동화同化의 마력—일인화 정책—과 자치의 열근劣根—독립 운동의 분열화 정책—을 방제할 것.

　5. 국정을 세계에 공개하여 국민 외교를 실행할 것.

　6. 영구히 통일적 유기체(민족 주권 국가)의 존립을 공고키 위하여 동지간의 애정을 수양할 것.

　7. 위의 실행 방법은 기성한 각 단체의 대표와 덕망이 유有한 개인의 회의로 결정할 것.

　1915년 3월, 박은식·신규식 등은 중국 상하이에서 이상설·유동열 등과 함께 독립 운동 단체인 신한혁명당新韓革命黨을 결성한다. 이들은 제1차 세계대전의 종식을 조선 독립의 기회로 삼고 제정 체제를 표방, 고종을 내세울 필요가 있다는 데 의견을 모은다. 이에 따라 중국과의 밀약을 구상하지만 실패로 돌아가자 신한혁명당의 활동은 거의 중단되다시피 한다. 공화주의를 신봉하는 세력과 왕정 복고를 희망하는 복벽주의 세력 사이의 이견도 활동 부진에 빠지는 원인이 된다. 신한혁명당은 결성에 즈음해 「대동 단결 선언大同團結宣言」을 채택, 발표한다.

1917

1월
1　이광수, 장편 소설 「무정」을 『매일신보』에 연재
9　미국 독일에 단교 선언

3월
12 러시아, 제2차 혁명(2월혁명) 발발
15 러시아, 2월혁명에 따라 니콜라이 2세가 퇴위하고 리보프를 수반으로 하는 임시 정부 수립

4월
20 러시아의 레닌, 「4월 테제」 발표

6월
9　면제面制 시행 규칙 공포

7월
20 일본 각료 회의, 중국에 대한 외교 정책 결정
29 간도 거주 한인에 대한 경찰권이 일본 관헌으로 이관됨

8월
14 중국 베이징 정부, 독일과 오스트리아에 선전 포고
31 조선사회당, 스웨덴의 스톡홀름에서 열린 만국 사회당 대회에 조선 독립 요구서를 제출, 만장 일치로 승인받음

9월
10 중국의 쑨 원, 대원수에 취임해 광동 정부 수립 선언

10월
1　면제 시행으로 전국 2백여 면 명칭 변경
3　일본인 면장 임명하기 시작
29 박용만, 미국 뉴욕에서 열린 세계 약소 민족 회의에 한국 대표로 참석

11월
2　일본과 미국, 이시이·랜싱협정 조인(중국에서의 기회 균등, 문호 개방, 일본의 특수 지위 승인)
7　러시아, 페트로그라드에서 볼셰비키 무장 봉기, 군사혁명위원회가 소비에트 정권 수립 선언(10월혁명)

12월
15 러시아 혁명 정부, 독일·오스트리아와 휴전 협정 조인

마침내 '현대'를 머금고 나오는 소설

「무정」, 현대 한국 서사 문학의 시작

이광수는 현대 한국 서사 문학의 발원지이며, 후손에게 우성 유전 인자와 열성 유전 인자를 동시에 물려준 인물이다. 그는 흔쾌하게 용납되지도 않으며, 그렇다고 쉽게 부정할 수도 없는 존재다. 그의 서사 문학에 대한 평가는 경멸과 존경, 무시와 찬탄이라는 양가 감정을 받아먹으며 부피가 늘어왔다. 우리 문학사를 서술할 때 그의 존재가 거듭 언급되는 이유도 바로 여기에 있다.

1917년 1월 1일, 이광수는 「무정」으로 한국 현대 소설의 첫 장을 연다. 1916년에 나온 「문학이란 하오」 직후에 선보인 장편 소설 「무정」은 이광수 문학론의 실천적 성과를 평가할 수 있는 시료가 된다는 점에서도 의미가 크다. 과연 그는 '정의 만족'이라는 목적을 얼마나 이루었으며, 근대 문학의 잣대로 삼은 대로 유교적 공리주의에서 얼마나 벗어났을까?

형식과 영채는 어릴 적부터 부모의 뜻에 따라 혼약한 사이다. 그러나 가족을 잃은 영채는 어쩔 수 없이 기생이 된다. 영채는 어린 날의 혼약이 자신의 의지와는 상관없이 이루어진 것인데도 그것을 이행하기 위해 정절을 지키려고 노력한다. 그러나 얼치기 개화인 배명식과 김현수로 말미암아 그 노력이 허사가 되자 가문을 더럽힌 것으로 여겨 자살을 시도한다. 한편, 경성학교 영어 교사인 이형식은 은인인 김 장로의 부탁으로 미국 유학을 앞둔 김 장로의 딸 선형의 가정 교사를 맡게 된다. 이로써 효와 정절을 강요하는 봉건 사회의 희생자를 상징하는 영채, 자유로운 결혼관을 표방하는

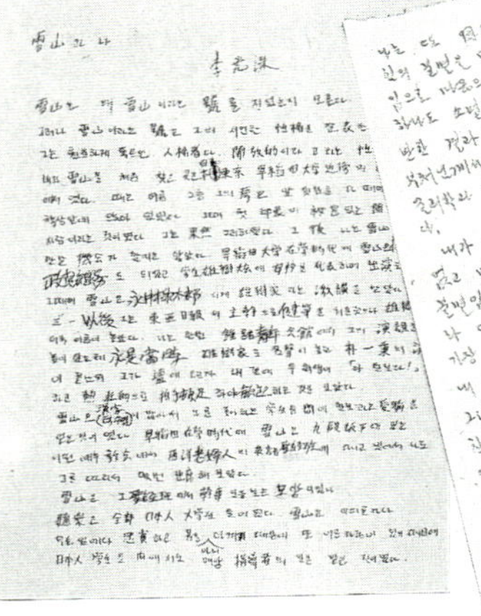

이광수의 육필.
왼쪽은 수필
「설산과 나」.

신문화 또는 그 혜택을 누리는 일본을 상징하는 선형, 그 사이에서 방황하는 형식이라는 갈등 구조가 성립된다. 형식은 점차 영채로부터 마음이 멀어지나, 김병욱이라는 신여성을 만나면서 정절은 한낱 봉건적 사회 구조가 빚어낸 허상임을 깨닫게 된다. 이윽고 소설은 계몽 이념과 합류함으로써 신문화 수용의 필요성을 암시하며 끝난다.

1917년 1월 1일부터 6월 14일까지 총 126회에 걸쳐 『매일신보』 1면을 장식한 장편 「무정」은 약 한 달 사이에 벌어진 일을 그린 것으로, 지식인의 대변자 이광수 자신이 방황하는 과정을 그린 자전적 소설이라고 할 수 있다. 「무정」을 비롯한 이광수의 작품 전반에 흐르는 사상은 개인과 민족의 자유 추구, 인도주의적 기독교 이념과 톨스토이적 정신 세계에 그 뿌리가 닿는다. 여기에 「무정」은 교육의 중요성, 자연 과학 수용의 필요성, 자유 연애관 등을 덧붙이고 있다.

당시에 일본에서 유행한, '정'의 교육을 담당하는 분야가 곧 문예임을 주장하는 '정'의 이론에 감동을 받은 이광수는 이것을 자신의 문학적 지표로 삼게 된다. 이에 따라 고아 의식에서 기인한 애정 결핍감과 봉건 구습에 짓눌린 사회 상황이 맞물려 그는 우리 나라를 사랑과 정이 없는 무정無情 상태로 설명하기에 이르며, 자신의 사회적 갈증을 해소하기 위해 자유 연애론의 합리성을 소설로 표현한다. 이런 자유 연애론의 전파와 함께 또 하나 그가 문학적 과제로 삼은 항목은 가족 제도에 관한 것이다. 즉, 전통적인 가부장제에 따른 대가족 중심 제도에서 소가족 제도에 따른 부부 중심 사회로 이행하는 국면을 부각시킨 것은 부권에 대한 부정인 동시에 나아가서는 전통 윤리나 도덕에 찬물을 끼얹는 행위임을 충분히 짐작할 수 있다. 그의 이런 생각은 1900년대 말기부터 나온 일련의 작품들과 단편 「무정」 (1910) 등을 거치며 심화되다가, 1917년 일본 유학 시절에 총독부 기관지 『매일신보』의 청탁을 받고 기꺼이 연재하기 시작한 장편 「무정」에서 극대화된다. 자유 연애와 가족 제도에 대한 이광수의 관심은 이후에도 『백금학보』에 실린 「소년의 비애」(1917), 「사랑인가」(1918), 「윤광호」(1918), 「어린 벗에게」(1919) 등을 통해 이어진다.

일본을 통한 문명 개화가 곧 선善임을 한치의 의심도 없이 받아들인 이광수는 개인 차원의 고아 의식과 사회 차원의 식민지인 의식에서 탈출할 수 있는 길은 '배움' 이외에 달리 없다고 확신한다. 그러나 이광수가 말하는 '배움'은 식민지 상태에서 벗어나기 위한 방책으로 제시된 것으로 보기는 어렵다. 오히려 그는 '배움'을 말하면서 일본이 지배하는 질서에 충실히 따르기 위한 교육의 필요성을 강조한 것으로 보인다. 그는 이처럼 일본 지상주의와 우리 민족에 대한 폄하 의식에 빠져든 혐의가 짙다. 아울러 자기만은 후진 사회의 그 누구와도 다르다는 우월감에 젖어 때로 과시 행태마저 드러내곤 한다. 선구자 기질이나 작가적 재능 면에서 천부적이고 선택받은 사람이라는 엘리트 의식은 「무정」에서도 불쑥불쑥 설교조의 발언으로 나타난다.

근대 소설의
효시로 꼽히는
이광수의 장편 소설
『무정』

저들에게 힘을 주어야 하겠다, 지식을 주어야 하겠다, 그리하여서 생활의 근거를 완전하게 하여 주어야 하겠다.
「과학! 과학!」 하고 형식은 여관에 돌아와 앉아서 혼자 부르짖었다. 세 처녀는 형식을 본다.
「조선 사람에게 무엇보다 먼저 과학을 주어야 하겠어요. 지식을 주어야 하겠어요.」 하고 주먹을 불끈 쥐며 자리에서 일어나 방안으로 거닌다.

그의 지적 우월주의에서 비롯된 민족에 대한 연민은 줄곧 애국 계몽식 설교의 형태로 나타난다. 이는 독자를 감동시키기 위한 장치로도 보이지만, 자아 도취와 인도주의 정신을 혼동하고 있다는 인상을 지울 수 없다. 형식과 선형이 기차 안에서 우연히 영채와 병욱을 만나 여행을 하던 도중, 여관에 들게 된 네 사람이 잠시 토론하는 대목에서 이런 형태의 휴머니즘은 극에 이른다.

단행본『무정』의
판권란

「옳습니다, 교육으로 실행으로 저들을 가르쳐야지요. 인도해야지요. 그러나 그것은 누가

하나요?」하고 형식은 입을 꼭 다문다. 세 처녀는 몸에 소름이 끼친다. 형식은 한 번 더 힘있게,
「그것을 누가 하나요?」하고 세 처녀를 골고루 본다. 세 처녀는 아직도 경험하여 보지 못한
듯 말할 수 없는 정신의 감동을 깨달았다. 그리고 일시에 소름이 쪽 끼쳤다. 형식은 한 번 더,
「그것을 누가 하나요?」하였다.
「우리가 하지요!」하는 대답이 기약하지 아니하고 세 처녀의 입에서 떨어진다. 네 사람의 눈
앞에는 불길이 번쩍하는 듯하였다. 마치 큰 지진이 있어서 온땅이 떨리는 듯하였다.

이처럼 묘사보다는 설명에 기대어 작위적으로 감동을 이끌어내려 하기 때문에
어찌 보면 신파조의 유치함을 드러내기도 한다. 「무정」이 이렇듯 여러 한계를 보
임에도 근대 소설의 효시로 꼽히는 까닭은 무엇일까. 자유 연애론 등에서 엿보이
는 솔직성과 섬세한 묘사, 그리고 이 작품에서 시도된 문체 변혁을 높이 평가하기
때문이다. 이인직의 「혈의 누」에서 본 것처럼 신소설이 문체 면에서
일본식을 거의 모방한 반면, 이광수는 『소년』·『청춘』에 글을 실으면
서 조금씩 실험하던 문체의 변혁을 장편 「무정」에서 과감하게 시도한
다. 연재 초기에는 여전히 "—이라."고 해 구식 문어체의 전형적 종
결형이 나타나지만, 연재가 진행되면서 차츰 "—이다."체로 바뀌는
것을 볼 수 있다. 또 인칭에서 남녀의 구별이 없기는 하지만 '그'라는 3인칭 대명
사를 쓰는가 하면, 시점도 현재·과거·미래를 두루 받아들이고 현대 소설에서
많이 쓰는 과거를 회상하는 기법 등으로 획기적인 면모를 보여준다. 한 마디로 이
광수가 「무정」에서 이룩한 문체는 신소설의 문체보다 몇 걸음 더 나아간 것이다.
이런 문체의 변혁과 기법의 도입은 우리 문학이 현대성을 갖추게 되는 데 크게 이
바지한다.

또 한 가지 「무정」이 보이는 특색은 아름다움에 대한 자각이다. 미의 세계에 대
한 새로운 인식은 곧 이광수가 '정'의 감정을 발견하게 된 기쁨이며 희망이라고
할 수 있다.

이광수의
또다른 장편 소설
『사랑』

195

형식은 아까 김 장로의 집에 들어갈 때와는 무엇이 좀 달라졌음을 깨달았다. 천지에는 여태 껏 자기가 알지 못하던 무엇이 있는 듯하고, 그것이 구름장 속에서 번개 모양으로 번쩍 눈에 보였는 듯하다. 그리고 그 번개같이 번쩍 보인 것이 매우 자기에게 큰 관계가 있는 듯이 생각 된다.

형식은 그 속에—그 번개같이 번쩍하던 속에 알 수 없는 아름다움과 기쁨이 숨은 듯하다고 생각하였다.

형식은 가슴 속에 희미한 새 희망과 새 기쁨이 일어남을 깨달았다. 그리고 그 기쁨이 아까 선형과 순애를 대하였을 때 그들의 살 냄새와 옷고름과 말소리를 듣고 생기던 기쁨과 근사하 다 하였다. 형식의 눈앞에는 지금껏 보지 못하던 인생의 일방면이 벌어졌다.

「무정」에는 여전히 이광수 문학의 추상성과 관념성이 빚어낸 비현실적인 요소 가 산재해 있다. 또 계몽성이 짙게 배어 있어 「문학이란 하오」에서 작가가 주장한 바와 달리 유교적 공리주의에서 멀찌감치 벗어난 것으로 보기도 어렵다. 그러나 이인직 · 이해조 등에 의한 신소설이 일본에서 들어온 신파에 밀려 우리 소설의 맥 이 끊길 즈음 등장한 「무정」은 이 사실만으로도 큰 의의를 지닌다. 소설이라는 매 개체를 통해 봉건 가족 제도의 부속물에 그치는 자아가 아니라 자율적 의지와 개 성에 따라 행동하는 자아의 유형으로 나아가는 길을 보여주고, '정' 이라는 개념을 내세워 시대 상황에 의한 민족의 고난과 개인의 갈등 앞에 새로운 지표를 제시하 고자 한 열정과 업적은 근대 지향 작가인 이광수가 거둔 성과라고 할 수 있겠다.

참고 자료

김윤식 · 정호웅, 『한국 소설사』, 예하, 1993

김윤식 · 김우종 외, 『한국 현대 문학사』, 현대문학사, 1994

김재용 외, 『한국 근대 민족 문학사』, 한길사, 1993

조동일, 『한국 문학 통사 4』, 지식산업사, 1994

백철, 『신문학 사조사』, 신구문화사, 1992

조연현, 『한국 현대 문학사』, 성문각, 1993

이형기 외, 『한국 문학 개관』, 어문각, 1988

『신문화 100년』, 신구문화사, 1980

김윤식, 『속 한국 근대 작가 논고』, 일지사, 1992

하나. 역力에 굳세지 못한 문학

씨의 작품에서 나타난 씨의 주관을 물을 것이면, 그것은 다른 것이 아니다. 구도덕에서 신도덕으로 넘어서는 경로에서 생기는 한 사건이다. 다시 말하면 자유 연애의 주장과 여자 해방과 조선의 교육의 급무 등을 선전한 이외에는 아무것도 없었다. 그러나 그것도 혁명적 개혁 혹은 영웅적 자유는 아니었다. 연약한 정서에서 여성적으로 나오는 눈물이었다.

미개한 조선인의 개명의 요구는 역力이 아니었고 정情에 있었던 것을 그리었다. 작품에 나오는 주인공은 다 정에 약하고 말았다. 역力에 굳세지 않았다. 그러나 씨가 그리여낸 주인공들이 역力에 굳세지 못한 이유가 있다. 그것은 다른 것이 아니라 씨의 독특한 도덕관이 있는 까닭이다. 그 도덕관이 역力이 있으려는 주인공의 팔을 잡아 감추고 말았다. 무엇을 단행하려다가는 곧 은인을 회상하고는 그만 더 가지 못하고 주저앉는다.

……이런 고로 그의 도덕성은 예수의 도덕성보다도 톨스토이의 인생관보다도 한층 비열하고 무활기無活氣하였던 것을 알 수 있다.

박영희, 「문학상으로 본 이광수」, 『개벽』(1925. 1.)

둘. 이광수류의 문학을 매장하라

역사는 필연이고 결정이고 과정을 가진 궤로軌路이다. 문단의 역사도 그렇다. 그러므로 근 십 년의 조선 문단의 역사가 한편에서는 새 맹아萌芽를 가졌으면서도 십 년 전 당시보다 지금은 늙어빠진 문인들의 압도 때문에 그 맹아의 출현을 촉진시키는 데 방해가 되었다.

---

* 이광수에 대한 여러 평자의 다양한 시각을 통해 그가 한국 문학사 속에 어떻게 수용되는지 살펴보도록 하자. 이 글은 권영민이 쓴 「춘원을 향한 열아홉 개의 화살」(『사랑』, 이광수 장편 소설 해설, 문학사상사, 1992)에서 부분적으로 재인용한 것이다.

제군이 서울 안의 문인이나 문학 청년들만 볼 것이 아니라 지방의 문인, 문학 청년까지라도 살펴보라. 그이들의 대부분에게는 이광수류의 안이한 이상주의적 사상과 시대에 배치되는 인생관으로서 문단을 대하고 조선을 보고 인생을 보는 이가 얼마나 있는가.

이광수의 조선 문단에 대한 '공로'를 말하는 이가 있다. 그러나 '공'은 '공'이요, 문단은 문단이다. 하물며 이광수는 이광수요 새 문단은 새 문단이다. 그의 이름은 센티멘틀한 「개척자」, 도깨비 화상 같은 「무정」과 같이 후일에 날아갈지도 모르겠다.

오늘 새 인생관, 새 시대 의식, 새 세계의 창조를 요구할 때 이광수류의 공중 누각의 이상주의가 만연함을 방관하고 있을 수 있을까.

내가 이광수를 조선 문단에서 매장하라고 부르짖음은 바로 이광수류의 이런 인생관, 사상, 그리고 한푼의 가치도 없는 껍데기 문학을 절멸하라는 요구다. 왜 그런고 하니 문예의 형식도 중하지만 보다도 더 중한 것은 내용이니까.

김수산, 「이광수류의 문학을 매장하라」, 『조선지광』(1926. 5.)

셋. 모순과 자가 당착

춘원에는 상반되는 두 가지 욕구가 서로 다투고 있는 것은 감출 수 없는 사실이다. 미美를 동경하는 마음과 선善을 좇으려는 바람이다. 이 두 가지 상반된 욕구의 갈등! 악귀와 신의 경쟁, 춘원에게 재在하여 있는 악마적 미에의 욕구와 의식적으로(오히려 억지로) 흥기시키는 선에 대한 동경, 이 두 가지의 갈등을 우리는 그의 온갖 작품에서 볼 수 있다. 그는 악마의 부하다. 그는 미의 동경자다. 그러면서도 그는 자기의 본질인 미에 대한 동경을 감추고 거기다가 선의 도금을 하려 한다.

이원적 번민! 그의 작품에서 미에 대한 동경뿐을 발견할 때에는, 우리는 언제든 동시에 예술의 진수를 발견한다. 그러나 그가 정신을 차리고 그 위에 선의 도금을 할 때에는, 거기 남는 것은 모순과 자가 당착밖에는 없다. 「무정」에서 형식으로 하여금 영채를 버리고 선형에게 가게 한 것도 춘원의 그 위선적 성격의 산물이다. 그만치 형식을 그리워하던 영채가 마지막에 형식을 무시하여 버린 것은 이 때문이다. 「개척자」에 나타난 그 모든 피상적 갈등도 이 때문이다. 그의 모든 작품이 하나도 심각한 인상을 독자에게 남기지 못하는 것은 모두 작가의 이원적 성격 탓이다.

김동인, 「조선 근대 소설고」, 『조선일보』(1929)

넷. 무위 무기력한 인물

씨가 문예를 창작할 때에는 '반드시 조선인—그 중에서도 나와 같은 젊은 조선의 아들과 딸을' 생각하는 단단 일념丹丹一念으로 '자유로운 세계인으로 세계 문단을 향하여 한번 소리를 쳐볼까 하는 유혹' 조차 물리치고 '독자의 감계感戒나 감육感育의 재료를 삼을 겸 조선 어문의 발달에 일자극을 주고 될 수만 있으면 청년의 문학욕에 불건전치 아니한 속물贖物을 제공' 하기 위하여 노력한다는 씨가 불행히 실로 불행히 '사실주의 전성 시대에 청년의 눈뜬 고로 사실주의적 색채가 많아서' 무위 무기력한 인물만을 묘사한다고 하였다.

……그 시대의 지도 정신과 환경과 인물의 특색과 시대의 약점을 폭로 설명하자 운운한 씨의 폭로라는 것은 어떠한 것인가.…… 프로 문학은 증오의 문학이므로 그것을 배척한다는 씨가 사용한 폭로라는 말은, 프로 문학에서 사용하는 그것과는 정반대의 의미로서 기독교도가 목사의 앞에서 또는 행자가 불전에서 행하는 듯한 센티멘틀한 자아 폭로 즉 참회 그것과 같은 폭로일 것이다.

이러한 씨의 소설 중의 인물들은 통속 도덕이라는 관념의 노예로서 자아 반성과 이부진理不盡한 자아 희생과 인종의 덕을 시사是事하다가 이런 무리의 필연적 귀결로 자아 완성주의라는 독선적 피난처에 숨어버리고 마는 것이다.…… 그들은 모두 인식 착오 인식 부족증 병자이니만치 현 사회의 불공평과 불합리를 부정의의 과오로 생각하는 외에 더 다른 각도로서의 인식이 불능한 그들은 항쟁하고 투쟁하려야 그조차 할 수 없는 비극적 존재이다.

이와 같이 씨가 '시대상을 여실히 묘사' 하려는 사실주의적 의도하에 제작된 폭로 소설이라는 것은 전부가 센티멘틀한 자아 폭로를 시사하는 무위 무기력한 인물의 묘사가 있었을 뿐이라는 것을 말하여 둔다.

최명익, 「이광수 씨의 작가적 태도를 논함」, 『비판』(1931. 6.)

다섯. 발아기를 대표한 대작가

조수같이 들어오는 해외 문화는 우리네의 가정 생활, 사회 생활에까지 파문을 던지지 않을 수 없는 것이 당시의 형세이었으며 이 시대를 잘 표현한 이가 춘원이요, 또 춘원의 임무였다. 더구나 혼인, 연애 문제가 테마의 전부였다.

……조선 사람으로서 서양 사람의 말하는 의미의 소설을 쓰기 시작한 것도 씨요, 조선말로 평이하게 아름답게 사상, 감정을 표현할 수가 있다는 것을 가르쳐준 것도 씨다. 또 씨에 이르러 구미의 개인주의는 철저히 고취되어 자유 연애, 자녀 중심이 굳게 주장되었다.…… 그의 대표작 「무정」은 그 이전의 구소설과는 판이한 경계선을 이루고 그 내용에 담긴 사상도 당시인의 사상이었다고 보겠다.

……그리고 씨는 「허생」, 「마의 태자」, 「단종」, 「이순신」 같은 영웅전을 쓰는 데 능하다. 이를 다시 말하면 조선에 진정한 대작가가 있고 위대한 비평가가 있고 감상안이 일반적으로 좀더 높았더라면 씨는 역사 소설가로서 일세의 명을 독점하였을는지 알 수 없었다. 씨는 철저히 애국적, 민족애적, 개인 자유적, 인도주의적 운동에 공헌하여 많은 독자를 가지고 있다. 그리하여 이 사상적 입장은 십수 년 전에는 지금까지 대단한 진보가 없으니 금후 특별히 씨의 사상에 질적 비약이 없다면 씨의 사상은 고정한 것으로 보아 이 발아기를 대표한 대작가라 말하고 싶다.

김태준, 『조선 소설사』(1932)

여섯. 역사적 진보성을 포기한 문학

나는 춘원의 작품이 내용하고 있는 세계관적 요소라는 것의 본질이란, 그 작품이 씌어진 시대의 이상에 비하여 뒤떨어질 뿐만 아니라, 이 뒤떨어졌다는 것의 성질이, 민족 부르주아지가 그 역사적 진보성을 포기한 기미己未 이후, 이 계급이 가졌던 환상적 자유와 대단한 근사점을 가지고 있다는 구체적 이유에 의하여, 이 시대의 춘원의 작품의 진보성을 그리 높게 평가하는 데 항의하는 자이다. 즉 「무정」 등이 가진 사상으로서의 이상이란, 구체적으로 보아 기미己未의 대풍大風이 일과한 후, 한 개 연화軟化된 공기로서의 '문화열' 적 이상理想 그것이 아닌가 하는 점이다.

……이 곳에 정치적, 사회적인 일면을 제거한 문화적 자유의 반신상이 성립하며 춘원의 사상적 세계란 것 또한 이 반신상의 문학적 축도에 불외不外하는 것이다. 그러므로 나는 일찍이 춘원을 조선 부르주아지의 약한 반면半面의 정신적 표현자라고 부른 것이다. 동시에 이 약점이란 한 개 숙명적 형태로서 춘원 이후 신문학의 지위 전부를 일관한 특질로 된 것도 당연한 일이다.

임화, 「신문학사론 서설」, 『조선중앙일보』(1935. 10.)

일곱. 위선의 문학

춘원이 소설을 쓴다든지 글을 쓴다든지 하는 동기가 그의 잘나고 아름다운 '나'를 표현하는 데 있을까? 그가 소설가로서의 최후를 장식했고 또 그가 쓴 소설 중에선 가장 객관적이라고 볼 수 있는 「무정」에서도 역시 그의 여우 꼬리 같은 '나'만은 감추지 못한 것을 보면 그의 소설은 예외 없이 자기 자랑인 것이다.

그러나 8·15 후에 그가 소설을 쓰는 동기는 무엇일까. 춘원이 아무리 저 잘났다는 사람이기로서니 가야마 미쓰로香山光郎의 추악한 꼴을 자기가 모를 까닭이 없고 그가 조선 민족을 암만 업수히 여기기로서니 이제 와서 그를 찬미해달라고 할 수는 없지 않은가. 그러면 그의 목적은 무엇인가.…… 춘원의 글에서 자기 반성이라든지 뉘우침이라든지 하는 것을 찾으려는 사람은 실망할 것이다.

일전에 모 신문에 투고가 들어왔는데 『돌베개』라는 책 이름이 구약 성경의 야곱이 돌베개를 베고 자다가 꿈꾼 이야기를 연상시켜서 심각한 자가 비판의 서書인 줄 알고 사서 읽었더니 백주에 도둑이 매를 들어도 유분수지 설교를 늘어놓는 책이더라고 이광수는 어쩌면 그렇게도 철저한 위선자냐고 한 것이 있었는데, 『돌베개』뿐 아니라

「나」라는 자전 소설에서도 무슨 자기 반성을 기대하는 독자가 있다면 실망할 것이다.

김동석, 「위선자의 문학」, 『뿌르조아의 인간상』(1949)

여덟. 한국 신문학의 아버지

한국 신문학의 아버지로서 춘원의 지위는 누구나 이론이 없고 그것만으로 그의 사상史上의 위치는 부동이다. 그러나 그의 창작과 논설은 소위 계몽적인 색채가 농후하다 함도 사실이다.

만년에 와서 그의 필치와 사상은 새로운 비약의 싹이 트기 시작하였던 것을 우리는 주목한다. 인도주의, 계몽주의, 기독교 사상, 민족주의, 불교 사상 등의 경로를 거쳐서 그는 바야흐로 자기 독자적인 경지에 도달하고 있었다. 더구나 일제 말기의 탄압 정책과의 싸움에서 받은 상처는 외부적으로도 혹심했고 내면적으로도 심각했었다.

우리들이 같이 당한 공산 침략과 피난 생활의 참극이 그에게 어떠한 거대한 사상적 영향을 주었을 것도 의심할 여지가 없다. 그리하여 그가 만일 자유 세계에 남을 수 있었더라면, 그의 모든 과거를 종합하고 거기서 뛰쳐나오는 일층 깊은 작품의 세계를 우리에게 보여주었을 것이다.

주요한, 「춘원의 인간과 생애」, 『사상계』(1958. 2.)

아홉. 근대 소설 문체의 확립

근대 소설적 문체의 확립자는 춘원이었다. 그런데 지금까지 일반적으로 알려진 것은 춘원이 아니라 동인이었다. 그것은 과장적인 자가 선전가였던 동인의 주장을 후기의 평자들이나 독자들이 에누리 없이 그대로 받아들였기 때문이다. 사실에 입각해서 검증해보면 그것은 모두 동인의 거짓 공적서라는 것이 드러나게 된다.

……춘원도 초기의 문장에서는 이 같은 문체를 그대로 답습했지만 장편 「무정」을 연재해나가는 과정에서 신속히 그 결점을 시정했다.…… '한다' 형과 '하였다' 형을 적당히 사용하며 진행 상태와 완료 상태의 표현을 엄격히 구분해나가는 문체

는 그 후 126회의 「무정」을 끝내는 과정에서 완전히 확립되고 말았다.…… 이와 같이 춘원은 완료형과 진행형을 적절히 병용하면서 과거와 현재의 시간적인 거리 또는 진행과 정지 상태 차이를 구분하는 문체를 확립해놓았다. 이것이 1917년에 발표된 「무정」의 문체였다. 이럼으로써 춘원은 근대 소설적인 문체를 처음으로 이 땅에 확립해놓은 선구적인 역할을 한 것이다.

김우종, 「춘원 문학 연구」, 『충남대학교 논문집』(1966)

열. 만질수록 덧나는 상처

이광수는 만지면 만질수록 그 증세가 덧나는 그런 상처와도 같다. 한국 현대 문학사에 지울 수 없는 흔적을 남겼지만, 그의 친일로 한국 정신사에 역시 감출 수 없는 흠집을 만든 사람이 바로 이광수인 것이다. 그에 대한 평가에는 그러므로 대부분 감정적인 반응이 스며 들어가 있다. 그것은 아직까지도 분단된 한국의 현실을 직시하는 자에겐 당연한 것처럼 보인다. 시련을 겪고 있는 자는 시련을 이겨내지 못한 자에게서 분노와 함께 동정을 느끼는 법이다. 아직까지도 이광수는 우리 저마다가 속에 간직하고 있는 아픈 상처인 것이다.

……그는 너무 늦게 태어났거나 너무 빨리 태어난 풍속 세태 비판가이다. 영정조 시대에 태어났든지, 45년 이후에 태어났다면 그는 그야말로 ‘최고의 최대의’ 작가가 되었을 터이다. 그렇기 때문에 「무정」, 「개척자」 그리고 몇 편의 에세이를 제외한, 그의 후기 문학 작품들은 김동인의 지적대로 이야깃거리에 지나지 않는다. 야담 작가와 통속 작가를 그와 구태여 구별하는 것은 그가 그 후에도 계속해서 민족주의라는 자기 기만의 제스처를 계속했기 때문이다.

초기의 그는 구가족 제도의 모순을 모순으로 인지한 마지막 개화 세대에 속하며, 예술가 ― 인격자라는 그의 문학관과 정치 배제의 친체제적 성격은 그 다음 세대의 극복의 대상이 된다.

김현, 「이광수 문학의 전반적 검토」, 『이광수』(1977)

슬프도다. 일본 쪽발이들의 임진 이래 반도에서의 적악積惡은
만세에 감추지 못하며 갑오 이후 대륙에서의 작죄作罪는
만국에 허용치 못할 바이다

1918

대한 독립 선언서

우리 대한 동족의 남매 및 세계 우방의 동포여! 우리 대한은 완전한 자주 독립과 평등 복리를 대대로 자손 만민에게 전하기 위하여 이에 이민족異民族 전제의 학대와 압박을 해탈解脫하고 대한 민주大韓民主의 자립을 선포한다.

슬프도다. 일본 쪽발이들의 임진 이래 반도에서의 적악積惡은 만세에 감추지 못하며 갑오 이후 대륙에서의 작죄作罪는 만국에 허용치 못할 바이다.……

1. 일본의 합방 동기는 너희의 소위 범일본주의凡日本主義를 아주亞洲에 펼치는 것으로 이는 동양의 적이다.

2. 일본의 합방 수단은 사기·강박 불법, 무도의 무력, 폭행의 극으로 이는 국제 법규의 악마이다.

3. 일본의 합방 결과는 군경의 야만스런 권세와 경제의 압박으로써 종족을 말살하고 종교를 협박하고 교육을 제한하여 세계 문화를 저해하는 것으로 이는 인류의 적이다.

이상으로써 하늘의 뜻과 인간의 도리와 정의의 법리法理에 비추어 만국이 입증하여 합방의 무효를 선언·전파하여 너희의 죄악을 응징하여 우리의 권리를 회복한다.……

우리 같은 마음, 같은 덕망의 2천만 형제 자매여! 단군 대황조大皇祖는 상제에게 좌우로 하명하고 우리들에게 기운機運을 내렸다. 세계와 시대는 우리에게 복리를 내리려 한다.

정의는 무적의 칼이니 이에 하늘에 거스르는 마귀와 도국盜國의 적을 한손에 도결屠決하라! 이로써 4천 년 조종의 광휘를 드높이고 이로써 2천만 적자赤子의 운명을 개척하라.

독립군아 일제히 봉기하라!

독립군은 천지를 휩쓸라!

1918년(무오년) 음력 11월, 중국의 지린에서 만주·노령을 근거지로 활동하던 독립 지사 39명이 「대한 독립 선언서」를 발표한다. 이는 일제 강점 뒤에 최초로 나온 독립 선언서다. 우리 독립 지사들은 이 선언서에서 한일합병의 무효를 선포하고, 일제에 대한 무력 응징 의지를 밝힌다.

1918

1월
18 조선총독부, 『조선어 사전』 편찬
0 서재필·정한경·민찬호·안창호·이승만 등, 미국 워싱턴에서 신한협회 조직

2월
19 멕시코, 석유를 국유 자원으로 선언

3월
26 경성의학전문학교, 김해로·김영홍·안수경 등 3명의 여의사 배출

4월
5 일본군과 영국 해병대, 블라디보스토크에 상륙 개시
17 일본, 군수 공업 동원법 공포

5월
4 중국, 비상 국회에서 정부 조직을 개편해 총재직 신설

6월
13 광화문선 전차 운행 개시

8월
2 일본, 러시아혁명에 간섭하기 위해 시베리아 출병 선언

9월
29 일본, 쌀 소동 발생

10월
3 독일, 미국에 휴전 제안
17 헝가리, 오스트리아제국에서 분리 독립 선언
29 체코, 오스트리아제국에서 분리 독립 선언

11월
3 폴란드, 바르샤바에서 공화국 수립 선포
5 토지 조사 사업 완료
11 연합국과 독일, 휴전 협정 조인, 제1차 세계대전 종결
20 미주 교포 단체, 윌슨 미국 대통령에게 한국 독립을 요망하는 진정서 제출
30 여운형, 파리 강화 회의와 미국 대통령에게 보낼 한국 독립 요망 건의서를 미국 대통령 특사에게 전달
0 소련, 동방 제민족 공산주의 조직, 제1차 전러시아 대회 개최

12월
1 파리 강화 회의 파견 대표로 이승만·정경한·민찬호 선출
23 일본, 사상 단체인 여명회 결성

『태서문예신보』와 그 주역들

　　개항 이후 근대 문물과 함께 노도처럼 밀려드는 서구 문예 사조를 우리 실정에 맞게 받아들이려는 노력은 『소년』을 거쳐 『청춘』과 『학지광』으로 이어진다. 그러나 이 무렵까지도 '깊이 있는 맥락의 수용'에는 이르지 못하고, 흔히 외국 문학 이론의 단편과 작품 줄거리 소개 또는 번안에 그치고 만다. 맥락이 없는 단발성 소개와 번역의 수준을 넘어 본격적으로 외국 문학의 수용에 나선 잡지는 1918년 9월 26일에 창간된 『태서문예신보』가 처음이라고 할 수 있다. 이런 『태서문예신보』의 의도와 목적은 윤치호의 창간사에 잘 나타난다.

　　본보는 태서의 유명한 소설, 시조, 산문, 가곡, 음악, 미술, 각본 등 일체 문예에 관한 기사를 문학 대가의 붓으로 직접 본문으로부터 충실하게 번역하여 발행할 목적이온바 다년 기획해 오던바 오늘에 제일호 발간을 보게 되었습니다.

　　윤치호, 『태서문예신보』 창간호(1918)

『태서문예신보』는 윤치호를 발행인, 장두철을 주간 겸 편집인으로 내세워 타블로이드판 8쪽으로 창간된다. 그러나 창간사와 달리 세계의 일반 상식이나 동향은 다루되 음악 · 미술 등의 분야에 관해서는 거의 관심을 보이지 않는다. 『태서문예신보』는 종합 잡지를 지향하지 않고 문학 위주로, 그 중에서도 소설보다는 시와 시론을 집중적으로 다룬 시 전문지에 가까운 성격을 띠게 된다. 이에 따라 일본을 통해 들어온 상징주의 문예 사조와 유명 작가 · 작품들을 번역해 소개하는가 하면, 서구 문학의 영향을 받은 창작시와 창작 시론을 선보이는 등 파격적인 시도를 한다.

　　관심 분야가 다양한 유학생들이 참여한 『학지광』에 비하면, 『태서문예신보』는 극소수의 문인이 관여한다. 이 잡지를 이끈 주역 가운데 한 사람

외국 문학 작품과 이론을 본격적으로 번역 소개한 『태서문예신보』. 특히 서구의 시와 시론을 소개하는 데 크게 이바지한다.

은『학지광』에서도 활동하며 역량을 드러낸 바 있는 김억이다.

김억, 전통 민요와 '근대시'를 접목하다

『학지광』에 프랑스 상징주의를 소개하던 김억金億(1896~?)은 1918년에『태서문예신보』가 나오면서 한결 적극적인 활동을 벌인다. 평안도 정주에서 지주 집안의 맏아들로 태어난 그는 어릴 적에 서당에서 한학을 배운 뒤 오산학교를 거쳐 일본의 게이오의숙 영문과에 들어간다. 이 때 김억은 일본으로 들어온 유럽의 근대 문학에 심취, 특히 베를렌Paul Verlaine과 보들러르 Charles Baudelaire의 상징시를 집중 연구한다. 학창 시절부터 영어를 비롯해 일어와 한문, 특히 에스페란토어에 능숙하던 그는 재일 유학생 잡지인 『학지광』에 창작시 「벗리」, 산문 「밤과 나」·「야반夜半」 등을 발표하고 「요구와 회한」 같은 베를렌과 보들레르 찬미론을 싣는다.

한국 상징시의
선구자 김억

『태서문예신보』를 통해 가장 먼저 서구의 상징주의 이론을 소개한 사람은 백대진이다. 그가 「최근의 태서 문단」이라는 제목으로 미흡하나마 영국과 프랑스의 시단을 소개한 데 이어, 김억은 일본에서 경험하고 돌아온 상징주의와 퇴폐주의 같은 문예 사조에 대해 좀더 광범위하게, 「프랑스 시단」이라는 제목으로 이렇게 소개한다.

시인의 고답파에 대한 반대 운동이 생겼다. 1885년에 고답파의 세력은 데카단스 Decadence라는 새 세례를 받은 일파로 말미암아서 깨어졌다. 한데 먼저 '데카단스'라는 명칭의 유래를 말하면 로마제국의 문화의 꽃 시대를 지나서의 말기에 사상의 암조暗潮, 몰이상 沒理想, 회의, 민고悶苦의 시대를 가르쳐 사가史家가 데카단스라고 하였다. 근대 도덕적 비평가가 불국佛國 문단의 사상의 혼돈, 퇴망을 비웃어 이 명칭을 썼다. 이리하여 '데카단스'라는 이름을 가지게 되었다.……

한데 데카단스파에서 얼마 아니하여 '씸볼리스트Symbolistes'가 생기고 또 씸볼리스트에 '버르럽리스트Verslibristes'가 생겼다. 쇠퇴파Decadentestes라든가 상징파Symbolistes라

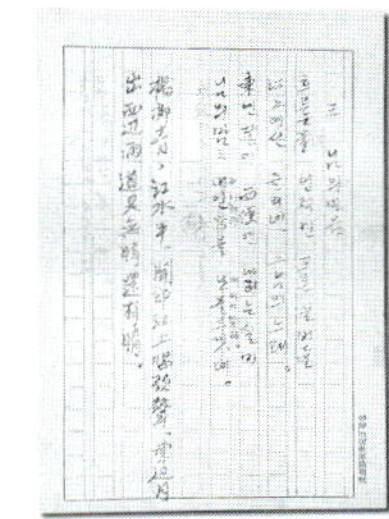

김억의 육필 원고

든가 자유시파Verlibristes라는 것을 동일시하기도 한다. '레푸류 뒤말les fleurs du mal' (악의 꽃)의 저자인 샤를르 보들레르Charles Baudelaire의 근대 문예에 준 힘은 크다. 이 점에 대하여 보들레르의 문예 사상의 지위는 '로만티큐Romantique' 의 최후자며, 같은 때에 근대 신비 상징파의 선구자며, 따라서 시조였다.

김억, 「프랑스 시단」, 『태서문예신보』 10호 ─ 이명재, 『현대 한국 문학론』(중앙출판, 1983) 재인용

그는 여기서 1880년대 중반까지 프랑스 문학의 주류를 이루던 '고답파' 는 감정과 상상을 무시한 채 절제되고 객관적인 시 형태와 기교를 중시했다는 것, 이에 맞서 베를렌과 말라르메Stéphane Mallarmé 등에 의해 나타난 것이 쇠퇴파(데카당스)이며, 이어 출현한 상징파·자유파의 세 가지 개념이 동일시된다는 것 등을 설명한다. 그러고서 「악의 꽃」의 저자인 보들레르를 신비적 상징파의 선구자로 극찬하고 있다. 「프랑스 시단 (2)」에서 그는 상징주의라는 개념에 대해 설명을 시도한다.

상징주의란 무엇인가? 상징파 시인들은 잡기 어려운, 이해를 뛰어나는 신비적 해답을 우리에게 제공한다. 만은 그 가장 옳은 해답은 아마 간단한 듯하다. 즉 '기술記述을 말아라, 다만 암시' 그것인 듯하다. 상징은 신비의 환의煥意라고도 생각할 수 있다.

김억, 「프랑스 시단 (2)」, 『태서문예신보』

이 밖에도 "유형적 율격을 바리고 미묘한 언어의 음악으로 직접, 시인의 내부 생명을 표현"한 것이 자유시이며, "시인의 내부 생명의 요구에 따라 무형적"으로 나타나는 것이 산문시라고 정의하면서, 베를렌의 「작시법作詩法」을 경전經典으로 소개한다. 또 러시아의 시인 솔로구프Sologub를 소개하고 모파상Henry-René-Albert Guy de Maupassant과 투르게네프Ivan Sergeevich Turgénev의 단편 소설을 번역해 실음으로써, 우리 문단에 생소한 문학 용어들의 개념과 유럽 작가들을 알리게 된다. 김억은 이와 함께 한국 최초의 창작적 시론이라고 할 수 있는 「시형詩形의 음률과 호흡」을 비롯해 「예술의 독립적 가치」와 「프로 문학에 대한 항의」·「예술 대 인생 문제」 등을 발표한다. 이런 시론에서 그

김억의 번역 시집
『오뇌의 무도』

는 특히 서구 상징주의 문학가들인 베를렌 · 보들레르 · 랭보Jean-Nicolas Arthur
Rimbaud의 영향을 받아서인지 내용보다는 내재율 형식의
음악성을 강조한다. 가령 「시형의 음률과 호흡」에
서는 예술의 형식과 내용을 각기 육체와 심령에
비유해 이 둘의 조화에서 비롯되는 예술적 표현을
논한다. 즉, 개인마다 외모가 다르듯이 개인의 예술성
또한 다르고, 나아가서 동 · 서양과 각 민족의 예술에 차
이가 있으므로 이들이 가진 언어와 문체에도 독특한 개성이
존재한다는 자유시 시론을 펼친다. 이에 따라 그는 한 민족의 시풍詩風 역시 주관
적인 것이라며 시인이 각자의 음률을 찾아낼 것을 제안한다.

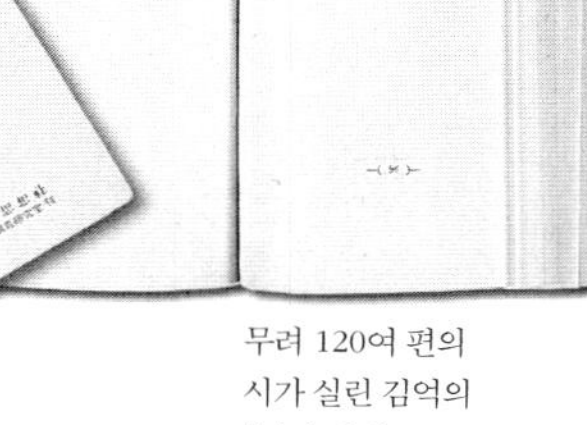

무려 120여 편의
시가 실린 김억의
『안서 시집』
영인본과 본문

김억이 『태서문예신보』에 발표한 초기 시 「봄」과 「봄은 간다」는 서구 문예 사조
에 대한 지식이 없는 독자라고 하더라도 쉽게 가까이 느끼도록 부드럽고 쉬운 언
어로 표현되어 있다.

　푸름의 나라 나라의 푸름/이슬에 젖은 아침풀/또는 머리 숙인 붉은 꽃/그대의 가슴을 뉘가
아는가//귀 기울이면 흘러드나니/산과 들 냇가에 모든 생물의/다같이 짜내는 즐김의 곡조/
그대의 생각을 뉘가 아는가//방향芳香의 바람 바람의 방향/풀밭 위에 홀로 누우면/생각의 가
슴 거문고 줄/그대의 손에 다쳐 소리 나도다//맑은 하늘 꽃이 없는데/종달새의 노래 들으면/
끝없는 졸음에 맘의 표박瓢泊/그대의 나래에 붙어 돌도다
　김억, 「봄」, 『태서문예신보』

「봄」에 나타난 시어들은 『소년』이나 『청춘』에 실린 최남선 또는 이광수의 시에
서 보게 되는 그것과는 색채가 다르다. 즉, 대중을 계몽하거나 이념을 퍼뜨리는
도구라는 느낌을 전혀 일으키지 않고, 공감각적 소재들이 어우러져 가슴에 닿는
것이다. 「봄은 간다」 또한 이와 마찬가지로 난해하거나 조잡하지 않고 간결성이
돋보이는 시다.

밤이도다/ 봄이도다// 밤만도 애닯은데/ 봄만도 생각인데// 날은 빠르다/ 봄은 간다//깊은
생각은 아득이는데/ 저 바람에 새가 슬피 운다//검은 내 떠돈다/ 종소리 비낀다//말도 없는 밤
의 설움/ 소리없는 봄의 가슴//꽃은 떨어진다/ 님은 탄식한다

김억, 「봄은 간다」, 『태서문예신보』

한국 최초의
근대 시집으로 꼽히는
『해파리의 노래』

전통 민요시의 음률을 바탕에 깔면서도 표현과 어휘 면에서 훨씬 근대시에 다가
선 김억은『태서문예신보』에 창작시와 번역시를 발표하는 한편으로『학지광』·
『창조』·『폐허』 등에도 가담한다. 그는 1921년에 한국 최초의 번역 시집『오
뇌懊惱의 무도舞蹈』를 엮어내고, 1923년에는 한국 최초의 근대 시집으로
꼽히는『해파리의 노래』를 펴낸다. 여기에 실린 작품들은 거의 다『태서
문예신보』에 이미 발표된 것으로, 김억과『태서문예신보』의 관계가
얼마나 밀접했는지를 말해준다.

이후에도 시집『금모래』와『봄의 노래』가 나오고 1929년에는 무려 120여 편의
시가 실린『안서 시집』을 펴내는 등 왕성한 활동을 펼치지만, 예전에『태서문예신
보』에서 보여준 강렬한 실험 정신은 점차 사라지고 전통적 민요조의 시로 돌아선
다. 김억이 우리 문학사에 기여한 바는 무엇보다 시의 운율이 가진 의미에 대한 본
능적인 깨달음에서 비롯된다. 이런 시적 미덕은 고작 여섯 살 연하이지만 상하가
분명한 사제지간이던 김소월이 오롯이 이어받는다. 1910년대 중반에 얼굴을 내밀
어 양과 질에서 모두 무시할 수 없는
활동을 보인 그는 한국 상징시의 선
구자로서, 1910년대와 1920
년대 문단의 여러 작가에
게 고루 기운을 미친다.

『동명』·『영대』·『조선문
단』·『동아일보』·『가면』·
『매일신보』 등의 편집부원 또

삼천리사 주최 문학
좌담회를 마친 뒤
문우들과.
앞줄 오른쪽부터
정지용 · 노천명 ·
이선희 · 최정희.
뒷줄 오른쪽부터
김동환 · 김기림 ·
이하윤 · 이헌구 ·
김억.

는 동인으로도 활동한 그는 1930년 이후 중앙방송국 부국장을 지내고 육군사관학교와 항공사관학교, 서울여상 등에서 강의를 맡는다. 이처럼 문인고 교육자로서 이력을 쌓던 김억은 6 · 25 때 납북됨으로써 우리 문학사에서 자취를 감춘다.

황석우, 신문학 초창기의 상징주의

김억과 더불어 한국 신문학 초창기에 서구 상징주의를 들여온 사람은 황석우黃錫禹(1895~1960)다. 그는 특히 일본 와세다대학의 정치학부 시절, 시집 『하얀 손의 사냥끈』으로 널리 알려진 일본의 낭만적 상징주의 시인 미키 로후우와 사귀면서 상징주의 문학에 더욱 다가선다. 그는 『태서문예신보』 14호에 「은자隱者의 가歌」라는 제목 아래 「송頌」과 「신아新我의 서곡」을, 16호에는 「어린 제매弟妹에게」라는 제목 아래 「봄」·「밤」·「열매」·「앵鶯」 등을 발표한다. 황석우는 김억에 비하여 작품의 양이 적지만, 발표된 몇 안 되는 시를 보면 우리 근대시의 선구자로 꼽아도 손색이 없다.

정한모, 『한국 현대 시문학사』(일지사, 1974)

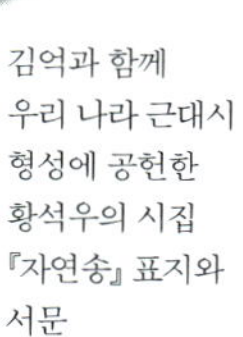

김억과 함께 우리 나라 근대시 형성에 공헌한 황석우의 시집 『자연송』 표지와 서문

가을 가고 결박 풀어져 봄이 오다/나무, 나무에 바람은 연한 피리 불다/실강지에 날감고 밤감아/꽃밭에 매여 한바람, 한바람씩 당기다.//가을 가고 결박 풀어져 봄이 오다/너와 나 단 둘 사이에 맘의 그늘에/현음絃音, 감는 소리, 타는 소리/새야, 봉오리야, 세우細雨야, 달아

황석우, 「봄」, 『태서문예신보』 16호

간결하고 긴장된 언어의 선택, 은유의 사용법에서 보이는 신선함과 세련미 등으로 그는 김억과 함께 『태서문예신보』의 주역으로 한몫을 한다. 그의 시는 너무 관념적이라는 평가도 받는데, 이런 성향은 1920년의 『폐허』 창간 무렵에 심하게 나타난다.

어느날 내 영혼의 /오수장午睡場 되는 /사막의 우, 수풀그늘로서 /벽모碧毛의 /고양이가, /내 고적한 /마음을 바라다 보면서 /이애, 너의 /왼갓 고뇌, 운명을 /나의 열천熱泉 같은 /애愛에 살짝 삶어주마, /만일, 네 마음이 /우리들의 세계의 /태양이 되기만 하면 /기독基督이 되기

만 하면

황석우, 「벽모碧毛의 묘猫」, 『폐허』 창간호(1920)

비록 당대에는 찾아보기 어려운 새로운 언어와 비유로 엮여 있으나 보들레르처럼 시에 대한 미의식이 뒷받침된 것으로 보기는 어렵다. 모호한 은유법과 난해한 상징어 사용, 그리고 지나친 주관의 개입이 족쇄로 작용하는 느낌이다. 그는 1919년에 발표한 「조선 시단의 발족점과 자유시」에서 일본 시를 포함한 서구 시를 받아들이기 위해 우리의 한시는 물론 민요체 등을 배격할 것을 주장함으로써 서구 편향주의를 드러낸다.

1921년에 황석우는 『폐허』의 후속으로 변영로와 함께 시 전문지 『장미촌』을 펴낸다. 『장미촌』은 3·1운동의 실패에 따른 좌절감 같은 강박 관념에서 벗어나 영靈의 영원한 평화와 안식을 얻을 향기로운 꽃마을을 세우겠다는 꿈에서 비롯된 것이다. 이는 『장미촌』 창간호에 실린 그의 시 「장미촌의 향연」에서 잘 드러난다.

고독은 내 영靈의 월세계月世界 /나는 그 우의 사막에 깃들여 있다. /고독은 나의 정열의 불토佛土 /나는 그 우에 한 적은 장미촌을 세우려 한다. /그리하여 나는 스스로 그 촌의 왕이 되려 한다. /아아 나는 고독에 돌아왔을 때, 비로소 /나의 혜지慧智가 눈 뜸을 알았다. /고독은 고통이 아니고, 나의 혜지에의 /즐거운 여명이다. //실로 고독은 신神과 애愛의 경계, /이곳에 들어와야 /신의 감춘 손을 쥠을 얻는다. /아니다, 고독 그 자신이 '애愛'이다. /신과 인과의 애, 신인 동체神人同體의 /가장 합리적의 강하고, 쟁爭한 애이다. /아아 고독은 애의 절정이다. /이 우를 넘어서는 애가 없다. /아아 나는 이 우에 한 적은 장미촌을 세우려 한다.

황석우, 「장미촌의 향연」 서곡序曲, 『장미촌』 창간호(1921)

김억과 황석우와 백대진 외에 『태서문예신보』에는 '해몽海夢' 또는 'H. M.'이라는 필명으로 글을 낸 장두철과 이일, 그리고 독자로 보이는 몇몇 아마추어 시인이 나온다. 그러나 이들의 작품은 아무래도 감상적이고 소박한 수준을 넘지 못하는 것이 많다. 이처럼 『태서문예신보』는 몇몇 문인이 한정된 장르만을 다룸으로써 원래의 창간 취지는 달성하지 못한다. 그러나 소수의 선구자가 노력한 결과, 서구 상징주의에 입각한 자유시와 산문시를 본격적으로 도입하고, 새로운 언어 의식을 바탕으로 개인의 감정을 노래하는 시 창작에 임하는 실험적 자세를 보이는가 하면, 바로 이러한 작가들의 '장'으로 활용되었다는 점에서 의미가 크다. 아울러 문단에 아직 비평이라는 장르가 자리잡기 전이고 전문 시론이 없던 시기에, 빈약하나마 김억 · 백대진 · 황석우 등의 시도가 『태서문예신보』를 통하여 이루어진 것 또한 반가운 일이다.

1918년 9월에 처음 나와 16호까지 이어진 『태서문예신보』는 1919년 2월 16일자로 자취를 감춘다. 이 가운데 8호와 15호는 당국의 발매 금지 처분 등으로 말미암아 세상에 나오지 못함으로써 우리가 볼 수 있는 『태서문예신보』는 14권이 전부다. 따라서 앞으로 추가 발견이 기대되기도 하지만, 아직까지는 이 안에서 『태서문예신보』의 주역과 활동 내용을 파악할 뿐이다. 어쨌든 김억과 황석우는 『태서문예신보』를 통하여 새로운 시가 어떠한 것인지를 작품으로 보여주며, 여기餘技나 다른 목적 의식을 위한 방편이 아니라 시 자체를 위하여 시를 창작하는 시인의 면모를 보여준다. 두 사람은 곧 이어 나타나는 주요한과 더불어 우리 나라 근대시 초기의 시단 형성에 크게 이바지한 선구적 시인들이었다.

정한모, 앞의 책

참고 자료

정한모, 『한국 현대 시문학사』, 일지사, 1974

박철석, 『한국 현대 문학사론』, 민지사, 1990

이명재, 『현대 한국 문학론』, 중앙출판, 1983

백철, 『신문학 사조사』, 신구문화사, 1992

정한모, 『현대시론』, 민중서관, 1973

『신문화 100년』, 신구문화사, 1980

이어령, 『한국 문학 연구 사전』, 우석출판사, 1990

강남주, 「한국 근대시의 형성 과정 연구」, 부산대학교 박사 학위 논문, 1983

이선영 외, 『한국 근대 문학 비평사 연구』, 세계, 1989

문인들의 호와 필명

1910년대와 20년대의 잡지, 동인지 혹은 신문을 뒤적거려야 하는 초심자들에게
먼저 다가오는 당혹감은 글을 쓴 필자의 신원을 확인하기 어렵다는 점이다. 대부분의
문필가들이 익명·필명 혹은 가명으로 글을 발표하기 때문이다. 결국은 필자가 누구라
는 것을 밝혀낼 수 있지만, 개중에는 전혀 필자의 정체를 찾아낼 도리가 없는 문예 작
품들도 적지 않다.

예컨대 문단이 상당히 안정된 1925년 1·2·3월의『동아일보』문예면에는 12편의
소설, 40편의 시, 22편의 수필, 평론 등 모두 74편의 작품이 실려 있는데, 이 중 본명
을 밝힌 글은 소설「X씨」의 김동인을 비롯, 박영희·이은상·김억 등 12건에 불과하다.
성과 호를 쓴 임로월·김일엽·김안서, 호만 쓴 소월(김정식)·서해(최학송)·파인(김동
환) 혹은「재생」을 연재하는 '장백산인長白山人'(이광수)의 신원은 곧 밝혀지고, '여
덟뫼'가 팔봉八峰이며 그가 김기진이란 추리도 어렵지 않고, '망양초茫洋草'가「의심
의 소녀」를 발표할 때의 김명순의 필명 '망양초望洋草'와 동음이어서 동인으로 추측
할 수도 있다. 그러나 '이미소李微笑'·'귀동자貴童子'·'월견초月見草' 혹은 시제詩題
와 같은 '버들개지'·'꽃아침'·'꿈길'·'구슬'의 필명에 이르러서는 신원 파악이란 흥
미있는 작업도 막막해지지 않을 수 없다.

이처럼 문필가들이 본명 외의 이름을 사용하게 된 데에는 호를 애용하는 선비들의
전통적인 관례와 신문화 초기에 보인 극도의 필자난 때문에 한 사람이 동일한 잡지에
몇 편의 글을 동시에 발표하되 같은 이름으로 중복하기 난처하다는 애로가 겹쳐 새로
운 유행으로까지 번진 때문이었다.『소년』혹은『청춘』에서 '순성瞬星'·'고주孤舟' 또
는 그것을 한글로 번역한 '외배'(이광수)의 몇 편 작품 외에 익명의 모든 글이 육당 최
남선의 것이었음은 잘 알려진 사실이다. 그는 최초의 신체시인「해에게서 소년에게」에
서 작자의 이름을 밝히지 않아, 반드시 이름을 밝혀야 한다는 창작품의 근대적 요건에
하나의 흠을 남기기도 했다. 그는『소년』창간호의「가을뜻」에서 '공육公六'이라는 호
를 사용하기도 했다.

『창조』의 창간호는 요한·동인 외에 모두 호를 사용했으며,『폐허』창간호는 두 편
을 쓴 염상섭·김억·황석우가 호를 겸용했고,『백조』창간호는 호를 주조로 하여 간혹
본명을 넣기도 했다.『개벽』창간호 역시 필자에 따라 호 또는 본명이 반반 섞였는데,
필명 중에는 '강아지强我之'·'대갈생大喝生' 등 해학적인 것이 섞이기도 했으며,『조
선문단』창간호는 동인 모두가 2편 이상을 발표, 본명·호·필명이 혼용되었다.

이처럼 필자난의 필명 시대에 작가들은 거의 두엇 이상의 별명別名을 갖고 있었다. 초 남선은 '공육公六'과 '육당六堂', 홍명희는 '가인假人'·'가산可山'·'벽초碧初', 이광수는 '고주孤舟'·'외배'·'춘원春園', 김동인은 '금동琴童'·'시어딤', 수주樹州 변영로의 형 영만은 '산강山康'·'삼청三淸'·'광호光昊'·'공초空超'. 호는 때로 항렬을 따르기도 해서 춘원의 부인 ㅎ영숙은 '춘계春溪', 전영택의 누이동생 전유덕은 '춘강春江', 방인근에 의하면 '봄동산에서 물이 흘러 계곡이 되고, 강이 되어 바다로 흐를 것인즉' 그의 호는 '춘해春海'로 지었다. 하나의 호는 다른 말로 번역되어 필명으로 사용되기도 했으니 장춘長春 전영택의 '늘봄', 팔봉八峰 김기진의 '여덟뫼', 천원天園 오천석의 '에덴' 등이 그 같은 예.

호와 필명의 상용常用은 본명보다 가명이 더 유명하게시리 만든 경우도 많다. 김소월(정식)·나빈(경손)·임화(인식)·백석(세철)·이상(김해경)·김동리(시종) 같은 문인들이 그런 예. 호를 바꾸는 데 따라 그의 심경의 변화도 느낄 수 있기도 한데, 오상순이 『폐허』 시절 '상순想殉'의 낭만적인 필명에서 입산한 뒤 '선운禪雲'의 법명을 썼으며, 그리고 '공초'를 애용한 것, 노작露雀 홍사용이 일제의 탄압이 자심할 즈음 '소아笑啞'로 벙어리를 자처한 것, 금강산을 방랑할 즈음의 '무량無量' 이상화가 『백조』 시절에 '상화想華', 저항적인 저항시를 쓸 때 '상화尙火', 말기에 '백아白啞'로 바꾼 것이 그런 경우다.

작호作號의 경위도 갖가지지만 그 중 염상섭 등의 경우가 해학적. 육당의 『시대일보』 기자 때 노심산(혹은 이청전)이 부채에 게를 그리자, 동료 기자 주종건이 '횡보橫步'라 칠판에 쓰고 거의 언제나 술에 취해 게걸음하는 염상섭의 호로 붙여주었다. 토목 공사 인부가 잘못 알고 리상李氏이라 부른 데에서 김해경이 이상으로 바꾼 것은 유명한 이야기며, '육사陸史'란 대륙적인 호를 가진 이활은 감옥에 투옥되었을 때 죄수 번호가 64(혹은 264)번인 데서 작호한 것이란 것도 잘 알려진 사실이다.

나빈의 본명은 손자를 보아 경사스럽다는 뜻에서 할아버지가 지어준 '경손慶孫'. 그러나 할아버지 아닌 친구로부터까지 "손자야!"로 불리는 게 못마땅하여 불평하자, 월탄 박종화가 '도향稻香'이란 호와 함께 작명해 주었다. "그러나 호에도 성명 철학적 운명론이 섞여 있는가 봐요⋯⋯." 월탄은 자못 서글픈 표정이다. 그가 지어준 '도향'이 잠깐 피었다 지는 벼꽃 향기처럼 25세에 요절했던 것이다. 사실 노작露雀 홍사용도 찬이슬 맞은 참새처럼 단명했고, 천재적인 소월素月 김정식도 한밤의 백월白月처럼 잠깐 비치다 사라진 것이다.

—김병익, 『한국 문단사』(일지사, 1973)

오등은 아 조선의 독립국임과 조선인의 자주민임을 선언하노라.

차로써 세계 만방에 고하여 인류 평등의 대의를 극명하며

차로써 자손 만대에 고하여 민족 자존의 정권을 영유케 하노라

1919

기미 독립 선언서

오등吾等은 자慈에 아我 조선의 독립국임과 조선인의 자주민임을 선언하노라. 차此로써 세계 만방에 고하여 인류 평등의 대의大義를 극명克明하며 차로써 자손 만대에 고誥하여 민족 자존의 정권을 영유케 하노라.

반만 년 역사의 권위를 위하여 차를 선언함이며 2천만 민중의 성충誠忠을 합하여 차를 포명함이며 민족의 항구 여일한 자유 발전을 위하여 차를 주장함이며 인류적 양심의 발로에 기인한 세계 개조의 대기운大機運에 순응 병진하기 위하여 차를 제기함이니 시천是天의 명명明命이며 시대의 대세이며 전인류 공존 동생권共存 同生權의 정당한 발동이라, 천하 하물天下何物이든지 차를 저지·억제치 못할지니라.

구시대의 유물인 침략주의·강권주의의 희생을 작作하여 유사 이래 누천 년에 처음으로 이민족 겸제箝制의 고통을 당한 지 금수에 십 년을 과過한지라. 아我 생존권 박상剝喪됨은 무릇 기하幾何며 심령상 발전의 장애됨이 무릇 기하며 민족적 존영의 훼손됨이 무릇 기하며 신예新銳와 독창獨創으로 세계 문화의 대조류에 기여 보비寄與補裨할 기연機緣을 유실함이 무릇 기하뇨……

1919년 3월 1일 조선 민족 대표(33인)

손병회를 비롯한 천도교·기독교·불교의 지도적 인사로 구성된 민족 대표 33인은 3월 1일 정오를 기해「독립 선언서」를 낭독한 뒤 시위 운동을 벌이기로 한다. 드디어 이날 오후 3시 정각, 서울 인사동의 태화관에 모인 민족 대표들은 한용운의 선언서 낭독에 이어 만세 삼창을 하고 나서 경찰에 통고해 자진 체포된다.

이에 앞서 같은 날 정오, 탑골공원에서는 5천여 명의 시민·학생이 모여「독립 선언서」를 낭독하고 만세를 부른 뒤 시위에 나선다. 이렇게 시작된 만세 시위는 나라 곳곳으로 번져나가며 여러 달 동안 이어진다.

이 거족적 독립 운동은 일제의 잔혹한 탄압으로 많은 희생자를 낸 채 목표한 바를 다 이루지는 못한다. 그러나 3·1운동은 우리 민족의 독립 의지를 만방에 알린 의거로서, 근대 민족주의 운동의 시발점이 된다.

1919

1월
5 독일노동자당(나치스) 결성
18 파리 강화 회의 열림(~6. 18.)
21 고종, 덕수궁에서 사망

2월
8 재일 유학생 6백여 명, 도쿄의 기독교청년회관에서 조선청년독립단 명의로 독립 선언서 발표, 최팔용 등 유학생 60여 명 체포됨(2·8독립선언)
23 이탈리아의 무솔리니, 전투자파쇼당 결성
28 지하 신문『조선독립신문』간행

3월
1 민족 대표 33인, 태화관에서 독립 선언서 낭독, 시민 2만여 명, 탑골공원에서 독립 선언서 낭독 뒤 만세 시위 벌임(3·1운동)
2 러시아, 모스크바에서 코민테른 창립 대회 개최(~3. 6.)
7 서울 동아연초공장 노동자 5백여 명 파업
13 만주 허룽·옌지와 간도 용정촌에서 독립 만세 운동 일어남
21 헝가리, 소비에트 정부 수립

4월
1 유관순, 천안 아오내 장터에서 독립 만세 시위 벌이다 체포됨
6 인도, 간디가 지도하는 1차 비폭력 저항 운동 개시
10 민족 운동 지도자 29인, 중국 상하이의 프랑스 조계에서 제1회 임시 의정원을 열고 57조의 의정원법 채택, 내각 조직
13 대한민국 임시 정부 수립을 국내외에 선포
15 일본군, 제암리 교회에 주민 감금한 채 학살

5월
3 독일, 혁명 정부가 베를린 정부군에 의해 붕괴
7 파리 강화 회의, 북위 태평양 여러 섬에 대한 일본의 우 임 통치 결정
12 김규식, 파리 강화 회의에 독립 청원서 제출

7월
31 독일, 바이마르공화국 헌법 채택

8월
8 영국, 아프카니스탄의 완전 독립 승인

9월
10 조선총독부, 문화 정책 공포

10월
27 최초의 한국 영화「의리적 구투仇鬪」단성사에서 상영
28 미국, 금주법 의결

'신세대 작가'가 일으킨 새 바람

문예 동인지 『창조』의 탄생

대정大正 7년(서기 1918년) 크리쓰마스 저녁이었다. 당시 일고一高에 다니든 주요한이 여余의 하숙을 찾어왔다.

요한과 여余는 평양서 소학에 다닐 때부터 동년급 친구였다. 도쿄는 요한이 1년을 먼저 가기 때문에 중학에서는 1년급 선진先進이였다. 대정 7년 당시에는 요한은 제일고등학교 1학년이요, 여余는 천번화학교川幡畵學校라는 사립 학교의 초년급이였다. 둘은 당시 동갑 19세로 가치 장래 문학을 목적하고 이 거츨은 조선의 벌판에 문학의 씨를 보자고 그 옆에 들떠 있든 때였다. 그 해 여름에도 하다 못해 등쇄판으로라도 잡지를 만들어 볼까고 그런 의논까지 한 일이 있었다.

그날(크리쓰마스) 밤 요한은 트럼프를 가지고 와서 투, 텐, 쩍이며 나폴레온 등 유희遊戱를 꼭 밤을 새워서 놀았다. 그런 뒤에 이튿날 아츰에도 너무너무 졸려서 요한은 "밤에는 잠자거라 라는 시를 지어볼까." 하면서 여余의 하숙에서 함께 아츰잠을 잤다.

아츰잠을 자고 기운차게 세수를 하고 나서 화로火爐를 끼고 마조 앉어 요한의 하는 말이,

"우리 문예 잡지 하나 발간해 보세."

하는 것이였다. 그래서 여余는 요한에게 그 비용이 어떻게 되겠느냐고 물었다. 중학 시대에 3년간(2년간이던가 미상未詳하다)을 교보 편집을 맡아 보든 요한이라 짐작이 갈 것이였다. 요한의 대답은 2백원이면 창간호를 낼 수 있고 창간호의 매상고 백원, 손해 백원이면 매호 백원식 보충하여 나아가면 될 것이라 하는 것이였다. 당시의 여余의 재산 상태로는 매호 전손全損을 보더라도 영속할 수 있을 만하였다. 그래서 여러 말이 없이

"해보세, 동인同人을 작정하세."

김동인, 「조선 문단의 여명 『창조』회고」— 김치홍, 『김동인 평론 전집』(삼영사, 1986) 재인용

윌슨의 민족 자결주의에 힘입어 국내에서는 3 · 1운동의 기운이, 일본 도쿄에서는 유학생들의 2 · 8독립선언 계획이 무르익던 무렵이다. 이런 상황에서 정치는 선배들에게 맡기고, 문학 쪽으로 뜻을 품은 주요한과 김동인이 재일 유학생 중에서 전영택 · 최승만 · 박승철 · 김환을 참여시켜 만든 문예 잡지가 바로 『창조』다.

1919

1919년 2월 8일, 자신의 주머닛돈 2백 원으로 펴낸 『창조』의 창간호에 김동인은 다음과 같이 문학의 새로운 목표, 즉 소설론을 펼쳐 보인다.

소설의 취재를 구구한 조선 사회 풍속 개량에 두지 않고 인생이라 하는 문제와 그리고 살아 가는 고통을 그려보려 하였다. 권선 징악에서 조선 사회 문제 제시로 — 다시 일전 — 轉하여 조선 사회 개화로 — 이러한 도정을 밟은 조선 소설은 마침내 인생 문제 제시라는 소설의 본무 대에 올라섰다.

김동인, 「조선 근대 소설고」, 『창조』(1919)

아직 이광수가 한국 문학에서 절대적 입지를 차지하고 있던 무렵, 약관 김동인 이 민족주의나 이상주의 문학론에서 벗어나 인생 문제를 제시하는 사실적 문 학 세계를 구축하겠다고 나선 것이다. 이와 같은 김동인의 포부는 이광수를 비 롯한 앞 세대 문인들에 대한 당돌한 선전 포고였다. 바꾸어 말하면 『창조』의 출 현은 우리 문학계에서 일고 있던 새로운 바람을 예고한 것이다. 『창조』 창간호 는 82쪽으로 되어 있는데, 여기에는 주요한의 시 「불노리」와 김동인의 소설 「약한 자의 슬픔」, 전영택의 소설 「혜선의 사死」 등이 실린다. 김동인 스스로 "민족 4천 년래의 신문학 운동의 봉화"라는 자부심을 갖게 만든 『창조』의 출현 은 그 뒤를 잇는 『폐허』 · 『장미촌』 · 『백조』 등의 문단 동인지 르네상스 시대를 여 는 하나의 신호탄이 된다. 『창조』 발간은 우리 문학사에 하나의 획을 그은 사건으 로, 이로써 1910년대 말과 1920년대 문단에 이른바 '창조 시대' 가 열린다.

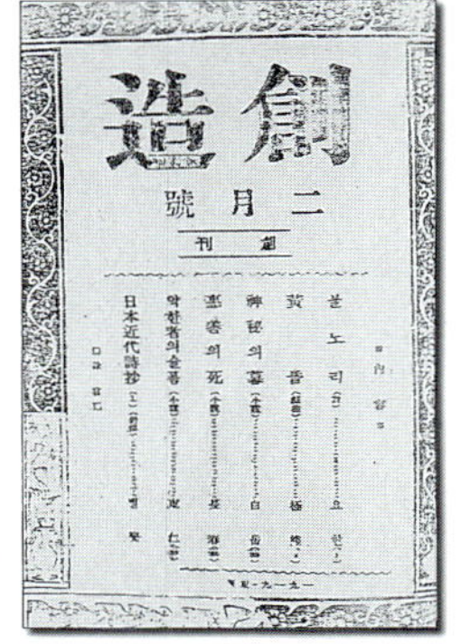

3 · 1운동 직전인 1919년 2월 일본 도쿄에서 주요한 · 김동인 · 전영택 · 최승만 · 김환 등에 의해 창간된 『창조』. 뒤이어 『폐허』 · 『장미촌』 · 『백조』 등이 나와 동인지 시대를 여는 신호탄이 된다.

『창조』를 발판으로 삼은 김동인과 전영택

한국 문학사에서 김동인의 출현은 의미 심장하다. 이는 이광수와 최남선이 주 도하던 2인 문단 시대가 막을 내리게 된 것을 뜻한다. 아울러 문학이 계몽 · 개화 와 같은 어떤 목적성에 복무하는 도구가 아니라, 문학 자체로 의미를 획득하는 시대가 열림을 알리는 신호가 된다. 이광수의 문학은 개화기 지식인이 당면한 시대의 요청에 부응하는 사회적 효용론의 바탕 위에서 성립되었고, 따라서 민중을 계도하는 일종의 도구로 간주되었다. 김동인은 바로 이런 이광수의 목적 의식에 종속된 내용 편중의 문학관에 반기를 들고, 동인지 『창조』에 일련의 작품을 내놓아 문학이 고유의 자율성을 지닌 예술임을 입증한다. 김동인은 소설에 탐미주의적 예술혼을 불어넣음으로써 소설의 지위를 소아적 목적 의식의 도구에서 예술로 끌어올린다. 풍속 개량이라는 사회적 기능을 넘어 인생 문제의 제시로 나아가야 한다고 주장한 김동인의 「조선 근대 소설고朝鮮近代小說考」는 이미 그의 문학관이 근대 리얼리즘에 대한 확고한 자각을 바탕으로 이루어진 것임을 보여준다.

20세기가 막 열리던 1900년 10월에 태어난 김동인金東仁(1900~1951)은 평양의 양반 부호 아들답게 유복한 어린 시절을 보낸다. 그는 숭덕소학교를 거쳐 열세 살 때 같은 고장에서 살던 주요한과 함께 기독교 계통인 숭실중학교에 입학한다. 어느 날 김동인은 성경 시험 시간에 책을 펼쳐놓고 보다가 감독 선생에게 걸려 야단을 맞고는 그 길로 책보를 싸서 집으로 와버린다. 이튿날부터는 학교도 가지 않고 시집이나 읽으며 산과 강으로 배회하다가 이웃에서 살던 외국인 교장이 찾아오는 통에 집안이 발칵 뒤집히기도 한다. 이처럼 내성적이면서도 자신이 하고 싶은 일에는 거침이 없고, 싫은 일은 절대로 하려 들지 않는 고집과 대담성을 가진 김동인은 열네 살의 나이로 도쿄 유학길에 나선다.

김동인의 유아 독존형唯我獨尊形 성격은 유학 시절에 다시 드러나는데, 이미 메이지학원 중학부에 재학중이던 고향 친구 주요한에게 뒤지기 싫어 수준이 더 높은 도쿄학원 1학년으로 입학한 것부터 이를 말해준다. 그러나 하필 이듬해에 도쿄학원이 문을 닫는 바람에 김동인은 할 수 없이 3학년이 된 주요한이 다니던 메이지학원에 2학년으로 들어가게 된다. 본디 의사나 변호사가 되고 싶어하던 그가 문학의 길을 걷게 된 동기 또한 친구 주요한에게 뒤지기 싫은 경쟁 심리에서 비롯된 측면이 크다.

문학이란 장차 무엇이 되며 무엇을 하는 학문인지, 그 윤곽이며 개념조차 짐작할 수 없는 나는 주요한이 나보다 앞섰구나 하였다.…… 요한보다 뒤떨어지는 자기 자신이 스스로 불쾌하고 부끄러워…… 서로 좀 소원疏遠하게 되었던 요한과 다시 가까이 사귀고 문학을 토론하고, 차차 문학으로의 정열이 높아갔다.

김동인, 「문단 30년사」 — 이어령, 『한국 문학 연구 사전』(우석출판사, 1990) 재인용

1917년 메이지학원을 졸업하고 잠시 그림에 관심을 가지게 된 그는 가와바타 미술학교에 입학한다. 이 때 주요한은 한국인 유학생으로서는 처음으로 일본의 수재들이 모인다는 도쿄다이이치東京第一고등학교에 들어가서 1학년어 재학중이었다. 그뿐 아니라 이미 일본 잡지에 시를 발표하기도 하고 중학교 시절에는 교지 편집도 맡아보아, 주요한은 여러 부문에서 김동인보다 앞선 듯이 보인다. 어쨌든 경쟁 의식을 느끼면서도 어릴 적부터 친구 사이인 두 사람은 자주 만나서 톨스토이Lev Nikolayevich Tolstoi를 논하며 문학에 흠뻑 젖어든다. 그러던 어느 날 주요한의 제의로 펴내기에 이른 동인지가 바로 『창조』인 것이다. 창간호에 단편 「약한 자의 슬픔」을 선보인 뒤 3·4·5·6호에 중편 「마음이 여튼 자여」를 연재하고, 8호에 「목숨」, 9호에 「배따라기」를 발표하는 등 김동인은 『창조』를 발판으로 작가적 기량을 마음껏 발휘한다.

『창조』가 좋은 반응 속에 명맥을 유지한 것은 김동인과 주요한이 글에 대한 열정과 능력을 갖고 스스로 창작을 한 까닭도 적지 않지만, 한편으로 저희 외에 앞길이 트일 징조가 보이는 사람을 가려내는 눈을 지니고 있었다는 점 또한 작용한 결과다. 두 사람이 도쿄에 있던 한국 유학생 중에서 『창조』 동인이 될 만한 인물로 가장 먼저 지목한 사람은 전영택田榮澤(1894~1968)이다. 김동인·주요한과 마찬가지로 평양에서 태어난 그는 김동인보다 여섯 살 위로 대성중학 3년을 중퇴하고 1912년 일본으로 간다. 감리교 계통인 아오야마학원 중학부 4학년에 편입한 그는 고등부와 대학부까지 마치고 다시 신학부에 들어가서 공부한다. 그러면서 '조선학회'와 『기독청년지』에 참가하고, 1917년에는 『학지광』의 편집을 맡으면서 『학지광』과 『반도』에 글을 싣는 등 문학과 관련된 여러 방면에서 활동한다. 그

김동인과 함께
『창조』의 전속
소설가로 활동한 전영택

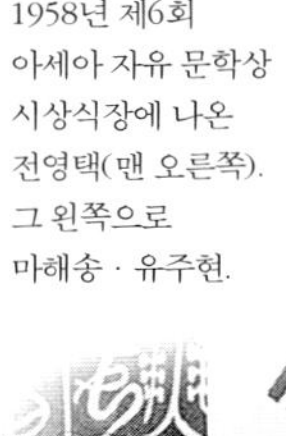

1994년에 목원대학교에서
나온 『전영택 전집』

1958년 제6회
아세아 자유 문학상
시상식장에 나온
전영택(맨 오른쪽).
그 왼쪽으로
마해송 · 유주현.

러던 중 김동인과 주요한의 제의를 받고 쾌히 승낙, 『창조』 창간호에 소설 「혜선의 사死」를 발표함으로써 본격적으로 소설가의 길을 걷게 된다. 김동인의 안목에 의하면 『창조』에 소설을 실을 만한 자격자는 전영택뿐*이라고 할 만큼 그는 김동인과 함께 『창조』를 대표하는 전속 소설가로서 활발하게 지면을 장식한다. 그는 창간호에 이어 2호에 「천치? 천재?」, 3호에 「운명」을 실은 뒤, 5 · 6 · 7호에 걸쳐 중편 「생명의 봄」을 연재하고, 8호에 「독약을 마시는 여인」, 9호에 「K와 그 어머니의 죽음」 등을 잇달아 발표한다.

『창조』는 주요한을 뺀다면 김동인과 전영택 2인 잡지라고 할 만큼 양과 질에서 두 사람은 서로 뒤지지 않는 소설들을 선보인다. 처음 전영택이 『창조』의 제의를 쾌히 받아들인 동기가 계몽 문학의 틀에서 벗어난 문학을 해보자는 것에 있었을 만큼 문학의 순수성을 추구하려고 했다는 점에서 둘은 이상이 같았다. 또 소설 장르를 통해 이런 것을 이루고 싶어했다는 점에서도 두 사람은 궤도를 같이한다. 그러나 두 사람은 방법론에서 뚜렷한 차이를 보이는데, 결과적으로 이 대목은 『창조』의 소설들을 더욱 돋보이게 만든다. 같은 리얼리즘 소설이라도 김동인은 문체의 과감한 변혁, 단일 시점의 묘사, 시제의 도입 등 형식 면에서 새로움을 추구한 데 비해, 전영택은 한결 '생生'의 문제에 천착함으로써 내용 면의 근대화에 비중을 두게 된다.

김동인이 가장 경모한 작가는 러시아의 문호 레오 톨스토이였다. 톨스토이를 제외하면 여타의 문학, 특히 일본 문학을 얕잡아 보았으며, 빅토르 위고Victor Hugo조차

---

* 김윤식, 『김동인 연구』(민음사, 1987)

통속 작가라고 경멸할 정도였다.*

그만큼 김동인의 문학에는 톨스토이의 영향력이 지대하다. 김윤식에 의하면 김동인은 "일원一元 묘사, 다원多元 묘사, 순객관적 묘사로 삼분하여, 그 명료함을 얻은 방식에 일원 묘사를 들고 있다. 따라서 전지적 관점과는 다른 방식"**을 선보인다. 그런가 하면 신학을 공부한 전영택은 일제에 대한 내면 심리를 우화 기법 등으로 지적하면서도 날카롭게 표현함으로써 대조를 이룬다.

주요한의 실험적 시도「불노리」

1919년『창조』라는 한 문예 동인지는 한국 소설계에 커다란 바람을 몰고 오는 한편, 시 부문에서도 기념비적인 작품을 내놓게 된다. 바로 주요한의「불노리」다.

한때 한국 최초의 자유시라는 평가를 받은 주요한의「불노리」는 형태 면에서 그 이전 최남선과 이광수 때의 시와는 완전히 구분되는 산문 형태의 시다. 1918년 4월 초파일, 결혼한 친구 김동인에게서 대동강 배 위에서 본 관등놀이 축제에 관한 이야기를 듣고 그 불꽃의 휘황함을 상상하여 쓴 장시가 바로「불노리」인 것이다.

주요한은 1900년 평양에서 태어나 개신교 목사인 아버지를 따라 어린 나이에 일본으로 건너간다. 수재에 속한 그는 메이지학원을 거쳐 한국인 유학생 중에서 처음으로 도쿄다이이치 고등학교에 입학한다. 그는 김동인과 어릴 적부터 친구 사이로서, 일본에서 다시 만난 김동인의 문학적 욕구를 자극하기도 한다. 말하자면 주요한은 문예 동인지『창조』와 작가 김동인을 탄생시킨 장본인이라고 할 수 있다. 그는 학업에 열중하면서도 메이지학원 시절 학보사 편집을 맡고, 틈만 나면 독서에 몰두하면서『창조』이전부터 시 창작을 한 것으로 알려진다..

요한기념사업회 편, 주요한 문집『새벽』(1982)

1918년 7월에 일본의 문예지『현대시가』에「별」·「자화상」·「폭풍」등을 발표하며 문학욕을 발산하던 주요한은 나라 안팎으로 민족적 자각과 자주 독립의 기운

---

* 이어령,『한국 문학 연구 사전』(우석출판사, 1990)
** 김윤식,『속 한국 근대 작가 논고』(일지사, 1992)

이 일던 같은 해 말 무렵, 자신도 민족의 독립에 기여하고 싶다는 충동을 억제하지 못한다. 그러나 여느 사람들과는 달리 정치가 아니라 문학에서 방법을 찾게 되고, 그의 이런 문학적 욕구는 친구 김동인을 부추김으로써 실현된다. 이로써 『창조』가 나오게 되며, 주요한은 창간호에 김동인의 소설과 나란히 자신의 시 「불노리」를 싣는다. 「불노리」는 서구 상징주의 시의 영향을 받은 실험적 자유시로 '한국 최초의 근대시' 라는 말까지 듣는다. 그러나 아직 이를 상징시로 보기에는 이르다는 비평이 나오는가 하면, 오랫동안 묻혀 있던 현상윤과 최승구의 시들이 발견되면서 '최초' 라는 칭호는 다시 검토되어야 한다는 말도 듣게 된다. 아무튼 「불노리」가 처음 나왔을 때 시어의 신선함과 파격적 표현 방식은 많은 독자를 흥분시키며, 그 덕분에 『창조』의 위치는 굳건해진다.

그러나 주요한은 「불노리」 이후에 근대적 자유시를 실험하는 길목에서 돌아서고 만다. 이 대목은 『창조』의 창간호 발간 이후 달라진 시대 정황과 창조파 동인들의 행적과 함께 설명되어야 할 것이다.

「불노리」의
시인으로 알려진
주요한의 시집
『사막의 화』

『창조』 2호가 나오기까지

『창조』 창간호가 배부된 것은 1919년 2월 1일의 일이다. 얼마 뒤인 2월 24일, 김동인은 재일 유학생들의 독립 선언 행사가 열린 히비야공원 음악당 모임에 갔다가 경찰에 체포된다. 그는 체포된 지 하루 만에 풀려났으나 이튿날 신문에 이름이 난다. 이 소식을 들은 고향집에서는 그를 불러들이기 위해 '모친 위독' 이라는 거짓 전보를 친다. 김동인은 전보를 받고 서둘러 평양으로 돌아온다. 그러나 평양에 온 지 며칠 만에 아우 동평의 부탁으로 3·1운동의 격문을 만들다가 체포되어 3개월 동안 옥에 갇힌다. 징역 6개월에 집행 유예의 판결을 받고 풀려난 이 시기의 체험은 1923년에 발표한 소설 「태형笞刑」의 배경이 되기도 한다.

김동인이 없는 일본 도쿄에서는 『창조』 2호가 빛을 보지 못한 채 창고에 묶여 있게 된다. 도쿄에 있던 주요한은 김동인에 이어서 3월 10일께 귀국한다. 고향인 평양을 찾으니 김동인은 잡혀 가서 없고 얼마 뒤에는 동생 요섭까지 감옥에 가게 되자 그는 도쿄로 돌아온다. 공부가 제대로 될 리 없던 그는 어느 날 상하이 임시 정부 수립 소식을 전하는 『신한민보』의 기사를 읽고 중국으로 간다. 상하이에서 그는 현정주의 도움과 『창조』를 만든 이력으로 『우리소식』 편집을 맡게 되는데, 『우리소식』은 임시 정부 기관지인 『독립신문』의 전신이다. 당시에 임시 정부의 사료 편찬 및 기관지 발행은 이광수가 책임지고 있었다. 이윽고 주요한은 이광수를 처음 만나게 되고, 이후 두 사람이 함께 1년 남짓 동안 『독립신문』을 만든다. 같이 일하는 동안 주요한에 대해 느낀 바를 이광수는 다음과 같이 전한다.

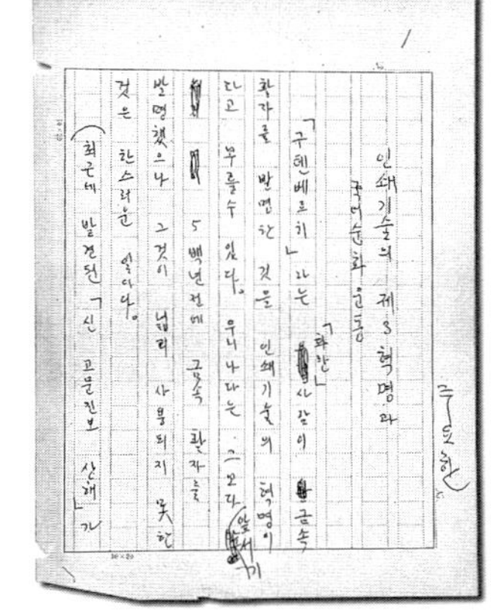

주요한의 에세이
「인쇄 기술의
제3혁명과
국어 순화 운동」
육필 원고

나는 그 동안에 독립신문사를 지키면서 독립운동사료편찬위원회의 일을 보았다. 『독립신문』은 처음에는 조동우와 둘이서 창간하였으나 조동우는 곧 그만두고 주요한과 나와 둘이서 하게 되었다. 주요한은 동경제일고등학교 학생이다가 기미년 여름에 학교를 버리고 상해로 왔다. 그는 나와 같이 독립신문사 속에 살면서 글도 쓰고 편집도 하고 중국 명절이 되어서 중국인 직공들이 쉴 때에는 손수 문선과 정판도 하였다. 그는 무엇이나 잘하고 무슨 일에나 정성을 들였다.

　김윤식, 앞의 책

「불노리」 이후 3·1운동을 거쳐 상하이에서 이광수와 『독립신문』을 만든 체험은 주요한에게 새로운 시 세계를 낳게 하는 원천이 된다. 그는 이로써 김동인과 전영택이 지향한 순수 문학의 창조라는 『창조』의 원래 취지에서 멀어지고, 「조국」과 「대한의 누이야 아우야」 등 조국의 자주 독립을 바라는 시로 『독립신문』을 채우게 된다. 그의 시는 완전히 변모한 것이다.

3개월의 옥고를 치르고 6월 말에 출감한 김동인은 평양에 와 있던 전영택과 상의, 도쿄의 김환과 최승만에게 서신을 보내『창조』2호의 발매를 부탁한다. 예정된 발행일로부터 넉 달 가량이 지나서야 비로소『창조』2호는 햇빛을 본다. 곧 김동인은 3호를 준비해 9월에 발행하고, 그 뒤『창조』4·5·6호가 잇달아 나온다.

『창조』의 폐간

　　김동인·주요한·전영택·최승만·박승철·김환 등을 동인으로 창간호를 선보인『창조』는 2호 이후로 이광수가 참여하게 되고, 발행이 거듭되며 다른 사람들의 참여도 늘어나서 이동원·오천석·박석윤 등이 기고한다. 그 사이에 한편에서는『동아일보』가 생기고, 염상섭·남궁벽·황석우·김억 등이『폐허』를 창간한다. 이렇게 예전에 없던 경쟁지가 생기면서『창조』는 비교를 의식해 더욱 신경을 써서 만들어진다.『폐허』의 창간으로 문단은 이른바 '창조파'와 '폐허파'의 시대 조류를 형성하게 된다. 그러나『폐허』는 내부 문제로 말미암아 얼마 지나지 않아 분열하고 만다. 이 때『폐허』의 동인이던 김억·염상섭·김찬영 등이 탈퇴해『창조』에 가담함으로써,『창조』는 더욱 활기를 띠게 된다.

　　『창조』는 초창기부터 1천 부가 매진되어 5백 부를 더 인쇄하고, 여러 문예지가 생긴 뒤로도 제법 높은 판매율을 기록한다. 그러나 경영 면에서는 늘 쪼들려서 광익서관 고경상의 도움이 뒷받침되지 않았다면 일찍이 폐간을 맞았을 것이다. 이런 어려움 속에서 글 솜씨보다는 온갖 궂은 일과 재정 실무를 맡아 한몫을 하던 김환의 제의로『창조』는 한성도서주식회사에 판매와 출고 등 경영권을 맡기게 된다. 그런데 얼마 지나지 않아 김환이 그 회사와 의견이 달라 다툼을 벌이더니 김동인에게 주식 회사 '창조출판사'의 설립을 권유한다. 김동인은 김환의 수완과 동인들이 출자한 돈에 힘입어 명월관에서 창립 총회까지 열며 '창조출판사'의 설립을 추진한다. 그러나 이내 착수금의 대부분을 갖고 있던 김환이 도주하는 일이 벌어지고 만다. 김동인은 크게 낙심하게 되고, 한때 드높기만 하던『창조』의 열기는 점차 식어간다. 이렇게 되자 꼭 『창조』가 아니더라도 새로운 문학을 소개하거나 인재를 발굴하는 일을 할 수 있다는 대세 판단이 나온다. 이윽고 『창조』는 동인들의 합의를 거쳐 9호를 마지막으로 폐간하게 된다.

1910년대 말 우리 민족 운동사에 커다란 획을 그은 사건과 비슷한 시기에 나타난 『창조』는 1920년대의 근대 문학을 알리는 신호탄 같은 것이었다. 1900년대부터 일어난 신문학 또는 계몽기 문학이 『창조』에 와서 비로소 청산되었다는 김동인의 말은 결코 과장이라고 할 수 없을 것이다.

기미년이란 해는 조선에 있어서 온갖 방면으로 조선을 전기와 후기로 나눈 것같이 문학 운동에 있어서도 기미년 전의 것은 과도기인 것에 반하여 기미년부터 비로소 구체적으로 발전 과정에 들어섰다.

이인직에게서 이광수로, 이리하여 이광수에게서 얼마만치 생장한 문예는 온갖 의미에 있어서 계몽기의 문학이었다. 아직 풀끝에 있어서던지 묘사에 있어서던지 구투舊套의 흔적이 그냥 남아 있었다. 문장에서까지 역시 구투가 그냥 남아 있었다. 이 모든 구투가 기미년 이월에 발행된 『창조』에서 비로소 일소되었다.

김동인, 「춘원 연구」, 『삼천리』(1934. 12. ~ 1935. 10.)

참고 자료

정한모, 『현대시론 』, 민중서관, 1973
정한모, 『한국 현대 시문학사 』, 일지사, 1974
김윤식, 『김동인 연구 』, 민음사, 1987
김윤식, 『속 한국 근대 작가 논고 』, 일지사, 1992
김치홍, 『김동인 평론 전집 』, 삼영사, 1986
이어령, 『한국 문학 연구 사전 』, 우석출판사, 1990
백철, 『신문학 사조사 』, 신구문화사, 1992
조연현, 『한국 현대 문학사 』, 성문각, 1993

1920~1929

1920

5. 1 　일본, 도쿄에서 전차 운행 개시

6. 4 　홍범도 휘하의 독립군, 봉오동에서 일본군과 결전

10.20 　북로군정서 김좌진 · 이범석 부대 2천5백여 명, 허룽현 삼도구 청산리에서 만주 출병 일본군 사단과 접전 끝에 대승(청산리대첩)

1921

1 　만주 독립군 부대(서로군정서 · 북로군정서 · 대한독립단 등), 노령에서 대한독립군단 조직

10.25 　좌측 통행제 실시(1906년 이후 우측 통행제)

1922

7.15 　일본공산당 결성

8 　광복군사령부 · 한족회 · 광북군총영 · 광한단 등 대한통군부로 통합

12. 4 　조선사편찬위원회 설치, 식민 사학 본격화

12.30 　소비에트사회주의공화국연방USSR 성립

1923

3.16 　방정환·윤극영 등, 일본 도쿄에서 색동회 조직

4. 9 　최초의 극영화 「월하月下의 괭서盟誓」 개봉

6. 5 　일본, 제1차 공산당원 검거 사건 시작

9. 1 　일본, 관동 대지진 발생

1924

4.17 　전조선노농대회 · 남조선노능동맹 · 조선노동연맹회의 등 182개 단체 대표 2백여 명, 서울에서 전조선노농총동맹 발기

5.11 　미국, 의회에서 신이민법(배일 조항 포함) 의결

11 　체신국, 최초로 실험 방송 슬시

1925

3.23 　임시 정부, 이승만 면직안 으결, 박은식을 임시 대통령으로 선출

6. 6 　열강, 중국 공동 조계에 계엄령 선포, 중국 각지에 반제 운동 파급

7. 1 　중국, 광둥 국민 정부 성립

12 　박영희 · 김기진 등 조선프롤레타리아예술가동맹KAPF 결성

1926

4.26 　순종 임금, 창덕궁 흥복전에서 사망

6.10 　순종의 국장 거행, 6 · 10만세운동 일어남

7. 9 　중국의 장 제스, 국민혁명군 총사령에 취임해 북벌 개시

7.28 　미국, 파나마조약 조인

1927

1.19 　신석우 등, 신간회 발기

3.24 　중국, 국민혁명군 난징 점령

6. 5 　계명구락부, 최남선 · 정인보 · 이윤재 등을 중심으로 『조선어 사전』 편찬에 착수

12.15 　중국, 소련에 국교 단절 통고

1928

4 　무대예술연극협회, 창립 공연으로 윤백남 번안 「영겁의 처」, 이설영 작 「눈보라치는 밤」, 「춤추는 마레리가」 공연

10. 8 　장 제스, 국민 정부 주석에 취임

12.20 　영국, 영중 조약에 따라 국민 정부 승인

1929

8 　예루살렘에서 아랍인의 대규모 유태인 습격 사건 발생(통곡의 벽 사건)

11. 3 　광주학생운동 발발, 전국으로 확산(1930년 3월까지 참가 학교 194개교, 참가 학생 5만4천 명, 투옥 580여 명, 무기 정학 2330여 명)

12.23 　신간회 간부 44명, 근우회 간부 47명 검거(민중 대회 사건)

12.31 　인도 국민회의파, 간디의 독립안 채택, 대중적 불복종 운동 결의

1920

1920년대는 이 땅에서 일제의 가혹한 식민 통치가 본격화되고, 이에 대한 반발로 소작 쟁의와 노동 쟁의가 끊이지 않은 시기다. 무력으로 강토를 점령하고 생존에 필요한 자원을 모조리 장악한 일제의 수탈로 말미암아 기층 민중은 궁핍에 시달리며 끼니조차 잇기 어려운 처지가 된다. 일제에 대한 민중의 불만과 분노는 날로 비등점을 향해 들끓는다. 이에 따라 나라 곳곳에서 항일 성격의 소요와 쟁의가 빈발하더니, 1925년 무렵에 정점에 이르게 된다.

이 와중에서 동양척식주식회사의 황해도 재령군 북률농장에서 동척과 소작 농민 사이에 격렬한 대립이 발생해, 엽총을 쏘는 등 과잉 폭력 진압 사태가 불거진다. 1922년 이후 계속된 재해에 의한 대흉작으로 벼랑 끝에 내몰린 농민들이 소작료 감면을 요구하며 납부를 거부하자, 동척은 일본 이민들로 구성된 척식청년단과 어용 소작인 수십 명을 엽총과 몽둥이로 무장시켜 강제 징수에 나선다. 식민지 경제 수탈의 첨병 구실을 한 동척은 이 과정에서 빈농들의 알량한 재산마저 차압하고 소작권을 몰수하는 한편, 쟁의에 앞장선 사람들을 구속한다.

1924년 1월 2일부터 6일까지 『동아일보』에는 자치 운동을 주장하는 「민족적 경륜」이라는 사설이 잇달아 실린다. 이로 말미암아 나라 안은 벌집을 쑤셔놓은 듯 소란스러워진다. 사설의 핵심 내용은 일제가 허용하는 범위 안에서 정치적 결사를 조직해야 한다는 것이었다. 이는 제1차 세계대전 특수로 새로 경제 도약기를 맞게 된 일본의 영향력 아래 1920년대에 조선의 토착 지주와 자본가들이 일정 규모의 산업

자본가로 변신하며 정치 권력 분점의 필요성을 제기한 데 따른 주장이다. 김성수·송진우·최린 등『동아일보』경영진과 천도교 일부 세력에 의해 추진된 이 자치 운동은 일제의 지배를 인정하는 독립 불능론에 바탕을 두고 있다. 말하자면 이는 유력한 자산 계급에게 권력 분점의 이익을 맛보게 함으로써 일제에 대한 저항의 약화 또는 포기라는 더 큰 실익을 챙기려는 일제의 민족 분열 정책에 부응하는 움직임이었다. 이내 나라 안에는 비난 여론이 빗발치고『동아일보』불매 운동이 들불처럼 번진다. 깜짝 놀란『동아일보』는 이 사설의 집필자인 이광수를 퇴사시키고 사장 송진우도 책임을 물어 물러나게 하는 것으로 사태를 수습한다.

1923년 6월에는 우리 나라 최초의 성악가 윤심덕이 우에노음악학교 성악과를 졸업하고 종로 기독교중앙청년회관에서 귀국 독창회를 연다. 1926년 10월 1일에는 종로 단성사에서 나운규 각본·감독·주연의 영화「아리랑」이 개봉된다. 조선키네마가 제작한「아리랑」은 엄청난 인기를 끌어 350석의 객석이 날마다 사람들로 꽉 찬다.

1928년에는 홍명희가 장편 대하 소설「임꺽정」을『조선일보』에 연재해 독자들의 사랑을 흠뻑 받는다.「임꺽정」은 천민 계급 출신의 주인공을 내세워 고유 정서가 배어든 토속어로 조선 시대 서민의 생활 양식을 총체적으로 묘파해 커다란 감동을 불러일으킨다. 벽초 홍명희는『조선왕조실록』·『기재잡기』·『남판윤유사』·『열조통기』등의 방대한 자료를 섭렵하고, 이런 문헌에 나오는 일화와 설화를 추슬러 걸작 대하 소설을 써냄으로써, 그가 최남선·이광수와 함께 조선 3대 천재라는 것이 빈말이 아님을 보여준다.

1929

백두의 찬바람은 불어 거칠고 압록강 얼음 위엔 은월이 밝아
고국에서 불어오는 피비린 바람
갚고야 말 것이다 골수에 맺힌 한을

1920

청산리 싸움 때의 군가

1.

하늘은 미워한다 배달족의

자유를 억탈하는 왜적들을

삼천리 강산에 열혈이 끓어

분연히 일어나는 우리 독립군

2.

백두의 찬바람은 불어 거칠고

압록강 얼음 위엔 은월이 밝아

고국에서 불어오는 피비린 바람

갚고야 말 것이다 골수에 맺힌 한을

3.

하느님 저희들 이후에도

천만대 후손의 행복을 위해

이 한 몸 깨끗이 바치겠으니

빛나는 전사를 하게 하소서

1920년 10월, 김좌진 · 나중소 · 이범석이 이끄는 북로군정서와 홍범

도가 이끄는 대한독립군을 주력으로 한 연합 부대 2천여 명이 간도에 출

병한 일본군 5천여 명을 두만강 상류 허룽현 일대에서 크게 무찌른다. 이

것이 청산리대첩으로서, 6일 동안의 격전 끝에 거둔, 한국 독립 전사에서

가장 빛나는 승리다.

폐허 조선에 또 하나의 '폐허'를

시 동인지 『폐허』

　자주 독립을 열망하는 우리 민족의 노도와 같은 만세 함성이 산하를 온통 뒤흔들었음에도 3·1운동은 목적을 이루지 못하고 일제의 총칼 앞에 차츰 기세가 누그러진다. 아직 만세 함성의 여진은 한반도의 구석구석에 남아 있었지만, 그 실패가 남긴 좌절과 의기 소침의 골은 깊었다. 3·1운동의 실패에서 오는 좌절감으로 말미암아 문단에는 한층 퇴폐적이고 우울한 분위기가 깃들인다. 이 좌절감은 개체 차원의 경험이 아니라 시대와 집단 차원의 것이었다. 민족적 좌절감을 토양으로 싹트고 퍼져나간 것은 퇴폐와 우울의 정서였다. 이런 시대 조류를 극명하게 드러낸 것이 바로 동인지 『폐허廢墟』다. '폐허'라는 이름 자체가 식민지 현실의 고통과 황폐함을 말해준다. 1920년 7월에 광익서관에서 나온 이 문예지의 동인은 김억·남궁벽·나혜석·김찬영·염상섭·오상순·황석우·민태원 등이다. 『폐허』는 한 해 전에 나온 『창조』와 마찬가지로 동인지임과 아울러 그 이름으로 하나의 유파를 이루기도 한다. 발간 호수는 2호, 『폐허 이후』까지 합쳐서 총 3호로 단명하고 마는데, 몇몇 작품을 제외하고는 주로 시작詩作을 선보인 시 전문지의 성격을 띤다.

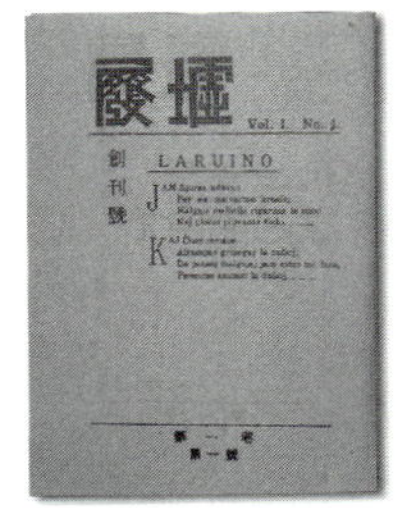

'폐허' 시대의
허무와 우울을
극명하게 드러낸
동인지 『폐허』 창간호

　『폐허』라는 이름은 "옛 것은 멸하고 시대는 변하였다. 내 생명은 폐허로부터 온다."고 한 독일 시인 프리드리히 실러Johann Cristoph Friedrich von Schiller의 시구에서 따온 것이다. 그들이 동인지를 내게 된 배경에는 황폐한 현실을 극복하고 "새 싹을 심어서 새 꽃을 피우게" 하려는 의도가 깔려 있었다. 그러나 이런 취지와는 달리 "우리 조선은 황량한 폐허의 조선"이라는, 창간호에 실린 오상순의 「시대고時代苦와 그 희생」의 한 구절에 나타난 바와 같이 동인들의 의식을 지배한 것

은 참담함과 암울한 현실 인식이었다. 『폐허』는 이를 극복하지 못하고 점점 더 감
상적이고 병적인 낭만주의의 '폐허' 속으로 빠져든다. 『폐허』의 작품과 작가들은
서구 세기말의 퇴폐적 낭만주의보다 더욱 깊숙이 퇴폐의 늪 속으로 가라앉는다.
문제는 현실을 폐허로 보는 데 그치지 않고 삶과 그 기반 전체를 폐허라고 여긴 나
머지 일제에 대한 저항조차 무의미하게 보는 허무주의와 패배주의적 특향 의식을
정당화한 데 있다. 좌절에 빠진 민족을 일으켜 세우려던 애초의 목적은 어느덧 사
라지고, 자신과 세계를 저주하는 탄식이 문단을 뒤덮게 되는 것이다. 창간호에 실
린 오상순의 시는 그 절정을 이룬다.

오상순, 무소유 · 탈속주의의 문학

우리 조선은 황량한 폐허 조선이요, 우리 시대는 비통한 번민의 시대였다.…… 이 퇴폐 속
에는 우리들의 내적 외적 심적 물적의 모든 부족 결핍 결함 공허 불평 불만 울분 한숨 걱정 근
심 슬픔 아픔 눈물 멸망과 사의 제악諸惡이 쌓여 있다. 이 폐허 위에 설 때 암흑과 사망은 그
흉악한 입을 크게 벌리고 곧 우리를 삼켜버릴 듯한 감이었다.

오상순, 「시대고와 그 희생」, 『폐허』 창간호

『폐허』의 동인 가운데 오상순吳相淳(1894∼1963)은 이름보다 공초空超라는
호로 더 많이 알려진 사람이다. 공空과 초超라는 초자연적인 뜻과 함께 평소 그
가 워낙 담배를 많이 피워서 '꽁초'로 불린 까닭이다. 오상순에 얽힌 또 하나
의 유명한 이야기로 고양이 장례가 있다.

어느 날 오상순의 집 대문에 '기중忌中'이라는 먹 글씨가 나붙는다. 그
소식을 듣고 놀란 이들이 문상을 하러 오상순의 집에 몰려온다. 그러나 오
상순은 방안에 누워 있고, 바로 옆에 죽은 고양이가 나란히 뉘어져 있
는 게 아닌가. 오상순은 죽은 고양이를 꽃상여에 실어서 정중하게 장
례를 치르고 무덤까지 만들어준다. 뒷날 서정주는 오상순의 이 고양이

장례식을 떠올리고는 웃음을 터뜨리며 "괴물이야, 참으로 괴물이야!" 하고 혼잣
소리를 한다.

오상순의 기행은 또 있다. 아침이면 그는 산책 나온 사람처럼 유유 자적한 걸음
으로 퇴계로의 청동다방으로 출근을 했다. 청동다방은 그의 집이었고 아울러 일터
였다. 그의 문학은 흔히 다방에서 시작되어 다방에서 완성된다. 아직 이른 시간이
라서 손님이 없는 청동다방에 들어서면 오상순은 자신의 고정석에 가서 앉는다.
그는 곧 여종업원이 날라온 커피를 한 모금 마신 뒤 담배를 한 대 피워 문다. 담배
를 꺼내 불을 붙여 피워 무는 그의 몸짓은 어떻게 보면 경건하기까지 하다. 그는
애연가愛煙家가 아니라 광연가狂煙家라고 불러야 옳다. 오죽하면 호마저 공초라
고 했을까.

오상순은 1894년 8월 9일 서울에서 목재상을 경영하던 오태연의 5남매 가운데
차남으로 태어난다. 효제초등학교의 전신인 어의동학교와 기독교 계통인 경신학
교를 졸업한 그는 열일곱 살 때 몇몇 친구와 함께 가출해 일본으로 달아난다. 도시
샤대학 예과 종교철학과를 졸업하고 돌아온 그는 교회 전도사로 일하다가 1920년
『폐허』에 가담하면서 적극적인 문학 활동을 벌이게 된다. 계모를 들인 집안 분위
기와 방랑벽 때문에 그는 대구 이상화의 집에서 지내거나 서울 광화문 근처에서
하숙 생활을 하고, 금강산 장안사를 비롯한 전국의 사찰과 중국 베이징 등지를 떠
돌기도 한다. 그러면서도 독서와 글쓰기는 게을리하지 않는데, 그의 친구 안석주
는 『폐허』 시절의 공초에 대해 이렇게 말한다.

폐허 동인 중 김동인(『폐허』 동인이 아님, 괄호는 인용자 표기), 김찬영 양씨가 부자라 동인
들의 매일 밤 요정 출입에는 걱정이 없었다. 김억 씨도 중산 이상은 되었으나 오상순, 변영로
양씨는 그제나 이제나 빈털털이였다. 특히 오상순 씨는 그 때도 역시 식사式辭, 축사, 찬사로
한몫을 보고 어딜 가나 영서英書, 철학서 십여 권은 옆에 끼고 다녀서 기생이 오씨를 보고 "책
서방님, 책 나리."라고 부른 적도 있었다.…… 비분 강개한 중에서도 내세의 희망을 보고자
하는 그들은 이 『폐허』라는 절망의 문학 과정을 밟을 때 모든 것을 부정하기 위해 매일 매야 술
집에서 세월을 보내나 그들은 약속이나 한 듯이 술을 끊고 집에 들어앉아 책을 읽고 창작을 하

1920

고 사색을 하는 때가 있었다.

안석주, 「문단 회고록」―이어령, 『한국 문학 연구 사전』(우석출판사, 1990) 재인용

오상순은 1920년대에 왕성한 작품 활동을 펼친다. 앞의 창간사에 이어『폐허』 2호에 시「힘의 숭배」와 평론「종교와 예술」을 게재한 그는『폐허 이후』에「폐허의 제단」·「허무혼의 독어獨語」,『개벽』5호에「의문」·「구름」·「창조」등의 시를 꾸준히 발표한다. YMCA에서 번역을 하고 전도사로 일하는 등 독실한 기독교인 이던 그는 1930년 불교중앙학림(지금의 동국대학교)에서 교편을 잡게 되어 불교 로 개종한다.

1950년 6·25전쟁이 터지자 오상순의 '다방 문학'은 피난지 부산의 광복동 어 귀에 있던 에덴다방으로 자리를 옮겨 계속된다. 추종하는 이들에게 둘러싸여 다 방에 앉아 있던 그의 모습은 평화롭고 초연해 보이기까지 했다. 오상순의 삶과 문학의 이면을 물들인 것은 바로 "무無의 상징인 기나 긴 몽마夢魔와 같은 아시아의 밤"이었다. 그는 밤의 어둠 속에서 숨가빠하면서도 그 "밤에 취하고 밤을 사랑하고 밤 을 즐기고 밤을 탄미하고 밤을 숭배"한다. "밤에 나서 밤에 살고 밤 속에 죽는" 아시아의 운명을 제 몫으로 받아들인

사후 그를 따르던 제자들에 의해 발간된 『공초 오상순 시선』

것이다. 집도 가족도 없이 떠돌던 오상순의 저 비생산적인 다방 문학은 시대에 대 한 절망과 자조와 체념, 그리고 불교에서 체득한 무소유 탈속주의에 타탕을 둔 것 이라 할 수 있다. 여대생 무리에 둘러싸여 낙서와 담배 연기로 연소된 그의 다방 문학은 자신의 활동을 본격 문학사에서 탈락시켜 영원히 주변부에 머물게 했다는 점에서는 비극이다. 그러나 한편으로 이런 다방 문학은 퇴폐와 폐허의 늪에 빠져 든 식민지 생활과 동족끼리 죽고 죽이는 전쟁 체험, 그리고 불교를 통한 편력 끝에 한 시인이 찾은 최소한의 평화이며 정신적 안착지였는지도 모른다.

오상순은 지병인 고혈압에 심장병과 폐렴 등이 겹친 합병증으로 입원했다가 1963년 6월 3일 숨짐으로써 전설적인 다방 문학에 마침표를 찍는다. 장례는 문단

장으로 치러지고, 그의 시신은 서울 외곽 수유리에 안장된다. 사후에 그를 따르던 제자들에 의해 『공초 오상순 시선』이 발간된다.

'창조파' 와 맞선 염상섭

깊이와 넓이를 한데 아우르는 현실 통찰, 적확한 어휘 선택, 끈질긴 묘사로 우리 나라 사실주의 문학의 거봉으로 우뚝 선 염상섭廉想涉(1897~1963)이 일본 유학 을 떠나게 된 것은 열다섯 살 때의 일이다. 그는 아오야마학원을 중퇴하고 교토 부 립 다이지第二중학교를 졸업한 뒤 1917년 게이오대학 문과에 다니면서 몇몇 일본 정치가에게 「조선 독립 선언문」을 써보내 그들을 놀라게 한다. 1919년 3·1운동 뒤에는 감옥살이를 하고 나와서 『성경』의 한글판과 『학지광』·『창조』 등의 인쇄를 담당한 '복음인쇄소' 에 사무직이 아닌 직공으로 취직해 노동자 체험을 한다. 1920 년 귀국한 그는 『동아일보』에서 여섯 달쯤 기자 생활을 하다가 『폐허』의 발간을 위 해 기자직을 사퇴한다. 그 또한 『폐허』 창간호에 다른 동인들과 마찬가지로 염세 성향을 띤 고통의 신음을 시로써 토해낸다.

애愛와 욕망에 타는 시선을 반공半空에 고치질하는 그 무리의 안상顔上으로는 도덕의 말뚝
과 채찍과 신음呻吟하던 자의 묵은 우수憂愁는 스러지고, 지금의 사랑과 미래의 영화를 꿈꾸
는 자의 단 미소가, 구변口邊에 흘러갑니다.
염상섭, 「폐허에 서서」, 『폐허』 창간호(1920. 7.)

이 밖에도 창간호에 「법의法依」라는 서문과 시를 싣고, 2호에 「화수하樺樹下에 서」를 발표하는 등 염상섭은 시·소설·비평 부문에서 두루 솜씨를 보인다. 1921 년 『개벽』에 「표본실의 청개구리」를 발표하기 전까지 그는 비평을 중심으로 활동 한다. 그는 『폐허』 활동을 하는 동안 문단의 한 사건에 휘말리게 되는데, 저 유명 한 『창조』의 김동인과 벌인 문학 논전이 그것이다.

『창조』에 있으면서 많은 사건을 일으키는 김환은 전영택의 소개로 김동인과 처음 만나게 된다. 글을 선별하는 눈이 까다롭던 김동인은 김환을 『창조』의 동인으로 받기는 하지만 그의 작품이 함량 미달이라고 판단해 지면을 주지 않는다. 그러자 김환은 김동인이 실어주지 않은 자신의 원고 「자연의 자각」을 『현대』에 보내 게재하고, 『폐허』의 염상섭이 같은 잡지 『현대』 2호에 김환의 소설에 대한 비평 「자연의 자각을 보고서」를 발표하면서 논전은 시작된다.' 염상섭은 김환의 작품을 조목조목 비평하고 반드시 이 경우뿐 아니라 문단 전반에 작품성이 미흡한 글들이 나도는 현실을 지적한다. 이어서 그는 이렇게 질이 떨어지는 작품들을 발표하면서도 뻔뻔스럽게 작가로 행세하며 기성 문단에 군림하고 있던 작가들에 대한 비판론을 제기한다. 김동인 역시 김환의 글이 '문학성'이 떨어지는 작품이라고 판단하지만, 사사

어느 좌담회에서. 왼쪽부터 염상섭·오상순·박종화.

로운 감정에서 비롯된 것으로 보이는 염상섭의 인신 공격성 발언과 김환에 대한 비난이 곧 『창조』 동인 전체에 대한 폄하일 수 있다는 생각에 분노를 느낀다. 김동인은 한때 『학지광』 편집 위원으로 있던 김환이 『학지광』에 투고한 염상섭의 소설을 거절한 적이 있음을 떠올린다. 그 일 때문에 염상섭이 오래 전부터 품고 있던 앙심을 이런 '비난'으로 터뜨리고 있다고 추측한 것이다.

어쨌든 이렇게 시작된 논전은 『동아일보』에 투고한 염상섭의 「여의 평자적 가치를 논함에 답함」, 김동인의 「제월씨에 대답함」으로 이어지고, 이 뒤에도 『폐허』에 실린 염상섭의 「김군께 한 말」, 『창조』에 실린 김동인의 「비평에 대하여」로 이어지며 한동안 문단을 떠들썩하게 만든다. 두 사람 사이에 벌어진 논전의 요지를 보면 이렇다. 김동인은 사사로운 감정을 갖고 한 작가를 비판하는 것은 옳지 않으며, 아울러 비평가는 독자의 이해를 돕기 위한 사람일 뿐이지 함부로 소설가를

지도할 수 있는 위치에 있는 이가 아니라는 주장을 편다. 이에 염상섭은 소설가의 작품은 작가의 사적인 세계와 분리할 수 없는 것으로, 작품을 논하면서 그 작가의 인격을 비롯한 사사로운 면도 함께 비판하는 것은 비평가의 당연한 권리라고 팽팽히 맞선다. 이는 1920년대에 일어난 소설가 김동인과 비평가 염상섭의 대립이자 '창조파'와 '폐허파'의 대립이었다. 이 사건은 문학 비평이 일반적인 문학론을 넘어 하나의 독립된 장르로 분화하고 발전하는 데 중요한 계기가 된다. 나중에 『폐허』에서 나와 『창조』로 온 염상섭과 만나면서 오해를 풀지만, 이 사건은 오랫동안 김동인의 마음 한구석에 남아 있었다고 한다. 한편 『폐허』에서 보인 염상섭의 우울하고 퇴폐적인 시와 비평의 경향은 소설 「표본실의 청개구리」·「암야」·「제야」 등으로 『개벽』까지 이어지면서 좀더 구체적인 양상을 띠게 된다.

그런데 이런 『폐허』 속에서도 가끔 신비주의 성향을 내포한 남궁벽의 「자연」 같은 에세이나 시를 발견할 수 있다. 깔끔하고 내성적인 성격의 소유자인 남궁벽은 드러내지 않은 채 동인지 활동을 이끈 『폐허』의 실제 주역이다.

신비주의 문학의 싹, 남궁벽

『황성신문』과 조선일보사 사장을 역임한 남궁훈의 외아들로 태어난 남궁벽南宮璧(1894~1921)은 열세 살 때 「애국설愛國設」이라는 글을 『대한자강회월보』에 낼 만큼 일찍 문학에 눈을 뜬다. 도쿄 유학 시절에는 한때 일본 '백화파'의 동인인 야나기의 집에 머물면서 일본 문학을 접한다. 이윽고 일본어에 능통하게 된 그는 일본의 유명한 잡지 『태양』에 조선의 예술과 3·1운동에 관한 글을 싣기도 한다. 일본에서 돌아온 그는 오산중학교에서 잠시 교편을 잡고 있다가 1918년 『청춘』 14호에 일본어로 「참회의 눈물」·「고독은 너의 운명이다」·「메모」 등의 시를, 영어로 「나의 세계」·「나의 사랑」 등의 시를 발표한다. 초기의 문학 세계는 소년기에 민족적인 것으로 한정되어 있던 사상과는 달리 우주적인 것으로 확대되고, 낭만적인 발상을 기조로 주제 의식이 심화되어 고독과 꿈, 참회와 미, 그리고 우주적 조화 등을 다양하게 전개했다는 평가를 받는다.[*]

남궁벽은 1920년『폐허』창간호와『동아일보』에 유학 시절 가까이 지내던 일본 문인 야나기를 소개한다. 이어서 그는『폐허』2호에「풀」,『신생활』에「별의 아픔」같은 시를 발표한다. 그러나 퇴폐와 절망으로 가득 찬『폐허』속에서 돋아난 신비주의 문학의 싹은 그가 스물일곱 나이로 요절하는 바람에 채 자라기도 전에 꺾이고 만다.

『폐허』의 황석우와 김억

『태서문예신보』에서 활동하던 황석우 역시『폐허』창간호에서 식민지 시대의 퇴폐적 절망을 토로한다.

태양은 잠기다, 저녁구름은 나자癩者의 게거품같이/여름비같이 여울지고 보라빛으로 여울지는 끝없는 암굴岩窟에/태양은 잠겨 떨어지다./태양은 잠기다, 넓은 들에 길잃은/소녀의 애탄스러운 가슴안 같은/황혼의 안을 스며 태양은 잠기다./태양은 잠기다, 아아 죽은 자의 움푹한 눈같이/이국의 제단의 앞에 태양은 휘돌아 잠기다.
　황석우,「태양의 침몰」,『폐허』창간호(1920)

태양을 이국의 제단 아래 바쳐지는 죽은 사람의 움푹한 눈과 겹쳐 그려낸 상징과 비유법이 뛰어나다. 아울러 처절하고 도저히 헤어날 길 없어 보이는 비관주의 성향은 이 시기의 문학 자체를 암흑으로 몰아넣기에 충분하다. 황석우의 이런 분위기는 뒤이어 나오는 박종화 · 박영희 · 이상화 등에게 큰 영향을 미친다.

김억은『태서문예신보』에서 보이던 노력을『폐허』에 와서도 늦추지 않아, 창간

---

[*] 이어령,『한국 문학 연구 사전 』(우석출판사, 1990)

호에 프랑스 상징주의와 관련해 「스핑크스의 고뇌」라는 보들레르의 시를 번역해
실는다. 아울러 음울한 분위기의 러시아 문학을 대표하는 도스토예프스키Fyodor
Dostoevski · 투르게네프 · 체호프Anton Chekhov 같은 작가를 소개하며 『학
지광』과 『태서문예신보』에 이어서 다시 유럽 문예 사조의 수용을 겨냥한다.

그러나 음울하고 퇴폐적인 『폐허』의 경향에 가려 제대로 빛을 보지 못한 채 내부
갈등의 소용돌이에 휘말린 김억과 황석우는 이윽고 염상섭과 함께 '폐허'에서 나
와 『창조』에 합류한다. 창간 동인 가운데 남궁벽과 몇몇만이 남아 있다가 1921년
1월 20일자로 2호를 내고 『폐허』는 종간된다. 얼마 뒤 『폐허 이후』로 부활을 시도
하지만 이 또한 한 번만 겨우 내고 끝난다.

참고 자료

김윤식 · 정호웅, 『한국 소설사』, 예하, 1993
『신문화 100년』, 신구문화사, 1980
박철석, 『한국 현대 문학사론』, 민지사, 1990
백철, 『신문학 사조사』, 신구문화사, 1992
조연현, 『한국 현대 문학사』, 성문각, 1993

우리 문학사에 발자취를 남긴 종합지

종합 잡지 『개벽』

　『개벽』은 『창조』나 『폐허』와 달리 순문예지가 아니다. 그러나 이 잡지는 1920년 6월에 창간된 이래 우리 문학사에 뚜렷한 발자취를 남긴다. 천도교계에서 발행한 『개벽』은 동인지 성격에서 완전히 벗어난 본격 종합 잡지였다. 이름부터 천도교의 후천 개벽 사상에서 따온 『개벽』은 교계의 중진들인 최종정·이두성·이돈화가 각각 사장·발행인·편집인을 맡는다. 『개벽』은 3·1운동을 거치면서 다져진 평등과 자유 정신에 입각한 식민지 민중 해방을 잡지 발행의 목적으로 삼고 이를 충실히 따른다. 이런 발행 목적 때문에 『개벽』은 검열 당국의 최우선 감시 대상에 올라 창간호부터 수난을 겪는다. 일제는 표지의 호랑이 삽화가 독립 의지를 나타낸다는 둥, 시·소설·기사의 내용이 불순하다는 둥 사사 건건 트집을 잡아 잡지 발행을 불허하려고 든다. 호외號外를 내기도 하지만, 『개벽』은 일제 검열 당국의 무자비한 삭제를 거친 끝에 겨우 임시호로 빛을 본다.

　『개벽』의 문예란이 활성화된 것은 1923년께의 일로, 이 땅에 사회주의 사상의 물결이 밀려든 시기와 겹친다. 『백조』 동인으로 있던 박영희가 옮겨오고 일본에서 돌아온 김기진이 가세해, 이 무렵에 『개벽』은 거의 매호 마르크스주의 문학 이론을 싣는다. 뒤이어 이기영과 최서해 같은 신경향 작가들도 합류함으로써 어느덧 『개벽』은 사회주의 문학의 거점처럼 되어간다. 그러나 이 또한 일제에 대한 저항 의식에 근거한 것이었기에 사회주의와 거리가 있던 염상섭·현진건·나도향·이상화·김억·김소월·변영로·박종화·김동환 등 당시의 일급 작가 대부분도 이 잡지를 거쳐간다. 따라서 몇 차례의 판매 금지와 압수 또는 정간을 당하면서도

동인지 성격에서 완전히 벗어난 본격 종합 잡지 『개벽』 창간호. 표지의 호랑이 삽화가 한국인의 독립 의지를 나타낸다고 해서 창간호부터 수난을 겪는다.

『개벽』 창간호에 실린 박영희의 글 「세계를 알라」

1926년 8월 1일자로 72호를 내기까지 『개벽』은 1920년대의 갖가지 문학 형태를 담아내는 큰 그릇 구실을 한다. 이후 『개벽』은 1934년에 속간되나 이듬해에 끊기며, 1946년에 복간된 뒤 통권 81호까지 이어지다가 1949년에 다시 끊긴다.

참고 자료

송민호, 『일제말 암흑기 문학 연구』, 새문사, 1991
이형기 외, 『한국 문학 개관』, 어문각, 1988
윤병로, 『한국 근ㆍ현대 문학사』, 명문당, 1992

술과 문인

한국 문학사를 일별하면, 술과 문인은 떼려야 뗄 수 없는 관계임을 금세 눈치챌 수 있다. 문인 중에는 예부터 술을 가까이한 이가 유난히 많다. 술은 때로는 창작 욕구를 자극하고, 때로는 창작에 지친 심신을 달래 주는 묘약이었다.

술이 원인이 되어 이른 나이에 세상을 뜬 평론가 김현은 술에 관해 다음과 같은 유명한 말을 남긴다. "삼십대 후반 몇 년 동안을 나는 매일 술을 마셨다.…… 어느 날 정신을 차려보니, 이름이 전세계에 알려진 것이 아니라, 기관지와 장과 간이 엉망이 되어 있었다." 웬만한 창작자보다 더 풍부한 감성과 뛰어난 문학적 감식안을 지닌 이 평론가는 "사람들을 이해하기 위해 술을 마셨고, 사람들과 관계 맺기 위해 술을 마셨으며, 사람들이 써내는 글과 그것이 야기하는 효과를 알기 위해 술을 마셨다."고 한다. 김현의 집 근처에 있던 '반포치킨'은 그가 동료와 후배들에게 말의 향연을 베푸는 자리였고, 김현 문학의 베이스캠프였다.

천진 무구한 시인 천상병은 소설가 한무숙의 집에서 향수병을 양주병으로 잘못 아는 통에 양주보다 훨씬 비싼 향수를 통째 들이켜는 애교 섞인 전설을 남긴다. 늘그막에 알코올 중독으로 거리에서 떠돌다가 무연고자로 처리되어 시립병원에 들어간 적도 있는 김종삼은 동아방송 재직시 동료들이 퇴근한 뒤 한밤중에 스튜디오에 몰래 들어가서 소주를 마시며 홀로 모차르트의 음악을 듣곤 했다.

술은 으레 비극을 부르는 원천이 되기도 한다. 1970년대에 「청보리의 노래」의 시인 임홍재는 한겨울 밤 동료 문인과 술을 마시고 돌아가던 길에 개천으로 떨어져 그대로 동사하고, 1990년대에 중남미 문학의 권위 있는 연구자이며 젊은 문학 평론가인 황병하는 한밤에 만취 상태로 차를 몰고 가다가 전봇대를 들이받고 삶을 마감하기도 한다.

유신 체제의 어둠이 짙게 깔려 있던 1970년대의 어느 한 해, 고은과 이문구는 한 사람이 평생 마실 만큼 엄청난 양의 소주를 밤낮없이 마시며 울분을 달랜다. 그런가 하면 1980년대에 시인 박정만은 하찮은 필화 사건에 연루되어 수사 기관에서 가혹한 고문을 받고 풀려난 뒤, 몇 달 동안 두문 불출하며 거의 날마다 2홉 짜리 소주 10여 병씩을 몸에 들이부으며 황홀한 자기 파괴 또는 완만한 자살을 기도한다.

한편, 우리 현대 문학 초창기 시절의 '술과 문인'에 대해 평론가 김병익은 다음과 같이 쓰고 있다.

춘원, 요한, 늘봄 등 기독교 영향이 강한 몇몇을 제한 20년대 문학인들 대부분이 애주愛酒·호주豪酒가였던 것은 결코 우연이 아니었다. 그들의 고민과 술, 술과 문학은 깊은 상관 관계에 있었고, 술에의 탐닉은 '영원한 부정否定 정신'의 표현이었다. 그들은 돈만 있으면 술을 마셨고, 술을 마시기 위해서는 텅 빈 뒤주를 생각지도 않았다. 1~2원이면 질탕히 마실 수 있는 '민순자네집'으로부터 명월관의 일류 요정에 이르기까지 찾아다니며, 대포로부터 양주·맥주 할 것 없이 닥치는 대로 마셨다.

김동인·김찬영 등 『창조』파는 기생집에 자주 갔고, 염상섭·변영로 등 『폐허』파는 대포집에 잘 들락거렸으며, 방인근은 『조선문단』 시절 '합평회'란 명분으로 교외에 나가 술잔치를 벌이곤 했다. 그리고 그들 모두는 대단한 주량을 갖고 있었다. 어느 날 문인 몇이 남대문에서 동대문까지 대포집마다 들러 한 잔씩 마셨다. 이날 밤 빙허와 월탄이 마신 술이 60잔, 도향과 차상찬이 70잔, 횡보가 1백 잔이었다고 한다.

경음당鯨飮黨의 기수인 횡보는 신혼 초에 3일을 연음連飮, 견디다 못한 신부가 친정으로 도망을 치는가 하면, 대취 끝에 '횡보'로 공덕동의 집을 지나쳐 장마로 불어난 마포강에 실족하야 빠져 죽을 뻔하기도 하는 등, 거의 폭음의 연속이었다. 그는 도쿄 유학 시절부터 같이 하숙한 무애无涯 양주동과 어울려 고래술을 마셔댔고, 취하면 때로 무애의 시를 혀꼬부라진 음성으로 외기도 했다.……

이 같은 갖가지 음주 기행 중 백미는, '백주 나체 승우白晝裸體乘牛' 사건. 어느 날 횡보·수주·공초·성제 등 네 주호酒豪가 모였다. 이들은 인촌 김성수에게 사람을 보내 술값을 부탁했다. 인촌이 선뜻 준 50원을 가지고 이들은 소주 한 말과 쇠고기를 사들고 성균관 대학 뒷산으로 올라갔다. 갹담·농담·치담痴談을 섞어 취기가 한껏 올랐을 때 갑자기 소나기가 쏟아지기 시작했다. 문득 "우리 모조리 옷을 찢어버리자."는 공초의 발의로 모두 탈의, 일사 불착一絲不着의 나체가 되었다. 이들은 옆에 매인 소를 타고 비탈길을 의기 양양 내려갔다. 백주 적안白晝赤顔의 이 '나한裸漢'들은 시내로 진출하려는 장도壯圖를 도중의 일대 소동으로 포기했지만, 심기는 먹구름 덮인 하늘을 뚫고 치솟을 수 있었다. 이런 호쾌한 명정이야말로 음습한 시대의 절망을 내지를 유일한 방법이었던 것이다.

—김병익, 『한국 문단사』 (일지사, 1973)

재산상 부정한 이익을 얻거나 또는 얻을 목적으로 전조 제1항과

같은 방법으로 면회를 강청하거나 또는 강담 · 협박 행위를

한 자는 1년 이하의 징역 또는 1백 원 이하의 벌금에 처한다

1921

폭력 행위 등 처벌에 관한 법률

제1조 단체 혹은 다중의 위력을 빌리거나 단체 혹은 다중으로 가장하여 위력을 과시하거나 흉기를 휴대하거나 혹은 다수인이 공동하여 형법 제208조 제1항, 제222조 또는 제261조의 죄를 범한 자는 3년 이하의 징역 또는 5백 원 이하의 벌금에 처한다.

상습적으로 전항에 게재된 형법 각 조의 죄를 범한 자의 형도 전항과 동일하다.

제2조 재산상 부정한 이익을 얻거나 또는 얻을 목적으로 전조 제1항과 같은 방법으로 면회를 강청強請하거나 또는 강담強談 · 협박 행위를 한 자는 1년 이하의 징역 또는 1백 원 이하의 벌금에 처한다.

상습적으로 이유 없이 면회를 강청하거나 또는 강담 · 협박 행위를 한 자 역시 전항과 동일하게 처벌한다.

제3조 제1조 제1항의 방법으로 형법 제199조, 제204조, 제208조 제1항, 제222조, 제223조, 제234조, 제260조 또는 제261조의 죄를 범할 것을 목적으로 금품이나 그 밖의 재산상의 이익 혹은 직무를 공여하거나 또는 그것의 신청이나 약

속을 한 자 및 사정을 알고도 공여를 받거나 또는 요구 · 약속한 자는 6월 이하의 징역 또는 50원 이하의 벌금에 처한다.

제1조 제1항의 방법으로 형법 제95조의 죄를 범할 목적으로 전항과 같은 행위를 한 자는 6월 이하의 징역 혹은 금고 또는 50원 이하의 벌금에 처한다.

조선총독부는 가혹한 식민 통치로 소작 쟁의와 노동 쟁의 등 항일 성격을 띤 쟁의가 빈발하자, 이를 효율적으로 억압하기 위해 '폭력 행위 등 처벌에 관한 법률'을 공포한다.

제2조에서 말하는 "재산상 부정한 이익을 얻거나 또는 얻을 목적"이라는 것은 대개 노동 조건의 개선이나 소작료의 인하 같은 노동자나 소작 농민의 생존을 위한 요구를 가리키는 것이다.

이로써 일제는 우리 민족 성원 한 사람 한 사람의 생활과 생존권까지 '합법적'으로 좌지 우지할 수 있게 된다.

1921

1월
1 중국, 광둥 정부를 정식 정부로 선언
12 서재필, 미국 대통령 하딩과 회견, 한국 독립 후원 요청
21 이탈리아사회당 좌파, 공산당 결성
28 중일군사협정 취소
0 만주 독립군 부대(서로군정서 · 북로군정서 · 대한독립단 등), 노령에서 대한독립군단 조직

2월
21 『동아일보』 속간

3월
21 독일 중부에서 공산당이 지도하는 총파업과 무장 봉기 발생(3월 투쟁)

4월
10 중국, 비상 국회에서 쑨 원을 대총통으로 선출

5월
1 팔레스타인에서 아랍인들의 반유태 폭동 발생(~5. 6.)
13 일본 각료 회의, 만주 · 몽골에 대한 정책 결정(일본의 특수 지위와 이권 주장)
30 남대문역 대화재 발생
0 변영로 · 황석우 · 박종화 · 박영희 등, 시 동인지 『장미촌』 창간

6월
28 러시아 적군, 자유시에 집결한 한국 독립군 공격, 독립군 272명 전사, 917명 포로, 익사 31명, 행방 불명 250여 명(자유시사변)

7월
1 상하이에서 중국공산당 창립
0 박헌영 · 임원근 등, 중국 상하이에서 고려공산청년동맹 조직

10월
25 좌측 통행제 실시(1906년 이후 우측 통행제)

11월
4 일본 총리, 도쿄역에서 피살
7 이탈리아 로마에서 파시스트 전국 대회 개최, 전투자파쇼당을 국가파쇼당으로 개칭
27 우리 나라 최초의 신문 잡지 기자 단체인 무명회無名會 창립

12월
3 김윤경 · 장지영 · 이병기 · 최두선 등 16명, 조선어연구회(한글학회 전신) 창립

『장미촌』, 자유시의 선구

시 전문지 『장미촌』

1921년에 변영로와 황석우 등이 창간한 시 전문지 『장미촌』은 퇴폐적이고 현실 도피적인 성격은 여전하지만, 『폐허』가 사라진 뒤의 황량하고 스산한 빈 자리를 메우려는 듯 그 이름에서 전에 없던 화사함과 정열을 발산한다.

우리들은 인간으로의 참된 고뇌의 촌에 들어왔다. 우리들의 밟아나가는 길은 고독의 끝없이 묘막渺漠한 큰 설원雪原이다. 우리는 이 곳을 개척하여 우리의 영靈의 영원한 평화와 안식을 얻을 촌, 장미의 향훈香薰 높은 신과 인간과의 경하慶賀로운 화혼花婚의 향연饗宴에 얽히는 촌을 세우려 한다. 우리는 이 곳을 자못 우리들의 젊은 영의 열탕熱湯같이 뜨거운 괴로운 땀과 또는 철화鐵火 같은 고도의 정淨한 정열로써 개척하여 나갈 뿐이다. 장미, 장미, 우리들의 손에 의하여 싹나고 길리고, 또한 꽃 피려는 장미.

「선언」2, 『장미촌』 창간호. 글쓴이의 이름은 나와 있지 않으나 용어와 문체로 미루어 황석우가 쓴 것으로 보인다.

'자유시의 선구' 라는 부제를 달고 4·6배판에 20쪽 남짓한 분량으로 선보인 『장미촌』 창간호는 변영로의 「장미촌」을 비롯해 황석우의 「장미촌의 향연」·「장미촌의 제1일의 여명」, 노자영의 「피어오는 장미」·「밤하늘」, 박영희의 「적적笛과 비곡悲曲」·「과거의 왕국」, 박종화의 「우유빛 거리」·「오뇌의 청춘」 등 세기말적 데카당스의 영향을 흠뻑 빨아들인 시들로 채워진다.

『폐허』보다 더욱 이상적인 평화와 안식의 낙원을 세우고자 『장미촌』에 모인 이들은 제대로 향연을 베풀기도 전에 2호를 끝으로 뿔뿔이 흩어진다. 『장미촌』은 그 얼마 전에 없어진 『폐허』와 곧 나오게 되는 『백조』 사이에 자리잡은 간이역 정도의 의의만 가질 뿐이다.

한국 최초의
시 전문지 『장미촌』

1921

변영로, 술과 문학에 젖어 산 풍류객

『폐허』 2호부터 참가해 잠깐 동인으로 활동하다가 1921년에 황석우와 함께 『장미촌』 건설의 주역으로 나서는 변영로卞榮魯(1898~1961)는 1898년 5월 경성부 맹현동(지금의 가회동)에서 태어난다. 위로 형이 둘 있었는데, 큰형은 변영만으로 국학자이자 한학자이며 약관의 나이에 법관직에 오를 만큼 머리가 좋았다고 한다. 작은형은 영문학자이며 나중에 국무 총리를 지낸 바 있는 변영태다. 중국의 큰 문장으로 이름을 떨치며 당송 팔대가의 세 자리를 차지한 소순蘇洵 삼부자에 빗대어 이 삼형제를 한국의 삼소三蘇라고 부르기도 한다. 변영로는 서울 제동·계동보통학교를 거쳐 중앙학교에 들어가는데, 1912년 열네 살의 어린 나이로 자신보다 훨씬 키가 큰 열여섯 살의 아내를 맞아들인다. 결혼 뒤에도 학교에 다니던 그는 졸업 직전에 체조 선생에게 대든 일로 말미암아 학교를 중퇴한다.

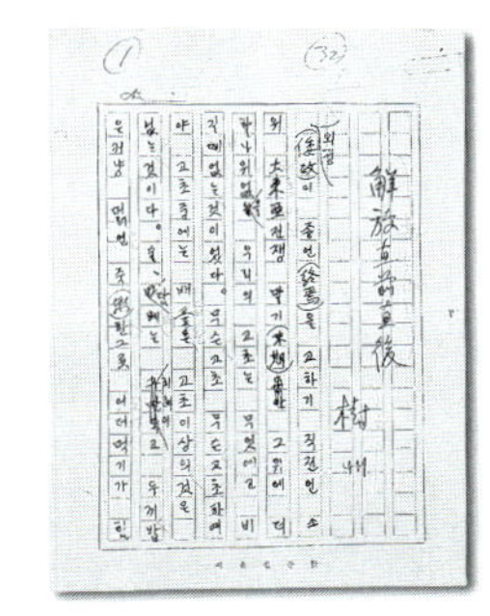

변영로의 육필 원고

1915년 그는 조선중앙기독청년회학교 영어반에 등록하는데, 어학 분야에 남다른 재질을 보여 여느 사람이 3년 걸리는 과정을 6개월 만에 2등으로 마친다. 1916년에 그는 기독청년회학교 부설 '근어학원'에서 부인들에게 영어를 가르친다. 1918년에는 김성수의 도움으로 정작 자신은 졸업하지 못한 모교인 중앙학교의 영어 교사로 일하면서 같은 해 6월 『청춘』에 영시 「코스모스Cosmos」를 발표한다. 1919년 3·1운동 때 변영로는 YMCA에서 「독립 선언문」을 영문으로 번역하기도 한다. 그는 1920년 『학지광』에 논문 「주의적主義的 생활」을 발표하며 문단에 나온다.

대단한 술꾼이던 변영로가 술에 얽힌 이야기를 재치와 익살을 곁들여 풀어낸 『명정酩酊 40년』

변영로는 이듬해인 1921년 『폐허』 2호에 프랑스나 일본 쪽이 아니라 메테를링크Maurice Maeterlinck와 예이츠William Butler Yeats의 관점에서 상징주의를 제시한 평론 「메테를링크와 예이츠의 신비 사상」*과 이와 대조가 되는 전통 율

---

* 송백헌 외, 『한국 문학 사조론』(새문사, 1992)

격에 애틋하면서도 절제된 감정을 담은 시 「생시에 못 뵈올 님」을 발표하면서 본격적인 문학 활동을 펼친다.

이 밖에도 산문 「동인 인상기─오상순 군의 인상」 등을 내놓으며 늦게 『폐허』 동인으로 가담한 그는 『폐허』가 2호로 종간됨에 따라 곧 황석우 · 오상순 · 박종화 · 박영희 · 노자영 등과 함께 시 전문지 『장미촌』을 펴낸다. 그는 여기에 수필 「장미촌」과 다수의 외국 문학 번역물 및 논문을 싣지만 이 또한 2호로 종간을 맞게 된다. 이후에는 동인지 활동에 가담하지 않으나 1922년 9월 『동명』에 시 「날이 샙니다」를 발표하고, 이듬해 『신생활』에 시 「논개論介」를 발표해 주목받게 된다.

「논개」는 진주 남강의 푸른 물결과 역사 속 실존 인물인 논개의 붉게 타오르는 조국애를 대비시켜 감동을 안겨준다.

거룩한 분노는 /종교보다도 깊고 /불붙는 정열은 /사랑보다도 강하다 /아, 강낭콩 꽃보다도 더 푸른 /그 물결 우에 /양귀비 꽃보다도 더 붉은 /그 마음 흘러라. //아릿답던 그 아미娥眉 / 높게 흔들리우며 /그 석류石榴 속 같은 입술 / '죽음' 을 입맞추었네! /아, 강낭콩 꽃보다도 더 푸른 /그 물결 우에 /양귀비 꽃보다도 더 붉은 /그 '마음' 흘러라

그는 이처럼 빼어난 언어 감각과 상징성으로 많은 이의 찬사를 받는가 하면, 다른 한편으로 지나치게 언어에 집착한 기교파라는 지적도 받는다. 비평가인 팔봉 김기진의 견해를 들어보자.

이 사람의 시작에 대한 태도를 볼 것 같으면 신경이 전부 '언어' 에 집중되어 있음을 발견할 것이다.…… 그러나 그의 신경이 너무 이 방면으로 날카롭게 모이는 까닭으로 전체 시의 효과를 희박하게 한다.…… 그리고 이 사람의 문예적 사상은 상징주의적 유미주의다. 이 사람의 시에 나타난 이 사람의 생활 태도 그것은 안가安價의 정신주의적 인생관에 불과하다.
김기진, 『개벽』— 백철, 『신문학 사조사』(신구문화사, 1992) 재인용

변영로의 민족애와 미적 언어 추구는 1924년 '평문관' 에서 나온 시집 『조선의

마음』에서도 지속된다. 기교주의적 추상성과 관념성에 치우쳤다는 지적이 따름
에도 여기에 실린 시들은 많은 독자에게 감동으로 다가선다. 『조선의 마음』에는
28편의 시와 수상 8편이 실리는데, 이 시화집은 발간 직후 내용이 불온하다는 이
유로 총독부에 압수되어 폐기 처분된다. 태평양전쟁이 한창일 무렵 총독부 검열
에서 자신의 글들이 함부로 첨삭 가감되자 이런 수모에 분개한 변영로는 "굶어 죽
을지언정 뼈 없는 글을 쓰지 않겠다."며 붓을 꺾어버리고 고향에 내려가서 수수개
떡으로 연명하기도 한다.

　『조선의 마음』으로 이름이 널리 알려지게 된 그는 1927년 이화여전 교수로 초
빙되어 영문학과 국문학을 강의한다. 영어와 다방면의 지식에 능통하던 그는 학
교에 나가면서 시작詩作에 전념하지 못하고 번역문을 내거나 수필 몇 편을 쓰는
데 그친다. 같은 해에 그는 진정한 우리의 것을 확인하기 위해 시인 김상용, 사학
자이며 정치가인 안재홍 등과 함께 백두산에 오르기도 한다. 1931년에는 경상도
의 부호이자 선배 겸 친구인 장택상의 도움으로 미국으로 건너가 캘리포니아의 산
호세대학에서 2년 동안 수학한다.

　1933년에 미국에서 돌아온 그는 동아일보사 계열 잡지인 『신가정』의 출판국과
편집국, 정치부에서 주로 번역을 맡아 일한다. 이 무렵 아내가 출산하
다 숨지는 일이 생긴다. 곧 재혼한 그는 동아일보사의 관사에서 살던
중 1936년 베를린 올림픽 마라톤 종목에서 우승한 손기정 선수의 일장
기 말소 사건에 연루되어 잠시 감옥살이를 한다. 『신가정』 표지에 손기
정 선수의 다리만 게재한 채 「조선의 다리」라는 제목을 붙여 총독부의
비위를 건드린 것이다. 일제 말기 황민화 문학 운동이 크게 벌어지며
많은 문인이 친일 대열에 합류할 때에도 변영로는 지조와 절개를 꺾지
않는다.

변영로(뒷줄 왼쪽)와
부인 양창희(가운데)

　해방 뒤 그는 성균관대학교 영문과 교수로 재직하는데, 같은 학교에 영문과 강
사로 나가던 수필가 피천득은 다음과 같은 말을 전한다.

"6·25가 나기 얼마 전 나는 서울대 예과 교수로 있으면서 성균관대학 강사로 나갔어요. 당시 성균관대학에는 교수가 전부 여덟 명이었지요. 당시 교수들은 학생 못지않은 낭만을 즐겼어요. 전체 교수 회의는 답답한 사무실을 빠져나와 일취옥이라는 학교 앞 술집에서 열린 적이 한두 번이 아니었고, 봄가을에는 교직원들 모두 도시락과 술을 싸들고 교외로 나가 야유회를 갖기도 했지요. 그 당시 영문과 교수였던 수주 선생은 술과 친구를 좋아하기로 이름이 난 분이었지요. 한창 강의를 하다가도 밖에서 누가 찾아오면 책을 덮어두고 술 마시러 나가던 분이었어요. 벌거벗은 채로 소를 타고 시내를 질주하다 순경에게 끌려가는 경우도 있었고요."

변영로의 술버릇에 얽힌 일화는 수두룩하다. 몇날 몇밤을 앉은 자리에서 꼼짝도 하지 않고 술을 마셨다는 정도는 이야기 축에도 들지 못한다. 당대의 4대 주선酒仙으로 일컬어지던 오상순·이관구·염상섭 등과 함께 대취해 성균관대학교 뒷산 사발정 약수터에서 옷을 홀딱 벗은 채 소를 타고 내려와 인근 주민들을 기겁하게 만든 이야기, 역시 대취해 홍난파의 집 안방에서 아무것도 걸치지 않은 알몸뚱이로 자다가 물을 마시려고 마루로 나서는데 마침 여름밤이라 마루에 모기장을 쳐놓고 자던 아낙네들 위로 넘어져 그 집 사람들을 혼비 백산하게 만든 이야기 등 전설처럼 내려오는 기담만도 한두 가지가 아니다.

예전에 군수까지 지낸 바 있는 그의 아버지는 집에서 술을 마실 때 아직 대여섯 살밖에 안 된 변영로에게 늘 두서너 잔씩 따라주어 마시게 했다고 한다. 이렇게 시작된 변영로의 음주 행각은 『폐허』와 『장미촌』 시절, 역시 당대의 술꾼이던 오상순·염상섭 등과 만나면서 심화되어 걸핏하면 폭음으로 이어진다. 1933년께 첫 아내가 죽고 나서 그는 『동아일보』에 「금주 단행론」을 실어 널리 금주 결심을 알리는가 하면, 금주패를 걸고 다니다가 술자리에 내놓는 식으로 금주 결심을 밝히기도 한다. 또 집에서 금주식을 올리고 기념 촬영까지 하는 등 온갖 방법을 동원하지만 그는 얼마 못 가서 다시 술을 입에 댄다. 1954년 국제 펜클럽 대회가 열린 오스트리아의 빈에 가서도 물건은 못 사가는 대신 좋은 술이나 마시고 가야 한다며 머무는 내내 술을 마시는 등 '금주' 결심, 실패, 다시 결심, 다시 실패를 셀 수 없이 거듭한다. 그는 술에 얽힌 이런 이야기를 재치와 익살을 곁들여서 『신천지』에 「명정酩酊 40년」이라는 제목으로 나누어 싣는데, 1953년 서울신문사에서 단행본으로 묶어내기도 한다.

1947년에는 영시집 『진달래 동산 *Grove of Azalea*』을 펴내고, 1948년 제1회 서울특별시 문화상을 받는다. 1950년 6·25 때에는 부산으로 피난가서 잠시 해군사관학교 영어 담당 교관으로 있다가 서울로 돌아온다. 1953년 서울신문사에서 일하던 그는 '대한공론사'를 만들어 이사장으로 취임한다. 이 밖에 수필 「별을 그리던 시절」·「6·25면 생각나는 벗」·「신채호론」 등을 발표하고, 1954년에는 국제펜클럽 한국본부 초대 위원장으로 임명되어 이듬해 6월 빈 대회에 모윤숙·김광섭 등과 함께 참석하고 돌아온다. 그는 1955년 『한국일보』에 「천자 춘추千字春秋」라는 글을 싣는데, 이것이 당시 성균관대학교 총장이던 김창숙과 연관된 필화 사건으로 번져 그 학교에서 하던 일을 그만둔다. 1959년 『수주樹州 시문선』을 펴낸 그는 1961년 예순셋의 나이 때 후두암으로 숨진다.

1959년에 나온
『수주 시문선』

생전에 변영로는 "나는 돈키호테를 배우고 싶다. 닮고 싶다. 하다 못하면 흉내라도 내고 싶다."고 했다. 그는 궁색한 형편 속에서도 서울의 일류 양복점에서 꼭 맞춤옷만 장만해 입고, 구두는 인편을 통해 상하이나 홍콩에서 맞추어 신던 멋쟁이였다. 한국 현대 문학사에서 수주 변영로만한 도량을 지닌 풍류객을 다시 만나기는 어렵지 않을까.

참고 자료

조연현, 『한국 현대 문학사』, 성문각, 1993

송백헌 외, 『한국 문학 사조론』, 새문사, 1995

이어령, 『한국 문학 연구 사전』, 우석출판사, 1990

조동일, 『한국 문학 통사 5』, 지식산업사, 1994

백철, 『신문학 사조사』, 신구문화사, 1992

김재용 외, 『한국 근대 민족 문학사』, 한길사, 1993

염상섭

자연주의 소설의 거목

염상섭廉想涉(1897~1963)은 1897년 8월 30일 서울 종로구 필운동 야조현 중턱쯤 되는 속칭 '고가나무골'에서 일찍부터 문명 개화의 세례를 받은 염규환의 6남2녀 중 셋째아들로 태어난다. 그의 호는 횡보橫步고, 본명은 상섭尚燮이다. 그의 아버지는 전주·가평·의성 등지에서 군수를 지낸 인물로, 염상섭은 꽤 넉넉한 집안에서 유복하게 자란다. 그럼에도 "삭막하고 살벌한 사회 환경이나 국내 정세와 쇄국적·봉건적 유풍에서 자라난 소년이 문학의 인간적인 따뜻한 맛과 넓은 세계를 바라볼 제, 조국의 현실상이 암담할수록 여기에서밖에 광명한 희망을 찾을 데가 없었던 것이다."*라는 고백에서 알 수 있듯이, 염상섭은 어릴 적부터 문학을 일제 강점이라는 절망적 상황에서 벗어나게 도와주는 유일한 광명과 희망의 출구로 인식하게 된다. 과연 염상섭은 김동인과 소설가의 자질에 대한 논쟁으로 1910년대 말의

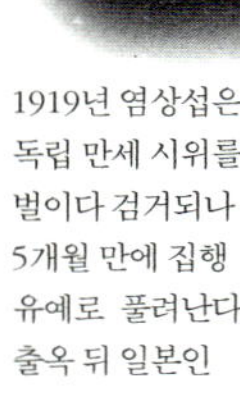

1919년 염상섭은 독립 만세 시위를 벌이다 검거되나 5개월 만에 집행 유예로 풀려난다. 출옥 뒤 일본인 교도관들과 함께.

문단을 떠들썩하게 만들더니, 자신의 주장을 확인하거나 실험하기라도 하듯이 1920년대에 들어 걸작을 하나 내놓는다. 그 이전까지 우리의 어느 소설에서도 본 바 없는 괴이하고 실험적인 소재를 사용해 인간 내면의 심리를 파헤친 이 작품은 그가 김동인과 논쟁을 벌였을 때보다 더 강한 충격을 문단에 준다. 김동인은 맞수 염상섭이 써낸 「표본실의 청개구리」를 보고 나서 이렇게 느낌을 털어놓는다.

'이 사람이 소설을 썼다.' 이러한 마음으로 나는 그 작품을 보았다. 그러나 연재물의 제1회

---

* 김윤식, 『속 한국 근대 작가 논고』(일지사, 1992)

를 볼 때 벌써 필자의 마음에는 큰 불안을 느꼈다. 강적이 나타났다는 것을 직감하였다. ……
과도기의 청년이 받은 불안과 공포의 번민 —「표본실의 청개구리」에 나타난 것은 그것이었
다. 필자는 상섭의 출현에 몹시 불안을 느끼면서도 이 새로운 하므레트의 출현에 통쾌감을 금
할 수 없었다.

   『김동인 전집 6』(삼중당, 1976)

이인직의 신소설 이래 이광수의 계몽 소설, 그리고 이에 반발한 김동인과 전영
택의 '창조' 역량을 과시하는 소설 몇 편이 나온 바 있지만, 1921년『거벽』에 실린
「표본실의 청개구리」는 우리 나라 소설사의 맥락에서 무척 이채를 띠는 작품이었
다. 따라서 소설가로서 굉장한 자부심을 가지고 있던 김동인에게조차 염상섭이
햄릿으로 비친 것은 과장이라고 할 수 없다.

"자 여러분, 이래도 아직 살아 있는 것을 보시오." 하고 뾰족한 바늘 끝으로 여기저기를 콕
콕 찌르는 대로 오장을 빼앗긴 개구리는 진저리를 치며 사지에 못박힌 채 벌떡벌떡 고민하는
모양이었다.
   8년이나 된 그 인상이 요사이 새삼스럽게 생각이 나서 아무리 잊어버리려고 애를 써도 아니
되었다. 새파란 메스, 닭의 똥만한 오물오물하는 심장과 폐, 바늘 끝, 조그만 전율……. 차례
차례로 생각날 때마다 머리끝이 쭈뼛쭈뼛하고 전신에 냉수를 끼얹는 것 같았다.
   남향한 유리창 밑에서 번쩍 쳐드는 메스의 강렬한 반사광이 안광을 찌르는 것 같아 컴컴한
방 속에 드러누웠어도 꼭 감은 눈썹 밑이 부시었다. 그러나 그럴 때마다 머리맡에 놓인 책상
서랍 속에 넣어둔 면도칼이 조심이 되어서 못 견디었다.

   염상섭, 「표본실의 청개구리」, 『개벽』(1921. 8.)

「표본실의 청개구리」는 절망의 벼랑 끝에서 알코올과 니코틴 범벅으로 살고 있
던 주인공 '나'가 친구의 권유로 서울 남대문역에서 출발해 평양과 진남포를 거쳐
북극 한촌까지 여행하는 전후의 상황을 그린 작품이다. 친구의 권유로 여행길에
오른 '나'는 중학교 시절 실험실에서 본 바 있는 해부된 청개구리를 떠올리며 불
안한 현실 속에 던져진 자신의 고통을 인내한다. '나'는 도중에 3층 다락방 속에
웅크리고 앉아 세계 평화를 꿈꾸는 몽상가이자 광인인 김창억을 만나 자신의 의식

을 투영한다. 여행을 다녀온 지 두 달쯤 되던 날, '나'는 친구에게서 김창억이 불을 내고 어디론가 떠나버렸다는 내용의 편지를 받고 한없는 비애를 느낀다.

염상섭은 이 작품에서 3·1운동 직후 지식인이 겪은 번민을 냉철한 시각으로 생물을 해부하듯이 임상학적인 수법으로 그려내어 우리 나라 최초의 '자연주의 작가'라는 평을 듣는다. 아울러 한편으로는 고도의 섬세한 심리 묘사와 상징 기법 위에 『폐허』 시절의 퇴폐적이고 음울한 분위기가 덧칠해짐으로써 서구의 '자연주의'와는 또 다른 색조를 자아낸다.

『폐허』 이후 1920년에 잠시 정주의 오산학교 교사로 있던 염상섭은 1921년 최남선이 꾸리던 주간 종합지 『동명』의 기자로 들어간다. 얼마 뒤 『동명』이 『시대일보』로 개칭되면서 그는 사회부장을 맡는다. 1922년 『개벽』 1월호에 「암야暗夜」를 발표하고, 2월호부터 중편 「제야除夜」를 연재한다. 『신생활』 7·8월호에는 개성을 앞세워 이룩한 그 동안의 소설 세계에서 한 걸음 사회적 자아를 찾아 나간 중편 「만세전」을 연재하게 된다.

젊은 지식인의 암담하고 불안한 현실을 '묘지'에 비유한 자전적 소설인 「만세전」은 도쿄 W대학 문과 재학생인 이인화가 아내의 급병 소식을 듣고 급히 귀국하는 시점에서 이야기가 시작된다. 고향으로 가는 차 안에서 다만 조선 사람이라는 이유로 못 살게 구는 일본 경찰을 대하며 이인화는 자신이 식민지 피지배 민족의 일원임을 다시 한 번 절실하게 깨닫는다. 아울러 그는 낮에 잠깐 김천에서 만난 친척 형으로부터 들은 이야기를 떠올린다. 총독부의 새로운 정책에 따라 이제부터 묘지는 공동 묘지밖에 쓸 수 없게 된다는 말을 들은 것이다. 영동역 부근에서 올라 탄 갓장수도 공동 묘지 이야기를 꺼내자 그는 다시 묘지 문제를 놓고 생각에 잠긴다. 그런데 느닷없이 헌병이 객차를 수색해 그 갓장수를 끌고 가는 것을 바라보며 이인화는 무덤이 따로 있는 게 아니라 이 사회 자체가 무덤이라고 탄식한다.

이게 산다는 꼴인가? 모두 뒈져버려라! 무덤이다! 구더기가 끓는 무덤이다! 공동 묘지다!

식민지 지식인의 암담하고 불안한 현실을 '묘지'에 비유한 자전적 중편 소설 『만세전』

공동 묘지 속에서 살면서 죽어서 공동 묘지에 갈까봐 애가 말라 하는 갸륵한 백성들이다!

절망을 곱씹으며 집에 온 이인화 앞에는 혼수 상태에 빠진 아내와 술로 세월을 보내는 아버지가 기다린다. 봉건 유습에 젖어 한약만을 고집하는 아버지 때문에 병원 문턱에도 못 가본 채 아내는 죽고 만다. 급히 장례를 치르고 나자 집안 사람들은 재혼을 권하며 그를 붙잡는다. 그러나 공동 묘지처럼 답답한 집안과 사회로부터 벗어나고 싶은 마음에 그는 모든 것을 떨치고 도쿄로 떠난다.

이 작품은 연재를 시작할 때 제목이 「묘지」였는데 1948년에 단행본으로 펴내며 『만세전』으로 바뀐다. 또 1923년에 쓴 「신혼기」는 이듬해에 단행본으로 나올 때 『해바라기』로 제목이 바뀌기도 한다. 이처럼 염상섭은 제목 하나하나에 주의를 기울인 작가로 유명하다. 그는 평소 동네의 문패를 두루 살피며 항렬까지 따져서 소설에 나오는 인물들의 이름을 지을 만큼 자잘한 문제까지 세심하게 신경을 기울인다. 이렇게 까다롭고 고집스러울 뿐 아니라 무뚝뚝한 면까지 있어 그는 사람들과 사귀기를 꺼리는 듯이 비치기도 한다. 그러나 술만 들어가면 이야기와 노래로 잘 어울려서 『폐허』 시절부터 가까이 지내던 오상순·변영로·양주동과 더불어 문단의 술꾼으로 호가 나게 된다.

그는 1924년 『개벽』 2월호에 「금반지」를 발표하고, 이듬해 「전화」·「윤전기」·「조그만 일」·「밥」 등을 발표한다. 이런 작품에서는 초기에 보이던 어두운 면이 많이 사라진 것을 알 수 있다. 아울러 등장 인물 어느 쪽에도 기울지 않고 단지 그 인물들의 환경과 성격, 심리적 동기를 훨씬 사실적이고 객관적인 시각과 수법으로 분석함으로써 이른바 '리얼리즘'의 본격적인 단계에 접어들게 된다. 이 무렵 작품 활동과 관련해 견문을 좀더 넓힐 필요성을 느낀 그는 다시 일본으로 건너가서 도쿄에 하숙을 얻고 양주동과 지내며 일본과 서구의 새로운 문예 사조 등을 연구한 뒤 돌아온다. 1927년 그는 『조선문단』에 발표한 「문예와 생활」이라는 글을 통해 "사람이 현실이라는 무대 위에서 어떠한 희·비극을 연작하고 있는가를 묘사하고 해부하고 비평하고 단정하여 생활의 상태와 방향을 천명하고 혹은 지시"하는 것이라는, 세태와 풍속론에 입각한 새로운 리얼리즘의 방향을 예고한 뒤 창작에 임한다. 이에 따른 작품들이 같은 해『시대평론』에 발표한「두 출발」과『동아일보』에 연재한 장편「사랑과 죄」, 1928년『매일신보』에 연재한 장편「이심二心」이다.

1929년 서른두 살 노총각으로 열여덟 나이의 여성과 결혼한 염상섭은 1930년 '조선일보사' 학예부장 자리에 앉아 주로 응모 작품의 심사와 독자 투고 원고의 선별을 맡게 되며, 창작 소설로는「광분狂奔」을 발표한다. 1931년 1월, 그는『조선일보』에 한국 문학사에서 사실주의 소설의 대표작으로 거론되는 장편「삼대三代」를 연재한다.

「삼대」는 1930년 전후 서울의 중산층인 조씨 일가 삼대가 겪는 갈등과 몰락 과정을 그린 대하 소설이다. 앞 세대인 할아버지 조 의관은 자수 성가로 부를 얻고도 이에 만족하지 못한 채 식민지의 사회 경제적 혼란을 틈타 돈으로 양반 지위를 사고 족보마저 꾸며 신분 상승을 꾀하는 봉건 지주의 전형과 같은 인물이다. 그의 아들 조상훈은 기독교인이며 2년 동안 미국 생활을 한 만큼 사회적인 신념과 꿈도 없지 않으나 3·1운동 뒤의 정세에 휩쓸려 점차 술과 여자에 탐닉, 가산을 탕진하는 개화 지식인의 전형이다. 마지막 세대인 손자 조덕기는 일본의 전문 학교 재학생이며 이념과 현실 인식을 바탕으로 사회 운동에 동참하고 싶어하지만 가족의 구성원으로서 제 소임을 외면하지 못하는 양심적 지식인이다. 조 의관은 '돈'을 가장 중요한 가치로 받들며 이를 지키기 위해 온갖 노력을 다 기울이고 늙어서는 다음 세대에 물려주려고 한다. 그러나 여자·술·도박에 이어 마약에까지 빠져 폐인이 되다시피 한 아들 상훈에게 집안을 맡길 수 없음을 깨닫고 손자 덕기에게 금고의 '열쇠'를 물려준다. 이에 덕기는 스스로 참여하지는 못하지만 물질적인 지원이라도 하고 싶어 사회주의 운동을 하는 친구

한국 문학사에서
사실주의 소설의
대표작 가운데
하나로 꼽히는
염상섭의 장편
『삼대』

병화와 필순네 부녀를 돕고, 한편으로는 할아버지의 뜻을 저버리지 않기 위해 재산을 지키고자 최선을 다한다. 그러나 조 의관이 죽자 재산에 눈독을 들인 주변 사람들이 준동하게 된다. 덕기는 할아버지의 애첩이던 수원댁과 그 측근들의 음모와 술수에 시달리고, 편법으로 재산을 탐하던 아버지 상훈이 감옥에 들어가는 것을 지켜볼 수밖에 없다. 이처럼 돈을 둘러싼 다툼 속에서 주변 사람들의 속물 근성과 추악상이 벗겨지고, 마침내 삼대에 걸친 조씨 일가는 몰락하기에 이른다.

작가 염상섭은 이런 줄거리를 펼치며 구세대 ─ 과도기 ─ 신세대 또는 봉건 지주 시대 ─ 개화 시대 ─ 자본주의 시대라는 삼분법 속에서 각 세대의 전형을 반영하는 인물들의 사고 · 행동 · 갈등을 정밀하게 보여준다. 그뿐 아니라 자본주의 개화 지식인을 대변하는 덕기의 맞은편에 병화로 대변되는 사회주의 지향 세력을 놓으면서도 극단적인 대립 구도를 취하지 않고 상대적인 수용 자세와 평형을 꾀함으로써 한결 총체적인 리얼리즘을 구현하는 성과를 거두게 된다.

그러나 염상섭은 소설의 중심이 되는 '돈' 을 둘러싼 인간의 욕망과 갈등은 집요하게 그려내면서도, '돈' 을 정체된 소유 개념으로 파악한 나머지 경제적 순환 구조의 원리를 형상화하는 데는 실패한다. 염상섭의 가장 큰 특기인 극도의 섬세함과 정밀 묘사가 단편이 아닌 장편에서는 핵심을 흐리게 만들고 산만한 느낌을 주어서 「삼대」는 "예술적 감동력이 미력"* 하다는 지적을 받기도 한다. 특히 염상섭과는 대조적으로 문체의 과감한 생략과 간결함을 창작 기법의 표준으로 삼고 이에 대단한 자부심을 갖고 있던 김동인은 그의 이런 지나친 꼼꼼함에 대해 이렇게 평가한다.

염상섭 일가.
1936년 염상섭이
『만선일보』
주필로 초빙되어
가던 당시.
왼쪽부터 작가,
아들 재용,
딸 희옥,
부인 김영옥.

그의 묘사법은 너무 산만적이다. 한방 안에 갑 · 을 · 병 세 사람이 있으면 그는 세 사람의

* 조연현, 『한국 현대 문학사』(성문각, 1993)

동작 심리는커녕 장소며 심지어는 그들의 그림자가 방바닥에 비치인 위치며 그의 그림자가 햇볕의 경계선에 걸쳐 놓인 재떨이까지도 묘사하지 않고는 두지 않는다. 한 장면의 대점大點과 주점主點을 파악하여 가지고 불필요한 자는 전부 약略하여 버리는 조리적 재능이 그에게는 없다.

김동인, 「한국 근대 소설고」, 『김동인 전집』 8권

염상섭은 「삼대」 이후 1932년 그 속편격인 장편 「무화과」를 연재하고 나서 한동안 공백기를 가진다. 이윽고 1935년 『매일신보』에 장편 「목단꽃 필 때」와 『중앙』에 단편 「그 여자의 운명」을, 1936년 『문예시대』에 단편 「조그만 일」을 발표한다. 그런데 1936년에 '만선일보사' 주필 겸 편집국장으로 초빙되어 감으로써 그는 다시 창작의 공백기를 가진다. 그 뒤 일본인 주간과의 마찰로 1938년 만선일보사를 그만두고 국경 도시 안동 등지에서 머문다. 1945년 해방 뒤 귀국한 그는 서울 돈암동에 집을 두고 '경향신문사'의 편집국장으로 일한다. 1949년 그는 소년 소설 「채석장의 소년」과 단편 「두 파산」·「임종」을, 『조선일보』에 장편 「난류」와 「탐내는 하꼬방」 등을 발표한다. 이 시기를 전후해 작품 경향에 변화가 일어 「삼대」에서 보이던 장문투의 세밀한 묘사가 옅어지고, 휴머니즘적 감동을 불러일으키는 서민적 세태 소설로 기운다.

1950년 6·25 때 그는 이무영·윤백남과 함께 해군 소령으로 복무하며, 1951년에는 이무영과 함께 중령으로 승진하고, 환도 뒤에는 해군본부 서울분실 정훈실장까지 역임한다. 그는 1952년 『자유세계』에 장편 「홍염紅焰」을 연재하지만 곧 중단하고, 1954년 서라벌예술대학 초대 학장으로 임명되나 출근을 거의 하지 않고 집에 틀어박혀 지낸다. 1953년 제3회 서울특별시 문화상을, 1955년 제3회 자유 문학상을, 1956년 예술원 예술상을 잇달아 받게 되지만, 상과 함께 받은 시계와 반지를 팔아야 할 만큼 그는 이 무렵 생활고에 시달리며 병고까지 겹친다.

그러나 이내 회복한 듯 염상섭은 1956년 「어머니」·「댄스」·「자취」·「숙

1962년 작고 직전의 염상섭

명의 여인」 등을 발표하고, 1957년 장편 「젊은 세대」를 연재함과 아울러 단편 「절곡 絶穀」·「돌아온 어머니」·「작은 집」·「인푸렌자」·「남자란 것 여자란 것」을 발표한다. 이어서 1958년 『자유공론』에 장편 「대를 물려서」를 연재하는 한편 「쌀」·「순정의 저변」을 발표하고, 1960년에는 단편집 『1대代의 유업遺業』을 펴낸다. 또 1962년에는 3·1 문화상을 받고, 『사상계』에 「횡보 문단 회상기」를 연재하지만, 도중에 고혈압과 직

1964년에 가진 염상섭의 묘비 제막식. 박종화·김동리·전광용 등이 보인다.

장암으로 쓰러지고 만다. 아내가 곁에 있어야만 안심하고 글쓰는 일에 몰두하던 그는, 죽을 때에도 당시 쉰두 살이던 부인의 개가를 염려했다는 일화를 남긴다. 한국 현대 소설의 개척자 염상섭은 1963년 3월 14일 서울 성북동 집에서 예순여섯 살의 나이로 숨을 거둔다.

참고 자료

이어령, 『한국 문학 연구 사전』, 우석출판사, 1990

정한숙, 『현대 한국 문학사』, 고려대학교 출판부, 1994

윤병로, 『한국 근·현대 문학사』, 명문당, 1992

이형기 외, 『한국 문학 개관』, 어문각, 1988

김윤식·정호웅, 『한국 소설사』, 예하, 1993

김재용 외, 『한국 근대 민족 문학사』, 한길사, 1993

현진건

식민지 지식인의 고뇌와 소외

빙허憑虛 현진건玄鎭健(1900~1943)은 1900년 9월 2일 대구 우정국장이던 현경운의 막내아들로 태어난다. 그는 독립 운동을 하던 형 정건이 있던 중국 상하이의 후장滬江대학 독일어 전문부에서 공부하다가 마치지 못하고 1919년 귀국한다. 이상화·백기만 등과 동인 활동을 벌이던 그는 1920년 조선일보사에 입사해 같은 해 11월 『개벽』 5호에 「희생화犧牲花」를 발표한다. 그러나 황석우가 이 첫 작품을 혹평하는 등 작가로서 산뜻한 출발을 하지는 못한다. 그럼에도 좌절하지 않고 1921년 1월 『개벽』에 「빈처貧妻」를 발표함으로써, 아직 사실주의라는 용어가 생소하던 때에 사실주의 작가라는 칭호를 얻고, 1920년대를 대표하는 소설가로 발돋움한다. 『백조』 동인을 거쳐 '파스큘라'와 '카프'로 이어지는 현진건의 문학적 편력은 사상의 변천 과정과 맞물려 있는데, 이는 3·1운동 실패 이후 젊은 지식인들의 의식을 점유한 낭패감과 좌절감에서 비롯된, 계급적 한계에 대한 자각이 그 추동력이었다.

「빈처」는 궁핍한 환경 속에서 예술과 물질 사이에서 번민하는 지식인의 심리를 예리하게 해부한 작품이다. 이 작품은 '문사文士의 애잔한 일상'이라는 작가의 자전적 체험에 바탕을 두고 있다. 「빈처」에는 사회적 소명과 현실 사이에 가로놓인 간극을 메우지 못하는 지식인의 번민과 고통이 잘 그려져 있다. 지식인이지만 무능한 남편과 지나칠 정도로 남편에게 복종하는 무지한 아내, 이 두 사람의 관계를 통해 어두운 시대에 지식인들이 겪는 소외와 고뇌를 드러낸 일상적 언어들은 풍부한 실감을 품고 떠오른다. 부부의 일상 생활, 궁핍, 무능한 지식인 남편, 무식한 아내 등 소설의 세목을 이루는 몇 가지 상황 설정은 이후 나오는 「술 권하는 사회」에

1920년대에
사실주의 기법을
충실하게 구현한
작가 현진건

서도 되풀이된다.

내게 술을 권하는 것은 화증도 아니고 하이칼라도 아니요, 이 사회란 것이 내게 술을 권한다오. 이 조선 사회란 것이 내게 술을 권한다오……. 적이 정신이 바로 박힌 놈은 피를 토하고 죽을 수밖에 없지. 그렇지 않으면 술밖에 도무지 먹을 게 없지……. 내가 술을 먹고 싶어 먹는 게 아니라…… 몸은 괴로워도 마음은 괴롭지 않으니까, 그저 이 사회에서 할 것은 주정꾼 노릇밖에 없어…….

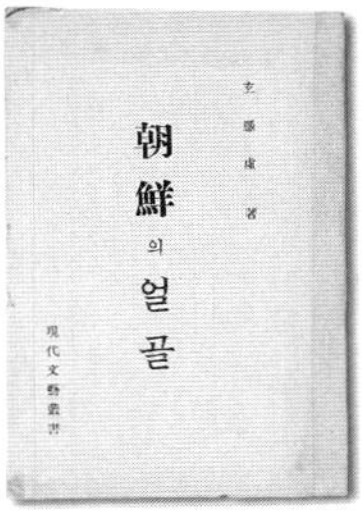

현진건의 소설집
『조선의 얼골』

일본에서 고등 교육을 받고 왔는데도 사회에서 활용할 수 있는 기회를 박탈당한 식민지 지식인의 자조 섞인 한탄 속에 암담한 조국의 현실이 여지 없이 드러난다. 식민지 지식인의 고뇌와 사회적 소외에 초점을 맞춘 「술 권하는 사회」는 한 가정을 축도로 식민지 조국이 처한 현실을 은유적으로 표현한 당대의 문제작이다.

「빈처」와 「술 권하는 사회」로 일약 문단의 주목을 받게 된 현진건은 1922년 유미주의 경향을 보이던 『백조』 동인으로 가담한다. 『백조』 동인의 시와 소설에는 지식 계급이 주도한 민족 해방 투쟁인 3 · 1운동이 실패로 돌아간 뒤에 청년 지식인들의 정신을 물들인 좌절감이 짙게 배어 있다. 『백조』 동인으로 활동한 현진건의 소설에도 다른 동인들의 작품과 마찬가지로 조선의 암울한 상황에서 비롯된 좌절감과 패배주의적 정서가 스며든다. 그러나 아직은 식민지 조선의 전체 상황을 통찰하고 그 모순의 총체성을 작품 속에 오롯이 담아내는 수준에 이르지 못하는데, 이는 한편으로 지식인의 자기 폐쇄적 한계를 뛰어넘지 못한 데 따른 것이다. 『백조』 동인의 해체와 함께 '파스큘라'를 거쳐 '카프'로 넘어가는 1920년대 문학의 지각 변동과 현진건 소설의 변화는 그 궤를 같이한다.

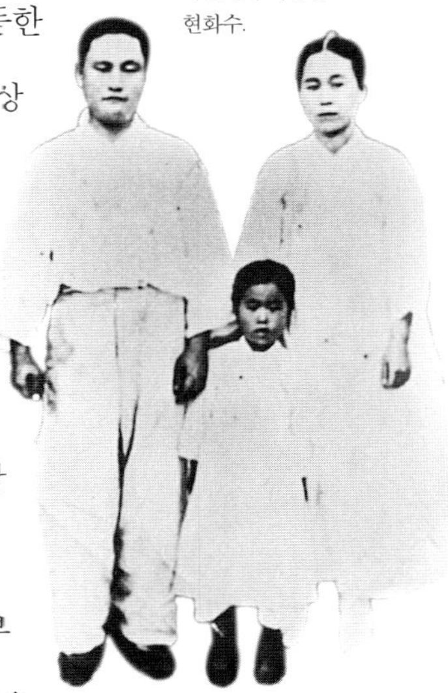
1929년 관훈동 시절 현진건과 그의 가족. 오른쪽이 부인 이순득, 가운데가 외동딸 현화수.

「운수 좋은 날」은 초기의 「빈처」나 「술 권하는 사회」와 마찬가지로 부부의 삶을 그려내고 있으나 지식인이 아니라 무식한 인력거꾼을 내세운다는 점에서 뚜렷한 차이를 보인다. 병들고 배고픈 아내의 애원을 뿌리치고 돈벌이를 하러 나온 인력거꾼 김 첨지. 그날 따라 유난히 손님이 많아 주머니 그득히 백동화가 쩔렁거린다. 아내에게 설렁탕 한 그릇을 사주고 술도 한 잔 들이켤 수 있다는 흐뭇한 생각에 잠겨 그는 배고픔도 잊고 빗속을 달린다. 그러나 김 첨지가 설렁탕을 사갖고 집에 닿았을 때에 아내의 몸은 이미 싸늘하게 식어 있다. 도시 극빈층의 고달픈 삶과 이에 따른 세목을 공들여 묘사함으로써 현진건은 사실주의 작법을 충실하게 구현한 작가로 떠오른다. 표현 기법 면에서도 우회적이고 역설적인 문장 구사, 그리고 독자의 의표를 찌르는 기습적인 반전을 시도함으로써 큰 효과를 본다. 죽은 아내를 보고 내뱉는 인력거꾼의 욕지거리는 그 어떤 지식인의 강렬한 구호나 탄식보다 가슴에 와닿는다.

"이런 오라질 년, 주야 장천 누워만 있으면 제일이야! 남편이 와도 일어나질 못해!"라는 소리와 함께 발길로 누운 이의 다리를 몹시 찼다. 그러나 발길에 차이는 건 사람이 아니고 나무 등걸과 같은 느낌이었다. 이 때 빽빽 소리가 응아 소리로 변하였다. 개똥이가 물었던 것을 빼어놓고 운다.

현진건, 「운수 좋은 날」, 『개벽』(1924)

『동아일보』에
연재한 뒤
단행본으로 나온
『무영탑』

현진건은 1925년에 조혼이라는 봉건 유습의 문제점을 파헤친 「불」, 개화의 바람을 타고 바뀌어가는 세태 풍속을 다룬 「B사감과 러브레터」를 발표한다. 1925년 『시대일보』가 폐간되어 『동아일보』에 입사한 그는 다음해에 「시립 병원장」, 1929년 「신문지와 철창」을 발표하고, 1939년 들어서는 「흑치상지黑齒常之」를 연재한다. 현진건은 1936년 베를린 올림픽 마라톤 종목에서 우승한 손기정 선수의 사진을 신문에 실으며 가슴 쪽에 있던 일장기를 지운 사건으로 구속되어 1년 남짓 감옥살이를 한다. 감옥에서 나온 뒤에도 그는 여전히 작품 활동을 벌여 1938년 『동아일보』에 「무영탑」, 1941년 『춘추』에 「선화 공주」를 연재한다.

그는 술을 매우 좋아한 사람이지만 창작할 때에는 전혀 술을 마시지 않았다. 그의 치밀한 성격은 글쓰기에도 반영되는데, 어휘 연구를 위해 문세영의 『조선어 대사전』을 꼼꼼히 읽고 고어와 신어를 비교할 만큼 낱말의 선택에 심사 숙고를 하며 문장을 써나갔다. 그는 식민지 지식인의 내면에 비친 모순된 현실과 극빈층으로 내몰린 일제 강점기 민중의 삶에 눈길을 돌린 리얼리스트였다. 1943년 4월 25일, 현진건은 만성 과음과 폐결핵 악화로 사실주의 문학의 꽃을 더 피우지 못하고 숨진다. 독립 운동을 하다가 일경에 체포된 형 정건의 옥사와 「흑치상지」의 연재 중단으로 말미암은 화병도 그를 죽음으로 몰고 간다. 유언에 따라 화장된 그는 지금의 서울 서초구인 경기도 시흥군 신동면 서초리에 묻힌다. 그러나 강남 지역 개발과 함께 묏자리가 사라지고 그의 유해는 한강에 뿌려진다. 대구 두류공원 한쪽에 한국 사실주의 문학의 개척자 현진건을 기리는 문학비가 서 있다.

『동아일보』 사회부 시절의 현진건과 문우들. 앞줄 왼쪽부터 방인근 · 현진건 · 김일엽, 한 사람 건너 최정희. 뒷줄 왼쪽부터 김억 · 김동인 · 최서해 · 김동환.

참고 자료

김우종, 『한국 현대 소설사』, 성문각, 1982

김윤식 · 정호웅, 『한국 소설사』, 예하, 1993

김재용 외, 『한국 근대 민족 문학사』, 한길사, 1993

이형기 외, 『한국 문학 개관』, 어문각, 1988

『신문화 100년』, 신구문화사, 1980

정근, 『일제하의 한국 문학 연구』, 집문당, 1986

조동일, 『한국 문학 통사 5』, 지식산업사, 1994

이어령, 『한국 문학 연구 사전』, 우석출판사, 1990

윤병로, 『한국 근 · 현대 문학사』, 명문당, 1992

이인복 외, 『한국 문학 사상사』, 숙명여자대학교 출판부, 1991

김동인

현대 소설의 지평을 연 작가

1919년 동인지 『창조』를 내고 여기에 단편 「약한 자의 슬픔」·「마음이 여튼 자여」·「피아노의 울림」 등을 선보인 김동인은 1921년에도 『창조』 9호에 단편 「배따라기」를 비롯해 「목숨」·「연산군」·「전제자」·「딸의 업業을 이으리」 등을 잇달아 쏟아낸다.

전설에서 소재를 따온 작품 「배따라기」의 줄거리는 다음과 같다. 어느 조그만 어촌 마을에 우애가 깊은 두 형제가 살아간다. 얼마 전 형은 장가를 들고 새 식구로 들어온 형수 덕분에 집안 분위기는 더욱 화기 애애하다. 그러나 점차 형은 아내와 아우 사이를 의심하게 되고, 부부 싸움이 잦아진다. 어느 날 장에서 아내에게 줄 거울을 사들고 집에 들어서던 형은 옷 매무새를 흐트러뜨리고 서 있는 두 사람을 발견한다. 방안에 들어온 쥐를 잡으려다가 그렇게 된 것임에도 형은 오해한 나머지 두 사람을 두들겨패고 아내를 쫓아낸다. 며칠 뒤 바닷가에 아내의 시체가 떠오르고 아우는 마을에서 자취를 감춘다. 그제서야 잘못을 깨달은 형은 뱃사람이 되어 떠돌다가 난파당해 잠시 아우의 간호를 받는다. 그러나 자리에서 일어났을 때 아우는 이미 떠나버리고 없다. 그 뒤 형은 20년이 넘게 배따라기 노래를 부르며 이리저리 아우를 찾아 떠돈다.

김동인이 '본격 단편 소설'이라고 자신 있게 내놓은 「배따라기」는 운명적인 삶의 행로를 낭만주의 수법으로 그려낸 점에서 초기의 「약한 자의 슬픔」이나 「마음이 엷은 자여」와 같은 궤도에 놓을 수 있다. 다만 이 작품은 구성이 치밀하고 줄거리가 복합 구조 속에 녹아들어 초기 작품에 비하면 단편 소설로서의 완결성이 한결 돋보인다.

1918년 도쿄
유학 시절의 김동인

『창조』는 「배따라기」가 실린 9호를 마지막으로 폐간되며,
그 동안 잡지 발행에 과도한 지출을 한 김동인은 서서
히 파산의 조짐을 보이기 시작한다. 그는 이 무렵 결혼 생
활의 권태와 사랑에 따른 시련 등으로 말미암아 명월관 같은
곳을 전전하며 술과 여자로 세월을 보낸다. 그러다가 1923년
단편 「이 잔盞」과 「태형笞刑」 등을 발표하고, 이듬해인 1924년 8
월 『창조』의 후신인 『영대靈臺』를 창간한다. 여기에 단편 「유서」를 발표한 그는
1925년 1월 『조선문단』 4호에 단편 「감자」를 발표하는 등 차츰 기운을 되찾는다.

김동인이
『창조』에 이어 창간한
잡지 『영대』.
김소월 · 주요한 ·
김억 · 전영택 ·
이광수 등이 동인으로
참여한다.

「감자」와 「광염 소나타」

　자연주의적 리얼리즘 소설의 대표적 성과로 꼽히는 「감자」는 농부의 딸 복녀가
가난 때문에 열다섯 살 때 80원에 팔려간 뒤의 파란 만장한 인생 역정을 그린 작품
이다. 복녀는 남편이 무능하고 게으른 탓에 막벌이와 행랑살이, 빈민굴을 벗어나
지 못한다. 심지어 돈 몇 푼에 거지에게 몸을 팔기도 하는 처량한 신세가 된 것이
다. 복녀는 어느 날 밭에서 감자 한 바구니를 훔쳐 나오다가 중국인 주인에게 들키
고 만다. 그러나 벌 대신에 중국인 왕 서방에게 몸을 내주고 돈 3원까지 받아 집에
돌아온다. 그 뒤로도 복녀는 왕 서방과 계속 관계를 가진다. 얼마
뒤 왕 서방이 돈을 주고 사온 처녀와 결혼한다는 소식을 듣게 된다.
복녀는 이에 질투를 느낀 나머지 처녀를 죽이려고 왕 서방네로 찾아
간다. 그러나 왕 서방의 낫에 찔려 오히려 복녀가 죽고 만다. 왕 서방
은 복녀의 남편에게 돈 30원을 주어 시체를 암매장시키고, 이로써 복
녀의 죽음은 은폐된다.

김동인의 단편
소설집 두 가지.
자연주의적
리얼리즘 소설의
성과로 꼽히는
『감자』와
낭만적 예술 지향성이
두드러진 『배따라기』.

　이광수 소설류의 지식인 주인공과 평이한 결말에 익숙하던 차에 복녀라는 파격
적 인물의 설정, 대담하고 직설적인 속어와 방언의 활용, 예기치 못한 사건과 결

말은 당대 문단과 독자에게 적지 않은 충격을 준다. 아울러 이 작품은 식민지 사회에서 한 인간의 삶과 도덕이 파멸에 이르는 과정을 치밀한 구성으로 적나라하게 보여줌으로써 리얼리즘 소설의 새로운 가능성을 제시한다. 가난을 소재로 삼고 있다는 점에서 이 시기에 일기 시작한 신경향 소설의 영향을 받은 듯 보이지만, 작가는 같은 소재를 갖고서도 도식적이고 딱딱한 신경향 소설류와 달리 작품 속에서 변화와 재미를 연출한다. 여러 측면에서 뛰어난 성취를 보인 단편 소설 「감자」는 김동인의 대표작이다.

김동인의
첫 장편 소설인
『젊은 그들』

「감자」 이후 김동인은 『영대』를 통권 5호로 끝맺게 되고, 이듬해인 1926년 평양에서 남은 돈을 갖고 수리 사업에 손을 대지만 얼마 못 가서 파산한다. 그 뒤 누이동생 소유인 평양의 집에 부인과 아이를 남겨둔 채 서울로 온 그는 종로에서 하숙을 하며 한동안 마작에 빠진다. 1927년에는 대동강 '매생이'라는 배에서 한 달 동안 낚시질에 매달려 세월을 보내기도 한다. 결국 견디다 못한 아내는 집을 나가 버리고, 곧 아내를 찾으러 일본으로 가지만 딸만 데리고 돌아온다. 1928년 그는 영화 사업에 손을 대지만 또 실패한다. 그는 이윽고 창작으로 관심을 되돌려서 1929년 「여인」과 「송동이」를 발표한다. 이어서 『동아일보』에 최초의 장편 역사 소설 「젊은 그들」을, 『중외일보』에 역시 장편 「대평행大平行」을 연재하는 한편, 소설론인 『조선 근대 소설고』도 발표한다.

1930년에 들어 김동인은 파산과 부인의 가출로 인한 불면증에 시달리면서도 「죄와 벌」·「배회」·「증거」·「순정」·「구두」·「포플러」·「신앙으로」와 예술가의 생애를 탐미적으로 그린 「광염狂炎 소나타」·「광화사」 등을 잇달아 내놓는다.

「광염 소나타」는 소설 속의 작중 화자인 K가 친구의 아들인 한 젊은 음악가로부터 받은 편지를 또 다른 친구에게 읽어주는 다층적인 형식을 취한 일종의 '액자 소설'이다. 음악 비평가 K의 친구 아들인 작곡가 백성수는 범죄 행위 끝에 오는 흥분과 쾌감을 통해서만 작곡을 할 수 있는 특이한 체질이다. 이마적에 마을에서 일어난 여러 방화 사건은 모두 그의 짓이며, 이런 범죄의 결과로 그는 광염 소타나를 작곡하게 된다. 그러나 점차 방화 같은 가벼운 범죄 행위에 만족할 수 없게 된 백성수는 살인까지 생각하고, 마침내 감옥에 들어간다. 이와 같은 편지의 내용을 듣고 난 K의 친구는 예술가라도 죄를 지으면 마땅히 벌을 받아야 한다고 자기 의견을 말한다. 이에 K는 광인이자 천재인 백성수를 옹호하는 예술관을 피력한다.

천년에 한 번 만년에 한 번 날지 못 날지 모르는 큰 천재를 몇 개의 변변치 않은 범죄를 구실로 이 세상에서 없이 하여 버린다 하는 것은 더 큰 죄악이 아닐까요? 적어도 우리 예술가에게는 그렇게 생각됩니다.
　　김동인, 「광염 소나타」, 『삼천리』(1930)

진정한 예술을 위한 것이라면 광적인 범죄 행위도 용인될 수 있지 않겠느냐고 말하며 백성수의 운명을 안타까워하는 K의 예술관은 바로 작가 김동인의 예술관에서 발현된 것이다. 김동인의 이런 가치관을 역으로 거슬러오르면 꼭대기에는 이광수가 자리잡고 있다. 즉, 김동인의 온 생애에 걸친 문학적 지표는 도덕성에 입각한 이광수의 교화주의에 대한 반발로 이루어진 것이라고 해도 과언이 아니다. 「약한 자의 슬픔」·「마음이 여튼 자여」·「배따라기」 등에서 보인 낭만적 예술 지향성, 「감자」에 나타난 비윤리성, 그리고 「광염 소나타」·「광화사」 등의 탐미주의 경향이 이를 입증한다. 그러나 이 과정에서 예술의 본질 자체를 파헤치기보다 지나치게 이광수 문학과의 대립 관계를 드러내는 쪽으로 개념을 파악하고 형상화한 나머지 일쑤 현실성을 잃고 만다. 말하자면 김동인 또한 이광수와 마찬가지로 독자에게 자신의 가치관을 강요하는 오류를 범한 것이다. 또 이광수가 신문에 연재한 역사 소설에 대해 비난을 하던 그 자신도 생활고는 어쩔 수 없었는지, 1931년 대원군의 삶을 그린 「젊은 그들」 등을 기점으로 역사물·야담류와 흥미 위주의 소설을 써낸다. 이로 말미암아 김동인은 역사 의식이 결여된 '감상적이고 권선 징악적 우국 지사의 사관' 에서 탈피하지 못한* 작가로 비판받기도 한다.

---

* 윤병로, 『한국 근·현대 문학사』(명문당, 1992)—백낙청의 평가를 재인용

다산성의 작가

1930년 4월, 김경애와 재혼을 하고 『조선일보』 학예부장으로 일하게 된 김동인은 가정적으로나 사회적으로 어느 정도 안정을 되찾는다. 이런 까닭인지 창작 욕구가 분출해 그는 장편 소설집 『여인』을 펴내고, 곧 단편 「발가락이 닮았다」·「거지」·「잡초」·「박 첨지의 죽음」, 장편 「대수양」 등을 잇달아 내놓는다.

염상섭을 모델로 한 작품이라는 시인 김억의 실언으로 한때 문제를 일으키기도 한 「발가락이 닮았다」의 주인공 M은 서른두 살 난 노총각이다. 그는 젊은 시절의 방탕한 생활로 생식 기능에 이상이 있는 남자다. 친구들에게 알리지도 않고 결혼한 뒤 소식이 없던 그가 2년이 지난 어느 날 작중 화자를 찾아온다. 기관지를 앓는 갓난쟁이를 안고 온 M은 아기가 자기 증조부와 자기를 닮았으며, 그 중에서도 특히 가운뎃발가락이 유난히 긴 것이 닮았다면서 친구에게 동의를 구한다. 한편으로는 아내를 의심하면서도 그것을 어떻게든 덮어버리고 자신의 아이로 인정받아 보려는 M의 처절한 모습, 이를 지켜보며 의사인 작중 화자는 M에게 "발가락뿐 아니라 얼굴도 닮은 데가 있네." 하면서 돌아앉는다.

1932년 들어 김동인은 「붉은 산」·「적막한 저녁」·「삼천리」 등을 발표하고, 『동아일보』에 장편 「아기네」, 『조선일보』에 「운현궁의 봄」을 연재하며, 동시에 「해지는 지평선」·「화중나무」를 발표한다. 1934년 『삼천리』에 발표한 평론 「춘원 연구」를 통해 그는 이광수의 교화적인 문학을 비판하며 순수 예술 지향적인 문학을 옹호한다. 그는 여기에서 "소설가는 인생의 회화繪畫는 될지언정 그 범위를 넘어서서는 안 되는 것이며 될 수도 없는 것이다."라고 객관적이면서도 독자성에 입각한 작가론을 펼친다. 이듬해 단편 「왕부王府의 낙조」를 발표하고 『야담野談』을 발간하며, 1936년에는 조선서관에서 『이광수·김동인 소설집』이 나온다.

1983년에 대중서관에서 나온 『김동인 전집』

이 무렵 한동안 잠잠하던 불면증의 재발은 어쩔 도리가 없어 그는 약에 기대다 못해 마약까지 복용한다. 게다가 신경통까지 겹쳐 영변과 구미포 해수욕장, 양덕 온천 등지로 휴양을 다니며 쉰다. 그 뒤 1938년 『조광』에 장편 「제성대帝星臺」를 연재하고, 단편 「가신 어머님」·「가두街頭」를 발표한다.

김동인과 그의 첫 번째 부인 김혜인. 김동인은 일생을 통해 두 번 결혼한다.

김동인은 소년 시절의 첫사랑이자 짝사랑으로 끝난 메리라는 혼혈 여성 이후, 1918년에 결혼을 하고서도 일본 여성과 기생 등 수많은 여자와 관계를 맺는다. 그러나 자신은 호색가이면서도 상대방에게는 요즈 숙녀식의 여성상을 강요하는 가부장적인 남성상의 표본에서 한 발짝도 벗어나지 못한다. 특히 신여성입네 하며 문화계의 전면에서 활동하던, 성적으로 자유 분방한 태도를 취한 여성 문사들에 대해서는 혐오 이상의 감정을 품는다. 1939년어 그는 실존 인물인 여성 작가 김명순을 모델로 한 소설 「김연실전」을 통해 이런 면을 노골적으로 드러낸다.

김동인은 한때 일제의 강요에 못 이겨 박영희·임학수 등과 함께 일제의 전쟁 수행을 돕는 '황군위문작가단'에 파견되어 만주에 다녀오기도 한다. 그러나 1942년 『삼천리』에 '임전보국단'을 비난하는 글을 내놓아 '천황'불경죄'라는 죄목으로 체포, 구금되어 석 달 동안 옥살이를 한다.

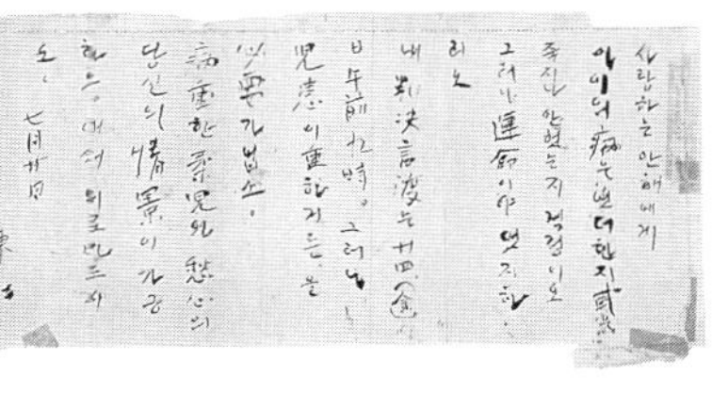

김동인의 육필. 1942년, 천황 불경죄로 3개월 동안 옥살이를 할 때 집안 걱정을 담아 아내에게 보낸 편지.

해방 뒤에는 1946년부터 『태양신문』에 장편 「을지문덕」을 연재하다가 뇌막염으로 중단하지만, 잠시 회복된 듯 1948년에는 단편 「망국인기亡國人記」와 「반역자」 등을 발표한다. 그러나 다시 이 해 6월에 병석에 눕게 된 그는 반신 불수가 된 채 6·25 때 피난도 못 가고 1951년 1월 5일 서울 홍익동 집에서 숨을 거둔다.

일생 동안 공백기가 거의 없을 정도로 많은 작품을 쓴 김동인에 얽힌 일화는 적지 않다. 그는 추고推敲의 필요를 느끼지 않는 작가여서 쪽수 매긴 원고지를 묶어 단번에 작품을 완성하며, 저녁 무렵에 시작해 이튿날 아침까지 중편 한 편 정도는 거뜬히 탈고할 만큼 집중력을 보이곤 한다. 그는 다작에 남다른 재주가 있었다. 신문에 소설을 연재할 때는 여러 회분을 미리 써두는 일이 거의 없어서 당일 아침에 한 회 분량만 써서 신문사로 보내기 일쑤였다. 이 때문에 갈겨 쓴 악필을 알아볼 수 없어서 『조선일보』가 장편을 연재하면서 예전에 그의 글씨를 대해본 적이 있는 『동아일보』의 식자공을 데려다가 쓴 일화는 유명하다. 그러나 많은 소설을 쓰면서도 작품에 따라 이질적인 소재로 다양한 분위기를 연출한 그의 작가적 재능은 탁월하다고 하겠다.

김동인은 "예술은 개인 전체"라는 식으로 예술 지상주의에 젖어서 뛰어난 문학가는 인생을 손바닥 위의 '인형' 처럼 조종해 일종의 "신인 합일神人合—을 수행할" 수 있는 우월한 존재로 인식한다. 더구나 그는 자신이 이런 능력을 발휘할 수 있는 몇 안 되는 작가라는 자부심으로 가득 차 있던 사람이다. 물론 이와 같은 예술가 우월주의는 섣부른 선민 의식의 발로에 지나지 않겠지만, 예술가로서 그가 지닌 개인적 자부심이 전혀 근거가 없는 것은 아니다.

그는 『창조』를 비롯해 『영대』 등 당대의 정점을 이루던 문예지에서 늘 주역으로 활동한다. 일생에 걸쳐 장편 15편 이상과 단편 75편 이상을 발표할 뿐 아니라, 각 작품 속에서 낭만주의 · 자연주의 · 탐미주의 · 사실주의 같은 다양한 경향을 시도한 것도 남다르다. 아직 이광수의 「무정」이 선보인 '이다' 체에 머물고 있던 초기의 시제에서 훌쩍 뛰어넘어 과거 시제인 '였다' 체의 도입으로 혁신을 꾀한 작가 또한 김동인이다. 이 밖에 3인칭 서술자의 시점을 사용한 객관성 확립, 간결하고 명확한 문체, 과감한 생략을

1946년께 신문 소설 취재를 위해 화가 이승만과 함께 백마강을 답사하러 갔을 때 고란사에서. 오른쪽이 김동인.

통한 박진감 있는 사건 전개, 입체적인 성격의 인물 창조, 구성의 치밀함 등 한 차
원 높은 소설의 가능성을 보여준 것은 김동인이 우리 현대 문학사에 남긴 큰 공
적임에 틀림없다.

참고 자료

이어령, 『한국 문학 연구 사전』, 우석출판사, 1990

이형기 외, 『한국 문학 개관』, 어문각, 1988

정한숙, 『현대 한국 문학사』, 고려대학교 출판부, 1994

윤병로, 『한국 근 · 현대 문학사』, 명문당, 1992

김윤식 · 정호웅, 『한국 소설사』, 예하, 1993

민중 각자는 짚자리에서 잠자고 창을 베개로 하며 끓는 물 속이나
불 속의 형세라도 흔쾌히 뛰어들어 온누리가 자주 독립되게 하여
일월이 다시 밝아지면 어찌 나라에 대한 공로만으로 그치겠습니까

1922

천도교 자주 독립 선언문

우리의 독립을 위한 투쟁은 이제부터가 더욱 의미가 있고 중요합니다. 뜻 맞은 동지끼리 다시 모여 기미년의 감격을 재현하기 위해 천도교의 보성사 사원 일동은 재차 봉기하여 끝까지 조국의 독립을 위해 신명을 바칠 것을 결의하고 선언하는 바입니다.

일본도 기미년 이후 무단적인 헌병 경찰 통치를 고쳐 유화 정책을 쓰고 있으나 이는 고등 경찰 통치이므로 기만당해서는 아니됩니다. 우리의 절대적인 주장은 오로지 독립이 있을 뿐입니다. 우리 민족의 진로에는 오직 자주 독립이 있을 뿐입니다. 사회주의 풍조를 불식하고 오직 민중 국가 건설에 매진하고 일본의 감언 이설에 기만당하는 간사한 어리석음을 깨끗이 씻어내야 할 것입니다.

민중 각자는 짚자리에서 잠자고 창을 베개로 하며 또 끓는 물 속이나 불 속의 형세라도 흔쾌히 뛰어들어 온누리가 자주 독립되게 하여 일월이 다시 밝아지면 어찌 한 나라에 대한 공로만으로 그치겠습니까? 지난번 비록 미국 워싱턴의 태평양 회

의에 거는 독립의 원대한 계획이 수포로 돌아갔다고 해도 우리의

독립 의지에는 변함이 없는 것입니다.

　우리의 앞날에는 영광과 행복이 있을 뿐입니다. 어서 이 독립

운동 대열에 참여해 주시길 간절히 비는 바입니다.

　3 · 1운동의 열기를 되살린다는 취지에 따라, 1922년 내부 논의를 거

쳐 천도교 일각에서 우선 단독으로 시위 운동을 펼치려는 움직임이 나타

난다. 같은 해 3월 1일을 기해 시위에 나서기로 뜻을 모은 천도교 본부 직

영 인쇄소 '보성사' 사원들은 「자주 독립 선언문」도 준비한다.

『백조』의 깃발 아래로

홍사용이 편집을 맡고 박종화 · 이상화 · 현진건 등이 동인으로 참여한 『백조』. 초기 낭만주의 문학의 중추 구실을 한다.

변영로를 제외한 『장미촌』의 동인들이 『백조』의 깃발 아래 다시 모인다. 휘문의숙 출신의 홍사용 · 박종화와 배재 출신의 나도향 · 박영희 · 최승일로 출발해 곧 현진건과 이상화가 가세하고, 뒤를 이어 김기진 · 노자영 · 원세하 · 안석주, 그리고 간헐적이기는 하지만 이광수까지 한식구가 된다. 『백조』는 홍사용과 김덕기가 돈을 대고 홍사용이 편집을 맡아 1921년에 발간 준비를 마치나, 등록 과정에서 발행인이 한국 사람이라는 게 문제가 되어 다시 외국인 명의로 허가를 받아 1922년 1월에야 출간된다. 본디 순문예지로서 『백조』를, 사상지로서는 『흑조』를 계획하지만, 『흑조』 발간은 무산되고 『백조』만 세상에 선을 보인다. 화려한 제호와 필진, 4 · 6 배판에 150쪽 가량의 외형, 여기에 안석주가 그린 여인을 담은 표지화까지 곁들인 창간호는 이 시기에 나온 잡지답지 않게 호화스럽고 낭만적이다. 권두언격인 홍사용의 글은 이런 분위기를 한층 더 돋운다.

홍사용, 낭만주의의 흐름을 따른 시인

저기 저 하늘에서 춤추는 저것이 무어? 오 — 금빛노을 —, 나의 가슴은 군성거리여 견딜 수 없읍니다. 앞 강江에서 일상日常 불으는 우렁찬 소리가 어여뿐 나를 불러 냅니다. 귀에 익는 마음은 좋아라고 미쳐서 잔디밭 모래 틈으로 줄달음칩니다.

이러다 다리 뻗고 주저앉아서 얼없이 지껄입니다. 은銀고리같이 동글고 미끄러운 혼자이야기를…….

홍사용, 「백조는 흐르는데 별 하나 나 하나」, 『백조』 창간호(1922)

1900년 경기도 용인에서 태어나 휘문의숙과 휘문고등보통학교를 나온 노작露雀 홍사용洪思容(1900~1947)은 고등 학교 시절부터 동창인 박종화 · 정백과 함

께 『피는 꽃』이라는 급우지를 만들고, 1919년에는 「푸른 언덕 가으로」 등의 시를
습작한다. 졸업 뒤에는 고향에서 자연에 묻혀 독서로 소일하며 뜻을 키우다가
1920년 박종화 · 정백과 더불어 동인지 『문우文友』를 펴내고, 여기에 「커다란
집의 찬밤」이라는 시를 낸다. 그가 본격적으로 문단 생활을 시작한 것은 『백
조』 창간 때 편집을 맡고 여기에 글을 싣게 되면서부터의 일이다. 『백조』 창
간호에 위의 「백조는 흐르는데 별 하나 나 하나」를 비롯해 「꿈이면은?」·
「통발」· 「푸른 강물에 물노리치는 것은」을 발표하고, 곧 이어 『백
조』 2호에 「봄은 가더이다」를, 3호에 「나는 왕이로소이다」 외 3편
을 발표하는 등 '백조파' 답게 많은 지면을 장식한다. 홍사용은 『백
조』의 주조인 낭만주의의 흐름을 따른 시인임에 틀림없으나, 서구 낭만
주의 시 경향을 무턱대고 좇지는 않는다. 그의 시에 내재한 전통적인 민요조의 향
내가 이를 입증한다.

휘문의숙 시절의
홍사용

　　누런 떡갈나무 우거진 산길로 허물어진 봉화 뚝 앞으로 쫓긴 이의 노래를 부르려, 어슬렁거
리 때에 바위 밑에 돌부처는 모른 체하며 감중연하고 앉았더이다 아 — 뒷동산 잔군 바위에서
자고 가는 뜬 구름은 얼마나 많이 왕의 눈물을 싣고 갔는지요 // 나는 왕이로소이다 어머니의
외아들 나는 이렇게 왕이로소이다 그러나 그러나 눈물의 왕! 이 세상 어느 곳에든지 설움 있
는 땅은 모두 왕의 나라로소이다.
　　홍사용, 「나는 왕이로소이다」, 『백조』 3호(1923)

　　그는 시뿐 아니라 소설 「저승길」과 수필 「그리움의 한 묶음」 등 여러 장르에 손
을 대고, 『백조』 폐간 이후에는 연극에도 관심을 가져 '토월회' 와 '산유화회' 등에
가담한다. 그러나 『백조』와 연극 활동에 지출한 자금 때문에 가산이 거덜나서 쪼
들리게 되자, 1930년 전후로는 거의 작품을 쓰지 않고 방랑 생활을 한다. 결국 홍
사용은 이 때 얻은 폐병으로 고생하다가 1947년 1월에 세상을 뜬다.

박종화, 역사 소설의 대가

'백조파' 라고 하더라도 낭만주의 경향에는 사람에 따라 약간씩 편차를 보인다. 홍사용 정도에게만 해도 『백조』는 아름답고 신비스러운 공간이다. 그러나 박종화 朴鍾和(1901~1981)에게 삶은 오래된 무덤 속의 썩은 해골이다. 그는 죽음에 탐닉하기 위해 밀실로 도피하거나 검은 옷을 걸친 해골을 참 생명으로 찬미하기도 한다.

보라! /때 아니라, 지금은 그때 아니라 /그러나 보라! /살과 혼 /화려한 오색의 빛으로 얽어서 싸놓은 /훈향薰香내 높은 /환상의 꿈터를 넘어서 /검은 옷을 해골 위에 걸고 /말없이 주토朱土빛 흙을 밟는 무리를 보라 /이곳에 생명이 있나니 /이곳에 참이 있나니 /장엄한 칠흙의 하늘 경건한 주토의 거리! /해골! 무언無言! /번쩍거리는 진리는 이곳에 있지 아니하냐 /아! 그렇다 영겁 위에

박종화, 「사의 예찬」, 『백조』 3호(1923)

월탄月灘 박종화는 1901년 서울 자암동의 유림 집안에서 태어난다. 어릴 적에 집에서 한학을 익힌 뒤 보통 학교도 거치지 않은 채 휘문의숙에 입학, 1920년에 졸업한다. 그는 같은 해 『문우』 1호에 비평 「심볼리즘」을 선보이면서 문단에 나온다. 1921년부터는 『장미촌』에 「우유빛 거리」·「오뇌의 청춘」과 『백조』 창간호에 「밀실로 돌아가다」, 2호에 「흑방 비곡黑房秘曲」, 3호에 「사死의 예찬」 등 죽음의 이미지로 가득 찬 어둡고 음울한 색채의 시들을 내놓아 『백조』를 대표하는 낭만주의 시인으로 주목받게 된다. 한편으로 그는 1922년 『백조』 2호 「오호 아문단嗚呼我文檀」에 주요 작가들의 시와 소설을 분석하는 월평을 발표하며, 1923년 「계해 문단의 1년을 추억하여 ─현상과 작품을 개평하노라」에서는 1년 동안의 문단을 총정리하는 연간평을 싣는다. 그런데 이 가운데 김억의 시에 대해 비판한 것을 두고 김억이 발끈하게 됨으로써 둘은 시끄러운 논쟁에 빠져든다.

낭만주의 시인으로
주목받기 시작해
역사 소설가로
자리를 굳힌 박종화

안서 씨의 「대동강」(『개벽』 25)이라는 여섯 편의 시는 서정의 노래이었으나 사람으로 하여금 아찔한 법열 속에 취케 할 만한 무드가 없으며, 또한 그의 즐겨하는 베르렌의 마음 썩는 오뇌의 심볼도 없다. 예의 그 '여라', '서라', '러라'가 공연히 독자를 괴롭게 할 뿐이다.

박종화, 「계해 문단의 1년을 추억하여 ─ 현상과 작품을 개평하노라」, 『개벽』(1923. 1.)

이런 비판에 김억은 같은 해 『개벽』 2월호에 「무책임한 비평 ─ '문단의 1년을 추억하여'의 평자에게 항의」라는 제목으로 반박문을 실어 박종화의 글이 객관성이 결여되어 있다고 비난한다. 박종화는 다시 같은 잡지 5월호에 발표한 「항의 같지 않은 항의자에게」라는 글에서 자신의 비평이 주관적이기는 하지만 "말똥말똥한 정신"을 가진 책임 있는 주관이며, 김억의 항의가 "서푼짜리"도 못 된다고 반박한다. 이 글에서 그는 비평을 의고적 비평, 과학적 비평, 인상 비평, 감상 비평, 설리設理 비평 등 다섯 가지로 나누고, 자신의 비평이 감상 비평과 설리 비평의 영역에 있다고 설명한다. 이 뒤로도 논쟁은 한동안 이어지며 나중에 양주동까지 가세한 다음 일단락된다. 월평과 연간평, 그리고 뒤이은 논쟁에서 나타난 박종화의 비판은 다소 무리라는 느낌을 주는 측면이 있다. 그러나 아직 비평이라는 용어의 개념조차 확립되지 않은 시대 배경을 감안한다면, 박종화의 이런 활동은 문학 비평 분야에서 무시할 수 없는 성과로 받아들여진다.

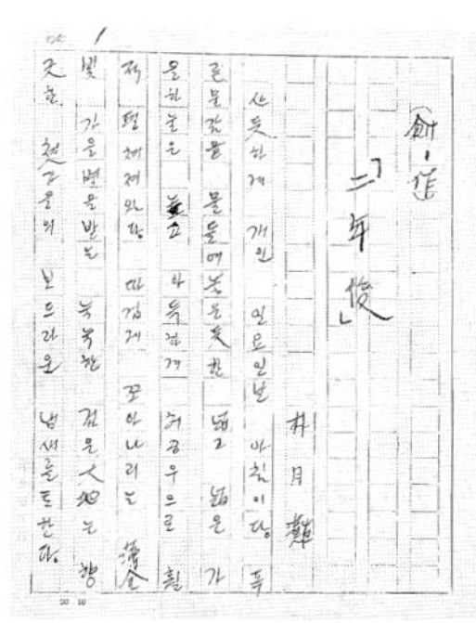

박종화의 육필 원고

박종화는 춘원 이광수의 계몽주의 · 민족주의 · 인도주의 문학 세계를 정면으로 비판하며, 현실의 어려움을 타개하기 위해 "이제 아름다움 또는 공교한 그것만으로는 만족할 수 없다. 더 강한 것을 달라."고 주장한다. 이것을 이론으로 정리, 체계화한 것이 1923년에 나온 「역力의 예술」이다.

앞으로 우리가 가져야 할 예술은 '역의 예술'이다. 가장 강하고 뜨거웁고 매운, 힘 있는 예술이라야 할 것이다. 헐가歇價의 연애 문학, 미온적의 사실寫實 문학, 그것만으로는 우리의 오뇌懊惱를 건질 수 없으며 시대적 불안을 위로할 수 없다. 만萬 사람의 뜨거운 심장 속에는 어떠한 욕구의 피가 끓으며, 만 사람의 얽혀진 뇌 속에는 어떠한 착란의 고뇌가 헐덕거리느냐.

이 불안의 고뇌를 건져주고 이 광란의 핏물을 눅여줄 영천靈泉의 파지자把持者는 그 누구뇨 '역의 예술'을 가진 자이며 '역의 시'를 읊는 자이다.

박종화, 「역力의 예술」, 『개벽』 31호(1923. 1.)

박종화가 남긴
세 권의 시집 가운데
하나인 『월탄 시선』

이듬해 『개벽』 12월호의 「갑자 문단 종횡관」에서 그는 연간평과 함께 민족의 아픔과 슬픔은 외면한 채 "상아탑 속에서 콧노래"나 부르는 안이한 문학 행태에 빠져 있는 문단을 세차게 비판하며, 다시 한 번 '역의 예술'을 강조한다. 이런 '역의 예술'은 이 무렵 일본 유학중이던 김기진과 편지를 주고받는 과정을 거치며 더욱 고무된다. 박종화가 내세운 '역의 예술'은 탈낭만의 성격을 보인다는 점에서 당시에 김기진이 빠져 있던 마르크스주의 문학관과 어느 정도 상통하는 까닭이다.

월탄형, 사死에 대한 불복 ─ 즉 운명에 대한 항의, 현실에 대한 반역, 여기서 우리의 문학이 출발치 않으면 안 되겠습니다. 저는 지금 형이 정신상 큰 자극과 타격을 받은 기회를 당해서 형의 문학에 대한 신념이 더 한층 굳어지고 힘이 있게 되기를 비는 바이올시다. 형의 도피적 영탄조의 시가 한 전기를 획劃하여 현실의 강경한 열가熱歌가 되기를…… 형이 『개벽』에서 '역力의 예술'이라고 부르짖은 것이 형의 시가 위에서 나타나기를…… 형과 회월의 도피적 푸르스름한 상아탑 속의 영탄이 열을 띠어 보기를 비는 것이올시다. 지금 우리의 책임이 얼마나 무거운지 알 수 없읍니다. 민중의 인도자, 허위에 대한 전쟁 제일선에 선 전졸의 두 어깨가 무거운 것이외다.…… 소위 예술이니 무어니 하는 서푼짜리 문사들의 머리 위에 바늘을 한 개씩 꽂아놓으소서.

박종화, 「백조 시대의 그들」, 『청태집』

이후에도 몇 차례에 걸쳐 편지를 주고받으며 박종화는 김기진의 급진적인 프로 사상을 받아들인다. 그러나 정작 창작에 임해서는 자신이 비평이나 이론에서 주장한 바를 제대로 표출하지 못한다. 시에서 방향을 돌려 1923년 『백조』 3호에 그는 단편 역사 소설 「목매이는 여자」를 발표해 어릴 적 한학을 익히며 쌓은 역량을 드러낸다.

「목매이는 여자」는 1910년대 박은식과 신채호 등의 애국 계몽 역사 소설 이래로 근대 역사 소설의 효시*라고 볼 수 있다. 이 작품은 수양 대군이 어린 단종의 왕위를 찬탈해 세조로 등극한 뒤 친정 체제를 강화할 무렵, 문종과 단종을 충심으로 떠받들던 신숙주가 세조의 강압에 못 이겨 변절하기까지의 고뇌를 그 아내의 시점으로 그린 소설이다.

신숙주의 아내 윤씨는 남편의 어두워진 안색과 주위 대신들이 화를 입었다는 소문을 접하면서 사태를 예감한다. 윤씨는 두려움 속에서도 남편의 충절을 믿고, 그날이 닥치면 자신도 남편을 따라 절부節婦로 죽으리라 마음 깊이 다짐한다. 세조에게 신하가 될 것을 강요당하던 신숙주는 처음에는 완강히 버티나 점차 무고한 어린 자식들의 생명마저 위협받는 처지가 되자 번민 끝에 무릎을 꿇는다. 이런 사실을 알게 된 윤씨는 남편의 변절에 수치심을 느낀 나머지 남편에게 침을 뱉고 목을 매어 자결하고 만다.

이 작품은 역사적 사실을 왜곡하지 않으면서도 한 나라의 대신이기에 앞서 아버지로서 핏줄 때문에 번뇌하는 신숙주의 모습을 여성인 아내의 시각으로 그려내어 감동을 더한다. 그러나 여기서도 박종화는 백조파 때의 낭만주의 경향을 떨쳐내지 못한 느낌을 준다. 고문을 견디는 사육신의 초인적인 태도나 어머니로서보다 충신의 아내로서 보이는 윤씨의 행동이 너무 과장되고 미화되어 있는 게 이와 같은 심증을 뒷받침한다. 따라서 "윤씨의 자살 동기가 필연성이 엷다."**는 등의 지적을 받게 되는데, 이런 면은 스스로 거부하면서도 한편으로는 저도 모르게 깊이 침윤되어 있던 부르주아적 낭만주의가 표출된 것으로 보인다.

그는 한동안 김기진 · 박영희와 친밀하게 교유하지만, 점차 그들의 프로 문학과 자신의 '힘의 예술'은 차이가 있음을 깨닫는다. 그가 바란 것은 민족을 위한 문학이지, 정치적 이념이나 구호를 내세우며 조직에 가담하거나 운동에 앞장서는 것

쇄국 정치 이후 대원군과 명성 황후와의 암투를 둘러싼 조선 말기의 혼란상을 다룬 장편 소설 『민족』. 이로써 해방 이전부터 시작된 「전야」 · 「여명」 · 「민족」의 3부작이 완결된다.

---

* 이보다 한 발 앞서 1922년에 이광수의 「가실」과 「허생전」이 나온 바 있으나, 이 두 작품은 설화를 바탕으로 한 까닭에, 박종화의 「목매이는 여자」를 근대 역사 소설의 효시로 보는 견해가 많다
** 염상섭, 「소설계 1년 총평」, 『개벽』 (1923. 12.)

이 아니었다. 박종화는 이 무렵부터 창작에 몰두해 1924년 첫 시집 『흑방 비곡』을 간행하고, 이어서 황진이의 삶을 그린 「삼절부」 같은 역사 소설을 발표한다. 아울러 같은 해 단편 소설 「아버지와 아들」·「순대국」, 1925년 「시인」, 1926년 「부세浮世」 등과 같은 현대물도 시도한다.

1929년 『동아일보』 신년 특집으로 1월 1일부터 12일에 걸쳐 실은 「대전 이후의 조선의 문예 운동」에서 박종화는 신소설과 신체시 이래의 신문예 운동 전반에 대해 검토하고 정리한다. 이 연재물을 보면 몇 해 사이에 그의 문학관이 얼마나 급선회를 했는지 실감할 수 있다. 초기에 강한 비판의 대상이던 춘원 이광수에 대해 조선 문학의 언문 일치와 자유 연애 사상, 신도덕관을 확립한 공적을 인정해야 한다고 주장하는 반면, 김기진·박영희 등 카프에 가담한 사람들의 프로 문학에 대해서는 "한시라도 더 빨리 마르크스주의적 이데올로기를 골수에 박히도록 넣어주"는 데 집착한 나머지 창작의 본질을 망각하는 오류를 범한 것으로 세차게 비판한다. 이 글은 문단 전반의 흐름을 기별로 나누어 작가와 작품에 대한 포괄적인 평을 시도하면서도 일정한 객관성을 유지함으로써 이후 신예 비평가들의 작업에 본보기가 된다.

1935년 그는 『매일신보』에 6월 20일부터 12월 29일에 걸쳐, 생모 윤비의 피가 밴 삼베 수건을 전해 받은 뒤 폭군으로 변하는 연산군의 비극적 삶을 그린 장편 「금삼錦衫의 피」를 연재한다. 이 무렵부터 박종화는 역사 소설가로서 자리를 굳힌다. 1937년 12월 『매일신보』에 연재한 장편 「대춘부待春賦」에서는 병자호란 때 용맹과 충절을 지킨 임경업을 비롯한 여러 인물을 통해 민족의 수난 속에서도 찬란한 '봄'을 기다리는 마음을 내비친다. 1940년 『문장』에 발표한 단편 「아랑의 정조」에서는 왕의 막강한 권력에도 굴하지 않는 아랑과 도미 부부의 극진한 사랑을 그린다. 같은 해 7월부터 이듬해 10월까지 그는 『조광』에 흥선 대원군을 주인공으로 내세운 장편 「전야前夜」를 연재하는데, 이 작품은 제목에서 볼 수 있는 것처럼 대원군이 권력을 잡기 전까지의 과정을 묘사한다.

폭군으로 변한
연산군의 비극적
삶을 그린 장편
『금삼의 피』.
박종화는 이 작품으로
역사 소설가로서
자리를 굳힌다.

1940년 11월부터 다음해 7월에 걸쳐 『매일신보』에 연재한 장편 「다정 불심多情佛心」에서 그는 원나라에 볼모로 잡혀간 바 있는 고려 공민왕의 일대기를 담아낸다. 공민왕은 원나라에서 노국 공주와 결혼해 고려에 함께 돌아온다. 한동안 이어지던 두 사람의 행복한 생활은 노국 공주가 갑작스럽게 죽으면서 막을 내린다. 그 뒤 공민왕은 죽은 이를 그리워한 나머지 백성을 동원해 영전을 짓게 하고 미소년을 상대로 변태적 성 행각까지 벌인다. 이처럼 파행을 일삼던 공민왕은 결국 신하들의 손에 죽고 만다. 고려의 마지막 왕인 공민왕의 이야기를 다룬 장편 역사 소설 「다정 불심」은 독자들로부터 큰 인기를 끈다.

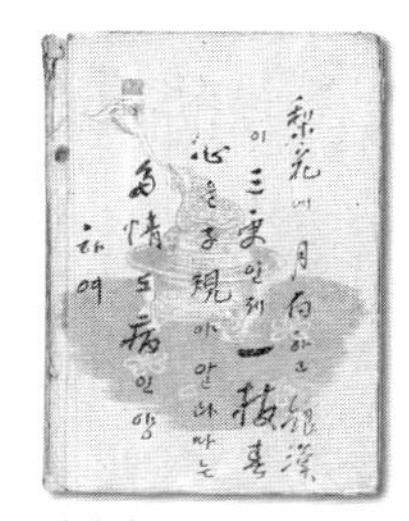

원나라에 볼모로 잡혀 있다가 돌아온 고려의 마지막 왕 공민왕의 일대기를 그린 장편 소설 『다정 불심』의 뒷표지

1942년 『조광』에 발표한 장편 「여명」은 앞서 내놓은 역사물 「전야」의 속편이라고 할 수 있다. 「여명」에서는 대원군이 정권을 잡은 뒤 벌인 외척과 족벌 정치 타도, 서원 철폐, 경복궁 재건, 천주교 탄압, 쇄국 정책 등을 그려낸다. 박종화는 우리 민족에 대한 일제의 탄압이 거세지면서 한동안 허무주의와 불교적 정신 세계에 젖어든다. 이는 같은 해에 나온 수필집 『청태집靑苔集』에 반영된다.

해방이 되자 그는 곧 『중앙일보』에 장편 「민족」을 1946년까지 연재한다. 이 작품은 「여명」에 이어 쇄국 정책 이후 벌어진 대원군과 명성 왕후의 암투를 축으로, 청일전쟁과 갑신정변, 갑오경장과 갑오농민전쟁 등 격동에 휩싸인 조선 말기의 상황을 담아낸 것이다. 박종화는 이로써 해방 이전부터 시작한 「전야」·「여명」·「민족」 3부작을 완결한다. 이 밖에 그는 장편 「홍경래」와 단편 「논개」·「청춘 승리」 등에서 역사 속의 애국적 인물들을 통해 해방을 맞은 기쁨을 표현한다.

1949년 월탄 박종화는 '서울신문사' 사장으로 임명되어 언론계에 발을 들여놓는다. 아울러 한국문학가협회 회장을 비롯해, 1951년 전국문화단체총연합회 회장을 맡아 해방 전과 다른 면모를 보여준다. 그는 한편으로 동국대·연세대·서울대 강

1952년 '서울신문사' 사장 시절의 박종화. 종군 작가단을 맞아서.

사를 거쳐 성균관대 교수로 후진 양성에 나서기도 한다. 이와 함께 예술원 회장, 한국문인협회 이사장, 한국예술문화단체총연합회 회장, 민족문화추진회 회장 등 여러 문화 단체의 요직을 두루 거치며, 예술원 제1회 문학 공로상, 제1회 5 · 16 민족상, 문화 훈장 대통령장 등 갖가지 상과 훈장을 받는다.

1954년 서울신문사에서 나온 그는 『조선일보』에 장장 946회에 걸쳐 역사 소설 「임진왜란」을 연재하는 열정을 보여준다. 1955년 단편 「황진이의 역천逆天」, 1958년 장편 「벼슬길」· 「삼국 풍류」· 「여인 천하」, 1959년 장편 「아름다운 이 조국을」· 「양녕 대군」, 1969년 「세종 대왕」 등의 역사 소설을 발표한 그는 이 밖에도 평문 「20세기의 한국의 증언」을 연재하며, 수필집 「달과 구름과 사상」을 발간한다. 이처럼 박종화는 1920년 문단에 나와서 1981년 여든 살의 나이로 숨질 때까지 3권의 시집, 18편의 장편과 12편의 단편, 5권의 수필집, 평론집 등을 내며 대가다운 면모와 역량을 보인다.

『조선일보』에
946회에 걸쳐
연재한 뒤 단행본으로
펴낸 역사 소설
『임진왜란』

참고 자료

김재용 외, 『한국 근대 민족 문학사』, 한길사, 1993
정근, 『일제하의 한국 문학 연구』, 집문당, 1986
조연현, 『한국 현대 문학사』, 성문각, 1993
조동일, 『한국 문학 통사 5』, 지식산업사, 1994
백철, 『신문학 사조사』, 신구문화사, 1992
윤병로, 『한국 근 · 현대 문학사』, 명문당, 1992
김우종, 『한국 현대 소설사』, 성문각, 1982
윤병로, 『한국 근 · 현대 작가 작품론』, 성균관대학교 출판부, 1993

이상화

"저녁의 피 묻은 동굴 속"에 숨다

현실 도피주의의 면모를 보인 점에서는 이상화李相和(1901~1943)도 다른 '백조' 동인들과 마찬가지이지만, 그가 도달한 지점은 "저녁의 피 묻은 동굴 속"이다. 그런데 이상화에게는 절망 끝에 닿은 그 곳조차 안전하지 않아 "술취한 집을 세"워야 할 만큼, 또는 "속 아픈 웃음을 빚"어야 할 만큼 고통스러운 세계다.

일제에 끝까지 항거하며 민족의 자존을 지킨 저항 시인 이상화

저녁의 피묻은 동굴 속으로 / 아 — 밑없는 그 동굴 속으로 / 끝도 모르고 / 끝도 모르고 / 나는 거꾸러지련다 / 나는 파묻히련다 // 가을의 병든 미풍의 품에다 / 아 — 꿈꾸는 미풍의 품에다 / 낮도 모르고 / 밤도 모르고 / 나는 술취한 집을 세우련다 / 나는 속아픈 웃음을 빚으련다

이상화, 「말세의 희탄欷嘆」, 『백조』 창간호(1922)

이상화는 어릴 때 아버지의 죽음으로 편모 슬하에서 자란다. 앞줄 오른쪽부터 막내동생 상오, 어머니 김신자, 동생 상백, 상화, 뒷줄은 형 상정.

이상화는 1901년 대구 출생으로 어릴 적에 아버지를 잃은 뒤 개화 지식인인 백부의 도움으로 유복한 생활을 하며 경성중앙중학교(지금의 중동고등학교)를 졸업한다. 1917년 그는 고향 대구에서 백기만과 현진건 그리고 동생 이상백 등과 함께 동인지 『거화炬火』를 만들어 활동하며 문학에 빠져든다. 1919년 3·1운동 때 백기만과 만세 운동에 앞장선 그는 1921년 현진건의 소개로 박종화와 처음 만나는데, 이후 그들은 하루 건너 편지를 주고받을 정도로 친밀한 사이가 된다.

1922년 『백조』 창간호에 「말세의 희탄」과 「단조」를 발표하며 문단에 나온 그는 한동안 이른바 '백조파'의 한 사람으로 활약한다. 1922년 일

본으로 건너간 그는 도쿄에서 아테네프랑스라는 불어 학원에 다니며 유학을 생각하지만 관동 대지진으로 길이 막히자 귀국한다. 그는 곧『백조』3호에 관능적인 욕망을 품은 채 환상의 침실로 마돈나를 불러들이는 내용의「나의 침실로」를 비롯해「이중의 사망」과「마음의 꽃」등을 발표한다.

1924년 이상화는『개벽』에「허무교도의 찬송가」,『조선문단』에「별리」를 발표한다. 이후 1925년부터 그는 김기진·박영희 등과 가까이 지내며 파스큘라·카프 진영에 가담한다. 자신의 집 사랑채에서 문인, 사회 운동가, 독립 운동가들과 모여 열띤 토론을 벌이며 그의 문학 세계에는 커다란 변모가 일어난다. 이윽고 사회 의식을 고취하는「문단 측면관 — 창작의 결핍에 대한 고찰과 기대」·「무산 작가와 무산 작품」등의 평론을 내놓은 그는 창작에 임해서도「구루마꾼」·「엿장사」·「거러지」등의 제목이 말해주듯 사회 극빈층의 생활을 다루고,「가상佳相」·「가장 비통한 기욕」·「폭풍우를 기다리는 마음」·「원시적 우울」등 경향주의 색채를 띤 작품을 잇달아 발표한다. 비애와 울분의 해결 통로를 '백조파' 때의 추상적이고 관념적인 공간에서 객관적이고 구체적인 현실로 옮긴 것이다.

지금은 남의 땅 — 빼앗긴 들에도 봄은 오는가? //나는 온몸에 햇살을 받고 /푸른 하늘 푸른 들이 맞붙은 곳으로 /가르마 같은 논길을 따라 꿈속을 가듯 걸어만 간다. /…… /내 손에 호미를 쥐여다오 /살진 젖가슴과 같은 부드러운 이 흙을 /발목이 시도록 밟아도 보고 좋은 땀조차 흘리고 싶다. //…… /나는 온몸에 풋내를 띠고 /푸른 웃음 푸른 설움이 어우러진 사이로 /다리를 절며 하루를 걷는다. 아마도 봄신령이 지폈나보다. //그러나 지금은 — 들을 빼앗겨 봄조차 빼앗기겠네.
　　이상화,「빼앗긴 들에도 봄은 오는가」,『개벽』(1926. 6.)

이상화의 대표작으로 꼽히는「빼앗긴 들에도 봄은 오는가」는 '백조파' 시절의 지나친 한탄을 배제한 채 식민지 현실을 담아낸 시다. 아울러 이 작품은 이념적 구호를 앞세우는 경향주의 시와도 일정한 거리를 유지하고 있다. 그가 이 시에서 초

1935년 중국에서
독립 운동에
투신하고 있던
형 상정을 찾아갔을
때의 상화

1922

점을 맞춘 것은 삶의 터전인 땅을 남에게 빼앗긴 농민의 비애다. 그러나 이 시는 농민을 고통의 주체가 아니라 막연한 동정의 대상으로 다룬다는 지적을 받기도 한다. 이는 무엇보다 스스로 거스르기 힘든 소부르주아적 체질이 작품에 배어든 결과로 보인다.

『개벽』에 실렸다가 일제에 의해 삭제된 이상화의 「빼앗긴 들에도 봄은 오는가」

결국 카프에서 탈퇴한 이상화는 1928년 『조선지광』에 시 「저무는 놀 안에서」와 「비를 다고」 등을 발표하지만 작품성 면에서 진전은 느끼기 어렵다. 이후 일본 경찰의 감시와 원고 압수, 가산 탕진 등으로 낙담한 그는 술에 젖어 세월을 보낸다. 1935년께에는 상하이에 있던 형 이상정 장군을 만나고, 1년 동안 중국에서 방랑 생활을 한다. 그는 1937년부터 대구에서 무보수 교사로 일하기도 하지만, 술 때문에 얻은 병으로 1943년 4월 25일 집에서 숨을 거둔다. 기묘하게도 가족이 부음을 보내던 날, 그의 집에도 부음 한 장이 날아드는데, 이는 같은 날 죽은 현진건의 죽음을 알리는 것이었다.

이상화는 50여 편의 시와 10여 편의 산문을 남기지만 생전에 시집 한 권 내지 못한다. 뒷날 문우 백기만은 그와 이장희의 시를 한데 묶어서 유고집 『상화와 고월』을 펴낸다.

자신의 집 사랑에서 친구들과 함께. 뒷줄 오른쪽에서 두 번째가 청년기의 이상화.

참고 자료

김재용 외, 『한국 근대 민족 문학사』, 한길사, 1993
이어령, 『한국 문학 연구 사전』, 우석출판사, 1990
조동일, 『한국 문학 통사 5』, 지식산업사, 1994
백철, 『신문학 사조사』, 신구문화사, 1992
이인복 외, 『한국 문학 사상사』, 숙명여자대학교 출판부, 1991
박철석, 『한국 현대 문학사론』, 민지사, 1990

계몽주의 문학에 맞서다

『백조』의 경향

『백조』는 휘문의숙 출신의 박종화·홍사용과 배재학당 출신의 나도향·박영희 등이 주축이 되어 만든 동인지다. 3·1운동이 실패로 돌아간 뒤 허탈감과 절망에 젖어 있던 이들 청년 지식인은 저희 손으로 만든 잡지를 통해 문예와 사상을 펴기로 뜻을 모으고 1922년에 『백조』를 내놓는다. 『백조』에는 시와 소설이 함께 실리는데, 박종화는 시와 소설 양쪽에 걸쳐 작품을 내고, 박영희·이상화 등은 시를, 현진건·나도향 등은 소설을 주로 낸다. 『백조』 동인들의 시는 잘 알려진 대로 병적이고 퇴폐적인 경향이 짙게 묻어나는 애수·비탄·자포 자기 등을 주제로 삼는 유미주의와 낭만주의 경향을 보이고, 소설은 자연주의 쪽으로 기운다.

1920년대에 누구 못지않게 창작 활동에 열의를 보이며 문단을 주도한 사람이 박영희다. 『백조』의 유미주의는 박영희에 이르러 꽃봉오리를 터뜨린다.

밤은 깊이도 모르는, 어둠 속으로/ 끊임없이 구르고, 또 빠져서 갈 때/ 어둠 속에, 낮을 가린,/ 미풍의 한숨은/ 갈 바를 몰라서, 애궂은 사람의 마음만/ 부질없이도, 미치게 흔들어 놓도다. // 가장 아름다웁든, 달님의, 마음이/ 이 때이면은, 남몰래, 앓고서 있다. // 근심스럽게도 한발한발 걸어오르는 달님의/ 정맥혈靜脈血로 짠, 면사 속으로 나오는/ 병든 얼굴의 말 못하는, 근심의 빛이 흐를 때/ 갈 바를 모르는, 나의 헤매는 마음은/ 부질없이도 그를 사모하도다. // 가장 아름답든, 나의 쓸쓸한 마음은/ 이 때로부터, 병들기 비롯한 때이다. // 달빛이 가장, 거리낌없이 흐르는/ 넓은 바닷가, 모래 우에다/ 나는, 내 아픈, 마음을 쉬게 하려고/ 조그마한, 병실을 만들려 하여/ 달빛으로, 쉬지 않고, 짜고 있도다. // 가장 어린애같이, 비인 나의 마음은/ 이 때에 처음으로, 무서움을 알았다. // 한숨과 눈물과 후회와 분노로/ 앓는 내 마음의 임종이, 끝나려 할 때/ 내 병실로는 어여뿐, 세 처녀가 들어오면서/ ―당신의 앓는 가슴 우에 우리의 손을 대이라고, / 달님이, 우리를 보냈나이다. ― // 이 때부터, 나의 마음에 감추어 두었든/ 희고 흰 사랑에, 피가 묻음을 알았도다. // 나는 고마워서 그 처녀들의 이름을 물을 때/ ― 나는 '슬픔'

이라 하나이다. / 나는 '두려움' 이라 하나이다. / 나는 '안일' 이라고 부르나이다. / 그들의 손은
아픈 내 가슴 우에 고요히 닿도다. // 이 때로부터 내 마음이, 미치게 된 것이 / 끝없이 고치지 못
하는 병이 되었도다.

　　박영희, 「월광으로 짠 병실」, 『백조』 3호(1923)

『백조』의 낭만주의 경향은 주로 시를 통해 드러나지만 소설에서도 이런 색채가
더러 눈에 띈다. 대표적 작품으로는 창간호에 실린 나도향의 「젊은이의 시절」, 2
호에 실린 「별을 안거든 울지나 말걸」 등이 있다. 시에서 보이는 악마적이고 유미
주의적인 낭만에 비한다면, 소설에 나타난 것은 순진한 소년의 감상에 가깝다고
할 수 있다.

　　그가 창을 열고 달빛이 가득 찬 마당을 볼 때 차디찬 무엇이 피를 식혀버리는 듯하였다. 그
는 또다시 울었다. 그의 울음은 결코 황혼에 쇠북소리를 듣는 듯한 일 없이 가슴 서늘한 슬픔
의 울음이 아니라 파란 물 위에서 은빛 물결이 뛸 때 강 언덕 마을 집에서 일어나는 젊은 과부
의 창자를 끊는 듯한 울음소리 같은 슬픔으로 나오는 울음이었다. 그는 머리를 팔에 대고 느
껴가며 울었다.

　　나도향, 「별을 안거든 울지나 말걸」, 『백조』(1922. 5.)

본디 유럽의 세기말적 데카당스, 즉 낭만주의는 고전주의에 대항해 나타난다.
그런가 하면 일본에서는 낭만주의가 비개성적 자연주의에 대항해 나타난 여러
사조 가운데 한 갈래다. 이에 비해 1920년대 전후 우리 문단에 등장한 『창조』·
『폐허』·『백조』의 경향은 일제로부터의 해방이라는 목표와 1910년대 문단에 군
림하고 있던 이광수의 계몽적 인도주의 문학에 대한 반항이라는 공통된 명제를 안
고 나온다. 이런 것이 『창조』에서는 예술 지상주의라는 형태로, 『폐허』와 『백조』
에서는 낭만주의와 유미주의라는 형태로 드러나게 된다. 아울러 서구나 일본에서
는 낭만주의보다 먼저 나온 자연주의가 우리 문학사에서는 염상섭에 의해 뒤늦게
나타나기도 한다. 물론 사조가 나오는 순서까지 서구의 경우를 따라야 한다는 것
이 아니다. 다만 그 무렵 우리 문단이 받아들인 낭만주의가 안고 있던 문제점은,

서구 데카당스 또는 낭만적 상징주의의 생성 배경이나 원인 등 기본 맥락과 의미도 제대로 이해하지 못한 채 '분위기'에만 도취해 겉만 모방하는 데 그친 느낌을 준다는 것이다.

1910년대 말 김억과 황석우의 시에서 시작되어 『백조』 시대에 화려한 절정을 이룬 낭만적 유미주의는 언어의 미적 선택이나 내밀한 감정의 표현이라는 측면에서 어느 정도 성과를 거두기도 한다. 그러나 추상성과 관념성에 치우치고 사상과 이론의 토대가 취약한 나머지, 사회주의 이념의 바람이 불어닥치자 너무도 쉽게 허물어지고 만다. 그것도 다름아닌 박종화·박영희·김기진 등 한때『백조』의 선두에 서서 낭만적 유미주의의 극치를 넘나들던 바로 그 주역들에 의해『백조』의 낭만주의는 붕괴된다. 김기진은 이 무렵의 일을 나중에 이렇게 돌아본다.

일본에 있을 때 사회주의 등의 영향을 받고 로망 로랑과 앙리 바르뷰스와의 논쟁문을 읽고서 나의 사상에 중대한 전환을 일으켰다. 나는 그때『백조』 동인의 일인으로서 잡지『장미촌』이래의 상징파 시인들을 화숙和淑하는 듯싶은 유일한 친우 회월 박영희에게 서신으로 나의 사상의 전환을 알리었다. 그때까지의 나와 회월의 사상은 예술 지상주의였다. 동경과 서울 사이를 왕복한 서신은 아마 모아두었더라면 굉장한 매수가 될 것이 추억된다. 이때는 1922년이었다.
　김기진, 「나의 카프 시대」, 『서울신문』(1955. 10.)

사상 전환을 알리는 김기진의 편지는 곧바로 박영희를 비롯한 백조파에게 심리적 동요를 일으킨다. 예술 지상주의에 도취해 "베를레느·와일드·말라르메·보들레르의 시를 향락하고 있던" 박영희는 처음으로 김기진에 의해 전파된 프로 문학에 눈뜬다. 1923년 5월, 일본에서 돌아온 김기진과 두 달 동안 거의 날마다 붙어 있다시피 하며 문학과 사상과 조선의 현실에 대해 애기를 나눈 박영희는 이윽고 예술 지상주의를 버리고 현실 사회로 뛰쳐나온다. 백조파의 선두에 있던 박영희가 계급적 사회 운동으로 발길을 옮김에 따라『백조』는 1923년 9월 통권 3호를 끝으로 다시 나오지 못하게 된다. 「월광으로 짠 병실」에서 유미주의의 극치를 보인 박영희는 얼마 지나지 않아 스스로『백조』 시대를 이렇게 깎아내린다.

모든 것은 한가지 부르즈와 자제들의 오락이었다.

박영희, 「화염 속에 있는 서간철書簡綴」, 『개벽』63호(1925)

참고 자료

김윤식, 『박영희 연구』, 열음사, 1989

조연현, 『한국 현대 문학사』, 성문각, 1993

송백헌 외, 『한국 문학 사조론』, 새문사, 1992

이어령, 『한국 문학 연구 사전』, 우석출판사, 1990

백철, 『신문학 사조사』, 신구문화사, 1992

수십 인의 왜노가 달라붙어 검으로 찌르고 총으로 쏘고
목을 묶어 끌고 다니면서 시체에까지도 능욕을 가하였다.
형제들이여! 최대의 분발로써 최후의 결투를 행할 뿐이다

1923

관동 대진재 한인 학살 보고서

2만의 동포가 왜노의 총칼에 죽어갔다.

동포들이여! 왜도 관동에서 2만의 동포가 왜노의 총칼에 참혹히 죽어갔다.

동포들이여! 다리를 꺾이고 배를 갈리어 죽은 우리 동포의 최후의 애호는 다만 '아이고 어머니' '아이고 아버지' 뿐이었다.

동포들이여! 우리의 전도에는 이보다 더한 학살! 살륙의 참화가 박두할 것이다. 동포들이여! 왜노를 박멸하자! 노소 남녀 구별없이 모두 살륙하자! 모두 굳은 결심과 빈 주먹만 있으면 된다.

동포들이여! 우리들은 이를 조사 보고함과 동시 하루속히 최후의 결사 전투를 개시할 것을 절원切願하는 바이다.……

하동광장에 한인을 다수 포집捕集하여 기천 기백 인을 한꺼번에 난사하고 병영 또는 경찰서 구내에 기백 기십 인을 집합시켜 살해하였다. 더구나 노상에서 보는 대로 병력 내지 경찰관이 총살 자살刺殺한 것은 물론 보통의 살인 수단이라고 할 수밖에 없게 소위 자경단, 청년단 등은 '조선인'이라고 외쳐 부르는 한 마디에 백이 응하여 낭狼의 군群과 같이 동서 남북에서 모여와 1명의 우리 동포에 대하여 수십 인의

왜노가 달라붙어 검으로 찌르고 총으로 쏘고 봉으로 때리고 발로 차서 쓰러뜨리고 그 위에 죽은 사람의 목을 묶어 끌고 다니면서 찌르고 차면서 시체에까지도 능욕을 가하였다.……

형제들이여! 주저하면 함몰시킬 때를 놓친다. 말할 것 없이 최대의 분발로써 최후의 결투를 행할 뿐이다.

1924년 1월 조사원 일동 고백

대표 김건

1923년 9월 1일, 일본의 간토關東 · 시즈오카靜岡 · 야마나시山梨 지방에서 대지진이 발생한다. 그러자 야마모토山本 내각은 계엄령을 선포해 사태 수습에 나서면서 국민의 불만을 다른 데로 돌리기 위해 조선인과 사회주의자들이 폭동을 일으키려고 한다는 유언 비어를 꾸며 퍼뜨린다. 이에 격분한 일본인들은 자경단을 조직, 관헌들과 함께 조선인을 마구 체포 · 구타 · 학살한다.

1923

1월

3 임시 정부 내분 수습을 위해 중국 상하이에서 국민 대표회 개최, 개조파와 창조파의 대립으로 결렬
15 재일 도쿄 유학생 60여 명, 무정부주의 단체인 흑도회에서 이탈해 사회주의적 사상 단체인 북성회 조직
26 러시아, 중국 혁명 지원을 표명

2월

15 평양물산장려회, 선전 행렬 거행

3월

8 삼랑진에서 열차 전복, 사상자 60여 명 발생
16 방정환 · 윤극영 등, 일본 도쿄에서 색동회 조직
0 천도교 소년회, 잡지 『어린이』(방정환 · 마해송 주재) 창간

4월

9 우리 나라 최초의 극영화 「월하月下의 맹서盟誓」 개봉
0 영일만에 대폭풍, 인명 피해 556명, 선박 손실 119척

5월

24 진주에서 반형평 운동 발생

6월

1 일본 해군, 창사에 상륙해 배일 운동 탄압(창사 사건)
3 『동아일보』, 일요판 만들고 독자 문단란 신설
5 제1차 일본 공산당원 검거 사건 발생
0 중국, 삼전三全 대회에서 혁명 통일 전선 수립과 국공 합작 결정

8월

0 하와이 교민단, 『국어 독본』 상 · 중 · 하 간행

9월

1 일본, 관동 대지진 발생, 민심 동요를 막기 위해 한국인 폭동설 꾸며 퍼뜨림
25 강진구 · 김석영 · 나혜석 등 9명, 고려미술회 조직

10월

10 독일, 작센에 사회민주당과 공산당의 연합 정부 들어섬
0 『개벽』 10월호, 내용 불온을 이유로 발매 금지

11월

0 백백교白白教 · 수운교水雲教 · 인천교人天教 창시

염군사와 파스큘라

문학적 사회주의 운동

우리 사상계가 마르크스 이념을 받아들이게 된 것은 프랑스 작가인 앙리 바르뷔스Henri Barbusse의 클라르테 운동*의 자극에 힘입은 바 크다. 이 운동은 일본을 거쳐 이미 1917년께 중국 상하이에서 조직된 '조선사회당'을 비롯해 1920년께 '고려사회당' 등에 의해 실천되지만 크게 활성화되지는 못한다. 이윽고 국내에서 서투르나마 문학적 사회주의 운동의 움직임이 일게 되는데, 1922년 9월 이적효·이호·최승일·송영·김두수·김영팔·심대섭 등에 의해 '염군사焰群社'가 발족되기에 이른 것이다. 무산 계급 및 민족 해방 운동을 목적으로 한 이 결사는 "우리들은 무산 계급 해방을 위한 문화를 가지고 싸운다."는 구호를 내걸고, 경향지 『염군』의 발간을 계획한다. 이 결사는 심훈의 「먼동이 틀 때」, 최승일의 「선술집」을 무대에 올리려고 하는 등 몇 가지 시도를 하지만, 검열의 벽에 부딪치면서 흐지부지된다. 이들은 아직 문학적 역량과 이론을 제대로 갖추지 못한 채 정치적 정열을 앞세운 청년 투사에 지나지 않았다.

염군사는 '문학'보다 '무산 계급 운동'을 앞세운 집단이다. 이에 따라 염군사의 젊은이들은 더러 정치 운동에 뛰어들어 저희의 문학 이념을 실천하려고 들기도 하는데, 이적효나 이호 등의 행동이 대표적인 보기다. 그들은 공산당의 지하 조직에 가담해 공작 사건에 연루되고, 이것이 빌미가 되어 폐인이 되거나 옥사한다. 그러나 염군사는 뚜렷한 문학적 결실을 거두지 못한 채 카프 조직에 흡수되며 자연스럽게 해체된다.

---

* 앙리 바르뷔스의 소설 『클라르테Clarté』(광명, 1918)가 나온 뒤 동반자 작가들의 활동은 집단성을 띠게 되는데, 이것이 바로 '클라르테 운동'이다.

이듬해인 1923년, 염군사 구성원에 비하면 문학적 경험과 지식의 깊이를 확보하고 있던 박영희·안석영·김형원·이익상·김기진·김복진·연학년이 모여 로마자로 그들의 머릿글자를 하나씩 따서 명명한 '파스큘라PASKYULA'를 결성한다. 이 결사 또한 일제의 억압에 대한 반작용에서 비롯된 것은 염군사와 다를 바 없어, 마르크스 사상에 대한 과학적인 접근과 깊은 인식보다는 절박한 사회 현실 앞에서 감정적 대응이 앞서게 된다. 따라서 이처럼 취약한 바탕 위에 세워진 문학론도 체계를 미처 갖추지 못한 감정의 토로에 가까운 형태로 드러난다. 그러나 점차 이와 같은 측면을 자각하고 지양하면서 두 결사는 한 차원 높은 조직으로 통합될 조짐을 보인다.

염군사와 파스큘라는 문학의 현실적 기능에 주목하며, 현실 변혁에 대한 열망에서 만들어진 문학 단체들이다. 두 단체의 지식 청년들은 예술을 위한 예술을 배격하고 현실에 대한 비판적 인식과 무산 계급, 즉 민중을 염두에 두고 문학 활동을 펼친다. 다만 염군사가 사회 운동에 무게 중심을 둔 데 비해, 파스큘라는 한결 문학 지향적이라는 점이 조금 다르다. 염군사와 파스큘라는 '카프'의 모체가 됨으로써 우리 문학사에서 의의를 갖는다. 마침내 본격적인 계급 문학 시대로 나아가는 태동이 시작된 것이다.

참고 자료

역사문제연구소 문학사연구모임, 『카프 문학 운동 연구』, 역사비평사, 1992
김윤식, 『박영희 연구』, 열음사, 1989
윤병로, 『한국 근·현대 문학사』, 명문당, 1992

어둠 속에서 떠오른 『금성』

『금성』과 양주동

　그 해 여름에 방학으로 귀국한 양주동, 유엽, 손진태의 삼인과 내가 한자리에 모였을 때 양군梁君이 양군 일류의 대법라大法螺를 불었다. "현하現下의 문단이란 도깨비 장난이야. 미학 한 권을 옳게 못 읽고도 인상평이 어떠니 고전평이 어떠니 된 소리 안 된 소리 주워놓는 판이요, 시단이라고는 운율론 한 권을 내어놓지 못하는 형편이며 외국 문학의 번역이란 개똥 번역(2중역二重譯) 돼지똥 번역(3중역三重譯)으로 양양 자득揚揚自得하는 판이니 일기 당천의 기사들이 이 꼴을 보고야 안연히 있을 수가 있나. 우리가 동인제로 시가지詩歌誌를 내어 시단의 수준을 높여야 하겠네." 하고 동인지 발간을 제안하는 바람에 전원이 동의하였고 그 자리에서 제호를 『금성』으로 정하고 창간호는 재정, 편집 등 일체를 양군이 책임지기로 되었다.

　백기만, 『상화와 고월』(청구출판사, 1951)

양주동의 주도로
창간된 『금성』.
사진은 『금성』 3호.

　『백조』에 이어 1923년 11월 또 하나의 문학지 『금성金星』이 탄생하게 된 경위를 백기만은 이렇게 전한다. 『금성』 창간을 주도한 사람은 양주동과 백기만이고, 자금을 책임진 사람은 전주 부호의 아들이던 유엽이다. 이 시기에 조선인은 잡지 발행 허가를 받기 어려웠기 때문에 유엽과 가깝던 일본 여성의 명의를 빌려서 『금성』은 빛을 보게 된다. 창간호에는 백기만의 「꿈의 예찬」·「내 살림」·「기쁨」, 손진태의 「만수산에서」·「짝사랑」, 유춘섭의 「낙엽」 같은 시, 백기만의 「청개고리」, 손진태의 「별똥」·「달」 같은 동시, 그리고 번역시와 시론이 여럿 실린다. 『금성』이 세상에 나오게 된 것은 양주동의 기대와 정열에 힘입은 바 크다는 것이 창간호에서부터 드러난다. 양주동은 여기에 권두시 「기몽記夢」을 비롯해 「영원의 비밀」·「소곡」·「무제」 같은 창작시와 보들레르의 「깃븐 죽음」·「빈자의 사」·「파종」·「썩은 송장」·「가을 노래」·「원수」, 타고르의 「해안에서」·「아가의 버릇」 같은 번역시를 싣는다. 이 가운데 『금성』의 성격을 엿보게 하는 권두시 「기몽」에서는 『폐허』나 『백조』의 음울한 세기말적 분위기가 거의 그대로 느껴진다. 그러나 『금성』

에 가담한 이들의 한결같은 바람은 이전의 문예 동인지들이 이룬 바를 뛰어넘는 것이었다. 『폐허』나 『백조』를 딛고 나아가 더 높은 문학적 성취를 일궈내는 것, 바로 이것이 『금성』의 발간 취지라고 할 수 있다. 말하자면 『금성』은 기존 시단의 양식을 받아들이되 작품 수준을 한결 높이는 것을 목표로 삼는다. 그러면서 방법 면에서는 급진성을 배격하고 온건 노선을 선택한다. 이는 「금성」을 주도한 양주동의 중간자적 문학관을 보여주는 것이기도 하다.

시인 · 비평가 · 국학자 양주동

무애无涯 양주동梁柱東 (1903~1977). 학문적 자존심이 지나쳐서 오만으로 흐른 나머지 '인간 국보國寶 제1호'를 자처하고, 동서 고금東西古今의 문장에 통달해 「용비어천가龍飛御天歌」에 나오는 고어의 음운 변천사로부터 윌리엄 워즈워스와 T.S. 엘리엇의 문학 세계를 한자리에 아우르고, 강의실에서는 한적漢籍의 구석에 숨어 있는 기문奇文과 가구佳句를 찾아내서 유아 독존의 지식을 활화산처럼 뿜어내며 타고난 학문과 재주로 한 시대를 풍미한 시인이자 평론가이고, 수필가이자 논객이고, 평생 낡은 구두와 허름한 옷으로 만족하며 신문 구독료나 방범비조차 갖가지 사유를 붙여 내지 않던 구두쇠이지만, 민족 문화에 대한 자각과 함께 어문학 연구의 길로 들어선 이래 향가鄕歌 연구에 빼어난 업적을 남긴 불세출의 학자이자 박람 강기博覽强記의 기인이던 그. 양주동은 경기도 개성에서 태어나 황해도 장연에서 자라는데, 다섯 살 때 유합類合을 익히고 열 살이 되기 전에 갖가지 한서를 독파한다. 열 살이 지나서는 마을의 한시회에 참석하고 아이들을 모아 가르칠 만큼 자칭 천재이던 그는 1915년 열두 살 때 평양고보에 들어간다. 그러나 학교 교육에 만족하지 못하고 곧 자퇴, 독학으로 한학과 한시를 공부하다가 1920년에 다시 중동학교에 들어간다. 1년 만에 중등 교육 과정을 마친 그는 일본으로 가서 와세다대학 예과 영문학과에 입학한다. 이 시기에 백기만 · 유엽 등

국학 연구에
큰 발자취를 남긴
무애 양주동

마음이 맞는 친구들을 만나 등사판으로 회람지 『알』을 발간하고 습작도 하면서 문학에 뜻을 보인다. 그러나 『알』에는 자신의 시를 싣지 않다가 1923년 『금성』 창간호에 권두시 「기몽」을 비롯해 창작시와 번역시를 무려 10여 편이나 한꺼번에 쏟아놓으며 문단에 얼굴을 내민다.

양주동은 이듬해인 1924년 『금성』 2호와 3호에 시론 「시는 어떠한 것인가」와 「시와 운율」을 발표하면서 창작과 이론을 겸하게 된다. 여기서 그는 시란 "우리 사람의 자연이나 인생에 대하여 느낀 바 정서를 개성과 사상을 통하야, 가장 단순하고 솔직하게 음률적 언어로 표현한 것"이라고 정의한다. 아울러 시와 산문의 차이를 말하며 "시의 리듬은 산문의 그것보다 한층 강조한 긴장된 것이올시다. 시는 우리가 그것

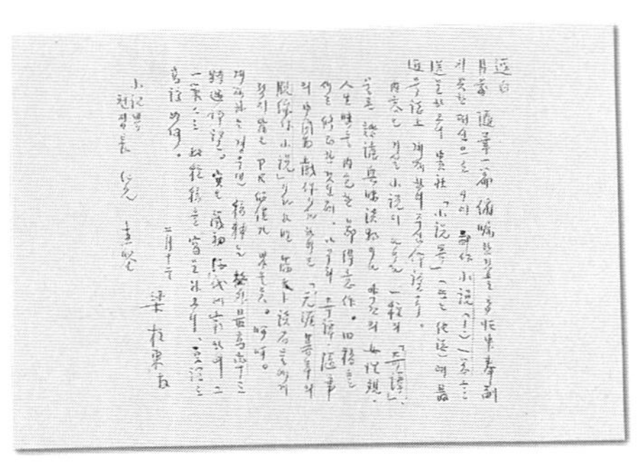

양주동의 육필

을 읽을 때에 그 리듬이 분명히 우리에게 어떠한 강조하고 긴장한 정서의 활동을 전합니다."라고 말해 당시로서는 꽤 명쾌한 시론을 펼친다.

그러나 『금성』 이후 발표한 시편들과, 1928년 와세다대학을 졸업하고 평양의 숭실전문학교 교사로 부임한 뒤 1930년에 펴낸 시집 『조선의 맥박』에 실린 시들에서, 그는 시론을 빌려 열변을 토한 만큼의 성취는 보여주지 못한다. 『금성』 시절에 보인 개인의 정서를 바탕으로 한 서정적 분위기 대신, 나라며 겨레 사랑 같은 단위의 사회성이 엷게 채색된 분위기를 느낄 수 있을 뿐이다. 시인보다는 이론가 쪽이 더 어울린다는 것을 스스로 깨달은 까닭인지, 1929년께 『문예공론』이 나온 뒤부터 그는 시보다 문학론에 치중한다. 이윽고 그는 프로 문학과 민족 문학에 대해 중간자 입장을 표명한 절충주의 문학론인 「문예상의 내용과 형식 문제」를 내놓으며 찬사와 반론을 동시에 불러일으킨다.

무엇보다 그의 박학 다식은 숭실학교에서 강의하던 시절 우연히 도서관에서 발견한, 일본의 어학자인 오구라 신페이小倉進平가 1929년에 발표한 논문 「향가 및 이두吏讀의 연구」를 읽은 뒤 향가 연구에 뛰어들면서 빛을 발하게 된다.

빌어다 처음은 호기심으로 차차 경이와 감탄의 눈으로써 하룻밤 사이에 그것을 통독하고 나서 나는 참으로 글자 그대로 경탄하였고 한편으로 비분한 마음을 금할 길이 없었다. 첫째 우리 문학의 가장 오랜 유산, 더구나 우리 문화 내지 사상의 현재 최고 원류가 되는 이 귀중한 향가(신라 가요 사뇌가)의 석독釋讀을 근천년래 아무도 우리 손으로 시험치 못하고 외인外人의 손을 빌었다는 그 민족적 부끄러움…… 그 빼앗긴 문화 유산을 학문적으로나마 결사적으로 전취, 탈환해야 하겠다는 내 딴에 사뭇 비장한 발원과 결의를 하였다.

양주동, 『문주 반생기文酒半生記』(신태양사, 1959)

1935년께부터 그는 향가 연구에 뜻을 두고 연구에 몰두한다. 그러나 평양의 숭실전문학교 교사인 그에게 연구에 필요한 자료가 마땅히 있을 리 없었다. 서른네 살의 영어 교사 양주동은 곧 서울에 가서 방종현·최남선·이희승·이병기 등 장서가들을 찾아다니며 평양에서 고서 전시회를 연다는 명목으로 향가 관련 자료를 수집해 돌아온다. 이를 기초로 그는 단시일에 향가를 해독, 1937년 서울의 일본인 학자들을 중심으로 꾸려지고 있던 잡지 『청구학총』(청구학업) 19호에 「향가의 해독 — 특히 원왕생가에 취하야」를 발표한다. 이것으로 그는 한때 스스로 경탄해 마지않던 오구라 신페이의 이론을 논박해 일본인 학자들을 놀라게 한다. 양주동은 이 논문에서 오구라 신페이의 이론을 "절반 이상의 개정을 필요로 한다."고 정면으로 비판한다. 실제로 그의 해독은 정확성과 문학적 감성, 논리의 완결성 면에서 일본의 어학자 신페이의 연구를 훌쩍 뛰어넘는다.

1942년 그는 최남선이 "앞으로 1백 년 뒤 남을 책은 오직 이 한 권뿐이다."라고 극찬한 『조선 고가 연구朝鮮古歌研究』를 공동 발간한다. 해방 뒤인 1946년에는 고려 가요에 관한 연구서인 『여요 전주麗謠箋注』를 펴냄으로써 최고의 국학자로 손꼽히게 된다. 1947년 동국대 교수로 취임한 그는 강의실에서 한적漢籍의 구석에 숨어 있는 기문奇文과 가구佳句를 찾아내며 유아 독존식 지식을 자랑한다. 그는 아울러 『국문학 고전 독본』·『국학 연구 논고』 등 여러 저서를 내놓음으로써 국문학 연구와 국학의 발전에 이바지한다. 심지어 그는 외국 문학에도 관심을 보여 『영시 백선』·『세계 기문선』 등을 묶어낸다. 한편으로 1959년에는 『문주 반생

1959년에 나온 수필집 『문주 반생기』

1962년에 나온 또 하나의 수필집 『인생 잡기』

기문주반생기文酒半生記』, 1962년에는 『인생 잡기』 같은 수필집도 내며 지칠 줄 모르는 활동을 펼친다.

지나칠 만큼 학문적 자존심으로 꽉 차 있던 그는 스스로를 '인간 국보 제1호' 라고 부르기도 한다. 이 별칭의 역사는 깊다. 6·25 때 인공 치하에서 목숨을 부지한 것 때문에 부역 딱지가 붙어 곤욕을 치른 그는 1·4후퇴 때에는 누구보다 서둘러 피난 채비를 하게 된다. 피난 열차편을 알아보려고 '동아일보사' 에 들른 그는 복도에서 베를린 올림픽 마라톤 우승자 손기정, 두툼한 솜바지와 저고리 차림에 솜이불까지 지고 나타난 동양화가 이용우 화백 등과 맞닥뜨린다. 이 때 양주동은 불쑥 "여기 우리 나라 국보들이 다 모였군요. 국보를 이렇게 푸대접해서야 쓰나." 하고 말을 꺼낸다. 그 뒤 공식 모임에는 거의 얼굴을 비치지 않았지만 방송 출연은 즐기던 그가 인기 라디오 프로그램「유쾌한 응접실」에 나가면서 그의 '인간 국보' 운운은 더 유명해지게 된다.

양주동은 생전에 숱한 일화를 뿌리고 별명도 많았는데, 이 가운데 가장 불명예스러운 별명은 '돈 선생' 이었다. 그는 원고 청탁이나 결혼 주례 청탁이 들어오면 으레 선금부터 요구했다. 잡지사는 원고료를 떼먹기 일쑤여서 양주동은 선금을 받지 않고는 원고를 쓰지 않았고, 신문사조차 원고료를 들고 와서 원고와 맞바꾸어야 했다. 노골적으로 원고료를 흥정하고 주례비를 따지는 '점잖치 못한' 어른인 양주동을 두고 사람들은 뒤에서 '돈 선생' 이라고 수근거렸다. 그도 사람들이 뒤에서 자신을 명예롭지 못한 별명으로 부르며 수근거린다는 것을 알고 있었다. 그러나 "왜 공짜를 해. 푸대접받는 것도 억울한데 돈까지 떼먹히다니."라는 것이 그들을 향한 양주동의 한결같은 답변이었다.

양주동의 '인색함' 은 거의 본능에 가까운 것이었다. 일찍이 부모를 여의고 어렵게 자라면서 가난의 설움을 뼈저리게 맛본 그에게 '인색함' 은 언제 닥칠지 모를 불행과 궁핍에 대비한 일종의 보험과 같았다. 그는 제자에게 심부름을 시키며 어떤 경우에도 차비를 주는 법이 없었고, 남을 위해 한문 쓰는 것을 자신의 살점이나 떼어주는 것처럼 끔찍하게 여겼다. 변변한 입성 한 벌 없이 10년을 한결같이 허름한 차림으로 다니는 것을 보다 못한 제자들이 양복을 장만해주자, 그날로 양복점에 찾아가서 돈으로 바꿔온 사람이 양주동이었다. 구두도 마찬가지였다. 배달되는 신문은 '국보'가 봐주는 것만으로도 영광인 줄 알라며 무료 구독을 주장했고, 방범비조차 도둑맞을 금붙이가 없으니 낼 필요가 없다며 한사코 내지 않았다. 그렇다고 살림이 궁핍했느냐 하면 그것은 아니었다. 명강의로 소문난 양주동은 재직 중이던 동국대뿐 아니라 여러 학교에 지프를 타고 다니며 겹치기 출강을 했고, 그 수입만도 만만치 않았다. 그가 깔고 앉은 전기 담요 밑에는 시내 각 은행 지점에서 발행한 수표 번호와 액면을 정리한 쪽지가 들어 있었다. 양주동은 인색함을 나무라는 이은상의 야유에도 끄떡 않고 "돈을 쓰려고 모으나. 모으는 재미에 구두쇠를 자처한다."고 대꾸하며 천역덕스럽기 짝이 없는 태도를 보였다.

양주동은 늘그막에 심한 당뇨병으로 고생을 한다. 1977년 2월 4일, 걸출한 학문과 재주로 한 시대를 풍미한 그는 익살과 술로 점철된 삶을 마감한다.

1958년 10월 어느 날 거리에서 만나 얘기를 나누는 양주동과 노천명

참고 자료

김용직, 『한국 현대시 해석 · 비판』, 시와시학사, 1993
이승훈, 『한국 현대 시론사』, 고려원, 1993
조동일, 『한국 문학 통사 5』, 지식산업사, 1994

현재 조선에 있어 민족 운동도 또한 피할 수 없는 현실로부터
발생하는 이상 우리는 특히 양대 운동 즉
사회 운동과 민족 운동의 병행에 대한 시간적 연합을 기한다

1924

북풍회 선언

선언

현재 조선의 사회 운동은 극히 혼돈스런 상태에 있지만 바야흐로 조직을 필요로 하고 실천을 요구하는 신기운이 감돌고 있다. 운동의 초기에는 오직 소수의 전위 분자가 대중과 비교적 간격을 두고 현실로부터 유리되어 학문적인 이상만을 추구하는 폐해가 있게 마련이다. 그러나 조선의 대중은 이미 움직이고 있다. 따라서 이제까지의 전위 분자들은 어디까지나 현실을 토대로 하여 대중과 함께 자본가의 본질을 향해 돌진하지 않으면 안 된다. 그러므로 우리는 모든 것을 근본적으로 개혁하고 이러한 신국면에 적응하는 진용을 새롭게 준비하고 전술과 전략을 새롭게 수립하여 싸움에 임해야 한다.

강령

1. 사회 운동이 본질적으로 대중 자체의 운동인 이상 우리는 어디까지나 현실에 입각한 대중의 실제적 요구에 따라 종국적인 이상을 향해 매진해야 한다.

1. 우리는 대중 운동 부문인 노동자 · 농민 · 청년 · 여성 · 형평 운동의 지적 교양과 계급적 훈련을 병행, 모든 현상 타파 운동을 지지함과 동시에 경제 문제에 비중을 두어 과학 사상을 보급하고 도시와 농촌의 협동을 기한다.

1. 우리는 이제까지 노선이 불투명한 운동을 정리하고 조직의 분류를 면밀히 하여 종래의 소극적 부인의 태도를 버리고 더욱더 질서 있게 정진할 것이다.

1. 우리는 계급 관계를 무시한 단순한 민족 운동을 부인한다. 그러나 현재 조선에 있어 민족 운동도 또한 피할 수 없는 현실로부터 발생하는 이상 우리는 특히 양대 운동 즉 사회 운동과 민족 운동의 병행에 대한 시간적 연합을 기한다.

1924년 12월 27일
북풍회 중앙집행위원회

1924년 11월 25일 재일 도쿄 유학생 중심의 사상 단체인 북성회北星會의 국내 본부로 북풍회北風會가 창립된다.

북풍회는 노동 · 청년 · 여자 · 형평 운동 등 대중 운동의 지지와 지원, 과학 사상 보급, 도시와 농촌의 협동, 계급 운동과 민족 운동의 병행 등을 요지로 하는 「북풍회 선언」과 강령을 채택한다.

가난을 촉매로 한 신경향 소설

파스큘라와 염군사가 등장한 이래 주로 이론으로 계급 문학을 논하던 문단에 이윽고 창작 속에서 이론을 실험하려는 새로운 경향의 작품들이 쏟아진다. 평론과 수필에 재능을 보인 김기진이 길가에 버려진 피투성이 쥐를 도시 빈민가에서 사는 지식인에게 이입, 자본주의의 모순을 폭로한 소설 「붉은 쥐」를 내놓은 것도 이 무렵의 일이다. 이를 신호탄으로 1924년과 1925년에 걸쳐 박영희의 「사냥개」·「전투」, 주요섭의 「살인」·「인력거꾼」, 최서해의 「기아와 살육」, 이익상의 「광란」, 조명희의 「땅 속으로」·「R군에게」, 이기영의 「오빠의 비밀 편지」·「가난한 사람들」, 송영의 「석공 조합 대표」 등이 쏟아져 나오며 소설계에 일대 혁신을 일으킨다.

빈곤은 신경향 소설의 촉매 인자 구실을 한다. 신경향 소설은 빈곤을 소재로 현실 사회의 모순을 담아낸다는 점에서 바탕색이 같다. 그러나 작가에 따라 표현 방식은 조금씩 다르다. 크게 보면 김기진 · 박영희 등 지식인의 관념적 시각이 반영된 것과 최서해 · 이기영 · 이익상 등의 현장 체험을 토대로 한 것으로 나뉜다. 이를 나중에 카프의 핵심 인물로 떠오르게 되는 비평가 임화는 박영희적 경향과 최서해적 경향으로 분류한다. 아무래도 현실성이 결여된 『백조』의 낭만적 관점에서 출발한 박영희적 경향보다는 생생한 객관적 사실주의에 입각한 최서해적 경향을 신경향 소설의 정통으로 친다.

소위 박영희적 경향이라고 볼 「사냥개」라든가 「지옥 순례」를 보면 낭만주의 문학의 고철古轍을 소박하게밖에 해설치 못한 역력한 유적을 발견할 수 있다.
이곳에는 낭만주의의 '악한 전통' 의 하나인 구체적 현실에 안일한 관념적 이상화의 방법이 신경향파의 세계관적 또 예술적 미숙과 상반하여 문학 가운데 나타난 세계관의 생경한 노출이란 결과를 초래하였다.
……서해의 명예에 의하여 대표되는 이 경향은…… 개인적 관찰의 시각으로부터 사회적인 각도로 확대된 사실주의…… 자기 박탈과 추구의 강한 객관적 정신은 문학의 저류로서의

세계관과 더불어 문학 자신 가운데 표시된 예술적 진화의 정통적인 현상이었다.

임화, 「조선 신문학사론 서설」, 『조선중앙일보』(1935. 11. 12.)

최서해, 삶 자체가 소설이던 작가

그의 삶 자체가 소설이나 다름없기에 최서해崔曙海(1901~1932)와의 만남은 각별하다. 함경도 성진에서 태어난 최서해는 본명이 학송이다. 어릴 때 아버지가 집을 나가는 바람에 극빈으로 내몰린 그는 보통 학교도 제대로 다니지 못한다. 그는 어머니와 함께 근근히 살다가 때로는 숙부 집에서 얹혀 지내기도 한다. 가난 속에서도 그는 『청춘』과 『학지광』을 보고, 『학지광』에 산문 「우후雨後 정원의 월광」 외 2편을 투고하는 등 문학과 더불어 꿈을 키우며 성장기를 보낸다.

1926년에 나온
창작집 『혈흔』에
실린 최서해의 얼굴

1918년께 최학송은 좀 나은 삶을 찾아 간도로 이주하지만 여전히 가난에서 벗어나지 못한다. 간도에서 그는 나무바리 장수, 두부 장수, 노동판의 십장 등을 하며 이리저리 떠돈다. 결혼 뒤에 곧 상처喪妻하고, 그는 1923년 봄에 귀국한다. 그는 온갖 풍상 속에서도 독학으로 공부를 하는 한편, 서해라는 이름으로 『북선일일신문』에 시 「자신」을, 『동아일보』에 시조 「춘교春郊」를 발표하고, 소설로는 1924년 1월 『동아일보』에 「토혈吐血」을 발표해 문단에 나온다.

『청춘』과 『학지광』을 읽던 어린 시절, 그는 이광수와 편지를 주고받는다. 이런 인연은 나중까지도 지속되어, 1924년 간도에서 서울의 이광수에게 편지를 띄운 뒤 몸소 찾아감으로써 두 사람의 첫 만남이 이루어진다.

겨울 어떤 날 그는 야주개 내 집을 찾아왔다.

"최학송이올시다."

할 때에 나는 퍽이나 반가웠다. 그때에 그는 부종이 나서 다리를 절고 허리를 펴지 못하였다.

이광수, 『이광수 전집』(삼중당, 1962)

당시 거처가 마땅치 않던 최서해에게 이광수는 양주 봉선사에서 승려 신분으로 지내라고 권한다. 이를 받아들여 입산한 그는 거기에서 「살려는 사람」·「해돋이」·「탈출기」 등을 집필한다. 아울러 간도에서의 굶주림과 노동 체험에 바탕을 둔 「고국」을 써서 『조선문단』의 추천을 받는다. 최서해는 불도보다 문학에 매달리는 그를 달가워하지 않던 주지승과 잦은 다툼 끝에 석 달 만에 산에서 내려온다. 그 뒤 다시 이광수의 도움으로 1925년 2월 방인근이 경영하는 ‘조선문단사’에 들어간다. 문단 내에 이미 위치를 확보한 문인이자 조선문단사의 사장이기도 한 방인근의 자택 겸 사무실인 용두동 집에 딸린 방 하나를 얻어 들어간 그는 거기서 잡지사의 사환격으로 온갖 궂은 일을 하며 김동인·김동환 같은 문인들과 만나고 문단 분위기를 익힌다.

최서해와
가족 친지들.
뒷줄 왼쪽부터 최서해,
아내 분려, 화가
이승만, 앞줄 왼쪽이
장남 백, 오른쪽이
이승만의 부인과
아들.

1925년 3월, 최서해는 『조선문단』에 「탈출기」를 발표한다. 단편 「탈출기」는 가난에 쫓겨 간도 땅으로 건너갈 수밖에 없었던 비참한 체험을 편지 형식으로 담은 작품이다. 가난은 그의 원체험이다. 최서해의 거의 모든 작품에 가난은 중요한 모티브로 작용한다. 그는 곧 가난 때문에 치료를 받지 못하고 미쳐가는 어머니를 지켜보다가 돈이 없다고 외면한 약사에게 복수하는 내용의 「박돌의 죽음」, 이와 비슷한 내용이지만 한결 구체성을 띤 「기아와 살육」을 잇달아 내놓는다.

「기아와 살육」의 주인공 경수는 곤궁한 집안에서 가족을 부양해야 하는 처지인데 직업도 제대로 없다. 경수네는 가난으로 말미암아 갖은 설움을 당하고 비참한 일까지 겪는다. 집세를 독촉하는 집 주인, 병든 아내 때문에 찾아간 약사와 의사에게 돈이 없어 당하는 냉대, 머리카락을 팔아 양식을 구해 오다가 개한테 물려죽는 어머니……. 참혹한 현실을 견디다 못한 경수는 자포 자기식으로 식구들을 칼로 찔러 죽이고 중국 경찰서에 찾아가서 복수한다. 이처럼 최서해의 소설에서는 가난한 이의 내면에 도사리고 있는 부유한 사람을 향한 분노와 살기가 묻어나곤 한다.

무명에 가깝던 그는 이런 일련의 작품으로 독서계와 문단에 커다란 반향을 일으키며 김기진·박영희 같은 쟁쟁한 문인들의 틈바구니에서 당당히 신경향 작가의 표본으로 떠오른다. 가난 체험을 바탕으로 작품 활동을 벌인 그가 카프 진영의 열렬한 환영을 받은 것은 당연한 일이다. 이후 그는 1926년에 「폭군」·「5월 75전」·「설날밤」·「해돋이」·「그믐밤」·「누가 망하나」·「큰물진 뒤」·「무서운 인상」 등을 발표하고, 창작집 『혈흔血痕』을 간행하며, 1927년에는 「홍염紅焰」·「전아사餞訝辭」 등을 발표한다.

최서해 소설의 특징은 속도감과 솔직함에 있다. 특히 원한에 찬 복수를 묘사하는 대목은 독자의 손에 땀을 쥐게 하고 흥분이 일게 한다. 그러나 최서해 소설의 주인공들은 가난에 대한 일체의 책임을 부자에게 돌리고, 따라서 부자에 대한 맹목적 분노에 사로잡혀 있는 등 '도식적 평면성'에서 벗어나지 못하는 약점을 보인다. 가난을 낳는 사회 구조적 요인에 대한 깊은 성찰의 결여는 작중 인물들이 사회 모순에 따른 갈등을 걸핏하면 살인·강도·방화와 같은 방식으로 해결하려고 드는 한계로 나타난다. 그러므로 최서해의 소설을 읽고 난 독자는 일시적인 쾌감을 느끼게 되지만, 여전히 자신 앞에 버티고 선, 근원을 알 수 없는 현실의 저 거대한 적과 대면하면서 더 큰 허탈감에 빠져들기도 한다.

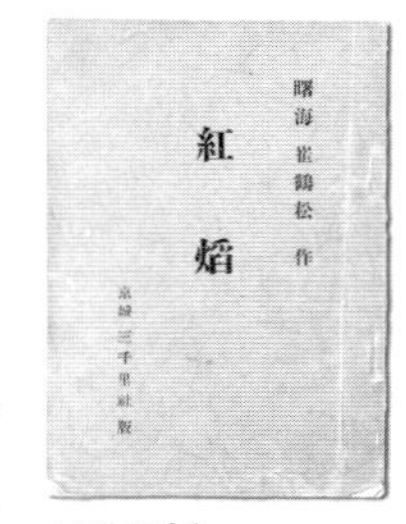

고통스러운 현실 체험을 소설에 담은 최서해의 1927년작 『홍염』

초기 신경향 작가의 대표 주자인 최서해는 사실 의식적으로 신경향 소설을 쓴 것으로 보기는 어렵다. 자신의 고통스러운 현실 체험을 소설이라는 그릇에 퍼담은 것에 가깝다는 이야기다. 이런 현실 체험의 단편적 기술과 분노의 과잉 분출은 끊임없는 세계의 '창조'라는 문학의 본령에는 미치지 못해 곧 한계 상황에 부딪치게 된다. 1927년이 지나면서 그의 감정적 분출은 휴머니즘으로 흐르게 된다. 이에 따라 후기 프로 문학의 요건, 즉 당파성과 계급 목적 의식에 근거한 전형 창출과는 점차 거리가 멀어져서 강력한 비판을 받고, 1929년에는 카프에서 탈퇴하기에 이른다. 그 뒤 『중외일보』에 입사해 2년 동안 기자로 일하다가 1931년에는 『매일신보』로 옮겨 학예부장으로 재직하며 장편 「호외 시대」를 연재한다. 이 무렵, 온갖 고생을 하며 떠돌던 시절에 얻은 위병이 도져서 그는 몹시 고통을 받는다. 견디다 못해 아편을 써보기도 하나, 1932년 7월 9일, 최서해는 결국 길지 않은 삶을 마감한다.

주요섭, 또다른 신경향 소설가

주요섭朱耀燮(1902~1972)은 최서해적 경향과 박영희적 경향을 절충하면서 휴머니즘 요소를 보탠 독특한 신경향 소설을 발표한다. 주요섭은 시 「불노리」로 널리 알려진 주요한의 동생이다. 평양의 목사 집안에서 태어난 그는 숭덕소학교를 거쳐 1915년 숭실중학교에 입학한다. 그러나 3학년 때 중퇴, 형 요한이 유학 중인 도쿄로 가서 아오야마학원 중학부 3학년에 편입한다. 이듬해 3·1운동이 일어날 무렵에 귀국한 그는 평양에서 김동인과 함께 지하 신문을 발간하다가 체포되어 10개월 동안 감옥살이를 한다.

신경향 작가로
꼽히다가
변모를 보인 주요섭

1920년께 중국 상하이로 가서 공부를 계속하던 그는 1921년 『개벽』에 단편 「추운 밤」을 발표해 작품 활동을 시작한다. 1923년 상하이 후장대학에 들어간 그는 1925년 『개벽』에 단편 「인력거꾼」을 발표함으로써 신경향 소설의 대표 작가 가운데 한 사람으로 꼽히게 된다. 이 소설의 주인공 아찡은 상하이에서 인력거꾼으로 생계를 잇는 하층 노동자다. 그는 온 힘을 다해 일하지만 가난과 병고로부터 벗어나지 못한 채 서서히 죽어간다. 여기서 작가는 주인공이 맞은 상황을 심정적으로 막연히 묘사하는 것이 아니라 "공부국公部局 조사에 의하면 인력거 끄는 노동은 8, 9년 만에 목숨을 잇는다."고 자료 수치를 삽입, 하층민의 고통을 한결 객관화한다.

어린 시절 주요섭의 가족.
오른쪽부터
주요섭, 아버지, 형 요한,
어머니와 두 누이동생.

1927년 대학을 졸업할 때까지 그는 『개벽』과 『동광』 같은 잡지에 중편 「첫사랑」을 비롯해 단편 「살인」·「개밥」·「첫사랑값」 등 주로 상하이를 배경으로 하층 계급의 비참한 생활상을 다룬 신경향 소설을 잇달아 발표한다. 1929년 미국으로 건너간 그는 스탠퍼드대학원에서 교육 심리학 석사 과정을 수료하고 귀국한다. 1931년 그는 『신동아』 창간과 더불어 주간으로 일하면서 『동아일보』에 장편 「구름을 잡으려고」를 연재한다. 1934년에는 다시 중국으로 건너가 베이징 푸렌輔仁대학의 교수가 된다.

"

강단에 서면서도 그는 틈틈이 작품을 써서 발표하는데, 이 무렵부터 서서히 초기의 신경향 색채에서 벗어난다. 이 시기에 나온 작품이 1935년의 「사랑 손님과 어머니」·「대서」, 1936년의 「아네모네의 마담」·「추물醜物」·「봉천역 식당」 등이다.

주요섭의 대표작으로 알려진 「사랑 손님과 어머니」는 여섯 살짜리 어린아이의 눈을 통해 과부인 어머니와 사랑방 손님의 미묘한 애정 심리를 감칠맛 나게 펼쳐 보인 작품이다. 일찍이 남편을 잃고 과부가 된 '어머니'와 딸 옥희가 사는 집에 어느 날 '사랑방 손님'이 온다. 죽고 없는 옥희 아버지의 친구이며 외삼촌의 친구이기도 한 '아저씨'가 하숙 손님으로 들게 된 것이다. 아저씨와 어머니 사이에는 차츰 보이지 않는 사랑이 싹트지만, 화자인 꼬마 옥희는 이를 눈치채지 못한 채 천진난만한 모습으로 두 사람 사이를 오간다.

하루는 밤에 아저씨 방에서 놀다가 졸려서 안방으로 들어오려구 일어서니까 아저씨가 하이얀 봉투를 서랍에서 꺼내어 주었읍니다.
"옥희 이것 갖다가 엄마 드리고 지나간 달 밥값이라구, 응."
나는 그 봉투를 갖다가 어머니에게 드렸읍니다. 어머니는 그 봉투를 받아들자 갑자기 얼굴이 파랗게 질렸읍니다. 그 전날 달밤에 마루에 앉았을 때보다도 더 쌔하얗다고 생각되었읍니다. 어머니는 그 봉투를 들고 어쩔 줄 모르는 듯이 초조한 빛이 나타났읍니다. 나는
"그거 지나간 달 밥값이래."
하고 말을 하니까 어머니는 갑자기 잠자다가 깨나는 사람처럼 "응." 하고 놀래더니 또 금시에 백지장같이 쌔하얗던 얼굴이 빨갛게 물들었읍니다.

여섯 살짜리
어린아이의 눈을 통해
과부인 어머니와
사랑방 손님의
미묘한 애정 심리를
감칠맛 나게 펼쳐 보인
주요섭의 대표작
『사랑 손님과 어머니』

작가는 어린 옥희의 천진 난만한 진술을 통해 독자로 하여금 내막을 알면서도 은근히 드러나는 남녀의 숨바꼭질 같은 사랑을 지켜보며 즐기게 하는 독특한 기법을 구사, 무척 세련된 느낌을 준다.

교수로 강단에 서는 틈틈이 작품 활동을 벌이던 그는 일제 말기인 1943년 대륙 침략 정책에 협조하지 않는다는 이유로 중국에서 추방당한다. 고향인 평양에서 해방을 맞은 그는 1946년 '상호출판사'의 주간과 『코리아타임스』의 주필을 지내

베이징 푸렌대학
교수 시절의
주요섭과 아내

면서 1952년 『동아일보』에 장편 「길」을 연재한다. 또 1953년부터는 경희 대 영문과 교수로 있으면서 1957년 「망국노 군상亡國奴群像」 등을 발표 한다. 주요섭은 1965년 이후 「죽고 싶어하는 여인」·「나는 유령이다」· 「여대생과 밍크 코우트」 등과 영문 소설 「김유신Kim Yu Shin」 등을 발 표한 뒤 1972년 세상을 뜬다.

신경향 소설의 성과와 한계

파스큘라와 염군사의 조직 운동과 때를 맞추어 쏟아져나온 신경향 소설은 일제 강점기에 극빈 상태로 내몰린 기층 민중의 삶을 꼼꼼하게 재현함으로써 이전의 낭 만적 현실 인식에 바탕을 둔 작품이나 계몽적 작품이 주류를 이루던 소설계에 일 대 변혁을 일으킨다. 이는 부정할 수 없는 신경향 소설의 공적이며, 곧 이어 나오 는 사실주의적 프로 소설의 앞 단계로서 적지 않은 의미를 지닌다.

그러나 신경향 소설은 가난과 고통의 근원에 대한 깊은 이해와 무산 계급에 대 한 철저한 인식이 부족한 데 따른 한계를 드러낸다. 또 문학적 여과 장치를 제대로 거치지 않고 응어리진 감정을 즉흥적으로 드러낸 것도 약점으로 지적할 만하다. 일제의 검열이나 제약을 피하려는 의도에서인지 흔히 간도나 만주 이주자 또는 유 랑민에게 초점을 맞춤으로써 실제 국내 민중의 삶을 보여주는 데는 실패했다는 비 판도 따른다.

이에 따라 카프 진영에서는 문학만이 아니라 예술 운동 전반에 대한 반성이 실 천적인 관점에서 함께 일어나며, 점차 목적 의식론적 본격 프로 소설 단계로 나아 가려는 움직임이 나타난다.

참고 자료

이형기 외, 『한국 문학 개관』, 어문각, 1988

김윤식 · 김우종 외, 『한국 현대 문학사』, 현대문학, 1994

김재용 외, 『한국 근대 민족 문학사』, 한길사, 1993

정한숙, 『현대 한국 문학사』, 고려대학교 출판부, 1994

홍이섭, 「1920년대 식민지적 현실」, 『한국 근대 문학사론』, 한길사, 1982

김우종, 『한국 현대 소설사』, 성문각, 1982

역사문제연구소 문학사연구모임, 『카프 문학 운동 연구』, 역사비평사, 1992

신경향파 문학

『백조』파와 『창조』파의 감상주의 및 퇴폐성을 비판하며 일어난 사회주의 경향의 문학이다.

박영희가 『개벽』(1925. 12.)에 「신경향파의 문학과 그 문단적 지위」라는 문학론을 발표한 뒤부터 신경향파라는 이름을 얻게 된다. 그 이전까지 사회주의 색채를 띤 문학이라는 뜻과 신흥 문학, 신사조의 문학이라는 뜻을 섞어 '신경향파 문학'이란 말을 사용하던 박영희는 이 글에서 '경향'의 의미에 대해 구체적으로 제시한다. 그는 신경향파 문학의 특질을 '허무적 · 절망적 · 개인적'인 것으로, 무산자 문학의 특징은 '성장적 · 집단적 · 사회적'인 것으로 규정하고, 신경향파 문학에서 무산자 문학으로의 발전적 전환이 필요함을 역설한다.

1922년 1월에 염군사가 조직되어 '무산 계급 문화의 연구 및 운동'을 취지로 기관지 『염군』을 펴내고 프롤레타리아 문학의 초기 작품들을 선보인다. 1923년 9월에는 기성 문인 중심의 파스큘라가 조직되어 신경향파 문학의 대표 작가들인 이상화 · 한설야 · 이기영 · 조명희 · 최서해 등이 나온다.

1920년대 후반기에 들어서며 경향 문학 또는 신경향파 문학이라는 용어는 자취를 감추고 대신 프로 문학, 카프 문학, 무산자 문학, 빈궁 문학, 계급 문학 등의 용어가 새로 나와 마구 혼용된다.

신경향파 문학은 평론과 소설 분야에서 주로 전개되며, 실제 작품보다 이론이 훨씬 앞서는 결과를 낳는다. 주요 작품으로는 김기진의 「붉은 쥐」, 박영희의 「전투」, 최서해의 「탈출기」· 「홍염」, 김창술의 「촛불」 등이 있다.

이장희, 날카로운 감각의 촉수

감각적인 시를
발표해 모더니즘의
싹을 보여준
시인 이장희

양주동·백기만·유춘섭 등에 의해 창간된『금성』은 3호로 접어들며 이장희가 합세함으로써 그 빛이 더 커지고 환해진다. 이장희李章熙(1900~1929)는 본명이 양희樑熙이고, 호가 고월古月이다. 1900년 11월, 그는『백조』동인이며「나의 침실로」를 쓴 시인 이상화의 집과 가까운, 공초 오상순의 집과도 멀지 않은 대구시 중구 서성동에서 태어난다. 그의 아버지는 손꼽히던 부호이자 한때 중추원 참의까지 지낸 바 있는 사람이다. 21남매 가운데 3남으로 태어난 그는 다섯 살 때 생모가 죽는 바람에 계모가 들어와서 줄줄이 낳은 많은 이복 동생 틈에서 제대로 보살핌을 받지 못한 채 자란다. 그래서인지 부잣집 아들답지 않게 옷차림이 초췌할 때가 많았고 영양 부족인 듯 얼굴이 해쓱해 보였다. 그는 아버지의 완고함 때문에 반항적이고 폐쇄적인 성격을 지니게 된다.

1913년 그는 대구보통학교를 나와 유학차 일본으로 건너간다. 1917년 교토중학을 나온 뒤 목사가 되고 싶어 아오야마학원 신학부에 들어가려고 하지만 아버지의 심한 반대에 부딪혀 뜻을 이루지 못한다. 신학부 입학이 좌절되고 나서 집안에 틀어박혀 책을 읽거나 그림을 그리며 지내던 중 영화 감독 이경손의 소개로 보통학교 두 해 선배로 안면만 있던 백기만과 만나게 되면서 급속도로 친밀해진다. 곧 백기만이 관여하고 있던『금성』의 동인들도 소개받게 되고, 1924년 5월『금성』3호에 이장희라는 필명으로 시「봄은 고양이로다」·「실바람 지나간 뒤」·「새 한 마리」·「불놀이」·「무대舞臺」등 5편을 발표해 문단에 나온다.

꽃가루와 같이 부드러운 고양이의 털에 /고운 봄의 향기가 어리우도다. //금방울과 같이 호동그란 고양이의 눈에 /미친 봄의 불길이 흐르도다. //고요히 다물은 고양이의 입술에 /포근한 봄 졸음이 떠돌아라. //날카롭게 쭉 뻗은 고양이의 수염에 /푸른 봄의 생기가 뛰놀아라.

이장희,「봄은 고양이로다」,『금성』3호(1924. 5.)

고양이의 털에서, 눈에서, 입술에서, 그리고 수염에서 봄을 들여다보는 이장희의 관능적이며 감각적인 표현은 곧 다가올 모더니즘의 징후를 느끼게 한다. 김기림 등에 의해 모더니즘이 본격적으로 들어오고 난 뒤에도 "천재의 시인이라고 평판이 있던 이장희는…… 모더니즘에 가까운 감각적인 시를 발표하였다."*고 평하는가 하면, "우리 근대시사에서 이 시만큼 감각적인 날카로운 촉각을 찾아보기는 결코 쉬운 일은 아니다. 적어도 이 감각을 능가하기 위해서는 한 세대가 지난 뒤의 정지용의 출현을 기다려야 했다."**고 언급하는 등 여러 평자가 정지용과 함께 이장희를 한국 모더니즘 문학의 싹을 보여준 시인으로 꼽는 데 주저하지 않는다.

곧 이어 이장희는 『신여성』에 「동경憧憬」을 발표하고, 1925년 『생장』에 「고양이의 꿈」·「겨울밤」, 『신민』에 「연」, 『여명』에 「청천靑天의 유방乳房」·「비오는 날」 등을 발표한다. 또 1926년 『신민』과 『여명』에 「겨울의 모경慕景」·「봄하늘에 눈물이 돈다」·「하일 소경夏日小景」, 1927년 「눈은 나리네」·「봄철의 바다」·「저녁 1」 등을 게재한다. 1928년에는 「저녁 2」·「여름밤 공원에서」, 1929년 「벌레 우는 소리」·「귀뚜라미」를 내놓고, 『문예공론』에 「적은 노래」·「봉선화」·「눈 내리는 날」 등을 싣는다. 시단에 나온 이래 선보인 30여 편의 시 속에서 그는 은유와 상징 기법을 통해 짙은 내면의 고독과 우수를 보여준다.

고월은 5척 6촌의 키에 골격은 그리 빈약한 것이 아니었으나 하도 말라서 팔 다리가 길어 보이고 얼굴은 네모나고 넓적한 타입인데 눈이 더욱 크나 선이 단정하고 어딘지 고귀한 일면이 있어 대하는 사람에게 점잖다는 인상을 주는 얼굴이지마는 앞으로 꾸부정한 몸맵시를 하고 옆을 보는 법도 없이 껑충껑충 걸어가는 꼴은 하릴없이 굶주린 황새 같았었다.
　백기만, 『상화와 고월』(청구출판사, 1951)

이장희는 평소 음악과 그림에 관심이 많았는데, 드보르자크Antonin Dvořák

---

* 백철, 『신문학 사조사』(신구문화사, 1992)
** 김윤식, 「네 가지 죽음의 형태—나빈·고월·소월·이상」, 『근대시와 인식』(시와시학사, 1992)

의 「유모레스크 Humoresque」를 휘파람으로 즐겨 불고 『금성』의 삽화도 그린 바 있다. 술을 제대로 못 마시던 그는 한때 백기만을 비롯해 양주동 · 유엽 · 김영진 · 오상순 등과 어울려 다방이며 카페에 드나들기도 한다. 그러나 폐쇄적이고 세상 모든 사람을 속물로 보는 배타적인 성격 때문에 몇 발짝만 가면 있던 문인들의 집합처인 이상화네 사랑채 출입도 꺼려 점차 문단 사회에서 소외된다. 그의 소심함과 지나친 결벽증은 이성 관계에도 반영되어, 도쿄 유학 시절 에이코라는 일본인 소녀를 사랑하지만 귀국한 뒤에 안타깝게 그리워*만 하다가 끝난다.

그러나 무엇보다 그가 괴로워한 것은 아버지와의 관계다. 중추원 참의를 지내면서 일제와 접촉할 기회가 많던 아버지는 일어에 능통한 이장희에게 통역을 부탁하지만 그는 이를 단호히 거절한다. 아버지는 또 이장희가 총독부의 관사가 되기를 바라지만 자신의 뜻과 어긋나는 길로 가자 그를 자식 취급조차 하지 않고, 특별한 직업이 없이 지내는 그에게 한 달 생활비로 단돈 15원밖에 주지 않는다. 평생 동안 '빈곤'을 떨쳐내지 못한 이장희는 서울 장사동에 있던 아버지의 살림집에 딸린 사랑방에서 궁핍과 고독을 묵묵히 견디며 창작에 몰두한다. 이 무렵 그를 찾은 문우들의 눈길에 들어온 풍경은, 아무런 장식도 없는 냉방에 때 묻은 포대기가 을씨년스럽게 깔려 있고, 뚜껑이 없는 잉크 병과 철필 한 자루, 잡지 한두 권과 원고지 몇 장이 쓸쓸하게 흩어져 있는 것이 고작이었다. 잡지를 뒤적이면 여백마다 빼곡이 그려진 철필 인물화가 눈에 띄었다.

겨울이 와도 외투 하나 장만하지 못하고 늘 낡은 양복 한 벌로 지내며 초췌한 모습을 보이던 그에게 이윽고 신경 쇠약 증세가 나타난다. 대구 본가에 온 그는 외부와의 교섭을 끊고, 어두운 골방에서 한 달 가량 틀어박혀 지낸다. 마지막으로 그는 오상순을 찾아가나 못 만나고 실의에 빠져 돌아온다. 이장희는 다시 골방에 틀어박혀 이틀 동안 엎드려 금붕어 그림만 그리다가** 유언도 남기지 않은 채 극약을

---

* 1925년에 발표된 시 「동경」은 그 일본인 소녀와 헤어진 심정을 그린 것으로 전해진다. —이어령, 『한국 문학 연구 사전』(우석출판사, 1990)
** 이어령 앞의 책

먹고 1929년 11월 3일, 스물아홉 살의 젊은 나이로 목숨을 끊는다. 죽기 4년 전인 등단 무렵에 쓴 것이면서 그의 고독과 비극적 종말을 예감하게 만드는 시 「연」의 전문을 옮겨본다.

애닲다 /헐벗은 버들가지에 /어느 때부텀인지 /연 하나 걸려 있어 /낡고 지쳐 가늘었나니 / 그는 가을바람에 우는 /옛생각의 그림자— ㄹ러라
　백기만, 『상화와 고월』(청구출판사, 1951)

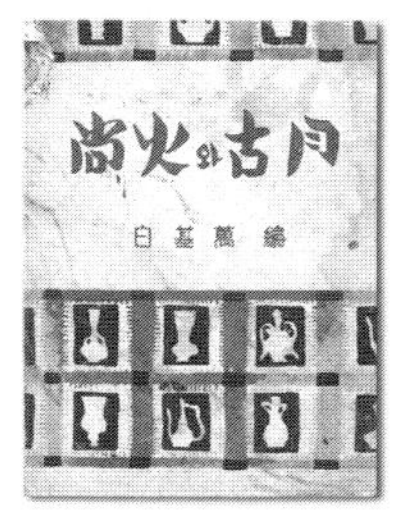
이장희와 이상화의
시편과 일화를 담은
『상화와 고월』

뒷날 문우 백기만은 이장희와 이상화의 시편과 일화를 담은 『상화와 고월』을 '청구출판사'에서 펴낸다.

참고 자료

이어령, 『한국 문학 연구 사전』, 우석출판사, 1990
조동일, 『한국 문학 통사 5』, 지식산업사, 1994
백철, 『신문학 사조사』, 신구문화사, 1992
김재홍 편저, 「고월 이장희 평전」, 『이장희』, 문학세계사, 1993
김윤식, 「네 가지 죽음의 형태 — 나빈 · 고월 · 소월 · 이상」, 『근대시와 인식』, 시와시학사, 1992

세계 프롤레타리아 국가 건설을 위해서는 자본주의들인 일본의
제국주의를 타파하고 조선의 독립을 도모하지 않으면 아니된다.
민족 문제의 해결은 프롤레타리아 독재의 일부로 된다

1925

조선공산당 창당 문서

조선공산당은 국제공산당이 그러함과 마찬가지로 그 한 지부로서 폭력 혁명에 의거하여 공산주의 건설을 목적으로 하는 것임은 물론이다. 조선 문제로서는 공산당 지도 아래에 노동자 · 농민의 결합에 의하여 공동 전선을 전개하고, 일본제국의 통치를 변혁하여, 그 사유 재산 제도를 부인하려는 데에 있다.

세계 프롤레타리아 국가 건설을 위해서는 자본주의들인 일본의 제국주의를 타파하고 식민지 조선의 독립을 도모하지 않으면 아니된다. 민족 문제의 해결은 프롤레타리아 독재의 일부로 된다. 조선에서의 혁명적 의의는 이와 같이 이해되어야 할 것이다. 프롤레타리아 독재로의 민족 운동을 원조함은 물론, 전술로서 민족주의적 단체와 제휴하여 이를 이용하는 것은 이미 배우고 있다. 노동 운동으로, 소작 쟁의로 파고들어간다. 학교의 맹휴도 그 대상이 되고 있다. 그리하여 그 조직에서는 각 방면의 야체이카를 부식하고, 모든 표현 단체에 프락치를 만든다.

1. 일본 제국주의 통치의 완전한 타도, 조선의 완전한 독립

　2. 8시간 노동제(광산 6시간 노동), 노임 증가 및 최저 임금제 제정, 실업자 구제, 사회 보험제 실시

　3. 부녀의 정치적 · 경제적 · 사회적 일체의 권리의 평등, 노동 부녀의 산전 산후의 휴식과 임금 지불

　1925년 4월 17일, 서울 아서원에서 화요회 · 북풍회 · 무산자동맹회 등에 소속된 17명의 공산주의자들이 비밀리에 조선공산당을 조직한다.

　3 · 1운동 뒤 국제공산당(코민테른)은 한민족의 항일 독립 투쟁을 공산주의 노선에 맞추어 이끈다는 결의를 한다. 이에 따라 조선공산당의 결성이 추진되고, 1921년 이르쿠츠크파의 고려공산당과 상하이파의 고려공산당이 국내에 들어오지만, 파벌 싸움으로 말미암아 결렬된 바 있다.

1925

2월

11 일본, 각지에서 치안 유지법, 노동 쟁의 조정법, 노동 조합법 등 3대 악법 반대 투쟁 전개

3월

23 임시 정부, 이승만 면직안 의결, 박은식을 임시 대통령으로 선출
30 임시 정부, 임시 헌법 개정안 결의(대통령제를 없애고 국무령 중심의 내각 책임제 채택)

4월

3　중앙도서관 개관(장서 1만2천여 권)
22 일본, 치안 유지법 공포

5월

28 일본군과 중국 봉천파 군벌, 중국 칭다오의 일본 방적 공장 파업 현장에 무력 투입, 사망자 8명 발생(칭다오 학살 사건)
30 상하이의 공동 조계에서 중국 학생 2천여 명, 일본 방적 공장의 노동자 학살에 항의, 영국 경찰, 시위대에 발포(5 · 30 사건)

6월

6　조선총독부, 조선사편수회 설치
6　열강, 중국 공동 조계에 계엄령 선포, 각지에 반제 운동 파급
19 홍콩 노동자들, 상하이의 반제 운동에 호응해 총파업 개시(～1926. 10.)
23 영국 · 프랑스 해병대, 중국인 시위대에 발포, 광둥 혁명 정부 항의로 대영 경제 단교 선언

7월

1　중국, 광둥 국민 정부 성립
18 레바논에서 반불反佛 대반란 발생

10월

21 그리스, 불가리아 침략

11월

26 나주 동척의 소작인 1만여 명, 일본 경찰과 충돌
27 신의주에서 공산당 조직이 발각되어 박헌영 · 임원근 등 간부 피검(제1차 공산당 사건)

12월

0　박영희 · 김기진 등, 조선프롤레타리아예술가동맹KAPF 결성

김동환

최초의 서사시집 『국경의 밤』

파인巴人 김동환은 1924년(1925년의 오기인 것으로 보임 : 인용자) 그의 처녀 시집『국경의 밤』을 갖고 우리 시단에 혜성과 같이 등장한 다아크 호오스였다. 그는 종래의 시단을 차지해 온 귀족적인 또는 댄디한 시인들과는 달리 종류가 다른 지방종地方種이었다. 백로白鷺의 무리 속에 돌연히 까마귀가 등장한 셈이다.

백철, 『신문학 사조사』(신구문화사, 1992)

1925

이런 찬사를 들은 김동환金東煥(1901~?)의 고향은 시집 제목에서도 알 수 있듯이, 두만강 근처의 함경도 경성이다. 6남매 중 장남으로 태어난 김동환은 러시아로 가서 끝내 돌아오지 않은 아버지로 말미암아 고향에 남겨진 어머니, 그리고 동생들과 함께 가난한 어린 시절을 보낸다. 고향의 경성보통학교를 나온 그는 서울에서 중동중학교를 고학으로 졸업한다. 곧 일본으로 건너가서 도쿄 도요東洋대학 영문과에 들어가지만, 1923년 관동 대지진이 일어나는 바람에 학업을 채 마치지 못하고 귀국한다.

1924년 함경도 나남에 있는 '북선일일보사北鮮日日報社' 기자로 입사한 그는 같은 해 5월『금성』3호에「적성赤星을 손가락질하며」를 추천받아 등단한다. 이어서『동아일보』에「북청 물장수」·「옛날의 터전」등을 발표하며 '동아일보사' 가 파견한 북선일일보사의 순회 기자로 6개월 정도 만주에서 활동하다가 귀국한다. 얼마 뒤 동아일보사 정기자로 임명되어 일하던 그는 1925년 3월 '한성도서' 에서 전편 3부 72장 893행으로 짜인『국경의 밤』을 양장본으로 간행한다. 밀수 일을하는 남편을 떠나보낸 아내의 안타깝고 초조한 마음을 '국경' 이라는 단절되고긴박감을 주는 공간적 배경과 '겨울밤' 이라는 삭막한 시간적 배경에 조화시킨 서

「국경의 밤」의
시인 김동환

한국 문학 최초의
서사시집 『국경의 밤』

사시 「국경의 밤」은 이렇게 시작된다.

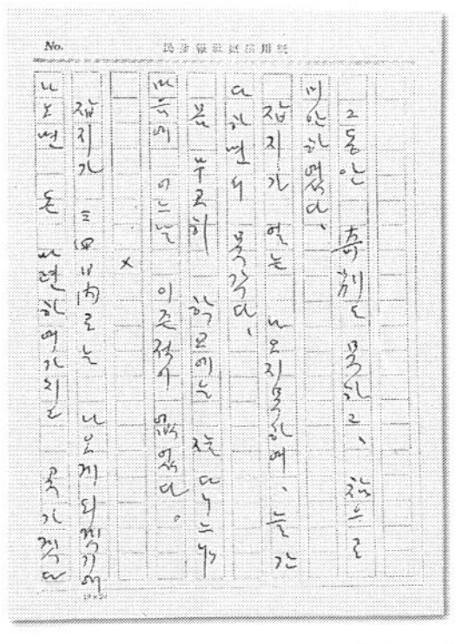

김동환의 육필

아하 무사히 건넜을까/이 한밤에 남편은/두만강을 탈없이 건넜을까//저의 국경 강
안 江岸을 경비하는/외투 쓴 검은 순사가/왔다―갔다/오르며 나리며 분주히 하는데/
발각도 안 되고/무사히 건넜을까/소금실이 밀수출 마차를 띄워놓고/밤새가며 속태이
는 젊은 아낙네/물레 젖는 손도 맥이 풀려서/파 하고 붙는 통유通油 등잔만 바라본다/
북국의 겨울밤은 차차 깊어 가는데

　　김동환, 『국경의 밤』(한성도서, 1925) 1절

어릴 적 장래를 약속한 순이와 청년은 인습 때문에 뜻을 이루지 못한다. 청년은
고통을 안고 마을을 떠난다. 청년이 떠난 뒤 순이는 지난 사랑을 잊지 못하지만,
특수 천민인 재가승在家僧 출신의 풍습에 따라 같은 신분인 재가승과 결혼해 살게
된다. 8년이 지난 어느 추운 겨울밤, 소금 밀수출 일로 국경을 넘은 남편에 대한
걱정으로 잠을 못 이루고 있을 때, 도시에서 술과 여자에 빠져 방황하던 옛 애인이
찾아와 두 사람은 다시 만난다. 청년은 다시금 순이에게 사랑을 호소하지만 순이
는 거절하고……. 밤새 이런저런 이야기를 나누는 사이에 순이의 남편은 국경에
서 마적의 총에 맞아 서서히 죽어간다. 여기까지가 이 기념비적인 서사시의 줄거
리다.

김동환의 또다른
시집 『해당화』

　오래도록 떠돌다가 찾아온 한 남자와 회포를 푸는 사이에 다른 한 남자는 추운
겨울 국경의 밤하늘 아래서 총에 맞아 쓸쓸히 죽어가는 상황을 겹쳐 보여주어 긴
장과 함께 슬픔을 더한다. 이런 서사 구조에 시적 운율을 성공적으로 접맥시킴으
로써 웅장한 스케일의 서사시가 탄생한 것이다. 군데군데 엿보이는 판소리적 요
소는 시에 생동감을 더해주며, 북녘 국경 지대의 토속 방언과 생활상을 다채롭게
구사함으로써 김억이 서문에 부친 '로맨틱한 서사시'라는 찬사가 빈말이 아님을
입증한다. 그러나 시 전개 과정에서 불필요한 과장과 논리적 모순이 눈에 띄고,
서구 냄새가 나는 시어를 남발한 점 등은 흠으로 지적된다.

　같은 해 12월에 김동환의 두 번째 시집 『승천하는 청춘』이 '신문학사'에서 나온다. 7장으로 구성된 이 『승천하는 청춘』 또한 서사 형식을 도입한 작품이다. 그는 이 작품에서 1923년 관동 대지진 때 일본에 강제 수용된 남녀의 절절한 사랑과 운명적인 이별·재회·승천을 섬세하게 그려낸다. 여기서 그는 '가을', '밤', '묘지', '밤바다' 같은 절망과 죽음을 상징하는 시어를 사용하면서도 '텡텡', '알낙달낙', '라라라', '나늬나' 같은 시각적·청각적 이미지들을 적절하게 구사함으로써 시의 균형을 유지한다.

여기는 모다 비었다 / 모든 빛깔도 모든 소리도 모다 텡텡 비었다 / 희고 검고 빨갛고 알낙달낙한 모든 색채도 / 구어낸 독그릇 모양으로 모다 까매졌고 / 라라라, 리리리, 도레미, 나늬나 하는 모든 음향도 / 열대 속 피아노 건반같이 모다 함묵緘默하고 있다 / 이렇게 벙어리와 소경만 파수보는 곳엔 / 하늘은 숨막힐 듯한 신비를 가져다 감추느니 / 이리하야 세상은 점점 밑없는 밤바다로 잠겨진다 / 이제는 독깨비나는 옛 무덤도 그 무덤을 싸고 도는 먼산도 물도 / 아모것도 모다 회명晦暝한 가을이란 세대에 끄을려 점점 밤바다로 잠겨진다

김동환, 「승천하는 청춘」, 제1부 5장, 『신문학사』(1925)

1926년 『개벽』 3월호에 그는 남편을 소작 쟁의 현장에 내보낸 아내의 심정을 그린 시 「밤불」을 발표한다. 한편 그는 민요시 운동에도 앞장서는데, 김소월보다 더 민요에 가까운 시를 쓴 시인이라는 평가를 받기도 한다. 이어 1927년 1월에는 「웃은 죄」를, 1928년에는 『조선일보』에 동요로 더 많이 알려진 「봄이 오면」 등을 발표한다.

김동환이 창간한
종합 월간지
『삼천리』

1927년 7월 그는 '동아일보사'에서 '조선일보사'로 직장을 옮기게 된다. 이 때 조선총독부가 출입 기자들에게 수여한 돈 1백 원을 갖고 신문사에서 나온 뒤, 1929년 6월 종합 월간지 『삼천리』를 창간한다. '삼천리사'에서 그는 이광수·주요한과 공저로 『시가집』을 펴내는 등 출판과 작품 활동을 겸한다. 삼천리사의 기자로 일하던 소설가 최정희와 사랑에 빠지게 된 것도 이 무렵의 일이다. 이미 1926년에 결혼해 처자가 있던 김동환은 최정희와 동거하며 두 딸을 얻는데, 둘 사이에

서 태어난 김지원과 김채원 자매는 자라서 모두 소설가로 활동하게 된다.

　　1935년 3월 김동환은 『삼천리』에 뒷날 가요로 널리 불리는 「산 너머 남촌에는」을 발표한다. 그는 시만 쓴 것이 아니라 『조선일보』에 장편 소설 「전쟁과 연애」를 연재하고, 희곡·평론 분야에도 손을 댄다. 그러나 잡지 『삼천리』의 경영난과 일제의 압박에 몰려 여기저기 친일 단체에 얼굴을 내밀기 시작하더니, 나중에는 「총 일억자로 나간다」·「비율빈 하늘의 일장기」 등 친일 색채가 짙은 글도 쓴다. 해방 무렵에는 최정희와 함께 덕소의 다 쓰러져가는 집에서 지독하게 쪼들리는 생활을 하는 등 궁핍에서 벗어나지 못하다가, 6·25 때 본가인 청운동 집에서 납북된다.

삼천리사에서 주최한 문학 강연회를 마친 뒤 문우들과. 앞줄 맨 왼쪽이 최정희, 그 오른쪽으로 모윤숙·박종화·유진오 뒷줄 왼쪽이 김동환, 오른쪽으로 김동인·이태준.

참고 자료

이어령, 『한국 문학 연구 사전』, 우석출판사, 1990
조동일, 『한국 문학 통사 5』, 지식산업사, 1994
백철, 『신문학 사조사』, 신구문화사, 1992
정한숙, 『현대 한국 문학사』, 고려대학교 출판부, 1994
김봉군, 「나라 찾기 논리의 모순과 기다림의 미학」, 『문학사상』 1987. 3.
김현자, 「정신적 그리움을 표상한 불의 시학」, 『문학사상』 1987. 3.
차한수, 「비극적 중층 구조와 서사적 충격」, 『문학사상』 1987. 3.
권두환, 「승화의 의식으로 다룬 조국의 현실」, 『문학사상』 1987. 3.
정효구, 「김동환 문학에의 입체적인 시각」, 『문학사상』 1987. 3.

가부장 사회의 벽을 넘는 여성 작가들

최근에 이르러 우리 조선 사회에서도 여자 해방 문제가 혹은 당연으로 혹은 신문 잡지의 기사로 많이 논의되며 혹은 청년 남녀의 모여진 좌석에서도 격렬한 논쟁의 재료가 되는 등 문제가 자못 일반화하여 가는 것을 우리들의 다 같이 기뻐할 만한 사실이다. 더욱 더욱 많이 논의되야 여자 해방 문제를 누구나 다 충분히 이해하게 되고 더 한층 일반화하게 널리 선전되기를 바라는 바이다.

배성룡, 「여자의 직업과 그 의의」, 『신여성』(1925. 4.)

서구의 근대 문명을 받아들이기 시작하면서 이 땅에서도 여성의 위치와 여성에 대한 인식이 다소나마 바뀌게 된다. 이 가운데 선구적인 몇몇 여성은 세간의 이목을 끌며 개화기 여성계의 새 별로 떠오른다. 최초의 여성 성악가 윤심덕尹心悳, 근대 최초의 여성 문인들인 김명순과 김일엽, 그리고 작가이며 최초의 여성 서양화가로도 이름을 날린 나혜석 등이 그들이다. 그들은 당대의 여성으로서는 드물게 최고 수준의 교육을 받고, 각 분야에서 뛰어난 활약을 보이며 여성 해방과 관련해 선각자적인 활동을 펼친다. 남성 지배 구조의 사회 속에서 여성들은 남성의 부속물이거나 사유 재산 또는 남성에 비해 열등한 존재로 취급받던 시절에 그들은 당당하게 여성의 권리와 해방을 외친다. 특히 김명순·김일엽·나혜석 등은 "기존의 봉건적 인습과 가부장적 질서에 대해 과격한 거부의 몸짓"*을 보이며 1910년대 후반부터 한국 문단에 작품을 발표한 여성 문학 제1기의 담당자들이다. 그들은 작품을 통해 당시로서는 파격적으로 "성의 해방이나 자유 연애, 신도덕이나 신정조관을 주장"**하지만, 안타깝게도 아직 우리 사회는 그들의 사상과 행동을 받아들일 준비가 되어 있지 않았다. 감히 당대의 큰 흐름을 거스른 그들은 단지 사회의 질서와 통념을 깨뜨리고 어지럽히는 광녀 또는 마녀로, 추방되어야 마땅한 존재로

---

* 김미현, 「이브, 잔치는 끝났다」, 『문학동네』(1999 봄)
** 김미현, 앞의 글

취급받는다.

결국 그들은 한결같이 삶의 화려한 정점에서 굴러떨어진다. 남성 중심 사회의 제도와 규범이라는 높은 벽에 부딪쳐 쓰러지고 마는 것이다. 너무 빨리 개화한 그들은 길바닥에서, 바다에서 꽃다운 삶을 접고 스러지거나, 아니면 사회와 동떨어진 암자 속으로 숨어들어 가까스로 목숨을 부지한다.

김명순, 남자들 세상인 문단에 발을 들이다

탄실彈實 김명순金明淳(1896~1951)은 여성으로서는 최초로 문학 작품집『생명의 과실』을 펴내며 남자들이 판치던 문단의 빗장을 연다. 이미 소설로 탄탄한 토대를 쌓고 있던 그는 원대한 포부를 품고 문단에 들어서지만, 편협한 남성 우월주의가 팽배해 있던 당시의 문단은 아직 그를 맞아들일 채비가 되어 있지 않았다. 결국 각고의 노력 끝에 굳은 땅을 뚫고 나온 한국 여성 문학의 첫 싹은 꽃도 피우지 못한 채 상처투성이가 되어 문학사의 한구석에서 시들어간다.

여성으로서 펴낸 한국 최초의 문학 작품집인 김명순의 『생명의 과실』

김명순은 1896년 평양에서 소실의 딸로 태어난다. 이런 출생 배경은 그의 삶과 문학 전반에 걸쳐 영향을 미친다. 그는 기독교 계통의 평양 사창골학교를 거쳐 서울 진명여학교 보통과에 입학한다. 그런데 1학년 때 어머니를 여의는 바람에 이후 계모 밑에서 여러 이복 형제와 지내는 등 우울한 사춘기 시절을 보낸다. 진명여학교를 우수한 성적으로 졸업한 그는 1917년 최남선이 주재하던『청춘』의 현상 문예 공모에 '망향초' 라는 필명으로 단편 소설 「의심의 소녀」를 응모, 2등으로 입선함으로써 문단에 나온다.

공모에 입선한 「의심의 소녀」는 심사 위원인 이광수로부터 언문 일치의 문체, 권선 징악의 단순 구도를 탈피한 현실 묘사, 관념적 사고를 배제하고 근대 사상을 반영한 점 등을 높이 평가받는다. 「의심의 소녀」는 일부 다처의 봉건적 가정을 배경으로, 첩에게 남편의 사랑을 빼앗긴 어머니가 자살한 뒤, 계모의 위협 앞에 노출된 소녀를 데리고 할아버지가 정처 없는 길을 떠난다는 줄거리의 작품이다.

김명순의 이 작품은 1916년에 씌어져 1917년에 현상 공모 입선으로 빛을 보게
된다. 고대 소설에서 겨우 탈피, 기껏해야 이광수의 첫 소설 「소년의 비애」가 나오
던 무렵에 남성 위주의 가부장적 가족 제도의 모순에 희생된 여성을 큰 무리 없이
그려낸 점을 감안한다면 이 작품의 문학적 가치를 쉽게 폄하할 수 없을 것이다.*

1919년 김명순은 잠시 김동인 · 전영택 · 김억 · 김찬영 등과 함께 『창조』의 동
인으로 활동한다. 그러다가 1920년에 들어 여성이라는 불리한 조건을 떨치고 일
본 유학을 감행한다. 동경여전의 문과와 음악학교에서 공부하며 그는 유학생 잡
지 『학지광』과 『여자계』 등에 시 · 소설 · 수필 등을 발표한다. 그는 같은 해 『창조』
7호에 '망양초'라는 필명으로 삼각 관계로 말미암은 번민과 기다림을 꽃과 나비
로 의인화해 표현한 산문시 「조로朝露의 화몽花夢」을 선보이는 등 다양한 시도를
한다. 『여자계』에는 이 해에 단편 「영희의 일생」 · 「조모의 묘전에」, 『신여성』에는
「처녀의 가는 길」을 발표한다. 1921년 『개벽』 12월호에 발표한 자전적 소설 「칠면
조」에서는 유학 시절에 겪은 고통과 외로움을 서간체 형식으로 담아낸다. 1922년
그는 『개벽』에 창작시 「동경憧憬」을 발표함과 아울러 프란츠 베르펠의 시 「웃음」,
보들레르의 「빈민貧民의 사死」, 포의 소설 「상봉」 등 표현주의와 상징파, 후기 인
상파와 악마파에 걸친 다양한 작품을 번역 소개해 서구 현대 문학에 대한 관심과
열정을 보여준다. 1923년에는 『신여성』에 단편 「선례」와 시 「기도」 · 「꿈」 · 「탄
식」 · 「환상」 등을 발표하며, 1924년에는 『폐허 이후』에 시 「위로」, 『신여성』에 수
필 「봄 네거리에 서서」, 『조선일보』에 소설 「돌아다 볼 때」 · 「탄실이와 주영이」 등
을 발표한다.

소연의 그 얼굴은 해쓱하게 변했다. 그는 입술까지 남빛으로 변했다. 은순은 가만히 앉았다
가, 차를 따르려 탁자 앞으로 가서 그 앞에 걸린 거울 속을 들여다 보다가, 자기 눈에 독기가

---

* 뒷날 이광수는 이 「의심의 소녀」를 외국 작품의 표절이라고 주장하지만 확실하지는 않다.

띄운 것을 못 보고, 효순이가 소연이와 숨결을 어우르듯이 하던 이야기를 끝치고 모든 것이 괴로운 듯이 뜰 앞을 내려다 보는 것을 보았다.

이때 두 사람은 뒤에서 반사되어 비치는 시선을 깨달으면서 똑같이 뒤를 돌아다 보았다. 이때다, 두 지식미를 가진 얼굴과 다만 무엇을 의심하고 투기하는 듯한 얼굴이 뾰족하게 삼각을 지을 듯이 거울 속에 보였다.

　　김명순, 「돌아다 볼 때」, 『조선일보』 연재(1924)

친구 은순과 그 남편 효순 사이에 낀 소연의 삼각 관계를 그린 소설 「돌아다 볼 때」는 애욕과 질투의 심리를 여성 특유의 섬세함으로 묘사한 작품이다. 이처럼 자유 연애 사상을 기조로 김명순의 소설 속에 나오는 많은 불륜과 사랑, 그리고 질투는 작가 자신의 실제 삶과 무관하지 않다. 그는 일본 유학 시절부터 여러 남자와 만나 사랑에 빠졌다가 헤어지며 귀국 뒤에는 임장화, 『창조』의 동인이자 화가인 김찬영과도 관계를 맺는다.* 이 남자 저 남자를 전전하는 김명순의 파격적인 연애 행각은 김명순을 모델로 한 김동인의 소설 「김연실전」에서 부정적 시각으로 묘사된다. 김동인은 여기서 김명순뿐 아니라 김일엽 · 나혜석 등 당시 문단에서 이런 저런 얘기가 나돌던 여성 문인들을 싸잡아 '여류 문사' 라는 허울 아래 성적인 방종을 일삼는 이들로 비하한다.** 또 김기진도 "그는 평안도 사람의 기질인 굳고도 자가 방호自家防護하는 성질이 많은 천성에 여성 특유의 애상주의를 가미해서 그 위에다 연애 문학사류의 펭키칠을 더덕더덕 붙여놓고 의붓자식이라는 환경으로 말미암아 조금은 꾸부정하게 휘어가지고 처녀 때에 강제로 남성에게 정벌을 받았다는 이유가 있기 때문에 더 한층 히스테리가 되어가지고 문학 중독으로 말미암아 방분放奔하여졌다."*** 라고 하며 문학 외적인 부분까지 문제 삼는다. 문단이 겉으로 여성 작가를 받드는 척하면서 실제로는 얼마나 여성을 차별했고, 문학을 한다는 남성의 여성관조차 얼마나 편협했는지를 알 수 있다. 당시의 여성 작가들은 작

---

* 김동인, 「문단 30년사」, 『신천지』(1948. 3. ~ 1949. 8.)
** 김미현, 앞의 글
*** 김기진, 「김명순 씨에 대한 공개장」, 『신여성』(1924. 11.) ― 김미현, 앞의 글 재인용

품보다 자유 분방한 사생활로 뭇 사람의 이목을 끌고, 작품에 대한 평가도 이에 따라 이루어지기 일쑤였다.

1925년 김명순은 여자로서는 이각영에 이어 두 번째로『매일신보』기자로 입사해 염상섭·안석영 등과 함께 일한다. 그러면서『조선일보』에 시「단장斷腸」·「언니 오시는 길에」·「무제」·「향수」,『동아일보』에「외로움의 변조」,『조선문단』에「오오 불!」·「우리의 이상」,『신민』에「추억」등을 발표한다. 아울러 그 동안 쓴 시와 산문을 묶어 같은 해 4월 '한성도서주식회사'에서『생명의 과실』을 펴낸다. 근대 여성 작가로서는 최초로 펴낸 문학 작품집인『생명의 과실』은 4·6 배판 162쪽에 시 24편, 감상문「대중 없는 이야기」외 3편, 단편「돌아다 볼 때」외 1편을 싣고 있다.

거울 앞에 밤마다 밤마다／좌우편에 촛불 밝혀서／한없는 무료를 잊고지고／달빛같이 파란분 바르고서는／어머니의 귀한 품을 꿈꾸려／／귀한 처녀 귀한 처녀 설운 신세 되어／밤마다 밤마다 거울의 앞에
　　김명순,「기도」,『신여성』(1923. 11.) ―『생명의 과실』(한성도서주식회사, 1925)에 수록

『생명의 과실』에 실린 시편들은 동어 반복 같은 전통적 율격을 응용해 개인의 정서를 노래한 것이 대부분이나, 개중에는 서사풍으로 전쟁을 비판한 것도 있어서 이채를 띤다.

늙은 병사가 있어서 / 오래 싸웠는지라 / 왼몸에 상처를 받고는 싸움이 싫어서 / 군기軍器를 호미와 괭이로 갈았었다. // 그러나 밭고랑은 거세고 / 지주地主는 사나우니 / 씨를 뿌리고 김을 매어도 / 추수는 없었다. // 이에 늙은 병사는 / 답답한 회포에 졸려서 / 날마다 날마다 낮잠을 자드니 / 하루는 총을 쏘는 듯이 가위를 눌렀다. // 아 ― 이상해라. 이 병사는 / 군기를 버리고 가다가 / 꿈가운데서 싸웠든가 / 왼몸에 멍이 들어 죽었다. / 사람들이 머리를 비틀었다. / 자나 깨나 싸움이 있을진대 / 사나 죽으나 똑같을 것이라고 / 사람마다 두 팔에 힘을 내뻗았다.
　　김명순,「싸움」,『생명의 과실』(1925)

1926년 그는 『조선문단』에 단편 「손님」, 『동아일보』에 「나는 사랑한다」, 『매일신보』에 「일요일」, 『조선일보』에 시 「그러면 가리까」, 『신민』에 논문 「여인 장발에 대하여」를 발표한다. 또 합동 시화집 『조선 시인 선집』에는 시 「추억」·「거룩한 노래」·「만년청萬年靑」·「5월의 노래」·「언니의 생각」 5편을 수록한다.

1927년부터는 영화 배우로도 활동해 「광랑狂浪」·「나의 친구여」 등에 출연한다. 그는 같은 해 『현대평론』과 『매일신보』에 각각 시 「희망」과 「두어라」를 발표하며, 1928년 『동아일보』에 수필 「시필試筆」과 『새벗』에 시 「수건」 등을 발표한다. 1930년 그는 서른네 살의 나이로 다시 영화 「꽃장사」 등 3편에 주연으로 출연하며, 1931년 『시대공론』에 시 「개척자」, 1933년 『신동아』에 시 「수도원으로 가는 벗에게」와 「고구려성을 찾아서」 등을 발표한다. 1934년에는 『동아일보』에 시 「석공의 노래」, 1936년에는 『신인문학』에 시 「샘물과 같이」를 비롯해 『동아일보』에 시 「빙화」·「나하나」, 『매일신보』에 수필 「귀향」과 「생활의 기억」 등을 발표한다. 이어 1937년 『매일신보』에 동화 「복동이와 밀감」, 1938년 『매일신보』에 소년 소설 「고아원」·「고아의 결심」·「고아원의 동무」 등을 연재하며, 『동아일보』에 시 「두벌꽃」·「심야에」·「바람과 노래」 등을 발표한다.

그러나 이 예민한 감성의 소유자이며 봉건 잔재에 얽매인 사회에서 온몸으로 자유를 갈구한 선구적 여성의 정열은 거대한 현실의 벽에 부딪쳐 산산히 깨진다. 김명순은 1939년 8월 『삼천리』에 발표한 시 「그믐밤」을 마지막으로 작품 활동을 접는다. 얼마 뒤 일본으로 건너간 김명순은 광인이 되어 거리를 헤매다가 아오야마정신병원에서 숨을 거둔다. 그는 비극적인 자신의 말로를 이미 오래 전에 예견한 듯이 다음과 같은 시를 남긴다.

눈을 감으면 / 밤도 아니고 낮도 아니고 / 남빛 안개 속에 조약돌 길 위를 / 한 처녀 거지가 무엇을 찾는 듯이 / 앞을 바라보고 뒤를 돌아보고 / 새파랗게 질려서 뵈인다.

김명순, 「분신分身」, 앞의 책

참고 자료

이인복 외, 『한국 문학 사조사』, 숙명여자대학교 출판부, 1991

정영자, 「한국 여성 문학 연구」, 동아대학교 대학원 박사 학위 논문, 1987

김지향, 『한국 현대 여성 시인 연구』, 형설출판사, 1993

김형자, 『한국 여성 소설 연구』, 민지사, 1991

최혜실, 『신여성들은 무엇을 꿈꾸었는가』, 생각의나무, 2000

나혜석, "에미는 선각자였느니라."

아아, 나혜석羅蕙錫(1896~1949)! 나혜석을 떠올릴 때면 언제나 탄식과 안타까움에서 솟아나는 감탄사를 생략할 수 없다. 우리 나라 최초의 뛰어난 서양 화가요, 진보적 여성 운동가요, 당대의 문필가……. 나혜석은 시립 병원에서 무연고 행려병자로 삶을 마감하고, 지금은 무덤조차 찾을 수 없다. 그의 철저한 몰락은 정조에 대한 가부장제 사회의 이데올로기가 한 시대를 이끌 만한 의식과 재능을 갖춘 한 여자를 어떻게 파멸시키는지 적나라하게 보여준다. 어쩔 수 없이 운명을 따라야 했

진보적 여성 운동가이며 최초의 여성 서양화가로도 이름을 날린 나혜석

을 때조차 그의 도저한 선각자적 자존심은 "아이들아, 에미를 원망치 말고 사회 제도와 도덕과 법률과 인습을 원망해라. 네 에미는 과도기의 선각자로 그 운명의 줄에 희생된 자이었더니라."는 말을 남긴다.

1941년 어느 날, 화가 이승만의 집 앞에 웬 거지 여인이 나타나서 주인을 찾았다. 화가는 처음에 그 여인이 누구인지 몰랐다.

"저, 나혜석이에요."

거지 여인은 자신이 나혜석이라고 밝혔다.

"그럴 리가 있나요. 정말 나혜석이 맞아요?"

화가는 그 여인이 나혜석이라는 사실을 믿을 수가 없었다. 예전의 눈부신 아름다움은 간 데 없고, 피폐할 대로 피폐한 얼굴에 누더기를 걸친 행색이 영락없는 거지 꼴이었으니까……. 그는 10여 년 전 화가에게 맡겨둔 외국 판화 여섯 점을 찾

아 치마폭에 싸들고 비틀거리는 걸음으로 어디론가 사라졌다.

정월晶月 나혜석은 1896년 4월 18일, 경기도 수원군 신풍면 신창리에서 태어 난다. 그의 집안은 증조부가 호조 참판을 지내고 아버지 나기정이 시흥 군수와 용 인 군수를 지낸 명문가였다. 딸로서는 첫째였던 그의 성격은 활달했고 두뇌는 명 석했다. 1910년에 바로 밑 여동생과 함께 서울의 진명여자고등보통학교에 입학, 자매가 함께 기숙사 생활을 한다. 나혜석은 이 무렵에 이미 문학과 미술에 뛰어난 재능을 보이고, 3년 성적 평균 99점으로 수석 졸업을 한다. 곧바로 그는 도쿄공대 에 유학하고 있던 둘째오빠의 권유로 일본으로 가서 도쿄여자미술학교 유화과에 입학한다. 이 때부터 두각을 나타내며 재일 유학생 사이에 나혜석이라는 이름이 회자되기 시작한다. 유학생 동인지인『학지광』에 근대적 여성의 권리를 주장하는 글을 발표하고, 여자 유학생들로 '조선여자친목회'를 조직해『여자계』라는 잡지 발간을 주도하기도 한다.

나혜석은 스물한 살 때 첫사랑으로 알려진 시인 최승구를 폐결핵으로 잃고 나 서 방황하다가, 와세다대학 문학부 철학과에 다니던 이광수와 급속히 가까워진 다. 이 때 이광수는 이미 기혼이었고, 게다가 의학 전문 학교에 다니던 허영숙과 도 열애중이었다. 유부남과 연애를 한다는 사실이 알려지자 나혜석의 오빠들은 대뜸 말리고 나선다.

1920년, 그는 스물네 살 때 집안의 반대를 무릅쓰고 첫 부인과 사별한 변호사 김우영과 결혼한다. 2년 동안 집요하게 구애를 하던 김우영의 청혼을 받아들인 것 은 결혼 조건으로 내세운 "일생을 두고 지금과 같이 나를 사랑해주시오.", "그림 그리는 것을 방해하지 마시오.", "시어머니와 전실 딸과는 별거케 해주시오."라는 그의 몇 가지 청탁을 김우영이 무조건 받아들였기 때문이다. 이 결정은 한 해 전에 김활란 · 신마실 · 황에스더 · 박인덕 · 김마리아 등과 독립 운동에 가담. 활동하 던 중 이화학당 지하실에서 비밀 집회를 가지다가 체포되어 옥살이를 할 때 김우 영의 도움으로 다섯 달 만에 면소 처분으로 풀려난 일에서도 영향을 받는다. 김우영은 김성수 · 송진우 · 최린 · 최남선 등과 알고 지내던 당대의 명사이고, 『동아일보』 창간 발기인으로 이름을 올릴 만큼 거물이었다. 결혼 뒤 두 사람은 나혜석의 뜻에 따라 첫사랑 남자 최승구가 묻혀 있던 목포로 신혼 여행을 가고, 얼마 지나서 김우영은 그 무덤에 빗돌까지 세워준다.

이듬해 나혜석의 첫 개인전이 '경성일보사' 후원으로 『경성일보』 전시장인 내청각來靑閣에서 열린다. '조선 유일 무이한 여성 화가' 나혜석의 '양화 전람회'는 언론 매체의 주목을 받고, 전시장에는 첫날부터 인파가 몰려든다. 당시 『매일신보』는 이 전람회 소식을 알리면서 "인산 인해를 이루도록 대성황"이었고, 이튿날에는 관람자가 4~5천 명에 달했다고 밝힌다. 한 점에 3백 원씩 값을 매긴 작품이 다 팔리는 '기적'과 같은 일이 벌어지는데, 당시 직장인들의 평균 월급이 20원이었다는 것을 떠올리면 놀라운 일이 아닐 수 없다.

나혜석은 그림뿐 아니라 신문 · 잡지에 여권과 자유 연애, 생활 개선에 관한 글들을 잇달아 발표한다. 『동아일보』에 「회화와 조선 여자」를 게재하고, 김일엽과 '부인 의복 개량 문제'로 논쟁을 벌이며, "한복의 전통미를 살리되 유방을 압박하는 비위생적 결점은 반드시 시정되어야 한다."고 강조한 글을 기고하기도 한다. 또 문학 작품으로는 『학지광』에 「D형에게」, 『폐허』에 시 「냇물」 · 「사砂」, 『매일신보』에 시 「인형의 집」 등을 발표한다. 이 무렵, 인사동에 있던 그의 집에는 문화계를 비롯한 사회 각계의 저명 인사들이 거의 날마다 드나든다. 1922년에 들어서도 그는 여자로서는 유일하게 제1회 조선 미술 전람회에 출품한 유화 「봄」 · 「농가」 등이 입선하는 등 가히 전성기를 누린다.

노라를 놓아라 / 최후로 순수하게 / 엄밀히 막아논 / 장벽에서 / 견고히 닫혔던 / 문을 열고 / 노라를 놓아나주게 // 남편과 자식들에게 대한 / 의무같이 / 내게는 신성한 의무있네 / 나를 사람으로 만드는 / 사명의 길로 밟아서 / 사람이 되고저
　　나혜석, 「인형의 집」, 『매일신보』(1921. 4. 3.)

대표작으로 꼽히는 시 「인형의 집」은 여성 문제를 웅변조에 가깝게 다소 거칠고 직설적으로 노래한 것이다. 그의 문학은 흔히 자유와 이를 통한 창조성의 획득, 그리고 이의 구체적인 방법으로 남녀 사이의 자연스러운 만남, 종속 관계로 맺어지는 결혼의 불합리성 타파 등을 주장한다.

요컨대 인생의 창작성은 남녀 교제에서 납니다. 그러니까 창작 생활을 하는 데는 1남 1녀가 꼭 붙잡고 있는 것보다 자유로운 교제를 하는 것이 기분 순환도 되고 창작성을 지어주는 것 아닐까 생각합니다. 구라파 사람이 진취적인 것은 그것이 모두 남녀 교제의 순환성을 인정해 주어 창작성을 북돋음으로부터입니다. 그리고 인간적으로 남녀 교제가 어렸을 때부터 연습되어 한 습관성이 되어서 그들의 교제는 우리가 이상까지 삼을 만큼 순수한 것이 있습니다. 남녀 교제에 있어서 너는 남자, 나는 여자 하고 마음에 구분이 되는 때는 로맨스로 바뀌어지는 때입니다.
　　나혜석, 「그 뒤에 얘기하는 제諸 여사의 이동 좌담회」, 『중앙』(1935. 2.)

1927년 그는 외교관으로 임명된 남편 김우영과 함께 유럽 및 미국 여행길에 나선다. 시베리아를 거쳐 파리와 런던, 스페인과 미국 등지로 다니며 그는 조선 여자로서, 선각자로서 견문을 넓힌다. 그는 이윽고 프랑스 파리에 정착해 서구의 정취에 흠뻑 취한 채 그림에 열중한다. '닫힌 세계'에서 '열린 세계'로 나온 그의 예술혼은 폭발하듯 분출하기 시작한다. 그는 완고한 가부장제가 여성에게 강요하던 '정신의 코르셋'을 너무나 자연스럽게 벗어던진다.

그런데 어느 날, 남편 김우영이 독일 베를린에 있는 사이, 나혜석은 파리에 온 최린의 안내를 맡게 된다. 최린은 남편의 친구이며 천도교 교령으로서 조선 사회의 지도자 가운데 한 사람이었다. 두 사람은 식당과 극장을 돌아다니고, 함께 유람선을 타며, 때로는 카페에서 이야기를 나눈다. 그것이 비극의 씨앗이었다. 그만 서로 사랑에 빠져버린 것이다.

"나는 공公을 사랑합니다. 그러나 내 남편과 이혼은 아니하렵니다."

"과연 당신의 할 말이오. 나는 그 말에 만족하오."

정신적 코르셋을 벗어던지고 여성의 당당한 실존을 주장하는 나혜석에게 그것은 자연스러운 일이었다.

"사람이 배고프면 밥 먹고 색이 일면 색을 쓰는 게 뭐가 이상한가."

자신의 행실을 나무라는 사람들에게 항변도 해보나 당대의 '사회 통념'을 거스른, 아니 너무 앞지른 그는 끝내 면죄부를 얻지 못한다.

나혜석과 네 자녀. 나혜석은 이혼한 뒤 다시는 이들을 만나지 못한다.

파리에서 불거진 염문은 엄청난 화제를 불러일으킨다. 이것이 김우영과 그 일가의 귀에 들어가며 파국은 시작된다. 1931년 그는 대노한 김우영으로부터 냉정하게 이혼을 당한다. 한동안 그들의 이혼 이야기로 장안이 들끓는다. 『동아일보』에서 이를 공식 기사로 다루는데, 최린이 문제의 기사가 실린 신문을 거두어들여 배포되지는 않는다. 이와 같은 혼란의 와중에도 그는 그림에 열중, 제10회 조선 미전에 「작약」·「나무」·「정원」 등을 출품해 특선을 하고, 10월에는 도쿄로 가서 「정원」을 출품해 입선한다.

1934년 나혜석은 김우영과의 이혼 전말기를 담은 「이혼 고백서」를 두 번에 나누어 『삼천리』에 싣는다. 그의 이 글은 이혼 사건 못지않은 파문을 일으켜 이를 통렬하게 공박하는 한 여성의 글이 『신가정』 10월호에 실리기도 한다. 얼마 뒤 그가 최린에게 이혼 보상비 청구 소송을 제기하자 다시 한 번 장안이 들끓고, 제소장 전문이 『동아일보』에 실린다. 최린은 파장을 잠재우기 위해 그에게 거금을 쥐어주고 소송을 취하토록 한다. 이렇듯 일련의 사건이 이어지면서 나혜석은 뭇 사람의 선망을 받던 조선의 신여성에서 하루 아침에 비난과 멸시 속에 손가락질을 당하는 한낱 '화냥년'으로 전락한다.

당대 사회를 지배하던 도덕과 인습의 높고 완강한 벽에 부딪쳐 나혜석의 불꽃은 서서히 꺼져간다. 1939년, 그는 무려 2백여 점에 이르는 그림을 모아 조선관 전시장에서 세 번째 개인전을 연다. 역시 성황리에 막을 내린 이 전시회가 목숨의 심지에 타오른 그의 마지막 불꽃이 된다.

이후 그는 방황과 유랑을 거듭한다. 친구 김일엽이 거처하던 수덕사에서 머물다가 노자 한푼 없이 뛰쳐나와 거리를 떠돌고, 정신 착란 증세를 보이는가 하면, 몸이 마비되기도 한다. 하루는 어쩔 수 없는 모성애에 끌려 대전으로 자식들을 찾아 갔다가 김우영이 부른 경찰에게 쫓겨나는 수모를 당하기도 한다.

반신 불수로 양로원 등지를 떠돌던 그는 1946년 12월의 눈보라치던 어느 날, 거리에서 한 행인에게 발견되어 시립자제원(지금의 서울시립남부병원)으로 옮겨 진다. 그는 무연고 행려병자로 분류된 채 극과 극을 오간 삶을 마감한다. 관보에 는 그의 사망 연월일이 1949년 12월 10일로 되어 있으나 확인할 길은 없다. 나혜 석은 자식들에게 "네 에미의 묘를 찾아 꽃 한 송이 꽂아다오."라고 부탁한 것으로 알려진다. 그러나 꽃 한 송이 꽂을 그의 무덤은 이 지상 어디에도 없다.

참고 자료

최혜실, 『신여성들은 무엇을 꿈꾸었는가』, 생각의나무, 2000
김지향, 「나혜석·김명순론」, 『한국 현대 여성 시인 연구』, 형설출판사, 1993
서정자, 「나혜석 연구」, 『문학과 인식』, 박문사, 1988
전미정, 「나혜석의 삶과 여성 의식」, 『한국 여성 문학 비평론』, 개문사, 1995
정순진, 「정월 나혜석의 초기 단편 소설고」, 『한국 문학과 여상주의 비평』, 국학자료원, 1992
정형민 외, 『나혜석의 생애와 그림』, 나혜석기념사업회, 2000

김일엽, 불문에 귀의한 '문학'

1923년, 예산 덕숭산 수덕사에 머물고 있던 송만공 선사에게 웬 젊은 여 자 하나가 엎드려 절을 한다.

"스님, 그 동안 안녕하셨습니까?"

"나야 늘 이렇게 여여하게 잘 지냈네마는 그대는 아직도 병중에 있구먼 그래."

"예? 그러면 스님께서는 저를 기억하고 계십니까?"

"기억하다마다, 우리는 한 번 만난 일이 있지. 이름이 김원주라고 했던가? 이화 학당을 다녔다고 했었지. 난 자네의 전생부터 알고 있었네."

여성 해방 운동에
앞장서다 불가에 귀의한
김일엽

"그런데 저는 이렇게 건강한데 무슨 병에 걸려 있다고 하십니까?"

"그대는 아주 몹쓸 병에 걸려 있어. 병 중에서도 아주 중병이지. 사내들 사랑을 받지 못해 안달이 난 병, 애욕의 병!"

"스님, 저를 구해주십시오. 이젠 그런 생각을 다 버렸으니 제발 무아 무애無我無愛의 불문에 들어갈 수 있도록 이끌어주십시오."

"아무나 입산 수도 하는 것이 아니야. 유명해지려는 생각, 글을 쓰려는 생각, 명작을 만들겠다는 생각, 그런 욕심이 가득 찬 사람은 입산 수도를 백년 해봐야 소용이 없네. 부처님께서 말씀하셨지. 사랑하는 사람을 가지지 말라. 미워하는 사람도 가지지 말라. 사랑하는 사람은 만나지 못해 괴롭고, 미워하는 사람은 만나서 괴로우니라 하고 말이야."

"스님, 저는 이미 모든 욕심을 다 버렸습니다. 제발 저를 받아주십시오."

그러나 만공滿空 선사는 끝내 그의 간청을 받아주지 않는다. 선사는 그에게 다시 돌아가서 생각해보라는 말만 남기고 일어나버린다. 5년이 지난 1928년, 그 때의 젊은 여자 김일엽金一葉(1896~1971)은 마침내 금강산 서봉암에서 이성혜 비구니를 은사로 삭발 출가한다. 일엽이라는 법명은 금강산 표훈사 신림암에서 하안거夏安居를 하고 있던 만공 선사로부터 받는데, 그의 문하로 들어가 수계受戒를 받을 때 일엽의 나이 서른 살이었다.

제1기 여성 작가 중의 한 사람인 김일엽은 1896년 6월 9일, 평남 용강군 삼화면 덕동리에서 목사인 아버지 김용겸과 어머니 이마대 사이의 맏딸로 태어나 기독교적인 분위기에 둘러싸여 자란다. 본명이 원주인 그의 별명別名 일엽은 만공 선사로부터 받은 법명이기도 하지만, 본디 이광수가 그의 문학적 재능을 높이 사서 조선의 한 잎사귀가 되라는 뜻으로 지어준 아호였다.

그는 진남포의 삼숭여학교에 입학한 이듬해인 1907년, 한글로 「동생의 죽음」
이라는 시를 지어 놀라운 재능을 발휘한다. 이것은 한국 근대시의 출발점으로 공
인되고 있는 최남선의 「해에게서 소년에게」보다 1년 먼저 나온 작품이다.

러시아의 여성 해방 운동에 깊은 영향을 받은 김일엽은 이화학당을 거쳐 일본
으로 건너가 닛신日新학교에서 공부한다. 그는 유학을 마치고 돌아와 여성 잡지
『신여자』를 창간, 편집인 겸 주간으로 4호까지 펴내며 여성 운동을 펼친다. 동시
에 작품 활동도 왕성하게 벌여서 1920년 자신이 주관하는 『신여자』에 소설 「계시
啓示」·「어느 소녀의 사死」 등을 발표하고, 이듬해 『신민공론』에 「혜원」을 발표한
다. 그는 1926년 『조선문단』에 「사랑」, 『동아일보』에 「자각」 등을 발표하고, 1927
년 『문예시대』에 「단장」, 1929년 『조선일보』에 「희생」을 발표한다. 1930년대에
들어서도 이따금 작품 활동을 하는데, 1932년 『삼천리』에 「애욕을 피하여」, 1933
년 「오십 전 은화」 등을 발표한다. 이 밖에 그는 평론으로 1921년 『폐허』에 「먼저
현상을 타파하라」, 1928년 『한빛』에 「조선 신흥 문학에 있는 여류의 업적」, 1932
년 『동광』에 「노래가 듣고 싶은 마음」 등을 발표한다. 불문에 들고 나서도 그는 나
중에 수필집 두 권을 낸다.

깜짝 놀랄 만한 자유 연애론과 신정조론을 외치며 세간의 주목을 받던 신여성.
그러나 김일엽의 삶은 평탄하지 않았다. 두 번의 결혼과 이혼, 몇 차례의 화려한
남성 편력이 여성 해방 운동의 선각자로서 그가 남긴 자취다. 이 과정에서 김일엽
은 많은 상처를 받고 좌절을 겪는다. 어쩌면 삶의 정점에서 "일체의 세욕世慾을
단斷하고" 입산해 불문의 선맥禪脈 속으로 사라진 것은 여성의 본능을 약탈, 추격,
매장하는 남성 지배 구조의 사회로부터 자신을 보호하려던 그가 발을 들인 단 하
나의 선택지, 소극적인 자기 보존의 길이 아니었을까. 자기 보존을 위해 '사회'에
서 퇴각해 '나'에게로, '여성 해방 운동'과 '남성'으로부터 '선가禪家'로 돌아간
그는 다음과 같은 고백을 남기고 있다.

나를 완성하자. 그리고 내 자아 가운데서 엄숙한 인생을 창조하자. 나를 자위할 만한 예쁜 이상을 찾고, 내 인격을 존중히 해줄 지식을 닦아라. 그리고 내 감정을 보드랍게 해줄 꽃다운 정서를 기르자. 지금 내게 대하여는 인생의 외형은 아무 가치가 없다. 사람의 안목을 어둡게 하는 금전이며 명예며 지위는 일문의 가치가 없다. 모든 '때'는 내게 대하여 다 신성하다. 나는 일시라도 꽃답게 흘러가는 '때'를 더럽히지 말자. 신성한 '때'는 새로운 나를 위하여 충실한 생활을 엮어줄 것이다.

김일엽의 "나를 완성하자."는 이 자기 고백과 결단의 토로에 대해 문학 평론가 임중빈은 "속세의 편력에 대한 장송곡"이라고 말한 바 있다. 어쨌든 김일엽은 이후 세속에서 보인 화려한 편력을 단호하게 끝내고 선경禪境에 들어 "꽃답게 흘러가는 때"를 관조하는 삶으로 일관한다.

입산한 뒤 한때 종단의 기관지 『불교』* 문예란을 담당하기도 한 그는 1933년 9월 이후 예산 수덕사의 견성암에서 수도하며 한 소식消息을 깨닫는다. 이에 25년 넘게 그는 고요히 지낸다.

망상의 근원이라며 불립 문자不立文字를 내세우는 스승 만공 선사의 뜻에 따라 절필한 이후, 일체의 집필 행위를 중단한 채 수도 생활에만 정진하는 동안 김일엽은 대중의 관심 밖으로 차츰 밀려난다. 그러다가 1960년 『어느 수도인의 회상』을 펴낸 데 이어 자전적 산문집인 『청춘을 불사르고』를 내놓자 대중의 이목과 관심이 다시 집중된다. 개화 여성 김일엽의 화려한 연애 행각을 기억하고 있던 대중에게 이 책들은 불티나게 팔려나간다. 연애와 사교 생활, 사회 활동의 정점에서 갑자기 비구니 세계의 정적 속으로 자취를 감춰버린 그의 사생활과 내면 세계에 대한 호기심 때문이었다. 그러나 이 책들은 비구니의 연애담을 고백하는 가벼운 연문戀文을 넘어선 것이었다. 뜻밖에 이 책들을 읽고 감화되어 입산하는 여성이 속출하는 일이 벌어지기도 한다. 속세에 잠깐 얼굴을 내민 그는 덕숭산 비구니 총림叢林 건

---

* 권상로가 주재하다가 1931년 10월부터 만해 한용운이 주재한다.

립 기금을 마련하기 위해 이광수 작 「이차돈의 사死」를 각색해서 1967년 8월 25일부터 31일까지 국립극장 무대에 올린다.

1971년 1월 28일 새벽 1시 11분, 노환의 김일엽은 자신이 건립한 비구니 선원에서 조용히 열반에 든다. 세수世壽 76, 법랍法臘 43. 전국 비구니장으로 2월 1일 영결식에 이어 덕숭산 기슭에서 다비식이 거행됨으로써, 나혜석·윤심덕과 더불어 개화기 여성계의 별자리를 차지한 바 있던 김일엽은 지상에서 삶의 자취 일체를 지워버린다.

참고 자료

김지향, 『한국 현대 여성 시인 연구』, 형설출판사, 1993

권영민 엮음, 『한국 근대 문인 사전』, 아세아문화사, 1991

방인근, 「김일엽과 나의 추억」, 『월간문학』 1971. 6.

성낙희, 「김일엽 문학론」, 『아세아 여성 연구』, 숙명여자대학교 출판부, 1978

임중빈, 「김일엽론」, 『수덕사의 노을』 해설, 범우사, 1976

정영자, 「김일엽 문학 연구」, 『수련 어문 논집 4』, 형설출판사, 1987

프로 문학 시대가 열리다

계급 문학 시비론

러시아혁명에서 발원해 일본을 거쳐 이 땅에까지 밀려든 급진적 계급 문학론의 파고는 점점 높고 거칠어진다. 1925년 벽두를 장식한 '계급 문학 시비론'은 1922년 염군사와 1923년 파스큘라에 의해 시작된 사회주의 경향이 점차 확대되고 있음을 보여준 단적인 보기다. 김기진·박영희 등의 프로 문학이 이광수적 계몽주의와 『폐허』·『백조』의 낭만주의 모두에 대항해 나온 것까지는 받아들일 수 있었지만, 조직이 점차 확대될 조짐을 보이면서 일부 민족주의 작가가 문학 전반의 위기를 느끼고 본격적인 대응에 나서게 된 것이다. 2월 『개벽』이 꾸민 특집 「계급 문학 시비론」에서 사회주의 문학 진영에서는 김기진이 「피투성이 된 푸로혼의 표백」, 박영희가 「문학상 공리적 가치 여하」, 김석송이 「계급을 위함이냐」 등을, 반대파 진영에서는 김동인이 「예술가 자신의 막지 못할 예술욕에서」, 염상섭이 「작가로서는 무의미한 일」, 나도향이 「뿌르니 프로니 할 수는 없지만」, 이광수가 「계급을 초월한 예술이라야」 등을 들고 나와 서로 격렬한 시비가 오간다.

카프의 출범

두 진영의 대립이 날로 열기를 더하던 중에 1925년 8월 '조선프롤레타리아예술가동맹Korea Artista Proleta Federatio' 곧 '카프KAPF'가 정식으로 출범한다. 카프는 이전의 부르주아 계급에 대한 반발과 빈민 계급에 대한 감상적인 접근에서 시작된 신경향주의에 만족하지 않고, 과거의 문학 예술인 단체와 달리 뚜렷한 계급성과 사회주의의 실현이라는 목적 의식을 앞세워 결성된 체계적인 정치 운동 조직이다. 이 조직은 염군사와 파스큘라의 연장선에 놓여 있지만, 두 단체에 비하면 계급 문학을 더 멀리까지 밀고 나간다. 박영희 · 김기진 · 김익상 · 김복진 · 이상화 등의 파스큘라와 이적효 · 김영팔 · 송영 등의 염군사 회원들이 뭉쳐 뼈대를 갖춘 데 이어 한설야 · 이기영 · 윤기정 · 유진오 · 조명희 등이 가세한 카프는,

1930년 9월께
자리를 같이한
카프 맹원들

이듬해 1월에 기관지 『문예운동』을 펴내는 등 활발한 움직임을 보이면서 문단의 중심부으로 진입한다.

참고 자료

윤병로, 『한국 근 · 현대 문학사』, 명문당, 1992

역사문제연구소 문학사연구모임, 『카프 문학 운동 연구』, 역사비평사, 1992

백철, 『신문학 사조사』, 신구문화사, 1992

카프 KAPF

'조선프롤레타리아예술가동맹Korea Artista Proleta Federatio'의 로마자 약칭이다. 문학을 비롯해 연극 · 영화 · 음악 · 미술 등의 분야에서 프롤레타리아 문예 운동을 펼친 조직이다.

3 · 1운동 뒤 사회주의 사상이 들어오고 조선에서도 노동자 · 농민 계급이 급격히 성장한다. 이에 따라 나라 안팎에서 새로운 사상을 받아들인 각 분야의 진보적 예술가들이 1925년 박영희 · 김기진 등을 중심으로 카프를 결성한다. 카프는 1927년 '무산 계급 예술 운동으로서 정치 운동 적극 참여, 대중 조직으로의 변모, 이론 투쟁 활성화' 등을 표방하고, '봉건적 자본주의적 관념 철저 배격, 전제 세력에 대한 항쟁, 의식층 조성 운동 수행' 등의 신강령을 채택하는 한편, 개성 · 원산 · 평양 등지에 지부도 설치한다. 회원 수는 약 2백 명에 이르렀으며, 민족 개량주의 문학 및 무정부주의 문학과의 투쟁, 예술의 대중화 문제, 창작 방법상의 문제 등을 둘러싸고 활발한 논의를 펼친다.

1931년 카프는 조직 개편을 단행, 문학동맹 · 연극동맹 · 영화동맹 · 미술동맹 등으로 각 분야를 독립시키고, 중앙 협의체로서 프롤레타리아예술동맹을 둔다. 대표적인 작가와 작품으로는 한설야의 소설 「과도기」와 「황혼」, 조명희의 「낙동강」, 이기영의 「고향」 등과 송영의 희곡 「일체 면회를 거절하라」, 박세영의 시집 『산제비』, 영화 「지하촌」 · 「들쥐」 · 「세 동무」 등이 있으며, 미술 · 음악 분야에서도 우수한 작품이 많이 나온다.

일제에 의한 두 차례의 검거와 몇 차례의 내부 분열을 겪다가 1935년 해산서를 제출하고 자진 해체한다.

김소월

슬픔과 한의 민족 시인

김소월, 한국 현대 시인의 대명사. 그는 명실 공히 한과 슬픔으로 덧난 우리네 민중의 상처를 보듬어 안은 민족 시인이다. 그가 남긴 단 한 권의 시집인 『진달래꽃』은 많은 유·무명 출판사에서 숱한 판본으로 거듭 출간된다. 그의 시집은 마치 판매 부수가 공식 집계되지 않는 성경과 마찬가지로 세월과 무관한 이 땅의 베스트셀러다. 김소월은 "서구西歐의 데카당적 시상詩想과 이국적異國的인 언어 형식言語形式만이 풍미하던 시대"에 돌연히 나와 "토속土俗의 이미지와 전통적인 7·5조의 민요풍民謠風의 리듬 속에 동양東洋의 심상心象을 최고의 격조로 수용한" 시인이다.* 그러나, 그는 "일제 강점기의 민족적 삶의 갱생을 부르짖은 경륜가가 아니었다. 조만식 등 몇몇 민족 지도자와 사회 지도층 인사들을 흠모한 소지식인에 불과했고, 또 당대의 표준적 생활 수준으로부터 그닥 벗어나지 않았던 한 사람의 농민, 한 사람의 식민지 잔맹殘氓에 불과했다."** 변방의 이름 없는 소지식인, 얼치기 농민, 식민지 잔맹에 지나지 않던 이 젊은이, 저 북녘의 소도시에서 신문사 지국을 꾸리며 비관과 술로 서서히 생명의 불꽃을 연소시킨 이 평범한 젊은이가 어떻게 "우리 시대의 최고의 높이에 도달한" 민족 시인이 될 수 있었을까. 평론가 송희복은 그 비밀에 대해 다음과 같이 말한다.

그는 우선 민족의 토속어·토착어를 가림새 있게 시적으로 승화하는 데 발군의 역량을 발휘

김소월

---

* 김병익, 『한국 문단사』(일지사, 1973)
** 송희복, 『초혼』(솔, 1995) 해설

했다. 또 이를 바탕으로, 장구한 세월에 걸쳐 지탱해 온 민족적 정서, 민족적 심정의 공감대를 확인할 수 있는, 즉 1920년대 우리 시단을 지배했던 생소한 외래적 풍조에 반反한 토착적 감수성을 계발하는 데도 큰 성공을 거두었다. 그뿐이 아니다. 비록 그의 몸이 민족이란 제단 위에 꽃다운 순교적 희생의 제물로 바쳐지지 않았지만, 그의 넋은 그 어느 저항 시인보다도 동시대를 뼈저리게 상심하고 동시대 삶의 현실에 비통해 했다는 사실을 텍스트(시)로써 결정적으로 증명해 줄 만큼 저항적인 열정을 머금고 있었다.

송희복, 『초혼』(솔, 1995) 해설

1934년 12월의 어느 날, 산자락 여기저기에 널린 무덤 주변을 한 남자가 서성거리고 있었다. 삼십대 초반으로 보이는 남자의 얼굴에는 깊은 그늘이 드리워 있었다. 그는 간략한 성묘를 마친 뒤 무덤에 뿌리고 남은 술을 천천히 마셨다. 무덤가에 앉아 술을 마시는 그의 얼굴은 몹시 초췌해 보였다. 해가 뉘엿뉘엿 질 무렵 남자는 허청거리며 산길을 내려왔다. 내려오는 길에 그는 장에 들러 아편을 구했다. 이윽고 서둘러 귀가한 그는 아내와 함께 밤 늦도록 술을 마셨다. 그는 아내가 술에 취해 잠이 든 것을 확인하고, 장에서 사온 아편을 삼켰다. 이튿날인 1934년 12월 24일 아침, 그 남자는 싸늘한 주검으로 발견된다.

유장한 슬픔과 한의 시편들을 빚은 소월素月은 이렇게 서른두 해의 짧고 고단한 삶을 마친다. 전통 가락과 설화, 그리고 민족의 정한을 담은 김소월의 시편들은 오랫동안 우리 민중의 시름을 달래주며 널리 애송된다.

김소월은 본명이 정식廷植(1902~1934)으로, 1902년 9월 7일에 태어난다. 출생지는 평북 구성군 곽산면 남서동인데, 그 곳은 일찍부터 공주 김씨들이 백여 호 모여 살던 집성촌이었다. 소월은 정주의 공주 김씨 문중의 장손으로 태어난다. 그의 아버지 김성도는 소월이 두 살 나던 해에 음식 선물을 말등에 싣고 처가 나들이에 나섰다가, 그것을 빼앗으려던 철도 공사장의 일본인들과 시비가 붙어 집단 폭행을 당한다. 말 잔등에 거꾸로 매달려 돌아온 그의 아버지는 한 달 가까이 의식 불명 상태에 빠져 있다가 겨우 깨어난다. 그러나 이후에 정신 이상자가 되어 평생을 폐인으로 지낸다. 식민지 백성으로 태어났다는 것, 알아들을 수 없는 소리로 구석에서 혼자 중얼거리던 아버지를 보며 자라야 했다는 것, 이런 것은 소월의 운명에 깃들인 어둠의 원초였다. 어른이 되면서 나타난 김소월의 비사교적인 성격과 폐쇄적인 내향성은 이런 어둠에서 비롯된 것으로 보인다.

김소월의 유년기 인격 형성에 커다란 영향을 준 일로 숙모 계희영과의 만남을 빼놓을 수 없다. 신학문에 눈을 뜬 아버지 덕분에 일찍부터 언문을 깨쳐 고대 소설과 설화들을 탐독한 계희영은 그가 만 세 살 되던 해에 공주 김씨 집안으로 들어온다.

"신부인 나는 큰 머리를 하고 은봉채를 꽂은 채 고개를 숙이고 앉아 있는데 개구멍 바지를 입고 눈은 샛별같이 반짝이며 네 살짜리 사내아이가 새색시 앞으로 다가앉으며 '야, 새엄마다.' 하고 반색을 했어. 사내아이는 치맛자락 가까이 다가앉아서 얼굴을 자세히 들여다보다가 옷도 한 번 쓸어보고 종일 내 곁에서 떠나지 않았어."라고 숙모 계희영은 김소월과의 첫 만남을 회고한다. 이후 그는 틈만 나면 숙모한테 옛날 이야기를 해달라고 졸라댄다. 성격이 활달해 종가 살림살이를 떠맡고 있던 그의 어머니는 "인제부터는 자네가 우리 갓놈에게 이야기를 실컷 좀 들려주게. 나는 이야기하는 재질도 없고 또 할 말도 없어."하며 아들을 동서 계희영에게 떠맡긴다. 혼인한 직후부터 숙부가 고향을 등지고 외지를 떠도는 바람에 소박맞은 것처럼 혼자가 된 숙모는 틈만 나면 찰싹 달라붙는 조카에게 「심청전」·「장화홍련전」·「춘향전」·「옥루몽」·「삼국지」 등의 이야기를 들려준다. 기억력과 관찰력이 아주 좋던 김소월은 숙모한테서 들은 이야기를 다른 사람들에게 해주는 것에 재간을 보인다.

집안을 이끌던 어머니와 그에게 옛날 이야기와 민요를 들려주던 숙모, 어릴 적의 이런 가족 배경은 남성인 아버지에 대한 연민과 혐오와 더불어 나중에 김소월을 소극적이고 여성적인 시 세계로 이끄는 요소로 작용한다. 어릴 적에 숙모한테

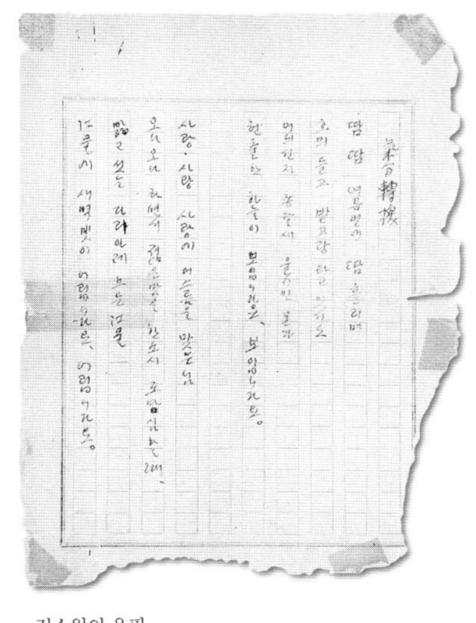

김소월의 육필

서 들은 갖가지 이야기는 그의 문학적 자양이 되기도 하는데, 평안도 박천 진두강 언저리에서 살던 오누이가 계모의 학대 때문에 죽은 뒤 접동새가 되었다는 설화를 담은 「접동새」 같은 시는 바로 숙모가 들려준 이야기를 바탕으로 한 것이다.

아버지가 폐인이 된 바람에 김소월의 교육은 광산을 경영하던 할아버지가 책임진다. 공주 김씨 문중에서 세운 남산보통학교를 졸업한 그는 민족의 자긍심을 높이는 데 힘쓰던 정주 오산학교에 진학한다. 오산학교에서 김소월은 숙모에 이어 그의 두 번째 문학 스승이 되는 김억을 만난다. 그는 김억의 감화와 영향을 받으며 시 창작에 몰입한다. 이윽고 『창조』 동인이던 김억의 소개로 그는 1920년 3월 『창조』에 「낭인浪人의 봄」·「야夜의 우적雨適」·「무과無過의 읍泣」·「그리워」·「춘강春岡」 등 5편의 시를 발표해 문단에 나온다. 그는 곧 이어 『학생계』 7월호에 「거친 풀 흐트러진 모래등으로」를 발표해 자신의 문학적 자질을 확인하게 된다.

3·1운동의 여파로 오산학교가 문을 닫자 김소월은 배재고보 5학년에 편입해 졸업할 때까지 『개벽』에 시 「엄마야 누나야」·「봄밤」·「진달래꽃」·「개여울」·「먼 후일」과 소설 「함박눈」 등을 꾸준히 발표한다. 이듬해인 1923년 일본으로 건너가서 도쿄상과대학에 다니지만, 9월 들어 관동 대지진이 일어나는 바람에 짧은 유학 생활을 접고 돌아온다. 귀국 뒤 잠시 『영대靈臺』 동인으로 활동한 그는 1925년에 시집 『진달래꽃』을 펴낸다. 이 시집에 나오는 시편들은 거의 다 오산학교에 다닐 때 씌어진 것이다. 김소월의 시편들에 나타난 민요적 서정성, 한과 슬픔의 정조, 설화성 등은 이내 문단의 주목을 받는다.

1924년 그는 상속받은 전답을 팔아 식구들을 이끌고 처가가 있는 구성군 평지동으로 이사한다. 그는 거기서 『동아일보』 지국을 인계받아 혼자 신문 배포와 수금 등 경영을 도맡는다. 그러나 사업 수완이 없고 처세에 서툴러 곧 파산 지경에 이르고, 생계를 위해 어울

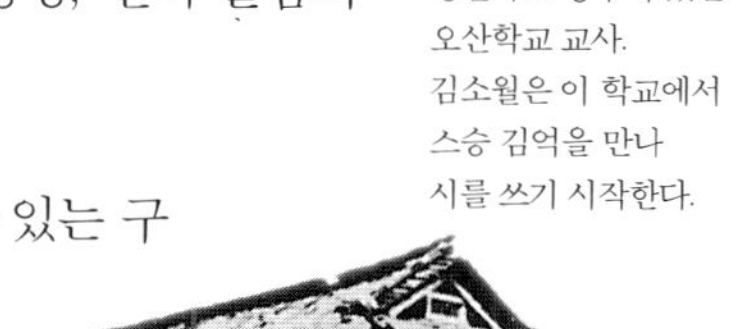

평안북도 정주에 있던 오산학교 교사. 김소월은 이 학교에서 스승 김억을 만나 시를 쓰기 시작한다.

리지 않게 고리 대금업에도 손을 대지만 다시 실패하고 만다.

문학도, 생활도, 삶에 대한 일체의 애착도 놓아버린 김소월은 술에 기대어 세월을 보낸다. 술꾼으로 허송 세월하고 있다는 말이 들리자, 문중에서조차 그를 '불량자'로 낙인찍고 등을 돌린다. 결국 몸과 마음이 극도로 지쳐버린 김소월은 1934년 12월 23일, 아편을 삼키고 서른두 해의 짧은 삶을 스스로 마감한다.

『진달래꽃』

문단이 카프가 몰고 온 바람 앞에서 떠들썩할 때, 한쪽에서 묵묵히 우리 고유의 언어와 정서를 빚어내던 시인 김소월이 1925년 그 동안 쓴 작품들을 엮어 시집을 낸다. 그는 이 시기의 여느 작가들과 달리 서구 사조의 모방이나 유행에 휩쓸리지 않고 자신의 색채와 목소리를 낸다.

김소월이 남긴
유일한 시집
『진달래꽃』

나 보기가 역겨워 /가실 때에는 /말없이 고이 보내드리오리다 // 변에 약산 /진달래꽃 /아름 따다 가실 길에 뿌리오리다 //가시는 걸음 걸음 /놓인 그 꽃을 /사뿐히 즈려 밟고 가시옵소서 //나 보기가 역겨워 /가실 때에는 /죽어도 아니 눈물 흘리오리다

김소월, 「진달래꽃」 전문, 『개벽』(1922)

시집의 표제로 삼은 「진달래꽃」은 님에 대한 사랑, 그리고 이별이 처절할 만큼 절제된 감정으로 표현된 시다. 가는 님을 잡지 않고 고이 보내드린다거나 죽어도 아니 눈물 흘린다는 것은 어느 서구 유행 사조도 흉내낼 수 없는 한국식 사랑인 것이다. 이런 이별의 표현법은 「진달래꽃」 외에도 「못 잊어」·「예전에 미처 몰랐어요」·「자나 깨나 앉으나 서나」·「님의 노래」·「먼 후일」·「초혼」·「왕십리」·「산유화」·「엄마야 누나야」 등 열거하기도 힘들 만큼 많은 작품에서 계속된다. 김소월이 남긴 시들은 일제 강점기를 거쳐 해방, 전쟁으로 끊임없이 상실의

아픔을 겪게 되는 우리 민족 역사 전반에 걸쳐 폭넓은 공감대를 형성하며 먼 뒷날까지 많은 사람에 의해 애송된다.

그의 전반적인 작품 경향은 전통 시편들인 「정읍사」·「가시리」와 맥이 닿아 있다. 그는 님과의 사랑·이별·한 등을 향토 냄새가 나는 언어와 민요적인 율격에 담아낸다. 이 때문에 주옥 같은 시편이 많음에도 "유교류의 휴머니스트"라든가 "과거 지향적 수동주의"* 라는 지적을 받기도 한다. 그러나 김소월 시에서 언뜻 비치는 유교풍이나 과거 지향은 낡은 도덕이나 규범을 고집하는 것이 아니다. 이보다는 님

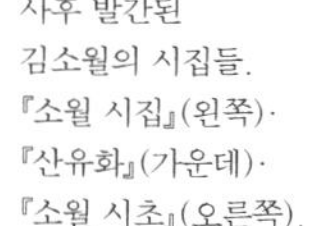

사후 발간된 김소월의 시집들. 『소월 시집』(왼쪽)· 『산유화』(가운데)· 『소월 시초』(오른쪽).

이 원할 때면 언제라도 기꺼이 보내주겠다는 융통성 있는, 즉 현대적 자유가 부여된 복고주의로 해석되어야 마땅하다. 또 1924년 이후에 발표한 「나무리벌 노래」외에 연대 미상의 작품 「봄」·「남의 나라 땅」·「전망」·「물마름」·「옷과 밥과 자유」·「가을 맘에 있는 말이라고 다 할까보냐」 등의 시편과 유일한 소설 「함박눈」을 보면 거기에는 민족적 저항 의식이 은근히 깔려 있음을 알게 된다. 이 가운데 빼앗긴 땅의 회복을 염원하는 「바라건대 우리에게 우리의 보습 대일 땅이 있었다면」이 눈에 띈다.

나는 꿈꾸었노라, 동무들과 내가／가지런히／벌가의 하루일을 다 마치고／석양에 마을로 돌아오는 꿈을,／즐거이, 꿈 가운데.／／그러나 집 잃은 내 몸이여,／바라건대 우리에게 우리의 보습 대일 땅이 있었다면!／이처럼 떠돌으랴, 아침에 저물 손에／새라새롭은 탄식을 얻으면서.／／동이랴, 남북이랴,／내 몸은 떠가나니, 볼지어다,／희망의 반가임은, 별빛이 아득임은.／물결뿐 떠올라라, 가슴에 팔다리에.／／그러나 어쩌면 황송한 이 심정을! 날로 나날이 내 앞에는／자칫 가늘은 길이 이어가라. 나는 나아가리라／한 걸음 한 걸음. 보이는 산비탈엔／온새벽 동무들 저 저 혼자―산경山耕을 김매이는

---

* 윤병로, 『한국 근·현대 문학사』(명문당, 1992)

김소월의 '한'에는 성장 배경과 고단한 삶에서 오는 우울, 그리고 시인이 말하듯 "남의 나라 땅"에서 사는 서러움이 포함되어 있다. 그러나 김소월의 '한'은 그를 따라다니던 존재에 대한 근원적인 허무 의식과 슬픔에서 연유한 바가 더 많은 것으로 생각된다. 이는 그의 비극적인 죽음과도 연결된다. 그가 왜 스스로 목숨을 버렸는지에 대해서는 여러 가지 설이 있으나 확실한 증거는 없다. 다만 죽기 얼마 전 스승 김억에게 보낸 편지의 일부를 보면서 김소월이 마주친 허무의 깊이를 가늠할 따름이다.

제가 구성 와서 명년이면 10년이옵니다. 10년도 이럭저럭 짧은 세월이 아닌 모양입니다. 산촌 와서 10년 동안에 산천은 별로 변함이 없어 보여도 인사는 아주 글러진 듯하옵니다. 세기는 저를 버리고 혼자 앞서서 달아난 것 같사옵니다.
김소월이 김억에게 보낸 편지(1934) ― 이어령, 『한국 문학 연구 사전』(우석출판사, 1990) 재인용

김소월을 단지 임과 사랑과 이별을 노래한 서정 시인으로만 알고 있는 이들에게 식민지 상황에 놓인 조국 현실에 대한 엄혹한 인식을 담고 있는 「바라건대 우리에게 우리의 보습 대일 땅이 있었다면」은 눈을 번쩍 뜨게 만드는 작품이다. 시인은 세상을 뜨기 한 달 전에 발표한 「상쾌한 아침」이라는 시에서도 "심어서 자라는 꽃도 없고 메꽃도 없"이 "다만 되는 대로 되고 있는 대로 있는 무연한 벌!"을 노래한다. 이 "무연한 벌"은 말할 것도 없이 일제의 가혹한 수탈로 거덜나버린, 그래서 마치 주인 없이 버려진 땅처럼 피폐해진 일제 강점기의 조국 현실을 상징하고 있음을 누구나 쉽게 알아차릴 수 있다. 이 시 한 편만으로도 김소월이 청승스럽게 '사랑' 타령만을 늘어놓은 시인이 아니라는 게 증명된다고 하겠다. 그는 저항 시인은 아니었지만 식민지 상황을 파악하는 안목과 현실 인식을 갖고 나라 잃은 설움과 억압을 내면화하고 있었음이 분명하다. 김소월은 '임'과 '사랑'만을 생각한 것이 아니라 조국의 현실에 대한 구체적 인식을 갖고 나라를 빼앗긴 식민지 소지식인의 풀 길 없는 울분과 희망 없음을 노래한 시인이다. 이런

뜻에서 김소월을 가리켜 "그는 옷과 밥과 자유 없는 고향 상실의 시대에 원초적인 그리움과 정서적인 합법화를 통해서 인간 회복과 민족 회복을 호소한 우리들의 귀한 터주 시인의 한 사람이다."라고 말한 유종호의 평가는 곱씹어볼 만하다.

참고 자료

조동일,『한국 문학 통사 5』, 지식산업사, 1994

조연현,『한국 현대 문학사』, 성문각, 1993

이명재,『현대 한국 문학론』, 중앙출판, 1983

민족문학사연구소,『민족 문학사 강좌 하』, 창작과비평사, 1995

김재용 외,『한국 근대 민족 문학사』, 한길사, 1993

이어령,『한국 문학 연구 사전』, 우석출판사, 1990

김병익,『한국 문단사』, 일지사, 1973

송희복,『초혼』해설, 솔, 1995

서울 남산에 세워진 김소월 시비詩碑

나도향

『백조』가 낳은 소설가

나도향羅稻香(1902~1926)은 감상적 낭만주의의 시인들로 주축을 이룬『백조』 동인 중에는 드물게 소설에 힘을 쏟는다. 그는 1925년께 낭만적 색채 위에 사회 현실을 덧칠한 작품들을 잇달아 내놓아 화제가 된다.

1902년 서울의 의사 집안에서 태어난 나도향은 본명이 경손이다. 그러나 본디 이름이 마음에 들지 않는다고 박종화에게 부탁해 '벼꽃 향기'라는 뜻인 '도향'으로 이름을 짓는다. 그의 집안에서는 도향이라는 이름을 싫어했다. 잠시 떠돌다가 사라지는 향기 '향香'자를 넣어 그가 일찍 죽었다며……

1922년『동아일보』에 장편 소설「환희」를 연재할 때의 나도향. 당시 도향의 나이는 스물이었다.

배재학당을 거쳐 배재고보를 나온 나도향은 박영희 · 김기진 · 방인근 등과 함께 교지에 습작을 투고하는 등 문학적 분위기에서 학창 시절을 보낸다. 그러나 졸업 뒤에는 집안의 압력에 밀려 경성의전에 입학한다. 의전에 들어간 뒤에도 의학 공부보다 독서와 습작 및 신문 투고 등 여전히 문학에 사로잡혀 지내다가, 1919년 경성의학전문학교 2학년 때 장롱에서 할아버지의 돈을 훔쳐 일본으로 건너간다. 그러나 와세다대학 영문과에 들어가려던 계획이 어그러지고 학비와 생활비를 조달할 수 없게 되자 돌아오고 만다.

1920년 그는『계명』의 편집부원과 안동보통학교 교사, 그리고 '시대일보사'의 기자로 일한다. 그러다가 1922년『백조』에 식민지 현실 속에서 겪는 청년기의 사랑과 시련을 감상적 수법으로 그린 단편「젊은이의 시절」·「별을 안거든 울지나 말걸」등을 발표하며 동인으로 활약한다. 곧 이어『동아일보』에 장편「환희」를 연재하며 각광을 받기 시작하지만, 아직 문체나 표현 면에서 더러 미숙한 구석을 보인다.

그러나 1923년 9월 『백조』 3호에 「여이발사」, 10월 『개벽』에 「행랑 자식」을 발표하면서 한결 성숙하게 변모한 작품 세계를 보인다. 식민지 농촌을 짓누르는 빈곤과 소외 계층을 그린다는 점에서는 이 무렵의 경향 소설과 별로 다르지 않지만, 한번 소설을 잡으면 눈을 뗄 수 없게 만드는 재미를 함축하고 있다는 점에서 이채롭다. 나도향의 소설이 재미있게 느껴지는 이유는 현실 사회의 갈등 구조 속에서 벌어지는 남녀의 사랑 이야기를 즐겨 다루고, 솔직하게 성을 묘사했기 때문일 것이다. 1925년 7월 『여명』에 발표한 「벙어리 삼룡이」, 8월 『조선문단』이 발표한 「물레방아」, 12월 『개벽』에 발표한 「뽕」이 이와 같은 작품들이다.

착해 보이지만 별로 호감을 주지 못하는 나도향의 거무튀튀한 외모에서 오는 열등감과 고독, 그리고 가난은 작품에도 반영되어 흔히 소설에 나오는 남녀 관계가 한쪽만의 연모로 그치거나 불구적인 애정으로 끝나는 특징을 보인다. 지주에게 아내를 빼앗긴 머슴 방원이 지주를 때려서 잡혀갔다가 나온 뒤 아내의 마음을 돌이켜보려고 하지만 끝내 실패하자 아내를 죽이고 저도 죽는다는 내용의 「물레방아」, 머슴이자 벙어리인 삼룡이가 온갖 멸시와 냉대 속에서도 주인 아씨를 향한 사랑을 남몰래 키워간다는 내용의 「벙어리 삼룡이」, 노름으로 얻은 아내가 바로 그 노름 밑천과 생활비 때문에 몸을 파는 것을 알면서도 짐짓 모른 체한다는 내용의 「뽕」 등이 모두 이 범주에 든다.

1925년 한 해 동안 짬짤한 소설을 거푸 발표한 나도향은 그 사이에 모은 원고료를 가지고 다시 일본 유학에 나선다. 마산에서 살던 이은상의 집에 들러 석 달 남짓 식객 노릇을 하다가 일본으로 건너간 그는 도쿄의 고학생들이 모여 사는 우애학사友愛學舍를 거처로 삼는다. 그 허름한 하숙방에서 이태준과 함께 생활하며 나도향은 지난번보다 더 심한 가난과 병마에 시달린다. 당시 그를 찾아가서 만난 바 있는 염상섭은 이렇게 회고한다.

작년 1월 19일 정오쯤 해서 나는 동경역에 내렸었다. 플랫폼 밖에 후줄근한 일복日服에 발

신문에 연재한 뒤 단행본으로 선보인 나도향의 장편 소설 『환희』. 나도향은 이 작품을 연재하면서 각광을 받기 시작한다.

을 벗고 우산을 들고 섰는 도향이 내 눈앞에 나타났다. 비가 와서 벗은 발은 흙에 더럽고 우그려 쓴 캡 밑에서 유난히 반짝대는 두 눈은 한층 더 옴푹 패어 보였다. 안색이 초췌함은 현저히 띄었거니와 차차 생활의 내용을 보니 여간한 인색因塞이 아니었다. 도저히 분동分銅을 순환할 도리가 없는 모양이었다.

첫대박에 어떤 여자를 두고 시조 3편을 쓴 것을 내어 보이며 한결같은 너털웃음을 내놓았으나 모든 것을 농조로 넘기랴는 자기 조소, 자기 냉소가 섞인 것이 분명하였다. 그날 밤에 둘이 상야공원으로 돌아다니며 막차를 겨우 탈 때까지 통음 쾌담痛飮快談으로 반半 밤을 보냈었다.

염상섭, 「병중의 도향」, 『시대평론』(1927)

이 글에서 볼 수 있듯이 나도향은 그 무렵 C라는 여인을 짝사랑한다. 그는 C에 대한 절절한 심정을 편지로 써서 염상섭에게 보내거나 같은 방 동료인 이태준에게 읽어주곤 한다.* 짝사랑과 실연에서 오는 아픔은 그를 낙담의 늪 속에 더욱 깊이 가라앉힌다. 나도향은 결혼을 하지 않고 이렇게 몇 번의 이루지 못하는 사랑만 하다가 훌쩍 떠난다.

병중에도 술과 담배를 끊지 못한 그는 결핵 증세가 악화되어 각혈도 잦아진다. 그는 병고와 가난에 시달린 끝에 초췌한 모습으로 다시 서울로 돌아온다.

별식으로 밀국수인지 팥죽인지를 끓여 먹고 있을 때다. 대문에 종소리가 들리자 어머니는 누가 온 모양이니 나가보라고 분례 엄마에게 일렀다. 분례 엄마의 대답은 거지가 왔다는 것이었다.

그 말을 채 맺기도 전에, 어머니는 벌떡 일어나 마당으로 뛰어내려 가셨다. 마당에는 거지가 소리없이 들어와 있었다. 어린 나도 놀랐다. 그 거지는 딱딱한 밀짚모자에다 검은색 일본 옷을 입었으며, 게다짝을 끌고 비를 맞으며 온 모양이었다. 그 얼굴은 핏기가 하나도 없는 초라한 거지 모습 그대로였다.

나도향의 동생 나명식의 회고 — 이어령, 『한국 문학 연구 사전』(우석출판사, 1990) 재인용

1926년 초여름에 거지 꼴로 서울에 돌아온 나도향은 「지형근」을 발표하지만,

---

* 나도향, 「피 묻은 편지 몇 쪽」(1926)

결핵병이 나을 낌새가 전혀 보이지 않는다. 8월 26일, 스물네 살의 한창 나이에 그는 삶을 마감한다. 나도향의 요절 이후, 폐결핵으로 인한 죽음은 문단에 유행 풍조처럼 번져 그 시대 문학인의 무슨 상징처럼 되어버린다. 염상섭의 「병중의 도향」, 박종화의 「오호 나도향」, 정인보의 「도향 애사」, 이은상의 「추억 도향」, 이태준의 「도향 생각 몇 가지」, 김기진의 「도향을 생각한다」 같은 여러 추모 글로도 알 수 있듯이, 나도향의 죽음은 동료 문인과 독자들에게 커다란 충격을 안겨준다.

나도향이 숨진 뒤 1939년에 장편 「어머니」가 발간되고, 미완성 장편 「뒷치려 할 때」가 1940년 『문장』에 소개된다. 이 밖에 그의 작품으로는 「찾아나 볼까-」·「사랑 고개」·「오늘엔 날더러 서방님 하지만」 등의 시편과 유고 산문 「그믐달」 등이 있다.

참고 자료

이어령, 『한국 문학 연구 사전』, 우석출판사, 1990
이인복 외, 『한국 문학 사상사』, 숙명여자대학교 출판부, 1991
김우종, 『한국 현대 소설사』, 성문각, 1982
김재용 외, 『한국 근대 민족 문학사』, 한길사, 1993

우리 민중의 통곡과 복상은 이척의 죽음이 아니고,
민중 각자의 마음속에 그것을 말하고 있다. 우리들의 비통은
경술년 8월 29일 이래 사무친 그 슬픔이었다

1926

상喪에 복服하고 곡哭하는 민중에게 격檄함

이조李朝 최후의 군주였던 창덕궁 주인 이척李拓은 53세의 춘추를 생의 일기로 하여 지난 4월 25일에 서거하였다. 이것을 계기하여, 전조선 민중은 총동원하여 비悲에 곡哭하고 상喪에 복服하는 삼천리 근역三千里槿域은 돌연 낙루장落漏場으로 화하였다. 극단 배우의 울음이 아닌 이상 그 누가 그 비애를 허위라고 말하겠소. 민중의 통곡은 참으로 거짓 없는 진심의 표현이었다.…… 우리 민중의 통곡과 복상은 이척의 죽음이 아니고, 민중 각자의 마음속에 그것을 말하고 있다. 우리들의 비통은 경술년 8월 29일 이래 사무친 그 슬픔이었다. 우리들은 그때부터 전민족의 자유를 잃어버렸던 자의 슬픔을 가지고 생존권을 빼앗긴 자의 상喪에 복服하여왔다. 그러나 슬픔을 슬퍼하려는 자유조차 가지지 못한 우리들은 그 슬픔을 슬퍼하지 못하고 또 그 상喪에 복服하지도 못하였다. 그리하여 창덕궁 주인의 죽음에 한편 눈물을 흘리고 그 상喪에 복服하였다. 그 뒤 3·1운동 이래 그 슬픔은 일층 고조에 달하였으나, 울음을 참고 결국 한편 울지 않으면 안 될 기회에 부닥치고 말았다. 그것이 곧 이척의 죽음에 폭발되고 말았다. 우리의 통곡은 망국의 슬픔을 토하는

것이며, 그 복상服喪은 각자의 죽음을 표하는 것이다. 우리는 마음껏 통곡하고 복상服喪해보자.

6·10만세운동은 순종의 죽음을 계기로 3·1운동과 같은 대규모 민족 운동을 일으키려고 한 공산주의자와 청년 학생들의 주도로 일어나는데, 특히 공산주의자들은 이를 계기로 민족주의자들과의 협동 전선 결성을 구체화하려고 애쓴다. 이 항일 운동을 비밀리에 준비한 주동 인물들은 사회주의 계열에 속하는 권오설·김단야·이지탁, 인쇄 직공 민창식·이용재, 한 무리의 연희전문·중앙고보·경성대학의 학생, 천도교의 일부 세력이다. 이들은 1926년 6월 10일 오전 8시 30분, 조선 마지막 임금인 순종의 상여가 종로를 지날 때 미리 준비한 10만여 장의 격문을 뿌리고 일제히 만세를 부른다. 이 항일 만세 운동은 곧 전국으로 번져 원산·개성·홍성·평양·강경·대구·공주 등지에서 잇달아 대규모 시위 운동이 일어난다. 이 글은 6·10만세운동 당시 조선공산당에서 작성한 격문으로 일제 강점기에 그들이 대중 운동을 어떻게 파악하고 있었는지를 보여준다.

시대의 중심에 서는 카프

카프 내 논쟁

문학에서 '문학'이 엷어지고, 정치 이념의 깃발을 앞세운 신경향 문학이 득세하자, '문학'은 자연히 빈곤해진다. 물론 문학은 정치 이념을 실어 나르는 도구가 될 수 있다. 그러나 문학이 오직 정치 이념을 위해 복무해야 한다는 교조주의적인 주장은 옳지 않다. 그럼에도 1920년대 중반의 한국 문학은 철저하게 정치에 복속해야 한다는 논리의 전횡으로부터 자유로울 수 없었고, 따라서 개체의 정서를 바탕으로 하는 문학의 '관능성'은 탈색될 수밖에 없었다. 그 치우침에 대한 이의 제기는 너무나 당연한 일이었다. 시대를 막론하고 새로운 문화나 사상이 들어올 때에는 이에 대한 저항이 따르기 일쑤인 것이다. 그러므로 앞서 1925년에 일어난 '계급 문학 시비론'은 어찌 보면 불가피한 측면이 있었는데, 1926년 12월에는 아무도 예상하지 못한 일이 벌어진다. 학창 시절부터 카프 결성에 이르기까지 둘도 없는 친구로 붙어 지내던 김기진과 박영희 사이에 격렬한 논쟁이 벌어진 것이다.

신경향 문학의 기수 박영희

서울 소공동에서 태어난 박영희朴英熙(1901~?)는 공옥소학교를 거쳐 배재고보에 입학한 뒤 괴테·보들레르·베를렌·와일드 등의 문학 작품과 서구 탐미주의에 심취한다.

배재 2, 3학년 때 산현山縣이라는 늙으신 선생이 있었는데…… 그는 셰익스피어를 말하며, 스코트의 「호상湖上의 미인」을 이야기하며, 바이런의 정열의 시를 읊으며, 셸리의 시를 예찬하였다. 이럴 때마다 다른 사람은 모르나 나는 이 선생의 말 가운데로 흘려서 끌려 들어갔다. 법열法悅을 느꼈다.…… 이것이 점점 커갈수록 나는 벌써 한 사람의 시인이 된 듯하였다. 세상의 모든 것이 범속하기 짝이 없으며 생활의 고뇌가 이 어린 시인의 마음을 안타깝게 하였다.…… 나는 오만한 어린 시인이었다. 배재학교 뒤뜰의 노송 밑에서…… 도향 군의 검은 얼굴을 때때로 발견하였다. 그는 대개가 소설이고 나는 전부 시였다.…… 동급생으로 동초東初 군이 나와 동일한 출발을 하였으니 그는 팔봉 김기진 군이다.…… 시의 구락부라는 복사식 인쇄의 팜플렛을 시작하여서 이 기관에다 시를 발표하였으니…….

박영희,「문학 청년 시대 회고」,『비판』34호(1934. 8. 1.)

박영희와 김기진은 3년 동안 배제고보에서 줄곧 같은 학년, 같은 반으로 지내며 학교에서는 물론 일요일에도 관철동의 우미관, 진고개의 희락관 같은 곳을 돌며 영화를 보는 등 하루라도 만나지 않고는 못 배길 만큼 가까운 지기였다. 또 방학 때 김기진이 고향에 가면 사흘이 멀다 하고 서로 편지를 주고받았는데, 영희라는 이름만 보고 여자로 오해한 어머니가 그를 꾸짖은 적도 있었다고 한다.

배재고보를 졸업한 박영희는 김기진의 뒤를 이어 1920년 3월 유학차 일본으로 가지만 뜻하지 않은 사건으로 곧바로 돌아온다. 그는 같은 해 6월 배재고보 동창인 최승일·나도향 등과 동인지『신청년』을 펴내고, 휘문고보 출신의『문우』동인들인 박종화·홍사용과도 교유한다. 10월 들어 다시 일본으로 가서 도쿄 세이소쿠正則영어학교에 다니지만, 집안의 권유로 중간에 공부를 그만둔 뒤 1921년 말에 귀국한다. 1921년『장미촌』창간호에 시「적笛의 비곡悲曲」을 발표하는 것을 시작으로, 1922년『백조』의 창간에 앞장서고 여기에 시「미소의 허영시虛榮市」·「환영의 황금탑」, 산문시「객」등을 발표한다. 이어서 2호에 시「꿈의 나라로」와 번역 희곡인 와일드의「살로메」를, 3호에는 시「월광으로 짠 병실」과 소설「생」을, 그리고「6호 잡기」라는 제목의 비평을 발표한다. 특히 시「월광으로 짠 병실」로 그는 백조파를 대표하는 유미주의 시인으로 떠오른다.

이 무렵 그는 일본 유학중이던 김기진

1940년 2월 평양에 놀러간 문우들과 함께. 오른쪽부터 정인섭·김문집·모윤숙·김동환, 맨 왼쪽이 박영희.

신흥사에서 열린
제1회 문인 좌담회를
마치고 동료들과 함께.
맨 뒷줄에 김기진과
박영희(오른쪽).

과 편지를 주고받으며 마르크스 사상에 관심을 가지게 되고, 차츰 마음의 동요가 일어난다. 얼마 뒤 귀국한 김기진과 날마다 만나다시피 하던 그는 이윽고 계급주의 문예관에 완전히 사로잡힌다.

1923년 9월 '개벽사'에 들어간 그는 학예부장으로 일하면서 김복진·연학년·김형원 등과 함께 '파스큘라'를 결성, 좌익 활동을 벌인다. 그는 1924년 2월에서 1925년 2월에 걸쳐 『개벽』에 「체홉 희곡에 나타난 노서아 환멸기의 고통」·「문학상 공리적 가치 여하」·「고민 문학의 필연성」·「신경향파의 문학과 그 문단적 지위」·「자연주의에서 신이상주의로 기울어지는 조선 문단의 최근 경향」 등을 발표함으로써 자신의 사상 전환을 알린다. 부르주아 문학의 전통과 전형에서 탈피해 새로운 경향의 색채를 보인 일련의 문학 작품을 가리키는 '신경향 문학'이라는 용어를 처음 사용한 이가 바로 회월懷月 박영희다. 이 무렵부터 그는 신경향 소설인 「결혼 전일」·「애愛의 만가」·「이중 병자」 등을 잇달아 내놓으며 『백조』 시절의 유미주의를 청산한다.

1925년 박영희는 마침내 김기진·이기영·조명희·심훈 등과 함께 본격적인 프로 문학 단체인 '카프'를 조직한다. 아울러 『개벽』에 신경향 색채가 한결 짙은 「정순이의 설움」·「사냥개」·「피의 무대」 등을 발표한다. 그러나 이후 그는 창작 활동보다는 카프 조직의 우두머리로서, 또는 프로 문학 이론가로서 매진한다. 같은 해 9월 『개벽』의 폐간으로 '개벽사'를 나온 그는 모든 열정을 카프 활동에 쏟아붓는다. 그러다가 1926년 12월, 내용·형식 논쟁으로 친구 김기진과 맞서게 된다.

사회주의 사상의 전파자 김기진

김기진金基鎭(1903~1985)은 충북 청원군 남이면 팔봉리에서 태어나는데, 그의 아호인 팔봉八峰은 고향 마을의 이름에서 딴 것이다. 서울 배재고보에 입학한 그는 3 · 1운동 때 장용하와 함께 만세 시위의 주모자로 검거된다. 이 일로 18명의 배재고보 학생이 잡혀가는데, 여기에는 박영희도 끼여 있었다. 다행히 장용하만 1년형을 선고받고 김기진 등은 훈계를 받는 선에서 풀려난다.

1920년 2월 김기진은 일본으로 가서 릿쿄立敎대학 영문학부 예과를 거쳐 본과에 진학하나 곧 중퇴하고 돌아온다. 고향에 들르고 친구 박영희를 만난 뒤 그는 다시 일본으로 가서 공부하며 편지를 이용해 『백조』 동인으로 활동한다. 아울러 1922년 11월 도쿄에서 박승희 · 이서구 등과 함께 신극 운동 단체인 '토월회'를 조직하기도 한다. 『백조』 3호에 수필 「떠러지는 조각」을 발표한 그는 『개벽』 37호에 「프로므나드. 상티망탈」, 42호에 「마음의 폐허」 · 「겨울에 서서」 · 「눈물의 순례」 · 「십자교 우에서」를 발표하는 등 박영희에게 뒤지지 않는 활동을 벌인다. 그는 이 무렵 러시아와 일본의 사회주의 사상을 접하고 이에 감화되어 박영희와 박종화를 비롯한 국내의 『백조』 동인들에게 전한다. 1922년 12월 김기진은 친구 박영희에게 다음과 같은 글을 띄워 '백조파'가 따르던 예술 지상의 퇴폐적 낭만주의에 대한 각성을 촉구한다.

1989년에
'문학과지성사'에서 나온
『김팔봉 문학 전집』

"시인은 한 리듬을 발견하는 것으로써 만족한다."고 말한 베를레에느와 말라르메는 죽어버렸다. 따라서 그의 시 작법에는 아무러한 가치를 갖지 아니하였다. ······
우리는 지금 19세기를 모방하고 있다. 그들의 예술도 근대적 클라식에 지나지 않는다. 박군, 우리는 더욱더 생각해보자. 나는 지금까지의 시, 자기의 시를 내어버린 터이다. 내어버렸다.
1922년 12월 26일 동경 KKC로부터

박영희는 김기진의 사상에 완전히 동조하게 되어 두 사람은 1923년 파스큘라를 조직하는 데 앞장선다. 김기진은 『개벽』 39호와 40호에 「클라르테 운동의 세계화」를 나누어 싣고, 43호에 발표한 「지배 계급 교화, 피지배 계급 교화」, 44호에 발표한 「금일의 문학, 명일의 문학」 등을 통해서 "예술을 생의 본연한 자유의 길로 해방시키기 위하여 먼저 사회 조직과 데카당적 부르주아 문화를 근본적으로 파괴하고자 하는 현실 혁명"을 당면 과제로 한 문학적 방향을 제시한다. 아울러 1924년 『개벽』에 최초의 신경향 소설인 「붉은 쥐」를 비롯해 「트릭Trick」·「장덕대」·「인민 봉기」 등의 단편과 신경향 시 「백수의 탄식」을 내놓아 프로 문학가로서 방향을 확고히 한다.

김기진은 이처럼 창작과 이론을 아우르고 곧 카프를 꾸려서 박영희와 함께 프로 문학계를 이끌던 도중 이념의 차이로 박영희와 맞서게 된다.

내용·형식 논쟁

이 논쟁은 자신의 신경향 사상을 창작 속에서 실험한 박영희의 「철야」·「지옥 순례」에 대해 김기진이 『조선지광』의 「문예 시평」을 통해 자신의 사상을 곁들인 비판적 감상을 피력하면서 시작된다.

아직 계급주의나 프로 문학이라는 어휘조차 생소하던 『백조』 시대에 사회주의 바람을 몰고와 박영희를 비롯한 그 시대의 많은 문인을 사회주의 사상에 감염시킨 김기진이지만, 계급 의식만으로 도배된 일련의 추상적이고 관념적인 문학 작품에 적지 않은 회의를 느낀 것이다. 아무리 계급적 소설이라 하더라도 최소한의 소설 형식은 갖추어야 한다는 김기진의 주장에 대해 박영희를 비롯한 카프 맹원들은 발끈한다. 김기진으로부터 프로 이념을 받아들인 박영희는 이미 김기진보다 훨씬 더 급진적인 프로 사상가가 되어 있었고, 카프 내에서의 주도권도 박영희에게 기울어 있었다. 박영희는 아직 투쟁기에 놓여 있는 상태에서 형식미에 얽매인 소설적 건축물을 만들려고 하는 예술가는 프롤레타리아 문예 정신을 망각한 것이라면서 김기진의 느슨해 보이는 태도에 반격을 가한다.

김기진의 의도는 카프의 지향성이나 조직 자체에 대한 논박이 아니라 예술의 방법론적 차원에서 문제를 제기하는 데 있었다. 그러나 이와 같은 문제 제기는 형식을 배격하는 프롤레타리아 문학관과 맞물려 그렇지 않아도 외부로부터 민족주의

1926

자들의 강력한 도전을 받고 있던 시기에 카프 맹원들의 신경을 건드리는 결과를 낳는다. 몇 차례 반론이 오간 뒤에 이 논쟁은 문단 외부의 급진적 사회주의 운동 세력의 압력으로 결국 김기진이 "우리들의 동지의 대부분이 나의 비평가적 태도에서 소위 프로 문예 비평가가 되기 전에 계급 의식 운운에 호감을 가져야 할 만큼 불선명한 점이 있는 것이 공인하는 사실이라면 마땅히 동지들 앞에 고개를 숙이고 사죄하고 앞날을 맹세하겠다."면서 자신의 주장을 거둬들이는 것으로 매듭을 짓게 된다.

　카프가 조직된 이래 내부에서 처음으로 발생한 이 논쟁은 카프의 지도자격인 박영희와 김기진이 과연 사회주의 이념과 이에 따른 문예 이론을 얼마나 제대로 인식하고 있었는지 돌아보게 만든다. 문제를 제기한 김기진이나 반박하고 나선 박영희 모두 일본의 유행 사조에 매혹되어 사전 지식과 깊은 분석 없이 서둘러 사회주의 이념과 문예 이론을 받아들인 것이 이윽고 한계가 분명한 논쟁으로 불거진 느낌을 주는 까닭이다. 내용 · 형식 논쟁의 종결 과정은 석연치 않은 뒷맛을 남긴다. 이론으로서의 합당성보다는 파벌상의 우위로 승리한 박영희 중심의 카프파는 곧 아나키스트 · 민족주의자 · 절충론자들로부터 잇달아 반격을 받는다.

당대의 많은 문인에게 사회주의 사상을 퍼뜨린 팔봉 김기진. 그러나 정작 자신은 이념 중심의 계급 문학에 회의를 느끼고 이내 초기의 급진 성향을 청산한다.

카프 이후의 박영희와 김기진

　박영희는 사회주의 이념을 먼저 받아들인 바 있는 김기진을 추월해 급진 성향의 프로 문학가로 변신한 채 카프 안팎의 갖가지 논쟁에 가담한다. 1927년 그는 좌우 합작 노선에 따라 조직된 '신간회'를 주도하는데, 차츰 이북만 · 임화 · 김남천 등 '제3전선파'의 신진 세력에게 밀려나면서 조직과 사상에 회의를 느끼게 된다. 1931년 10월 『중앙일보』에 들어가면서 그는 사실상 '카프'를 떠나고, '신간회'는 일제의 압력으로 해체된다. 곧 이어 불어닥친 카프 1차 검거 때 박영희는 며칠 만에 풀려나지만, 1934년 2차 검거 때 잡혀 들어가서 2년 가량 감옥살이를 한다. 출옥한 뒤에는 완전히 전향해 1939년께부터 해방 전까지 '황군위문작가단' · '조선 문인협회' · '국민총력조선연맹' 등 친일 단체에 이름을 걸고 일제의 정책에 동조한다. 해방 뒤 그는 춘천공립중학교의 교사를 거쳐 서울사대 · 국민대 · 홍익대 등에 출강하다가 1950년 6 · 25 때 납북된다.

김기진은 박영희와의 내용 · 형식 논쟁 이후 여러 논쟁을 거치며 초기의 급진 성향에서 온건 성향의 프로 문학 비평으로 다소 물러선다. 아울러 창작에서도 1929년부터는 「전도 양양」 · 「해조음」 · 「청년 김옥균」과 같은 장편 역사물로 전환한다. 이후 그는 『매일신보』 · 『시대일보』 · 『조선일보』 등의 기자직을 거친다. 일제 말기에는 황민화 정책에 따른 '조선문인보국회' 일로 일본에 가지만, 거기서 독립 자금을 들여오다가 붙잡혀 해방될 때까지 평양형무소에 갇혀 지낸다. 해방 뒤 그는 출판사 '애지사'를 차려서 경영하다가 6 · 25 때 인민군에게 끌려가서 이른바 인민 재판에서 사형을 선고받는다. 그러나 구사 일생으로 목숨을 건진 뒤, 1954년 역사 소설인 「통일 천하」와 「군웅群雄」 등을 발표한다. 김기진은 다시 언론계에 나가서 1960년 『경향신문』 주필이 되고, 사회 복지 사업에 앞장서다가 1985년에 숨을 거둔다.

김기진의
장편 역사 소설
『청년 김옥균』과
『해조음』

참고 자료

김윤식 · 김우종 외, 『한국 현대 문학사』, 현대문학, 1994
역사문제연구소 문학사연구모임, 『카프 문학 운동 연구』, 역사비평사, 1992
윤병로, 『한국 근 · 현대 문학사』, 명문당, 1992
김윤식, 『박영희 연구』, 열음사, 1989

'조선심' 회복에 나선 국민 문학파

시조와 민요시 부흥 운동

　신경향 운동으로 세를 형성한 프로 문학 진영은 초기에 느슨한 일면을 드러내기도 하지만, 이윽고 민족보다는 계급 사상과 당파성을 내세우는 단단한 조직으로 발전한다. 사회주의 운동 세력이 차츰 문학뿐 아니라 정치와 예술 분야의 대부분을 장악하게 되자, 이에 맞설 조직체가 필요하다고 느낀 민족주의 성향의 문학인들은 일명 '국민 문학파' 로 결속하기에 이른다. 국민 문학파는 잃어버린 '조선심朝鮮心' 의 회복을 기본 목표로 삼고, 이를 위한 가장 시급한 과제로 한글의 활성화와 전통 시조 및 민요시 부흥 등을 꼽게 된다.

　이미 1921년에 '조선어연구회' 가 조직된 이래 한글의 정리와 연구가 꾸준히 진행되어왔고, 1924년께부터 김억·주요한·이광수에 의해 민요시 운동이 활발히 벌어진 바 있다. 이런 바탕 위에 1926년 '정음正音' 반포일 (가갸날)이 제정되고, 총 108수를 담은 최남선의 시조집 『백팔 번뇌』가 간행된다. 아울러 최남선이 같은 해 5월『조선문단』에 「조선 국민 문학으로서의 시조」, 6월 「시조 태반胎盤으로의 조선 민성民性과 민속」, 손진태가 『신민』 9월호에 「시조와 시조에 표현된 조선 사람」, 12월 들어 염상섭이 『조선일보』에 「시조에 관하여」, 1927년 2월 조운이 『조선문단』에 「병인년과 시조」 등을 잇달아 발표한다. 이 무렵에 쏟아진 시조에 관한 논문은 식민지 상황에서 차츰 흐려지던 조선인의 정신을 되살리려는 적극적인 의지를 담고 있다.

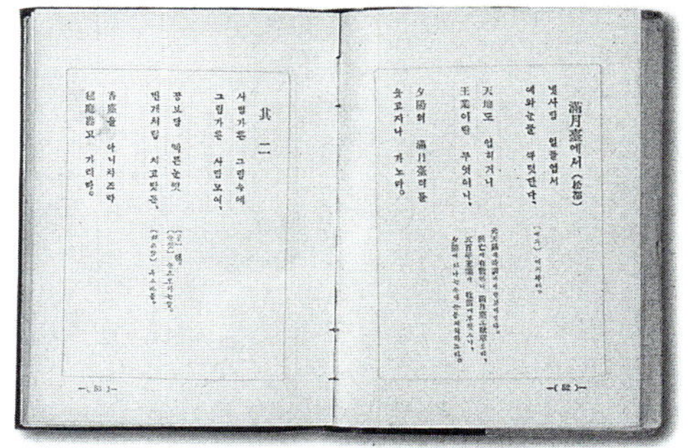

총 108수의 시조가 실린 최남선의 시조집 『백팔 번뇌』

　'국민 문학론' 은 1925년의 '계급 문학 시비론' 이후 사상적 자각이 일면서 더욱 절실히 요구된 것으로, 그 동안 민족 문학파로 불리던 최남선과 이광수가 주축이 되어 이끈다. 국민 문학론에 바탕을 둔 시조와 민요시 부흥 운동에는 이은상 · 이병기 · 정인보 · 안확 · 조운 같은 시조 시인뿐 아니라, 지난날 이광수 취향의 민족주의에 강한 불만을 나타내던 김동인 · 염상섭까지 기꺼이 동참한다. 한때는 서구 문학에 매료되어 전통을 부정하고 새로운 양식 실험에 깊이 빠져들기도 했지만, 새롭게 조성된 기류에 따라 고유의 언어와 문학 전통을 되살리자는 취지로 뭉치게 된 것이다. 일본에서 서구 문예 사조의 세례를 받고『폐허』와「표본실의 청개구리」에서 강한 실험 정신을 보여준 염상섭은 조선 정신에 대한 자의식을 이렇게 털어놓는다.

나는 다만 행이든 불행이든 조선 사람으로 태어났기 때문에 좋아도 조선적的이요 싫어도 조선적일 수밖에 없으며, 따라서 조선의 시대상, 조선인의 생활, 조선인의 감각을 떠나서 조작되는 조선인의 예술의 존재를 부정하고 그 모든 것을 끌고 나가는 노력이 아닌 일체의 노력의 가치를 거절할 따름이다.
자기 민족이 처한 시대 · 환경, 자기 민족이 가지고 있는 사상 · 감정 · 호흡 · 희망을 떠나서 세계적일 수도 없고 인생을 위한 것일 수도 없으며, 심하여는 예술적인 가능성도 없을 것이다. 이것은 반드시 애국적이라는 편협한 의미가 아니라, 널리 인생을 위한 예술이라는 견지에서 주장하는 것이다.
염상섭,「시조에 관하여」,『조선일보』(1929. 10. 6.)

이 밖에 변영로 · 손진태 · 양주동 · 김영진 · 정노풍, 그리고 한때 프로 문학에 발을 들여놓기도 한 박종화 · 김동환마저 합류해 진영의 규모가 커진다. 그러나 여전히 각자의 문학적 개성에 따라 활동하면서 필요할 때만 자신의 주관을 유보하고 모이는 간헐성을 띠게 됨으로써, 단일한 이념과 목표 아래 모인 카프파에 비하면 아무래도 결속력이 약하고 이론의 정합성도 떨어진다. 무엇보다 국민 문학파 진영에는 염상섭을 빼고 나면 카프의 이론 체계에 대항할 만한 논리와 객관성을 갖춘 사람이 없었다. 어찌 보면 국민 문학파는 계급 사상과 세계주의를 앞세운 프로 문학의 등장에 자극을 받은 기성 문인들이 민족 통합주의 노선에 기대어 공동 보조를 취한 데 지나지 않는다. 더구나 시조 부흥 운동이나 민요시 운동으로 표출된 국민 문학파 진영의 의욕도 근본적으로 급진 이념에 대한 막연한 적대 의식에서 비롯된 것인 만큼 만족할 만한 문학적 결실을 거두지는 못한다. 더러 김억의 작품처럼 전래 형식을 깨뜨린 새로운 기법의 시조도 나오지만, 대체로 최남선의 작품처럼 전통 규범을 답습하는 정형률과 틀에 박힌 언어 구사 때문에 옛 시조를 다시 보는 듯한 착각마저 불러일으킨다. 당연히 카프는 보수적 전통으로 회귀하는 것으로 비치는 이와 같은 흐름에 대해 강력한 비판을 서슴지 않는다.

조선 민족 정신의 발현, 문학 고전의 부활, 민족적 예술 형식의 창조, 외래 사조 추종의 배척 등이 그 중심 골자인 듯하고…… 일언으로 걷어치우면 그것은 국수주의의 변형이요, 반대주의요, 그 이상의 아무것도 아니다.
김기진, 「문단상의 조선주의」, 『조선지광』(1927. 3.)

이런 좌파 진영의 태도에 대해 국민 문학파의 일원이자 나중에 절충론을 취하게 되는 양주동은 이렇게 조선심을 일깨운다.

조선심이란 결코 관념적으로 공중에 매달린 유령적 현상이 아니오, 보수적 협소한 의미의 애국심을 말하는 것도 아니오, 조선이라는 땅에 민족의 생활 관계 중에서 그야말로 제씨諸氏가 흔히 말하는 유물론적 사회적 관계로 필연적으로 산출된 의식이다.
양주동, 「문제의 소재所在와 이동異同」, 『조선일보』(1929. 8. 8. ~ 8. 15.)

국민 문학 운동은 한글의 활성화와 시조 및 민요시 부흥 외에도 국토 순례와 예찬, 역사 소설의 창작 등 여러 방면에서 시도된다. 이에 따라 최남선의 「심춘 순례」·「백두산 근참기」 같은 유적지 탐방문이 나오고, 조선 정신의 고취에 초점을 맞춘 역사 소설이 씌어진다. 그러나 국민 문학파의 민족주의 이념은 카프의 반론과 자체 모순을 의식한 까닭인지 점차 절충주의 같은 중간 노선으로 분화하거나 좌우 합작 노선인 '신간회'를 거치는 동안 순수주의나 예술 지

시조 부흥 운동으로
나오게 된 시조집.
최남선의
『시조 유취』.

상주의 등의 개념과 뒤섞이며 초기와 성격이 달라진다. 민족의 통합과 자력 갱생을 위해 1926년께 프로 문학에 맞서 일어난 국민 문학 운동은 일제 말기에 나와 내선 일체와 황국 신민화 정책에 동조한 친일 문학을 일컫는 '국민 문학'과는 아무런 관련이 없다. 그럼에도 뒷날 '친일 국민 문학'의 명단에서 이광수와 김동인 등을 발견하게 되는 것은 아이러니를 넘어 부끄럽고 슬픈 일이라고 하겠다. 국민 문학파의 이른바 민족 통합주의 노선은 식민지 현실에 대처할 만한 일관되고 정연한 이론을 세우지 못한 채 1930년대에 들어 흐지부지되고 만다.

참고 자료

백철, 『신문학 사조사』, 신구문화사, 1992
윤병로, 『한국 근 · 현대 문학사』, 명문당, 1992
박철석, 『한국 현대 문학사론』, 민지사, 1990
이형기 외, 「신문학 80년 개관」, 『한국 문학 개관』, 어문각, 1988
김용직, 『한국 현대시 해석 · 비판』, 시와시학사, 1993
조연현, 『한국 현대 문학사』, 성문각, 1993
조동일, 『한국 문학 통사 5』, 지식산업사, 1994

한용운

한국 현대 시사의 드높은 봉우리

3·1운동 때의 민족 대표 33인 가운데 한 사람이고, '신간회' 중앙 집행 위원을 지낸 독립 운동가이자, 아스라한 형이상학적 높이를 실현하며 한국 현대 시사의 거봉으로 우뚝 솟아 있는 민족 시인 만해 한용운韓龍雲(1879~1944). 한용운의 『님의 침묵』은 한 일간지의 "20세기에 발표된 한국의 예술 작품 중에서 고전이 될 수 있는 것들은 무엇인가?"라는 설문 조사에서 단연 첫 번째로 "21세기에도 생명력을 가질 수 있는 문화사적 의미가 큰 작품"에 뽑힌다. 『님의 침묵』은 "시문학 사상 가장 넓고 높으며 깊은 인간성을 표현한 절실한 시"라는 호평 속에 한국인의 정서의 정화精華를 보여주었다는 평가를 받는다.* 이미 『님의 침묵』은 고전의 반열에 오른 것이다.

「님의 침묵」의 시인 한용운

일제 치하의 조선 불교는 조선 총독부의 사찰령에 떠밀려서 어용화의 길을 걷는다. 어느 해 태고사 대법당에서 주지 대회의가 열리게 되는데, 한용운은 그 자리에 나와 강연을 해달라는 청탁을 받는다. 몇 번의 거절 끝에 전국에서 모인 중진 승려 앞에 선 한용운은 좌중을 바라보며 큰소리로 외쳤다.

"세상에서 제일 더러운 것이 무엇인지 아십니까?"

아무도 그 물음에 대답하는 사람이 없었다.

"세상에서 제일 더러운 것은 똥이올시다, 똥! 그런데 똥보다 더 더러운 것이 있습니다. 무엇이겠습니까?"

이번에도 좌중은 얼어붙은 듯 침묵을 지켰다.

---

* 「21세기에 남을 한국의 고전」, 『한국일보』(1999. 1. 4.)

"내 경험으로는 똥보다 더 더러운 것이 송장 썩는 것이올시다. 똥 옆에서는 식음을 할 수 있어도 송장 썩는 옆에서는 차마 음식이 입에 들어가지 못하기 때문입니다."

한용운의 카랑카랑한 목소리는 좌중을 압도했다. 조선 불교를 대표한다는 자긍심을 지니고 점잖게 자리를 지키고 있던 승려들은 한용운의 어조에서 뭔가 불길함을 감지했다. 그러나 감히 자리를 박차고 일어설 수는 없었다.

"송장보다 더 더러운 것이 있으니 그것이 무엇이겠습니까?"

다시 한용운의 물음이 떨어졌다. 붉은 가사를 걸친 승려들은 여전히 입을 열지 않았고, 법당 안에는 딱딱하고 불길한 침묵이 흐를 뿐이었다. 그러자 사납게 일그러진 표정의 한용운이 법상을 박살낼 듯 주먹으로 두들기며 뇌성 벽력 같은 소리를 내질렀다.

"그건! 바로 여기 앉아 있는 31 본산 주지 네놈들이다!"

일갈을 한 한용운은 뒤도 돌아보지 않고 법당에서 나가버렸다. 일제의 어용화 정책을 수용하는 대가로 감투와 재산을 챙긴 주지들이 한용운의 뇌성 벽력에 꼼짝 없이 당하고 만 것이다.

뒷날 변절한 최남선과 탑골공원 근처에서 마주쳤을 때도 한용운의 단호하고 직선적인 성격은 그대로 표출된다.

"만해, 오랜만이올시다."

최남선이 한용운에게 반갑게 인사를 했다.

"당신 누구시오?"

한용운은 쌀쌀맞게 되물었다.

"나, 육당 아니오."

"육당이 누구시던가?"

"육당 최남선이오. 그 새 잊으셨을 리는 없고."

"내가 아는 육당은 벌써 죽어서 장송해버렸소."

한용운은 최남선의 면전에서 이렇게 쏘아붙이고 등을 돌려버린다.

어릴 적 서당에 다닌 것이 학력의 전부인 한용운은 철학과 문학을 스스로 공부하고 동인 활동도 전혀 거치지 않는다. 이런 그가 1926년에 이르러 정서와 사상이 조화된 놀랍도록 아름다운 시 88편이 실린 『님의 침묵』을 펴낸다. 아울러 그는 자신의 글과 일치하는 행동을 하며 실천력을 보임으로써, 학벌이나 유학 이력을 장식처럼 걸친 채 입으로만 민족애를 외치며 학연이나 유파를 중심으로 움직이던 기존의 문단에 경종을 울린다.

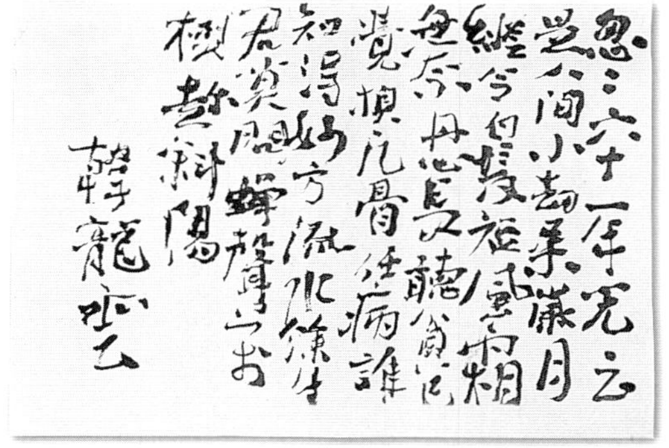

만해 한용운의 육필

젊은 시절의
한용운

법명인 만해萬海로 더 많이 불리던 한용운은 1879년 음력 7월 12일 충청남도 홍성에서 태어난다. 한용운은 어린 나이에 한학을 접하게 되는데, 기억력이 매우 좋고 남달리 암송을 잘해 인근에서는 그의 집을 '신동 집'이라고 부르곤 한다.

마을 서당에서 10여 년 동안 한학을 익히던 한용운의 불교 입문은 무단 가출로 부터 비롯된다. 이미 열네 살 때 성혼한 몸이었으나 범속한 시정의 살림에 충실한 가장이 되기에는 그가 품은 뜻이 너무 크고 웅혼했다. 갑오농민전쟁과 갑오경장을 겪으며 부모 형제를 모두 잃고 만 그는 열여덟 살 나던 해에 무작정 집에서 나와 설악산의 오세암으로 들어간다. 절의 땔감을 장만하며 불목하니 노릇을 하던 그는 이윽고 불교의 기초 지식을 익히며 선禪 수행에 정진한다. 그러나 세속과 격리된 두멧구석의 절집은 그의 뻗쳐오르는 세계에 대한 관심과 모험심을 충족시키지 못한다. 얼마 뒤 오세암에서 나온 그는 개화 문물과 개화 사회에 대한 호기심과 모험심을 가득 품고 시베리아와 만주 등지로 돌아다닌다.

방랑 생활을 하며 독서로 불교와 동·서양의 철학을 깨친 한용운은 스물일곱 살 때 다시 입산해 설악산 백담사에서 정식으로 불문에 든다. 백담사에서 그는 거의 독학으로 대장경을 익히며 한문으로 된 불경들을 한글로 옮기는 작업에 착수한다.

1909년부터 집필, 1910년에 탈고하고 1913년에 들어 '회동서관'을 통해 펴낸 『조선 불교 유신론朝鮮佛敎維新論』은 한국 불교의 교학·제도·의식 전반에 걸친 개혁 방안을 제시한 책이다. 이 책은 교계가 근대화라는 명목으로 일본 불교를 여과 없이 받아들이고, 조선총독부가 사찰령을 공포해 불교 통제를 강화하고 있던 터에 나온 것이어서 더욱 주목받는다.

1910년 한일합병이 되자 한용운은 만주로 가서 의병 학교를 세워 독립군 양성 사업에 나선다. 1911년에 귀국한 그는 1913년에 『조선 불교 유신론』을 발표하고, 1914년에는 범어사의 대장경을 열람한 뒤 『불교 대전』을 발간하며, 1917년에는 「정선강의 채근담」을 주해한다. 그는 전국의 사찰을 돌며 강의와 담론을 주도하고, 1918년 불교 잡지 『유심唯心』을 만들어 여기에 시 「심心」과 수필 「고학생」·「남모

한국 불교의
개혁 방안을 제시한
한용운의
『조선 불교 유신론』

르는 아이들」을 발표하는 등 불교의 대중화에 힘쓴다.

1919년 3·1운동 때, 한용운은 민족 대표 33인의 한 사람으로 독립 선언서를 발표한다. 그는 최남선이 기초한 독립 선언서에 "최후의 일인까지 쾌히 우리의 의사를 발표하자."는 등의 단호한 결의를 밝힌 공약 3장을 덧붙이기도 한다. 경찰에 체포되어 3년형을 선고받은 한용운은 갖은 고문을 당하지만 끝내 굴복하지 않고 옥중에서 「조선 독립의 서書」*를 집필해 비밀리에 상하이로 보낸다. 인류의 자유와 평등을 위한 진보의 길을 가로막는 일제의 군력軍力·철포鐵砲 정치는 결국 무력의 덫에 걸려 스스로 패망하게 되리라는 예언을 담은 이 글은 「독립 선언서」 못지않은 명문名文으로 평가된다.

한동안 한용운이
발간에 전념한
『불교』

3년 동안 감옥살이를 하고 나온 뒤에도 그의 저항 정신은 전혀 굽힘이 없어 반일 모임이나 강연에는 빠짐없이 참가한다. 사상이나 글 못지않게 연설가로서도 남다른 능력을 지니고 있던 그는 1922년 5월 출옥한 뒤 전조선학생대회 주최로 독립 사상을 고취하는 강연회가 열렸을 때 세 명의 종교 지도자 가운데 한 사람으로 초빙된다. 대회가 열린 날 두 번째 연사로 나선 한용운이 강연을 하자 청중이 극도로 열광하는 바람에 다음 사람이 강연을 포기하는 사태가 벌어지기도 한다.

그는 같은 해 9월 『개벽』에 옥중시 「무궁화 심으라」를 발표하고, 1923년 1월 『동아일보』에 논설 「조선 급及 조선인의 번민煩悶」을 발표한다. 1924년 '대한불교청년회'의 총재로 취임해 활동하던 그는 1926년에 들어 시집 『님의 침묵』을 펴낸다.

1927년 한용운은 좌우 합작 노선에 따라 결성된 '신간회' 발족에도 앞장서 중앙 집행 위원과 서울지부 대표를 맡는다. 1929년 11월 3일 광주학생운동이 일어나자 그는 조병옥과 함께 지원에 나서고, 이듬해인 1930년 불교계 청년들을 모아 비밀 결사인 '만당卍黨'을 조직한다. 1931년 6월부터 1933년 9월까지 2년 남짓

---

* 1919년 가을, 비밀리에 상하이 임시 정부에 전달된 이 글은 같은 해 임정 기관지인 『독립신문』 11월 4일 치에 발표된다. ─김용직, 『한국 현대시 비판·해석』(시와시학사, 1993)

한용운이 숨을 거둔
심우장

동안은 친일파로 전락한 권상로로부터 인수한 『불교』를 발간하는 일에 전념한다.

한용운은 일생에 걸쳐 징용이나 보국단 또는 이른바 황군을 찬양하는 글을 쓰지 않으며 강연도 하지 않는다. 한때 독립 운동에 앞장서기도 한 최남선과 이광수를 비롯한 거의 모든 문인이 변절하고 말지만 그만은 다른 면모를 보인 것이다. 신사 참배와 일장기 게양을 거부하는 것은 물론 아예 호적에 이름조차 올리지 않는 등 그는 일제의 어떤 강요에도 굴복하지 않는다. 평생 동안 조국의 자주 독립을 추구한 만해 한용운은 광복을 1년 남짓 앞둔 1944년 6월, 서울 성북동 심우장尋牛莊에서 숨을 거둔다.

『님의 침묵』

님은 갔습니다. 아아, 사랑하는 나의 님은 갔습니다. / 푸른 산빛을 깨치고 단풍나무 숲을 향하여 난 작은 길을 걸어서 차마 떨치고 갔습니다. / 황금의 꽃같이 굳고 빛나던 옛 맹서盟誓는 차디찬 티끌이 되어서 한숨의 미풍에 날아갔습니다. / 날카로운 첫 '키쓰' 의 추억은 나의, 운명의 지침을 돌려 놓고 뒷걸음쳐서 사라졌습니다. / 나는 향기로운 님의 말소리에 귀먹고, 꽃다운 님의 얼굴에 눈멀었습니다. / 사랑도 사람의 일이라, 만날 때에 미리 떠날 것을 염려하고 경계하지 아니한 것은 아니지만, 이별은 뜻밖의 일이 되고, 놀란 가슴은 새로운 슬픔에 터집니다. / 그러나 이별을 쓸데없는 눈물의 원천을 만들고 마는 것은 스스로 사랑을 깨치는 것일 즐 아는 까닭에, 걷잡을 수 없는 슬픔의 힘을 옮겨서 새 희망의 정수박이에 들어부었습니다. / 우리는 만날 때에 떠날 것을 염려하는 것과 같이, 떠날 때에 다시 만날 것을 믿습니다. / 아아 님은 갔지마는 나는 님을 보내지 아니하였습니다. / 제 곡조를 못 이기는 사랑의 노래는 님의 침묵을 휩싸고 돕니다.

한용운, 「님의 침묵」 전문, 『님의 침묵』(1926)

1918년 『유심』에 발표한 「심心」과 1922년 『개벽』에 발표한 「무궁화 심으라」를 빼놓고 지상에 시를 발표한 적이 없던 한용운이 1926년 기념비적인 시집 『님의 침묵』을 발간한다. 여기에는 서두의 「군말」을 비롯해 「하나가 되셔오」·「칠석七夕」·「의심하지 마셔오」·「나의 길」·「이별」·「잠 없는 꿈」·「참말인가요」·「당신의 편지」·「당신을 보았읍니다」, 그리고 표제인 「님의 침묵」 등 총 88편의 시가 실려 있다.

처음 이 시집이 나왔을 때 님이 누구인지를 두고 의견이 구구했다. 말 그대로 사랑하는 님이라는 사람도 있었고, 종교적 해탈이라는 사람도 있었고, 고난에 찬 우리 민족이라는 사람도 있었다. 어쨌든 여성적인 정감의 어조로 일관하고 있는 『님의 침묵』에 실린 88편의 시는 단순한 연애시가 아니라 민족의 독립에 대한 신념과 희망을 사랑의 노래로 형상화한 것이라는 평가를 받는다.

한용운의 시는 사랑과 이별을 노래한다는 점에서 김소월의 시와 맥락을 같이하지만, 시적 대상과 이를 형상화하는 과정은 전혀 다르다. 사랑과 이별의 대상으로 등장하는 '님'은 시집 서두의 「군말」에서 "님만 님이 아니라 기룬 것은 모두 다 님"이라고 시인 스스로 밝혔듯이, 특정한 개체를 뜻하기보다 복합성을 띤 존재론적 대상의 응축된 표현이라고 볼 수 있다. 그의 이별은 비록 님은 떠났어도 보내지 않은 이별이며, 언제나 다시 만날 것을 믿는 이별이다. 낙관성이 깃들인 이별법이다. 이것을 구태여 형이상학적으로 해석한다면 불교에서 말하는 바 끊임없는 자기부정에 의한 달관의 상태로 이해할 수 있다. 민족 차원에서는 언젠가 이루어질 조국의 해방을 나타내는 것으로 볼 수도 있고, 개인 차원에서는 완전을 추구해나가는 시인 자신의 이상향으로 해석하는 것도 가능하다. 가장 쉽게는 남녀 사이의 에로스로 해석할 수도 있을 것이다. 이처럼 읽는 사람의 마음가짐에 따라 또는 시간과 공간에 따라 달라질 수 있는 중첩된 이미지의 끈을 찾아가는 것이 곧 만해 시 읽기의 묘미다.

이 점은 사색적 물음을 거듭 던지는 구조로 되어 있는 또 하나의 걸작 「알 수 없어요」에서 다시 확인된다.

민족의 독립에 대한 신념과 희망을 사랑의 노래로 형상화한 한용운의 시 88편이 수록된 『님의 침묵』

바람도 없는 공중에 수직의 파문을 내이며, 고요히 떨어지는 오동잎은 누구의 발자취입니까. /지리한 장마 끝에 서풍에 몰려가는 무서운 검은 구름의 터진 틈으로, 언뜻언뜻 보이는 푸른 하늘은 누구의 얼굴입니까. /꽃도 없는 깊은 나무에 푸른 이끼를 거쳐서, 옛 탑 위의 고요한 하늘을 스치는 알 수 없는 향기는 누구의 입김입니까. /근원은 알지도 못할 곳에서 나서, 돌부리를 울리고 가늘게 흐르는 작은 시내는 굽이굽이 누구의 노래입니까. /연꽃 같은 발꿈치로 갓이 없는 바다를 밟고, 옥 같은 손으로 끝없는 하늘을 만지면서, 떨어지는 날을 곱게 단장하는 저녁놀은 누구의 시입니까. /타고 남은 재가 다시 기름이 됩니다. 그칠 줄을 모르고 타는 나의 가슴은 누구의 밤을 지키는 약한 등불입니까.

한용운, 「알 수 없어요」 전문, 앞의 책

1939년
회갑 직후의 한용운

더러 질질 끄는 어투나 선명하지 못한 관념적 이미지의 나열이 있기는 하지만, 섬세한 시어와 적절한 리듬의 사용으로 전체의 긴장을 유지하고 있다. 동양적 사고에 근거하면서도 결코 지루하거나 고리 타분한 느낌을 주지 않는 것 또한 만해 시의 특징이다.

만해 한용운은 그 스스로 시대와의 불화를 피하지 않은 '님'이었다. 불교 개혁을 부르짖은 승려요, 일제와 맞서 싸운 독립 운동가요, 빼어난 서정시들을 남긴 위대한 시인 한용운. 그는 시집 『님의 침묵』 외에도 『신인문학』과 『삼천리』에 시 「꿈과 근심」·「실제實際」, 『조광』에 수필 「최후의 5분간」, 『조선일보』에 장편 소설 「흑풍」·「박명薄命」, 『조선중앙일보』에 미완성 연재 소설 「후회」와 중편 소설 「죽음」 등 갖가지 글을 남긴다.

참고 자료

민족문학사연구소, 『민족 문학사 강좌 하』, 창작과비평사, 1995
김용직, 『한국 현대시 해석 · 비판』, 시와시학사, 1993
윤병로, 『한국 근 · 현대 문학사』, 명문당, 1992
조동일, 『한국 문학 통사 5』, 지식산업사, 1994
김재용 외, 『한국 근대 민족 문학사』, 한길사, 1993

김우진

사랑과 근대의 도덕률 사이에서

1926년 8월 3일, 우리 현대 문학사의 뒷길에서 가장 화려하고 비극적인 형태로 사랑을 마감하는 사건이 터져 뭇 사람에게 충격을 준다. 문학과 연극계의 유망주로 꼽히던 김우진金祐鎭(1897~1926)이 성악가인 윤심덕과 함께 현해탄에 몸을 던진 것이다. 두 사람의 비극은 우리 문화계에 커다란 손실로 남는다. 아직 극다운 극, 희곡다운 희곡이 거의 

문학과 연극계의
유망주로 꼽히던
김우진

나오지 않던 시기에 김우진은 근대 연극과 희곡, 연극 비평의 새로운 지평을 가늠하고 이에 다가서려는 몸짓만을 보여준 채 훌쩍 세상을 뜬 것이다.

'불타는 별'이라는 뜻의 초성焦星이라는 호를 즐겨 쓰고 수산水山이라는 예명도 가졌던 김우진은 1897년 전남 장성군에서 태어난다. 부호이자 한때 군수를 지낸 적도 있는 아버지 덕분에 그는 아흔아홉 칸짜리 집에서 남부럽지 않게 자란다. 그러나 여섯 살 때 겪은 어머니의 죽음, 여러 차례 바뀐 계모와 10명에 이르는 이복 형제, 근엄한 집안 분위기는 성격 형성에 큰 영향을 미쳐 성장기에는 물론 어른이 된 뒤에도 그에게서는 우수가 떠나지 않는다. 아버지가 세운 '호남광우의숙'에서 처음 신학문을 접하게 된 그는 학과 시간 외에는 주로 혼자 시간을 보내며 책속에서 마음의 안정을 찾는다. 얼마 뒤 목포공립심상소학교에 들어가서 빅토르 위고와 셰익스피어 등의 작품을 탐독하며 시와 산문을 습작하는데, 열여섯 살 무렵에는 만일 "창작하자마자 발표했더라면 소설사에서 획기적인 위치를 차지했을"*

---

* 조동일, 「학생 운동과 김우진」, 『한국 문학 통사 5』(1994)

지도 모를 단편 소설 「공상空想 문학」을 쓰기도 한다. 열여덟 살 때에는 가업을 이어야 한다는 의무감 때문에 일본의 사립 농업 학교에 들어가지만 학과 공부보다는 문학과 철학 서적에 심취하는 자신을 억제하지 못한다.

김우진이 도쿄 유학 시절 가담한 극예술협회가 1921년에 가진 고국 순회 공연 때. 가운데 보이는 여자가 윤심덕, 그 오른쪽이 홍난파.

스무 살 때 아버지의 강권에 못 이겨 유학자 집안의 딸과 결혼한 그는 곁에 남아 사업을 거들라는 다른 요구는 거절한다. 그는 1919년 일본의 와세다대학 예과에 들어간 뒤 이듬해 본과에서 영문학을 전공한다. 이 무렵에 그는 보들레르 · 다눈치오 · 브라우닝 · 하이네 등의 문학 작품은 물론이고 칸트 · 괴테 · 헤겔 · 니체 · 마르크스 등의 철학과 연극에 관한 서적을 닥치는 대로 읽는다. 1921년 그는 조명희 · 홍해성 · 고한승 · 조춘광 · 유춘섭 · 김영팔 · 최승일 · 진장섭 등 20명의 도쿄 유학생과 함께 '극예술협회'를 조직하고, 『학지광』에 「소위 근대극에 대하야」라는 연극 비평을 발표해 극작가로서의 미래를 다짐한다.

'극예술협회'는 재일 도쿄 고학생과 노동자들로 구성된 '동우회'와 손잡고 여름 방학 동안 회관 건립 기금을 모으기 위한 하기 고국 순회 연극단을 조직한다. 부산 · 김해 · 마산 · 경주 · 대구 · 목포 · 진남포 · 원산 · 서울을 돌며 공연을 하는 동안 줄곧 일경의 제재를 받으면서도 연극단은 조명희의 「김영일의 사死」, 홍난파의 소설을 각색한 「최후의 악수」, 그리고 아일랜드 작가 던세이니 경의 희곡을 김우진이 번역한 「찬란한 문門」 등을 무대에 올려 가는 곳마다 열띤 호응을 받는다. 성공리에 공연을 마친 순회 연극단은 YMCA 회관에서 해산식을 가진다. 김우진은 이 순회 공연 때 연출을 맡는 한편 일체의 경비를 조달한다. 아울러 홍난파와 함께 이 공연의 음악 프로그램에 초대된 성악가 윤심덕을 처음 만나게 되는데, 이것이 비극으로 끝나는 사랑의 서막이 될 줄은 아무도 몰랐다.

극예술협회에 의해 희곡으로 각색되어 무대에 올려진 조명희 작 『김영일의 사』

김우진은 집안이 부유해 빈곤에 허덕이는 다른 예술인들에 비해 혜택도 누리지만 이에 못지않은 고통 또한 안고 산다. 서자로 태어나 자수 성가로 막대한 부를 축적한 그의 아버지는 여러 자식 중에서 김우진을 유독 아끼고, 그도 연민과 사랑 때문에 되도록 아버지의 뜻을 따르려고 노력한다. 학업을 마치고 돌아온 뒤 군말 없이 아버지의 그늘 밑으로 들어가서 아버지가 경영하던 회사의 사장직을 맡은 것도 이런 노력의 일환이었다. 그러나 세월이 가도 아버지의 완고한 타도는 조금도 누그러들지 않아 그는 압박감에서 헤어나지 못한다. 게다가 애정 없는 결혼 생활은 그를 더욱 심한 번민과 강박 관념에 시달리게 만든다. 자신이 원하는 세계와 현실의 괴리 사이에서 괴로워하던 그는 순회 공연 때 알게 된 윤심덕을 얼마 뒤 다시 만난다. 어릴 적부터 세파에 시달리고 애정 결핍에 허덕이던 윤심덕에게 그는 문득 동병 상련을 느낀다. 두 사람은 곧 걷잡을 수 없는 사랑에 빠져든다. 이 무렵부터 그의 창작 욕구가 왕성하게 끓어오른다.

 김우진이 쓴 희곡은 「정오」·「이영녀李永女」·「두덕이 시인의 환멸」·「난파」·「산돼지」 등 모두 다섯 편이다. 이 중에서 연대 미상이지만 「정오」가 구성상의 미흡함이나 작법의 허술성으로 미루어 첫 작품으로 추측된다. 「정오」는 어느 무더운 여름날 정오께 공원에서 서성거리는 일본인·학생·순사 등을 통해 시대의 긴장된 상황을 포착한 단막극이다. 막이 오르면 일본인 고리 대금업자 하오리와 그에게 빌붙어 사는 한국인 구레의 대화로 극은 시작된다. 곧 담배를 피우며 야유하는 한국인 학생 두 명이 개입함으로써 갈등이 일어난다. 처음에는 하오리와 구레를 한 축으로 하고 두 학생을 다른 한 축으로 해서 신·구세대 갈등 또는 일본인과 친일 한국인에 대한 혐오를 은근히 드러낸다. 잠시 뒤에는 공원에서 낮잠을 자는 한 사내를 사이에 놓고 벌어지는 대화로 빈부 격차 문제를 제시한다. 그러나 이와 같은 대립이 특별한 논쟁이나 사건으로 연결되지 않고 사소한 대화의 엇갈림만으로 전개되어 다소 진부한 느낌을 준다. 단지 학생 한 명이 "아 뜨거운 김 속/광로 그 무서운 속/청춘은 말뚝을 걷고/뉘라서 대항을 하리/뉘라서 대항을 하리."라는 시를 읊어 젊은 혈기의 항변이 암시될 뿐이다.

 1925년 9월에 탈고하지만 미발표작인 「이영녀」는 가난과 남성의 폭력이라는 이중의 부조리에 노출된 여성의 비극적 삶을 그린 3막극이다. 세 남매의 어머니 이영녀는 가족을 부양하기 위해 갖은 굴욕을 견디며 포주 밑에서 밀매음을 하던 끝에 경찰에 체포된다. 한 달 동안 감옥에 있다가 나온 이영녀는 경찰서장의 소개로 친일파 부호인 강 참사의 행랑방에서 기거하며 동시에 그가 경영하는 공장에서 노동자로 일하게 된다. 이런 호의 뒤에는 흑막이 있어서, 공장 일로 피곤해진 몸을 요구하는 강 참사 때문에 이영녀는 곤경에 빠진다. 게다가 공장 감독과도 싸워 거처와 직장에서 쫓겨날 즈음, 설상 가상으로 오래 전 집을 나간 남편이 무고하게 얻어맞고 객사했다는 소식을 전해 듣는다. 그럼에도 이영녀에게는 메마른 땅에도 뿌리를 내리는 잡초와 같은 끈질긴 생존 의지가 작용한다. 이영녀는 이윽고 서른세 살짜리 억센 노동자 유 서방을 만나 유달산 아래 빈민굴에서 동거하게 된다. 그러나 떨어질 줄 모르는 가난과 병고, 여기에 밤마다 계속되는 유 서방의 성적 요구까지 겹쳐 이영녀는 하루가 다르게 지쳐간다. 유 서방은 넘쳐나는 색욕을 억제하지 못하고 이영녀의 딸 명순이까지 겁탈하려 한다. 이영녀의 생명력은 현실의 이 모든 악조건 속에서 서서히 사위어간다. 미발표 희곡 「이영녀」는 가난과 남성의 폭력 속에서도 끈질긴 생명력을 보여주는 한 여성의 역동적인 삶을 치열하게 그려낸 작품이다. 그러나 주인공이 비참하게 살아갈 수밖에 없는 원인을 구조적인 모순에서 찾기보다 '팔자 소관'으로 돌리는 안이한 운명론적 인생관에 함몰되는 한계를 드러낸다.

초기의 두 작품 외에 나머지 세 작품에는 작가의 자전적 요소가 강하게 나타난다. 작품에 시를 삽입하거나 시적 요소를 차용하는 것은 김우진 희곡의 한 특징이다. 1925년에 쓴 단막극 「두덕이 시인의 환멸」에서는 제목을 통해 알 수 있듯이 시인이 주인공으로 나온다. 이 작품은 주인공인 시인과 시 쓰는 것을 마땅치 않게 여기는 어머니의 대화로 극이 시작된다. 진보 성향의 개화인으로 행세하나 아내에게는 외출조차 금지하는 이중성을 보이는 시인 이원영, 신교육을 받고도 남편에게 맹목적으로 순종하는 태도를 보이는 아내, 시인의 애인이지만 무작정 사랑을 받아들이지 않고 모순에 빠진 그의 태도를 폭로하는 신여성 박정자. 이 작품의 의도는

1926

신문화의 세례를 받고도 여전히 봉건 잔재에서 벗어나지 못한 채 낡은 도덕률 속에 갇혀 지내는 개화 지식인의 모순과 환멸을 그려내는 것에 있다.

김우진은 희곡 외에 1925년 「창작을 권합내다」라는 창작론을 쓰기도 한다. 또 같은 해 『개벽』에 실린 계급 문학 찬반론을 읽은 뒤 그는 「아관我觀 계급 문학과 비평가」를 발표해 어설픈 계급주의 의식과 관념으로 문학을 호도하는 프로 문학 진영과, 아집에 빠져 계급 문학의 존재 자체를 인정하지 않으려고 드는 민족주의 문학 진영 양측 모두를 비판한다. 1926년 『조선지광』 5월호에는 「이광수류의 문학을 매장하라」라는 논문을 실어 구태 의연하고 상식적인 이광수 문학의 허실을 지적하고 '생명력'과 '반발력'을 내포한 진지한 문학인의 자세를 제시하는 등 예리한 비평적 태도를 보여준다. 이 밖에도 시 40여 편과 소설 및 번역물, 연극과 문학에 관한 논문 또는 비평 등을 쓰지만 발표는 거의 하지 않는다. 이는 그의 내성적이고 완벽을 기하는 성격에서 말미암은 것으로 보인다.

1926년 5월에 완성한 「난파」는 표지에 독일어로 '3막으로 된 표현주의극'이라는 부제를 달아 표현주의 방식을 도입한 흔적을 보인다. 모더니즘의 싹조차 찾아보기 어렵던 시기에 희곡 장르에서 미진하나마 실험적 수법을 시도한 것만 보더라도 그가 얼마나 근대 정신에 바투 다가섰는지를 알 수 있다. 희곡 초반부터 진보 사상을 지닌 젊은 시인과 전통 윤리로 상징되는 부父의 과격한 대화로 대립이 설정된다. 뒤이어 악귀와 신주神主 등 비현실적인 인물들이 등장하며 상징성과 신비감이 차츰 고조된다. 평소 김우진은 극작가 버나드 쇼George Bernard Shaw를 자신의 문학적 사표로 삼는데, 버나드 쇼의 희곡 「위렌 부인의 직업」에 창녀의 딸로 나오는 '비비'를 구원의 여신으로 이입시키고, 나중에 이 '비비'를 비극 「리골레토」의 주인공 '카로노메'로 변신시키는 등 다양한 실험적 방법을 「난파」 속에서 시도해 독특한 분위기를 자아낸다. 이 밖에도 모母, 계모, 친구들 사이에서 벌어지는 관념적 대화, 심리적 독백, 장면의 비논리적 연결, 시간과 공간의 비약적 이동, 무질서한 등장과 퇴장 같은 기법을 통해 '난파'라는 혼란스럽고 파괴적인 주제와 표현주의적 색채를 심화한다. 「난파」에서 주인공은 가족과 타협을 모색하지만, 카로노메로 변신한 비비와 자신의 사랑을 반대하는 부모의 완강한 태도에 부딪혀 몸부림친다. 이런 상황에서 방황을 거듭하다가 결국 절망의 바다에서 난파당해 익사하는 주인공은 바로 김우진 자신을 상징하는 것임은 누구나 눈치챌 수 있다.

마지막 작품 「산돼지」는 유학 시절부터 절친하게 지내던 문우 조명희의 시 「봄 잔디밧 우에」에서 영감을 얻어 1926년 7월 13일 도쿄에서 완성한 것이다.* 「산돼지」는 인습에서 벗어나려는 청년기의 주인공이 출생에 얽힌 자신의 비밀을 알게 되면서 겪는 혼란을 그린 희곡이다. 주인공 원봉은 동학 운동을 하다가 죽은 어느 동학군의 아들이다. 원봉은 아버지와 함께 동학혁명에 참가한 바 있는 아버지의 친구 부부 밑에서 자란다. 양아버지는 신원을 숨기고 일제의 관리 노릇을 하다가 죽게 되는데, 임종 직전 부인에게 원봉과 친딸 영숙을 맺어주라고 당부한다. 양어머니는 가족의 평안을 위해 이 사실을 숨기려 하나, 원봉은 결국 제 출생의 비밀을 알게 된다. 원봉의 머리를 채우고 있는 것은 봉건 유습을 타파해야 한다는 소명 의식이지만, 그는 여전히 구여성의 상징인 여동생 영숙과 자유 분방한 신여성의 상징인 정숙 사이에서 머뭇거린다. 「난파」에서 보이던 전위적 성격은 엷어진 대신 사실적 묘사에 충실하려는 노력이 엿보인다. '산돼지'는 현실에 적응하지 못한 채 좌충 우돌하는 야성적이고 원시적인 힘의 표상이다. 방향성을 상실한 좌충 우돌의 끝에는 절망이 있다. 그러나 희곡 「산돼지」의 결말은 의외로 온건하다. 지은이가 영감을 받았다는 조명희의 시 「봄 잔디밧 우에」의 분위기와 통하는 셈이다. 원봉이 여동생 영숙을 원래의 애인과 맺어주고, 자신도 애인 박정숙과 안정된 결합을 하는 것으로 작품은 마무리된다.

「산돼지」 탈고 뒤 김우진은 가장 먼저 조명희에게 "나로서는 자신 있게 처음으로 쓴 희곡 삼막을 끗나고는 제일 몬첨 형에게 말하오. 깃거워해 주시오."라고 소식을 전하며** 정서淨書한 원고를 같이 넣어 보낸다. 8월 1일에 조명희에게 다시 보낸 편지를 보면 희곡 「산돼지」의 취지와 함께 그가 얼마나 이 작품에 정성을 쏟앗는지 알 수 있다. 이 편지는 그가 남긴 마지막 글이 된다.

　이 희곡은 내가 (자신이 아니라) 포부를 가지고 쓴 최초의 것이요. 주인공 원동이는 추상적 인물이요. 조선 현대 청년 중의 어떤 성격과 생명력을 추상해 본 것이요. 그 성격 중에는 형도 일부분 들고 김복진 군도(이약이 들은 대로) 일부분 든 것 같소이다. 선을 굵게 힘있게 소화素畵로 쓰기로 애썼습니다. …… 그러나 이것의 연출은 지금 조선 무대에서는 불가능하겠습니다. 첫째로 연출자, 무대, 그러나 이것은 내 행진곡이요, 일후日後의 어떤 극을 쓰든지 이곳에서 출발한 자연주의극, 상징극, 표현주의극 어늬 것이 되든지 간에 주의해 둘 것이요. …… 만일 원고료를 준다면 그것은…… 홍해성으로 보내쥬시오. 그 까닭은 일후에 아시리라.

　김우진과 윤심덕의 불꽃 튀는 사랑은 당대의 인습이나 도덕률에 비최보자면 사련邪戀이다. 주위의 따가운 눈총 속에서도 자유 분방한 성격의 윤심덕은 비교적 태연한 자세를 유지한다. 그러나 이미 자녀까지 둔 기혼자로서 지나칠 정도로 예민하고 냉철한 성격을 지니고 있던 김우진은 사랑과 도덕률 사이에서 고뇌하며 자신의 생명을 서서히 소진시킨 것이다. 괴로움에 휩싸인 사련의 두 주인공 사이에는 차츰 마찰이 잦아지고, 둘은 서로 떨어진 채 냉각기도 가져본다. 그러나 이내 두 사람은 헤어지기보다는 같이 죽음으로써 그들의 사랑을 불멸화해야 한다는 결론에 이른다. 이런 죽음은 어쩌면 봉건 유습과 근대의 도덕률이 충돌하던 시대에 그들이 찾을 수 있었던 마지막 비상구였는지도 모른다.

참고 자료

이어령, 『한국 문학 연구 사전』, 우석출판사, 1990

차범석, 「대표적 극작가의 작품 세계」, 『한국 현대 문학사』, 현대문학, 1994

조동일, 『한국 문학 통사 5』, 지식산업사, 1994

윤병로, 『한국 근 · 현대 문학사』, 명문당, 1992

김원중, 「한국 현대 희곡 문학 연구」, 중앙대학교 박사 학위 논문, 1983

차범석 · 우민영 · 조남철, 『한국 희곡론』, 한국방송통신대학교 출판부, 1991

---

* 이 작품은 그가 죽은 뒤 같은 해 『조선지광』 11월호에 발표된다.

** 1926년 7월 12일자 편지

세계는 이 요구에 응하여 분연하게 활동하고 있다. 세계 자매는
수천년래의 악몽으로부터 깨어서 우리의 생활 도정에 횡재하고
있는 모든 질곡을 분쇄하기 위하여 온 지 이미 오래이다

1927

근우회 취지문

인류 사회는 많은 불합리를 생산하는 동시에 그 해결을 우리에게 요구하여 마지 않는다. 여성 문제는 그 중의 하나이다. 세계는 이 요구에 응하여 분연하게 활동하고 있다. 세계 자매는 수천년래의 악몽으로부터 깨어서 우리의 생활 도정에 횡재橫在하고 있는 모든 질곡을 분쇄하기 위하여 온 지 이미 오래이다.

이 역사적 세계적 혁명에서 낙오될 수 있으랴. 우리 사회에서도 여성 운동이 개시된 것은 또한 오래이다. 그러나 회고하여 보면 조선 운동은 거의 분산되어 있었다. 그것에는 통일된 조직이 없었고 통일된 목표와 지도 정신도 없었다. 고로 그 운동은 효과를 충분히 내지 못하였다.

우리는 운동상 실천으로부터 배운 것이 있으니 우리가 실지로 우리 자체를 위하여 우리 사회를 위하여 분투하려면 우선 조선 자매 전체의 역량을 공고히 단결하여 운동을 전반적으로 전개하지 아니하면 아니된다. 일어나라! 오너라! 단결하자! 분투하자! 조선의 자매들아! 미래는 우리의 것이다.

근우회 행동 강령

1. 여성에 대한 사회적 · 법률적 일체 차별 철폐

2. 일체 봉건적 인습과 미신 타파

3. 조혼 폐지 및 결혼의 자유 옹호

4. 인신 매매 및 공창公娼의 폐지

5. 농촌 부인의 경제적 이익 옹호

6. 부인 노동의 임금 차별 철폐 및 산전 산후 임금 지불

7. 여성 및 소녀공의 위험 노동 및 야업夜業 금지

1927년 5월 27일

1927년 5월 27일에 창립된 근우회는 우리 나라 최초의 여성 운동 통일 전선체다.

근우회는 갖가지 사회 운동과 함께 여성 계몽 운동, 부인 강좌, 야학 운동 등을 통해 여성들의 문맹을 퇴치하는 데 앞장서고, 남녀 평등 의식과 민족 자존 의식을 일깨워 민족 해방 운동의 기반을 다지는 데 창립 목적을 둔다.

1927

1월
19 신석우 등, 신간회 발기
20 최정익 · 여운홍 등 20여 명, 농촌 개발과 문맹 퇴치를 위해 조선농민사 설립

2월
10 허헌 · 김법린, 벨기에의 브뤼셀에서 열린 국제 반제국주의 대연맹 회의에 참석
10 조선어연구회,『한글』창간
21 중국, 우한 국민 정부 수립
25 임시 정부 의정원, 임시 헌법을 통과시킴(제3차 개헌), 수반제를 없애고 집단 지도제로 개편

3월
19 재일 17개 한인 단체, 조선인단체협의회 조직
21 중국, 상하이 노동자 3차 총파업, 3월혁명 개시
24 중국, 국민혁명군 난징 점령
24 영국 · 미국 군함, 난징 시내 포격(난징 사건)
31 일본 역사의 교과목 명칭을 국사로 개정
0 이경손 · 김을한 등, 조선영화예술협회 결성

4월
1 안창호, 재만 동포의 산업 · 교육 발전을 위해 농민호조사를 지린성 대동문에서 조직
17 경성제2고등보통학교, 6 · 10만세운동과 관련해 학생 180여 명 퇴학 처분

5월
27 유영준 · 김활란 등, YMCA 회관에서 신간회 자매 단체인 근우회 조직
28 일본, 일본인 보호 명목으로 관동군에 산둥 출동 명령(제1차 산둥 출병)
0 평안도 지방에서 홍역 창궐

6월
5 계명구락부, 최남선 · 정인보 · 이윤재 등을 중심으로『조선어 사전』편찬에 착수

8월
1 중국, 저우 언라이 등의 주도로 난창에서 폭동 발생(난창 봉기)
28 현제명, 전미국 현상 음악회에서 1위 입상
31 안석주 · 김창변 등 22명, 미술 단체인 창광회 조직

11월
17 중국, 광둥성 하이펑과 링펑에 소비에트 건설

12월
15 중국, 대소對蘇 국교 단절 통고

카프의 세대 교체

아나키즘 논쟁

　카프가 결성된 지 2년 만인 1927년, 우리 문단은 그 어느 해보다 다양하고 격렬한 논쟁을 치른다. 그렇지 않아도 박영희와 김기진의 내용 · 형식에 관한 논쟁으로 말미암아 안팎으로 타격을 받은 카프는 김화산*이 『조선문단』 3월호에 발표한 「계급 예술론의 신전개」에서 '아나키즘'이라는 생소한 이념을 제시함으로써 다시 한 번 격랑을 맞는다. 이 논쟁에서 카프 내의 극좌파들은 이전의 박영희 · 김기진 논쟁 때보다 훨씬 신경질적인 반응을 보인다. 김화산의 의견이 특정인에 대한 비판 차원에 머문 것이 아니라 프로 문학 전반에 대한 부정으로 이어짐으로써 카프의 존립 자체를 위협했기 때문이다.

　아나키즘, 즉 무정부주의는 본디 19세기와 20세기 초 유럽에서 산업 혁명의 여파로 급속한 정치 경제적 변환이 일어나자 이에 대항해 나타난 것이다. 우리 나라에는 주로 독립 운동이나 사회 운동을 목적으로 중국에 망명한 뒤 현지의 아나키즘론을 받아들여 조직된 '의열단義烈團'과 '다물단多勿團',** 일본 유학생 중심의 아나키스트 단체인 '흑우회黑友會'*** 등을 통해 유입된 것으로 추측된다. 아나키즘은 자본주의 체제에 반발한다는 점에서 사회주의와 궤를 같이하면서도, 절대 권력으로 대중을 억압하는 정부에 대해 강한 거부감을 보인다는 점에서 자유주의와

---

* 본명이 방준경 또는 방원룡으로 알려진 김화산은 한국 현대 문학사에서 흔히 카프의 일원으로 취급된다. 그러나 프로 문학 운동권에서 활동하되 조직에는 가담하지 않은 인물로 보는 견해도 없지 않다. ─ 김영민, 『한국 문학 비평 논쟁사』(한길사, 1994)

** 대표적 인물로 신채호를 들 수 있다. ─ 김윤식, 「아나키즘 ─ 단재와 육사가 섰던 자리」, 『한국일보』(1996. 4. 19.)

*** 1922년 12월께 일본에서 박열의 주도로 조직된 '흑우회'는 사회주의 단체인 '흑도회黑濤會'에서 파생된 단체다. ─ 조지훈, 「한국 민족 운동사」, 『한국 문화사 대계』 제1권(고려대학교 민족문화연구소, 1979)

공통 분모를 가진다. 따라서 일본 제국주의에 대한 강한 반발에서 출발한 국내의 프로 문학은 어느 정도 아나키즘의 요소를 내포하고 있었다. 이 무렵의 카프는 아직 좌익 문예 조직으로 확고히 기틀을 잡지 못한 상태여서 여러 이념의 자장에 에워싸인 채 언제라도 주도권이 뒤바뀔 수 있는 불안정한 단체였다.

아나키즘 성향이 있던 김화산·권구현·강허봉 등은 카프가 처음과 달리 예술보다는 정치적 목적을 앞세운 하나의 당黨으로 자리를 잡으면서 문학 표현의 자유까지 간섭하자 불만을 품게 된다. 박영희·김기진의 논쟁을 지켜보던 아나키즘 성향의 문인들은 1927년 봄 저희 나름의 목소리를 내기에 이른다. 특히 김화산은 "마르크시즘에 뿌리를 둔 계급주의는 종교와 같이 미망에 빠져 있다"면서 "아나키스트는 자연적 법칙에 순응하는 개성의 자유를 고조한다. 볼셰비키처럼 무산 계급을 의식적으로 외재의 강권에 의하여 볼셰비즘 범주 내에 도입코저 하지 않는

아나키즘 anarchism

'지도자 없는 혼란한 상태'라는 뜻의 그리스어 'narchos'에 어원을 두고 있는 다나키는 이 때문인지 종종 무정부주의 또는 무국가주의로 번역되기도 한다. 그러나 아나키즘에 깔려 있는 기본 정신은 자유 공동체 사상이며 기본 속성은 생태 지향주의, 자주 관리 공동체주의 등이다. 아나키즘이 추구하는 것은 개체가 존중되면서 구성원들이 더불어 살아갈 수 있는 사회다.

용어는 비록 서양에서 나온 것이지만 우리의 전통 사상에서도 아나키즘적 요소를 찾을 수 있다. 단군 신화에 나타난 전일적全一的 세계관, 천지인天地人의 단일성과 조화성, 전체와 개체의 조화를 중시하는 두레·품앗이·향약, 신채호와 이회영의 만주 농민 공동체 운동 등은 아나키즘의 기본 이념과 맥락을 같이한다.

우리 나라의 아나키즘 운동은 1920년께부터 베이징의 망명객과 도쿄의 유학생 사이에서 싹트기 시작해 이윽고 국내로 흘러든다. 중국에서는 단재 신채호의 「조선 혁명 선언」으로, 일본에서는 박열 등의 이른바 '대역 사건(히로히토 일본 국왕 암살 미수 사건)'으로 아나키즘 운동의 서막이 열린다. 이처럼 우리의 아나키스트 운동은 주로 민족 해방과 자주 독립을 위한 공동 전선 구축의 방향으로 펼쳐지며, 이 과정에서 무력 항쟁이 나타난다. 광복 이후에는 독립 투쟁에 쏟던 열정을 근대 국가 건설에 바치게 되지만, 좌·우익의 첨예한 대립 구도 속에서 반동으로 몰리는 비운을 맛본다.

다.”고 하며 카프 진영에 비판의 포문을 연다. 그는 예술의 힘이 선전 효과나 수단 의식이 아니라 자체에 내재된 창조 원리에서 나온다고 생각하며, 따라서 정치와 분리된 예술의 독자성을 인정한다.

　의식적으로 선전 효과를 고려에 둔 예술은 실제 전선상에서는 아무러한 효과도 나타내지 못한다. 진실로 예술이 선전적 효과를 나타냄은 수단 의식에서 발현되는 것이 아니다. 창조된 예술의 힘 ― 그것이다.
　김화산, 「계급 예술론의 신전개」, 『조선문단』(1927. 3.)

　이 글이 나오자 윤기정은 3월 『조선일보』에 기고한 「계급 예술의 신전개를 읽고」에서 김화산이 아나키즘론의 본질에 대해 잘 설명하지 못하고 있으며, “기분만으로” 아나키즘론을 들고 나왔다고 비난한다. 5월 들어 한설야는 『동아일보』에 기고한 「무산 문예가 입장에서 ― 김화산 군의 허구 문예론」에서 김화산이 일본의 아나키스트인 니 이타루新居格의 이론을 모방하고 있으며, “무정체의 유령 문학론의 허구적 진열”이라고 비판한다. 한설야는 이어 민족 해방은 마르크스의 경제적 유물 사관에 입각한 이론과 투쟁을 통해 비로소 달성할 수 있다고 주장하며, 김화산의 아나키즘론뿐 아니라 카프 내 온건 성향의 프로 문학인 모두에게 화살을 날린다. 임화 또한 5월 『조선일보』에 기고한 「분화와 전개」 등의 글에서 아나키스트들도 무산 계급을 부르짖지만 그것은 어디까지나 “세기말적 고민에서 오는 절대적 난폭과 억압에 대한 감정적 반항”이며, 이런 ‘귀족적 기분’과 ‘개인’을 앞세운 “비사회주의적이고…… 비과학적인” 이론으로는 단합된 힘을 구축할 수 없으므로 하루바삐 아나키즘론과 마르크스주의가 분리되어야 한다고 주장한다. 이 밖에도 6월에는 조중곤이 『중앙일보』에 「비마르크스주의론의 배격」을 기고해 아나키즘론을 비난한다.

　이런 일련의 비판에 대해 김화산은 『현대평론』에 「뇌동성雷同性 문예론의 극복」과 「속 뇌동성 문예론의 극복」을, 강허봉은 『중외일보』에 「 비마르크스주의 문예</p>

론 배격'을 배격함」 등을 발표해 반격을 한다. 이에 맞서 다시 윤기정은 「상호 비판과 확립」을, 임화는 「착각적 문예 이론 — 김화산 씨의 우론 검토」를 발표하는 등 한동안 격렬한 논전이 벌어진다. 결국 아나키스트들이 "좌익 문예가의 가면을 쓰고 대중에게 부르조아 이데올로기를 주입코자 하는 예술파"*나 '사이비 마르크스주의자'로 몰려 조직에서 제명됨으로써 논쟁은 가라앉는다.

박영희의 방향 전환론

　김화산이 아나키즘론이라고 하기에는 미흡한 이론을 들고 나온 것도 사실이지만, 이에 대한 카프의 반론 또한 김기진과의 논쟁 때보다 별로 진전된 것이 없다. 박영희는 카프 맹원들의 도움으로 김기진과의 내용·형식 논쟁에서 이기기는 했으나, 이후 자신의 프로 문학론을 확고히 하기 위한 길을 모색한다. 그러던 차에 벌어진 아나키즘 논쟁을 계기로 박영희는 전격적인 방향 전환을 시도하게 된다. 1927년 1월 『조선일보』에 「기성 문학의 자연성과 계급 문학의 필연성」을 기고한 데 이어, 그는 『조선지광』에 발표한 「무산 예술 운동의 집단적 의의」·「문예 운동의 방향 전환」·「문예 운동의 목적 의식성」 등에서 정치 투쟁 목적에 입각한 방향 전환론을 펼친다.

　경제 투쟁에서 정치 투쟁으로의 방향 전환기에 있음을 말하는 조선의 사회성은 문예 운동으로 하여금 어떠한 투쟁을 갖게 한 것인가? …… 그러하면 무산 계급 문학의 계급적 임무로서 그 사회성과 한가지로 방향 전환에 이르렀다면 그 소위 정치적 폭로란 어떻게 해야 할까 하는 문제에 있어서 심히 토의할 문제라고 아니할 수 없다. 과거의 빈궁 소설, 극도에 이른 생활난難만을 추출하는 자연 생장적 소설로부터 프롤레타리아의 문예 운동은 계급적 혁명을 위한 목적 의식을 갖게 돼야 한다.

---

* 임화, 「착각적 문예 이론 — 김화산 씨의 우론 검토」, 『조선일보』(1927. 9.)

그런데 박영희는 선언만 내세울 뿐 이를 뒷받침할 만한 기본 원리와 구체적 실천 방안을 내놓지 못하고 모호한 태도를 취한다. 그는 이윽고 논지를 펼치는 과정에서도 "정치 투쟁은 대중이 하는 것이니 문학이 하는 것은 아니다."*라거나 "방향 전환이 시작되는 문예 운동의 진출은 전무산 계급 운동과 동일한 것은 아니다. 문예는 문예의 특수성으로써"라고 하며, 정치와 문학을 분리하는 모순된 발언을 함으로써 일관성이 결여된 계급 이론과 사상을 노출한다. 이런 까닭에 그의 프로 문학론은 곧 일본에서 훨씬 체계적이고 급진적인 이론을 익히고 돌아온 이른바 '제3전선파'로부터 정면 도전을 받는다.

제3전선파와 『예술운동』

박영희가 주도한 방향 전환론은 내재된 모순으로 말미암아 비판을 받는다. 그럼에도 카프는 이에 따라 9월 임시 총회를 열어 논강論綱과 강령을 채택하고 조직을 개편한다. 카프는 임시 총회에서 과감한 이론 투쟁과 정치 투쟁을 위해 무기로서의 예술 운동에 주안점**을 둘 것을 강조한다. 이런 전환은 표면상 박영희가 주도한다. 그러나 이면을 들여다보면 사정이 다르다. 전환의 핵심 내용이 도쿄에서 『제3전선』을 펴내며 일본의 나프NAPF와 끈이 닿아 있던 이북만 · 조중곤 · 김두용 · 홍효민 · 한식 등에 의해 조종되는 것이다. '제3전선파'의 중심 인물인 이북만은 「예술 운동의 방향 전환 이론은 과연 진정한 방향 전환론이었던가」라는 글을 통해 초기 박영희의 방향 전환론을 분석, 비판하며 "우리 앞에 놓인 전선은 다만 하나뿐인 전무산 계급적 정치 전선에 있을 뿐이다." 또는 "일체의 전제 세력과 항쟁한다." 는 구호를 외치며 급진적 방향 전환을 시도한다.

카프의 신진 세력인 제3전선파는 곧 이어 표지에 "무기로서의 예술"이라는 구

---

* 박영희, 「문예 운동의 방향 전환」, 『조선지광』(1927. 4.)
** 이 자리에서 논의된 내용은 같은 해 11월 기관지 『예술운동』 창간호에 「무산 계급 예술 운동에 대한 논강」이라는 제목으로 정리되어 실린다.

호가 박힌 기관지『예술운동』을 펴낸다. 원래 도쿄지부에서 내기로 한『예술운동』창간호는 동맹 내부에서만 돌고, 11월에 펴낸 제2호가 대중 앞에 선보이게 된다. 제3전선파는 아울러 전국 문학자 대회를 열어 명목상 우두머리 자리에 있지만 차츰 카프에서 멀어져가는 박영희·김기진에게 반성을 촉구한다. 이들은 여기서 그치지 않고 김동환·이익상·김석송·정순정 등을 동맹에서 제명하는 등 조직의 재정비와 강화를 강력히 추진하며 카프를 장악해나간다.

참고 자료

백철,『신문학 사조사』, 신구문화사, 1992
역사문제연구소 문학사연구모임,『카프 문학 운동 연구』, 역사비평사, 1992
윤병로,『한국 근·현대 문학사』, 명문당, 1992
김영민,『한국 문학 비평 논쟁사』, 한길사, 1994
김윤식·김우종 외,『한국 현대 문학사』, 현대문학, 1994

손을 잡은 좌우 노선

신간회 조직

신간회 창립 회장
이상재

1920년대 중반 사회주의계와 민족주의계 사이에 격렬하게 오간 몇 차례의 논쟁을 통해 각계 각층의 운동 주체들은 민족 해방이 우선 과제임을 새삼스럽게 인식한다. 이에 따라 단일한 운동 전선의 필요성을 주장하는 움직임이 곳곳에서 나타난다. 1925년 6월에 나온『동아일보』의 사설 「민족 의식의 계급 의식과의 논점」에서는 민족주의와 계급주의의 구별은 "해방 운동상 무용임을 단언"하며, 『조선일보』의 사설 「국가 · 민족 · 계급」에서는 국가와 민족은 이념이나 계급 의식 면에서 대립되더라도 실천 운동상에서는 단합해야* 한다는 의견을 내놓는다. 국내의 민족 유일당 운동은 차츰 세를 얻어 암묵적 합의 수준에 도달하게 된다. 이런 배경 속에서 1927년 1월 15일, 드디어 통일 전선체인 '신간회'가 탄생한다.

> 그 때 우리의 예술동맹도 이에 참가해야 할 것을 알면서도 우리는 주저하였었다. 어느 날 벽초碧初는 일부러 우리를 찾아와서 참가하기를 역설하여 나와 다른 사람들도 다 입회를 하고 말았다. 이에 따라 문단에서도 분열되어 있을 필요가 없으며 넓은 의미의 민족주의로 합동 매진하자는 의견이 싹나기 시작하였다.
>
> 박영희, 「초창기의 문단 측면사」, 『현대 문학』(1959. 9. ~ 1960. 5.)

이처럼 박영희파는 물론 도쿄에서 온 제3전선파의 우두머리인 이북만까지도 민족 단일 기구인 신간회를 일단 긍정적으로 받아들인다. 따라서 박영희를 비롯한

---

* 김윤식, 『박영희 연구』(열음사, 1989)

카프 맹원들이 신간회에 가입하게 된 것은 자연스러운 일이었다. 신간회는 143개의 지회와 3만 명이 넘는 회원을 거느린 방대한 조직이 된다.

그러나 일부 극좌파 계급론자들은 신간회가 총괄 조직이 아니라 단지 대중의 협동 조직이나 무산 계급 운동의 도구 또는 매개체에 불과하다는 식으로 여론을 몰아간다. 말하자면 그들은 통일 전선의 마지막 목표가 프롤레타리아 혁명의 완성에 있음을 숨기지 않는다.

우리는 계급 내의 요소 단체간의 불등질성이 장차 필연적으로 총지도 기관인 당 — 즉 두뇌를 요구하고 수립할 것을 안다. 전 ×××××하기 위하여 가장 훈련되고 가장 단응된 추상적 부분 즉 당이 필연으로 출현할 것을 잘 안다. 그러나 현전 신간회는 과연 여사한 결정체에까지 지양되어 있는가. 아니다. 아직은 협동적 조직 통일기에 있는 매개적 형태에 있다. 즉 청년동맹, 농민동맹, 노동동맹, 예술동맹, 기타 대중 집단의 협동적 통일 조직이다.

이 시기에 있어서 씨 등과 같이 예술동맹을 그 지도에 일임한다는 것은 망상즈 급진적 추수주의인 외에 아무것도 아니다. 지금에 있어서 신간회의 지도를 받는다는 것은 오히려 협동을 혼란케 하는 것이다.

한설야, 「문예 운동의 실천적 근거」, 『조선지광』(1928. 1.)

카프는 방향 전환론과 신간회와 관련한 노선에서 불투명한 태도를 보인 박영희에게 책임을 묻는 한편, 처음에 이 조직을 제안한 김동환을 비롯해 이익상과 김석송 등을 동맹에서 제명하는 조치를 취한다.

이처럼 급진 좌파 세력의 주도권 행사로 좌우 갈등이 심화되고 곧 이어 일어난 만주사변에 긴장한 일제의 압력으로 신간회는 1931년 5월 16일자로 해체된다.

절충주의와 『문예공론』

민족 문학파의
거점이 된
『조선문단』

이 무렵 문단의 구도를 크게 나누면 카프파는 『개벽』을 중심으로, 민족 문학파는 『조선문단』을 거점으로 활동한다. 그러다가 안팎에서 충돌이 잇따르며 서로 한계를 인식하고 점차 상대방의 이념을 어느 정도 수용하려는 태도를 보인다.

정신 문화상으로 보면 민족주의는 자민족의 개성에 중심을 둔 문화 — 국민 문학의 수립을 기도하는 반면에 사회 운동 측면에서는 보편적으로 프롤레타리아 문학 — 계급 문학의 고조로서 전통적 관념의 파기 및 개조에 분망하게 된 것도 필연한 현상일 것이다.…… 그러한 이 두 경향이…… 피압박 민족의 실제 행동에서 양자가 합동 일치함이 각자의 운동을 일층 권위 있게 함이라 생각한다.

염상섭, 「반反전통 문학의 관계」, 『조선일보』(1927. 1. 15.)

국민 문학파에 속해 있던 염상섭의 이런 논리는 절충론의 큰 줄기를 이룬다. 가장 적극적으로 좌우 진영의 대립을 완화시키려고 노력한 사람은 양주동이다. 그는 극단적 종파주의는 현 단계에서 타당치 못하므로 계급론자와 민족주의자들이 합류할 것을 권고한다. 정노풍은 한 핏줄을 이어받은 조선의 민족주의 기반을 수용하면서도, 상황 논리에 따를 때 계급적 민족 의식이 당면 과제임을 주장하는 사회주의 편향적 절충론을 펼치기도 한다.

그러나 카프 진영에서는 이와 같은 절충파 모두를 민족주의의 한 분파로 간주하고 격렬하게 비난한다. 이런 카프 진영의 비난이 전혀 터무니없는 것은 아니었다. 정노풍은 제쳐놓더라도, 시조 부흥과 한글 활성화 운동 등 민족주의 군예 활동을 하던 염상섭과 양주동은 1927년 말에 시작된 제2의 내용·형식 논쟁 때 한결 우익 성향으로 기울기 때문이다.

내용·형식 문제가 다시 불거진 것은 카프 진영에서 차츰 좁아지는 입지를 의식한 박영희로부터 비롯된 측면이 크다. 박영희는 1927년 『예술운동』 창간호에 게재한 「무산 계급 문예 운동의 정치적 역할」, 1928년 『조선문예』 3월호에 발표한 「형식파와 마르크스주의」, 그리고 같은 해 『조선지광』 8월호에 발표한 「투쟁과 문예」 등을 통해 투쟁기에 예술의 형식을 구비하는 것은 시간 낭비일 뿐이라는 극단적 내용주의를 표명한다. 이에 절충파인 염상섭과 양주동은 본질적으로 문학은 내용과 형식이 분리될 수 없다고 반박한다. 특히 양주동은 카프 내부 논쟁을 촉발시킨 바 있는 김기진의 소설 건축론과 이에 따른 형식주의를 옹호하며 더 강한 형식주의를 내세움으로써 자신이 들고 나온 절충론의 뿌리가 문학의 독자성을 부정하는 계급론보다는 민족주의 편향임을 드러낸다. 그 뒤에도 박영희는 「최후의 문예 시감」[*], 김기진은 「양주동에 대한 시대적 공언」[**] 등으로 양주동의 절충론을 반박하고, 다시 양주동은 「문예상의 내용과 형식 문제」[***]로 대응하는 등 1929년까지 논쟁은 계속된다.

양주동과 『문예공론』을 중심으로 전개된 절충론은 좌우 합작 노선인 신간회의 결성과 때를 같이해 문예 통일 전선을 구축하려는 움직임을 보여준다. 그럼에도 이런 노력은 양측으로부터 호응보다는 비난의 눈총을 더 많이 받는다. 절충주의 문학론은 뒷날 나오는 동반자 문학이나 휴머니즘 문학 등 다소 유연한 형태의 문학에 일정한 실마리를 제공한다.

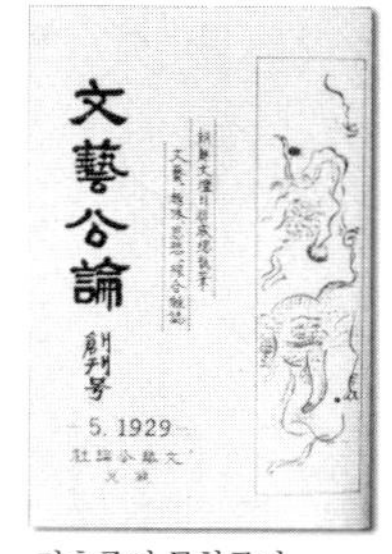

절충주의 문학론이
전개된 『문예공론』

---

[*] 『조선일보』(1928. 10.)
[**] 『조선지광』(1928. 6.)
[***] 『문예공론』(1929. 2.)

참고 자료

역사문제연구소 문학사연구모임, 『카프 문학 운동 연구』, 역사비평사, 1992

윤병로, 『한국 근·현대 문학사』, 명문당, 1992

백철, 『신문학 사조사』, 신구문화사, 1992

이형기, 「신문학 80년 개관」, 『한국 문학 개관』, 어문각, 1988

김윤식, 『박영희 연구』, 열음사, 1989

김재용 외, 『한국 근대 민족 문학사』, 한길사, 1993

「낙동강」, 신경향 소설이냐 프로 소설이냐

1927년 7월 『조선지광』에 조명희의 「낙동강」이 발표된다. 「낙동강」에 대한 카프 내부의 엇갈린 평가는 이내 논쟁으로 비화한다. 한쪽에서는 초기 신경향 소설의 한계를 극복하고 카프의 방향 전환론을 만족시킨 작품이라는 찬사가 나오는가 하면, 다른 한쪽에서는 농민의 빈곤 문제를 생존 차원에 국한시켜 바라봄으로써 빈곤의 근본 원인을 규명하지 못했으며, 사건이나 인물의 성격에 구체성이 결여되어 있다는 비판이 나오는 것이다. 「낙동강」 논쟁으로 문단은 막연한 이념이 아니라 구체적인 창작물을 놓고 논쟁하는 시대로 들어선다.

김기진은 「낙동강」에 대해 "이만큼 감격으로 가득 찬 소설이 있었던가.…… 이것은 현재 1920년 이후 조선 대중의 거짓 없는 인생 기록이고 독자 대중의 감정 조작에 성공했으며, 또한 각 인물에 상응한 성격과 풍모를 부여한 점에서 재래의 공상적 행방 불명의 빈궁 소설에서 벗어나 제2기의 선편을 던진 작품"[*]이라고 극찬한다. 이에 카프의 일원이자 '제3전선파'에 속한 조중곤은 「낙동강」이 "자연 생장기의 수법으로 표현에는 성공했지만 제2기의 작품이라 칭할 수 없다."[**]며, 현 단계에서 조선의 특수성을 정확하게 인식하고 마르크스주의적 목적 의식에 입각한 계급주의적 작품 행동과 표현을 해야 한다는 제2기 작품의 기준을 제시한다. 당시는

계급적 인식과
전망을 제시한
조명희의 『낙동강』

---

[*] 김기진, 「시감 이편」, 『조선지광』(1927. 8.)
[**] 조중곤, 「낙동강과 제2기 작품」『조선지광』(1927. 10.)

제3전선파의 강력한 정치적 이데올로기에 무게 중심이 기울어 있던 판라서 이 논쟁 역시 김기진이 스스로 견해를 거둬들이는 것으로 마무리된다.

조명희와 「낙동강」

충청북도 진천면 벽암리에서 태어난 조명희趙明熙(1894~1938)는 네 살 때 아버지를 잃고 홀어머니 밑에서 자란다. 진천소학교를 거쳐 중앙고보에 입학한 그는 뽕나무 장사를 하는 등 힘겹게 학비를 조달하다가 이윽고 중퇴하고 만다. 3 · 1운동과 관련해 몇 달 동안 감옥살이를 한 끝에 그는 어렵사리 일본으로 건너간다. 그는 고학생으로 도쿄 도요東洋대학 철학과에 다니면서 희곡과 시를 쓰기 시작한다. 1921년 조명희는 김우진 · 최승일 · 김영팔 등과 함께 '극예술협회'를 조직한 뒤, 재일 고학생과 노동자들로 구성된 '동우회'의 회관 건립 기금을 모으기 위한 국내 순회 공연 때 자작 희곡 「김영일의 사」를 무대에 올린다. 11월 그는 다시 희곡 「파사」를 써서 『개벽』에 발표한다. 그러나 1923년 생활고 때문에 학업을 채 마치지 못하고 귀국한 그는 1924년 1월 『개벽』에 「경이」· 「고독자」 등 다섯 편의 시를 발표한다. 같은 해 6월에는 시집 『봄 잔디밧 우에』를 펴내 시인의 면모도 보인다.

대표적인 신경향
작가로 꼽히는 조명희

이처럼 희곡과 시를 쓰며 문학적 분출구를 찾던 그가 소설가로서 앞날을 다짐하게 된 것은 1925년 2월 『개벽』에 「땅 속으로」를 발표한 직후의 일이다. 「땅 속으로」는 도쿄 유학생 출신의 주인공을 내세워 도시 빈민의 생활상을 다룬 소설이다. 김기진의 「붉은 쥐」 이후 신경향 소설이 하나의 흐름을 이루던 무렵, 조명희는 이 작품으로 최서해 · 이기영과 더불어 신경향 작가의 한 사람으로 떠오른다. 그의 고생스러운 현실 체험과 변혁에 대한 열정은 "우로 말고 아래로 파들어가자! 개, 도야지의 고통 속으로! 온 세계 무산 대중의 고통 속으로!" 식의, 여느 신경향 작가들과 다를 바 없는 격앙된 감정의 폭발과 구호로 작품에 표현된다. 그러나 1926년 「R군에게」· 「저기압」· 「마음을 갈아먹는 사람」· 「새거지」, 1927년 「한여름

밤」·「농촌 사람들」을 쓰는 동안 감정 표출은 차츰 절제된다. 이런 과정을 거쳐 「낙동강」에서는 감정 과잉 없이 민족적 계급 의식이 문학 작품으로 형상화되기에 이르는 것이다. 소설 「낙동강」의 기둥 줄거리는 다음과 같다.

농촌 출신의 사회 운동가인 박성운은 해외에서 독립 운동을 하다가 고향 낙동강 변으로 돌아와 야학과 소작 조합 운동을 펼친다. 이 과정에서 그는 백정의 딸이자 인텔리 여성인 로사와 만나고, 낙동강 주변 농민들의 생존과 밀접한 관계가 있는 강변 갈대밭에 대한 권리를 지키기 위해 투쟁한다. 이 일로 말미암아 감옥에 가게 된 성운은 병 보석으로 겨우 풀려나지만 이내 죽음을 맞는다. 이후 로사는 새로운 각오를 안고 유랑민들과 함께 북간도로 떠난다.

이 작품에서 조명희는 질곡의 역사를 뚫고 유유히 흐르는 낙동강, 삶의 터전을 찾아 이리저리 떠도는 식민지 백성, 한 혁명 운동가의 파란 만장한 삶을 오버랩시 킨다. 성운과 로사는 신교육을 받은 지식층이지만 농민과 백정 등 프롤레타리아 계급에 뿌리를 두어 소설은 어느 정도 객관성을 확보하게 된다. 초기 신경향 소설 에서 보이던 설교조나 한탄조 또는 격앙된 구호나 감정 과잉의 절규는 사라지고 차분히 냉정을 유지함으로써 오히려 우리네 기층 민중이 처한 참담한 상황을 선명 하게 새기고 있다. 특히 이야기가 죽음과 유랑으로 마무리되면서도 비극에 그치기 보다는 전망을 제시한다는 점에서 「낙동강」은 높은 평가를 받는다.

1928년 러시아 연해주로 망명한 조명희는 교직과 신문 편집자를 거쳐 주 정부 의 교육부장을 맡기도 한다. 아쉽게도 그는 「낙동강」 이후 「짓밟힌 고려」·「여자 돌격대」·「맹세하고 나서자」·「볼셰비키의 봄」 등 소설이 아니라 시를 주로 쓴다. 1937년 스탈린 정권 때 일제의 스파이로 오인받아 중앙 아시아로 강제 이주된 뒤 사형당한 그의 역정은 아쉬움을 넘어 큰 아픔으로 다가온다.

김기진·박영희의 사상 전환과 최서해 등의 빈궁 소설에서 비롯된 신경향 문학 은 조명희의 「낙동강」을 계기로 눈에 띄게 변모하는 양상을 보인다. 절제되지 않은 감정 표현과 맹목적 반항 의식 그리고 틀에 박힌 결말 등을 지양하고, 미진하나마 가난의 원인을 사회 구조적 차원에서 바라보려는 시도가 따르는 등 진일보하게 되는 것이다. 카프의 방향 전환론과 때를 같이해 나온 만큼 여러 각도에서 관심을 모은 「낙동강」은 더러 부정적 견해가 없지 않지만 계급적 인식과 전망을 제시했다는 점에서 우리 소설 문학의 업적으로 꼽힐 만한 작품이다. "신문학 가운데 가장 아름다운 자산"[*]이라거나 "이전의 신경향파 작품 경향과는 명백히 구별된다."[**]는 등의 찬사들이 이를 뒷받침한다. 「낙동강」은 신경향파 소설에서 프로 소설로 넘어가는 이행기의 대표작이자, 프로 문학의 한계를 극복하고 사회적 리얼리즘 소설로 나아가는 바로 전 단계의 여러 특징이 내재된 작품이다.

참고 자료

김우종, 『한국 현대 소설사』, 성문각, 1982
윤병로, 『한국 근·현대 문학사』, 명문당, 1992
이형기, 「신문학 80년 개관」, 『한국 문학 개관』, 어문각, 1988
김윤식·정호웅, 『한국 소설사』, 예하, 1993
조동일, 『한국 문학 통사 5』, 지식산업사, 1994
김재홍, 「조명희론 — 프로 문학의 선구, 실종 문인 조명희」, 『한국 현대 시인론』, 시와시학사, 1995

---

[*] 임화, 「중간사」, 『낙동강』(건설출판사, 1946)
[**] 백철, 『조선 신문학 사조사 — 현대편』(백양당, 1947)

우리는 우리 앞에 전진을 방해하고 저지하는

여러 가지 부패물을 제거하고 천신 만고를 참고 멀지 않은

우리의 목적지에 용감하게 돌진하자

1928

광주고보 맹휴 격문

4백 용사! 우리들의 투쟁이 점점 전개되어 가나 투쟁은 단순히 광고보光高普니 혹은 전남에만 한한 일이 아니다. 조선, 전세계에 연결될 것이다.

그렇기 때문에 전조선 수백만의 학생 대중은 우리들의 승리를 기다리고 2천만의 부여 민족은 우리들의 성공을 눈물을 머금고 갈망하고 있다.

자! 가자! 자유의 천지에! 용사야 힘이 있지? 용기를 내어 결정적으로 싸우자! 우리들의 싸움에는 승리가 있을 것이다. 이 승리는 실로 우리들 피압박 민족의 해방되는 싸움의 길이요 소생의 원천이 되는 것이다. 용감한 투사여! 우리는 우리 앞에 전진을 방해하고 저지하는 여러 가지 부패물을 제거하고 천신 만고를 참고 멀지 않은 우리의 목적지에 용감하게 돌진하자.

（ㄱ) 우리는 우리의 전부가 계속할 수 있는 데까지 싸우자.

（ㄴ) 우리들은 우리들의 몸으로 견고한 철성鐵城을 포위하자.

（ㄷ) 학교 당국에 서약서를 제출한 자는 우리들을 먹는 역적이다.

（ㄹ) 서약서를 제출한 자는 박멸 매장하자.

（ㅁ）우리들의 싸움을 저해하는 5학년 ○○○을 박멸하자.

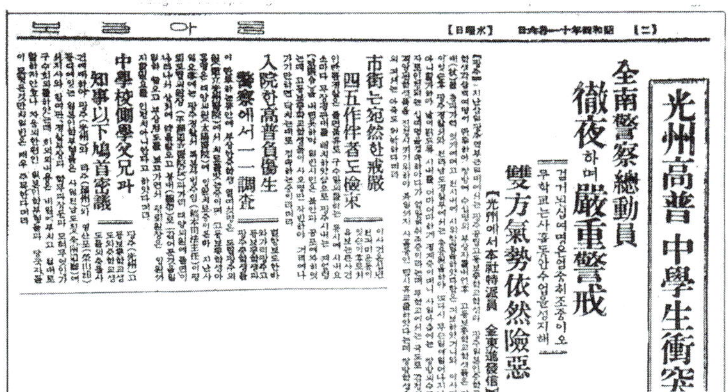

1928년 6월에 시작된 광주고보 제3차 맹휴 투쟁은 이듬해에 일어나는 광주학생운동의 촉매가 된다. 학생들은 '맹휴본부'를 구성해 조직적으로 맹휴·항일 투쟁을 펼치고, 이런 움직임은 국내의 호응뿐 아니라 재일 유학생들의 성원과 동조를 불러일으키기에 이른다.

제3차 맹휴 투쟁은 이경채 사건 즉, 광주고보생 이경채가 독립 선언문을 작성해 광주농고에 비밀리에 살포하다가 적발되어 체포, 퇴학당한 사건으로 촉발된다. 따라서 이 투쟁은 '식민지 교육 철폐'와 '독립 쟁취' 운동의 연속선 위에 놓여 있다.

투쟁의 햇불을 치켜든 광주고보 3차 맹휴로 학생 27명이 퇴학당하고 282명이 무기 정학을 받는다.

1928

1월
4 소련, 토지 소유 금지법 발표
0 일본 경찰, 공산당원 대검거 시작(제3차 공산당 사건)

3월
0 구기석·한일원 등, 상하이 프랑스 조계에서 재중국조선무정부주의자연맹 조직

4월
26 인도, 뭄바이의 방적 노동자들, 반제 총파업 거시(~10월)
0 백우용, 아악 채보雅樂採譜를 만듦(국악보를 오선지로 채보하기 시작)
0 무대예술연극협회, 창립 공연으로 윤백남 번안「영겁의 처」, 이설영 작「눈보라치는 밤」·「춤추는 마레리아」 공연

5월
3 일본, 제3차 산둥 출병, 산둥성 지난에서 국민 정부군과 충돌(지난 사건)
30 이탈리아·터키, 불가침 조약 조인

6월
9 중국, 북벌군 베이징에 입성, 북벌 전쟁 종료
30 구월산 단군 사당 강제 철거

8월
29 신의주형무소 미결수 2백여 명, 국치일단식동맹 조직

9월
27 대구고보, 빈번한 교사 교체에 반발해 맹휴에 돌입한 2·3학년생 190명 무기 정학 처분

10월
1 낙승희 등, 토월회를 다시 조직하고「이 망할 대감」·「사의 승리」 등 공연
8 중국의 장 제스, 국민 정부 주석에 취임

11월
2 즈선문예영화예술협회 창립
21 흥명희, 장편「임격정林巨正」을『조선일보』에 연재 시작

12월
20 영국, 조약을 맺어 중국의 국민 정부 승인
0 가요「황성 옛터」유행
0 최초의 영화 잡지『문예영화』창간

대중 예술론

대중 속으로 가는 '문학'

자체 이론 검토와 방향 전환의 새로운 방안 마련에 여러 모로 고심하던 카프 진영은 또 하나의 문제에 봉착한다. 일제의 식민 통치가 더욱 가혹해지고 민족의 살림이 갈수록 피폐해지는 상황에서는 방향 전환론을 만족시킬 만한 작품이 나오기 힘들며, 설사 전환론을 만족시키는 뛰어난 프로 문학 작품이 나온다 하더라도 과연 프롤레타리아 문학의 주체가 되어야 할 노동자·농민 계급이 그 작품을 얼마나 이해할 수 있을까 하는 문제가 바로 그것이다. 무산 계급의 상당수가 문맹이거나 지식을 제대로 갖추지 못한 실정인데, 방향 전환으로 더욱 딱딱해지고 난삽해진 어투는 정작 작품을 받아들여야 할 대중을 끌어들이기보다 오히려 문학으로부터 멀어지게 만든 것이 아닌가 하는 반성이 1928년 1월부터 활발하게 이루어진다. 한설야는 문학을 하는 지식층의 안이한 태도와 이에 대한 대중의 냉담한 반응을 날카롭게 지적한다.

사실상 대중은(의식층도) 문예에 큰 관심을 가지지 않았다. 그러나 이것은 이른바 문예 ─ 계급으로부터 유리한 채 점잔을 빼고 기실 뿌르의 주구 소임을 다하는 그 따위 문예에서 정 떨어진 대중의 당연한 표정이다. 이것은 우리에게 있어서 오히려 반가운 현상이다. 우리의 문예는 객년客年 후기의 방향 전환으로서 전면선의 과감한 부대가 되었다. 재래의 것과는 내용이 전연 다르다. 그러면 그 내용은 무엇인가? 그것은 곧 대중이 취하려는 그것이 아니면 안 된다.
한설야, 「1928년의 대중간의 문예 관계는 어떻게 진전될까」, 『조선지광』(1928. 1.)

이런 반성과 함께 한설야는 해결 방안으로 아주 평이하고 유연한 문학 태도로 대중과 접촉할 것을 권한다. 이어 2월에 김동환도 『조선지광』의 「조춘 잡감」에서 "새끼를 꼬며 읽어도 전후 맥락이 다 알리도록 그렇게 쉬운 말로 쓰기로 하자."고 제안하고, 5월에는 장준석이 『조선지광』에 발표한 「우리는 왜 작품을 쉽게 쓰지 않으면 안 되는가」에서 조선의 무산 계급은 노동자·농민 대중을 떠나 존재할 수 없다는 논리에 근거해 쉬운 예술을 강조하는 등 잇달아 쉬운 문학의 필요성을 주장한다. 특히 이북만은 7월 『조선지광』에 발표한 「사이비 변증론의 배격」에서 식민지 치하의 조선인 노동자들이 신문은 물론 소설·시·희곡 등을 읽을 수 없기 때문에 아주 일상적인 언어 표현을 빌린 간단한 시나 연극 그리고 알기 쉬운 포스터 등을 제작해야 하며, 이를 위해 예술가는 노동 대중 속으로 들어가야 한다고 주장한다.[*]

같은 해 11월, 김기진은 『조선일보』에 실린 「통속 소설 소고」를 비롯해 대중 문학 관련 논문을 몇 편 내놓아 다시 한 번 카프 내에 파문을 일으킨다.

이런 논문의 요지는, 아무리 카프의 방향 전환이 의도와 이론 면에서 옳다고 하더라도, 작품이 검열 때문에 왜곡되고 재미가 없어서 독자 대중으로부터 외면당하면 소용 없다는 것이다. 이에 대한 하나의 대안으로 내놓은 것이 우선 쉽고 재미있는 통속 소설이다. 통속 소설은 대중에게 다가서기도 용이하고 검열도 피할 수 있지 않겠느냐는 것이다. 이에 따라 쉽고 간결한 문체로 읽기 편하게 할 것은 물론, 성격 묘사보다는 심리 묘사에 치중해 사건의 기복을 뚜렷이 하고, 활자가 커야 하며, 표지가 화려하고, 싼 값으로 내놓아야 한다는 등 구체적인 방안도 제시된다. 이 듬해인 1929년 2월부터 3월에 걸쳐 『동아일보』에 기고한 「변증적 사실주의」와 『조선농민』에 발표한 「농민 문예에 대한 초안」 등에서 김기진은 대중이 눈으로 읽는 것보다 귀로 듣는 데 더 익숙하기 때문에 낭송하기 쉬운 민요 형식 같은 운문체의 프로 시가 적합하다고 주장하며 이를 적극 권장한다.

같은 해 4월 『동아일보』에 기고한 「대중 소설론」, 『조선문예』에 발표한 「단편 서사시의 길로」, 『문예공론』에 발표한 「프로 시가의 대중화」 등의 글을 통해 그는 소

---

[*] 역사문제연구소 문학사연구모임, 「프로 문학의 전개」, 『카프 문학 운동 연구』(역사비평사, 1992)

설을 일부 교양 있는 지식층에 의한 ‘프롤레타리아 소설’과 무지한 노동자·농민·부녀자 계층의 ‘대중 소설’로 크게 나눈다. 아울러 무지한 대중은 오랜 시일 동안 교양과 훈련이 필요하며, 이들의 문학 취미는 50년 또는 1백 년 전의 「아리랑」·「육자배기」·「춘향가」·「심청가」 같은 흥미 위주의 통속 가요나 소설 등에 머물고 있다고 설명한다. 그는 이런 대중에게 다가서기 위해서 첫째, 제재를 노동자와 농민의 일상 견문에서 취할 것, 둘째, 물질 생활의 공평성과 제도의 불합리에서 생기는 비극을 주요소로 하되 원인을 명백히 할 것, 셋째, 숙명적 정신의 참패와 함께 새로운 희망과 용기 있는 인생을 그릴 것, 넷째, 신·구도덕의 가정적 충돌을 보이되 반드시 신사상이 승리하게 할 것, 다섯째, 빈부 갈등을 그리되 정의의 승리로 끝나게 할 것, 여섯째, 남녀의 연애도 좋은 주제이나 정사 장면은 피할 것 등 세부 지침까지 내놓고, 대표적 형식으로 ‘단편 서사시’를 제안한다.

팔봉 김기진의 이런 주장에 카프 진영의 문인들은 다시 발끈해 들고 일어난다. 임화를 비롯한 카프 맹원들은 김기진의 대중 문학론을 반프롤레타리아 성향의 이론으로 보고 혹독하게 비판하고 나선다. 특히 카프 진영에 가장 큰 파문을 일으킨 김기진의 발언은 1929년 2월과 3월에 걸쳐 『동아일보』에 발표한 「변증적 사실주의」에서 “우리들의 문학은 많은 사람이 알아보도록 쉽게 만들어야 한다. 더구나 작년 1년 이래로 극도로 재미없는 정세에 있어서 우리들의 연장으로서의 문학은 그 정도를 수그리어야 한다.”고 한 대목이다. 임화는 8월 『조선지광』에 발표한 「탁류에 항抗하여」라는 글에서 진정한 예술인은 “아무러한 더 재미없는 정세에서라도 현실을 솔직하게 파악하여 엄숙하고 정연하게 대오를 사수하는 것이 정당히 부여된 역사적 사명”이며, 문학을 “검열 문제에 맞추라는 것은 무장을 해제하라는 말이나 마찬가지”라고 하면서, 김기진을 상황에 따라 타협할 수 있는 개량주의자라고 몰아붙인다. 그는 덧붙여 프롤레타리아 문학은 마르크스적 ‘전위’의 관점에 따라 ‘사회적 사실주의’에 맞게 창작해야 한다는 주장을 펼친다.

김기진은 1929년 9월 20일부터 22일까지 『동아일보』에 실린 「예술 운동에 대하여」라는 글에서 "예술상의 특수 문제를 일률一律로 정치 이론으로써 규정하려 하는 오인을 버려야 한다."고 임화에 맞서며, "극도로 곤란한 객관적 정세와 우리의 작품 행동을 문제 삼을 때, 우리의 의견은 우리가 붓대를 꺾는 것보다는 할 수 있는 데까지 애써"야 하지 않겠느냐고 자신의 주장을 조금도 굽히지 않는다. 그는 이어서 "작품 행동만으로 예술 운동은 다하였다고 하는 말이 아니다. 우리는 작품을 가지고 직접 공장으로 농촌으로 들어가야만 한다. 그런데 그렇게 함에 있어서는 가지고 갈 만한 작품, 그 물건이 먼저 있어야 한다. 그럼에도 불구하고 우리들 중에는 그러한 작품이 아직까지 거의 생산되지 못하"지 않았느냐고 반론을 나 놓는다.

주요 신문·잡지를 통해서만 예술 활동이 가능하다고 믿은 그에 대해 임화는 『조선지광』 11월호에 발표한 「김기진 군에게 답함」에서 김기진이 "작품 만능, 소시민적 명예욕, 예술 지상주의"에 빠져 있다고 다시 몰아붙인다. 임화는 김기진이 "주로 쁘르 신문과 쁘르 잡지를 통하여서만 행하던 운동 경향, 즉 우리들 자신의 기관의 강대화보다도 다른 기관의 이용을 과중 평가"해 "춘향전식으로 난국을" 피하려 든다고 비난하며, 하나의 대안으로 더욱 적극적인 협동 단체나 기구를 통한 예술의 대중화를 제시한다.

어쨌든 대중과 예술의 거리를 좁히기 위한 노력은 책상을 벗어나서 대중 속으로 뛰어들어 생활하고 체험한 바를 바탕으로 창작이 이루어져야 하며, 대중이 이해할 수 있는 쉬운 작품을 내놓아야 한다는 공감대를 이끌어내게 된다. 이 점은 프로 문학계만이 아니라 한국 문학 전체로 봐서도 값진 수확이라고 할 수 있다. 그러나 카프 진영은 여전히 대중을 문학의 '주체'가 아니라 '대상'으로 바라봄으로써 대중 문학론의 핵심에 이르지 못하며, 진정 대중과의 관계를 고민하기보다 문학을 프롤레타리아 조직의 정치적 선전 도구의 한 방편으로 인식하는 오류를 범한다. 이런 경향은 논쟁에서 고지를 점한 임화·이북만이 일본으로 건너가 김남천·안막 등과 함께 더욱 강성을 띤 볼셰비키 혁명 이념을 안고 돌아옴으로써 훨씬 심각한 양상으로 치닫는다.

참고 자료

역사문제연구소 문학사연구모임, 『카프 문학 운동 연구』, 역사비평사, 1992

윤병로, 『한국 근 · 현대 문학사』, 명문당, 1992

백철, 『신문학 사조사』, 신구문화사, 1992

정한숙, 『현대 한국 문학사』, 고려대학교 출판부, 1994

홍명희

선비이자 자유주의 작가

1928년에 연재가 시작된 홍명희洪命熹(1888~1968)의 소설 「임꺽정」은 피지배 계층의 다양한 인물과 성격, 사건을 버무려 막힘 없이 이야기를 끌고 나간다. 언뜻 보면 조선 시대에 허균이 지은 「홍길동전」의 구조를 떠오르게 하지만, 실록을 바탕으로 인물과 사건을 정밀하게 그려낸 점에서 터무니없는 과장을 일삼던 고대 영웅 소설과는 뚜렷이 구분된다.

홍명희는 충청도 괴산에서 명문가의 장남으로 태어난다. 그의 증조부는 이조 판서를, 조부는 참판을 지낸 바 있으며, 아버지는 경술년에 국치를 당하자 자결한 홍범식이다. 이 풍산 홍씨 문중은 자체로 문고를 이룰 만큼 많은 저술을 남긴 집안으로도 유명하다. 대표적인 문학가로는 「한중록」의 혜경궁 홍씨, 「순오지」 등 비평적 업적을 많이 남긴 홍만종, 그리고 바로 「임꺽정」의 홍명희를 꼽을 수 있다.

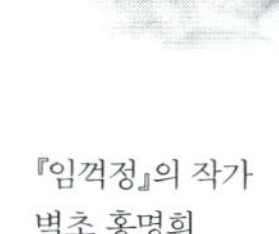

『임꺽정』의 작가
벽초 홍명희

홍명희는 두 살 나던 해에 어머니가 병사한 뒤 증조모와 대고모의 보살핌 속에서 자란다. 어릴 적에 한학을 익힌 그는 일곱 살 때부터 한시를 지으며, 「삼국지」 등의 중국 소설을 섭렵한다.

소설은 그 해 정월 노는 때에 대고모부의 집에서 「삼국지」 한 권을 빌려다 놓고 첫 권서부터 두서너 권은 집안 노인 한 분과 같이 보았다느니보담 배웠고, 그 다음 십여 권을 나 혼자서 보았다.…… 그 뒤로는 길게 소설 보기에 반하여 『논어』·『맹자』보다도 『동주열국전』·『서한연의』 등속을 탐독하게 되었던 것이다.

홍명희, 「자서전」, 『삼천리』(1929. 6.)

열두 살이던 1900년, 홍명희는 을사조약 직후 자결한 민영환과 재종 관계인 민영만의 딸과 결혼한다. 이 부부는 매우 금슬이 좋았다고 한다. 남편 홍명희는 당시의 가장들이 "일반적으로 몹시 근엄했던 것과는 달리, 자제들이 보는 앞에서까지도 부인을 아끼는 태도를 숨기지 않았"[*]으며, 개화기 이후 많은 지식인이 조혼한 부인을 버리고 신여성과 사귀어 재혼하던 풍속과 달리 두 사람은 평생을 해로한다.

홍명희는 열네 살께 서울 중교의숙中橋義塾에 입학해 다소 늦게 신학문을 접한다. 1903년에 장남 기문을 얻는데, 이 때 아버지인 그는 겨우 열다섯 살이었고, 기문의 할아버지 또한 서른두 살 젊은이였다. 홍명희 스스로 "망발로 형제와 같은 부자"[***]라고 말할 만큼 그는 뒷날 아들과 줄곧 동지 또는 동반자 관계를 유지한다. 두 사람은 부자 사이에 담배도 마주 피우고 술도 같이 마셔서 한동안 세간의 화제가 되기도 한다.

열여덟 살 때 그는 일본으로 가서 중학교 진학을 준비한다. 여느 유학생들이 속성으로 간판을 따곤 했지만, 일본말을 철저하게 배우고 신학문을 기초부터 다지기 위해 준비 기간을 가진 것이다. 1907년 그는 다이세이大成중학 3학년에 편입해 1910년까지 같은 학교에 다닌다. 이 무렵 일본과 서양의 문학 서적을 접하게 되는데, 특히 중학교 3학년 2학기 때부터 본격적으로 독서에 매달린다. 그는 "반드시 처음부터 끝까지 읽는다. 한 책을 보는 동안 다른 책은 읽지 않는다. 되도록 속히 읽는다."는 자신의 독서법을 지키며 도스토예프스키의 소설과 바이런의 시, 자연주의 계열의 일본 작가들의 작품뿐 아니라, 금서로 분류된 좌파 사상가들의 저술과 풍기 문란 딱지가 붙은 책도 가리지 않고 섭렵한다. 그가 이광수 · 최남선 등과 만나 교유한 것도 이 무렵의 일이다. 이 세 사람을 "동경 유학생 중 삼재사三才士", "조선 삼재", "조선 문학을 창조한 세 분"이라고 일컫기 시작한 것도 이 무렵인 셈이다. 1910년 스물두 살 나이의 홍명희는 갑자기 귀국길에 오른다.

---

* 강영주, 「벽초 홍명희」, 『역사비평』 (1992 가을)
** 홍명희의 아들 기문의 저서인 『조선 문법 연구』(서울신문사, 1947) 서문

우리 조선 청년의 생활 내용은 전에 없이 고답하고 공소하다. 그 원인은 '일부 소거一部小擧', '양반 조신兩班操身', 사람을 따라 가지가지 원인 근인이 있을 것이나 일반적으로는 장자의 간섭, 유린이 심한 것을 최대의 근인이라 할 것이다. 간섭 유린이 청년들에게 고통이 될 것은 정한 일이라 청년들이 고통을 면할 수단으로 '후레자식 구락부' 같은 것을 모으면 어떠할까 이것이 일종의 묘안이 아닐까?

홍명희, 「청춘을 어찌 보낼까」, 『별건곤』(1929. 6.)

유학 시대를 회고한 진술에서도 알 수 있듯이, 고루한 인습의 굴레를 답답하게 느낀 나머지 '후레자식 구락부'를 생각해낼 만큼 그의 내면에서는 주체할 길 없는 반항 정신이 뻗쳐오른다. 이런 그가 민족 차별이 따르던 일본 유학에 회의를 느끼고 귀국한 것은 당연한 일인지 모른다. 이 무렵 홍명희는 금산 군수였던 아버지가 1910년 경술 국치에 비분 강개해 자결하는 엄청난 사건과 맞닥뜨린다.

기울어진 국운을 바로잡기엔 내 힘이 무력하기 그지없고 망국노의 수치와 설움을 감추려니 비분을 금할 수 없어 스스로 순국의 길을 택하지 않을 수가 없구나. 피치 못해 가는 길이니 내 아들아, 너희들은 어떻게 하나 조선 사람으로서의 의무와 도리를 다하여 잃어진 나라를 기어이 찾아야 한다. 죽을지언정 친일을 하지 말고 먼 훗날에라도 나를 욕되게 하지 말아라.

홍명희는 아버지가 남긴 이 유언을 액자에 끼워서 책상 앞의 벽에 걸어놓고 평생 이를 지키기 위해 애쓴다. "나는 「임꺽정」을 쓴 작가도 아니고 학자도 아니다. 홍범식의 아들, 애국자다. 일생 동안 애국자라는 그 명예를 잃을까봐 그 명예에 티끌조차 묻을세라 마음을 쓰며 살아왔다."*는 말은 그의 이런 마음가짐을 잘 나타낸다.

3년상을 치르고 나서 홍명희는 1913년에 집을 떠나 만주 · 베이징 · 상하이 · 난양 등지를 떠돈다. 이 때 중국에 망명중이던 신채호 · 정인보 등과 만나게 되는데, 그는 이들의 자주 독립 사상에 감화받고 떠난 지 6년 만에 돌아온다. 1919년 3 · 1운동에 앞장선 그는 1년 반 동안 감옥살이를 한다. 1920년 만기 출소한 그는

---

* 현승걸, 「통일 염원에 대한 일화」, 『통일예술』 창간호(1990)

쇠약한 몸으로 집안 형편이 기운 데 따른 생활고와 셋째아들 기하의 죽음까지 겪는다. 그러다가 1923년 좌익 사상 단체인 '신사상연구회'*에 가입해 간부로 활동하며, 1924년 『동아일보』의 편집국장을 거쳐 1927년 『시대일보』의 사장을 지내는 등 언론계에 종사한다. 『동아일보』에 있을 당시 그가 가장 관심을 기울인 쪽이 문학 분야다. 1924년 12월 『동아일보』는 2천 원이라는 거금을 걸고 「춘향전」을 현대 소설의 수법으로 개작한 작품을 공모한다. 또 1925년 1월에는 우리 신문 사상 최초로 신춘 문예 제도를 실시, 한국 문학의 미래를 개척하는 데 앞장선다.

얼마 뒤 『시대일보』가 경영난으로 문을 닫자 그는 휘문고보 · 오산중학 · 경신고보 · 연희전문 · 중앙불교전문학교 등에서 교직 생활을 하는 한편, 1926년 1월 카프의 기관지 『문예운동』 창간호에 「신흥 문예의 운동」을, 제2호에 「예술 기원론의 일절」을 발표한다. 아울러 그는 '신간회' 창립 때 발기인으로 적극 참여한다. 신간회는 1927년 홍명희를 비롯해 문일평 · 신채호 · 안재홍 · 한용운 등 28인의 이름으로 창립이 공포된다. 신간회의 강령과 규약 등은 홍명희의 지시로 제정되며, 신간회라는 이름을 지은 사람도 그다. 처음에는 '신한회'라고 하나 총독부의 반대에 부딪히자 '한韓'과 같은 뜻으로 쓰이는 '간幹'으로 바꾸어 신간회가 된다. 신간회 부회장을 맡은 홍명희는 1928년 11월 20일 『조선일보』에 「임꺽정」**을 연재한다.

1928년에서 1940년 사이에 「임꺽정」은 몇 번이나 연재가 중단된다. 이 가운데 한 번은 홍명희가 1929년 광주학생운동 진상 보고를 위한 민중 대회 사건에 연루, 다른 신간회 간부들과 함께 감옥에 갇혔을 때의 일이다. 연재가 중단되자 독자들의 항의가 빗발쳐서 신문사에서는 경찰과 교섭해 유치장 안에 책상과 원고지를 마련해주어 작가에게 소설을 계속 집필하게 한다. 이로써 「임꺽정」은 중단 11일 만에 다시 이어진다.*** 물론 이런 상태로 집필을 오래 지속할 수는 없어서, 홍명희는

---

* 얼마 뒤 '화요회'로 개칭된다.
** 1928년 처음 연재될 때의 제목은 「임거정전林巨正傳」이었는데, 중단 뒤 1937년 다시 연재되면서 「임꺽정」으로 바뀐다.
*** 「조선일보 연재 소설 66년」 『조선일보』(1986. 4. 4.)

3년 남짓 옥고를 치르고 나와 1932년 12월부터 다시 연재를 시작한다. 이후에도 몇 차례 연재 중단과 집필 재개가 이어지다가 1940년 10월 "조선 초유의 대작"이자 "조선 현대 문학의 거탑"이라는 찬사를 듣던 대하 역사 소설 「임꺽정」은 미완성인 채로 막을 내린다.

해방 직후 홍명희는 '조선문학가동맹'에 가입해 중앙집행위원회 위원장으로 추대된다. 정치 운동에도 나서 1947년 그는 중도 좌파에 속하는 민주득립당의 결성을 주도, 지도자가 된다. 이미 몇 차례에 걸쳐 평양행을 감행한 바 있던 그는 1948년 남북 연석 회의를 계기로 당원들을 이끌고 월북한다. 이런 결정은 그가 공산주의자여서가 아니라 당시의 상황에서 불가피한 측면이 컸다. 즉, 제거되어야 마땅할 친일 세력이 오히려 권력의 중심부에 진입하는 남한의 정국을 홍명희로서는 그냥 보아넘길 수 없었을 것이다. 월북 뒤 그는 부수상과 과학원장 등을 역임하며 임화와 김남천 등을 비롯한 대부분의 문인이 숙청의 비운을 맞는 가운데서도 비교적 순탄한 길을 걷는다. 벽초 홍명희는 1968년 여든 살을 일기로 숨진다. 그의 무덤은 북한의 혁명 열사릉에 있으며, 빗돌에는 "홍명희 동지 내각 부스상 1888년 7월 3일생 1968년 3월 5일 서거"라는 간단한 글귀가 새겨져 있다.

역사 소설 『임꺽정』

문학이 현실에 응전하는 방법은 다양하다. 식민지 시대의 작가들은 검열 같은 노골적인 방법으로 의식을 옥죄는 일제의 압박에 점점 위축된다. 현실 비판 발언은 은유나 우회적 풍자 등에 의지할 때만 가능한 상황이 이어진 것이다. 따라서 작가들은 다각적으로 돌파구를 모색하는데, 이윽고 상상력을 옥죄는 현실에 응전하는 새로운 방법으로 주목하게 된 것이 바로 역사 소설이다. 동질감이라는 정서적 토대 위에 역사 속의 인물과 공간을 끌어들이면 검열을 피하면서도 딘족 의식을 고취시키고 미래에 대한 전망을 제시할 수 있다는 점에 착안한 것이다. 홍명희의

「임꺽정」 역시 이런 의도와 배경 속에서 수태된 작품이다.

임꺽정은 1559년(명종 14)에 등장, 관리들과 토호 세력에 맞서 의적 활동을 벌이다가 조정 토벌대와 치열한 싸움 끝에 포살된 실존 인물이다. 홍명희의 「임꺽정」은 『기재잡기』와 『명종실록』 등에 나오는 사료들을 축으로 하고, 여기에 다시 야담과 야사들을 섞어 버무린 장편 역사 소설이다. 홍명희는 임꺽정이 실존한 시대와 자신이 몸담은 시대는 4백 년 가까운 시차가 있지만, 여전히 지배 계층의 억압 밑에서 신음하고 있는 민중의 삶과 현실에 내재된 모순을 눈여겨본다. 바로 이와 같은 모순 구조를 불가사의에 가까운 역사 속의 한 실존 인물을 내세워 보여준 것이다.

총 5편으로 구성된 이 소설에서, 전반부인 「봉단편」·「피장편」·「양반편」은 화적패가 결성되기 이전인 연산조의 갑자사화부터 명종 때의 을묘왜변에 이르기까지 약 50년 동안에 생긴 일들을 주로 다룬다. 후반부인 「의형제편」·「화적편」은 다양한 출신의 하층민들이 청석골로 들어와서 화적패가 된 경위와 일곱 의형제가 조정과 양반 무리를 상대로 펼치는 활동상이 중심을 이룬다.

첫 편인 「봉단편」은 임꺽정이 태어나기 이전, 연산조 시절에 벌어진 일들을 주로 담고 있다. 홍문관 교리 이장곤은 갑자사화로 말미암아 유배 생활을 하던 중 도망쳐 신분을 숨기고 떠돌다가 우연히 머물게 된 고리 백정의 집 딸인 봉단과 혼인한다. 이후 중종 반정이 일어나자 이장곤은 신분을 밝혀 동부 승지로 천거되고, 봉단은 왕의 배려로 숙부인으로 봉해지며, 봉단의 외삼촌 임돌은 양주 소 백정의 데릴사위가 되어 임꺽정을 낳는다. 한편, 양주팔은 묘향산에서 도술을 배운다.

다음 편인 「피장편」은 임꺽정이 갖바치*가 된 양주팔의 집에 머물며 이봉학·박유복 등과 사귀고 학문과 검술을 익히는 과정, 불도에 입문해 병해 대사가 된 양주팔을 따라 전국을 유람하는 과정을 그린다. 유람 도중 이황·서경덕·정희량 등과 만나며, 조광조에게 정변을 예시하고 신비한 힘을 발휘하는 양주팔의 행적, 그리

---

* 가죽신 만드는 일을 업으로 삼는 사람을 말한다.

고 백두산에서 살던 처녀 운총과 결혼하는 임꺽정의 이야기가 펼쳐진다.

이어 「양반편」은 중종 말년에서 명종대에 이르는 과정을 담고 있다. 의혹에 싸인 인종의 죽음, 승려 보우를 둘러싼 불교의 부패상, 명종의 외척 윤원형이 꾸미는 갖가지 음모를 비롯한 궁정 안팎의 권력 다툼, 여기에서 비롯된 을사사화와 을묘왜변 등 혼란스러운 시대 배경 속에서 임꺽정·이봉학·배돌석 등이 펼치는 활약상이 소개된다.

작가의 수감과 와병으로 중단되었다가 연재가 재개된 「의형제편」에서부터 이 소설의 옹골진 재미와 진면목이 드러난다. 여기서는 청석골 패거리가 강탈한 봉물을 선물로 받은 것이 인연이 되어 다양한 출신의 하층민들이 청석골에 들어오게 되기까지의 경위를 담는다. 행랑 어멈의 유복자 박유복, 빈농 출신 머슴 곽오주, 임꺽정의 처남이자 백두산으로 도망친 관노비의 자식 황천왕동, 역졸 출신 배돌석, 양반의 서자 이봉학, 가난한 소금장수 길막봉의 파란 만장한 인생 역정을 통해 지배층의 부패와 가혹한 수탈로 말미암은 민중의 피폐한 실상을 드러냄과 아울러 순박한 백성이 도적이 될 수밖에 없는 저간의 사정을 보여준다. 임꺽정을 비롯한 일곱 사람은 곧 의형제를 맺고, 여기에 아전 출신의 서림이 합류해 화적패를 결성한다.

다음 「화적편」에서는 이렇게 결성된 청석골의 화적패 사이에서 임꺽정이 두령으로 추대된 이후의 이야기가 이어진다. 힘이 장사인 백정 출신 임꺽정은 여러 화적 세력을 규합한 뒤, 평안도·함경도·강원도·경기도 등지를 휩쓸며 조정에서 임명한 지방 수령들을 상대로 의적 활동을 벌인다. 임꺽정 패거리는 지방 수령들이 서울로 보내는 봉물을 중간에서 강탈하고 마패를 위조, 금부도사로 위장해 군수들로부터 융숭한 대접을 받는가 하면, 관청의 옥을 부수고 동료들을 구출하는 등 눈부신 활약을 펼쳐 조정과 지방 수령들을 곤경에 빠뜨리고 두려움에 떨게 한다.

이 과정에서 두령 임꺽정이 서울 장안의 이름난 기생집에 드나들며 기생 셋을 첩으로 삼는 등 다소 안일한 향락에 빠지면서 청석골 화적패는 위기를 맞는다. 어

조선 초유의 대작이라는 찬사를 받은 홍명회의 대하 역사 소설 『임꺽정』

느 날 기생집에 있던 임꺽정은 포교들의 습격을 받고 치열한 싸움 끝에 가까스로 빠져나오지만 세 여자는 붙잡히고 만다. 아전 출신 서림의 배신으로 평산 군수를 살해하려던 패거리는 곤경에 빠지고, 관군과 결전을 벌인 끝에 산 속의 근거지로 돌아오지만 수를 늘려 뒤쫓아온 군졸 무리 때문에 다시 위기에 빠진다. 이내 패거리는 청석골에서 나와 구월산성으로 근거지를 옮기는데, 갑자기 여기서 이야기가 중단된다. 무려 12년에 걸쳐 2백 자 원고지 1만 3천 장이 넘는* 규모로 쌓이던 이 대하 역사 소설은 결국 미완성인 채로 막을 내린다.

의도한 대로 홍명희는 역사 소설 「임꺽정」을 통해 지배 계층의 모순에 맞서는 민중의 힘을 당대의 거울에 비추어 옮겨놓는다. 이로써 작가는 식민지 치하에서 억압받는 기층 민중의 분노와 저항에 정당성을 부여하며, 의적의 활약상과 곤경에 빠져 허둥거리는 지배 계층을 보여주어 우회적이나마 대중의 갈증을 풀어준다.

장편 「임꺽정」을 구성하는 다섯 꼭지는 한 묶음마다 시간과 공간을 달리하면서도 전체의 흐름이 끊기지 않고 유기적으로 결합되어 있다. 작가는 시대의 흐름 속에서 부침하는 여러 왕조를 이야기 속에 담으면서 궁중의 여러 법도와 세태를 꼼꼼하게 되살려 보여준다. 게다가 출신만큼이나 각양 각색인 임꺽정을 비롯한 화적들의 성격, 각 지방의 민간 풍속과 전설, 속담과 속어 등이 곳곳에 깃들여 소설의 세부를 풍성하고 맛깔스럽게 만든다. 이로 말미암아 「임꺽정」은 "한 시대의 생활의 세밀한 기록이요 민속적 자료의 집대성", "조선 어휘의 일대 어해語海",** "깨끗한 조선말 어휘의 노다지"*** 라는 찬사를 듣는다. 당시 역사 소설을 집필한 작가들이 흔히 현실 도피의 방안으로 잠시 나들이를 하는 데 그친 정도인 반면, 홍명희는 10년이 넘도록 오직 역사 소설 한 장르에, 그것도 「임꺽정」 한 편을 위해 방대한 양의 책을 읽고 자료를 수집하는 등 온갖 열정을 쏟아붓는다.

---

* 장양수, 『한국 의적 소설사』(문예출판사, 1991)
** 이효석, 『조선일보』(1939. 12. 31.)
*** 이극로, 『조선일보』(1937. 12. 8.)

이런 찬사와 대조적으로 임화는 "작품을 관류하는 정열" 없이 "그 시대의 인물들과 생활상의 만화경과 같은 전개"*를 보인 세태 소설에 불과하다는 평가를 내린다. 하층 계급의 핵심인 농민의 삶과 생활이 소홀히 다루어진 것, 소설의 후반부에서 임꺽정이 부하들을 산채에 남겨두고 혼자 서울의 기생집에 드나들며 첩을 셋이나 두는 등 향락에 젖어드는 것, 무고한 평민에게까지 뚜렷한 동기 없이 약탈·방화·살인을 자행해 의적과는 거리가 먼 행적을 보이는 것 등은 애초 임꺽정을 주인공으로 내세운 작가의 의도가 굴절되었거나 훼손되었다는 느낌을 준다. 이런 측면은 작가가 왕조에서 편찬한 실록을 지나치게 충실히 따른 데서 비롯된 것으로 보인다. 그러나 한편에서는 무식하고 투박하며 때로 잔인성이 드러나기도 하는 도적을 도적답게 사실적으로 그림으로써, 도식성에서 탈피, 작품에 현실감과 생명력을 불어넣었다는 평가도 나온다.

그렇다고 해도 당대 사회의 계급적 갈등과 사회에 내재된 여러 모순을 드러내려는 시도는 작가 자신의 혼돈 때문에 약화되거나 김이 빠져버린 느낌이 없지 않다. 계급을 타파하자며 모인 화적 패거리 내부에도 또 하나의 지배·피지배 계층이 형성되고, 이는 곧 현실 세계의 강자와 약자의 모순 관계를 재생산한다. 게다가 일곱 두령급을 제외한 나머지 졸개들의 삶과 활동은 거의 무시됨으로써, 임꺽정의 울분이 사회적 모순을 인식한 데서 나온 것이 아니라 그저 자신의 천한 신분에서 비롯된 개인적 분노와 복수심으로 떨어지고 마는 느낌을 주는 것도 「임꺽정」의 한계로 지적할 수 있겠다.

참고 자료

김윤식·정호웅, 『한국 소설사』, 예하, 1993

강진호, 「역사 소설과 임꺽정」, 『민족 문학사 강좌 하』, 창작과비평사, 1995

김재용 외, 『한국 근대 민족 문학사』, 한길사, 1993

정한숙, 『현대 한국 문학사』, 고려대학교 출판부, 1994

장양수, 「식민지민 울분의 우회적 폭발 임거정」, 『한국 의적 소설사』, 문예출판사, 1991

---

* 임화, 「세태 소설론」, 『문학의 논리』(백양당, 1939)

새 조선 건설의 역사적 사명을 띠고 있는

미약한 우리들을 지도, 후원하여 용기를 돋아 주서서

일치 협력으로 문제의 해결에 노력하여 주시기를 바랍니다

1929

학부형들에게 보내는 글

부형 제씨여! 자기 자제 한 개인을 위하여 학교 당국에 익익 예속益益隸屬한다는 것보다도 차라리 우리들의 전체를 위하여 분투하여 주십시오. 이것이 정당한 길일 것이며 문제를 속히 해결시키는 유일한 방침입니다. 지금 서약서를 제출한다 할지라도 일 개인이 통학하기는 도저히 불가능한 일이며 결국에는 문제가 순조로이 해결된다 할지라도 그 사람에게는 불가피의 위험이 육박될 것입니다.

부형 제씨여! 좀더 타산적으로 비판 결정하십시오. 지금부터는 우리들도 각각 그 개성을 4백의 맹휴단에 의탁하고 결정적으로 항쟁하려 합니다. 제씨여! 부자 형제 전력 결심하여 문제 해결에 노력해 주시지 않으시렵니까?

보십시오. 학교측의 폭행은 더욱더욱 악화되어 가는 형편으로서 어떤 학부형에게 대한 무리, 1년생에게 대한 무조건 구타, 맹휴생에 대한 폭압 등 현단계에 있어서 분기憤起치 않는 자는 피 없는 인간이요, 눈물 없는 인간입니다.

부형 제씨여! 우리들은 혈통적으로 부자 형제는 아닐지라도 민족의 계통적 부자 형제임은 사실입니다. 그렇기 때문에 새 조선 건설의 역사적 사명을 띠고 있는 미

약한 우리들을 지도, 후원하여 용기를 돋아 주셔서 일치 협력으로 문제의 해결에 노력하여 주시기를 바랍니다.

광주고보 맹휴 중앙본부

1929년 11월 3일, 광주에서는 일제의 굴욕적인 식민지 교육에 대한 우리 나라 학생들의 불만이 고조되던 차에 광주고보생과 일본인 학생의 사소한 충돌을 계기로 항일 운동이 일어난다. 이 운동은 곧 전국의 학생들이 참가하는 반일 투쟁으로 번진다.

광주학생운동은 3·1운동 이후 최대의 항일 투쟁으로, 해방 뒤에 11월 3일을 '학생의 날'로 정해 이를 기념하게 된다.

학생들은 광주고보 맹휴 중앙본부를 통해 「학부형들에게 보내는 글」과 「격문」 등 많은 유인물을 쏟아내면서 투쟁의 정당성을 밝히고 계속적인 항쟁을 촉구한다.

1929

2월
22 조선가요협회 창립

3월
11 신간회 전국 대회, 총독부에 의해 봉쇄
28 타고르, 『동아일보』에 「조선은 아세아의 등촉」기고

4월
13 최현배 저 「우리 말본」 제1편 간행

6월
10 일본, 척무성을 설치해 식민지 통괄
14 월간『삼천리』창간

7월
22 언문철자법조사위원회, 한자음의 표음 표기, 정음의 사용, 종성의 부활 등을 채택하기로 결정

8월
0 예루살렘에서 아랍인의 대규모 유태인 습격 발생(통곡의 벽 사건)

10월
24 미국, 뉴욕 주가 대폭락(검은 목요일, 세계 공황 시작)
30 광주·나주 사이 통학 열차에서 한국인 학생과 일본인 학생 집단 충돌(광주학생운동의 도화선)

11월
3 광주학생운동 발발(전국으로 확대, 1930년 3월까지 참가교 194개, 참가 학생 약 5만 4천 명, 투옥 580여 명, 무기 정학 2천3백여 명)

12월
23 신간회 간부 44명, 근우회 간부 47명 피검(민중 대회 사건)
31 인도 국민회의파, 간디의 독립 결의안 채택, 다중적 불복종 운동 결의

0
0 고복수, 손목인 작곡「타향살이」불러 유행
0 민요「아리랑」금창령 내림

'규방'에서 열린 '사회'로

백신애, 신춘 문예 최초의 여성 당선자

19세기 말 몇몇 기혼 여성이 여학교 설립을 발표한 '통문'에는 "어찌 우리 여인들은 귀 먹고 눈 어두운 병신 모양으로 구규(옛 규범)만 지키고 있는지 모를 일이로다."라고 하는 구절이 나온다.* 20세기에 접어들어서도 이 땅에서는 여성의 사회적 지위가 좀처럼 개선되지 않았다. 가부장적 가족 제도 속에서 여성은 차별과 억압으로부터 벗어나지 못한 채 속으로 신음을 삼켜야 했다.

1929년 『조선일보』 신춘 문예 공모에서 소설 「나의 어머니」로 당당하게 1등을 차지한 백신애白信愛(1908~1939). 그의 눈부신 데뷔는 김명순 · 나혜석 · 김일엽 등이 선구적인 노력을 보였음에도 황무지나 다름없던 우리 여성 문단에 단비를 뿌린 쾌거였다. 가정이라는 울타리를 벗어나지 못한 채 "귀 먹고 눈 어두운 병신"처럼 억눌려 지내던 당대의 여성에게 백신애는 마치 등대 같은 존재로 떠오른다.

1908년 5월 경북 경산군 영천읍에서 부잣집 외동딸로 태어난 백신애는 집에서 한학을 공부하다가 열 살 때 영천보통학교 2학년으로 편입한다. 그는 학교에서 1등을 도맡아 하지만 건강 문제와 아버지의 완고함 때문에 자퇴하고, 독선생 밑에서 한학을 익히는 것으로 배움에 대한 갈증을 달랜다. 다시 학교에 갈 때까지 그는 집에서 내방 가사와 신소설을 닥치는 대로 읽고, 오빠가 사다주는 소년 잡지와 일본 소설에 탐닉한다. 아버지의 반대를 무릅쓰고 열네 살 때 다시 학교에 들어간 그는 4학년으로 건너뛰어 보통 학교를 졸업한 뒤, 대구사범학교 강습과 과정을 마쳐 교사 자격을 얻는다. 그는 곧 영천보통학교 교사로 근무하며 기본 수업 외에 집에

---

* 한국역사연구회, 『우리는 지난 100년 동안 어떻게 살았을까』 제2권(역사비평사, 1998)

서 아이들과 부녀자들을 모아 글을 가르치는 등 계몽 운동을 펼치는 한편, 여성 항일 단체인 '조선여성동우회 여성지회' 라는 지하 조직에 가담한다. 이것이 빌미가 되어 1925년 경산군 자인보통학교로 전임해 근무하던 중 그는 교사직에서 파면된다.

아버지의 눈을 피해 서울로 올라온* 백신애는 사회주의 단체인 '경성여성청년동맹' 과 '근우회' 같은 사회 계몽 단체에 가입해 활동하며 전국 순회 강연 등에도 나서 요주의 인물로 일본 경찰의 감시를 받는다. 1927년 9월, 그는 소련 땅인 블라디보스토크로 떠나지만 얼마 뒤 일경에게 체포되어 가혹한 고문을 당한다. 나중에 이를 알게 된 그의 아버지는 일본 신문과 편지 외에는 책과 신문을 못 보게 하는데, "밤중 남들이 다 잠든 후 이불 속에서 전등불을 감추어 원고지만 비춰놓고 가만히 씁니다."** 라고 한 말처럼 악조건 속에서도 글을 써서, 1929년 5백여 명의 경쟁자를 물리치고 한국 신춘 문예 사상 최초의 여성 당선자가 되는 영예를 안는다. 물론 그 이전에도 여성 작가가 없지는 않았지만, 신문이라

어릴 적 백신애의 일가.
백씨 집안은
5형제가 함께 모여
사는 대가족이었다.
앞줄 오른쪽에
서 있는 소녀가 백신애,
그 옆이 어머니,
바로 뒤가 아버지,
그 오른쪽이 할머니.

는 공식 매체의 현상 응모 제도를 통해 나온 여성 문인은 백신애가 처음이다. 평범한 소재를 "억지가 없고 순진한 정서"로 잘 살렸다는 최독견의 심사평 외에도, 백신애는 많은 평자로부터 작가적 자질을 인정받으며 한동안 장안의 화제가 된다. 당선작 「나의 어머니」는 아버지의 완고함 때문인지 남달리 어머니에게 애정을 품고 있던 백신애의 자전적 체험이 짙게 배어 있는 작품이다.

'나' 는 학교 교사로 있다가 여성 청년회를 조직했다는 이유로 학교에서 파면된 뒤에도 마을 청년회관에서 연극 공연을 준비하는 등 사회 활동으로 분주하다. 사회 운동을 하는 '나' 의 오빠가 이미 감옥에 있는 까닭에 어머니는 애가 타서 딸을 말리려고 한다. '나' 는 어머니를 끔찍이 사랑하면서도 이념을 포기할 수 없어 괴

---

* 백신애, 「자서 소전自敍小傳」, 『여류 단편 걸작집』(조선일보사, 1938)
** 1936년 6월 '삼천리사' 에서 주관한 '여류 작가 좌담회' 에서 한 말 — 이어령, 『한국 문학 연구 사전』(우석출판사, 1990) 재인용

로워한다. 당선작 「나의 어머니」는 이처럼 단순한 내용이면서도 여성 특유의 섬세한 관찰과 표현이 돋보이는 작품이라는 평가를 받는다.

1930년 문학과 학문에 대한 꿈을 키우던 백신애는 일본으로 가서 니혼日本대학 예술과에 적을 두고 문학과 연극을 공부한다. 일본에서 돌아온 그는 1933년 결혼을 하게 되는데, 상대는 이혼 경력이 있는 남자였다. 독신주의자에 가깝던 그가 고집을 꺾은 것은 순전히 부모에게 불효를 해서는 안 된다는 생각 때문이었다. 그래서인지 1천여 명의 하객, 보기 드물게 화려한 예식과 피로연으로 시작된 결혼 생활이었지만, 불과 5년 만에 별거에 이은 이혼으로 끝나고 만다. 그러나 불행한 결혼 생활은 백신애를 소설 창작에 매달리게 함으로써 이 시기에 그는 많은 작품을 내놓는다.

등단 5년 만인 1934년 『신여성』 1월호에 발표한 단편 「꺼래이」는 이국적 언어와 분위기로 식민지 이농민의 서글픈 현실을 담아낸 작품이다. '꺼래이'는 러시아에서 우리 나라 사람을 일컬을 때 쓰는 말로 고려인이라는 뜻이다. 순이네 가족은 이국 땅에서 병에 걸려 죽은 아버지의 뼈를 찾으려고 러시아에 간다. 그러나 뼈는 못 찾고 러시아 군인에게 붙잡혀 이미 와 있던 많은 '꺼래이'와 함께 마굿간 같은 곳에 짐승처럼 갇혀 있다가 추방당한다는 것이 이 작품의 내용이다.

같은 해 그는 『신조선』에 가난한 장돌뱅이이지만 앞날을 언약한 사랑하는 처자가 있어서 행복하던 천돌이 홍수로 약혼녀를 잃고 만다는 내용의 「채색교彩色橋」를, 『개벽』에 가난하고 늙은 '매촌댁'의 아들과 며느리에 대한 끈끈한 애정을 다룬 「적빈赤貧」을, 『중앙』에 날이 갈수록 진보 성향을 띠어가는 정희를 바라보는 경순의 불안 의식을 그린 「낙오落伍」를 발표한다. 이듬해인 1935년에는 『신조선』에 「악부자鄂富者」, 『조선문단』에 「정현수」를 발표한다. 1936년에 들어서는 『비판』에 주린 배를 안고 품팔이를 하러 가서 저도 모르게 "간도 보아서는 안 된다."는 젯상에 올릴 음식을 먹은 탓에 맞아 죽는 여인을 그린 「식인食因」을 발표한다. 이 밖에도 그는 『영화조선』에 「어느 전원의 풍경」을, 『삼천리』에 「학사」를 발표하는 등 다양한 소재의 단편들을 잇달아 선보인다.

　　1938년 이혼을 앞두고 백신애는 사회 운동을 하던 오빠와 함께 잠깐 중국 상하이에 다녀온다. 이혼 수속을 마친 1939년 5월에는 『조광』에 자전적 소설인 「혼명混冥」을 발표한다. 그러나 워낙 건강이 좋지 않던 그는 고문 후유증과 결혼 생활 및 이혼으로 인한 정신적 상처까지 겹쳐 곧 병석에 눕고 만다. 백신애는 1939년 6월 25일 경성제국대학 부속병원에서 췌장암으로 세상을 뜨는데, 위궤양이 사망 원인이라는 말도 있다.

「아름다운 황혼」

　　백신애는 문단 내의 종씨라는 이유로 평론가 백철, 시인 백석과 가까이 지내는데, 이따금 요릿집으로 두 사람을 불러내어 기생까지 붙여주고 함께 술을 마시는 등 돈을 아끼지 않았다.* 소련에 갔을 적에는 "부잣집 딸이어서 씀씀이가 크고 활달한 성격에 사고의 폭이 넓었다. 또 술도 제법 하여 유태인계의 바에 자주 드나들었다."고 한다. 그러나 실제로 그의 작품에 나오는 주인공들은 주로 가난과 봉건 제도에 희생당하는 여성들이다. 이는 부유한 환경 속에 살면서도 청년 단체나 여성 단체에 뛰어들어 사회 운동을 벌인 전력과 시베리아에 가서 목격한 이민족의 고난 등을 작품에 반영하려고 노력한 결과인 듯하다. 그의 작품에서는 가난한 이들을 바라보는 따뜻한 시선이 느껴지나 어딘지 모르게 어색한 구석도 종종 눈에 띈다. 이는 그가 가난의 문제를 깊이 깨달은 것이라기보다 당시의 유행 사조인 사회주의에 감정적으로 휩쓸린 까닭으로 보인다. 백신애 소설에 나타나는 가난과 핍박에 대한 묘사가 다소 표피적이고 추상적이라는 몇몇 평자의 비판도 여기서 비롯된다.

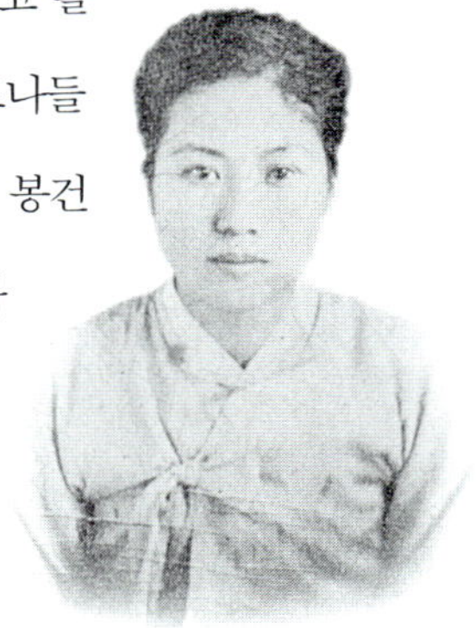

서른 살 때의 백신애

　　가난을 소재로 하지 않으면서 작가의 내면 심리와 가장 밀착된 것으로 보이는

---

* 백철, 『백철 문학 전집』(신구문화사, 1972)

1929

작품이 있는데, 30대 여인의 이루지 못할 안타까운 사랑을 그린 「아름다운 황혼」이 그것이다.

순희는 열일곱 살 때 결혼해 아들을 낳고 스무 살 때 남편을 잃은 뒤, 일본에 가서 미술을 공부하고 돌아온 30대 홀어미다. 친정에서 자란 아들 석주는 열여섯 살이 되지만, 시가의 대를 잇기 위해 큰집에 양자로 들어간다. 혼자 살면서 캔버스를 벗삼아 하루하루를 보내던 순희는 주위 사람들의 권유로 노총각인 성규를 만난다. 순희는 성규한테서는 전혀 호감을 느끼지 못하지만, 그의 동생 정규를 보자 첫눈에 아찔함을 느낀다. 그림의 모델로 찾던 얼굴이었기 때문이다. 아들보다 겨우 세 살 위인 정규를 만나면서 모성과 함께 야릇한 감정을 느끼고 남모를 희열을 맛보기도 하지만, 점차 주체할 길 없는 사랑에 불타오르는 자신을 발견하게 된 순희는 괴로움 속에서 독백한다.

> 여보세요, 나는 어떻게 해야 좋을지 모른답니다. 내 가슴속이 마치 붉은 노을같이 타고 있어요. 아니 이 노을보다 더 안타깝게, 더 더 붉게 타고 있어요.
> 백신애, 「아름다운 황혼」, 『여성』(1939. 11.)

결국 윤리적 자괴감에 빠진 순희는 정규와 그의 형 성규를 모두 멀리한다. 어린 아들을 남겨둔 채 이국 땅에 가서 미술을 공부하고 돌아온다든지 30대 홀어미가 아들 또래의 남자한테서 미묘한 애정을 느낀다든지 하는 설정은 당시로서는 보기 드물게 과감한 것이지만, 결말에 이르러 도덕과 윤리 의식의 틀 속으로 움츠러드는 구조는 작가 백신애의 삶과 내면 의식이 안고 있던 한계를 반영한다. 그래서인지 「아름다운 황혼」은 생전에는 발표되지 않고 1939년 11월 『여성』에 유고로 실린다.

참고 자료
이어령, 『한국 문학 연구 사전』, 우석출판사, 1990
서정자, 「일제 강점기 한국 여류 소설 연구」, 숙명여자대학교 대학원 박사 학위 논문, 1987
정영자, 「한국 여성 문학 연구」, 동아대학교 대학원 박사 학위 논문, 1987

프로 소설의 과도기

한설야의 「과도기」와 「황혼」

일본이 우리 나라에 그토록 눈독을 들인 것은 한반도가 안정된 식량 공급지로 적합하다고 생각했기 때문이다. 이런 까닭에 일제는 한반도를 강제 병합한 뒤 곧바로 토지 조사령을 발동하고, 산미 증식 계획을 독려한다. 그러나 "1930년대 이후 일본 제국주의는 공황 탈출구로서, 그리고 만주 침략과 지배를 위한 확고한 배후지로서 조선을 새롭게 활용하기 위해서 일본 독점 자본의 조선 침투를 적극적으로 뒷받침"하기 시작한다. 이에 따라 "수자원을 이용한 전력과, 인조 석유, 태평양전쟁 시기 일제가 설정한 '중점 산업'에 속하는 군수 물자 원자재인 경금속, 철강, 석탄 등의 증산을 위한 일본 독점 자본"이 조선으로 밀물처럼 들어온다.* 곧 피폐한 농촌을 떠난 사람들이 새로운 노동력을 필요로 하는 공장으로 모여든다. 그러나 힘겨운 노동에 비해 턱없이 싼 임금과 일본인 공장주들의 횡포 때문에 이들은 여전히 열악한 생존 조건 속에서 신음하며 지낸다.

「과도기」의 작가
한설야

이런 변화는 1927년에 나온 조명희의 「낙동강」에서 일부 묘사된다. 그러나 뭔가 실현되려는 찰나, '박성운'은 죽고 '로사'는 떠난다. 이제 누가 다시 고향의 빈 자리를 메우고 조명희의 소설 「낙동강」에서와 달리 떠나는 것이 아니라 뿌리를 내려야 할 때가 온 것이다. 이 무렵에 나타난 이가 바로 한설야韓雪野(1900~1962?)다. 그가 쓴 「과도기」는 사회 구성체의 무게 중심이 농민에서 노동자로, 문학사 측면에서는 감상적 신경향파 문학에서 이념적 리얼리즘 문학 단계로 넘어가는 시기의, 굳이 맥락을 따진다면 조명희의 「낙동강」과 이기영의 「고향」 사이에 위치하는

---

* 강만길, 『20세기 우리 역사』(창작과비평사, 1999)

작품이다.

한설야는 함경남도 함주의 군수 집안에서 태어난다. 함흥보통학교를 거쳐 경성고보에 다니던 그는 함흥고보로 전학, 졸업한다. 그는 3·1운동 때 체포되어 감옥살이를 하고 나와 함흥법학전문학교에 들어간다. 그러나 동맹 휴학 사건 때문에 제적당한 뒤 1920년 중국의 베이징으로 가서 중국어를 공부하던 그는 다시 도쿄로 가서 니혼대학 사회학과에 다니는 등 학력이 복잡하다. 1924년 대학을 졸업하고 귀국한 그는 1925년 『조선문단』에 단편 「그날 밤」을 발표해 문단에 나온다. 이어 그는 같은 해 「동경」을, 1926년 「평범」·「주림」·「그릇된 동경」·「그 전후」·「뒷걸음질」 등을 발표한다. 그는 아울러 『조선지광』의 편집을 맡고 이기영·조명희 등과 어울리며 카프에 참여하는 등 프로 문단의 분위기를 익힌다. 그러던 중, 갑자기 아버지가 죽어 집안의 몰락을 겪게 된다. 1926년 그는 가족을 이끌고 만주로 떠나 푸순 탄광 등지를 돌아다니며 생생한 노동 체험을 하고 약 1년 만에 귀국한다. 한설야가 돌아온 해인 1927년은 카프의 1차 방향 전환 시기여서, 그는 새로운 강령을 채택, 작성하는 작업을 맡게 되는데, 특별히 눈에 띄지는 않아도 조직을 위해 기존의 다른 어떤 맹원들보다 열심히 일한다.

1928년 그는 고향으로 가서 『조선일보』 지국을 경영하는 한편, 글쓰기도 게을리하지 않아 「합숙소의 밤」·「인조 폭포」 등을 내놓는다. 작품들이 신경향 문학의 테두리를 크게 벗어나지 못한다는 평가를 받던 그는 1929년 4월 「과도기」를 발표하면서 비로소 신경향 작가라는 딱지를 떼게 된다.

작가의 체험기이기도 한 「과도기」는 자본주의화가 급속도로 진행되면서 농촌이 붕괴하고 삶의 터전을 잃은 농민이 공장 노동자가 되는 과정을 담아낸 작품이다. 간도로 떠난 지 4년 만에 처자를 이끌고 돌아온 주인공 창선 앞에는 꿈에 그리던 고향 마을은 간 데 없고 온통 낯선 벽돌집과 공장 지대의 삭막한 풍경이 펼쳐진다. 전에 살던 사람들은 산 너머 구룡리라는 외진 마을로 강제 이주를 당하고, 전혀 낯선 사람들이 고향 땅을 차지하고 있었던 것이다. 창선은 구룡리로 밀려난 고향 마을 사람들과 관청으로 몰려가서 항의도 해보지만 별다른 성과를 얻지 못한다. 결국 다른 사람들과 함께 창선 또한 고향 땅에 세워진 공장의 노동자가 되고 만다.

「과도기」는 자본주의로의 이행이 자발적인 것이 아니라 일제의 식민지 지배 정책에 따라 강압 속에서 이루어지면서 겪게 되는 조선의 참담한 현실을 드러낸 작품이다. 이 작품은 여기서 비롯된 분노와 절망을 과격한 싸움이나 죽음 또는 떠나는 것으로 '쉽게' 해결하지 않고, 창선이라는 평범한 인물과 함경도 어촌이라는 평범한 배경을 통해 사실적으로 담담하게 그려낸다. 변화하는 현실에 대해 무조건 반발하기보다 일면 타협과 수용 자세를 보인다는 점에서도 「과도기」는 신경향 소설의 한계를 넘어섰다는 평가가 따른다. 이런 까닭에 「과도기」는 임화를 비롯한 많은 프로 비평가로부터 카프의 방향 전환의 틀을 어느 정도 만족시키면서 노·농 단결 운동의 새로운 가능성을 열어준 작품이라는 찬사를 받는다. 이에 용기를 얻은 한설야는 같은 해 6월 후편으로 「씨름」을 발표하지만, 「씨름」은 작품의 질이 「과도기」만 못하다.

「씨름」은 명호라는 인물을 내세워 밝고 건강한 노동자들의 단결상을 그려낸 작품이다. 그러나 힘을 자랑하는 주인공 명호는 이 시대를 대표할 만한 노동자의 전형에서 벗어난 영웅주의적 인물이다. 이 작품은 「과도기」에서 모처럼 이룬 성과를 오히려 퇴색하게 만든다.

1931년 서울로 온 한설야는 『조선지광』과 『신계단』을 거쳐 1933년 『조선일보』의 기자로 입사한 뒤 「교차선」·「사방 공사」·「홍수」 등을 발표한다. 그는 1년 만인 1934년 기자직을 그만두고 고향으로 돌아가는데, 같은 해 6월 신건설회 사건, 즉 카프 2차 검거 때 스물세 명 중의 한 명으로 잡혀 들어가서 1년 반 동안 감옥살이를 한다. 1935년 12월 감옥에서 나온 그는 잠시 인쇄소를 경영하는 한편, 1936년 한국 최초의 장편 노동 소설로 꼽히는 「황혼」을 발표한다.

「황혼」은 일제의 잉여 자본 유입과 맞물린 친일 자본가의 노동자에 대한 횡포와

한국 최초의
장편 노동 소설로
꼽히는 『황혼』

착취, 그 틈에 끼여 방황하는 사람들의 소시민적 고뇌와 갈등, 무력감을 장편이라는 그릇에 담아낸 작품이다. 가정 교사를 하며 여고에 다니는 여순은 그 집의 아들인 경재와 사랑하는 사이가 되고, 졸업 뒤에는 안중서가 경영하는 회사의 여비서로 취직한다. 안중서는 부정한 방법으로 회사를 경영해 부를 축적하고 기생 첩이 둘이나 있으면서도 만족하지 않고 여순을 농락하려고 든다. 여순은 이내 비서 노릇을 그만두고 공장에 들어간다. 경재의 아버지 김재당은 불경기로 파산 위기에 처하자 아들을 안중서의 딸 현옥과 결혼시키려고 한다. 안중서의 딸 현옥은 도쿄 유학 시절에 경재와 함께 사회 운동을 한 바 있는 사상적 동지다. 그러나 귀국 뒤 사회의 분위기가 악화되자 부르주아 근성을 내보이며 사치와 허영으로 나날을 보낸다. 경재는 현옥보다는 소박한 여순에게 더 끌린다. 그러나 경재 역시 소시민적 우유 부단함 때문에 여순을 멀리한다. 경재의 배신과 안중서의 파렴치한 행위로 고통을 받다가 공장에 들어가 노동 계급의 전위로 성장한 여순은 현장에서 만난 준식과 형철·복술·분이와 함께 생활하며 방직 공장의 파업 때 사용자측에 당당하게 맞선다. 한편 이들을 지켜보던 경재는 노동 계급의 여명과 함께 ‘황혼에 선 자기 자신’을 발견한다.

「황혼」의 특징은 자본가와 노동자의 이분 대립에 더해 소시민이 매개항으로 끼여 있는 삼각 구도다. 이 삼각 구도는 인물 사이의 관계를 다층 구도로 이끌면서 소설에 한결 유동성을 부여한다. 현옥과 여순 사이에는 경재가 소시민적 매개항이며, 경재와 공장 동료 사이에는 비서에서 노동자로 변신하는 여순이 중간항의 자리에 선다. 「황혼」은 다양한 인물 형상을 통해 자본 계급의 모순과 노동자의 생활상을 적절하게 포착한 작품이라는 찬사를 받는다. 그러나 한편에서는 주요 인물에게 초점을 맞추기보다 여러 인물에게 비중을 둠으로써 구성이 다소 산만해지고 성격이 약화되었으며, 우연한 사건이 잇따르고 남녀의 애정 관계에 치중함으로써 통속 소설에 머물고 말았다는 비판도 따른다.

한설야는 1938년 동명극장 지배인으로 있으면서 발표한 장편 「청춘기」와 ‘탁류

3부작'이라고 불리는「홍수」·「부역」·「산촌」을 비롯해, 전향자의 방황을 그린
「이녕泥寧」·「귀향」과 1941년에 내놓은 장편「탑」, 1942년에 내놓은「혈
血」·「영影」등에서 끈질기게 리얼리즘을 추구해나간다. 그러나 태평양전쟁
말기에 이르러서는 그 또한 강압을 견디지 못하고 임화·김남천·안막과 함께
일제의 정책에 협조하던 중 해방을 맞는다.

　해방 뒤 한설야는 이기영과 더불어 '프로예맹'을 꾸린다. 곧 임화 중심의 '조선
문학건설본부'와 '프로예맹'이 '조선문학가동맹'으로 통합, 남로당의 지령에 따
라 움직이게 되자 1946년 초 그는 삼팔선을 넘어 월북한다. 그는 북녘에서 이기영
과 함께 '북조선예술총동맹'을 주도하고 함흥신문사 사장직에 이어 당 중앙위원
회 문화부장을 역임하며, 북조선예술총동맹의 기관지인『문화전선』에「모자」·
「혈로」등을 발표한다. 그는 이어 1947년 인민위원회 교육국장, 1948년 최고과학
기술평의회 위원, 1954년 내각 교육상, 1957년 내각 교육 문화상을 지낸다. 1958
년 그는 인민 예술가 칭호 및 국가 훈장 1급을 받는 한편 최고인민회의 상임위원
회 부위원장 등 고위 간부직에 오르고, 장편「역사」로 인민상까지 받는다. 그러나
1962년에 들어 한설야는 일제 때 군수의 아들이었다는 출신 성분이 문제가 되고,
종파주의자·복고주의자라는 혐의까지 보태져서 숙청되고 만다.

1941년에 발표한
장편 소설 『탑』.
한설야는
이 작품에서도
끈질기게 리얼리즘을
추구한다.

참고 자료

역사문제연구소 문학사연구모임, 『카프 문학 운동 연구』, 역사비평사, 1992
김윤식·정호웅, 『한국 소설사』, 예하, 1993
김재용 외, 『한국 근대 민족 문학사』, 한길사, 1993
조정래, 「한설야론」, 『1930년대 민족 문학의 인식』, 한길사, 1990
김윤식, 「한설야, 생리적 대결 의식」, 『임화 연구』, 문학사상사, 1993

임화

시대의 전위에 선 불패의 정신

한국 문학사는 곧 '이식 문학사'임을, 그 본질을 단번에 꿰뚫은 임화林和(1908~1953)는 시인이자 사회주의 문학 운동가이며 '근대성'의 체계와 선명한 이념으로 무장한 문학 평론가이기도 하다. 그는 스스로 몸담은 식민지 문학의 발생론적 근저를 정치적 역장화力場化하며, 1930년대에 카프 진영의 전위에서 불패의 정신으로 백병전을 독려한 야전 사령관이다. 카프 중앙위원회의 서기장이던 임화는 이념의 길을 따라 월북하지만, 자신이 선택한 북녘에서 '미제의 스파이'라는 치욕적인 죄목을 뒤집어쓰고 처형된다. 열정과 파행의 문학적 궤적을 뚜렷하게 남긴 채, 요동치는 격동기의 역사 속을 좌충 우돌하며 헤쳐나가던 전방위 좌파 문학가 임화는 이처럼 한순간에 난파당해, 역사의 저 깊은 물밑으로 가라앉는다.

시인이자 사회주의 문학 운동가이며 선명한 이념으로 무장한 평론가로도 활동한 임화

임화는 1929년 자신의 프로 문학 이론을 뒷받침하는 창작시 「우리 오빠와 화로」·「네거리의 순이」·「어머니」·「우산 받은 요꼬하마의 부두」 등을 내놓아, 1925년 카프 결성 이래 생경한 구호와 선언에 치우쳐 도식화의 덫에 발목이 잡힌 경향시와 달리 생활 현장의 세부와 실감을 살려냄으로써 시문학에 성공적으로 리얼리즘을 도입한다. 김기진은 이에 대해 "노동자의 실제 목소리와 호흡"으로 '최초의 단편 서사시'를 구축했다고 찬사를 보낸다. 특히, 노동 운동을 하다가 감옥에 들어간 오빠를 생각하며 자신도 노동 전사가 될 것을 다짐하는 누이의 각오를 편지 형식에 담은 「우리 오빠와 화로」는 문단 내의 높은 평가와 아울러 많은 사람의 공감을 얻어 각종 집회에서 낭독되는 등 문학의 대중화에 큰 몫을 한다. 이런 '단편 서사시'의 영향은 곧 김창술·박세영·박아지·김유철·박완식·윤곤강·유적

구 · 이찬 등 다른 시인들에게도 파급되어 한동안 프로 시의 양식으로 활용되며, 1930년대 후반의 서사시와 장시를 태동시키는 커다란 동력으로 작용한다.

임화는 1908년 10월 서울 낙산의 중류 가정에서 태어나는데, 본명은 인식仁植이다. 1921년 보성고보에 들어간 그는 동기인 이상 · 이헌구 · 이강국, 선 · 후배인 김기림 · 윤기정 · 김환태 · 조중곤 등과 함께 학창 시절을 보낸다. 임화는 공부에 충실한 모범생이기보다 약간 불량성을 띤 채 멋내기에 열중해 '모던 보이'라는 말을 듣는다. 그러나 알고 보면 그는 하이네와 빅토르 위고, 톨스토이와 투르게네프, 베를렌 등의 작품을 읽으며 예쁜 소녀를 생각하는 감상적인 소년이었다.

졸업을 앞둔 1925년, 그는 집안의 몰락과 틀에 박힌 학교 생활에 회의를 느껴 "무모하게도 교과서를 팔아 그 때 유행하든 조타모鳥打帽를 사 쓰고" 잡지 『개조改造』와 크로포트킨의 저서를 사들고 아버지에게 중퇴할 뜻을 밝힌다. 곧 그는 학교를 그만두고 집에서 리카도 · 마르크스 · 엥겔스 · 니체 · 알렉세이 캉 · 로맹 롤랑 등의 철학 · 문학 · 사회 과학 · 예술 서적을 닥치는 대로 읽는다. 아울러 급진적 모더니즘, 특히 다다이즘에 심취해 다다풍의 시를 습작하던 그는 1926년 성아星兒라는 필명으로 『매일신보』 등에 시 「서정 소시抒情小詩」 · 「무엇 찾니」를 선보여 문단에 발을 들여놓는다.

이어 그는 『조선지광』에 「지구와 박테리아」, 『조선일보』에 「설雪」 · 「초상」 · 「화가의 시」 · 「혁토」 · 「서가書家」 등을 발표한다. 그러나 다다이즘이나 감상주의에서 크게 벗어나지 못한 그의 초기 시들은 눈길을 끌지 못한다. 그는 시 외에도 「근대 문학상에 나타낸 연애」 등 10여 편의 수필과 논문도 내놓는다. 같은 해 11월 그는 『조선일보』에 「정신 분석학을 기초로 한 계급 문학의 비판」이라는 글을 싣지만, 12월 들어 윤기정의 소개로 카프에 가입하면서 급격히 발길을 돌려 「무산 계급을 주제로 한 세계적 작가」 · 「무산 계급 문화의 장래와 문예 작가의 행정行程」 등 진보적 계급 의식을 담은 글을 내놓는다. 그는 1927년 임화라는 필명으로 '제3전선파'가 펴낸 『예술운동』 창간호에 프로 시 「담罎 ― 1927년」, 『조선일보』에 비평

「자본주의 사회에 재한 문학 운동의 전개 경향」·「분화와 전개 ― 목적 의식 문예론에 서론적 도입」 등을 발표한다. 아울러 이 무렵 카프 내에서 발생한 논쟁 때 아나키즘 성향의 문인들을 맹공하며 프로 문학가로서 자리를 굳힌다. 1928년 그는 카프 중앙위원회 위원으로 선출되고, 윤기정의 도움으로 카프의 연극부 부원으로 활동하는 한편, 영화에도 관심을 보여 박팔양 원작, 김유영 감독의 「유랑」에 출연하기도 한다.

그는 한동안 비평 활동에 비해 창작 분야에서는 저조한 면을 보이다가 1929년 『조선지광』에 「네거리의 순이」·「우리 오빠와 화로」 등을 발표하며 비로소 시적 역량을 인정받는다. 그러나 한편에서는 그의 시가 계급주의 문학에 접근하는 리얼리즘을 지향하면서도 일정한 감상성을 내포하고 있다는 비판이 따른다. 이에 임화 자신도 반성을 하고 계급 문학에 좀더 충실하기 위해 일본으로 유학을 떠난다. 그는 이북만의 집이자 카프의 도쿄지부인 '무산자사'에서 지내며 김남천·안막·김두용 등과 함께 '무산자파'에 가담해 좌익 운동을 벌인다. 임화는 이 시기에 오빠의 활동을 돕고 있던 이북만의 누이동생 이귀례와 만나 동거하게 된다. 1930년 그는 이북만·김창술·권환·박세영·안막 등과 함께 볼셰비키 혁명의 이념을 안고 귀국한다.

임화는 곧 부산의 부두 노동자 파업을 소재로 한 시 「양말 속의 편지」·「제비」 등을 발표해 「우리 오빠와 화로」에서 보인 감상성을 씻어낸 것으로 프로 문단의 호평을 받고, 「시인이여 일보 전진하자」 등 볼셰비키 혁명 이념에 발맞춘 논문을 내놓는다. 그는 또 윤기정과 함께 프로 연극 단체인 '신건설회'를 조직하고, 카프가 기획하고 서울키노가 제작한 김유영 감독의 영화 「혼가昏街」에 출연하는 등 문학·연극·영화를 넘나들며 활동한다. 아울러 안막·김남천·권환 등과 함께 박영희·김기진 같은 온건 성향의 우두머리급을 내몰고 카프를 장악해 2차 방향 전환에 따른 조직 개편을 단행하는 한편, 기관지 『전선前線』을 기획하지만 일제의 간섭으로 실패한다. 이후 카프 중앙위원회 서기장 자리에 오른 그는 자신의 이름으

로 다시 기관지 『집단』을 펴내고, 김남천 · 고경흠 · 윤기정 · 이기영 · 한재덕과
함께 '공산당재건동맹'을 조직한다. 이어 그는 강호 · 신응식과 함께 영화 「지하
촌」을 계획하던 중 카프 제1차 검거가 시작되어 1931년 6월 15일에 기소된다. 그
러나 고경흠과 김남천을 제외한 맹원들은 석 달 만에 감옥에서 나오는데, 이 무렵
일본의 나프에서 활동하다가 돌아온 백철은 임화와의 첫 대면을 이렇게 돌아본다.

    내가 연상했던 투사형이라기보다 예쁘장한 얼굴과 가느다란 체격이 차라리 모성형母性型
에 가까운 인물로 느껴졌다. 말하고 있는 그의 목소리도 설복적이기보다는 잔잔한 목소리로
호소하는 듯한 어조였다.…… 어딘지 한 가닥 상대방을 휘어잡는 매력을 지니고 있어서 나의
임화에 대한 첫 인상은 나쁜 것이 아니었다.

    예쁘장한 외모와는 달리 그는 카프 1차 검거 사건 이후 일제의 감시 속에서도
사상적 긴장을 늦추지 않고 1932년과 1933년에 걸쳐 시 「오늘 밤 아버지는 퍼런
이불을 덮고」 · 「한 톨의 벼알도」를 비롯해 『조선일보』에 「6월 중의 창작」 · 「동지
백철 군을 논함」 등 20여 편의 글을 발표한다. 그는 김남천과의 '물' 논쟁 때도 이
론적으로 당당하게 맞서며 카프 진영에 다시 활기를 불어넣으려고 애쓴다. 1934
년 카프 2차 검거 때 그는 일본 경찰에 연행되던 도중 악화된 폐병 때문에 졸도해
풀려난다. 임화는 입원중에도 1935년 시 「다시 네거리에서」 · 「야행차夜行車
속」 · 「최후의 염원」과 비평 「언어와 문학」 · 「조선적 비평의 정신」 등을 잇달아 내
놓는다. 그러나 맹원들이 거의 다 전주형무소에 수감된 상태에서 카프는 일제의
압력으로 해체되고 만다.

    카프 해체 이후 요양을 위해 마산에 머물고 있던 임화는 도쿄 쇼와학교 출신의
여성 이현욱과 만나 사랑에 빠진다. 카프 조직원 대부분이 잡혀가서 감옥살이를
하는 동안 임화가 보인 이와 같은 행태는 맹원 사이에 여러 가지 의혹과 파문을 일
으킨다. 불화설 끝에 이귀례와 갈라선 그는 곧 이현욱과 결혼한다. 이현욱은 1940
년대에 지하련이라는 필명으로 소설을 써서 문단에 나와 해방 뒤 전향 소설인 「도

정」으로 이태준과 함께 해방 문학 수상자 후보에 오르기도 한 인물이다.

요양과 결혼으로 생기를 되찾은 임화는 1937년 출판사인 '학예사'를 세워 문학·교양·학술 분야의 책을 발간한다. 아울러 『인문평론』·『사해공론』 같은 잡지의 편집을 맡으며 창작 활동도 게을리하지 않아 「지상의 시」·「어린 태양이 말하되」·「바다의 찬가」 같은 시편을 발표한다. 이 무렵 그는 '혁명적 낭만주의'에서 보이던 감상성을 말끔히 씻고 사회주의 리얼리즘에 대한 확고한 인식과 수용 자세를 취한다. 「천변 풍경」과 「날개」에 대한 평가를 놓고 최재서와 벌인 논쟁을 비롯해 김환태의 인상 비평론, 백철의 휴머니즘, 김남천의 소설론에 대한 것까지 다양한 논쟁에 참가한 그는 기본적인 현실 인식과 사회주의 이념에서 벗어나는 문학적 태도를 날카롭게 비판한다. 1938년 그는 「네거리의 순이」·「현해탄」·「바다의 찬가」 등이 실린 처녀 시집 『현해탄』을 펴냄으로써 확실히 재기한다.

일제의 엄격한 감시와 규제, 날로 강화되는 황민화 정책 때문에 그는 1938년 말부터 1945년 8·15까지 시는 「사랑의 찬가」·「별들이 합창하는 밤」·「한잔 포도주를」 등 몇몇 작품을 발표하는 데 그친다. 1939년 그는 출판사 '학예사'를 주관하고 있다는 이유로 '문장사'의 이태준, '인문평론사'의 최재서, '삼천리사'의 김동환 등과 함께 '황군위문작가단'의 한 명으로 지명되어 일제의 반강요에 따른 것이기는 하지만 일본군 위문 활동에 참여한다. 또 총독부가 문인들을 감시하려고 만든 '조선문인협회'의 발기인 가운데 한 명으로 지명되는 등 일제 말기에 그는 소극적이나마 친일 행적을 남긴다. 임화는 1940년부터 1944년까지 고려영화사·조선영화연구소 등에서 일하면서 영화 「너와 나」의 대본 작업에 참여하고 『조선 영화 연감』·『조선 영화 발달사』 등을 편찬한다.

해방이 되자 임화는 '조선문학건설중앙협의회'를 세우고 '문학건설본부'와 '프로예맹'을 통합한 '조선문학가동맹' 결성에 앞장서며 기관지 『문학』을 창간하는 등 다시 문단의 중심 인물로 떠오른다. 박헌영이 이끄는 남로당과 연결된 '문학가

임화의 처녀 시집 『현해탄』

동맹'의 지도자가 된 그는 1947년 시집 『찬가』와 『회상 시집』을 펴내고, 「민족 문학의 이념」·「북조선의 민주 재건과 문화 예술의 위대한 발전」 같은 글을 내놓지만 점차 남한에서 활동이 어렵게 되자 김남천과 함께 월북하기에 이른다.

월북한 임화는 남로당의 근거지인 해주에서 머물며 기관지 『노력자』에 양남수라는 필명으로 시를 발표하는 등 창작 활동을 계속한다. 그러나 북녘은 이미 북로당의 단합으로 1948년께 조선공산당이 완전히 장악하며, 임화가 속한 남로당은 북로당 조직의 하부로 흡수된다. 평양으로 옮겨 박헌영·이승엽 등과 함께 남로당 활동을 하던 그는 조소朝蘇예술동맹 부위원장을 맡아 1950년 6·25 때 인민군과 함께 서울로 온다. 이윽고 전세가 바뀌어 다시 북녘으로 간 임화는 남녘에 두고 온 딸 혜란을 부르며 쓴 시를 비롯한 전선시가 실린 시집 『너 어느 곳에 있느냐』를 펴내 "완숙한 금자탑적 작품"이라는 찬사를 받는다. 그러나 1953년 박헌영·이승엽·이강국·이원조·설정식 등 다른 남로당원들과 함께 반역 음모 가담과 미국의 간첩이라는 죄목으로 처형당하는 것으로, 격동하는 해방 공간의 전위에 서 있던 시인이자 비평가인 임화의 시대는 막을 내린다. 이국 땅 만주에서 소식을 듣고 부랴부랴 평양으로 달려온 지하련은 남편 임화의 주검조차 찾을 수 없자 치마끈을 풀어헤친 채 미친 듯이 울며 평양 시내를 헤맸다고 한다.

임화의 평론집
『문학의 논리』

참고 자료

박철석, 「부록—주요 작가 사전」, 『한국 현대 문학사론』, 민지사, 1990
윤여탁, 「내면화된 프로 시의 현실 인식—임화」, 『민족 문학사 강좌 하』, 창작과비평사, 1995
김재용 외, 『한국 근대 민족 문학사』, 한길사, 1993
윤병로, 『한국 근·현대 문학사』, 명문당, 1992
김용직, 『임화 문학 연구』, 세계사, 1991
김윤식, 『임화 연구』, 문학사상사, 1989
한기형, 「임화의 문학사 서술에 대한 관점의 몇 가지 문제」, 『해금 작가 작품론』, 새문사, 1991

1930~1939

1930
12.13 조선어연구회, 한글 맞춤법 통일안 제정 결의
12.14 장 제스, 중국공산당 군대 토벌 나섬(제1차 토공전)

1931
1.10 조선어연구회, 조선어학회로 개칭
5.15 신간회, 전국 대회를 열고 해체 결의
9.26 중국, 상하이에서 10만여 명 항일 대집회 가짐(10월 항일 구국회)
11. 7 중국, 장시성 루이진에서 중화 소비에트 임시 중앙 정부 수립, 마오 쩌둥이 주석으로 취임

1932
1. 4 조선은행, 1원권 발행
1.28 중국, 상하이에서 일본군과 중국군 충돌(상하이사변)
4.11 충남 아산에 천연두 창궐, 1백여 명 사망
11. 8 루스벨트, 미국 대통령에 당선

1933
1.30 히틀러, 독일 총리에 취임
11. 4 조선어학회, 한글 반포 487회 기념식 열고 한글 맞춤법 통일안 발표
0 홍난파 · 현제명, 작곡 발표호 가짐

1934
5 이기영 · 백철 · 박영희 등 조선프롤레타리아예술가동맹 맹원 80여 명,
  일명 신건설 사건으로 피검(카프 2차 검거)

8.18 독일, 국민 투표 거쳐 히틀러를 총통으로 결정
9.18 소련, 국제연맹 가입

1935
1. 6 마오 쩌둥, 쭌이에서 중국공산당 긴급 회의 열어 권력 장악
4.27 손기정, 서울에서 열린 마라톤 대회에서 2시간 25분 14초로 세계 최고 기록 수립
10. 4 최초의 발성 영화 「춘향전」, 단성사에서 개봉

1936
6 안익태, 애국가 작곡
8.25 『동아일보』, 손기정 베를린 올림픽 마라톤 제패 사진의 일장기를 지우고 게재(일장
  기 말소 사건)
12.12 장 제스, 시안에서 장 쉐량 등에 의해 감금됨(시안 사건)

1937
4 조선물산장려회 강제 해체
9.10 일본, 군수 공업 동원법 · 수출입품 임시 조치법 · 임시 자금 조정법 등 공포하고 전
  시 경제 체제 구축
10. 1 조선총독부, 황국 신민의 서사誓詞를 제정, 시행 강요

1938
2.26 조선 육군 지원병령 공포
4. 1 일본, 국가 총동원법 공포
7.23 조선총독부, 교원과 관공리 12만 명에게 제복 착용 지시

1939
9. 1 독일, 폴란드 침공 개시(제2차 세계대전 발발)
10. 6 조선 미곡 임시 증산 5개년 계획 확정(목표 2천6백 석)

1930

오스트리아의 최대 은행인 크레디트 안슈탈트가 돌연 휴업을 선포함으로써 촉발된 연쇄적인 은행 휴업 사태로 국제 금융 부문이 급격히 위축되면서 세계 경제는 공황의 소용돌이에 빠져든다. 자본주의 경제권을 강타한 대공황이 일본이라고 비켜 갈 리는 없다. 내수 시장이 협소해 일찍부터 대외 무역 의존도가 높던 일본 경제는 커다란 타격을 받는다. 구미 시장의 무역 장벽 때문에 수출이 어려워지고 경제가 활력을 잃게 되자 일제는 위기감을 느낀 나머지 타개책의 일환으로 만주 침략에 나선다. 일본은 이미 만주 지역의 철도와 해운 등 기반 시설에 막대한 투자를 해놓은 상태였다. 독점 시장을 확보하고 중국 대륙 깊이 진출하려면 만주는 일제가 보기에 놓쳐서는 안 될 전략 요충지였다.

이 무렵 우리 농촌의 살림은 거의 파탄 지경에 이르고, 일제의 징세 정책에 반발하는 시위와 폭동이 꼬리를 문다. 한편 일제의 폭압 속에서도 서울을 중심으로 근대 자본주의 문화에 바탕을 둔 새로운 풍속이 생긴다. 백화점의 옥상 정원과 다방, 재즈의 선율이 울려 퍼지는 카페, 산책로와 실내 골프장, 돈을 받고 데이트를 해주는 스틱 걸과 모던 걸이 이런 신풍속도의 일부다.

아울러 눈길을 끄는 것은 동아일보사·조선일보사·YMCA 등이 주축이 되어 벌인 브나로드Vnarod(민중 속으로) 운동의 물결이다. 1929년부터 『조선일보』가 "아는 것이 힘이다. 배워야 산다."라는 기치를 내건 채 문자 보급 운동을 펼치고, 1931년부터 『동아일보』가 브나로드 운동을 벌임으로써 민족주의 계열의 농촌 계몽 운동은 본격적인 국면에 접어든다. 이 운동으로 함께 먹고 자며 글을 가르치는가 하면, 소비 조합을 세우고 뒷간과 부엌을 개조하기 위해 농촌으로 떠나는 청년 학생들이 줄을 잇는다. 이는 농촌 경제의 피폐화를 배경으로 사회주의 계열의 적색 농민 조합이 확산되는 것에 맞서 민족주의 계열이 펼친 농촌 계몽 운동이었다. 1935년 『동아일보』 창간 15주년 기념 장편 소설 특별 공모에서 당선한 심훈의 「상록수」는 이와 같은 브나로드 운동의 이념과 실천을 형상화한 작품이다.

일제는 1930년대 말엽에 들어 드러내놓고 민족 말살 정책을 편다. 창씨 개명의 강제, 조선어 사용 금지, 일본어 상용 강요 등은 내선 일체(內鮮一體)로 포장되나, 명백히 조선 민족 말살 정책의 주요 시행 항목이었다. 여기에 그치지 않고 일제는 조선문인보국회 같은 갖가지 친일 단체를 만들어 파시즘 체제를 강화하는 데 이용한다. 이에 따라 여러 문인이 '문필 보국' 이라는 미명 아래 일제의 침략 전쟁을 미화하고 선전하는 데 동원된다.

1936년 8월 9일, 베를린 올림픽 마라톤 경기에 출전한 손기정 선수의 우승 소식을 듣고 거리로 뛰쳐나온 사람들로 나라 안은 환희와 감격의 도가니가 된다. 1936년 4월, 서울은 구역 확장을 단행한다. 이로써 동대문 밖 신설리·청량리·신당동·왕십리, 서대문 밖 아현동·마포, 한강 이남의 노량진·흑석등·영등포 등이 시계 안으로 편입된다. 피폐한 농촌을 버리고 흘러드는 사람들이 늘어나서, 이 무렵 서울은 인구 70만에 이르는 대도시가 된다.

1939

시의 심경은 우리 일상 생활의 수평 정서보다
더 고상하거나 더 우아하거나 더 섬세하거나 더 장대하거나
더 격월激越하거나 어떠튼 '더'를 요구한다

1930

『시문학』 창간 의의

시라는 것은 시인으로 말미암아 창조된 한낱 존재이다. 조각과 회화가 한 개의 존재인 것과 꼭 같이 시나 음악도 한낱 존재이다. 우리가 거기에서 받는 인상은 혹은 비애 환희 우수 혹은 평온 명정 혹은 격렬 숭엄 등, 진실로 추상적 형용사로는 다 형용할 수 없는 그 자체 수대로 무한수일 것이다. 그러나 그것이 어떠한 방향이든 시란 한낱 고처高處이다. 물은 높은 데서 낮은 데로 흘러 나려온다. 시의 심경은 우리 일상 생활의 수평 정서보다 더 고상하거나 더 우아하거나 더 섬세하거나 더 장대하거나 더 격월激越하거나 어떠튼 '더'를 요구한다. 거기서 우리에게까지 '무엇'이 흘러 나려와야만 한다. ……

한 민족의 언어가 발달의 어느 과정에 이르면 국어로서의 존재에 만족하지 아니하고, 문학의 형태를 요구한다. 그리고 그 문학의 성립은 그 민족의 언어를 완성시키는 길이다.

1930년 3월, 새 연대에 문학의 큰 줄기를 형성하게 되는 한 무리의 시인들이 등장한다. 시 전문지 『시문학』 창간을 계기로 형성된 일명 '시문학파' 라고 불리는 무리가 바로 그들이다. 시문학파는 기성 문단의 흐름과 달리 언어를 만지고 다듬는 작업에 몰두, 이데올로기 문학으로부터 한 걸음 비켜난 이미지 중심의 새로운 시를 창조한다. 한 편의 시를 쓰는 데도 신선한 느낌을 주기 위해 개성 있는 감각어를 즐겨 사용하고 시의 형태와 국어의 순화에 관심을 기울인 '시문학파' 의 노력은 우리 문학사에서 보기 드문 성과를 거둔다. 문학이 여타의 사상이나 목적 없이도 순수하게 존재할 수 있다는 것, 그리고 우리의 언어가 이렇게 아름다울 수 있다는 사실을 보여준 것이다.

1930년대 벽두에 나타난 시문학파의 활동 범위는 1930년에 창간된 『시문학』을 중심으로 『문예월간』(1931), 『문학』(1934), 『시원詩苑』(1935)까지 이어진다.

1930

2월
3　홍콩에서 베트남공산당 창립
14 언문 개정 철자법, 중추원에서 통과되어 확정

3월
1　이동녕 · 김구 등, 한국독립당 창립
12 인도, 간디 지도하에 원탁 회의를 거부하고 제2차 비폭력 저항 운동 개시
31 최승희, 단성사에서 창작 무용 발표
0　정지용 · 박용철 · 김영랑 등, 『시문학』 창간

4월
16 『동아일보』, 미국 『네이션』 편집장 빌라즈가 기고한 논문 「조선의 현상하現狀下의 귀지의 사명은 중대하다」를 실어 세 번째로 무기 정간 당함
23 홍난파, 『조선 동요 백곡집』 간행

5월
0　현용운, 항일 비밀 결사인 만당卍黨 조직

7월
27 중국공산당, 창사에서 폭동 일으켜 창사 소비에트 정부 수립

8월
2　장지영 저 『조선어 철자법 강좌』 간행

9월
2　김동인, 역사 소설 「젊은 그들」을 『동아일보』에 연재
9　국제적색노동조합연맹(프로핀테른), 「조선의 혁명적 노동 조합 운동의 임무」라는 결의안 채택(9월 테제)

11월
0　어일 등, 프로 연극 운동의 통일 대오를 위해 대구가두극장 조직

12월
13 조선어연구회, 한글 맞춤법 통일안 제정 결의
14 장 제스, 중국공산당 군대 토벌에 나섬(제1차 토공전)

0
0　어난영, 손목인 작곡 「목포의 눈물」 발표
0　면족주의적 신미술 운동 전개됨

식민지 문학의 난숙기에 나온 '시문학파'

『시문학』 창간

문학 자체의 자율성과
미학을 추구한
시 전문지
『시문학』 창간호

내부 분열과 투쟁, 중일전쟁을 앞둔 군국 체제 강화에 맞추어 한층 거세진 일제의 탄압, 민족 문학파와 해외 문학파의 끈질긴 저항 등으로 조선프로예맹, 즉 카프가 어수선해지고, 초기와 달리 국민 문학파도 차츰 활력을 잃으며 문단의 구심점에서 밀려날 즈음, 1930년대 문학의 큰 줄기를 이루게 되는 한 무리의 시인들이 등장한다. 이들은 식민지 문학이 난숙기에 들어서는 1930년 3월 창간된 시 전문지 『시문학』을 중심으로 활동에 나서 일명 '시문학파'로 불리게 된다. 시문학파는 정치 이데올로기 등에서 한 걸음 물러나 문학 자체의 자율성과 미학을 추구한 시인들이 주도한다. 이 유파의 시인들은 1920년대 중반 이래 각종 이념에 혹사당하던 우리 언어를 어루만지고 다듬으며, 시를 다른 무엇에 복무하는 도구가 아니라 그 자체로 충분히 아름다운 빛을 뿌리는 예술의 자리에 다시 세운다. 이에 관한 시문학파의 집념은 박용철의 말처럼 "우리의 시를 살로 새기고 피로 쓰듯 쓰고야 만다. 살과 피의 맺힘"이라고 할 만큼 집요하다. 시문학파는 『시문학』을 비롯해 1931년에 발행되는 『문예월간』, 그리고 1934년에 발행되는 『문학』을 무대로 활동한 박용철·김영랑·정지용·신석정·이하윤·정인보 등을 가리킨다. 이 중에서 『시문학』을 통해 처음 나오고, 시문학파의 특징을 가장 풍부하게 머금고 삭여낸 시인은 김영랑과 박용철이다.

이들은 당대를 휩쓸고 있던 이데올로기 열풍의 권역에서 비켜 선 채 문학을 계급적 이념의 표현으로 받아들이는 속류 사회학적 인식과 무관하게 독자적인 시 세계를 일궈나간다. 관념성과 정치주의적 편향성을 극복한 이들의 시 세계는 "시가 언어의 예술이라는 점을 내세워 언어의 조탁과 전통적인 시가 율격에 기초한 시의 음악성 회복에 특별한 관심을 보임으로써 한국어의 시적 아름다움을 극대화했다."는 평가를 받는다.*

김영랑의 『영랑 시집』

　　1903년 1월 전남 강진의 지주 집안에서 태어난 김영랑金永郎(1903~1950)의 본명은 윤식允植이다. 그는 강진보통학교를 나온 뒤 완고한 아버지의 반대로 상급학교 진학이 막힐 뻔하나 어렵사리 어머니의 도움을 받아 1916년 서울 기독교청년회관에서 영어를 익힌다. 1917년 휘문의숙에 입학하는데, 선배인 홍사용·안석주·박종화와 후배로 들어온 정지용·이태준 등과 문학 이야기를 나누며 학창 시절을 보낸다. 1919년 3·1운동 당시 열여섯 살이던 그는 구두 속에 선언문을 감추고 고향 강진으로 내려갔다가 거사 직전에 발각되어 6개월 동안 감옥살이를 한다. 결국 재학중이던 휘문의숙을 졸업하지 못한 채 1920년 일본으로 가서 아오야마학원 중등부에 입학한다. 이 무렵 김영랑은 평생 우정을 나누게 되는 박용철을 만난다. 박용철은 그

일본 아오야마학원 시절 학우들과 함께. 뒷줄 왼쪽부터 김영랑·박용철·장용하.

에게 시를 쓸 것을 권유한다. 중학교 때부터 바이올린을 배우는 등 음악에 남달리 관심이 많던 그는 도쿄에서 성악을 전공하려고 했으나, 음악 공부를 하면 절대로 학비를 대줄 수 없다는 아버지 때문에 영문과로 적을 옮긴다. 그러나 이 또한 1923년 관동 대지진으로 중도에서 포기하고 만다. 고향으로 돌아온 그는 서울을 오가며 작가 최승일과 교유하게 된다. 최승일의 집에 드나들던 그는 숙명여고에 다니

---

* 김재용·이상경·오성호·하정일,『한국 근대 민족 문학사』(한길사, 1993)

던 최승일의 누이동생이자 해방 후 월북한 당대 최고의 무용가 최승희와 사귀며 문단에 염문을 뿌린다.

1930년 3월 김영랑은 『시문학』 창간호에 「동백잎에 빛나는 마음」·「언덕에 바로 누워」·「4행 소곡 7수」 같은 시편을 발표함으로써 정식으로 등단한다. 신진 시인 김영랑은 관념과 이데올로기가 난무하던 문단에서 전혀 다른 분위기의 시로 빛을 발한다. 이렇게 성공을 거두게 된 것은 무엇보다 그의 시가 지닌 매력과 독자성에서 말미암지만, 『시문학』 발간을 주도한 친구 박용철의 도움에 힘입은 바도 적지 않다. 박용철은 일찍이 김영랑의 시적인 자질을 간파, 유학 시절부터 시 쓰기를 권유하고, 『시문학』을 발간하는 동안 꾸준히 김영랑의 시를 부각시킨다. 박용철은 김영랑의 시를 거의 다 외울 정도로 몹시 아끼고 사랑했다. 이런 사실은 박용철이 자신의 시집은 내지 않으면서도 1935년 11월 '시문학사'에서 『영랑 시집』을 펴낸 것으로도 입증된다.

김영랑의 생애는 대체로 일제 시대를 배경으로 하고 있다. 이런 사실은 김영랑의 작품 속에 알게 모르게 시대의 암울한 그림자가 깃들여 있으리라는 유추를 가능하게 한다. 연보에 따르면 그는 1919년 3·1운동이 일어나자 종로통에서 독립 만세를 부르다가 경찰에 잡혀 구속되고, 석방 뒤 다시 고향 강진으로 내려가 만세운동을 모의하다 체포되어 대구형무소에서 6개월 동안 옥고를 치른다. 그의 시 세계는 흔히 경험의 구체적 상상(像)들이 생략된 채 막연한 슬픔과 한의 감정을 토로하는 것이 중심을 이룬다. 그러나 김영랑의 시 세계를 뒤덮고 있는 슬픔과 한, 상실과 좌절의 어두운 그림자는 사회적 자아를 실현할 계기를 봉쇄한 일제 식민지 지배 체제의 억압성을 간접적으로나마 증언한다고 할 수 있을 것이다.

그의 「사행시」 가운데 하나를 살펴보자.

좁은 길가에 무덤이 하나 /이슬에 젖이우며 밤을 새인다 /나는 사라져 저 별이 되오리 /뫼 아래 누워서 희미한 별을

시인 박용철이
주재하던
시문학사에서 나온
김영랑의 시집
『영랑 시집』

다른 작품 하나를 더 살펴보자.

두 시편에서는 무엇보다 외로운 혼의 비애와 방황을 읽을 수 있다. 이는 어렴풋한 대로 운명의 주체가 되어 당당하게 삶을 개척, 창조해나갈 수 없는 사람의 실의와 공허감으로 얼룩진 내면의 풍경을 보여주는 것이다. 자기 운명의 주체가 될 수 없다는 것은, 작게는 밖으로부터의 구속과 억압을 극복하지 못하고 노예화된 개인의 비극을 보여주며, 크게는 주권을 상실한 민족 전체의 상황을 나타내는 것일 수도 있다. 알고 보면 이와 같은 것은 김영랑의 의식을 오랫동안 간섭하고 짓누른 주제이기도 한데, 아쉽게도 체험과 현실의 구체성에서 우러나온 논리가 뒷받침되지 않아 작품들이 감동을 주는 차원으로까지 승화되지는 못한 느낌이다.

김영랑의 시 세계는 가장 널리 알려진 작품인 「모란이 피기까지는」에 나오는 "찬란한 슬픔의 봄"이라는 구절 속에 잘 함축되어 있다. '찬란燦爛'이라는 말의 사전적 의미는 '영롱하고 현란함', '광채가 번쩍번쩍하고 환함'이다. '슬픔'은 '슬픈 느낌 또는 그 정도'를 가리키는 말이다. 우리가 슬프다고 할 때 이는 무슨 일에 낙심해 눈물이 나거나 한숨이 나오며 마음이 아프고 괴롭다, 또는 불쌍하고 원통한 느낌이 있다는 뜻이다. 그렇다면 '찬란한'이라는 말이 품고 있는 눈부시게 환한 빛과, '슬픔'이라는 말이 품고 있는 무겁고 칙칙한 어둠은 잇댈 엄두가 나지 않는, 모순된 가치의 표상이다. 이는 마치 '밝은 어둠'이라는 말과 같다. 이 모순되고 양의적兩義的인 세계가 동전의 앞뒤처럼 결합해 '봄'을 수식한다.

마저 시들어버리고는/천지에 모란은 자취도 없어지고/뻗쳐오르던 내 보람 서운케 무너졌느니/모란이 지고 말면 그뿐 내 한 해는 다 가고 말아/삼백예순 날 하냥 섭섭해 우웁내다/모란이 피기까지는/나는 아직 기다리고 있을 테요 찬란한 슬픔의 봄을

김영랑, 「모란이 피기까지는」, 『문학』(1934. 4.)

「모란이 피기까지는」을 떠받치고 있는 시적 구조는 모란을 중심으로 한 기대 · 기다림 → 상실 · 소멸 → 기대 · 기다림의 구조다. 이는 김영랑의 순환론적 세계 인식을 반영하고 있는 것이다. 바로 이 점 때문에 한 평론가는 「모란이 피기까지는」의 구조가 죽음과 재생의 순환, 완성과 파괴의 순환을 보여주고 있다고 지적한다. 모란의 피어남에 대한 시적 자아의 기대 · 기다림은 봄에 대한 기대 · 기다림과 맞닿아 있다. 아울러 모란의 떨어짐은 봄의 상실 · 소멸을 뜻한다. 봄의 상실은 시적 자아의 뻗쳐오르던 보람의 좌절을 가져오고, 이는 상심의 원인이 된다. 따라서 시적 자아는 봄을 여읜 설움과 섭섭함 속에서 다시 모란이 피어나기를 고대한다. 모란의 피어남에 대한 기대의 이면에는 찬란한 슬픔의 봄에 대한 동경과 지향이 숨어 있다. 모란이 해마다 피어난다는 것, 그래서 떨어져버린 지난해의 모란이 다시 피어나기까지 '나'의 보람은 새롭게 뻗쳐오른다는 것, 바로 이런 까닭에 '나'의 기대 · 기다림의 시간은 찬란하다. 그러나 모란은 오래도록 피어 있는 것이 아니라는 것, 모란은 피어난 뒤 이내 시들어 떨어질 수밖에 없다는 것, 그래서 모란을 매개로 하는 찬란한 봄의 누림도 끝난다는 것, 이 때문에 '나'는 슬프다. 모란을 통해 절정 · 완성의 순간에서 곧바로 쇠퇴 · 파괴의 순간으로 이어지는 영원한 순환 속에 놓여 있는 삶의 의미를 투시하는 시인의 눈은 날카롭다. 모란의 피고 —— 짐, 봄의 오고 —— 감, 찬란함 —— 슬픔, 밝음 —— 어둠의 영원한 순환 속에 갇힌 인간의 숙명에 대한 긍정은 김영랑 시 세계의 한 축을 이루고 있다.

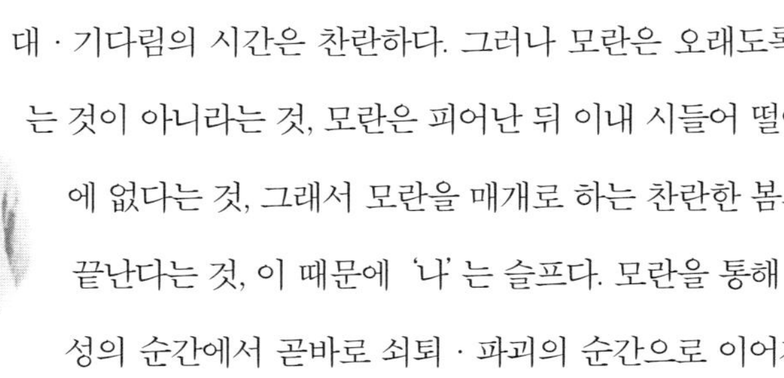

『시문학』을 창간한 문인들의 기념 사진. 앞줄 왼쪽부터 김영랑 · 정연현 · 변영로, 뒷줄 왼쪽부터 이하윤 · 박용철 · 정지용.

내 가슴 속에 가늘한 내음 /애끈히 떠도는 내음 /저녁해 고요히 지는 제 /먼 산허리에서 슬

리는 보랏빛 // 오! 그 수심 뜬 보랏빛 / 내가 잃은 마음의 그림자 / 한 이틀 정열에 뚝뚝 떨어진
모란의 / 깃든 향취가 이 가슴 놓고 갔을 줄이야 // 얼결에 여윈 봄 흐르는 마음 / 헛되이 찾으려
허덕이는 날 / 뻘 위에 철석 갯물이 놓이듯 / 얼컥 이는 훗근한 내음 / 아! 훗근한 내음 내키다마
는 서어한 가슴에 그늘이 도나니 / 수심뜨고 애끈하고 고요하기 / 산허리에 슬리는 저녁 보랏빛

    김영랑, 「가늘한 내음」, 『시문학』(1930. 5.)

    그러나 김영랑의 많은 시편에서 강조되고 있는 것은 찬란함 — 밝음보다는 슬픔
— 어둠 쪽이다. 이런 슬픔 — 어둠은 불행한 넋에서 솟구치는 심정의 등가물이다.
이는 「가늘한 내음」·「물 보면 흐르고」·「낮의 소란 소리」·「땅거미」·「두견」·
「망각」 등의 시편에서 "수심 뜬 보랏빛", "한숨만 끝없이 떠돌던 시절", "밤의 검은
발짓", "고되인 넋", "훤뜻 스러지는 것", "잊은 봄 보랏빛의 낡은 내음", "원한과 슬
픔", "불행의 넋", "서럽고 쓰라림", "비운의 겨레" 등의 표현을 얻어 구체화된다.
「가늘한 내음」에 나오는 보랏빛은 상실의 슬픔에서 연유한 어둠의 빛깔이다. 이
보랏빛은 "한 이틀 정열에 뚝뚝 떨어진 모란의 / 깃든 향취가 이 가슴 놓고 갔을 줄
이야"라는 구절에 암시되어 있듯이 모란의 떨어짐과 결부되어 있다. 다시 말하면
모란의 떨어짐으로 생긴 "내가 잃은 마음의 그림자"의 빛깔이다. 모란의 찬란함은
곧 생명의 찬란함이다. 이것이 없는 삶은 텅 빈, 무의미한 삶이다. 왜냐하면 모란은
의미 있는 세계의 지평에서 피어난 생명의 상징물이기 때문이다. 따라서 '나'는
떨어져 사라져버린 모란을 찾기 위하여 헛되이 현실 속에서 허덕이기도 한다. 왜
'헛되이'인가? 세상 어디에도 없기 때문이다. 다시 말하면 현실 세계 속에서 찾을
수 없는 것이기 때문이다. 꿈결처럼 지나가고 마는 것이기 때문이다. 모란, 찬란한
슬픔의 봄의 꽃, 밝은 어둠 속의 꽃, 모란은 이 모순 어법 위에 서 있는 것, 부정 속
의 긍정, 무의미 속의 의미, 비진정성의 세계에 둘러싸인 진정성의 삶이다. 이를 향
한 동경의 찬란함과 이를 손에 잡지 못하는 슬픔이 뒤섞여 김영랑의 시 세계가 형
성되는 것이다.

    『영랑 시집』을 펴낸 뒤 그는 잠깐 공백기를 가진다. 이 시기는 그의 단점으로 지

적되곤 하던 극단적 형식을 스스로 인식하고 이를 극복하기 위해 애쓴 기간으로 추측된다. 따라서 공백기 이후 1939년 『문장』에 발표한 「독을 차고」, 『시림』 1호에 발표한 「전신주」, 1940년 『조광』에 발표한 「한줌 흙」, 1948년 8월에 발표한 「발 짓」, 1950년 6월에 발표한 「오월 한」 등에서는 다소 사회성이 엿보이기도 한다. 해방 뒤 그는 고향인 강진으로 가서 우익 운동에 참여하고, 1949년 공보처 출판국장을 지내며 '시문학' 시절의 순수 문학 분위기에서 벗어나려는 몸짓을 보인다. 그러나 1950년 6·25 때 미처 피난을 떠나지 못하고 서울에서 은거하던 중, 9·28 수복 하루 전인 9월 27일, 김영랑은 길에서 포탄 파편에 맞아 숨을 거둔다.

1949년 신당동 집에서 부인과 막내딸 애란과 함께. 김영랑은 이듬해 전쟁 때 이 집 부근에서 포탄 파편에 맞아 숨진다.

박용철, '시문학파'의 정신적 지주

시문학파의 작품들을 받쳐준 큰 힘 가운데 하나는 『시문학』을 직접 발간, 편집한 박용철朴龍喆(1904~1938)의 시론이다. 박용철은 「떠나가는 배」 등 70여 편의 시를 발표하지만, 창작보다는 외국 문학의 번역과 시론, 비평 분야에 치중한다. 그는 시론을 통해 1930년대 초반 『시문학』이 기틀을 잡는 데 많은 공헌을 하고, 1930년대 중반부터 일기 시작한 모더니즘과 기교주의 논쟁에서도 순수파의 입장을 적극 옹호한다.

전남 송정에서 태어난 박용철은 1916년 휘문의숙에 입학한다. 얼마 뒤 전학해 배재학당에 다니던 그는 1918년 중퇴하고 일본으로 건너간다. 1921년 도쿄 아오야마학원 중학부 4학년으로 편입해 졸업하고, 1923년 도쿄외국어학교 독문학과에 입학한다. 전공인 독어뿐 아니라 영어 실력도 만만치 않던 그는 학창 시절부터 하이네·괴테·셸리 등의 작품을 번역한다. 그는 재일 유학생 가운데 외국 문학에 관심을 기울인 '해외문학연구회', 일명 '해외 문학파'에 가담해 활동하나, 관동 대지진으로 학업을 채 마치지 못하고 귀국한다. 고향에서 그는 독서와 습작으로 시간을 보내지만 지면에 글을 발표하지는 않는다. 1930

배재학당 1학년 때의 박용철. 그는 급우 중에서 가장 어렸고 몸집 또한 작아서 함께 다니면 금방 눈에 띄었다.

년 3월, 그는 자비로 『시문학』을 창간하고 여기에 시 「떠나가는 배」·「비내리는 날」·「싸늘한 이마」·「밤 기차에 그대를 보내고」 등을 발표해 출판인이자 문인으로 1930년대를 맞는다.

그는 『시문학』 2호에 「시집가는 시악시의 말」·「우리의 젖어머니」·「한 조각 하늘」, 3호에 「선녀의 노래」 같은 시편을 계속 발표한다. 그러나 같은 시기에 활동하던 김영랑이나 정지용의 시들이 워낙 쟁쟁해 시인으로서 한계를 느낀다. 이에 따라 더욱 이론으로 기울게 되는데, 알고 보면 그는 『시문학』 창간호부터 이론가의 자질을 보여준다. 『시문학』에 발표된 창간 의의는 '시문학파'의 순수 문학론이자 박용철의 독자적 시론인 '존재의 시론'의 서곡인 셈이다.

짧은 머리에 눈이 큰 박용철의 얼굴

그러나 시를 일상보다 고상하고 우아한 근원적인 무엇으로 여긴 그의 순수 문학론은 의미가 거세된 김영랑의 음악적 시만큼이나 모호하다. 시론이라는 것은 과학적이고 논리적인 분석을 필요로 하는 부문이다. 이른바 순수 문학의 '순수'라는 말 자체가 추상 개념이기는 하지만, 이와 같은 측면에서 그의 시론은 요건을 충족시키지 못한다.

1930년대 벽두에 나타나 형형한 빛을 뿌리던 『시문학』은 1931년 10월에 3호로 종간된다. 박용철은 다시 사재私財를 털어 같은 해 10월 『문예월간』을 창간한다. 『문예월간』은 『시문학』의 연장선에 있으나 소설·영화 등으로 장르의 폭을 넓히고 괴테 사후 100주년 특집을 다루는 등 해외 문학에 지면을 할애한다. 이에 따라 필진도 예전보다 많이 끌어들인다. 박용철은 이 『문예월간』 창간호에 실은 「효과주의적 비평 논강」에서 형식을 등한시하는 계급주의 문학을 비판하고, 비평가의 직능과 자신이 세운 비평의 열두 가지 강령에 맞추어 작품의 효과를 분석한다. 같은 해 12월 그는 『조선일보』에 「1931년 시단의 회고와 비판(1·2)」 등을 발표해 순수 문학 비평가로서 입지를 다진다.

1933년 12월 박용철은 『문학』을 창간하고 여기에 김영랑·신석정·이하윤·유치환을 끌어들여 시문학파의 건재를 안팎에 알린다. 박용철은 시의 내용이나 지성을 부정하고 '광' 적인 상태에서 솟아나는 영감과 창작 과정을 중시한 하우스먼 A. E. Housman의 영향을 받으며 지속적으로 시론에 몰두한다. 1934년 4월『문학』3호에 그는 하우스먼의 케임브리지대학교 강연 시론을 번역한「시의 명칭과 성질」을 발표하는데, 이후 한층 구체적이고 체계적인 이론을 펼친다.

비평가로서 그의 재능과 노력이 제대로 드러난 논쟁은 1935년 말 임화가『신동아』에「담천하의 시단 1년」을 발표한 뒤 벌어진다. 임화는 김기림을 비롯한 모더니스트들과 박용철이 속한 시문학파 등을 싸잡아 시대 현실을 외면한 채 '말초 신경' 의 언어를 제작함으로써 '시적 언어' 에 실패한 무리라고 몰아붙인다. 박용철은 12월『동아일보』에 기고한「올해 시단 총평」을 통해 모더니스트 김기림의 시「기상도」와 시론「오전의 시론」을 분석하면서 김기림의 시 정신 결여와 지성 과잉을 지적하고, 동시에 임화의 순수 문학에 대한 편견을 적시하면서 과연 그렇게 말하는 임화의 시는 '시적 언어' 에 성공한 것인지 물어 두 사람 모두를 비판한다. 임화는 1936년 2월『중앙』에 발표한「기교파와 조선 시단」을 통해 박용철을 비롯한 순수파를 '일체의 현실적 내용' 을 부정하는 '기교파' 라면서 다시 비난한다. 그러자 박용철은 3월『동아일보』에 발표한「기교주의설의 허망」이라는 글에서 '기교' 란 시를 창작하는 기술로써 오랜 수련과 체험이 쌓인 시 정신의 성숙에서 자연스럽게 우러나오는 일련의 과정이라고 반박하며 '시적 기교' 의 불가피성에 관한 시론을 펼친다.

이 논쟁 이후 박용철의 시론은 1938년 1월『삼천리문학』에 발표한「시적 변용에 대하야」에서 좀더 체계를 갖춘다. 그는 시 정신이 구체적으로 드러나는 결과는 '변용' 이라는 개념으로, 그 변용에 이르기까지 시인이 겪는 내적 고통과 갈등의 과정을 '기다림' 으로 정의한다. 아울러 이를 온갖 수난과 노력 끝에 한 송이의 꽃을 피워내는 '나무' 에 비유해, 고통스러운 '기다림' 의 단계를 거쳐 언어의 한계를 극복할 때 비로소 진정한 시적 '변용' 을 만날 수 있다는 '변용과 기다림' 의 시론을 세운다. 그러나 이 단계에서도 그는 여전히 추상성과 모호성의 껍질을 뚫고 나오

지 못한다. 따라서 과학적이고 분석적인 사고를 중시하는 모더니스트나 프로 문학
가들을 설득하는 데 실패하며, 오히려 그들로부터 시론이나 비평이라기보다 감상
에 불과하다는 비판을 받는다.

　연극에도 관심이 많던 박용철은 1931년 결성된 '극예술동인회'에 가담해 활동
한다. 1934년 4월 그는 '시문학사'와 '극예술연구회'의 공동 명의로 연극 잡지
『극예술』을 펴내 여기에 이헌구·김광섭·윤백남·유치환 등의 글을 싣는 한편
스스로 공연에 참가하기도 한다. 앞에서 본 바와 같이 그는 사재를 털어 『시문
학』·『문예월간』·『문학』 등을 발간할 뿐 아니라, 자신의 시집은 제쳐두고 동료
시인들인 김영랑·정지용의 시집 발행에 돈을 아끼지 않는다. 이처럼 남다른 열정
으로 문학에 임하고 따뜻한 동료애를 보여주던 박용철은 1938년 5월 12일 결핵
으로 길지 않은 삶을 마친다.

　앞에서 언급한 시 외에도 그는 「나두야 간다」·「만폭동」·「고향」·「비」·「이대
로 가랴마는」·「소악마小惡魔」·「절망에서」·「사랑하던 말」·「나는 네 것이 아
니다」·「고은 날개」·「실제」·「밤」·「너의 그림자」 등 창작시 90여 편과 수십 편
의 비평을 남기고, 70여 편의 독일 시와 2백여 편의 영미 시, 1백여 편의 외국 동요
등을 번역한다. 창작집은 죽은 지 1년이 되는 1935년 5월, 가족과 동료들에 의해
전 2권의 『박용철 전집』으로 출간된다.

박용철이 죽은 뒤 나온
『박용철 전집』

시문학파의 성과

　김영랑과 박용철 등 시문학파의 시 세계를 물들이고 있는 주조는 '비애'다. 이
는 그들이 식민지 자본주의 발전 단계에서 몰락의 길을 걷던 토착 중소 지주 계층
집안 출신이라는 것과 무관하지 않다. 그들은 소멸해가는 저희 계층의 운명에 대
한 비애를 소멸해가는 것의 아름다움을 노래하는 형식을 빌려 표현한 것이다. 이
념적 편향과 사회성을 소거시킨 시문학파의 '순수' 지향 작품들은 민족 전체의 생

존이 말살될 위기에 처하고 문화가 붕괴되어 가는 상황에서 일제의 검열을 피하고 안전하게 살아남기 위해 씌어진, 현실과는 전혀 관련이 없는 도피 문학 또는 가벼운 문학이라는 비난을 받기도 한다. 그러나 한국 현대 문학사에서 이들만큼 민족 언어를 갈고 다듬어, 시가 율격의 전통을 현대적으로 계승하며 섬세한 내면 공간을 형상화한 순수의 세계를 빚어낸 유파는 달리 찾기 어렵다. 문학이 여타의 사상이나 목적 없이도 순수하게 존재할 수 있다는 것, 그리고 우리의 언어가 이렇게 아름다울 수 있다는 것을 보여주기 위한 이들의 노력은 시간이 지날수록 소중하게 받아들여진다.

참고 자료

김재용 외, 『한국 근대 민족 문학사』, 한길사, 1993
윤병로, 『한국 근·현대 문학사』, 명문당, 1992
정한모, 『현대시의 현장』, 박영사, 1983
조동구, 「박용철의 시론고」, 『1930년대 민족 문학의 인식』, 한길사, 1990
이어령, 『한국 문학 연구 사전』, 우석출판사, 1990
정한숙, 『현대 한국 문학사』, 고려대학교 출판부, 1994

볼셰비키 문예 운동

무산자파의 등장

1927년 박영희의 방향 전환론에 개입해 한동안 카프를 주도하던 '제3전선파'는 1930년에 접어들면서 더욱 과격한 선동 임무를 띤 '무산자파'에게 주도권을 넘겨준다. 볼셰비키를 지향한 이들 중에는 제3전선파에서 활동한 사람도 여럿 눈에 띄어 교체라기보다는 연장으로 볼 수도 있다. 그러나 몇몇 생소한 이름이 떠오르고, 과업의 수행 과정에서 제3전선파에 비해 무산자파는 이념성과 당파성을 한결 강화한다. 일본의 ML공산당과 긴밀한 관계를 유지하며 갖가지 논쟁에 뛰어들어 계급 문학 진영에 확고히 자리잡은 임화 · 이북만 · 김두용 · 윤기정 등과 카프의 도쿄지부인 '무산자사'에서 발행한 기관지 『무산자』를 중심으로 활동하던 김남천 · 안막 · 권환(권윤환) 등이 합류한 이른바 무산자파는 이전보다 훨씬 짙은 당파성을 띤 채 카프를 장악한다.

본디 '볼셰비키'란 다수파를 뜻하는데, 러시아사회민주노동당의 정통파를 달리 일컫는 말이다. 1903년 제2차 당 대회에서 당원의 자격 문제를 놓고 레닌과 플레하노프가 의견 대립 끝에 격돌했을 때, 레닌이 표결에서 이기는 과정을 거치며 다수파 볼셰비키와 소수파 멘셰비키로 나뉘게 된다. 볼셰비키는 러시아혁명을 주도한 세력으로 공산당의 전신이기도 하다. 이에 따라 모범적인 공산주의자 또는 과격한 혁명주의자를 흔히 볼셰비키라고 부르게 된다.

우리 나라의 볼셰비키 운동은 일본의 나프와 선이 닿아 있던 무산자파가 카프에 이입하면서 시작된다. 무산자파는 볼셰비키 문예 운동을 적극 수헝하기 위해 당파성을 띤 카프의 조직 확대, 프롤레타리아 문학의 창작 방법 확립이라는 두 가지 명제를 내건다.

당파성 강화에 나선 무산자파는 먼저 카프 내의 타협주의자와 개량주의자들, 그리고 제3전선파가 주도한 방향 전환론의 성과를 비판하면서 볼셰비키 문예 운동에 불을 댕긴다. 무산자파의 일원인 권환은 1930년 1월 『중외일보』에 기고한 「무산 예술 운동의 별고와 장래의 전개책」에서, 그 동안 많은 프로 문학인이 막연히 새로운 것에 대한 허영심이나 동정심으로 프로 문학을 잘못 이해하고 내용 · 형식 논쟁이나 되풀이하며 실제 창작에서는 대중을 위한 문학 작품 하나 변변히 생산하지 못한 점을 맹렬히 비난한다. 같은 해 4월 다시 『중외일보』에 기고한 「평범하고도 긴급한 문제」에서는, 농촌과 공장을 중심으로 끊이지 않고 일어나는 갖가지 쟁의에서 보듯이 대중의 의식은 눈부시게 성장하고 있는데 예술 운동이 그 속도를 따라가지 못하는 이유에 대한 반성을 촉구하고, 이를 해결하기 위한 '가장 평범하고도 긴급한 문제'는 예술 운동가들의 소부르주아적 인텔리성을 제거하는 데 있다고 지적한다.

볼셰비키적 조직 확대

1929년 「탁류에 항抗하여」에서 프롤레타리아의 혁명적 정신 고취와 개량주의 추방, '전위'라는 개념으로 전환론의 새로운 방향을 제시하고 '볼셰비키'라는 용어를 처음으로 쓴 임화는 1930년 「조선 프로 예술 운동의 당면한 중심적 임무」에서 조직 문제에 초점을 맞추어 볼셰비키화의 의의와 방법에 대해 논한다.

1927년 카프 내부의 방향 전환론 이후 박영희 · 윤기정 · 김두용 등에 의해 조직을 문학에만 국한시킬 것이 아니라 모든 예술 분야로 확대시키는 것에 대한 논의가 이루어진 바 있고, 1930년 4월 카프는 '조선지광사'에서 중앙위원회를 열어 조직 개편을 논의한다. 카프는 이 자리에서 중앙위원회를 중심으로 기존의 부서 외에 기술부를 신설하고, 예술 분야는 교양부 산하에 두어 각 '부'를 문학동맹 · 음악동맹 · 미술동맹 · 연극동맹 · 영화동맹 등 각 '동맹'으로 개편하되 각 2명의 대표로 협의회를 만들 것을 계획한다. 기관지 확보라는 과제도 제3전선파가 펴내던 『예술운동』이 폐간된 뒤 잠깐 『군기』·『문학창조』를 발행하거나 『전선』·『집단』 등을 계획하지만, 내부 문제와 1931년 카프 조직원 검거로 무산된다.

창작 방법론 — 프롤레타리아 리얼리즘

창작 방법론의 볼세비키화를 논한 안막은 「조선 프로 예술가의 당면의 긴급한 임무」에서 1차 방향 전환론 이후 창작 형태가 예술 속에 정치를 기계적으로 도입함으로써 예술의 특수한 연관성을 이해하지 못한 오류를 비판한다. 이의 타개책으로 그는 "정치적 슬로건을 그대로 예술상의 슬로건으로 하는 것이 아니라 그 슬로건 가운데 요약된 계급적 필요를 예술의 형태를 빌어 구상화"할 것을 주장하고, 이를 위해 마르크스 사상에 맞추어 '전위의 눈'으로 노동자·농민의 현실을 객관적으로 그리는 창작 방법에 주력할 것을 제안한다. 그는 또 1928년 대중 예술론에서 도출된 김기진의 형식 위주의 '변증적 사실주의'를 비판하고, 임화가 제기한 '전위'의 관점에 맞추어 '사회적 사실주의'의 이론을 수용하고 체계화를 시도한다. 안막은 프롤레타리아 리얼리즘이 "현실을 현실대로 묘출하려는 객관적·현실주의적 예술 태도"에 입각해 창작하는 점에 대해서는 일면 부르주아 리얼리즘의 기본 원리가 포함되어 있음을 인정한다. 그러나 이것은 관념적·고정적이기 때문에 이를 극복하기 위해서는 현실을 "동적으로 전체성에서 파악하여 거기서 본질적이요 필연적인 것을 사회적, ×××관점에서 예술적으로 묘출"하는 혁명적 낭만주의로 계승, 변혁해야만 한다고 주장한다. 안막은 이어 그 동안의 프로 문학이 대중에게 호소력을 가지지 못한 근본적 이유로 도식적이고 추상적인 인물 묘사를 들고, 이의 해결 방안으로 노동자·농민 속으로 들어가서 그들의 생활 감정을 몸소 익힌 뒤 실감이 실린 심리 묘사로 형상화할 것을 제시한다.

당시 볼세비키론에서 내세운 구체적인 창작 지침은 '전위의 활동'과 '어용 노조의 분쇄'를 그리라는 것이다. 그것의 구체적인 성과로 비평가들이 주목하고 높이 평가한 작품은 김남천의 「공장 신문」(1931)과 권환의 「목화와 콩」(1931)이다. 「공장 신문」에는 선진 노동자, 전위 활동가, 어용 노조 간부 같은 인물들이 나온다. 작가는 이 소설에서 전위의 중요성을 강조하는 당의 관점을 작품 속에 기계적으로 반영해 선진 노동자는 번번히 실패를 하는 데 반해, 전위 활동가는 성공을 거두는 것으로 그려낸다. 문학이라는 수단을 통해 당의 관점을 널리 알리고 대중의 정치 의식을 고취하려는 목적성을 뚜렷이 드러내 보인 대목이다. 그러나 유물 변증법적 창작 방법론은 문학을 정치 선전의 도구로 전락시킴으로써 소재의 고정화와 구성의 도식성을 피하지 못하는 폐해를 낳는다.

한편, 권환은 9월 『중외일보』에 발표한 「조선 예술 운동의 당면한 구체적 과정」에서 마르크스 사상에 입각한 전위의 활동으로, 각종 노동 조직을 꾸려 운동과 투쟁을 함께 벌여나가자고 제안한다. 그는 또 제국주의와 이에 야합하는 부르주아의 적대적 행동을 마르크스주의적 관점에 입각해 폭로해야 한다고 주장한다. 기본 논리는 안막의 그것과 비슷하나 한결 도식적이고 추상적인 주장이라고 할 수 있겠다.

한설야는 무산자파에 속하지는 않지만 대중 문학에 대한 그릇된 이해를 환기시키는 리얼리즘론을 들고 나와 눈길을 끈다. 1931년 5월에서 7월에 걸쳐 『동아일보』에 기고한 「사실주의 비판 — 작품 제작에 관한 논감」이 그것이다. 여기서 그는 창작 이론이 대중을 파악하고 그 역사적 직능을 성취하는 작품 행동 과정에 임해, 대상을 '당위'로 보지 말고 "대상 자체의 성질, 즉 내적 필연성"이라는 변증법적 인식에 따라 관찰해야 한다고 주장한다. 그는 또 이를 위해서는 작가가 "서재에서가 아니라 공장에서 일터에서 농촌에서 나야 하고 또 그리로 들어가야 하는 것이다. 이를 모르고는 도저히 소위 전위의 눈을 얻을 수 없고 그러한 작품을 제작할 수 없다."고 말한다. 한설야의 이와 같은 주장은 이제껏 프로 이론가들이 한결같이 대중 속에 들어가서 그들의 생활 감정을 그려야 한다고 주장한 것에 그친 데 비하면 한 발 앞선 인식론적 전환을 보여주는 것이다. 다시 말해 한설야는 현장 노동자와 농민 속에서 창작 주체가 나와야 한다는 논지를 펼치며 대중을 '대상'으로만 바라보던 태도에서 벗어나 '주체'로 인식하는 전환을 이룸으로써 대중 예술론을 한 단계 끌어올린 것으로 평가된다.

'볼셰비키 문예 운동'의 기치를 내걸고 1930년대 초엽에 나타난 므산자파는 민족 해방과 조선에서의 프롤레타리아 계급의 강화라는 목표 아래 조직 개편, 기관지 확보, 특히 민족주의자들과 연합하기 위한 신간회 참여 등 적극적이고 다양한 시도를 한다. 그러나 이 혁명적 전위 그룹이 계획하고 시도한 온갖 일은 민족과 문학의 차원을 떠나 '좌파 이데올로기의 정치적 목표'를 이루기 위한 방책이었음이 이내 드러난다.

참고 자료

김재용 외, 『한국 근대 민족 문학사』, 한길사, 1993
조연현, 『한국 현대 문학사』, 성문각, 1993
역사문제연구소 문학사연구모임, 『카프 문학 운동 연구』, 역사비평사, 1992
윤병로, 『한국 근·현대 문학사』, 명문당, 1992

농산물 증수만으로는 농민 생활을 풍부하게 할 수 없다.

그와 반대로 도리어 빈핍하게 하기도 한다. 작년에 조선에 풍년이 든

이유로 더욱 농민들이 빈핍하여 살 수 없다고 한다

1931

농촌 사업의 3대 강령

일반이 농촌 사업이라 하면 농사 개량으로 생각한다. 또 농사 개량이라면 농산

물 증수로 생각한다. 그러나 이것은 농촌 사업을 하는 자들로서나 농촌 사업이 필

요하다고 하는 자들로서 큰 착오이다. 농산물 증수만으로는 농민 생활을 풍부하게

할 수 없다. 그와 반대로 도리어 빈핍하게 하기도 한다. 작년에 조선에 풍년이 든

이유로 더욱 농민들이 빈핍하여 살 수 없다고 한다. 연고로 농촌 사업은 농사 개량

이외에 두 가지가 더 필요하다. 그 두 가지는 즉 생활의 조직과 정신의 소생이다.

그 순서로 말하면 첫째 정신의 소생, 둘째 생활의 조직, 셋째 농사 개량이니 이것이

곧 3대 강령으로 되어 있는 것이다.

한국 기독교계의 농촌 운동은 1923년부터 계획되어 1928년에 협동 조합 운동의 형태로

본격적으로 실시된다. 이 밖에 천도교 계열 중심의 조선농민사는 소비 조합 운동과 농민 공생

조합 등 농촌 계몽 운동에 뛰어들고, 동아일보사는 1930년대 초반 브나

로드(민중 속으로) 운동을 통해 농촌 계몽 운동을 펼친다.

1931

1월

1 염상섭, 장편 「삼대」를 『조선일보』에 연재 시작

10 조선어연구회, 조선어학회로 개칭

12 인도, 대규모 항영 투쟁(1. 25. 간디 석방)

3월

4 간디와 인도 총독 어윈 사이에 델리협약 조인(간디, 정치범 석방 조건으로 불복종 운동 중지, 원탁 회의 출석 동의)

5월

5 이윤재 저 『한글 철자법 일람표』 간행

15 신간회, 전국 대회를 열고 해체 결의

23 조만식 · 윤치호 · 안재홍 등, 유적보존회 설립

25 평안도 강계에 홍역 창궐(어린이 70여 명 사망)

28 중국, 반장反蔣 연합 결성, 광저우에 국민 정부 수립

0 사회 비평 전문 종합지 『비판』 창간

6월

19 조만식 · 양주동 등, 한글연구회 조직

0 종로경찰서, 박영희 · 김기진 · 임화 · 김남천 등 조선프롤레타리아예술가동맹 맹원 70여 명 검거(제1차 카프 검거)

0 조선체육연구회 창립

0 동아일보사, 여름 방학을 기해 브나로드 운동 전개

8월

0 이상, 시 「오감도烏瞰圖」를 『조선중앙일보』에 발표

9월

3 프랑스 · 독일 · 오스트리아, 관세동맹 파기

21 일본 관동군, 만주 지린에 출동

26 중국, 상하이에서 10만여 명 항일 대집회

11월

1 동아일보사, 『신동아』 창간

7 중국, 장시성 루이진에서 중화 소비에트 임시 중앙 정부 수립(주석 마오 쩌둥)

0 이하윤 · 박용철 · 김영랑 등, 『해외문학』 후신으로 『문예월간』 창간

12월

21 경주에서 무열왕비 발견

0 유치진, 「토막土幕」을 『문예월간』에 발표

0 임시 정부, 김구 직속하에 일본 요인 암살을 목적으로 한인애국단 조직

0 신채호 저 『조선 상고사』 간행

'문학'을 죄어오는 일제의 손길

카프 1차 검거와 신간회 해체

1927년 민족 해방 운동의 대오를 통일하기 위해 좌우 합작 노선에 따라 결성된 신간회는 후반기에 이르러 140여 지부와 3만여 회원의 규모로 성장한다. 그러나 신간회는 코민테른과 연계된 조직 내 일부 극좌파의 동요와 일제의 압박으로 말미암아 1931년 5월 17일자로 해산되고 만다.

이와 더불어 일제는 1930년 볼셰비키화를 외치며 왕성한 의욕을 보이던 카프 조직에도 강력한 제재를 가한다. 도쿄에서 안막 등이 들여온 서적 『무산자』의 배포, 임화·강호·신응식 등이 만든 영화 「지하촌」, 그리고 고경흠 등의 ML 당원들과 카프의 맹원들이 손잡고 만든 지하 조직인 '공산당재건동맹'이 일경의 첩보망에 걸려든 것이다. 카프는 일제가 가장 경계하던 대상인 공산주의 운동 조직으로 판명된다. 이에 따라 1931년 6월 15일부터 검거 열풍이 불어서 10월 초까지 고경흠·김삼규·안막·임화·윤기정·김남천·이기영·박영희·김기진 등 17명의 임원이 구속, 송치되고 30여 명의 관련 인사가 수배, 검거된다. 다행히 10월 15일 이들 가운데 고경흠·김삼규·황학로·김남천 네 사람만 기소되고, 나머지는 불기소 처분을 받아 풀려난다.

이후 1932년부터 카프 맹원인 안막·김남천 등이 침체한 조직의 재건과 확대를 꾀하지만, 1934년에 2차 검거가 불어닥치며 와해의 조짐을 보인다.

참고 자료
김윤식, 『박영희 연구』, 열음사, 1989
김윤식, 『임화 연구』, 문학사상사, 1989
김용직, 『임화 문학 연구』, 세계사, 1991

노동자를 무산 계급의 본령으로 여기고 이들의 해방을 목표로 하던 프롤레타리아 이념은 1930년 11월 소련 하리코프에서 열린 '국제 프롤레타리아 혁명 작가 제2회 대회' 이후 인식의 전환기를 맞는다. 대회의 주요 과제로 떠오른 농민 문학과 동반자 문학이 곧 몇몇 국내 프로 작가에 의해 수용됨으로써 우리 문단에서도 계급에 대한 다양한 논의가 펼쳐진다.

특히 우리 나라 인구의 약 80퍼센트가 농민이던 당시의 현실을 감안한다면, 농민 문제가 노동자 문제보다 더욱 시급한 과제로 떠오른 것은 이상한 일이 아니다. 농민 문제는 이미 1928년 김기진의 소박한 대중화론과 1930년 볼셰비키 문예 운동의 주요 쟁점이 된 바 있는데, 권환이 「하리코프 대회 성과에서 조선 프로 예술가가 얻은 교훈」을 발표한 이후 더욱 구체적으로 논의된다. 이와 더불어 식민지 체제하의 자본주의화 과정에서 계급적 소속이 모호하게 된 소시민 계층을 동반자 계급으로 묶어 프롤레타리아 계급으로 수용하자는 이론이 대두한다.

농민 문학론

볼셰비키적 조직 확대와 창작 방법론이 내부에서 활발히 논의될 때와는 달리, 농민 문학론은 카프의 외곽에 자리잡고 있던 안함광과 백철의 논쟁으로 촉발된다. 안함광은 1931년 8월 『조선일보』에 실린 「농민 문학 문제에 대한 일 고찰」에서 조선 농민의 소유자성과 혁명성이라는 이중적 특성을 분석하고, 분산된 농민의 힘을 하나로 모음으로써 프롤레타리아 이데올로기를 적극 투입시킬 수 있다고 주장한다.

백철은 같은 해 10월 『조선일보』에 실린 「농민 문학 문제」를 통해 안함광의 농민 문학론은 농민의 특수성을 이해하지 못한 '기계적 좌익주의'라고 비난한다. 그

는 "농민 문학은 프롤레타리아의 것이 아니고 농민 자신의 것"이므로 "구체적 실
천 내용에 관철된 프롤레타리아 감화력에 의하여…… 빈농 계급이 자발적으로 그
영향하에 들어" 와야 한다며, 농민을 프롤레타리아 계급에 속한 부속 개념으로 본
안함광과 달리 농민 계급의 독자성을 역설한다.

다시 안함광은 12월 『비판』에 발표한 「농민 문학의 규정 문제 — 백철 군의 테마
를 일축한다」라는 글에서, 백철이 자신의 농민 문학론에 나오는 이데올로기의 '적
극적' 주입을 '기계적' 인 것으로 왜곡한 것에 유감을 표시한다. 그는 아울러 백철
의 이론이 독창적인 것이 아니라 일본의 '농민문학연구회' 에서 빌려온 것에 불과
하다고 비난한다.

두 사람 외에 송완순은 「농민 예술 문제」에서 농민 계급을 좀더 잘게 나누어 분
석하려고 시도하며, 유해송은 「농민 문학의 이론」에서 농민 스스로 농민 해방 문학
을 생산해야 한다고 주장한다. 이처럼 농민 문학 관련 문제는 다양한 논의로 가지
를 뻗는다. 그러나 맹원 검거와 카프의 해체 등 어지러운 상황에 밀려 이런 논의는
흐지부지되고 만다. 카프 해체 이후 나타난 농민 문학론에 관해서는 농민 문학의
문제를 아주 간단하고도 명쾌하게 정리하고 있는 홍효민의 「조선 농민 문학의 근
본 문제」라는 글을 일부 인용하는 것으로 갈음하겠다.

농민 문학론은 적어도 농민 자신의 이데올로기를 기초로 한 농민 문학이 아니면 아니되는
것이다. 진실로 헤게모니를 위한 정책적 농민 문학은 완전한 농민 문학이 아니었던 것이다.
　　홍효민, 「조선 농민 문학의 근본 문제」, 『신동아』(1935. 7.)

동반자 문학

'동반자' 란 1920년대 초 러시아의 신문학 건설 시기에 마르크스의 프롤레타리
아 문학론은 받아들이지 않았으나 그 혁명 정신에는 동조한 일부 인텔리 문학인을
일컫는 말이다. 1930년 하리코프 대회에서는 바로 이와 같은 소부르주아 성격의

동반자 작가 논쟁의
주요 매체가 된
사회 비평 잡지
『비판』. 사진은
1933년 6월호

동반자 작가들을 적극 훈련시켜 프롤레타리아 문학 진영으로 이끈다면 훨씬 광범위한 프롤레타리아 망을 구축할 수 있으리라는 논의가 이루어진다. 이 무렵 국내에서는 카프가 '볼세비키화'라는 구호를 내걸고 노동자와 농민 계급의 조직 확대를 위해 노력하지만 별로 성과를 거두지 못한다. 일제의 강압 정책으로 침체 국면에 빠져 있던 차에 '동반자 문학' 이론은 조직의 위기를 타개할 수 있는 유연성을 제공하는 듯이 비치기도 한다. 이에 따라 이 이론을 적극적으로 수렴하려고 드는 찬성파와 부르주아적 아류로 여기는 반대파 사이에 알력이 생긴다.

권환은 이미 '동반자'의 개념이 정립되지 않은 상태에서 「평범하고도 긴급한 문제」를 통해 경험과 훈련이 다소 모자라더라도 타협성이 적고 희생 정신을 가진 신인들을 카프 조직 안으로 끌어들여 전문적 프로 작가로 키워야 한다는 의견을 내놓은 바 있다. 이어 그는 「하리코프 대회 성과에서 조선 프로 예술가가 얻은 교훈」(『동아일보』1931. 5. 14.~17.)에서 경과 보고와 함께 카프가 동반자 작가 포섭에 적극 나서되 신중을 기할 것을 권고한다.

한위건과 고경흠 등은 노동자·농민으로 한정된 프롤레타리아 계급 외에 소상인과 수공업자들로 이루어진 소시민 계층도 동맹 계급으로 인정할 것을 제안한다. 이들은 또 카프 조직 바깥에 있으며 소시민성을 지니고 있더라도 프롤레타리아 이념에 어느 정도 친화성을 보이는 작가는 동반자 작가로 끌어들여 프롤레타리아 혁명에 총동원해야 한다고 주장한다.

이 무렵 유진오는 소설 「아별餓別」·「5월의 구직자」, 이효석은 「도시와 유령」·「노령 근해露領近海」 등을 발표함으로써 유력한 동반자 문학 작가 예비 명단에 오른다. 특히 박영희는 「카프 작가와 그 수반자의 문학적 활동」에서 이효석의 「마작 철학」과 유진오의 「송군 남매와 나」라는 작품을 구체적인 보기로 들며 분석해 동반자 문학 이론의 새로운 전망을 제시한다.

그러나 이런 평가는 카프 내 일부 비평가에 의해 이루어진 것으로, 동반자 작가 포섭에 관한 분석과 논의는 모호한 구석이 많은 채로 진행된다. 이로 말미암아 몇 가지 논쟁이 따르는데, 이듬해 일어난 채만식과 이갑기 사이의 논쟁이 대표적이다. 자칭 동반자 작가인 채만식의 작품 「앙탈」·「산동이」 등을 비판하는 이갑기의 「문단 촌침」이 『비판』 1월호에 실리면서 이 논쟁은 시작된다.

채군이 아무리 질적으로 가치 있는 프롤레타리아적 문예를 대량 생산하더라도 그가 가진 바 작품은 일면적으로 대중의 적을 도발할 만한 아지프로적 효과는 가질 수 있으나 원체 그것이 일정한 계급적 기도하에 구체적으로 진전되는 조직적 작품 행동이 아니기 때문에 예술 운동의 전체적 임무를 가지지 못하는 것이다.

채만식은 「약간의 준비적 질문」에서 '프롤레타리아 작품' 과 '프롤레타리아적 작품', '방랑적 작가' 와 '동반적 작가' 를 따로 나누며 이갑기의 프로 문학 관점에 대한 문제점을 지적한다. 그는 이어 「현인* 군의 몽을 계함」이라는 글에서, 계급 의식에 따른 객관적 가치를 반영한 프롤레타리아 작품과 계급적 환경 속에서 조직적으로 이루어지는 작품 행동을 비교하며, 비조직적이기는 하지만 조선의 현실 상황과 관련지을 수밖에 없는 자신의 작품에 대해 변론한다.

이에 카프 진영의 신고송은 1932년 9월 「동반자 작가 문제」에서, 채만식이 언급한 '방랑적 작가' 란 있을 수 없다며 반박하고 나선다. 그는 러시아의 문예 조직인 라프RAPP에서 활동하던 아베르바흐의 이론에 근거해 동반자 작가를 '동맹자' 와 '적' 으로 구분한 뒤, 동맹자는 이끌고 적과는 싸워야 한다는 이분법적 동반자 문학론을 제시한다.

이윽고 문단에서는 대체로 동반자 작가들을 프로 성향이 좀더 짙은 강경애·박화성 같은 좌익적 동반자 작가와, 자유주의 성향이 좀더 짙은 유진오·이효석·채만식 같은 우익적 동반자 작가로 나누어 보게 된다. 그러나 논의가 깊어질수록 동반자 작가들을 동맹자로 볼 것인지, 아니면 적으로 볼 것인지 의견이 분분해지며

---

* 이갑기의 호

프로 문학 진영은 혼란에 빠져든다.

1933년 10월 안함광은『조선문학』에 발표한「동반자 작가 문제를 청산함」에서 극좌파의 '종파적' 좌익 편향성만이 아니라 백철 등의 우익 편향성 또한 경계 대상이라고 주장하며 동반자 작가의 무분별한 수용에 제동을 건다. 같은 해 김우철은「동반자 작가에 대한 인도 문제」에서 동반자 작가를 프로 문학 진영에 적극 끌어들여야 하지만, 동반자 작가의 소시민성과 자유주의 경향은 이해와 비판을 거쳐 신중하게 견인해야 한다는 의견을 내놓는다.

이 무렵 동반자 문학이라는 개념을 낳은 곳인 러시아에서는 라프의 유물 변증법적 창작 방법이 비판, 극복되면서 새로운 사회주의 리얼리즘 창작 방법으로 대체되기 시작한다. 이에 따라 국내에서도 마르크스주의 관점에 맞추어 성급하게 재단한 계급 문제에 대한 반성과 동반자 작가에 대한 재인식이 이루어진다.

소비에트 문학에 있어서의 카프 지도부의 소위 '비평의 관료적 태도'가 준열히 비판되었다는 것은 결코 남의 일이 아니고 무엇보다도 좋은 교훈이다. 우리들의 비평가들이 작가에 대하여 처음부터 완전히 마르크스주의적 세계관만을 요구하고 조금이라도 그 요구에 일치하지 않은 작가들에 대하여 덮어놓고 '비계급' 내지 '적' 등의 낙인을 찍으려고 하는 성급한 잘못은 예술가의 실제에 있어서는 신흥의 현실 속에서의 사회적 실천 — 예술가로서의 사회적 xx으로의 참가 등 — 을 통해서 세계관이란 것을 이해하지 못하는 것이다. 그것은 동반자적 경향을 띠우고 나오는 작가 또는 새로 나오는 작가들을 끌어올리는 것이 아니고 프롤레타리아의 세계관으로의 그들의 접근을 객관적으로는 방해하는 것 같은 데 불과하다.

안막, 「창작 방법 문제의 재토의를 위하여」, 『동아일보』(1933. 11. 9.~12. 6.)

농민 문학과 동반자 문학에 대한 논의는 카프의 볼셰비키 조직 확대를 위한 구체적 방안이자, 볼셰비키화 과정의 극좌 편향을 넘어서기 위한 움직임이라고 할 수 있다. 그러나 다시 불어닥친 검거 바람과 뒤이은 카프 해체 등으로 말미암아 정작 실천의 마당을 잃고 만다. 이와 관련된 논의는 1930년대 중반 이후 창작 방법론의 차원에서 이어지다가 해방이 되고 나서 다시 일어난다.

참고 자료

역사문제연구소 문학사연구모임, 『카프 문학 운동 연구』, 역사비평사, 1992
김윤식 · 정호웅, 『한국 소설사』, 예하, 1993
윤병로, 『한국 근 · 현대 문학사』, 명문당, 1992
김재용 외, 『한국 근대 민족 문학사』, 한길사, 1993
백철, 『신문학 사조사』, 신구문화사, 1992

강경애

착취당하는 여성에게 주목한 동반자 작가

소설 속에 억압에 대한 뚜렷한 사회적 인식이 들어 있다는 점에서 강경애姜敬愛(1907~1943)는 '동반자 작가' 칭호를 얻는다. 한편 그의 소설은 프로 문학의 주요 쟁점인 가난과 계급 의식 차원에 머물지 않고 인간의 근원적 문제까지 천착한다는 점에서 여느 동반자 작가들과 구별된다. 작가들이 흔히 그렇듯이 그의 문학관 또한 성장 배경과 무관하지 않다. 그러나 아쉽게도 실제로 그의 생애에 대한 자료는 남아 있는 것이 별로 없다. 따라서 주변의 이야기나 작품을 통해 생애와 정신 세계를 추적해볼 수밖에 없다.

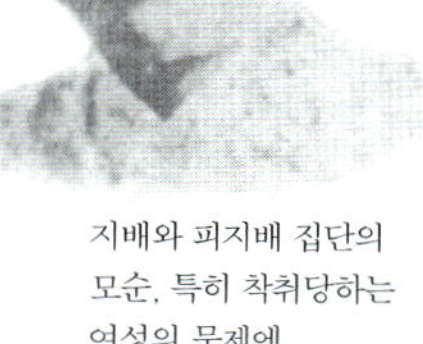

지배와 피지배 집단의 모순, 특히 착취당하는 여성의 문제에 주목한 작가 강경애

강경애는 1907년 황해도 송화에서 태어나 네 살 때 아버지를 잃고, 재혼한 어머니를 따라 장연에 정착한다.

그러나 웬일인지 날이 갈수록 어머니를 빼놓고 그 집안 식구는 나를 몹시도 미워하는 것 같았습니다. 무엇보다도 어머니가 잠시만 빨래를 가시게 되어 안 계시면 의붓아버지까지라도 한몫이 되어 나에게 그 무서운 눈을 흘기며…….

강경애, 「나의 유년 시절」, 『신동아』(1935. 5.)

어릴 적에 강경애는 계부와 의붓형제들 사이에서 온갖 눈총과 구박을 받으며 자란다. 그 와중에도 「춘향전」과 「숙영낭자전」을 읽으면서 한글을 깨치고, 형부의 도움으로 1921년께 평양 숭의여학교에 입학한다. 그러나 곧 동맹 휴학 사건에 연루되어 퇴학을 당하고, 1924년 서울로 와서 동덕여학교 3학년에 편입한다. 이 무렵 그는 한 강연회장에서 양주동과 만나게 된다. 강경애는 호감을 갖고 당시 누나 집에 얹혀 살던 양주동을 찾아가서 영어도 배우고 문학 이야기도 나눈다. 일종의 사제 관계로 비치던 두 사람은 이윽고 연인 관계로 발전해 동거에 들어간다. 이 때 강경애는 양주동과의 대화와 독서를 통해 문학과 사상 쪽으로 체험을 쌓는다. 평소 양주동이 갖고 있던 절충주의적 문학관도 강경애에게 전이되어 나중에 작품의 바탕에 깔리게 된다.

강경애는 양주동과 동거 1년 만에 헤어지고 간도 용정으로 떠난다. 1931년 서울로 돌아온 그는 『조선일보』 부인 문예란에 「파금波琴」을 발표한다. 「파금」은 이론과 현실의 괴리 때문에 번민하던 한 대학생이 간도로 이주해 노동 운동에 참여하는 과정을 그린 작품이다. 특수 계층에게 희생되는 빈농들의 참상에 초점을 맞추면서도 이 작품은 특정 이데올로기에 휩쓸린 것과는 분위기가 다르다. 말하자면 초기 작품부터 강경애는 절충주의의 냄새를 풍긴다. 만약 '― 주의'라는 이데올로기로 싸잡으려고 들면 작가로서 강한 거부 반응을 보였으리라는 것 또한 짐작할 수 있다. 이를 입증하듯 같은 해 『금성』에 연재한 장편 「어머니와 딸」에서 그는 빈부의 차이로 말미암은 억압 외에 가부장제 속에서 핍박받는 여성의 문제를 아우른다.

「어머니와 딸」은 예쁜이와 딸 옥이, 2대에 걸친 여인의 수난사를 다룬 작품이다. 가난한 집안을 위해 지주의 첩으로 팔려간 예쁜이는 본처의 모함과 학대에 시달리던 끝에 쫓겨난다. 이제 세상의 모든 남자라는 학대 구도 속에 놓인 예쁜이는 이리저리 떠돌다가 포악한 성품의 김명구와 함께 살게 된다. 여기서 예쁜이와 딸 옥이가 받는 미움과 학대는 강경애의 어린 시절을 떠올리게 한다. 옥이가 열 살이 될 무렵 등장하는 기생 출신 산호주는 친어머니 예쁜이 대신 옥이를 키운다. 산호주 또한 가난과 남성주의에 희생된 여성의 표본이다. 평양의 이름난 기생이던 산호주는 한 남자를 만나게 되면서 인생 행로가 바뀐다. 정성을 다 바쳐 뒷바라지하던 남자에게 끝내 배신당한 뒤, 산호주는 둘 사이에서 생긴 아들 봉준을 키우다가 불쌍한 옥이를 양딸로 들여 친자식 못지않게 돌본다. 얼마 뒤 산호주는 죽으면서 남매가 결혼할 것을 유언으로 남긴다. 양어머니의 뜻에 따라 옥이는 봉준과 결혼한다. 옥이는 봉준을 남편이라기보다 아들처럼 보살펴 유학차 도쿄로 보낸다. 그런데 봉준은 제 아버지의 전철을 밟으려는 듯 술과 여자로 유학 생활을 때운다. 다행히 두 사람을 돌봐주던 김영철 선생의 배려로 옥이는 청년 학원에서 공부를 하게 되고, 얼마 뒤 봉준도 일본에서 돌아온다. 그러나 봉준은 여전히 옥이에게는 무관심한 채 숙희라는 여학생에게 빠진다. 옥이는 다시 한 번 절망감에 젖어들지만, 노동 운동을 하는 영실의 오빠를 본 뒤 생각이 열린다. 여태껏 남자들에게 복종과 헌신으로 일관한 자신과 어머니들을 되돌아본 옥이는 의식의 전환을 이루고 봉준과도 결별한다.

1999년에
소명출판사에서
출간된 『강경애 전집』

남성 본위 사회에서 상처받고 신음하는 여인들의 순환적 파행을 보여주는 「어머니와 딸」은 초기작 「파금」보다 사회성이 오히려 옅어 보인다. 여인 1대에 해당하는 예쁜이나 산호주의 인생 역정은 1910년대 신파에서 볼 수 있는 비극적 여인의 전형과 많이 겹친다. 아울러 옥이가 신식 교육을 받게 되는 동기라든가 결말 부분의 무리한 의식 전환 등은 구성이 좀더 치밀하고 연결이 매끄러웠다면 하는 아쉬움을 남긴다. 그럼에도 이 작품이 신파나 신소설류와 변별되는 것은 온갖 고뇌와 좌절을 겪은 주인공이 자살로 문제를 해결하거나 체념으로 흐르지 않고, 어떤 매개체를 통해 의식의 전환을 이루고 독립된 개체로서 다시 태어난다는 점이다.

강경애는 양주동과 헤어지고 나서 이혼 경력이 있는 남자 장하일과 만나 결혼한 뒤 간도로 이주한다. 간도와 서울을 오가며 그는 1932년 6월과 8월 『동광』에 각각 「간도야 잘 있거라」·「간도를 등지면서」를, 1934년 5월과 10월 사이에는 『신가정』에 「소금」을 연재한다. 「소금」은 식민지 지배 체제 아래서 뿌리 뽑힌 채 떠도는 이민족의 실상과 또다른 과제로 떠오른 좌우 이데올로기의 다립 때문에 희생되는 한 여인의 기구한 삶을 그린 비극이다.

곧 이어 강경애는 같은 해 8월 1일부터 12월 22일까지 『동아일보』에 역작으로 꼽히는 장편 「인간 문제」를 연재한다. 「인간 문제」는 지독한 구두쇠 장자 첨지의 부당한 행위로 희생당한 동네 사람들이 흘린 눈물로 생겼다는 간도 용연 동네의 연못인 원소怨沼에 얽힌 전설을 현재

사회주의 리얼리즘
이념에 근접한
작품으로 평가되는
강경애의 역작
『인간 문제』

시점과 오버랩시켜 끌고 나간 작품이다.

　여주인공 선비는 지주 덕호가 던진 산판(주판)에 맞아 아버지가 죽고 이어 어머니마저 병으로 여의게 되지만 어쩔 수 없이 덕호네 집에서 하녀 노릇을 하며 산다. 그러던 어느 날, 방학을 맞아 선비 또래 주인집 딸 옥점과 경성제대 출신인 신철이 찾아온다. 신철은 착한 선비에게 애정과 연민을 느끼지만 행동으로 나타내지는 못한다. 한편, 덕호는 본처가 아들을 못 낳는다는 이유로 간난이를 첩으로 삼지만 역시 아들을 낳지 못하자 내쫓고, 이번에는 선비에게 아들을 낳아줄 것을 요구한다. 이내 선비는 덕호의 집을 뛰쳐나와 간난이가 일하는 인천의 방적 공장 직공으로 들어가서 노동 운동에 참여한다. 한편, 용연 동네에서 어릴 적부터 선비를 사모하던 청년 첫째는 타작 마당에서 마을 사람들을 선동해 지주의 부당성에 맞서 싸우려고 들지만 땅만 떼이고 역시 인천으로 가서 부두 노동자로 일한다. 첫째는 여기서 소지식인 출신의 신철을 만나 의식이 열리면서 부두의 노동자 파업에 참가한다. 그러나 열악한 작업 환경 때문에 선비가 병으로 죽어가고, 정신적 지주인 신철이 육체의 고통을 견디지 못하고 소지식인 계층으로 되돌아가는 것을 지켜보며, 첫째는 과연 인간의 근원적 문제가 무엇인지 깊이 생각한다.

　이야기 전개 과정에서 공간적 배경이 농촌에서 공장이 있는 도시로 한꺼번에 바뀌어 작위성을 느끼게* 하고 우연이 꼬리를 무는 점 등이 다소 거슬린다. 그러나 전설 속의 구두쇠 장자 첨지를 연상시키는 지주 덕호의 만행을 비롯해 인물 하나하나에게 다양한 삶의 전형을 부여하는 수법은 돋보인다. 특히 첫째와 선비를 이끌면서도 뿌리 깊은 부르주아 근성 때문에 방황하는 신철의 심리와 행동에 대한 진솔한 묘사는 단단한 객관성과 사실성을 획득한다. 여주인공 선비의 죽음을 설정한 의도는 이 작품의 주제와 맞닿아 있는 것으로 보인다. 작가는 이 대목에서 비극적 여인상을 강조하기 위한 단순한 의도를 넘어, 인간이 인간답게 살려면 무엇이

---

* 윤병로, 『한국 근 · 현대 문학사』(명문당, 1992)

필요하며 또한 어떻게 살아야 하는가 하는 본질적 문제를 제시한다. 강경애의 장편 「인간 문제」는 이기영의 「서화」·「고향」과 함께 사회주의 리얼리즘의 이념에 근접하는 작품으로 평가된다.

강경애의 남편 장하일에 관한 것 역시 작품과 주위 사람들의 이야기를 통해 막연하게 추측해볼 수 있다. 1934과 1935년 사이에 『신가정』과 『청년조선』에 발표한 「유무」·「동정」·「원고료 200원」·「번뇌」 등에 등장하는 남편상과 겹쳐 보면, 장하일은 남편이기에 앞서 문학과 이념의 지도자 노릇을 한 것으로 짐작된다. 「원고료 200원」에서 작가인 여주인공은 쪼들리며 살다가 연재 장편 소설 원고료 2백 원을 받은 뒤, 약간은 들떠서 남편과 상의한다. 그러나 저희보다 처지가 더 딱한 동료를 도와야 한다는 남편의 말에 실망해 울음을 터뜨리자, 남편은 아내의 빰을 후려치며 다음과 같이 내뱉는다.

응, 너 따위는 백 번 죽여 싸다. 내 네 맘을 모르는 줄 아니. 흥, 돈푼이나 생기니까 남편을 남편같이 안 알구. 에이 치사한 년, 가라! 그 돈 다 가지고 내일 네 집으로 가. 너 같은 치사한 년과는 못 살아. 윈 여호 같은 년…… 너도 요새 소위 모던 걸이라는 두리 해눙년이 되고 싶은 게구나. 아, 일류 문인으로써 그리해야 하는 게지. 허허, 난 그런 일류 문인의 사내 될 자격 못 가졌다. 머리를 지지고 복고, 상판에 밀가루칠을 하구 금시계에 금강석 반지에 털 외투를 입고 입으로만 아! 무산자여 하고 부르짖는 그런 문인이 되고 싶단 말이지. 당장 나가라!

이 소설 속의 주인공 남편은 원칙대로 살려는 무산 계급론자임을 짐작할 수 있다. 그의 태도에서는 곤경에 처한 타인을 먼저 생각하는 노동 운동가적 청렴성이 엿보인다. 그러나 이 남편의 맹점은 고스란히 드러난다. 계급 이론과 민족 해방 문제에 임해서는 철저한 면모를 보이는 반면, 마찬가지로 중요하게 여겨야 할 여성의 지위와 존엄성은 무참히 짓밟음으로써 지배와 피지배로 엮이는 또 하나의 계급 모순을 그러안고 있는 것이다. 남편은 아내가 일해서 얻은 대가를 존중하지 않을 뿐더러, 평등한 부부는 차치하고 종속 관계에서도 입에 올리기 힘든 언사를 마구 쓰고 있다. 물론 작중 주인공의 남편을 작가 강경애의 실제 남편인 장하일과 바로 연결짓는 것은 무리일 것이다.

1934년 이후 한동안 강경애는 간도에서 살며 「모자」·「번뇌」·「지하촌」·「산남」·「어둠」·「마약」·「검둥이」 등 작품 활동을 계속하고, 1939년에는 『조선일보』 간도 지국장도 맡는다. 「약수」에서 알 수 있듯이 지병으로 무척 고생을 하던 그는 1940년께 극도로 악화된 몸을 이끌고 서울로 돌아온다. 강경애는 병원 치료를 받아도 병세가 더 나빠지자 1942년께 귀향, 이듬해 언니가 경영하던 서선여관에서 숨을 거둔다.

강경애는 조직과 이념은 거부하면서도 작품에서 지배와 피지배 집단 사이의 모순을 많이 다룬 작가다. 흔히 지주와 농민, 자본가와 노동자의 관계를 이분법적 구도로 다루던 프로 소설의 요소에 이 작가는 부권 중심 제도 속에서 억압받는 여성 착취 문제를 덧붙여 보여준다. 이런 복합적인 지배·피지배 관계의 모순을 파헤치면서 단지 관념에 그치지 않고 생생한 체험을 바탕으로 한 여성 특유의 섬세한 시각으로 그는 한국 소설사에 새로운 관점을 내놓는다. 강경애의 활동은 김명순·김일엽·백신애 등에 의해 발판이 마련된 여성의 문단 진출에 또 하나의 낙관적 기대를 더한 것이라고 하겠다.

참고 자료

서정자, 「여류 소설과 시대 사조」, 『한국 문학 사상사』, 숙명여자대학교 출판부, 1991

윤병로, 『한국 근·현대 문학사』, 명문당, 1992

김윤식, 『속 한국 근대 작가 논고』, 일지사, 1992

김재용 외, 『한국 근대 민족 문학사』, 한길사, 1993

채훈, 「강경애론」, 『1930년대 민족 문학의 인식』, 한길사, 1990

황수진, 「강경애 작품에 나타난 여성 인물의 양상」, 『한국 현대 문학의 이해』, 서광학술자료사, 1992

서정자, 「일제 강점기 한국 여류 소설 연구」, 숙명여자대학교 박사 학위 논문, 1987

김남천

실천과 체험의 문학

1931년에 닥친 카프 맹원 검거 때 얼마 뒤 거의 다 풀려나지만 고경흠과 함께, 국내 카프 임원으로는 유일하게 구금된 작가가 있다. 바로 김남천金南天(1911~1953?)이다. 그는 누구이며 왜 이런 처분을 받게 되었을까? 이는 같은 해에 발표된 그의 소설 「공장 신문」과 무관하지 않을 것이다.

실천과 체험의 문학을
일군 김남천

1911년 3월 평남 성천군 중농 집안에서 태어난 김남천은 평양고브를 나온 뒤 1929년 일본으로 건너가 도쿄 호세이대학에서 공부한다. 그는 거기서 이북만·김두용·한재덕·안막 등과 만나 함께 카프 도쿄지부 기관지인 『무산자』를 펴내고 동인으로 가담한 임화와도 처음 만나게 된다. 같은 해 5월 '무산자사'에서 서기국을 맡아 급진적 좌익 사상의 틀을 더욱 확고히 세운 그는 1930년 '무산자' 동인들과 함께 볼셰비키화를 외치며 귀국한다. 사회 운동에 몰두하느라 대학을 마치지 못한 채 돌아온 김남천은 1930년 6월 『중앙일보』에 본명인 김효식이라는 이름으로 비평 「영화 운동의 출발점 재음미」를 선보여 문단에 발을 들여놓지만, 실질적인 문단 진출은 좀더 조직 활동이 다져진 뒤에 이루어진다.

1930년 8월, 고향으로 간 김남천은 평양의 고무 공장에 취업, 직접 현장에 뛰어들어 노동자 생활을 체험한다. 1931년 7월에 공장에서 대규모 파업이 일어나자 그는 이에 적극 앞장선다. 이 사건을 모티브로 소설화한 것이 바로 「공장 신문」이다. 이어 김남천은 「공무회」에서도 고무 공장 체험을 바탕으로, 사용자측의 공장 확대와 임금 인하 정책에 맞서 노동자 축구단과 친목계의 순실이가 힘을 모아 투쟁하는 과정을 그린다.

김남천은 임화와 안막 같은 급진파와 더불어 카프 안에 잠재하던 계술과 정치

에 대한 미온적 태도를 강력하게 비판하고, 신간회 해체와 카프 조직 재편성에 앞
장선다. 그러던 중 6월부터 불어닥친 카프 검거 선풍 때 붙잡혀 약 2년 동안 감옥
살이를 한다. 다른 맹원들이 곧 풀려난 것과 달리 김남천만 옥고를 치른 것은 고무
공장 파업에 참가한 그의 전력 때문이다.

1933년 출감한 뒤 그는 『중앙일보』 기자를 거치며 강경파 위주로 재편성된 카프
의 주요 인물로 떠오른다. 김남천은 실천적인 예술 운동과 조직 확대에 온 힘을 기
울일 것을 다짐한다. 그는 카프 지도부에 내재하는 문화주의 성향을 청산할 것과
작가 개개인의 조직 운동에 대한 교육과 훈련도 요구한다. 김남천의 이런 주장은
당시 상황으로 볼 때 가장 급진적인 강경론에 속하는 것이다. 그러나 곧 1934년 이
른바 '전주 사건' 또는 '신건설회 사건' 이라고도 하는 카프 2차 검거 선풍에 휘말
리면서 계획은 무산된다. 다행히 김남천은 1차 검거 때 실형을 산 덕분에 2차 검거
때는 제외된다. 1935년 5월, 마침내 김남천은 제 손으로 카프 해산계를 내기에 이
르고, 조직은 와해되고 만다.

카프 해체 전인 1933년 김남천은 옥중 체험을 바탕으로 쓴 「물」을 발표하는데,
이 소설의 탈사상성으로 말미암아 임화와 논쟁을 벌이기도 한다. 체험을 중시하는
문학관은 이후에도 창작 방법론에 영향을 미쳐 1937년 그는 '고발 문학론' 이라는
독자적인 리얼리즘론을 창안한다. 그의 '고발 문학론' 은 「처를 때리고」·「속요」·
「요지경」·「포화」·「녹성당」·「남매」·「소년행」·「무자리」 등 사회 고발성 소설
들을 낳는 계기가 된다. 이 가운데 앞의 네 작품은 주로 전향기 지식인의 고뇌를 그
리고 있으며, 뒤의 세 작품은 모두 어린 주인공을 내세움으로써 그들이 겪는 절망
과 비애를 통해 냉혹한 사회의 실체를 폭로한다. 그러나 이들 작품은 객관적 현실
에 대한 전망의 부재를 드러내는 한계를 안고 있다. 이와 같은 '고발 문학론' 의 약
점을 보완하려고 수정을 거듭하는 과정에서 김남천은 '모랄론', '풍속론', '로만
개조론' 등 다양한 명칭의 창작 방법론을 도출하게 된다. 1939년 그는 『인문평론』
에 발자크적 장편 소설론을 표본으로 삼은 '관찰 문학론' 을 제시한다. 이에 따라

같은 해 '인문사'에서 기획한 전작 장편 소설 총서의 제1권으로 그는 개화기 평안 남도의 신흥 지주 박성권의 가족사를 시대의 풍속사와 함께 그린 『대하』를 펴내기도 한다.

해방 뒤 김남천은 새로 결성된 '조선문학건설본부'와 이의 후신인 '조선문학가 동맹'에서 이태준·임화·이원조 등과 더불어 주요 인물로 떠올라 1930년대 카프 시절의 활동성을 되찾는다. 그는 1946년 2월 8일에 열린 제1차 전국 문학자 대회에서 조직 위원으로 선임된다. 1947년 남한의 정세가 불리하게 돌아가자 그는 임화와 함께 월북한다. 김남천은 해주와 평양 등지에서 활동하며 '둔학예술총동맹' 서기장 자리에 오르기도 하지만, 1953년의 남로당원 숙청 때 임화·이원조 등과 함께 처형당한 것으로 짐작된다. 그러나 처형자 명부에는 그의 이름이 빠져 있어 사실을 확인할 길은 없다.

「공장 신문」과 「대하」

김남천이 1932년에 발표한 「공장 신문」은 당시 볼셰비키화론의 구체적 방안이던 '전위의 활동'과 '어용 노조의 분쇄' 등을 반영한 그의 대표작이다.

고무 공장 노동자인 주인공 관수는 수돗물 대신 우물에서 나는 불결한 물을 먹으라는 회사의 방침에 동료들과 단합해 맞선다. 이 과정에서 관수를 비롯한 노동자들은 사용자측과 긴밀히 손잡고 있던 조합 간부 김재창의 타락과 비리를 폭로하고 공장 신문을 발행하며 새롭게 노동 조합 지도부를 구성한다.

「공장 신문」을 비롯한 김남천의 '공장 소설'들은 파업 투쟁의 본질을 구체적으로 그려내지 못하고 주변적 삶의 묘사에 치중함으로써 만족할 만한 '전위'를 구축하지 못한다. 그러나 이후 문단에는 현장 노동자의 생활을 다룬 소설인 송영의 「교대 시간」, 이북명의 「출근 정지」, 유진오의 「여직공」, 이적효의 「총동원」, 그리고 이갑기의 희곡 「조정안」 등 많은 공장 문예 작품이 쏟아진다. 이로써 「공장 신문」은 농민 소설에 머물고 있던 계급 소설의 폭을 한껏 넓혀놓은 최초의 작품이라는 의의를 갖게 된다.

김남천의 가족사
연대기 소설 『대하』

김남천은 소설의 위기를 극복하고 그 동안 주창한 비평의 논지를 창작으로 구현하기 위해 1939년 가족사 연대기 소설인 「대하」를 발표한다. 「대하」는 평안남도의 작은 고을 성천을 무대로 10여 년 전 이 곳으로 이주한 밀양 박씨 집안의 가족사를 다룬 작품이다. 장편이라는 양식에 한 시대의 풍속과 삶의 이모저모를 충실하게 담아낸 이 소설은 리얼리즘을 구현하려는 작가의 남다른 의욕을 보여준다. 김남천이 꿈꾸던 것은 과학과 합리적 정신을 바탕으로 개체와 사회에 내재한 모순을 문학 예술로 표상하는 것이었다고 할 수 있다. 그는 이것이 "사회와 인물을 발생과 생장과 소멸에서, 다시 말하면, 전체적 발전에서 묘파"함으로써 가능하다고 판단했고, 따라서 가족사 연대기 소설 형식을 빌리게 된다.* 그러나 이 작품은 이미 나온 염상섭의 「삼대」나 채만식의 「태평 천하」에 훨씬 못 미친다는 혹평을 받고 만다. 현실 토대와 긴밀한 연관 없이 주인공 형걸의 의식 성장 과정에만 비중을 둠으로써 시대의 격변에 대응하는 다른 작중 인물들의 행로에 대해서는 너무 둔감하고, 근대성의 측면에 대한 천착도 피상적인 수준에 머문다는 지적을 받게 되는 것이다. 「대하」는 1900년대 후반, 세계 열강과의 각축에서 승리한 일본이 "조선 지배의 고삐를 틀어쥐고 마지막 숨통을 죄어들던 위기의 시대"를 배경으로 하고 있으면서도 "위기 상황의 어떤 편린"도 찾아볼 수가 없다.** 따라서 「대하」는 근대성의 측면과 함께 일본 제국주의의 침략성에 대해서 의도적으로 회피하고 있다는 비판도 피할 수 없게 된다. 이것은 이론과 창작을 연결시키지 못한 김남천 문학의 한계이기도 하겠으나, 무엇보다 일제의 압박이 더욱 심해진 이 시기에 이르러 그 또한 정면으로 당국과 맞서기보다 우회로라고 할 수 있는 가족사 연대기 소설로 도피한 데서 빚어진 결과로 비친다.

---

* 정호웅, 「새로운 세계에 대한 열망과 그 한계」, 이상갑 엮음, 『김남천』(새미, 1995)
** 정호웅, 앞의 글

　　김남천의 장편 「대하」는 이처럼 한계가 뚜렷하지만, 한편으로 일제 말기 소설계에 한 방향을 제시하는 성과를 거두기도 한다. 「대하」는 뒤이어 나오는 가족사 연대기 소설, 이를테면 이기영의 「봄」, 한설야의 「탑」, 이태준의 「사상의 월야」 등에 영향을 준다.

「대하」는 뒤이어 나오는 가족사 연대기 소설에 많은 영향을 미친다. 그 가운데 하나인 이태준의 『사상의 월야』.

참고 자료

윤병로, 『한국 근 · 현대 문학사』, 명문당, 1992

나병철, 「김남천의 창작 방법론 연구」, 『1930년대 민족 문학의 인식』, 한길사, 1990

유영윤, 「김남천 소설 연구」, 『한국 현대 문학의 이해』, 서광학술자료사, 1992

김윤식, 「김남천, 물 논쟁, 논리적 대결 의식」, 『임화 연구』, 문학사상사, 1993

정호웅, 「김남천론 : 주체의 정립과 리얼리즘」, 『한국 근대 리얼리즘 작가 연구』, 문학과지성사, 1990

이상갑 엮음, 『김남천』, 새미, 1995

너희도 피가 있고 뼈가 있다면 조선을 위해 용감한 투사가 되어라.
태극의 깃발을 높이 드날리고 나의 빈 무덤 앞에 찾아와 한 잔의
술을 부어놓아라. 그리고 너희들은 아비 없음을 슬퍼하지 말아라

1932

윤봉길 의사 유서

「선언문」

나는 적성赤誠으로써 조국의 독립과 자유를 회복하기 위하여 한인애국단의 일원이 되어 중국을 침략하는 적의 장교를 도륙하기로 맹세하나이다.

「강보에 싸인 두 병정에게」

너희도 만일 피가 있고 뼈가 있다면

반드시 조선을 위해 용감한 투사가 되어라.

태극의 깃발을 높이 드날리고

나의 빈 무덤 앞에 찾아와 한 잔의 술을 부어놓아라.

그리고 너희들은 아비 없음을 슬퍼하지 말아라.

사랑하는 어머니가 있으니 어머니의 교양으로 성공자를 동서양 역사상 보건대

동양으로 문학가 맹가孟軻가 있고

서양으로 불란서 혁명가 나폴레옹이 있고

미국에 발명가 에디슨이 있다.

바라건대 너희 어머니는 그의 어머니가 되고

너희들은 그 사람이 되어라.

1932년 4월 29일, 윤봉길은 중국 상하이의 홍커우虹口 공원에서 일본군 수뇌부에 폭탄 테러를 한다. 이에 장 제스는 "중국의 백만 군대가 하지 못한 것을 한국의 한 의사가 능히 했으니 장하도다." 하고 감탄과 칭찬을 아끼지 않는다.

윤봉길은 의거에 앞서 「선언문」을 낭독하고, 옥중에서 「강보에 싸인 두 병정에게(두 아들 모순과 담에게)」라는 유언을 남긴다.

유치진

희곡의 기틀을 잡다

한동안 들끓던 신파극의 열기가 차츰 식고, 카프에 닥친 위기와 함께 연극계도 활기를 잃는다. 그런데 1932년 막바지, 유치진柳致眞(1905~1974)이 『문예월간』 12월호에 사실주의 희곡의 진수를 담은 「토막土幕」을 발표한다. 1920년대에 미흡하나마 조명희 · 김우진 · 윤백남 등에 의해 시도된 희곡의 근대화 작업은, 조명희가 소설로 전환하고 김우진이 현해탄에 몸을 던진 뒤, 겨우 윤백남의 상업성 짙은 희곡만이 명맥을 유지한 채 좀처럼 더 나아가지 못하고 주춤거린다. 이 무렵 불쑥 나온 유치진은 일제 암흑기에 사회성 짙은 희곡을 잇달아 내놓고 서구의 리얼리즘을 극에 반영하는 등 새로운 시도를 거듭한다.

유치진은 1905년 경남 충무의 썩 부유하지 못한 집안에서 태어난다. 보통 학교를 나온 뒤 부산의 체신기술원을 거쳐 우체국에서 일하던 그는 1919년 3 · 1운동 직후 일본으로 건너가 도쿄 도요야마豐山중학에 다닌다. 이어 릿쿄대학 영문학과에 들어간 그는 "해방극장이란 아나키스트 극단을 따라다니면서 인간의 절대 자유를 끈질기게 추구하는 전투적 예술 활동에 공감"*하며 연극에 눈뜨게 된다. 그는 이 때 로맹 롤랑Romain Rolland의 「민중 예술론」과 러시아의 농촌 계몽 운동인 '브나로드'에 감명을 받아 조국에 헌신할 것을 다짐한다. 1931년 유학을 마치고 귀국한 그는 이헌구 · 홍해성 · 이하윤 등과 함께 '극예술연구회'를 결성하고, 이듬해인 1932년 '실험무대' 제1회 공연으로 막을 올린 고골리 원작의 「검찰관」에 단역으로 나서기도 한다. 그러다가 시인 박용철이 주재하던 『문

사실주의 희곡의
기틀을 다진
유치진

---

* 유치진, 「나의 극예술연구회」, 『연극평론』(1971 가을)

예월간』에 희곡 「토막」을 발표해 유치진은 극작가로 발돋움하게 된다.

「토막」은 1920년대와 1930년대의 우리 농촌을 배경으로 가난에 찌들어 죽어가거나 미치는가 하면 이 땅을 떠나고 마는 두 농가의 비극을 담아낸 작품이다.

늙고 병든 명서와 그의 아내는 외양간같이 어둡고 음침한 방, 그 방과 부엌 사이에 벽도 없는 토막에서 일본으로 돈 벌러 간 아들 하나만 바라보며 굶주림과 쓸쓸함 속에서 하루하루를 버틴다. 그러나 애타게 기다리던 아들은 항일 운동을 하던 중 잡혀 감옥살이를 하다가 죽어 유골만 상자에 담겨 돌아온다. 명서의 아내는 슬픔 끝에 실성한다. 한편, 소작농인 경선네 집은 부치던 땅을 빼앗기고 그것도 모자라 장리長利 쌀 빚 때문에 거주지인 토막마저 차압당한다. 길바닥으로 나앉은 경선네 가족은 행상과 걸식으로 끼니를 잇다가 결국 고향을 떠난다.

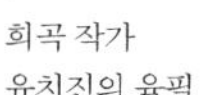

희곡 작가
유치진의 육필

유치진의 희곡 「토막」은 이듬해 극단 '연극좌' 가 무대에 올린다. 1933년 발표되어 같은 해 극단 '실험무대' 에 의해 상연된 희곡 「버드나무 선 동리의 풍경」에도 「토막」과 마찬가지로 두 빈농 가족이 등장한다.

하나밖에 없는 아들 덕조가 호구지책으로 약초를 캐려고 산에 오르다가 벼랑에서 떨어져 죽자 덕조 어미는 미치고 만다. 한편, 계순네는 한 입이라도 덜고 남은 가족의 생계에 보탬이 될까 해서 소 한 마리 값도 안 되는 10원짜리 두 장과 5원짜리 한 장에 딸을 판다. 「버드나무 선 동리의 풍경」은 가난 때문에 미치거나 살붙이마저 헐값에 넘기는 인신 매매를 통해 인간의 존엄성이 철저하게 파괴되는 양상을 보여준 작품이다.

1934년 유치진은 중국 상하이 사람들을 등장시켜 우회적으로 농민과 노동자 문제에 파고든 「부민가貧民街」를 발표한다. 이어 1935년 『동아일보』에 또 하나의 대표작인 장편 희곡 「소」를 연재하고, 『조선일보』에 단편 희곡 「당나귀」를 게재한다.

3막으로 이루어진 「소」는 소 한 마리를 재산으로 가진 국서네 가족을 중심으로 이야기가 펼쳐진다. 국서의 장남 말뚱이는 장가들 밑천으로, 또 차남 개뚱이는 돈

유치진의 대표작
「소」의 공연 장면.
가운데 김승호와
한은진이 보인다.
1958년 원각사에서.

벌러 만주로 갈 여비로 소를 팔아달라고 조른다. 그러나 모처럼 풍년이 들었는데도 흉년 때 빚진 장리 쌀을 갚으라고 다그치는 지주에게 소를 빼앗기는 바람에 모든 꿈은 깨지고 만다. 국서네는 소송이라도 해서 소를 되찾으려고 하지만 재판 비용이 소값보다 비싸다는 것을 알게 된다. 울분을 삭이지 못한 장남 말똥이는 지주의 집에 불을 지르고 만다.

같은 해 지쿠치소극장에서 상연된 「소」는 문제작으로 찍혀 일경의 감시망에 걸린다. 이 일로 잠깐 감옥에 들어갔다가 나온 유치진은 크게 흔들린 나머지 작품 성향이 달라진다. 같은 해 말에 발표한 「당나귀」와 「제사」에서 벌써 낌새를 보이더니, 이듬해인 1936년 그는 「자매」 등의 감상적 애정물과 「춘향전」·「마의 태자」·「계곡산」·「제사」 등의 고전 각본물이나 역사를 소재로 삼은 작품을 잇달아 내놓아 뚜렷하게 성향이 변모한다. 이를 마땅찮게 여긴 프로 진영의 비평가들은 전향 이후의 작품은 말할 나위 없고 이전의 작품인 「소」까지 싸잡아 혹평한다.

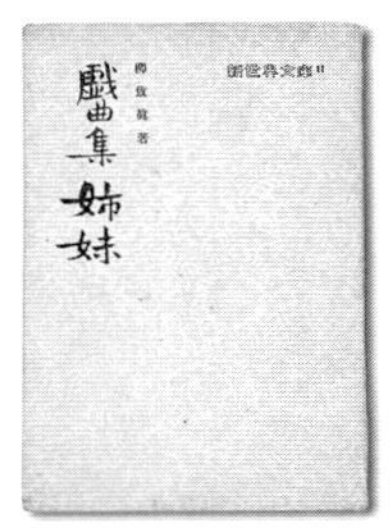

처음 경향과 달리
감상적인 애정물에
속하는 작품들이
실린 유치진의
희곡집 『자매』

솔직히 말하거니와 그 작품들이 희곡이었기 망정이지 만일 소설로 쓰여졌다면 조선 문학의 최고 도달점에 미치지 못하는 것이라고 나는 생각한다. 주제상으로 본다 하더라도 출세작 「버드나무 선 동리의 풍경」을 위시하야 「소」 「자매」 「제사」 등 작품은 가정적 농촌의 극적 붕괴라든가 사유욕에서 빚어내는 여러 가지 희극이라든가 무고한 자녀들의 비극이라든가 화폐의 위대한 힘이라든가 새 세계가 일어서면서 헛치는 심각한 파문이라든가를 독창적 각도에서 그린 작품들은 아니었다. 이런 약점은 그의 희곡이 새로운 의미를 갖는 예술적 인물을 한 사람도 창조해 내지 못한 데 가장 뚜렷한 예술적 흔적을 남겼다.

임화, 「극작가 유치진론—현실의 빈곤과 작가의 비극」, 『동아일보』(1938. 3. 1.)

1939년 '극예술연구회'가 강제로 해산당하자, 그는 1941년 극단 '현대극장'을 세우고 친일 색채를 띤 희곡 「흑룡강」을 첫 무대에 올린다. 이어 일제의 조선인 만주 이주 정책에 동조하는 친일극 「대추나무」로 총독부가 주최한 제1회 연극 경연 대회에서 작품상까지 받는다. 이로써 아나키스트로 출발해 초기에 사회성 짙은 희곡을 잇달아 내놓던 '의식 있는 작가' 유치진도 친일 대열에 합류한다.

해방 뒤 친일 희곡의 원본은 모두 소각되고, 특히 「대추나무」는 「왜 싸워?」라는, 원작과는 딴판인 반일극으로 개작되어 '전국 대학극 경연 대회'에 출품된다. 그런데 예전에 극예술연구회에서 함께 활동하던 김광섭이 이를 문제 삼고 나선다. 파문이 커지면서 이 일은 문단의 격렬한 논쟁으로 비화한다.

그 뒤 유치진은 1947년 '극예술협회'를 조직하고, 숙명여대에 나가 '연극 개론'을 강의하는가 하면, 이듬해 창립된 '한국무대예술원'의 초대 원장을 지낸다. 1950년 중앙국립극장을 창설하고, 1953년에는 반공을 주제로 한 장편 희곡 「나도 인간이 되련다」를 발표한다. 이 작품은 같은 해 극단 '신협'에 의해 무대에 올려진다. 그는 1955년 '서울시 문화상'과 '제1회 예술원상'을 받은 뒤, 1957년 들어 1년 동안 세계의 연극계를 둘러보고 돌아온다. 이듬해에는 '국제극예술협회 I. T. I.' 한국본부 위원장과 동국대학교 연극학과 교수로 있으면서 1962년 발족되는 '한국연극연구소(드라마센터)' 설립에 앞장선다. 나중에 이 연구소의 연극아카데미에서 그는 연극학과 극작법을 강의한다. 동랑東朗 유치진은 이처럼 문학과 연극계에 다방면으로 기여한 공로를 인정받아 '문화 훈장 대통령장'을 비롯해 '3 · 1 연극상' 등 여러 상을 받게 된다. 1971년 『유치진 희곡 전집』을 펴낸 그는 한국극작가협회 회장과 드라마센터 소장으로 있다가 1974년에 숨진다.

역사를 소재로 한 유치진의 희곡 중 하나인 『원술랑』

참고 자료

유민영, 「유치진론」, 『한국 근대 문학사론』, 한길사, 1982

유민영, 「근대 희곡의 기초 확립기」, 『한국 현대 문학사』, 현대문학, 1994

이형기 외, 『한국 문학 개관』, 어문각, 1988

김원중, 「한국 현대 희곡 문학 연구」, 중앙대학교 박사 학위 논문, 1982

박화성

여성 억압 떨치고 '주체'로 서다

지난 1백 년 동안 한국 사회 전체를 파시스트적 가속도의 변화 속으로 몰아넣은 '거대한 근대화 계획' 속에서 여성은 흔히 객체였고, 공공 부문의 온갖 프로젝트에서 소외되곤 하던 타자였다. 여성은 남성이 주도하는 변화의 물결을 싫든 좋든 피동적으로 수렴해야 하는 '주변부적 존재'에서 벗어나기 어려웠다. 이런 흐름 속에서 여성 주체의 삶을 꿈꾸고 여성 억압적 현실과 맞서는 여성상을 내세운 소설이 1930년대에 이미 나왔다는 사실은 주목할 만하다. 강경애가 「어머니와 딸」을 내놓은 데 이어, 1932년 또 한 명의 만만치 않은 여성 작가 박화성 朴花城(1904~1988)이 「하수도 공사」를 문단에 던진 것이다. 신간회 해체와 카프 1차 검거로 한때 볼셰비키화를 외치며 과격한 태도로 창작에 임하던 카프 진영의 작가들조차 목소리를 낮추고 있을 무렵, 단호하게 사회의 모순을 폭로한 소설 「하수도 공사」는 많은 사람의 눈길을 끈다.

박화성은 1904년 전남 목포에서 선창의 객주를 업으로 하던 아버지 박운서朴雲瑞와 어머니 김운선金雲仙 사이의 5남매 가운데 막내로 태어난다. 꽤 넉넉한 집안에서 아쉬울 것 없이 자란 그는 본명이 경순景順이며 아호가 소영素影이다. 그는 네 살 때 벌써 한글과 천자문을 거침없이 읽을 만큼 명석한 아이였는데, 일고여덟 살 때는 「삼국지」·「옥루몽」·「구운몽」 같은 고전 소설에 빠져들기도 한다. 목포의 정명여학교 시절에 「유랑의 소녀」라는 소설을 써서 일찍부터 문학에 재능을 보인 그는 서울의 정신학교에 편입한 뒤에도 같은 반 급우이던 김말봉과 한 학년 위이던 김명순 등과 어울리며 문학 소녀 시절을 거친다. 그러나 이 학교의 엄격한 분위기에 적응하지 못하고 이내 숙명여자고등보통학교로 적을 옮긴다.

졸업 뒤 박화성은 잠시 교편을 잡는다. 이 무렵 시조 시인 조운을 단나 시작詩作 지도를 받던 도중, 1922년 『부인』이라는 잡지에 수필 「ㅎ ㅍ 형께」·「정월 초하루」 등을 발표한다. 시보다 산문에 더 재능이 있는 것 같다는 조운의 부추김에 고무된 그는 본격적으로 소설 창작의 길로 나선다. 1923년 경향 색채를 띤 단편 「추석 전야前夜」를 쓰는데, 그는 이 작품으로 이광수의 "기교는 덜 되었"지만 "눈물로서 쓴 작품이다.", "우리 누이들 중에서 이렇게 정성 있고 힘 있는 이를 만나는 것은 심히 기뻐하지 아니할 수 없다."*는 추천사와 함께 1925년 1월 『조선문단』을 통해 문단 에 나온다.

「추석 전야」는 작가의 고향에 최초로 세워진 방직 공장을 배경으로 씌어진 소설 이다. 박화성은 이 작품에서 공장에 다니는 한 여인의 가난과 고독을 거침없는 필 치로 그려낸다. 두 아이를 키우며 살아가는 여주인공은 추석 전날까지 갚아야 할 돈을 마련하기 위해 공장에서 돌아온 뒤에도 밤 늦도록 삯바느질을 한다. 그러나 결국 지세地稅를 갚지 못해 땅 주인에게 심한 모욕을 당하고, 공장에서는 동료를 희롱하는 감독에 맞서 몸싸움을 벌인다. 추석 전날 밤, 여인은 뼛속 깊이 파고드는 가난의 고통과 여성 모독적인 현실 앞에서 절망한다.

식민지 수탈 경제 구조 속에서 허덕이는 하층민일 뿐 아니라, 가부장제에 따른 억압이 공공연한 봉건적 사회에서 여성이라는 또 다른 '하층민'으로 이중고를 겪 으며 살아가는 한 여인의 신산스럽고 심란한 삶의 실상을 포착한 「추석 전야」 발 표 뒤, 박화성은 문학에 대한 포부를 실현하기 위해 일본 유학을 시도한다. 그러나 아버지의 파산으로 도쿄행이 좌절되자 그는 학제가 바뀐 숙명여고보 4학년에 편 입해 스물두 살 때인 1926년, 개교 이후 가장 우수한 성적인 평균 98점으로 졸업 한다. 이윽고 옛 담임 교사에게 돈을 빌려 도일의 꿈을 이룬 그는 니혼여자대학교 영문과에 들어가 학과 공부를 하는 틈틈이 사회주의 서적을 탐독하고 '독서회'에

---

* 이광수, 「소설 선選 후언後言」, 『조선문단』(1924. 12.)

가입해 토론을 벌이는 등 열정으로 가득 찬 유학 시절을 보낸다. 그는 1928년 1월에 결성된 여성 항일 구국 운동 단체인 '근우회槿友會' 도쿄지부 창립 대회에서 위원장으로 뽑힐 만큼 뛰어난 활동성을 보인다. 그러나 얼마 뒤 학비 조달이 어려워지는 바람에 중퇴를 하고 귀국한다.

그는 어릴 적부터 문재가 뛰어났던 네 살 위인 오빠 박제민을 유달리 따른다. 이 오빠의 영향은 소설 「북국의 여명」에 잘 나타난다. 이 작품에는 불령 선인不逞鮮人인 오빠가 나오는데, 여주인공은 사회 운동을 하다가 감옥에 들어간 오빠가 풀려날 때 "로동총동맹의 기빨을 날리며" 맞는다. 또 「헐어진 청년 회관」에는 'ML당의 오빠'가 나오는데, 이 또한 박제민을 모델로 한 것이다. 그는 시대를 잘못 만나 문재를 꽃피우지 못한 "불운의 영웅"인 오빠 박제민에 대해 안타까움을 감추지 못한다. 1930년 그는 이 오빠의 친구 가운데 한 명인 김국진과 만나 가족에게도 알리지 않고 조출한 결혼식을 올린다. 김국진 역시 나중에 안수길·이주복 등과 함께 동인지 『북향北鄕』을 내고 여기에 단편 「설」*을 싣기도 한 사회주의 문학가다. 오빠에 이어 남편인 김국진도 박화성에게 정신과 사상 면에서 커다란 영향을 준다.

「하수도 공사」에서 「북국의 여명」까지

박화성의 장편 소설 『백화』. 여성으로서는 한국 최초로 신문에 연재한 뒤 단행본으로 펴낸 것이다.

박화성은 결혼 뒤 다시 일본으로 건너가 복학하지만 이번에도 공부를 다 마치지 못하고 돌아와 창작에 몰두, 장편 「백화白花」를 집필한다. 이를 신문에 연재하고 싶어하지만 「추석 전야」 이후 한 작품도 발표하지 않은, 더구나 남성 작가도 아닌 무명의 여성 작가에게 선뜻 연재 지면을 내줄 만큼 '용감한' 신문사는 없었다. 이에 그는 자신의 문학적 역량을 증명해 보일 생각으로 원고료도 받지 않고 이광수의 재추천을 받아 1932년 「하수도 공사」를 『동아일보』에 발표한다.

---

* 김국진, 「설」, 『북향』 창간호(1936. 4.)

「하수도 공사」는 작가 박화성의 고향인 목포 지방의 대규모 하수도 공사를 배경으로 삼은 소설이다. 상업 학교를 중퇴한 서동권은 일본 도쿄로 가 고학하는 동안 '정'이라는 선배를 만나 사회주의 서적을 탐독하고 사상 지도를 받은 뒤 그와 함께 귀국한다. 동권은 생계를 위해 '하수도 공사' 판의 막노동자로 일하며 동료들에게 사회주의 사상을 불어넣는다. 실업자 구제를 빙자해 실컷 부려먹으며 노동자에게 돌아가야 할 임금 가운데 상당액을 중간에서 가로채고, 그마저 자꾸 지불을 미루는 관청과 청부업자의 농간에 격분, 동권은 3백여 명의 노동자와 함께 경찰서로 몰려가 쟁의를 벌인다. 여기서 작가는 어떻게 검열을 통과할 수 있었나 싶을 만큼 과감한 대결 의식을 드러낸다.

서장은 체면을 유지하느라 나오지는 않으나 서장실에 섰다 앉았다 하며 좌우를 시켜서 무슨 일인가를 알아 오라고 하였다.
보안계의 주임의 뚱한 얼굴이 나타났다. 금테 안경 너머로 마당에 빽빽하게 박혀선 군중을 둘러보며,
"무슨 일이 있으면 조용히 말해라! 시끄럽게 하면 안 된다!"
하고 위엄을 내어 말했다.
"조용히 할 말이 못 되오. 두말 말고 서장에게 면회시켜 주시오."
경찰서가 떠나갈 듯이 삼백 명의 소리는 외쳤다.
"서장에게 면회시켜라!"
"서장 나오라!"
고등계 주임과 형사들이 한편에서 수군수군하더니 보안계 주임을 불러 가지고 다시 머리를 맞대고 수근거린다.
"당신들 의논은 나중에 하고 어서 우리들 청이나 들어 줘요!"
한쪽에서 주먹들이 높직이 오르내리며 또 소리친다.

쟁의를 불러일으킨 임금 문제는 동권과 정이 나서며 해결된다. 그러나 격문이 빌미가 되어 정이 감옥에 들어가고, 동권은 정의 몫까지 제가 해내리라 굳게 다짐한다. 동권은 집안에서 권하는 결혼 상대자마저 뿌리치고 저한테 매달리는 용회에게 "지금 내게는 한가한 결혼 문제보다도 더 절박한 문제가 있다."는 식으로 굳은

신념을 드러내 보이고, "스스로 자신을 개척"하라고 당부한 뒤 자신의 길을 떠난다. 첫눈 내리는 날, 용희는 동권이 남기고 간 말을 떠올리며 스스로 각오를 다진다.

「하수도 공사」는 계급적 자각과 관련된 문제를 다루면서도 감상적인 분위기를 곁들여 문단과 독자들로부터 기대 이상의 반응을 얻는다. 「하수도 공사」로 일약 문단의 주목을 받게 된 박화성은 애초에 뜻한 대로 자신의 장편을 신문에 연재하는 데 성공한다. 여성 작가 최초의 신문 장편 소설인 「백화」는 연재하는 동안 줄곧 화제를 일으키며, 연재가 끝나자마자 단행본으로 출간된다. 박화성은 이에 힘입어 1933년 「두 승객과 가방」·「떠내려가는 유서」·「비탈」을, 1934년 「헐어진 청년 회관」·「논 갈 때」를 발표하고, 1935년에는 자전적 장편 소설인 「북국北國의 여명 黎明」을 『동아일보』에 연재한다.

「북국의 여명」에 나오는 주인공 백효순은 S여학교를 마치고 교원으로 있다가 고향 R읍으로 돌아와 사회 과학 서적과 문학 작품 등을 읽으며 도쿄 유학을 꿈꾸는 미모와 지성을 고루 갖춘 근대 여성이다. 그러나 불령 선인으로 옥에 갇히고 만 오빠가 학비를 댈 수 없게 되자, 효순은 유학을 잠시 유보한 채 여러 남자를 거친다. 처음에 효순은 자신에게 이념을 불어넣어 준 유부남 리창우를 사랑하지만, 얼마 뒤 그가 사고로 죽는 바람에 평소 자신을 사모하던 최진과 약혼한다. 효순은 그가 대주는 학비로 일본으로 건너가 신학문을 공부하면서 사회주의 단체의 간부로 활동한다. 이런 효순의 활동 때문에 관립 학교 교원 신분인 최진의 처지가 곤란해지고, 그는 효순에게 불온 단체에서 손을 떼라고 권한다. 이에 최진에게 파혼을 선언한 효순은 여러 남자 사이에서 방황의 나날을 보낸다. 얼마 뒤 효순은 사회 운동을 하면서 만난 사상적 동지 준호와 동거하며 아이까지 낳는다. 준호가 감옥에 들어가자 효순은 유모 자리까지 얻어 열심히 옥바라지를 한다. 그러나 준호는 전향할 뜻을 비쳐 가석방된다. 준호에게 실망한 효순은 그의 면전에 비겁자라는 말을 내뱉고, 아이마저 어머니한테 맡긴 채 홀로 북국을 향해 떠난다.

박화성의 소설에는 다른 여성 작가들과 달리 여성이기 때문에 겪어야 하는 갈등과 억압은 별로 나타나지 않는다. 이념과 사랑 가운데 하나를 선택해야만 하는 갈림길에서 박화성의 주인공들은 사랑이나 결혼보다는 흔히 계급 해방 쪽을 따르며, 설령 사랑이나 결혼 쪽으로 흐르더라도 남성에게 끌려가는 것이 아니라 여성이 주도하는 양상을 띤다. 작가 스스로 이미 소외되고 핍박받으며 절망하는 열등한 존재가 아니라, 남성 중심 사회에서 남성과 동등한 권리를 쟁취한, 주변부에서 걸어 나와 자기 정체성을 확보하고 사회적 위치를 굳힌 여성인 까닭인지 여성의 숙명성에 대한 문제는 깊이 다뤄지지 않는다.

박화성의 문체는 강하고 거침이 없어 한때 김문집과 안회남 같은 평자로부터 '여성성에로의 귀환'*을 종용받기도 한다. 여성성이 소거된 그의 근육질 문체는 어릴 적부터 수재의 면모를 보이고 유학 시절에 근우회 위원장이 되는 등 여러 단체의 우두머리로 활동한 여장부女丈夫 기질에서 생성된 듯하다.

또 한 가지 빼놓을 수 없는 박화성 소설의 특징은 성의식에서 드러난다. 최진과 파혼을 앞두고 나누는 말에서 알 수 있듯이, 그 무렵의 여성으로서는 드물게 당당하고 진보적인 면을 보이는 것이다.

하기는 내가 최 선생과 한방에서 밤을 지냈다는 조건만으로 허혼했다는 건 지금 생각해도 결코 현명한 태도는 아니엇서요. 일학긔부터 전선에 나서서 실천 운동하는 동구들과 차츰 사괴여 보니깐 아주 그들은 정조 문제에 여간 해방된 게 아니든대요. 그리고 성 문제를 초월한 것처럼도 보이고 이성이란 별다른 게 아니라는 듯이 막우 남녀 동지가 한방에서 뒹구는데 나는 보기가 좀 딱했지만 그들은 뭐 아주 례사로 역여요, 그러구도 일들을 아주 척척 잘들 해나가요. 그걸 보니까 나는 아주 그들에게 비해서 봉건적이고 인습적이고 관념적이예요.

박화성, 「북국의 여명」 150회, 『동아일보』(1935)

그러나 박화성의 수재성과 지도자 기질에서 비롯된 지나친 우월 의식은 때때로 소설 속에서 불필요한 영웅 중심주의로 흐른다. 「하수도 공사」에 나오는 서동권부

---

* 서정자, 「일제 강점기 한국 여류 소설 연구」, 숙명여자대학교 대학원 박사 학위 논문(1987)

김기진과 자리를
함께 한
말년의 박화성

터 자전적 소설인 「북국의 여명」에 나오는 백효순에 이르기까지 그의 주인공들은 한결같이 외모와 지식, 능력을 두루 갖추고 있다. 나무랄 데 없는 이 완벽한 주인공들은 농민이나 노동자와 동등한 위치에서 상호 작용하기보다 우위에 서서 그들을 계몽한다. 이로 말미암아 전형성과 형상의 개성을 전체와의 유기적 관계망 속에서 파악하지 못하기 일쑤며, 사건의 전개에 따라 인물들을 너무나 우상화시키고[*] 있다는 등 평자들의 비판이 따른다. 작가 자신도 "아모리 높은 의식 수준을 가진 작가라도 산 생활 감정 없이는 그의 작품을 잃게 된다. 나의 작품이나 다른 작가들의 작품에서 힘찬 그 무엇을 얻지 못하는 것은 결국에 있어 작가의 생활과 창작 행동에 모순이 있는 까닭"이라고 반성하고 이를 극복하기 위해 애쓴다. 곧 그는 전형적 주인공을 내세워 노동 쟁의나 계몽 운동에 뛰어들게 하는 도식적인 방법에서 벗어나, 농민과 농촌 가정이 겪는 빈곤과 고통의 현장을 직접 취재하고 작품에 옮기는 방법으로 창작에 임하게 된다.

이에 따라 「눈오던 그 밤」 등에서 초기의 도식성에서 벗어나기 위해 노력하지만, 작가의 각오만큼 실천이 뒷받침되지는 못한다. 이런 까닭인지 작가 박화성은 날이 갈수록 일정한 경향에 매이기보다 다양한 소재와 주제로 흥미성을 고려한 창작을 시도하게 된다. 1935년 이후 발표한 「한귀旱鬼」·「홍수 전야」·「고향 없는 사람들」 등에서 그는 심한 가뭄이나 홍수 같은 천재 지변으로 말미암아 인간이 겪게 되는 극한 상황을 그려낸다. 또 「불가사리」에서는 일제에 빌붙어 자본주의적 향락에 젖어 사는 아버지와 형제 틈에서 홀로 항일 정신을 고수하다 가출하고 마는 젊은 민족주의자를 보여주고, 1937년 이후 발표한 「온천장의 봄」·「중굿날」 같은 작품에서는 돈 몇 푼에 팔려가는 여인들의 행로를 담아내는 등 다양한 소재의 소설을 내놓는다.

---

[*] 한효, 「박화성 여사에게」, 『신동아』(1936. 3. 1.)

이 사이, 그는 오빠 박제민과 더불어 자신의 문학 세계에 사상적 입김을 불어넣은 남편 김국진과 불화가 깊어진다. 간도에 있던 문우 강경애가 적극 만류*하지만, 1937년에 들어 두 사람은 이혼하고 만다. 같은 해, 자살 소동까지 벌이며 끈질기게 구혼하던 한 사업가와 결혼한 그는 날로 심해지는 일제의 탄압을 피해 낙향한다.

해방 뒤 박화성은 좌익 단체인 '조선문학가동맹'의 목포 지부장을 지내는 한편, 단편「검정 사포」를 비롯해「봄 안개」·「진달래처럼」·「파라솔」등을 발표하고, 단편집『고향 없는 사람들』과『홍수 전야』를 펴낸다. 1955년 이후 그는「고개를 넘으면」·「사랑」·「벼랑에 피는 꽃」·「내일의 태양」·「바람뉘」·「태양은 날로 새롭다」등을 신문이나 잡지에 발표 또는 연재하며, 1963년에는 '국제펜클럽' 한국 본부 중앙 위원을 맡기도 한다. 이후에도 전기적 장편 소설『눈보라의 운하』, 장편 소설『열매 익을 때까지』·『창공에 그리다』와 수필집『추억의 파문』등을 내놓는다. 1970년 이후에는 문공부 문학상과 서울시 문화상의 심사 위원을 맡는가 하면, 장편『벼랑에 피는 꽃』·『내일의 태양』과 중편『햇볕에 내리는 뜨락』, 수필집『순간과 영원 사이』등을 펴낸다. 이 밖에도 잡지와 신문에 많은 글을 발표하며, 1987년『한국문학』에 권두 에세이「참 사랑이 있는 곳에」를 싣는 등 팔순에 이르도록 지칠 줄 모르는 창작욕을 불태운다. 1988년 1월 30일, 박화성은 서울 종로구 평창동 집에서 여든네 살의 나이로 세상을 뜬다.

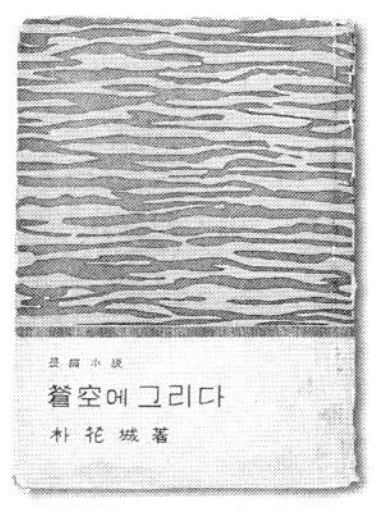

박화성의 장편 소설
『창공에 그리다』

참고 자료

이어령,『한국 문학 연구 사전』, 우석출판사, 1990
서정자,「일제 강점기 한국 여류 소설 연구」, 숙명여자대학교 대학원 박사 학위 논문, 1987
정영자,「한국 여성 문학 연구」, 동아대학교 대학원 박사 학위 논문, 1987

---

* 서정자, 앞의 논문

프로 문학 진영과 충돌하는 '해외 문학파'

해외 문학파 논쟁

1932년에 이르러 프로 문학 진영은 또 하나의 동인 그룹이라고 할 수 있는 '해외 문학파'와 열띤 논쟁을 벌인다. 해외 문학파란 1926년 일본 도쿄에서 '해외문학연구회' 또는 '외국문학연구회'라는 모임을 만들고, 1927년 발간된 동인지 『해외문학』을 중심으로 활동하던 무리를 일컫는다. 여기에 포함되는 인물이 주로 외국 문학을 전공하던 유학생들인 이하윤 · 김진섭 · 이선근 · 정인섭 등이다. 1930년대에 들어 구성원들이 하나둘씩 유학을 마치고 귀국하면서 해외 문학파의 문단 진출이 두드러지자, 이에 위협을 느낀 프로 문학 진영에서 1931년부터 제동을 걸고 나서더니 급기야 논전에 이르게 된 것이다.

개항 이후 이인직을 필두로 문학을 하겠다는 사람치고 일본에 가서 공부하고 오지 않은 이가 드물 만큼 일본 유학은 필수 과정이 되다시피 한다. 우리 젊은이들은 일제의 식민 통치에 치를 떨면서도 다른 한편으로 선진 문물의 세례를 받기 위해 앞다투어 적국의 땅에 발을 내딛곤 한 것이다. 물론 이런 식의 수업이 한국 현대 문학 형성기에 일정한 밑거름이 된 것은 부인할 수 없지만, 한편으로는 허영심의 충족이나 무분별한 모방 같은 이식移植의 부작용으로 나타난 것도 사실이다. 해외 문학파는 선배들의 이와 같은 시행 착오를 조금이라도 극복하고자 조직에 준하는 체계를 갖추고, 민족애와 범세계적 문학 건설이라는 목표를 내건 채 출범한다.

1927년에 재일 유학생들이 발간한 동인지 『해외문학』 창간호

제2호를 내고 『해외문학』이 종간된 이후 사실상 '해외 문학파'는 이 잡지의 동인뿐 아니라 외국 유학중에 서구 문학의 영향을 받아들인 문인 모두를 일컫게 된다. 따라서 1920년대부터 계급주의 문학에 앞장선 대다수의 문인 또한 한때는 서구 문학에 심취한 사람들로서 해외 문학파의 범주에 넣을 수 있다.

그렇다면 국가와 범세계 단위에서 엇비슷한 목표와 이념을 가진 것처럼 보이던 문인들이 새삼스럽게 파가 나뉘어 격렬한 다툼을 벌이게 된 까닭은 무엇일까? 앞서 살핀 바 있듯이, 1920년대 말과 1930년대 초에 우리 문단에서는 프로 문학이 한창 무르익는다. 그러나 얼마 지나지 않아 독자 대중은 물론 계급주의 성향을 보이던 일부 문인조차 프로 문학의 지향점과 방법론에 대해 차츰 회의하게 된다. 바로 이 때를 틈타 『시문학』이나 『문예월간』 등을 무대로 활동에 나선 정지용·박용철·김영랑·이하윤·유치진 등 해외 문학파 작가들이 뛰어난 기량과 프로 문학에 대응되는 자유와 개성을 앞세워 문단과 독자층에 깊이 파고든다. 아울러 여태껏 '논쟁'이 안 될 만큼 지리 멸렬한 느낌을 주던 자유 문학 진영에 이론가 성향의 인물들이 가세해 좌 편향으로 굳은 듯싶던 문단의 풍향계를 조금씩 바꿔놓는다. 일본 유학을 마치고 돌아온 해외 문학파 중에는 이론과 지식을 갖춘 비평가가 여럿 포함되어 있었는데, 모더니즘의 물결을 일으킨 김기림을 비롯해 이헌구·김진섭·정인섭 등이 그들이다. 자유 문학 진영은 해외 문학파의 수혈로 눈에 띄게 활동성이 향상되고 힘도 붙게 된다. 특히 해외 문학파 비평가들은 오랫동안 비평과 이론의 영역에서 우위를 확보하고 있던 프로 문학 진영을 바짝 긴장시킨다.

1931년 11월, 프로 문학 진영의 임화는 『중앙일보』에 실린 「1931년 간의 카프 예술 운동의 정황」에서 해외 문학파를 소부르주아적 집단이라고 꼬집는다. 이어 송영도 같은 해 12월 『조선일보』에 실린 「1931년도의 조선 문단 개관」에서 해외 문학파는 "동경 유학생 중의 우익적 문학인"이며, 한때 "조선의 좌우익을 함께 비난하였으나 실은 우익적"인 방향으로 나아가고 있다고 지적한다. 좌익 진영의 문학인들은 이처럼 자유 사상에 의거한 해외 문학파의 노선이 중도를 넘어 우 편향으로 흐르고 있음을 우려하며 비판에 나선다.

이에 대해 『해외문학』 동인인 이헌구는 1932년 1월 『조선일보』에 실린 「해외 문학인의 임무와 장래」, 그리고 『조선지광』에 철우鐵友라는 필명으로 발표한 「소위 해외 문학파의 정체와 의미」에서 프로측 견해의 부당함을 지적하는 한편, 우리 문학과 외국 문학의 관계를 설명한다. 이헌구는 여기서 우리 문학사를 크게 3기로 나눈다. 1기는 최남선과 이광수가 서양의 낭만주의 작품을 번역한 시기고, 2기는 김억의 「오뇌의 무도」를 비롯한 신시 운동이 일어나고 자연주의의 영향을 받은 소설가들이 출현한 시기며, 3기는 동인지 『해외문학』을 중심으로 서구 문학에 대한 다양한 소개와 실험이 이루어진 시기라는 것이다. 이와 같은 맥락에서 이헌구는 저희 구성원들이 문예 운동의 '국제적 진출'을 위해 애써온 증거들을 제시하여 해외 문학파의 위상을 정당화한다.

이 뒤에도 프로 문학 진영에서는 임화·송영·이갑기 등이, 해외 문학파에서는 이헌구·김진섭·박용철·김기림 등이 나서 한동안 논전이 이어지나, 곧 불어닥친 카프 2차 검거와 뒤이은 해체로 잦아들게 된다. 1930년대 중반 이후 해외 문학파는 이원조·백철·김환태·최재서 등 쟁쟁한 신세대 비평가들이 객을 이으며 세력화되는데, 이들은 '순수 문학 논쟁'과 '휴머니즘 논쟁' 등으로 프로 진영과 다시 맞선다.

참고 자료

조동일, 『한국 문학 통사 5』, 지식산업사, 1994
백철, 『신문학 사조사』, 신구문화사, 1992
김영민, 『한국 문학 비평 논쟁사』, 한길사, 1994
김윤식·김우종 외, 『한국 현대 문학사』, 현대문학, 1994
송희복, 『해방기 문학 비평 연구』, 문학과지성사, 1993

우리가 허다한 희생을 돌보지 않고 끝끝내 폭렬暴烈한 행동으로
대항하는 것은 우리 손에는 무기가 없고 사선死線을 쫓겨난 우리
한국 사람인지라, 이 길을 버리고는 또다른 길이 없는 까닭이다

1933

한인애국단 선언문

(가) 왜적은 본단을 가리켜 싸움하기를 즐긴다 하니 우리는 인류의 진정한 행복을 위하여 싸우기를 희망할 뿐이고, 침략성을 가진 이름 없는 싸움을 바라는 바가 아니다. 우리가 허다한 희생을 돌보지 않고 끝끝내 폭렬暴烈한 행동으로 대항하는 것은 우리 손에는 아무런 무기가 없고 사선死線을 쫓겨난 우리 한국 사람인지라, 이 길을 버리고는 또다른 길이 없는 까닭이다. 그러므로 한국의 독립이 성공되지 못하는 날까지는 이런 폭렬한 행동은 절대로 없어지지 않을 것이다.

(나) 본단은 왜적 이외에는 어느 나라 사람이나 다 같이 친우로 대하려 하며 절대로 이들을 해치려 하지 않으니, 이것은 홍커우공원의 사건이 증명하고 있는 바이다.

(다) 최·유 두 의사(최흥식·유근상을 일컬음)의 사명은 동북을 침략하려는 적수 즉 관동 사령관 혼조本庄繁, 남만南滿철도 총재 우치다內田康哉, 관동청 장관 야마오카山岡萬之助 등을 죽이려 함에 있고 결코 국제연맹 조사단에 해를 가하자는 것은 아니다.

(라) 우리 한민족은 신성한 민족의 후예요, 본단은 순수한 애국 단체이다. 비록 죽

는 한이 있더라도 왜놈들과 같은 야만적 방법을 흉내내어 국제 문제를 일으키려고 하지 않는다.

(마) 본단은 철저한 구국 단체로 오직 견고한 자립 정신을 가지고 끝까지 분투할 뿐이요, 결코 어느 외국인이나 어느 외국 정부에 의뢰하지 않는다. 그러나 왜인들은 이것을 모르고 요언을 만들어 이런 사실을 부인함으로써 놈들 자신의 죄상을 덮어버리려는 것이다.

한인애국단은 일제 요인의 암살과 한중 두 나라의 친선을 꾀하기 위해 1926년 12월 임시 정부 국무령으로 있던 김구의 주도로 조직된 비밀 결사다. 이봉창 의사의 '일왕 폭살 미수'와 윤봉길 의사의 '홍커우공원 장거' 등이 이 결사의 활동에 의한 것이다. 1933년 8월 10일, 한인애국단은 선언문을 통해 격렬한 항일 투쟁 의지를 만천하에 다시 밝힌다.

1933

1월
12 평양 평천리에서 고구려 시대의 대운하 유적 발견
30 독일의 히틀러, 총리에 취임

2월
2 제니바 군축 회의 재개

3월
27 일븐, 국제연맹 탈퇴

4월
1 동아·중앙·조선 3개 신문사, 한글 맞춤법 통일안에 따른 철자법으로 간행
26 김동인, 「운현궁의 봄」을 『조선일보』에 연재 시작

5월
16 홍난파 작곡, 이은상 작사 『조선 가요 작곡집』 간행(「봄 처녀」·「고향 생각」·「옛 동산에 올라」·「성불사의 밤」·「장안사」·「금강에 살으리랏다」 등 15곡 수록)

6월
12 런던 국제 경제 회의 개최
0 덴다크의 코펜하겐에서 세계 반전 대회 개최

7월
7 소톡도 나병촌 완공(9월부터 환자 수용)

8월
0 이효석·정지용 등, 9인회 조직
0 일본 미쓰이三井 재벌, 조선맥주주식회사 설립

9월
9 만주사변 이후 최초의 조선총독부 알선 만주 이민단 서울역 출발
0 「아리랑」·「한양의 사계」 레코드, 치안 방해를 이유로 발매 금지

11월
4 조선어학회, 한글 반포 487회 기념식 열고 한글 맞춤법 통일안 발표
4 남궁억, 비밀 결사인 십자당 사건으로 피검
15 이기영, 장편 「고향」을 『조선일보』에 연재 시작
17 미국, 소련을 승인

12월
0 조선인형극회 창립
0 홍난파와 현제명, 작곡 발표회 개최

모더니즘의 물결과 '구인회'

모더니즘의 유입

모던(modern) — 어의는 '새로운' 혹은 근대적이란 말이다. 그래서 '모던 걸'이라면 새로운 여자 혹은 근대 여자, '모던 보이'라면 같은 의미의 남자인 경우에 사용한다. 의미로 보면 결코 낫분 말은 아니다. '모던 보이'니 '모던 걸'이니 하면 경멸과 조소의 의意가 다분으로 포함되여 잇다. 그래서 불량 소녀不良少女 혹 불량 소년不良少年이라는 의미로도 통하는 것이 사실이다. 요즘에는 이 '모던'이 한층 더 새로워져서 '씨―크'라고 변하여 간다. '초 모던'이다. '울트라 모던'이다.

「모더어 사전」, 『신민』(1930. 9.) — 김진송, 『현대성의 형성 — 서울에 딴스홀을 허許하라』(현실문화연구, 1999) 재인용

1933

서양에서 발원해 일본 제국주의를 거쳐 유입된 '신新'과 '양洋'의 이름을 가진 '현대'는 봉건과 전통의 영토를 가로질러 우리에게 다가온다. '현대'가 관념이나 근대적 이상이 아니라 눈앞의 현실로 나타난 것을 1930년에 나온 한 잡지는 증언하고 있다. 아스팔트, 마차와 자동차, 휘황 찬란한 네온, 즐비한 상점과 백화점, 쇼윈도의 양복과 양장을 걸친 마네킹, 프랑스산 술과 화장품, 영화 광고 간판, 카페와 다방, 그리고 수동식 축음기에서 흘러나오는 이국적 음악……. 이런 것이 1930년대 서울의 풍경으로 자리잡는다. 특히 도시적 분위기에서 자라거나 유학을 마치고 온 감수성이 예민한 몇몇 문학도는, 도시 문명의 현대성과 이것에 필연적으로 뒤따르는 인간의 소외감 등을 문학 작품에 담아내려는 시도를 하게 된다.

모더니즘은 본디 유럽에서 중세의 권위주의에 반발하는 정치적 이념으로 싹트게 된다. 그런데 이것이 20세기 초, 특히 대량 살상과 문명 파괴로 이어진 제1차 세계대전 이후 인간성에 대한 환멸, 기성 세대의 도덕과 권위에 대한 반항, 자유와 평등을 추구하는 사회 문화적 이념으로 확장, 전환된다. 이렇게 형성된 모더니즘의

물줄기는 점차 상징주의, 인상주의, 이미지즘, 주지주의, 야수파, 미래파, 입체파, 다다이즘 및 초현실주의, 실존주의 등 갖가지 예술 사조로 옷을 갈아입고 세계 곳곳으로 퍼져나간다.

전파 시기나 개념이 모호하고, 따라서 포괄적 의미로 사용되는 모더니즘은 유통의 중간 매개지인 일본에서도 1920년대 중반부터 1930년대 초반에 이르는 길지 않은 기간에 여러 사조가 마구 뒤엉킨 채 유행한다. 그 와중에 우리 나라로 흘러든 모더니즘은 역사적 배경이나 순서와 상관없이 다소 변용이나 왜곡이 따를 수밖에 없게 된다.

우리 나라의 모더니즘 문학은 앞 세대의 지나친 감상주의를 극복하기 위한 방안이라는 측면과 함께 집단적 정치성을 강조하던 프로 문학에 대한 반발에서 출발한다. 모더니즘을 취한 시인들은 시가 무엇보다 언어 예술임을* 자각하고, 고도의 기술로 말을 다듬어 표현한다는 점에서 '시문학파'와 비슷하다. 그러나 시문학파가 언어의 음악성이나 기교에 집착한 것과 달리 모더니스트들은 이미지, 지성, 내용과 형식의 조화를 중시하며, 무엇보다 문명에 대한 일정한 감수성을 기초로 일정 가치를 의식**하면서 혁신적이고 전위적인 실험 정신을 작품에 반영한다.

서구 모더니스트들의 이론과 작품을 소개하는 것은 물론, 우리 나라 시인과 소설가의 작품에서 '현대성'에 해당하는 요소를 끄집어내서 주지주의, 이미지스트, 모더니스트로 명명하고 모더니즘 운동의 전위에 서서 바람을 일으킨 인물로는 단연 김기림과 최재서가 꼽힌다. 영미 문학을 전공하고 창작보다는 이론과 비평에 능한 공통점을 지닌 두 사람은 우리 문단에서 오랫동안 권좌를 누리던 프로 문학이 일제의 탄압으로 분열·침체기를 맞은 틈을 파고들며 모더니즘의 입지를 넓혀 간다.

---

* 김기림, 「모더니즘의 역사적 위치」, 『인문평론』(1939. 10.)
** 김기림, 앞의 글

최재서의 모더니즘론

식민지 조선에
모더니즘을
정착시키는 데
앞장선 최재서

경성제대 영문학과 출신인 최재서崔載瑞(1908~1964)는 흄T. E. Hulme · 엘리엇T. S. Eliot · 리드H. Read 등의 서구 모더니즘 이론을 집중 소개하고 체계화함으로써 국내에 모더니즘을 정착시키는 데 앞장선다. 그를 사로잡고 그가 중점을 둔 것은 이른바 주지주의다. '주지주의' 란 일본의 문학자 아베阿部知二가 흄 · 리드 · 리처즈I. A. Richards 등 지성을 중시하는 작가나 단체에 의해 주도된 문학 운동을 일컬은 말인데, 우리 나라에도 같은 뜻을 지닌 채 흘러든 것으로 보인다.

최재서는 1934년에 발표한 「현대 주지주의의 문학 이론 건설」에서 앞머리에 "병실의 공기가 문단을 뒤덮고 있다." 는 G. W. 스토니의 말을 인용한 뒤, 흄 · 엘리어트 · 리처즈 · 리드 · W. 루이스 등의 서구 비평 이론을 소개한다. 문단이 무질서와 혼돈에 빠져 있다고 진단한 그는 당대의 문학과 문단에 질서를 부여하는 방법으로 과학적 사고 방식, 즉 '지성' 의 필요성을 주장하며 주지주의적 모더니즘 이론을 펼친다.

최재서가 특히 매혹을 느낀 것은 흄의 주지주의 이론이다. 1934년 12월, 그는 일본의 권위 있는 철학 잡지 『사상』에 기고한 「T. E. 흄의 비평적 사상」에서, 불연속적 세계관에 근거한 흄의 문학 이론을 소개하고 사상을 체계화하려고 시도한다. 불연속적 세계관이란 자연 전체를 단절 없는 연속체로 파악해 인간 존재가 무한한 발전의 가능성을 지녔다고 보는 '인간주의', 즉 19세기의 연속적 세계관에 대항하는 개념이다. 말하자면 불연속적 세계관은 인간의 불완전성과 유한함을 인정하고, 단절과 분리를 존재의 속성으로 파악하는 세계관이다. 최재서는 이를 바탕으로, 초기 낭만주의자들은 신과 인간의 세계를 무한으로 인식하고 창작에 임한 나머지 뜬 구름 잡는 허황된 작품을 양산하는 등 혼란을 불러일으켰고, 후기 낭만주의자들은

---

* 이은애, 「최재서 문학론 연구」, 서울대학교 대학원 박사 학위 논문(1995)

이런 이상에 매달렸다가 현실과의 괴리를 극복하지 못한 채 허무감·비애·퇴폐의 깊은 골로 빠져들었다고 지적한다. 따라서 이를 극복하기 위해서는 인간의 유한성과 불변성을 인정하고 일정한 질서와 전통에 의한 훈련을 해야 하는데, 이와 같은 것을 한 마디로 '지성'이라고 설명하며 주지주의 이론을 내놓는다.

여기에 그치지 않고 최재서는 「현대 비평의 성격」·「비평과 모랄의 문제」·「문학과 모랄」 등 연속되는 글을 통해 비평은 가치 판단을 기준으로 하는 문학 형태인데, 우리 문단이 이런 비평의 직능을 무시해 불안과 혼란이 계속되고 있다고 비판한다. 그는 이와 같은 문제를 극복하려면 전통적 신념과 질서를 전제로 하는 일정한 윤리와 도덕이 뒷받침되어야 한다고 주장한다. 이런 생각을 체계화한 것이 '모랄론'·'가치론'·'도그마론'·'역사론' 등의 이론이다.

한편, 최재서는 문단 또는 문학의 위기가 정치 편향의 문학 태도에서 비롯되었음을 지적하고, 외부 정세에 대한 문학의 구체적 대응 전략을 논의의 초점으로 삼기도 한다. 그는 문학인들의 현실 대응 태도를 '수용적'·'거부적'·'비판적' 태도로 나누고, 이 가운데 과도기적인 국내의 실정에 가장 알맞은 문학 태도는 비판

모더니즘

흔히 제1차 세계대전 이후의 문학과 예술에서 개념과 감각, 형식과 문체상의 가장 뚜렷한 변화로 간주되는 것을 가리킨다. '모더니즘'은 보는 각도에 따라 다양하게 정의되지만, 서구 문화와 예술의 전통적인 기반으로부터 의도적이며 급진적인 탈피를 추구하는 것이 특징이다. '전위'라고도 규정되는 이 특징에 따라 모더니스트들은 기존의 관습과 형식을 파괴함으로서 끊임없이 새로운 예술 형식과 양식을 창안해내고, 그 때까지 방치되거나 금기시되던 주제를 끌어안곤 한다. 모더니즘의 근본 취지는 인습에 젖어 있는 수용자의 감각과 의식에 충격을 주면서 시민 문화의 규범과 경건성에 도전하는 것이라고 할 수 있다.

모더니즘의 선구자들은 그 때까지 사회 조직, 종교와 도덕, 인간의 자아 개념 등어 기반을 제공하던 자명성에 의혹을 품는다. 니체·마르크스·프로이트·프레이저 등이 이와 같은 사상가로 꼽힌다. 모더니스트들의 반발은 제1차 세계대전으로 말미암아 서구 문명의 기초오 문화의 영속성에 대한 사람들의 믿음이 흔들린 뒤 강력하게 대두된다.

적 태도라고 주장한다. 이어 비판적 태도의 한 형태로 우회적인 방법을 통해 자신과 현실의 모순을 해부하고 비웃거나 비꼬아 폭로하는 '풍자 문학론'을 창안해낸다. 객관적 태도로 대상에 접근해 풍자 · 위트 · 과장 · 패러독스 · 자조 등의 지적 수법을 통해 "아무 막막(膜)도 없는 맑은 눈"으로 제대로 리얼리티를 수행한 국내의 작품으로 그는 김기림의 「기상도」와 이상의 「날개」 그리고 박태원의 「천변 풍경」 등을 꼽으며 "리얼리즘의 심화"라고 찬사를 아끼지 않는다. 최재서는 이처럼 독자적인 모더니즘 이론을 착실히 구축하면서, 1930년대 한국 문단의 이론적 빈혈증을 치유해나간다.

김기림의 모더니즘론

최재서가
한국 모더니즘 문학의
대표작으로 꼽은
김기림의 시 「기상도」와
박태원의 장편 소설
『천변 풍경』

김기림金起林(1908~?)은 모더니즘 전반에 폭넓은 관심을 보이지만, 특히 이론적으로 관심을 갖고 파고든 분야는 이미지즘과 주지주의다. 더러 그는 이 두 개념을 구별하지 않고 혼용하기도 한다. 그는 1933년 7월 『신동아』에 발표한 「시의 모더니티」에서 모더니즘에 대해 언급한 데 이어, 1935년 2월 『시원』 1호에 게재한 「현대시의 기술」에서 파운드 E. Pound의 이미지즘 이론을 소개한다. 이미지즘의 특징으로 그가 꼽은 것은 감정의 배제, 영상성, 조소성, 회화성 등이다. 그는 또 20세기 시의 회화성 형태를 외형적인 미와 내용성의 미로 크게 나누고, 전자는 문자가 활자로 인쇄될 때의 자형 배열 등으로 나타나며, 후자는 개인의 의식 속에 가시적인 영상으로 나타난다고 설명한 뒤, 후자에 더 중점을 둔 이미지즘 문학 이론을 소개한다.

그는 이미지즘을 추구하는 국내의 대표적인 시인으로 정지용과 김광균 등을 들고, 원론적 비평을 넘어 실천적 비평으로 문학 이론의 영역을 확대해나간다. 이미지즘을 강조한 그의 또다른 글로는 1939년 『인문평론』 12월호에 실린 「시단의 동태」를 들 수 있다. 여기서 김기림은 흄의 사상과 이론을 바탕으로 시의 음악성과 회화성을 비교하며, 회화성을 고정적이고 영구적인 것으로 규명한다. 따라서 무기적 · 기하학적 회화성이야말로 혼란과 동요를 극복할 수 있는 요소이며 안정을 찾는 열렬한 현대의 소리라고 주장한 그는 이미지의 중요성을 강조하는 모더니즘 문학론을 펼쳐 보인다.

김기림은 1935년『조선일보』에 투고한「오전의 시론」과『신동아』에 게재한「포에지와 모더니티」·「시작에 있어서의 주지주의적 태도」등을 통해 기술 과학 문명의 현저한 발달 속에서도 여전히 감상적 낭만시나 읊조리고 있는 센티멘탈리즘은 물론, 정치 · 사상성에 편중된 내용주의를 모두 비판한다. 그는 현대 문명의 발달에 따라 문학도 새로운 양식 실험으로 변혁을 이루어야 한다고 주장하는데, 이때 그가 대안으로 제시한 것이 바로 주지주의다. 김기림은 "실로 말해질 수 있는 모든 사상과 논의의 의견이 거의 선인들에 의하여 말해졌다. ― 우리에게 남아 있는 가능한 최대의 일은 선인이 말한 내용을 다만 다른 방법으로 논설하는 것"이라고 말하며, 그 방법으로 지성을 강조하고 표현 면에서 형식이나 언어의 기교를 중시하는 모더니즘 이론을 펼친다.

이윽고 김기림의 이론에 대해 프로 문학 진영의 임화를 비롯한 비평가들이 공격을 가한다. 그들은 김기림이 내용의 중요성을 '지나치게' 무시하고 있으며, 표피적 기교주의에 함몰된 이론가라고 몰아붙인다. 김기림은 프로 문학 진영의 반론을 받아들여, 프로 문학에서 중시하던 내용과 자신의 기교주의에서 발양된 형식이 자연스럽게 어우러져 조화를 이루는 '전체 시론'이라는 변형된 모더니즘 이론을 정립한다. 이와 같은 갖가지 이론을 바탕으로 한국 모더니즘 문학은 1933년에 발족된 '구인회'를 중심으로 1930년대 문단을 주도한다.

구인회

1930년대 초반에 문단에서 맹위를 떨치던 리얼리즘 문학이 만주사변과 경제

공황 그리고 카프 맹원 검거 등으로 침체기에 빠져들자, 모더니즘은 한국 문단의 새로운 화두로 떠오른다. '구인회' 는 국내에서 최초로 결성된 모더니즘 중심의 문학 모임이다. 그러나 구인회는 발족 당시 문인들만의 모임이 아니었다. 『조선문단』을 통해 등단한 이종명과 시나리오를 쓰며 영화 감독을 겸하고 있던 김유영이 순수 예술에 뜻을 같이하는 이태준·이무영·이효석·유치진·김기림·정지용·조용만을 모아 구인회를 꾸린 것이다. 영화 감독과 극작가 등의 가담으로 알 수 있듯이, 구인회는 문학만이 아니라 예술 전반에 걸친 관심을 내포한 채 출발한다. 구인회의 아홉 회원들은 프롤레타리아 예술의 정치성이나 목적성에 회의를 품고 있었던 만큼 조직의 경직성에서 탈피, 강령과 규약 없이 한 달에 한두 번 만나 문학과 예술을 논하는 부드러운 분위기로 모임을 이끌어간다.

구인회는 이후 몇 차례 회원 교체를 거치면서 점차 시인과 소설가, 비평가들로 이루어진 문학 모임으로 성격이 바뀐다. 결성한 지 얼마 안 되어 발족 당시의 이종명·김유영·이효석 세 사람이 나가고 박팔양·이상·박태원이 들어오며, 조금 지나서 다시 유치진·조용만이 나가고 김유정·김환태가 들어와 비로소 회원이 확정되는 것이다.

구인회는 다달이 한두 번 시 낭독이나 문학 강연회를 하는 정도로 모임을 꾸리고, 기관지 『시와 소설』도 단 한 번밖에 펴내지 못한다. 지난날 잡지나 동인지를 중심으로 활발하게 움직이던 유파들에 비하면 구인회는 이념적 구심점도 없고 활동도 미미해 지리 멸렬한 단체로 비치기 십상이다. 그러나 저마다 개성이 뚜렷한 나머지 의견 불일치로 몇 번의 회원 교체가 있었을망정, 이상과 김유정의 죽음으로 불가피한 결원이 생길 때까지 이 모임은 한국 문학의 새로운 지평을 예고하는 역량을 보여주며 아홉 명의 정원을 철저하게 지켜나간다. 박승극이 『동아일보』 1934년 6월 5일치에 기고한 「문예와 정치」에서 지적한 대로 "그들의 결성의 근거는 그들의 이데올로기가 명확치 않은 곳에 있었다." 말하자면 회원을 얽어매는 이념과 목표가 따로 없었다는 것이 오히려 정신적 부담을 덜어줘 아홉 명의 민감한 예술가로 하여금 제 빛깔을 잃지 않고 작품 활동에 몰두할 수 있게 만든 측면도 적지 않았다는 뜻이다. 이는 해체 이후까지 구인회 출신 문인들의 작품과 행적이 한국 문단사에 여러 갈래로 자취를 남긴 것으로도 입증된다.

구인회는 초기 한국 모더니즘 문학의 구심점 구실을 한다. 그러나 구인회 회원 모두를 모더니스트라고 규정하기는 어렵다. 구인회가 추구하는 방향과 수법은 회원 각자의 개성만큼이나 다양해 "주지주의, 이미지즘, 초현실주의, 심리주의, 신감각파 등 잡다한 경향"을 포괄한다.* 구인회는 이런 여러 경향에 그치지 않고 때로 전통적 소재와 모더니즘 기법을 접목시켜 갖가지 형태의 문학적 스펙트럼을 펼치며 모더니즘 문학의 경계를 한껏 넓히는 한편, 어찌 보면 경계선을 흐릿하게 만들기도 한다.

모더니즘의 성과

1930년대의 모더니스트들이 새롭게 주목한 것은 '도시', 그리고 '도시 생활'이다. 그들은 도시를 자본주의적 근대 문명의 한 징후로 파악한 것이다. 1930년대의 모더니즘 문학은 도시를 생활 근거로 삼고 도시 생활 체험을 내면화한 '구인회'를 축으로 하는 도시 세대의 도시 문학에서 활짝 피어난다.

새로움을 향한 변혁의 열정과 함께 구인회를 중심으로 전개된 한국의 모더니즘 문학은 처음 얼마 동안 피상적으로 받아들인 현대성 이론에 압도되어 서구 모델의 모방에 그치는 양상을 보인다. 모더니즘 문학은 이윽고 내용 편중의 리얼리즘 문학이 판치던 우리 문단에서 기교의 복권을 실현하고, 새로운 문학의 가능성을 제시한다. 그러나 구인회를 중심으로 한 모더니스트 진영은 국내의 혼기한 정치 상황 속에서 현실을 간과한 예술 지상주의에 빠지고 지나치게 기교에 매달려 "소외,

---

* 서준섭, 「구인회와 모더니즘」, 이선영 편, 『1930년대 민족 문학의 인식』(한길사, 1990)

퇴폐성, 도피의 징후"를 보인 것에 대해 반성하고, 저마다 그 동안의 문학 노선을 점검·보완·수정한다.* 이로써 모더니즘의 영역은 더욱 다양하고 포괄적인 문학 양식을 낳으며 1930년대를 한국 문학의 새로운 르네상스로 불리게 할 만큼 다채롭게 장식한다.

1930년대 모더니즘의 성과를 서준섭은 다음과 같이 정리한다.

첫째, 역사적 모더니즘은 새로운 문학 형식의 발견과 창작 기술 확대의 계기를 마련하였다. 구인회 작가들이 개발한 장시·심경 소설(심리 소설), 알레고리의 방법, '의식의 흐름' 수법 등이 그것인데, 이는 '카프' 작가들이 창출한 단편 서사시, 리얼리즘 소설 형식과 대응된다. 그 밖에 이효석이 시도한 순수한 설화체 소설도 이에 포함시켜 볼 수 있을 것이다. 이러한 문학 형식(창작 기술)은 분명히 한국 근대 문학의 층을 두텁고 다양하게 하는 데 기여하였다.

둘째, 문학에 대한 관념과 작품의 리얼리티 문제에 대한 재정의가 가능하게 되었다. 한국의 전통적인 문학관은 공리주의적·효용론적인 것이었고, 근대 초기의 이광수의 문학, 카프의 리얼리즘 문학도 비슷한 성격을 띠고 있다. 그런데 구인회를 중심으로 한 모더니즘 시인(작가)들은 개인차는 있지만 대체로 이를 거부하면서 작가의 개성에 따른 주관적인 문학과 문학적 리얼리티의 다양성을 옹호하고자 하였다. 현대 사회는 개인의 존재와 가치의 다양성을 인정하는 사회이며 문학의 경우에서도 그렇다. 이 문제를 본격적으로 제기한 것이 구인회의 모더니즘이었으며, 이후의 문학은 그것에 동의하든 않든간에 작가의 개성과 그가 추구하는 리얼리티의 다양성을 인정하는 방향으로 전개되었다. 이러한 현상은 사회 구조의 변화에 따른 사회적 연대감의 붕괴에 따라 부분적으로 가속화되고 있기도 하다.

셋째, 모더니즘은 현대 문학(도시 문학)의 한 가닥을 형성하는 계기를 마련하였다. 현대 문학의 중요한 특성 중의 하나는 기교를 강조하는 도시 문학이라는 점이며, 그것이 모더니즘의 이름으로 나타나는 경우도 있는데, 그 역사적 기원은 다름아닌 30년대 모더니즘이라 할 수 있다. 일본 자본주의하에서의 역사적 모더니즘의 문제점들(퇴폐성, 문학의 물신주의 등)은 1960년대의 한국 자본주의의 성숙과 함께 등장한 김수영 등에 의해 어느 정도 극복되지만 그 문학 자체의 성격은 새롭게 변모된 채로 여전히 지속되고 있다고 할 수 있다.

서준섭, 「구인회와 모더니즘」, 이선영 편, 『1930년대 민족 문학의 인식』(한길사, 1990)

1930년대에 활동한 '구인회'의 발생론적 근저를 살펴보면, 식민지 체제에서 발

---

* 서준섭, 앞의 글

양된 자본주의와 근대성의 획득이라는 새로운 물적 토대가 있음을 알게 된다. 우리 사회는 식민지 치하에서도 조금씩 "개인의 존재와 가치의 다양성을 인정하는" 현대 사회로 이행한다. 그런데 이렇듯 새로운 물적 토대 위에서 성립된 현실을 문학으로 형상화하다 보면 이전의 방법론으로는 미흡한 느낌을 받을 수 있다. 이에 따라 문학의 새 패러다임으로 채택된 것이 모더니즘이고, 그 중심에 선 것이 구인회다. 모더니즘은 서준섭이 지적하고 있는 것처럼 퇴폐성과 문학의 물신주의라는 병폐를 낳기도 한다. 그러나 분명하게 말할 수 있는 것은 모더니즘이 다채로운 실험적 양식을 낳으며 우리 문학의 수준을 한 단계 끌어올린 1930년대 문학의 전위였다는 사실이다.

참고 자료

송백헌 외, 『한국 문학 사조론』, 새문사, 1992
윤병로, 『한국 근 · 현대 문학사』, 명문당, 1992
서준섭, 「구인회와 모더니즘」, 『1930년대 민족 문학의 인식』, 한길사, 1990
서준섭, 『한국 모더니즘 문학 연구』, 일지사, 1988
이은애, 『최재서 문학론 연구』, 서울대학교 박사 학위 논문, 1995

'물' 논쟁

임화와 김남천의 대립

　한동안 카프 진영을 주도하던 임화와 김남천 사이에 갑자기 균열이 생긴다. 1930년께 카프 도쿄지부의 근거지인 '무산자사'에서 처음 만나 한솥밥을 먹고, 귀국한 뒤에도 이념을 같이하며 프로 문학의 주체를 확립하기 위해 함께 애쓰던 두 사람의 대립 원인은 무엇일까? 이 일은 1931년 카프 1차 검거 때 임화를 비롯한 맹원 대부분이 불기소로 풀려나지만 1930년 평양 고무 공장 파업을 선동한 것이 빌미가 되어 2년 동안 감옥 체험을 하고 나온 김남천이 1933년 6월, 『대중』 1권 3호에 옥중 체험 소설 「물」을 발표하면서 시작된다.

　"백도의 여름이 다시 오련다. 이 한 편을 여름을 맞는 여러 동무들에게 올린다." 고 후기를 단 김남천의 「물」은 화씨 90도의 여름날, 2.5평의 작은 방에 갇혀 있는 13명의 죄수 틈에서 고통스럽고 절박하게 느낀 물에 대한 갈구를 묘사한다. 이 작품을 읽은 임화는 계급주의 사상의 기본이 되는 헤겔의 철학 서적 내용도 인간의 본능적 생리 욕구 앞에서는 어쩔 수가 없지 않겠느냐는 뜻으로 해석, 같은 해 7월 『조선일보』에 다음과 같은 글로 반박한다.

　이러한 경향은 우리들의 문학의 최대의 위험인 우익적 일화견주의(기회주의:인용자) 그것은 정치적으로 문화주의의 형태로 나타나는 ― 명백한 현현의 하나이다. 이 문제는 타일 이러한 창작상의 편향을 낳은 일련의 창작 이론과 함께 체계적으로 비판받아야 하고 끊임없는 투쟁의 포화가 이곳에로 집중되어야 한다.
　임화, 「6월 중의 창작」, 『조선일보』(1933. 7. 18.)

　이미 김남천은 소설 속에서 '구체적인 인간'을 그려내야 한다는 주장을 한 바 있다. 「물」은 살아 있는 인간의 구체적 모습을 그려내야 한다는 작가 자신의 문학론을 반영한 소설이다. 좁은 감옥에 수감된 정치범들이 더위에 시달리며 물을 갈구하는 생물학적 욕망을 사실적으로 그린 이 소설을 두고 임화는 "염열炎熱 하에 찌는 듯한 복중 생활伏中生活의 고통을 대단히 레알한 붓으로 그리어 읽는 사람으로 하여 '사실 그럴 것이다. 그것은 현실이다. 이 작자가 말하는 것과 같이 괴로울 것이다.' 라고 그의 작품을 있을 일, 있음직한 일을 표현한 것을 긍정케 한다." 라고 평가한다. 그러면서도 임화는 김남천의 소설이 물 때문에 생리적으로 고통당하는 인간의 본능적인 욕망만을 드러내 보임으로써 인물을 일면적으로 그리는 데 그치고, 현실을 협애화했다고 비판하고 나선다.

카프의 서기장인 임화가 이렇듯 김남천의 「물」에 대해 예민한 반응을 보인 까닭은 무엇일까? 임화의 비판은 카프 1차 검거로 말미암아 가뜩이나 위기에 빠진 상황에서 김남천 개인의 '실천' 적 오만 때문에 '사상' 적 기반에 손상이 가지 않을까 하는 우려에서 비롯된 것이라고 할 수 있다. 이에 김남천은 프로적 정신에서 이탈한 '위험한 경향' 이라는 임화의 비판을 어느 정도 인정하면서도 '실천' 을 앞세워 다음과 같이 반박한다.

작품을 결정하는 것은 작가이며, 작가를 결정하는 것은 어떤 혹자의 이론보다도 그 당자의 실천이다. 그러므로 작품을 논평하는 기준은 그의 실천에 두어야 하는 것이다. 이것에 대하여 무이해한 비평가는 그가 변증법적 유물론을 백만 번 운운하여도 진실한 맑스주의 평가는 될 수 없는 것이다.
　　김남천, 「임화에 관하여」, 『조선일보』(1933. 7. 22.∼7. 25.)

계급 문학이라는 이념에서는 일치하면서도 해석에 근소한 차이를 보이며 감옥 체험과 무체험이 문제가 된 이 '물' 논쟁은 몇 차례 더 이어지다가 카프 2차 검거와 뒤이은 해체로 흐지부지된다. 그러나 이 논쟁의 당사자인 두 사람은 이후에도 1930년대 중반의 리얼리즘을 비롯한 갖가지 비평 작업과 논쟁 과정에서도 미묘한 갈등을 드러내며 팽팽하게 대립한다. 1930년대 후반에 김남천은 자신의 '경험' 또는 '실천' 을 바탕으로 '고발 문학론' 과 '관찰 문학론' 을, 임화는 '사상' 또는 '세계관' 중심의 이론을 체계화한 '본격 소설론' 을 따로 창안한다. 그러나 이렇게 고집스럽게 추구하던 각자의 영역에서 한계를 느낀 두 사람은 이론의 수정, 보완을 거쳐 1945년 해방 뒤에는 얄궂게도 완전히 역전된 양상을 보이게 된다.

참고 자료

김윤식 · 김우종 외, 『한국 현대 문학사』, 현대문학, 1994
김윤식, 「김남천, 물 논쟁, 논리적 대결 의식」, 『임화 연구』, 문학사상사, 1993
유영윤, 「김남천 소설 연구」, 『한국 현대 문학의 이해』, 서광학술자료사, 1992
이상갑 엮음, 『김남천』, 새미, 1995
정호웅, 「김남천론 : 주체의 정립과 리얼리즘」, 『한국 근대 리얼리즘 작가 연구』, 문학과지성사, 1990

이하윤

이하윤異河潤(1906~1974)은 해외 문학파의 중심 인물로서, 시인이며 번역 문학가이자 비교 문학자다. 1906년 음력 4월 9일 강원도 이천군 이천면 탑리에서 태어난 그는 어려서 부모를 여의고, 감리교회 설립자인 할아버지 밑에서 자란다.

할아버지로부터 『천자문』과 『동몽선습』을 배운 그는 1914년 이천공립보통학교에 들어간다. 그는 1919년 서울로 올라와 경성제일고등보통학교에 다니던 시절부터 시와 소설 등을 접하며 문학에 대한 꿈을 키운다. 1923년 일본으로 건너간 그는 호세이대학 예과 제1부에 입학한다. 예과를 마친 뒤 법문학부 문학과에 들어가 영문학을 전공하는데, 이 때부터 외국어 습득에 매달려 프랑스어 · 독일어 · 이탈리아어까지 익힌다. 이하윤은 주로 1920년대 후반기에 도쿄로 유학한 외국 문학 전공자들로 이루어진 해외 문학파로 활동한다. 특히 그는 카프가 맹위를 떨치던 시기에 『중외일보』 학예부 책임자로 일하면서 이데올로기와 무관한 서구 근대 문학의 번역과 소개에 공을 들인다. 1930년대에 이르러 이하윤이 소속된 해외 문학파는 시문학파와 가까이 지내는 한편, 이전의 구성원들에 박용철·김광섭 등을 새로 끌어들여 '극예술연극연구회'를 가동시키기도 한다.

이하윤은 뛰어난 외국어 실력으로 1933년 역시집 『실향失香의 화원花園』을 내놓는

1924년 처가가 있던 강화도 전등사에 문우들과 함께 놀러 갔을 때. 왼쪽부터 전등사 스님, 정인섭·이하윤·김진섭.

다. 이 역시집은 김억이 펴낸 『오뇌懊惱의 무도舞蹈』와 함께 우리 번역 문학사에 특기할 만한 업적으로 평가된다. 한편, 이념을 앞세운 카프 문학이 성행하던 1920년대 말부터 1930년대에 걸쳐 그는 시인으로서 서정성이 짙은 작품을 잇달아 발표한다. 1939년에는 시집 『물레방아』를 펴낸다. 가을밤, 흰 옷, 조선 따님, 다듬이 소리, 뱃길, 이별, 님 등의 시어가 나오는 그의 시에 대해 평론가 김재홍은 "한과 슬픔의 정감에 바탕을 둔 한국적 정서의 표출"이라고 평한다.*

그는 1959년 '한국비교문학회'를 창립하고 오랫동안 회장으로 있으면서 비교 문학 분야의 발전에 크게 이바지한다. 1974년 3월 12일, 이하윤은 서울 종로구 동숭동 집에서 숨을 거둔다. 1982년 『이하윤 선집』 2권이 출간된다.

참고 자료

김용성, 『한국 현대 문학사 탐방』, 현암사, 1984

권영민, 『한국 근대 문인 사전』, 아세아출판사, 1990

김용직, 『한국 현대 시사』, 한국문연, 1992

---

* 김재홍, 「회상의 미학 또는 귀향 의지」─김용성, 『한국 현대 문학사 탐방』(현암사, 1984) 재인용

505

임대인은 임차인의 배신 행위가 없는 한 임대차의 갱신을
거절할 수 없다. 단 임대인에게 정당한 사유가 있을 경우에는
이 적용을 받지 않는다

1934

조선 농지령

제2조 토지 경작을 목적으로 하는 청부 기타 계약은 임대차로 간주한다. 단 본령의 적용을 면할 목적으로 내지 않는 것은 이 적용을 받지 않는다. 전항의 임대차 조건은 당사자의 협의에 의해 이를 정할 협의가 조정되지 않을 때는 상신에 의해 재판소가 정한다.

제4조 부윤·군수 또는 도사가 마름 기타 소작지의 관리자가 부당하다고 인정할 때는 부군도府郡島 소작위원회의 의견을 듣고 임대인에게 그 변경을 명령할 수 있다.

제5조 전2조에 규정된 이외의 마름 기타 소작지의 관리자에 관하여 필요한 사항은 조선 총독이 정한다.

제16조 불가항력에 의해 수확고가 현저히 감소했을 때는 임차인은 임대인에게 소작료의 경감 또는 면제를 요청할 수 있다.

제19조 임대인은 임차인의 배신 행위가 없는 한 임대차의 갱신을 거절할 수 없다. 단 임대인에게 정당한 사유가 있을 경우에는 이 적용을 받지 않는다.

제21조. 제16조의 소작료의 경감 또는 면제에 관한 사항에 대해 당사자가 부군도 소작위원회의 판정을 구할 경우에는 그 판정이 내려질 때까지, 조선 소작 정령에 의해 조정 요청을 한 경우에는 조정이 완료될 때까지 임대인은 당해 소작료의 이행 지체를 이유로 임대차를 해제할 수 없다.

조선총독부는 1934년 4월 11일 제령 5호 '조선 농지령'을 공포한다. 일제는 지주의 고율 소작료 수탈을 통제하고 소작료 감면 청구권을 법제화하는 등 소작농 보호 정책을 표방한다. 그러나 본질적으로 조선 농지령은 대륙 침략에 나선 일제가 조선의 농민을 회유·단속하려는 의도에서 내놓은 것이다. 즉, 농촌 사회의 안정을 꾀하고 농민들을 일본 자본의 안정적 수탈 기반으로 활용함으로써 한국 농촌에 대한 직접적인 통제를 강화하는 데 조선 농지령의 목적이 있었다.

1932년에 일제는 소작 쟁의를 조정·억제하기 위해 자본가, 지주, 금융 조합 간부를 중심으로 구성된 소작위원회를 구성해 '조선 소작 조정령'을 만든다. 조선 소작 조정령은 당연히 지주측에 유리하게 진행되었고, 오히려 소작 쟁의가 빈번하게 일어나는 결과를 낳는다. 이에 일제는 다시 조선 농지령을 제정하게 된 것이다.

그러나 조선 농지령은 제대로 실행될 수 없었을 뿐 아니라, 오히려 지주가 소작인 선정을 엄격히 하는 바람에 적지 않은 소작인을 도태시키고 만다. 조선 농지령이 발동한 뒤에도 지주의 이익은 여전히 증대했으며, 소작 쟁의 또한 계속 늘어나서 연 3만 건에 이르게 된다.

전향, 그리고 카프 2차 검거

얻은 것은 이데올로기, 잃은 것은 예술?

1931년 카프 1차 검거 때 김남천을 제외한 대부분의 카프 맹원이 불기소 처분을 받고 풀려나지만, 이 사건은 많은 임원을 긴장하게 만든다. 신진 세력에게 밀리며 조직과 사상에 회의를 품고 있던 박영희를 비롯한 일부 맹원은 이를 계기로 급격한 전향의 조짐을 보인다. 박영희는 1932년 카프 간부직을 사임한 뒤 임화에게 계속 카프 해체를 건의한다. 1933년 10월 7일, 박영희는 뒷날 한국 문학사에서 두고두고 회자되는 말을 하며 탈퇴 의사를 밝힌다. "다만 얻은 것은 이데올로기요, 상실한 것은 예술이다." 그러나 카프에서 이를 받아들이지 않자 이번에는 공식 매체인 신문을 통해 전향 의사를 밝힌다. 1934년 1월 2일에서 16일에 걸쳐 『동아일보』에 「최근 문예 이론의 신전개와 그 경향」이라는 제목으로 투고한 글에서 "예술은 다시 예술로 돌아와야 한다."고 카프 시절을 완전히 청산하는 발언을 한 그는 신유인과 함께 정식으로 카프에 탈퇴원을 낸다. 이에 발끈한 임화와 카프 맹원들은 곧바로 중앙위원회를 소집하지만, 신중하게 토의한 끝에 탈퇴원을 보류하기로 결정하고 다음과 같은 글을 발표한다.

박영희와 신유인의 탈퇴원을 개인적인 사정이라고는 하나 그 후의 박영희의 언동 또는 동군이 동아일보 신년호 지상에 발표한 주문 「최근 문예 이론의 신전개와 그 경향」 등을 중심으로 보건대, 그가 카프의 현 지도부와 또 그 일방적 비판적 견지에서 나옴이라는 것은 명백한 일이다.…… 이 문제에 대하여 본 중앙위원회는 무엇보다 박영희에 있어서와 같이 중앙위원회에 제출한 탈퇴원에는 하등 구체적 의견을 표시치 않고 우선 카프로부터 탈퇴하여 저널리즘 출판 위에 그 견해를 비로소 발표하고 특히 조직과 그 정책 방침에 대하여 비난하는 것은 우리 운동, 또 카프 자신이 여하한 결함 과오를 가졌다 하더라도 프롤레타리아 예술가로서 더욱이 운동 조직의 지도적 창설자의 일인으로서 심히 적당하다고 생각할 수 없는 행동이라고 생각한다.…… 운동을 위한 의견과 운동에 적대하는 의견을 구별치 못하고, 또 참회와 진정한 자기 비판을 혼동하고 있다. 박영희는 그 기본적 견해가 오해된 점도 있으나 우리 운동에 대한 비판을 확인하고 또 필요를 느낀다. 이것은 우리 동맹 전체의 문제이므로 이 문제를 광범위하게 토론하기 위해 박, 신을 보류한다.

카프 서기국, 「카프 중앙집행위원회 결의문」, 『우리들』(1934. 3.)

이와 더불어 카프 중앙위원회에서도 자체 반성의 움직임이 일어난다. 카프 중앙위원회는 전향 문제와 해체설이 불거진 원인으로 조직 내부의 극단적 종파주의, 그리고 이로 말미암은 창작의 부진 등을 꼽는다. 대책 마련에 나선 카프는 조직의 정비를 꾀하는 한편 다시 방향 전환을 모색하게 된다.

맹원들이 노력한 보람도 없이 1934년 6월, 일명 ‘전주 사건’ 또는 ‘신건설회 사건’으로 불리는 2차 검거의 회오리가 몰아침으로써 카프는 그야말로 벼랑 끝에 몰린다. ‘신건설회’는 유치진의 ‘극예술연구회’와 함께 그 무렵 크게 인기를 끌던 연극단이다. 1933년 겨울, 신건설회는 충무로에서 「서부 전선 이상 없다」를 무대에 올려 성황리에 마친다. 이듬해 봄인 1934년 3월, 신건설회는 이 연극의 지방 공연을 위해 전주에 가게 된다. 그런데 바로 이 전주 공연 도중 선전 삐라가 발각되어 전주경찰서에서 카프 맹원 검거에 나선 것이다.

곧 일경은 ‘신건설회’의 모체인 카프를 수색하고 6월 들어 박영희를 비롯해 김기진·이기영·한설야·윤기정 등 간부 23명을 전주로 압송한다. 이 중에서 김기진이 가장 이른 한 달 만에 풀려나고, 박영희·이기영·한설야·윤기정은 3년형을 선고받는다. 다른 맹원들은 대부분 1년에서 2년까지 실형을 선고받은 뒤 항소심에서 집행 유예로 풀려난다.

김남천은 1차 검거 때 2년의 실형을 살고 나온 것이 참작되어 2차 검거 때는 대상에서 제외된다. 그는 동료들이 법정에 설 때 신문사 특파원으로 재판 광경을 취재하러 나가 부러움을 사기도 한다. 김남천은 재판정에서 보고 들은 바를 이듬해 10월 『조선중앙일보』에 「푸로예맹 공판 견문기」라는 제목으로 연재한다. 그가 쓴

509

기사에 따르면, 우선 박영희는 백납 같은 얼굴이 다소 부어서 북실북실한 모습으로, 이기영은 뼈 위에 가죽을 씌운 듯한 마른 얼굴로 재판정에 나타난다. 검사의 예심에 이어 재판장이 피고인들에게 질문을 하는 순서가 된다. 이기영에게 재산이 얼마나 되느냐고 묻자 그는 지전 한 푼 없다고 대답하며, 가족은 어떻게 사느냐고 묻자 죽지 못해 산다고 대답한다. 권환은 재판관들의 물음에 줄곧 "모르겠다."를 연발하며, 백철은 "나는 이데올로기를 취한 것이 아니다. 그 유토피아를 몽상한 것이다."라고 전향 의사를 확고히 밝힌다. 송영과 이상춘은 농담까지 곁들여 법정을 웃음의 도가니로 만들기도 한다.

오래 전부터 폐 질환을 앓고 있던 임화는 영장을 갖고 찾아온 경찰에게 잡혀가던 도중 졸도해 가까스로 압송을 모면한다. 그러나 신문에 전향 성명까지 발표한 박영희마저 재판을 받는 상황에서 임화가 기소 대상에서 빠진 것은 많은 사람의 의혹을 불러일으키며, 심지어 그와 아주 가깝던 백철조차 의심을 감추지 못한다.

그때 기소된 중요한 사람들은 박영희, 이기영, 한설야, 권환, 백철…… 등 21명이었다. 그 주요 명단에 임화의 이름이 들어 있지 않은 것을 독자들은 이상하게 생각할 것이다.

그가 그 사건에 들어 있지 않은 것은 사실이었다. 그가 검거의 대상이 안 된 것은 아니다. 차라리 주범 인물이었다. 한데 임林은 묘한 재주를 피는 사람으로서 형사들이 가서 그를 데리고 나오노라면 경성역 앞 광장쯤 와서 갑자기 졸도를 하는 묘기를 부리곤 했던 것이다. 졸도한 사람을 끌고 내려갈 수도 없어서 역에서 가까이 있는 세브란스 병원에 입원을 시켜놓고 되돌아간 것이 여러 차례였다. 그래서 그 일은 전주경찰서의 화제가 되었다.

백철, 『백철 문학선』(창미사, 1985)

카프 해체

이미 2차 검거 전부터 박영희 · 신유인 · 김기진 · 이갑기 등에 의해 제기된 카프 해체 문제는 대다수 맹원이 실형을 살고 있는 상태에서 외부의 박승극 · 한효 · 안함광 등에 의해 본격적으로 재논의된다. 그나마 검거에서 제외되어 재기를 꿈꾸던 임화와 김남천 등은 이 무렵 일본 ‘나프’에 몰아친 검거 바람과 뒤이은 나프 해체 소식을 전해 듣는다. 특히 나프의 거물급 인물인 고바야시 다키지小林多喜二의 학살 소식을 접한 카프 잔존 세력은 충격에 휩싸인다. 여태껏 알게 모르게 나프에 젖줄을 대고 있던 카프는 일본에서 벌어진 이와 같은 사태의 영향으로 더욱 움츠러든다. 1935년 봄, 일경으로부터 여러 차례에 걸쳐 조직 해체 종용을 받아오던 임화와 김남천은 김기진 등과 심사 숙고한 끝에 마침내 카프 해체를 결정하기에 이른다. 카프의 서기장 임화가 신병 치료를 위해 병원에 있던 관계로, 검거에서 제외된 김남천과 먼저 풀려난 몇몇 맹원이 곧 동료들에게 서면을 발송한다. 이윽고 “11통 중 해체 동의 7, 무회답 2, 반대 2”*의 서명을 받아 카프 지도부는 경찰서에 해산계를 제출한다.

동대문경찰서 고등계에서는 지난 4월 초순부터 조선프롤레타리아예술동맹의 간부 임인식 씨를 여러 차례 방문하고 그 해체를 권고하여 왔으나, 동 예술동맹에서는 해체를 주저하고 그대로 붙들어 왔었는데, 경찰측의 해체 요구는 여전히 계속되어, 지난 4월 22일에는 맹원들이 집합하여 일대 논의를 거듭한 후 비장한 해체를 결의하게 되어 28일에는 대표 임인식 씨를 명의로 해체 계출解體届出을 동대문서 고등계에 제출하였다 한다.
　『동아일보』(1935. 6. 5.)

　이로써 거의 10년 세월을 문단의 중심에서 군림하던 카프는 1935년 5월 21자로 역사의 갈피 속으로 잦아든다. 1925년 박영희·김기진 등의 피끓는 정열로 조직 체계를 갖추고, 그 뒤 더욱 요란하게 볼셰비키의 깃발을 휘날리며 나타난 임화·김남천 등에 의해 주도된 카프. 우리 문학사에서 대체할 만한 조직을 생각하기 어려울 정도로 막강한 영향력을 행사하던 카프는 이처럼 허무하게 스러지고 만다. 카프 해체 직후의 상황을 잠깐 살펴보고 지나가자.

---

* 박승극, 「예술동맹 해산에 제하여」, 『신조선』(1935. 8.)

한 가지 의외인 것은 조선프롤레타리아예술동맹이 해산됨에 있어서 그렇게 큰 반향이 없었다는 것이다. 기개의 익명으로 나타난 카프에 대하여 그리 이로울 것도 없고 그리 해로울 것도 없는 그야말로 무해 무익한 것들이 중앙일보를 통하여 학령산인과 엄흥섭 기타 수씨에 의하여 그 감상을 적는 데 그치고 만 정도로 논위되어 있을 뿐이니 명철하고 정당성을 띤 그것은 3신문 기타 잡지를 통하여 얻어볼 수 없었음을 유감하여 생각하지 아니할 수 없게 한다.

홍효민, 「을해 문예 평단 총관」, 『신조선』(1936. 1.)

참고 자료

김윤식, 『박영희 연구』, 열음사, 1989

김윤식, 『임화 연구』, 문학사상사, 1989

김용직, 『임화 문학 연구』, 세계사, 1991

윤병로, 『한국 근 · 현대 문학사』, 명문당, 1992

임규찬, 「카프 해산 문제에 대하여」, 『한국 근대 문학사의 쟁점』, 창작과비평사, 1990

이기영

이기영李基永(1895~1984)은 조명희·한설야·김남천과 어깨를 나란히
하는 카프의 대표적인 작가다. 그가 작가로서 특히 관심을 기울인 쪽은 식민
지 체제하의 농촌이다. 그의 농촌은 계몽의 대상이거나 관념의 영역이 아니
다. 우리 근대사의 주요 모순들이 잠재되어 있는 실재태實在態로서
의 농촌이다. 일제 강점 기간에 가장 큰 변화를 겪은 집단이 바로
농민 계층이다. 이런 변화는 "ㄱ) 농촌 중간층의 몰락과 소작 농
민의 증가, ㄴ) 그에 따른 소작 조건의 악화와 그 결과인 농가 수지
의 악화, ㄷ) 농가 부채의 증가와 농촌 빈민 수의 증가, ㄹ) 이들 농촌 빈
민의 이농離農과 화전민화, 그리고 걸인화"로 요약할 수 있다.* '개명' 이전 상태
에 있던 일제 강점기의 농촌은 아직 청산되지 않은 봉건 찌꺼기와 아구리 일을 해
도 곤궁해지기만 하는 살림 속에서 궁핍과 고난의 삶이 계속된 곳이다.

이기영은 관념성을 극복하고 농민들이 맞닥뜨린 궁핍과 고난의 삶을 실물대로
그려낸 작가다. 그의 언어는 식민지 수탈 구조, 그리고 무지와 몽매 속에서 허덕
이던 1930년대의 농촌 현실을 고스란히 실어 나른다. 1924년 『개벽』에 단편 「오
빠의 비밀 편지」가 당선된 이래 그는 작가로서 「가난한 사람들」·「민촌」·「농부
정도룡」·「홍수」·「서화鼠火」 등을 통해 계급 문학의 인식과 새로운 인물의 창조
를 위해 꾸준히 노력한다. 1934년에 이르러 이기영은 그 동안 쌓아온 단편적 성과
를 역사적 총체성의 시각으로 꿰뚫는 장편 리얼리즘 소설 「고향」을 발표한다. 「고

농촌에 대한
애착이 깊었던
작가 이기영

---

* 강만길, 『20세기 우리 역사』, 창작과비평사(1999)

향」은 작가 이기영이 땀 흘려 거둔 열매일 뿐 아니라, 최서해의 신경향 소설에서 비롯되어 조명희의 「낙동강」과 한설야의 「과도기」로 이어진 한국 프롤레타리아 문학의 빛나는 결정체이기도 하다.

이기영은 '농민' 또는 '상민'이 사는 마을이라는 뜻의 '민촌民村'을 아호로 삼았다. 농촌에 대한 그의 애착은 이토록 깊고 도타웠다. 그는 1895년 충남 천안의 농가에서 태어난다. 이기영이 두어 살 나던 무렵 그의 집안은 생

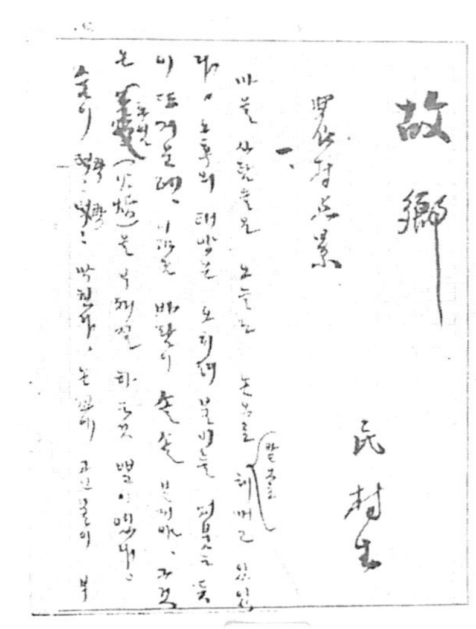

이기영의 「고향」
육필 원고

계 문제에 쫓겨 천안군 북일면 중암리라는 산골 마을로 들어간다. 그 곳은 "근 백 호 되는 세 동리에 기와집이라고는 볼 수 없고 제 땅마지기를 가지고 추수해 먹는 집이 없"는 말 그대로 '민촌'이었다. 그 곳에서 이기영네는 손위 고모 집 전장을 관리하는 마름 노릇을 하게 된다. 농사도 조금 지었으나 집안 살림은 날로 기울기만 한다. "생활 형편은 점점 어려워져서 해마다 부채가 늘어"나고, 1905년에는 급기야 어머니마저 여의고 만다. 이기영이 열 살 나던 해에 장티푸스로 숨진 어머니는 그의 정서와 정신 세계 형성에 커다란 영향을 준다. 뒷날 "어머니의 죽음이 나를 문학의 길로 인도했다."고 말할 만큼.

모친이 생존했을 때에는 비교적 명랑한 성격을 가지고 있었다. 그래서 동무 애들과 장난을 몹시 해서 집안에서도 어머니에게 여간 말을 씹히지 않았었다.
그런데 일순에 사랑하던 어머니를 여읜 뒤로 나는 자기도 모르게 우울한 성격을 이루어갔다.
모친은 바로 건너다보이는 안산에다 묘를 썼다. 나는 조석으로 산소를 바라보며 모친을 생각하였다. 밤에 자면서 남모르게 베개를 적신 적도 있었다.
이기영, 「나의 수업 시대」, 『동아일보』(1937. 8. 6.)

뒷날 문단에서 평하던 이기영의 우울하고 고독한 성격은 이 무렵에 형성된 것이

---

* 이기영, 「우울을 지어주던 유년기의 '민촌 생활'」, 『동아일보』(1937. 8. 5.)

아닌가 싶다. 반면 아버지에 대한 이기영의 감정은 증오와 반항이 주를 이루는데, "그까짓 아버지 같은 것은 아무 짝에도 소용 없다."고 말할 만큼 극단으로 치닫는다.

모친 상사 후로 부친은 서울 출입을 폐하였다. 그 대신 술로 세월이었다. 따라서 집안 형편은 차츰 부채의 왕국으로 입적하게 되었다. 나는 쓸쓸한 가정에서 밤을 지내고 낮에는 글방에서 지냈다. 나는 그 중 어렸지만은 글방에서도 다른 애들에게 돌리게 되었다. 그것은 나의 궁상이 더욱 그들에게 공세를 주었던 것이다. 나는 동냥글을 배웠다. 책은 물론 남의 책이다. 먹한 자루와 붓 한 자루를 사 쓰지 못하였으니 종이 같은 것은 말할 것도 없다. 나는 남들이 다 쓴 뒤에 선생의 동정으로 그들의 분판을 얻어 썼다. 그들이 내버린 붓을 주워서 하루에 몇 줄씩 써본 것이다.
　　이기영, 「과거의 생활에서」, 『조선지광』(1926. 11.)

아버지가 술에 취해 허송 세월을 하는 바람에 집안 살림은 거덜나고 이기영은 가난과 고독 속에서 어린 시절을 보내게 된다. 그는 열두 살이 되던 1907년에야 천안에 있는 사립 영진학교에 입학하며, 열네 살이 되던 1909년에는 어른들의 강요로 장가를 든다. 한편 그는 1905년께부터 근대 소설을 접하고 1908년께에는 이야기책을 베껴 쓰거나 소리내어 읽곤 하는데, 이 모든 것이 뒷날 소설가 이기영을 만드는 데 기초가 된 셈이다.

1912년 봄, 손위 고모 집에서 눈총 받으며 행랑살이를 하던 그는 기회만 엿보다가 군 임시고郡臨時雇로 채용되어 받은 10원을 지니고 최초의 가출을 감행한다. 1914년 겨울에 다시 집을 나가서는 1916년 가을까지 꽤 오랫동안 떠돌이 생활을 하는데, 이 때 이기영은 그냥 돌아다닌 것이 아니라 일자리를 찾아다닌다. 다시 빈손으로 돌아온 이기영은 1918년 논산 영화여고에 취직해 일하는 한편 기독교에 몰입, 권사가 되어 아버지 제사까지 거부하지만 점차 동요를 느껴 이탈한다. 그 뒤 호서은행 천안지점 서기보로 일하며 『동아일보』에 시사성이 함축된 창가를 투고하는 등 문학에 관심을 기울이기 시작한다. 1922년에는 일본으로 건너가 도쿄 세이소쿠正則영어학교에 입학, 대서소 일로 학비를 조달하며 고학생 생활을 하나, 1923년 관동 대지진의 여파로 학업을 중단하고 돌아온다. 귀향 직후 이기영은 "삼동을 들어 앉아서 「사死의 영影에 비飛하는 백로군白鷺群」이란 일천 수백 매의 소설"* 집필에 매달린다. 그러나 이 첫 작품은 실패하고, 1924년 『개벽』 창간 4주년 기념 현상 문예에 단편 「오빠의 비밀 편지」가 3등으로 입선되어 비로소 문단에 나온다.

1925년 이기영은 『조선지광』의 기자로 들어간 뒤 카프에 가입한다. 1926년 그는 일본 유학을 포기하고 고향에 돌아온 지식인 청년의 절망적인 삶을 다룬 자전적 소설 「가난한 사람들」을 발표한다. 이 무렵에 나온 이기영의 작품들은 다른 경향 작가들의 작품과 마찬가지로 추상성과 관념성을 털어내지 못한다. 그러나 이후 「민촌」·「농부 정도룡」·「쥐 이야기」를 거치며 단순히 빈곤의 실상을 처절히 묘사하거나 빈부 격차로 말미암은 갈등을 부각시키는 데 그치지 않고, 지배·피지배 구조에 따른 계급적 인식을 모색하며 인물의 성격 등을 창조하는 데 힘써 농촌 문학의 새로운 가능성을 제시한다. 같은 해 그는 「외교관과 전도 부인」·「장 동지 아들」·「부흥회」·「박 선생」·「천치의 논리」 등을 잇달아 발표한다.

1927년 카프의 방향 전환과 조직 정비를 맞아 이기영은 출판부에서 활동하게 된다. 이 무렵 그는 카프의 주요 관심사로 떠오른 예술의 대중화에 발맞춰 노동자·농민 대중의 계급적 각성을 이끄는 중간적 인물을 창조하는 데 중점을 둔다. 그는 같은 해에 「실진失眞」·「아사」·「농부의 집」·「어머니의 마음」·「민며느리」·「비밀 회의」·「해후」 등을 발표한다. 이어서 그는 1928년 「채색 무지개」·「고난을 뚫고」·「원보元甫」, 1929년 「자기 희생」과 희곡 「그들의 남매」, 1930년 「향락귀」·「종이 뜨는 사람들」·「광명을 앗기까지」 등을 내놓는다.

그러나 이 작품들은 대부분 전위적 인물을 내세워 이념을 주입시키거나 교화에 치중함으로써 예술과 대중 사이를 오히려 벌어지게 만든다. 이와 같은 문제를 웬

1934

* 이기영, 「무협전을 읽고는 영웅을 몽상」, 『동아일보』(1937. 8. 7.)

만큼 극복한 작품이 「홍수」인데, 이기영은 여기에 지식인도 농민도 아닌 일본 방직 공장의 노동자를 등장시킨다. 노동 운동을 체험하고 농촌에 돌아온 주인공은 농민들과 홍수 대비에 나서는 한편 조합을 결성해 지주의 횡포에 맞선다. 「홍수」는 농민의 집단 세력화 과정을 묘사하는 등 새로운 전망을 제시한 작품이다. 「홍수」의 이런 뼈대는 얼마 뒤 나오게 되는 장편 「고향」의 밑그림이 된다.

1931년 카프 1차 검거 때 재판을 받고 집행 유예로 풀려난 뒤부터 이기영은 유물 변증법적 창작 방법에 입각해 글을 쓴다. 이 해에 그는 『중외일보』에 장편 「현대 풍경」을 연재함과 아울러 단편 「앞잡이」·「시대의 진보」·「부역賦役」을, 1932년에는 「묘양자」·「양잠촌」 등을 발표한다. 이어 1933년에 내놓은 「서화」에서는 새로운 창작 방법론으로 떠오른 '사회주의 리얼리즘' 단계로 진입하는 조짐을 보여준다.

「서화」 이후 이기영은 다음 작품 「고향」을 발표하기까지 창작 방향과 관련해 남모르는 고충을 겪게 되는데, 「고향」이 나올 즈음 이와 같은 자신의 심경을 털어놓는다.

물론 많은 동지들은 그때마다 우수한 이론을 소개 해석하고 비판함에 따라서 나 자신도 맞장구를 쳐왔지만 다시 창작의 붓을 들고 생각해 볼 때는 도무지 어떻게 써야만 할지 버젓한 슬로건을 놓고도 마치 일모 도궁日暮途窮한 여객과 같이 향방을 모르고 있었다.
참으로 어떻게 써야만 목적 의식적이요, 변증법적 창작 방법이랴? 지금 생각하면 나는 그만 이 슬로건들에게 가위를 눌리고 말았던 것 같다.
……우익적 경향이 무서워서 감히 발표할 용기를 가지지 못하고 금일에 이르렀다.
이기영, 「사회적 경험과 수완」, 『조선일보』(1934. 1. 25.)

이기영은 대표작 「고향」을 1933년 여름 황주 성불사에 머물며 집필하기 시작, 같은 해 11월부터 『조선일보』에 연재한다. 「고향」을 연재하면서도 그는 단편 「박승호」·「김군과 나와 그의 아내」·「변절자의 아내」·「가을」·「진통기」·「노예」·「B씨의 치부술」·「남생이와 병아리」 등과 희곡 「인신 교주」를 잇달아 쏟아냄으로써 왕성한 창작욕을 보인다. 그러나 1934년 카프 2차 검거로 말미암아 그는 2년형을 선고받고 1년쯤 옥고를 치른다. 1935년 감옥에서 나온 그는 다시 작품 활동에 나서 같은 해 「원치서」를 발표한다. 1936년이 되자 그는 작품 활동에 더욱 매달려 『조선중앙일보』에 장편 「인간 수업」*을 연재하면서 단편 「흙과 인생」·「유선형」·「도박」·「배낭」·「십 년 후」·「유한 부인」·「적막」·「성화」·「야광주」 등을 쏟아낸다. 1937년에 들어서는 『조선일보』에 장편 「어머니」를 연재함과 아울러 단편 「비」·「나무꾼」·「맥추麥秋」·「추도회」·「편지」·「인정」·「산모」·「돈」 등을 내놓는다. 1938년에는 『동아일보』에 장편 「신개지新開地」를 연재하면서 단편 「노루」·「참패자」·「설」·「금일」·「환상기」·「청년」·「욕마」·「대장간」 등을 잇달아 발표한다.

1940년에 들어서 이기영은 『동아일보』와 『인문평론』에 자전적 장편 소설 「봄」을 연재하면서 단편 「봉황산」·「왜가리」·「간격」·「아우」 등을 발표한다. 이어 1941년에는 「삼각형」·「종」·「생명선」·「여인」 등을 발표한다. 1942년에도 『춘추』에 장편 「동천홍東天紅」을 연재함과 아울러 단편 「인가훈」·「시정」 등을 발표한다. 그는 1943년까지 집필을 계속해 『매일신보』에 장편 「광산촌」을 연재한다. 1944년 봄에 이르러 이기영은 날로 더해가는 일제의 탄압을 피해 강원도 깊은 산골로 들어가 은둔 생활을 한다.

해방 뒤 이기영은 곧 서울에 올라와 한설야와 함께 '조선프롤레타리아예술동맹'(약칭 프로예맹)을 결성한다. 그러나 임화 중심의 '조선문학건설본부'와 '프로예맹'이 '조선문학가동맹'으로 통합되고 이 단체가 남로당 지령에 따라 움직이는 것을 마땅찮게 여긴 그는 곧 월북을 단행한다. 북으로 간 그는 한설야와 함께 극좌 성향을 띤 '북조선예술총동맹'을 이끌고 이어 '조선문학예술총동맹' 위원장

---

* 1941년에 단행본으로 출간된다.

을 지낸다. 1946년 그는 단편 「해방」과 「개벽」, 희곡 「닭싸움」을 내놓는다. 1948 년에는 장편 「땅」을 선보이며, 장편 소설 『어머니』를 펴낸다.

이기영은 분단 이후 남로당 출신은 말할 나위 없고 한설야 등 대다수의 월북 문인이 숙청을 당하는 상황에서도 북녘의 문단에서 최고 대우를 받는다. 그는 1954 년 장편 「두만강 1」, 1957년 「두만강 2」를 발표하고 1960년에 인민 문학상을 받는가 하면, 최고인민회의 대의원과 상설위원회 부의장 등 고위 간부직을 두루 역임한다. 1961년 「두만강 3」, 1967년 장편 「조국」, 1972년 「역사의 새벽길」 등 늘그막에 이르기까지 왕성한 창작 활동을 벌이던 그는 1984년에 병으로 숨진 것으로 알려진다.

1973년 북한에서 출판된 이기영의 『땅』

「서화」에서 「고향」까지

본디 「서화」는 「서화」·「돌쇠」·「저수지」 3부 연작의 한 편으로 계획된다. 그러나 「돌쇠」 2회 발표 이후 검열로 중단되어 첫 편인 「서화」만 나오고 만다. 「서화」의 줄거리는 다음과 같다.

힘들여 농사를 지어봐야 소작료와 세금을 떼이고 나면 거의 남는 거 없어 노름에 손을 대게 된 돌쇠는 바보 응삼이를 노름판에 끌어들여 소 판 돈을 우려낸다. 돌쇠는 이에 그치지 않고 어릴 적부터 사랑하던 사이지만 돈에 팔려간 응삼이의 처 이쁜이와 정을 통한다. 이를 시샘한 면 서기 원준은 마을 사람들을 고아놓고 두 사람을 처벌하려고 한다. 그러나 도쿄 유학생이자 개량주의자인 정광조가 봉건적 인습에 희생된 두 사람의 사랑과 돌쇠의 노름 행각을 두둔하고 나선다. 벼랑 끝에 몰려 있던 돌쇠는 그 덕분에 위기를 모면하게 된다.

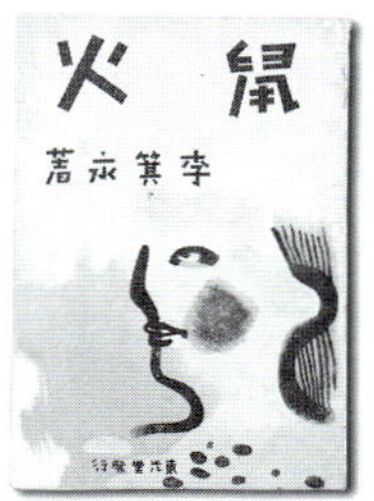

과거의 프로 소설에서 보이던 도식성을 벗어난 『서화』

이기영은 「서화」를 통해 이념의 주입이나 농민 옹호를 추구하기보다, 농촌의 실제 생활과 풍속을 그려내며 농민의 순박성은 물론 이면에 감춰져 있는 교활성과 비윤리적 행태도 그대로 드러낸다. 따라서 「서화」는 과거의 프로 소설이 보이던

519

도식성에서 벗어날 수 있었지만, 계급 문학의 목적 의식과 당파성에서 지나치게
이탈한 퇴폐적 통속 소설로 평가되기도 한다.

「서화」가 3 · 1운동 이전의 상황을 담아낸 것이라면, 「고향」
은 3 · 1운동 이후의 농촌 현실을 다룬 작품이다. 다음은 장
편 「고향」의 줄거리다.

김희준은 몰락한 중인 계층 집안 출신으로, 도쿄 유학
에서 돌아와 야학을 열고 두레를 꾸리는가 하면 몸소 농사를 짓
는 등 마을 사람들과 같이한다. 그러던 중 가뜩이나 형편이 어려운데
홍수까지 덮쳐 고향인 원터는 폐허가 되다시피 한다. 마을 사람들이 지주에게 소
작료를 탕감해달라고 요구하자, 지주는 마름에게 결정권을 떠넘긴다. 마름 안승
학은 지주보다 더욱 냉혹하게 마을 사람들의 요구를 거절한다. 희준과 마을 사람
들은 벼베기를 하지 않고 시위를 벌이지만, 당장 생계를 위협받게 된 농민 가운데
일부가 시위를 포기하고 벼를 거두려고 한다. 농촌 운동에 뛰어들어 혼신의 힘을
기울이던 희준은 이에 절망하게 된다.

한편 희준은 제 의지와 무관한 조혼으로 맺어진 아내에게 애정을 못 느낀다. 그
가 은근히 연모하는 여자는 얄궂게도 마름 안승학의 딸인 갑숙이다. 역시 도쿄 유
학에서 돌아온 갑숙은 권상호의 아들 경호와의 혼전 성 관계 문제로 아버지와 다
투고 집을 나가 제사 공장 노동자로 취업한다. 갑숙과 같은 공장에서 일하던 방개
등의 노력으로 마을 사람들은 벼를 베지 않는 식으로 저항에 나서나 좀처럼 안승
학과 타협의 실마리를 찾지 못한다. 희준은 갑숙과 경호의 관계, 경호의 출생 비밀
등 안승학의 개인사와 가족에 얽힌 일을 폭로하겠다고 위협한다. 이에 힘입어 마
침내 마을 사람들은 지주와 마름을 상대로 한 싸움에서 승리를 거둔다.

「고향」이 다른 농민 소설들과 구별되는 점 가운데 하나는 농민을 바라보는 주인
공의 시각이다. 이기영은 소설에 전형적 인물을 담아내기 위해 어떤 프로 작가들
보다 무던히 애쓴다. 그 동안 신경향 문학 또는 계급 문학에서는 아무리 감추려 해

3 · 1운동 이후의
농촌 현실을 그린
이기영의 장편 소설
『고향』

1934

도 농민을 아래로 내려다보는 인텔리적 우월감이 은근히 드러나곤 한 것이 사실이
다. 그런데 이런 부분이 「고향」에 와서 독특한 방법으로 극복되는 것이다. 즉, 인
텔리 성향을 감추는 게 아니라 오히려 농민들의 아집과 운명론적인 인생관 등에
대한 실망감을 솔직하게 밝히고, 다음 단계에서는 이것이 바로 자신이 속한 계층
의 문제임을 인식한다. 또 이것을 스스로 깨닫는 게 아니라, 여러 농민이 주인공
에게 지적하는 반사적 구도에 따라 얘기가 진전됨으로써, 희준과 농민들은 어느
덧 동등한 자리에 서게 된다. 「고향」의 또다른 특징은 지주 대 농민이라는 이분화
된 대립 구도를 넘어, 하층민은 물론 옛 중농이나 자작농, 몰락한 소시민적 농민
에 이르기까지 다양한 농민 계층의 개성적인 삶과 행동, 성격을 포착하고 있다는
점이다. 게다가 이 작품은 주인공뿐 아니라 경호 · 인동 · 인숙 · 방개 등 주변 인
물들의 성격과 행동 하나하나도 소홀히 다루지 않음으로써 리얼리즘 장편 소설의
뼈대를 탄탄하게 쌓아간다.

반면 안승학의 딸 갑숙의 갑작스러운 계급 변환 과정은 설득력이 떨어진다. 특
히 작품 전면에서 끈질기게 추구한 지주 또는 마름과 농민 사이의 사회 구조적 대
립이 해소되는 지점인 결말 부분은 아무래도 동의하기 어렵다. 농민이 주체가 되
어 당당한 방법으로 착취 계층을 굴복시키지 못하고, 개인사와 관련된 약점을 들
춰내어 김희준이 독단적으로 싸움을 마무리함으로써 「고향」의 작품성에 큰 흠집
을 남기게 되는 것이다.

이기영은 농민의 삶을 자연과 친화적인 것으로 여겨 맹목적으로 찬양하거나, 농
촌을 무지와 미개의 땅으로 여겨 계몽의 대상으로 삼는 도식적 계몽주의의 자세를
다 함께 "절박하고 긴장"된 "현실에 색맹인 기형적 · 퇴폐적 경향"으로 매섭게 몰
아세운다. 일제 강점기에 누구보다도 왕성한 활동을 펼친 작가인 이기영은 특히
농민들이 처한 절박한 현실에 주목하며, 그것을 새로운 형식 속에 담아내려는 노
력으로 일관한다. 그는 어느 자리에서 "과거에 나는 농민 소설을 써왔는데 그것은
내가 농촌을 떠나서 약 20년 가까이 되어 전혀 농촌의 현실을 모르고 다만 구상만

으로 농민 생활을 써온 것은 나로서 도저히 진정한 농민 생활을 쓰지 못했다는 것을 통렬히 느끼고 있습니다."라고 고백하기도 한다. 그러나 이기영은 농촌에 들어가 직접 농사를 짓는 등 농민의 삶을 몸으로 겪으며 우리 농촌이 처한 현실을 꿰뚫는 통찰력을 갖추고 총체성의 맥락 속에서 농촌 현실을 그려낸 작가다. 아울러 그는 이전까지 이론이 주도하는 양상을 보이던 계급 문학을 실체화한 작가라고 할 수 있다. 1930년대의 계급 문학이 추상적 관념성에 빠져 허우적거릴 때 엄격한 리얼리즘 정신으로 이를 딛고 나아간 것도 높이 평가할 만하다. 노동자 문학에 치중하던 그 동안의 계급 문학에 농민 문학을 보탬으로서 계급 문학의 지평을 넓힌 것 또한 그의 업적이라고 하겠다.

참고 자료

김병걸, 「이기영론」, 이선영 편, 『1930년대 민족 문학의 인식』, 한길사, 1990

김윤식 · 정호웅, 『한국 소설사』, 예하, 1993

역사문제연구소 문학사연구모임, 『카프 문학 운동 연구』, 역사비평사, 1992

윤병로, 『한국 근 · 현대 문학사』, 명문당, 1992

김재용 외, 『한국 근대 민족 문학사』, 한길사, 1993

류보선, 「민족과 계급 ― 리얼리즘 소설의 두 좌표」, 『민족 문학사 강좌 하』, 창작과비평사, 1995

권영민, 「계급 리얼리티의 선봉장 이기영」, 『고향』 해설, 1994

정호웅 편, 『이기영』, 새미, 1995

창작 방법론의 다양화―사회주의 리얼리즘론

1930년 전후 프로 문학의 주된 창작 방법론인 '프롤레타리아 리얼리즘'은 카프 1차 검거 이후 과도한 볼셰비키 색채와 함께 비판의 대상으로 지적된다. 이와 같은 흐름 속에서 1931년 말부터 떠오른 것이 '유물 변증법적 창작 방법론'이다. 신유인은 1931년과 1932년에 걸쳐 『중외일보』에 발표한 「문예 창작의 고정화에 항抗하여」라는 글에서 "프롤레타리아 문학은 분노하며 투쟁할 뿐만은 아니다. 프로 문학은 웃고 울고 슬퍼하고 오뇌하고 그리고 연애할 수" 있으며, "정치 교정敎程

이나 유물 사관을 가지고 소설과 시를 쓰려는 만용은 인제 버리지 않으면 아니 된다."고 그 동안 계급 문학이 범한 오류를 비판한다. 또 그는 『조선중앙일보』에 게재한 「예술적 방법의 정당한 이해를 위하여」에서 볼셰비키 이념을 지향하는 작품들인 권환의 시와 한설야·김남천의 소설을 보기로 들어 관념적·기계론적 도식에 사로잡혀 창작에 저해를 가져왔다고 비난하며, "일체의 모든 그 복잡성, 다양성에 있어서의 현상의 광범한 유물법적 파악"에 의한 유물 변증법적 창작 방법론을 주장한다.

이어 임화·송영·한설야·백철 등도 수용 방법은 조금씩 다르지만, 노동자·농민을 등장시켜 투쟁에 나서게 하는 식의 전형을 산출해내던 프로 문학의 도식성에서 벗어날 것을 주장한다. 이들 또한 현실의 다양한 소재와 제재를 유물 변증법적 인식하에 폭넓게 다루자는 창작 방법론에 동조하게 된 것이다.

그러나 유물 변증법적 창작 방법론은 파시즘이 번져가는 정세가 이어지며 새롭게 거론되기 시작한 러시아의 '사회주의 리얼리즘'이 나오면서 정면으로 도전을 받게 된다. 사회주의 리얼리즘을 국내에 최초로 소개한 글은 1933년에 나온 백철의 「문예 시평」*이다. 그러나 백철의 이 글은 러시아에서 흘러나온 이론을 막연하게 소개한 정도에 지나지 않는다. 사회주의 리얼리즘을 받아들여 본격적으로 체계화한 사람은, 얄궂게도 한때 누구 못지않게 볼셰비키 성향이 강하던 안막이다. 그는 추백萩白이라는 필명으로 같은 해 『동아일보』에 발표한 「창작 방법 문제의 재토의를 위하여」**라는 글에서 유물 변증법적 창작 방법이 추상화·도식화로 말미암아 "현실과는 무관한 세계관 내지 정견의 형상화"를 낳았다고 자아 비판한 뒤, 이를 바로잡기 위해서 앞으로는 '사회주의적 리얼리즘'이라는 창작 방법을 통해 "현실의 참다운 형태"를 그려나가야 한다고 주장한다.

한효는 1934년 7월 『조선중앙일보』에 발표한 「우리의 새 과제 — 방법과 세계

---

* 백철, 『조선중앙일보』(1933. 3. 2.~3. 8.)
** 추백, 『동아일보』(1933. 11. 29.~12. 6.)

관의 진실의 탐구를 위하여」를 통해 창작 방법과 작가의 세계관을 동일시한 유물 변증법적 창작 방법론의 잘못을 비판하고, '작가 자신의 실천'과 '사회적 제사정의 반영'을 중요하게 여기는 '사회적 리얼리즘론'에 동조하는 편에 선다.

그러나 안함광은 같은 해 6월 『문학창조』에 게재한 「창작 방법 문제의 토의에 기하여」와 『조선중앙일보』에 투고한 「창작 방법 문제 — 신이론의 음미」라는 글에서 유물 변증법적 창작 방법의 오류는 방법 자체에 있는 것이 아니라 실천의 오류에 따른 것이며, 소련의 현실에서 나온 사회주의 리얼리즘이 우리한테는 맞지 않기 때문에 역사적 단계에 입각한 유물 변증법적 창작 방법을 지켜나가야 한다고 주장한다.

이에 비해 1934년 3월 김남천은 『형상』 제2호에 발표한 「창작 방법에 있어서의 전환의 문제」에서 사회주의 리얼리즘의 수용에 긍정적 반응을 보이면서도, 안막이 소련의 사회주의 리얼리즘을 "진실을 그리라."는 미명하에 계급적 당파성을 제거하기 위한 방법으로 왜곡해 소개하고 있다고 비난한다. 이어서 그는 조직과 창작 방법이 분리되어서는 안 된다고 덧붙이며 신중한 수용 자세를 권고한다.

권환은 1934년 6월 『조선일보』에 투고한 「현실과 세계관과 창작 방법과의 관계」에서 체험이 뒷받침되지 않은 채 검토 없이 받아들인 유물 변증법적 창작 방법의 한계를 인정하면서도, 사상이 결여된 사회주의 리얼리즘이 자연주의 경향으로 흐를 위험성을 걱정하는 등 두 가지 창작 방법론의 장·단점을 함께 지적, 극복해 나갈 것을 제시한다.

임화는 1934년 4월 『조선일보』에 기고한 글에서 사회주의 리얼리즘을 부정하지는 않으면서도 미래에 대한 꿈과 의지, 시적 낭만 정신을 기조로 하는 '혁명적 낭만주의'를 주창한다. 이것은 박영희 같은 프로 작가들이 수단으로 삼던 '파행적 리얼리즘'을 단죄하려는 뜻에서 제시한 이론이라고 할 수 있다. 그러나 실천보다는 사상 중심의 주관성에 치우친 이론이라는 이유로 안함광·김두용·이북만 등으로부터 격렬한 비난을 받게 되고, 임화도 이내 자아 비판을 하게 된다. 이 때 유물 변증법적 창작 방법을 주장하며 임화의 이론을 비판한 안함광은 나중에 오히려 자신이 혁명적 낭만주의로 전환하게 된다.

한편, 김두용은 임화의 것과 용어가 비슷한 '혁명적 리얼리즘'이라는 창작 방법론을 들고 나온다. 그는 1935년 8월과 11월 『동아일보』에 잇달아 발표한 「창작 방법의 문제」와 「창작 방법 문제에 대하여 재론함」이라는 글에서 특수적 식민지 자본주의화를 겪고 있는 우리의 현실에 비추어, 국내의 단계를 사회주의 전 단계인 혁명적 단계로 진단하고 혁명적 리얼리즘으로 창작에 임할 것을 제안함과 아울러, 창작 방법론의 이런저런 명칭보다는 '실천'의 중요성을 강조한다.

이렇게 프로 문학의 도식성과 일본의 파시즘에 대응하기 위해 받아들인 사회주의 리얼리즘은 1934년께 카프 내부를 논쟁으로 달군다. 그러나 1935년 카프의 해체로 논의에 커다란 진전을 이루지 못하고 갖가지 명칭만 낳은 채 나중에는 '실천'의 문제로 귀결된다. 이견이 없는 것은 아니지만, 사회주의 리얼리즘을 추구한 진영은 저희가 내세운 창작 방법을 만족시키는 작품으로 강경애의 「인간 문제」와 이기영의 「고향」을 꼽는다.

참고 자료

백철, 『신문학 사조사』, 신구문화사, 1992

역사문제연구소 문학사연구모임, 『카프 문학 운동 연구』, 역사비평사, 1992

윤병로, 『한국 근 · 현대 문학사』, 명문당, 1992

김재용 외, 『한국 근대 민족 문학사』, 한길사, 1993

정한숙, 『현대 한국 문학사』, 고려대학교 출판부, 1994

박태원

소설가 '구보'

대표적인 모더니스트 박태원朴泰遠(1909~1986)이 '구인회' 발족 1년 만에 "신선한 그리고 또 예민한 감각"으로 단편 「소설가 구보 씨의 일일」을 발표한다.

구보仇甫는 박태원이 「소설가 구보 씨의 일일」을 내놓은 뒤부터 붙게 된 그의 호다. 그런데 '거만한 사람'이라는 뜻의 이 호에 대해 박태원 자신을 비롯해 친구들

구인회의 일원으로 1930년대에 모더니즘 소설을 선보인 작가 박태원

도 썩 달갑게 생각하지 않아 얼마 뒤 이것은 '높은 사람'이라는 뜻을 가진 구보丘甫로 바뀌게 된다. 구보 박태원은 1909년 1월, 할아버지가 높은 벼슬을 지낸 양반 집안에서 태어난다. 박태원이 태어날 당시 아버지는 서울 수중박골에서 약국을 경영하고 숙부는 병원을 경영한다. 이렇듯 꽤 유복한 집안에서 어릴 적에 한학을 익히고 「춘향전」·「심청전」 같은 고대 소설을 읽다가 그는 경성제일고보에 입학한다. 이후 문학 서적의 탐독과 창작에 더욱 열을 올려, 2학년 때인 1923년에는 『동명』에 「팔학八學」이라는 글을 투고해 당선된다. 그는 1926년에도 「누님」이라는 시를 발표하는 등 일찍부터 문학 쪽에 강한 욕구를 보이는 반면, 학교의 수업 방법과 환경에 적응하지 못한 나머지 4학년 때 휴학을 한다. 휴학하는 동안 박태원은 고모의 도움으로 이광수를 만나 문학 수업을 쌓는다. 복학해 1929년 제일고보를 졸업한 뒤에는 하루에 다섯 시간 동안 독서를 하며 시·소설·평론 등을 발표한다. 1930년 일본으로 건너가 도쿄 호세이法政대학 예과에 들어간 박태원은 학교 수업보다는 영화·미술·음악 등에 흥미를 느끼고 거기에 빠져든다. 최신 유행의 머리와 차림새로 현대적 분위기에 젖어 술집과 영화관 등을 돌아다니던 그는 결국 2년 만에 학업을

중단하고 돌아온다.

박태원의 본격적인 작품 활동은 구인회 가입과 때를 같이한다고 볼 수 있다. 구인회가 발족되고 나서 얼마 뒤 회원 가운데 유치진 등이 이탈하자 이상과 함께 그가 이 모임에 대신 들어간다. 1934년『조선중앙일보』에 이상이 그린 삽화와 함께 「소설가 구보 씨의 일일」을 발표하면서 그는 1930년대 모더니즘 소설을 대표하는 작가로 떠오른다.

박태원은 구인회 회원들과 긴밀한 관계를 유지하며 창작 생활을 끄려나가는데, 그 중에서도 이태준과는 먼 뒷날까지 뜻을 같이하는 평생의 지우 관계를 맺는다. 자신을 천재로 여긴 것도 마찬가지고 강한 실험 정신과 새로운 세계를 추구하는 열정을 지닌 점에서도 서로 비슷한 이상과도 각별하게 지낸다. 구인회 회원들은 이상이 경영하던 다방 '제비'와 이 다방과 가까운 거리에 있던 박태원의 집을 오가며 술과 문학 얘기로 밤을 지새곤 한다.

한때 이상과 견줄 만큼 강렬하던 박태원의 모더니즘 색채는 점차 리얼리즘 색채와 섞이게 된다. 그는 1934년에 「애욕」을, 1936년에 「천변 풍경」을『조광』에 발표하는데, 이런 작품에서 벌써 변모를 엿볼 수 있다. 이 무렵 박태원의 집은 서울 청계천 언저리에 있었다고 한다. 당시 청계천 일대는 아낙네들이 모여 빨래를 하는 풍경과 막 박동을 시작한 근대 도시의 풍물이 뒤섞여 있던 곳이다. 바로 이 청계천변의 세태와 풍속을 담아낸 작품이 장편 「천변 풍경川邊風景」이다.

박태원이 「천변 풍경」을 집필할 때 쓴 방법은 매우 독특해 세간의 화제가 되었는데, 다음과 같은 얘기가 전한다.

청계천변에 모여 살고 있는 다양한 사람들의 행태를 그린 박태원의 소설 『천변 풍경』

요사이 자주 시내 낙랑파 — 라라는 다점에서 드나드는데 가끔 사람이 많이 모이는 그 다점 한복판에서 펜을 들고 묵상을 하시며 창작을 하신다니 좀더 씨가 유명해진다면 종로 네거리 한복판에서 창작을 하실 것이니…….
　C생, 「문단 Gossip」, 『예술』(1935. 4.)

박태원 스스로도 늘 대학 노트를 들고 다니며 거기에 도시의 풍물과 군중의 모습을 적고, 상상력만으로는 소설이 되지 않아 실물을 눈으로 보기 위해 도심지를 오간다는 말*을 한 적이 있다.

이후에도 박태원은 1937년 「성탄제」, 1939년 「골목 안」·「명확한 전망」, 1941년 「여인 성장」 등 서민들의 일상 생활과 풍속을 그린 세태 소설을 계속 발표한다. 그러다가 해방 직전인 1943년께에는 「수호전」 같은 동양 고전의 번역이나 역사물에도 손을 댄다.

1945년 해방 뒤, 박태원은 곧바로 본격 창작에 나서지 않고 「조선 독립 순국 열사전」·「약산과 의열단」·「이 충무공 행록」 등 항일 투사와 애국자들의 전기물 집필에 매달린다.

1949년에 들어 사이비 종교인 백백교를 다룬 장편 「금은탑」을 발표한 그는 1950년께 절친한 문우인 이태준의 영향으로 월북 대열에 낀다.

월북 뒤 박태원은 김일성대학 교수로 재직하던 중 당의 눈 밖에 나서 강제 노동 수용소로 쫓겨나기도 한다. 1960년 다시 창작 활동에 임하게 된 그는 역사 소설 「갑오농민전쟁」 3부작 가운데 1부인 「계명 산천은 밝았느냐」 등을 내놓는다. 그는 1965년께 망막염을 앓아 실명하고, 1975년 뇌졸중으로 전신 불수가 되고 나서도 집필 의지를 꺾지 않는다. 북녘에서 얻은 아내에게 구술하는 방식으로 1977년부터 3부작 「갑오농민전쟁」의 집필을 이어가는 것이다. 박태원은 1984년 「갑오농민전쟁」을 탈고한 뒤, 1986년 7월에 숨진 것으로 알려진다.

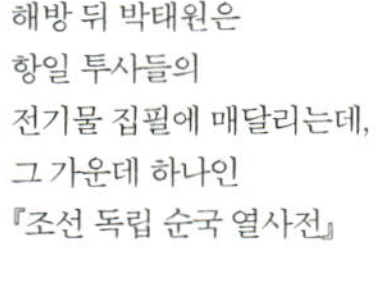

해방 뒤 박태원은 항일 투사들의 전기물 집필에 매달리는데, 그 가운데 하나인 『조선 독립 순국 열사전』

박태원이 북에서 쓴 3부작 역사 소설 『갑오농민전쟁』

리얼리즘의 심화냐, 단순한 세태 소설이냐

「소설가 구보 씨의 일일」은 스물여덟 살 난 소설가 구보가 자신을 염려의 눈빛으

---

* 박태원, 「작가와 건강」, 『조선일보』(1938. 1. 18.)

로 바라보는 홀어머니를 뒤로하고 아침에 집을 나서는 것으로 얘기가 시작된다.
일본 유학을 마치고 왔으나 뚜렷한 직업 없이 결혼도 하지 않고 사는 주인공 구보
는 글감을 메모하기 위한 대학 노트를 끼고 집을 나서 사람들이 붐비는 도시의 복
판 속으로 걸어 들어간다. 광교와 남대문과 충무로, 종로와 광화문 거리를 걷거나
전차를 타고 돌아다니며 그는 차장이며 승객들의 표정을 물끄러미 바라보기도 한
다. 우연히 아는 사람을 만나는가 하면 여인에 대한 공상에 빠지고……. 다방에
서 차를 마시고 나와 다시 거리를 떠도는 구보. 이번에는 벗을 만나 시를 읊는가
하면 함께 카페에 가서 술을 마시고, 주정을 하다가 벗과 헤어지고…….

뚜렷한 사건 없이
하루 동안의 얘기를
담고 있는
『소설가 구보 씨의 일일』.
박태원은 이 작품으로
1930년대의 모더니즘
문학을 대표하는
작가로 떠오르게 된다.

이처럼 옆구리에 대학 노트를 끼고 카페나 다방 또는 극장 등이 있는 도심의 거
리를 하릴없이 떠돌다가 밤 늦게 집으로 돌아오는 것으로 끝나는 이 하루 동안의
얘기는 작가 박태원의 일기이자, 당대에 살던 무력한 지식인들의 일일 보고서다.
뚜렷한 사건 없이 흘러가는 시간 속에서 한 컷 한 컷 삽화처럼 이어지는 이 소설은
평범하기 짝이 없는 듯하지만, 바로 이와 같은 평범함이야말로 독특한 모더니티
를 구성하는 요소로 작용한다. 작가는 주인공의 내면을 깊이 드러내지 않는데, 무
료하게 이리저리 기웃거리며 그가 스케치하는 풍경을 따라가다 보면 근·현대 문
명이 가져온 야릇한 새로움과 함께, 이면에 스치는 현대인의 고독하고 소외된 심
리와 마주치게 되는 것이다.

「소설가 구보 씨의 일일」의 모더니즘 색채에 리얼리즘 색채가 섞여 약간 변모한
것이 장편 「천변 풍경」이다. 겨울에서 이듬해 입춘까지 1년 남짓
동안의 '천변 풍경'을 담아낸 이 소설은 예전부터 청계천 일대에
서 살던 사람들을 비롯해 농촌을 등지고 꾸역꾸역 도시로 모여
드는 사람들의 행태를 세세히 보여준다. 식민지 착취를 위한 일
제의 잉여 자본이 흘러드는 과정에서 늘기도 하고 새로 나타나

책으로 나온
장편 소설
『천변 풍경』에
실린 그림.
청계천과
그 언저리의 풍경을
담고 있다.

기도 한 갖가지 영리 행위와 직업은 작가의 관심 영역 복판에 자리잡고 있다. 한약
방, 포목전, 양약국, 이발사, 당구장 종업원, 카페 여급, 그리고 실직자에 이르기

까지……. 박태원은 「천변 풍경」에서 근·현대의 징후 또는 징표 속에 숨어 있는 다양한 욕망의 구조와 소외 등을 담담하게 그려나간다.

「천변 풍경」에도 앞서 나온 「소설가 구보 씨의 일일」처럼 뚜렷한 사건이나 전환이 없다. 대신 봉건 사회의 계급과는 또다른 계층 질서 속에서 나타나는 갈등 구조를 어느 한 인물에 집착하지 않고 여러 인물의 삶을 통해 묘사한다. 이에 대해 최재서는 사상과 모랄의 부재를 지적하면서도 "리얼리즘의 확대와 심화"*라는 찬사를 보낸다. 그러나 임화는 평가를 달리해 주제나 주인공 없이 단순히 눈앞에 펼쳐진 광경을 이동 카메라로 담아내듯 "객관 세계만을 묘사한 세태 소설"**이라고 깎아내린다.

작가 박태원의 작품 활동 전체를 놓고 본다면 모더니스트로서의 활동은 일부분에 지나지 않는다. 오히려 작가로서의 나머지 생애 대부분을 그는 역사 소설을 저술하는 데 보낸다. 이 가운데 「춘보」는 박태원 역사 소설의 출발점이며, 자신의 작품 성향을, 즉 민중사 중심으로 나아갈 것임을 예고하는 작품이다. 그리고 「군식」은 김 삿갓과 정수동, 정 도령처럼 지배 계급에서 떨어져 나와 나라 곳곳을 떠돌며 민중 곁으로 다가서는 인물들을 설정해 당대의 세태와 풍속을 포괄적으로 그려내는 데 성공한 작품이다. 역사 소설에서도 박태원의 뛰어난 세태 풍자 능력은 여전히 발휘되는 것이다.

참고 자료

이어령, 『한국 문학 연구 사전』, 우석출판사, 1990
김윤식·정호웅, 『한국 소설사』, 예하, 1993
윤병로, 『한국 근·현대 문학사』, 명문당, 1992
김재용 외, 『한국 근대 민족 문학사』, 한길사, 1993
차원현, 「'천변 풍경' ― 기법의 새로움과 도시 풍경의 형상화」, 『민족 문학사 강좌 하』, 창작과비평사, 1995
김교봉, 「박태원의 '천변 풍경' 연구」, 『1930년대 민족 문학의 인식』, 한길사, 1990

---

* 최재서, 『조선일보』(1936. 10. 31.～11. 7.)
** 임화, 「세태 소설론」, 『문학의 논리』(1939. 4.)

이상

당대인에게 모독당한 최고의 모더니스트

1933년 늦여름 어둑어둑해질 무렵. 백단화白短靴에 평생 빗질 한 번 해본 적 없는 듯한 봉두 난발, 짙은 갈색 나비넥타이, 구레나룻에 얼굴빛이 양인洋人처럼 창백한 사나이, 중산모를 쓴, 키가 여느 사람의 반밖에 되지 않는 꼽추, 키가 훌쩍 큰 또다른 사나이, 이렇게 셋이서 종로를 걸어간다.

"어디 곡마단 패가 들어왔나 본데."

"아냐. 활동 사진 변사 일행이야."

지나가던 사람들이 이 기묘한 일행을 보고 한 마디씩 던진다. 백그두의 사나이가 갖고 있던 지팡이를 들어 공연히 휘휘 돌려댄다. 그러더니 느닷없이 "카카카……!" 하고 웃음을 터뜨린다. 스스로 생각해도 저를 포함한 일행의 몰골이 우스꽝스러운 까닭이다. 얼마 전 그들이 백천 온천에 갔을 때도 경성에서 곡마단 패가 왔다고 애들이 뒤를 졸졸 따라다닌 바 있다. 이 세 사람 가운데 백단화를 신은 구레나룻의 사나이가 바로 이상李箱(1910~1937)이고, 중산모를 쓴 꼽추는 화가 구본웅이다.

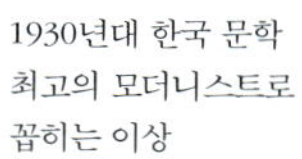

1930년대 한국 문학 최고의 모더니스트로 꼽히는 이상

스물일곱 나이로 요절한 천재 작가 이상. "한국 현대시 최고의 실험적 모더니스트이자 한국 시사 최고의 아방가르드 시인"[*]이라는 평가를 받는 이상은 어두운 식민지 시대에 돌출한 모던 보이다. 그의 등장 자체가 한국 현대 문학 사상 최고의 스캔들이다. 알쏭달쏭한 아라비아 숫자와 기하학 기호의 난무, 건축

이상의 육필

---

[*] 김승희, 「이상 시 생산 연구」, 김윤식 편저, 『이상 문학 전집』 제4권, 문학사상사(1995)

과 의학 전문 용어의 남용, 주문呪文과도 같은 해독 불능의 구문으로 이루어진 시들. 자의식 과잉의 인물, 도저한 퇴폐적 소재 차용, 악질적인 띄어쓰기의 거부, 위트와 패러독스로 점철된 국한문 혼용의 소설들. 그의 모더니즘 문학과 비일상적 기행奇行들은 이 스캔들의 원소를 이룬다.

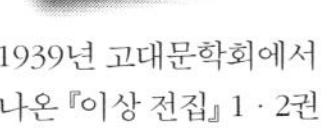

1939년 고대문학회에서 나온 『이상 전집』 1·2권

1934년 7월 어느 날, 신문이 배포된 지 채 몇 시간도 되지 않아 '조선중앙일보사'에는 빗발치는 항의와 문의 전화가 쇄도한다. 이미 문단 일각에는 괴팍하고 상식에서 벗어난 문제아로 알려져 있었지만 일반 독자에게는 그 이름조차 생소한 이상이 시 「오감도烏瞰圖」를 발표한 직후의 반응이다. 이상은 1931년 7월에서 9월에 걸쳐 『조선과 건축』에 「이상한 가역반응可逆反應」 외 5편과 일어로 된 「오감도」 8편, 그리고 「삼차각 설계도三次角設計圖」 등을 통해 우리 문학 사상 최초로 이성과 의지를 무시한 자동 기술법, 숫자와 기하학 기호의 삽입, 난해한 한자와 일어의 사용, 띄어쓰기의 무시 등을 감행한 시들을 선보여 기성 문인들에게 당혹감을 안겨 준 바 있다. 그러나 이 때까지 그의 작품은 주로 문학 잡지가 아니라 한정된 독자를 가진 건축 잡지나 종교 잡지에 발표된 것이어서 크게 눈길을 끌거나 지은이의 이름을 널리 알리지는 못한다. 『조선중앙일보』의 학예·문예부장이던 이태준의 발탁으로 활자 세례를 받은 오감도 연작은 예정된 30회의 반밖에 싣지 못하고 8월 8일치 신문을 끝으로 15회 만에 중단되고 만다. 「오감도」가 나가는 동안 안주머니에 사표를 넣고 다니던 이태준은 이 사태를 다음과 같이 전한다.

이상의 「오감도」는 처음부터 말썽이었어. 원고가 공장으로 내려가자 문선부에서 '오감도烏瞰圖'가 '조감도鳥瞰圖'의 오자가 아니냐고 물어왔어. 오감도란 말은 사전에도 나오지 않고 들도 보도 못한 글자라는 것이야. 겨우 설득해서 조판을 교정부로 넘겼더니, 또 거기서 문제가 생겼어. 나중에 편집국장에까지 진정이 들어갔지만 결국 시는 나갔어. 그 다음부터 또 문제였어. "무슨 미친 놈의 잠꼬대냐.", "무슨 개수작이냐.", "당장 신문사에 가서 오감도의 원고 뭉치를 불살라야 한다.", "이상이란 작자를 죽여야 한다."…… 신문사에 격렬한 독자 투고와 항의들이 빗발쳐 업무가 마비될 지경이었지.

이처럼 당대 사람들에게 모독당한 「오감도」 연작은 뒷날 구태의 한국 문학과는 차별화된 새로운 모더니즘 문학의 진경을 펼쳐 보인 '앞서간 문학'으로, 이상 문학을 한국 문학사에 확고하게 자리매김하게 만든 역작으로 평가된다.

1910년대 중반 스위스·독일·프랑스에서 일체의 전통과 기성 가치를 부정, 파괴하고자 한 다다이즘Dadaism, 이어서 1920년대 중반 프로이트의 정신 분석학을 바탕으로 브르통Andre Breton에 의해 시도된, 기성 윤리와 역사 및 현실 통념을 거부하고 주관적 내면 세계를 심리적으로 분석하는 기법을 차용한 초현실주의Sur-realism. 이 두 가지는 일본에서 나온 이론을 1924년 고한용이 소개한 바 있다. 그러나 다다이즘과 초현실주의는 일본에서조차 불온시된 탓으로 우리 나라에 좀처럼 뿌리를 내리지 못하다가 1930년대에 들어 건축 기사 출신의 한 젊은이에 의해 본격적으로 시도된 것이다. 이상의 시는 현대인의 절망과 불안 심리를 형상화한 것으로 높이 평가되고 찬사도 받지만, 기존 언어 체계와 질서에 익숙하던 일부 문인과 일반 독자에게는 문학에 대한 커다란 모독처럼 여겨진 것 또한 사실이다.

「오감도」 제1호에 나오는 '13인의 아해'라는 말은 최후의 만찬에 참석한 예수의 13제자를 상징한다는 풀이를 비롯해 현실의 불안, 공포, 부조리, 혼란, 모순을 나타낸 것이라는 등 숱한 견해를 낳게 한다. 그러나 이것은 자주 들추어지는 하나의 보기일 뿐, 이상의 거의 모든 작품이 이처럼 고정 관념과 보편성을 무시한 파격으로 치닫는 까닭에 뒷날 끊임없이 비평가들의 다각적인 연구 대상에 오르게 된다.

본디 이상은 강릉 김씨이고, 이름은 해경海卿이다. 그는 우리 나라가 일본에 강제 병합되던 해인 1910년 음력 8월 20일 서울 사직동에서 태어난다. 아버지는 구한말 궁내부 활판소에서 일하다가 손가락 셋이 잘린 뒤 이발소를 차린 김연창金演昌이다. 해경은 할아버지가 지어준 이름이다. 네 살이 되던 해 그는 총독부 상공과 기술관으로 있던 백부 김연필金演弼의 양자로 들어간다. 이렇게 백부의 양자가 된 것은 해경이 태어날 무렵부터 급격히 기운 가세 때문이다. 백부는 어린 해경에게 엄격하면서도 자애로운 부성애를 베풀지만, 백모는 이와 달리 증오와 소외를 맛보게 한다. "오빠는 세 살 때, 웃는 큰어머니를 보고 무서워했대요. 그렇다고 울거나 하는 일은 없고 슬금슬금 문 밖으로 숨었대요." 누이동생 김옥희가 전하는 말이다. 그의 어린 시절은 여느 아이들과 별로 다르지 않았다고 한다. 다만 지나치게 흰 얼굴 때문에 동네 아낙네들이 "흰둥이, 흰둥이!" 하고 부른 것 정도가 얘깃거리랄까.

해경은 여덟 살 때 인왕산 밑에 있던 신명학교에 들어간다. 당시만 해도 취학 적령기를 놓치는 경우가 많아서 입학생 중에는 스무 살짜리 젊은이도 끼여 있었다고 한다. 교과목은 조선어·일본어·산수·지리·수신·체조·도화·습자로 짜여 있었는데, 해경은 지리地理와 도화圖畵에 뛰어난 소질을 보인 반면 체조는 몹시 싫어한다. 다음은 백모가 전하는 말이다. "그 애는 그림에 빠져 있기 일쑤였어요.

길가에 버려진 화투 목단 열 끗짜리를 똑같이 그려내서 사람들을 놀래기도 했지요. 내가 환쟁이는 상놈이라고 막무가내로 혼내고 말려도 소용이 없었어요. 그 애는 혼자 있을 때면 늘 무언가를 그리곤 했어요." 해경의 그림 쪽 소질은 화가 고희동이 미술 교사로 있던 보성고보에 다니면서 꽃을 피우게 된다. 보성은 도상봉·이종우·장발·고유섭 같은 화가들을 배출한 학교다. 그런데 해경이 처음부터 보성에 진학한 것은 아니다. 먼저 다니던 동광학교가 문을 닫으면서 단체로 편입하게 된 학교가 보성고보인 것이다. 보성 시절에도 그는 여전히 체조를 싫어하고, 그림을 그릴 때만 마치 "강신降神한 것처럼" 눈빛이 번쩍거린다. 보성의 미술 친화적 환경 덕분에 그의 재능은 이윽고 빛을 보게 된다. 보성고보 교내 미술 전람회에서 「풍경」으로 1등상을 차지한 것이다. 몇 해 뒤 해경은 조선 미술 전람회에 「자화상」을 내놓아 입선하기도 한다.

의탁하고 있던 백부의 가세마저 기울자 해경은 학교에서 현미빵을 팔아 고학 생활을 꾸려간다. 보성고보를 졸업한 그는 진로 문제로 고민에 빠진다. 그가 식민지 건축 기술자 양성을 위해 세워진 경성고등공업학교(서울공대의 전신)에 들어간 것은 백부의 소망 때문이다. 백부는 그를 설득한다. "해경아, 앞으로 너는 건축과를 가야 한다. 나도 병들고 네 아비도 늙고 가난하지 않느냐. 적선동(해경의 친가)은 식량이 떨어질 때도 많은 모양이더라. 세태가 아무리 바뀌어도 기술자는 배는 곯지 않는단다. 그러니 가난한 환쟁이는 안 돼." 이상이 건축 용어와 숫자, 기하학 기호 등을 시어로 차용하고 수식數式보다 난해한 시들을 쓰게 된 것은 바로 이 고등공업 시절의 영향이다.

해경, 아니 이상의 내면에서 현실 도피나 자살을 추구하는 병적인 심리가 언제부터 꿈틀거린 것인지 알 길은 없으나 고등 공업 시절에 이미 증상이 나타난다. 그런데 이런 부분은 건축이나 그림이 아니라 문학을 통해 표출되기 시작한다. 이 무렵의 소설 「12월 12일」·「휴업과 사정」과 시 「선에 관한 각서」 등을 유심히 들여다보면 이상의 이와 같은 이상 심리가 다량 검출된다. 특히 이상의 작품치고는 기법 면에서 평이하지만, 운명처럼 허무주의의 늪에 빠지는 인간형을 그려낸 소설 「12월 12일」의 서문 2에서, 그는 몹시 강렬한 자살 충동에 시달리고 있으며, 이런 충동을 극복하기 위해 문학을 할 것이라는 "무서운 기록"*을 남기게 된다.

이상의 시가 최초로 활자화된 것은 1931년의 일이다. 1929년 3월 경성고공 졸업과 함께 월급 55원을 받는 조선총독부 건축과 기수技手로 들어간 해경은 같은 해 12월 건축학지인 『조선과 건축』의 표지 도안 현상 모집에 1등과 3등으로 뽑힌다. 바로 이 『조선과 건축』 1931년 7월호에 「이상한 가역반응」 등을 발표한 것이다. 해경이 이상이라는 필명을 쓰기 시작한 때에 대해서는 몇 가지 설이 있다. "김해경이라는 오빠의 이름이 이상으로 바뀐 것은 1932년부터예요. 건축 공사장 인

---

* 김윤식 · 정호웅, 「글쓰기의 기원 : 이상 문학」, 『한국 소설사』(예하, 1993)

부들이 ‘이상’이라고 잘못 호칭한 데서 비롯된 것이지요.” 누이동생 김옥희의 말이다. 이상이라는 이름은 총독부 건축과 기수직에 있던 시절 공사장 인부들이 일본식 발음으로 ‘긴상金樣’이라고 해야 할 것을 ‘이상李樣’이라고 잘못 부른 데서 비롯됐다는 것이다. 그러나 이미 1929년의 경성고공 졸업 앨범에 이상이라는 필명이 나온다. 따라서 이상이라는 이름은 고등 공업 시절 건축 공사장에 실습하러 갔을 때 인부가 해경을 이씨로 알고 잘못 부른 데서 비롯된 듯하다.

1933년 이상은 백부의 양자로 들어간 지 23년 만에 가족과 합치나 불과 보름을 견디지 못한다. 그는 백부의 유산으로 청진동 조선광무소 건물 1층을 전세내어 ‘제비’ 다방을 개업하고, 백천 온천 여행중에 만난 술집 여급 출신 금홍을 불러들여 마담으로 앉힌다. 아울러 두 사람은 동거를 시작하는데, 이 때 금홍은 겨우 스물한 살이었고, 금홍의 눈에 마흔이 넘은 것으로 비치던 이상은 알고 보면 스물세 살이었다. 이상은 어디엔가 “나는 추호의 틀림없는 만 25세 11개월의 홍안 미소년紅顔美少年이다. 그렇건만 나는 노옹老翁이다.”라고 쓴다. 찰나적인 행복감에 젖은 이상은 “우리 내외는 참 사랑했다. 금홍이와 나는 서로 지나간 일은 묻지 않기로 하였다. 과거래야 내 과거가 무엇 있을 까닭이 없고 말하자면 내가 금홍이의 과거를 묻지 않기로 한 약속이나 다름없다.”고도 쓴다. ‘제비’는 당대의 일급 문인들이던 이태준·박태원·김기림·정인택·윤태영·조용만 등이 즐겨 찾는다. 그러나 ‘제비’ 다방의 경영은 여의치 않았고, 금홍은 외간 남자들과 바람을 피우곤 한다. 이상은 “나는 금홍이의 오락을 돕기 위해 가끔 P군의 집에 가 갔다.”고 털어놓기도 한다. 여기서 ‘P군’은 아마도 박태원을 이를 터. 금홍의 문란한 남자 관계를 방임하던 이상은 때로 금홍의 난폭한 손찌검에 몸을 내맡긴 채 자학을 꾀한다. 어느 날 금홍이 때 묻은 버선을 윗목에 팽개쳐놓고 나가버리고, ‘제비’ 다방은 두 해 만인 1935년 9월 문을 닫는다. “박제가 되어버린 천재를 아시오? 나는 유쾌하오. 이런 때는 연애까지 유쾌하오.”로 시작되는 소설 「날개」는 바로 금홍과의 동거 체험에서 건져낸 작품이다.

1933년 이상은 정지용의 주선으로 『카톨릭청년』 7월호에 시 「꽃나무」와 「이런 시」, 10월호에 「거울」을 발표한다. 김기림·이태준·박태원 같은 문인들과 어울리게 된 그는 1934년 초 '구인회'에 가입한다. 그는 곧 구인회 회지인 『시와 소설』의 편집에 관여할 뿐 아니라, 구인회 회원인 박태원의 신문 연재 소설 「소설가 구보 씨의 일일」에 '하융河戎'이라는 이름으로 삽화를 그리기도 하는 등 글과 그림에 걸쳐 솜씨를 발휘한다. 같은 해 여름, 그는 『조선중앙일보』에 시 「오감도」를 발표해 물의를 일으키며 문제 작가로 떠오르게 된다. 이후에도

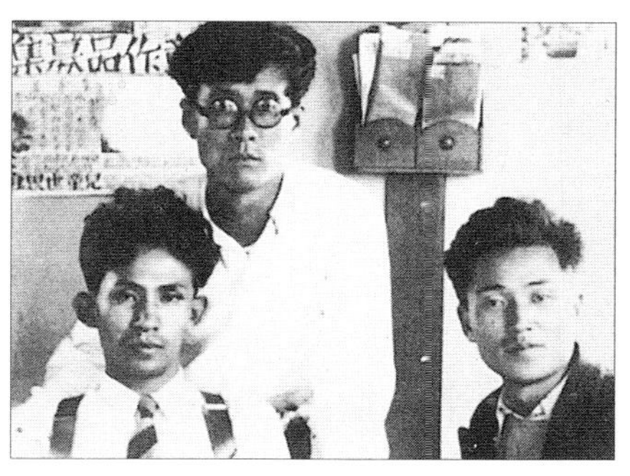

『아동세계』 편집실에서.
왼쪽부터 이상·
박태원·김소운.

『중앙』에 「소영위제素榮爲題」, 『신여성』·『월간매신』·『신동아』 등어 「혈서 삼태血書三態」와 「산책의 가을」 등 파격적인 내용과 언어를 실험하는 작품을 잇달아 내놓는다.

이상은 자신의 작품만큼이나 여느 사람들은 이해하기 어려운 파행적 단면을 보인다. 처음에는 다방 '제비'의 얼굴 마담으로 금홍을 앉혀놓고, 문우들이 일명 '도스토예프스키의 방'이라고 하던, '제비'에 딸린 골방에 틀어박혀 술만 마시거나 수염과 머리도 깎지 않은 채 거리를 쏘다니더니, 나중에는 드러내놓고 매춘을 하는 금홍을 멀거니 지켜보기도 한다. 이처럼 피학성을 띤 극도의 자기 폐쇄성은 소설 「지주 회시蜘蛛會豕」에 이어 「날개」·「실화」·「봉별기逢別記」 등에서 거푸 나타난다.

특히 1인칭 독백으로 시작되는 「날개」 속의 '나'는 바로 작가 이상 자신으로, 철저하게 고립된 자아와 내면의 고독을 의식의 흐름에 따라 해부하고 있다. 주인 공 '나'는 아무런 의욕도 없이 골방 속에 틀어박혀, 아내의 화장품 냄새를 맡아보거나 돋보기로 화장지를 태우면서 하루하루를 무기력하고 권태롭게 보낸다. 한편 이런 남편이 자신의 매춘 행위에 걸림돌이 된다고 생각한 아내는 그를 '볕 안 드는

방"에서 나오지 못하게 하려고 아스피린을 주는 척하며 수면제를 주기 시작한다. 아내가 하는 짓을 나무랄 뜻이 따로 없는 '나'는 아내와 연애 또는 아스피린과 아달린 등을 연구하거나, 자신이 자는 동안 아내가 무슨 짓을 했을까 궁금하게 여기며 공상을 일삼는다. 그러던 중 '나'는 문득, 날개가 돋아 현실 세계를 박차고 단 한 번만이라도 날 수 있기를 간절히 바라게 된다.

1935년 가을 '제비'의 문을 닫은 이후 이상은 인사동에서 '카페 쓰루', 종로 1가에서 다방 '69'·'무기'·'맥' 등을 열지만 번번이 실패한다. 그러는 동안 금홍은 도로 술집에 나가며 걸핏하면 외박을 하더니, 어느 날 영영 이상의 곁을 떠나고 만다. 얼마 뒤 이상은 다시 여급 출신의 권순옥과 사귀게 된다. 그러나 권순옥을 연모하며 괴로워하던 친구 정인택이 음독 자살을 기도하다가 미수에 그치는 일이 생기자, 이상은 권순옥과 정인택을 맺어주고 두 사람의 행복까지 빌어준다.

거듭된 경영 실패, 쇠잔한 몸, 연애의 후유증 등으로 말미암은 고독이 극에 이르자, 이상은 뒤늦게 구인회에 가입하며 절친한 사이가 된 김유정에게 같이 자살하자는 제안까지 한다. 그는 셋방을 전전하다가 방세를 내지 못해 쫓겨나기도 하면서, 청소부로 일하던 동생의 봉급으로 가까스로 생계를 꾸려나간다. 그러던 중 1935년 말, 화가 구본웅의 추천으로 구본웅의 아버지가 경영하던 '창문사'에서 문예 담당으로 일하게 되어 그나마 형편이 조금 풀린다. 그런데 이상은 여기서 구본웅의 서모의 소생인 누이동생 변동림을 만나게 된다. 금홍이나 권순옥과는 달리 이화여전을 나온 평범한 성격의 변동림과도 이상은 무슨 절차라도 되는 양 동거부터 한다. 얼마 뒤 두 사람은 신흥사에서 결혼식을 올리고 황금정(지금의 을지로)에 셋방을 얻어 신혼 살림을 차린다. 이 때부터 이상은 무엇에 홀린 사람처럼 글쓰기에 매달려 1935년 「정식」·「지비紙碑」·「산촌 여정」, 1936년 「작가의 호소」·「지비 1, 2, 3」·「이단」·「서망율도西望栗島」·「조춘 점묘早春點描」·「가외가전街外街傳」·「여상女像」·「명경明鏡」·「지주 회시」·「약수」·「에피그램」·「매상妹像」·「행복」·「위독」·「봉별기」·「동해童骸」·「황소와 도깨비」·「19세기식」

등 일일이 꼽기 어려울 만큼 많은 작품을 마구 쏟아낸다. 그러나 결혼한 지 석 달 만인 1936년 10월, 이상은 모든 것을 뒤로하고 일본으로 간다.

고서점들이 늘어선 거리 쪽에 하숙을 정한 이상은 도쿄에서 「종생기」·「권태」·「슬픈 이야기」·「환상기」·「실락원」·「실화」·「동경」 등을 써낸다. 그러나 얼마 못 가서 도쿄에 환멸을 느끼고 서울에 있는 친구들에게 이런 심경을 편지로 알리기도 한다. 한동안 그는 초현실주의 색채를 보이던 유학생 그룹 '삼사 문학'의 동인들과 어울리며 그나마 위안과 자극을 받게 된다. 이상은 알고 보면 김기림과 함께 프랑스로 가겠다는 꿈을 안고 일본 땅에 발을 디딘 것이다. 그러나 이상은 그의 간절한 문학적 열망과는 달리 점점 악화되는 결핵, 여전히 따라다니는 서울의 가족에 대한 부채감과 생계 부담에 부대끼며 몸과 마음이 극도로 피로에 찌들게 된다.

이듬해 2월 12일 이상은 일본 경찰에 불령 선인不逞鮮人으로 검거되고, 얼마 뒤 폐결핵의 악화로 병상에 눕는다. 뒷날 화가 김환기의 아내가 되어 변동림이 아니라 김향안으로 살기도 하는 동림이 소식을 듣고 급히 도쿄로 간다. 1937년 4월 17일 새벽 4시, 변동림의 품에 안긴 채, 한국 문학의 돌연 변이였으며 이단아이던 이상은 황음荒淫과 일탈逸脫의 기행으로 얼룩진 스물일곱 해에 걸친 삶을 접는다.

"멜론이 먹고 싶소……." 이 한 마디가 요절 천재 작가 이상의 입에서 흘러나온 마지막 말이다.

생전의 이상에게 "우리가 가진 가장 뛰어난 근대파 시인"이라고 갈채를 보낸 바 있는 김기림은 그의 죽음에 대해 "제 스스로의 혈관을 따서 「시대의 서書」를 쓴 이상의 죽음이 한국 문학을 50년 후퇴시켰다."며 크게 슬퍼한다. 김기림은 뒷날 자신의 시집 『바다와 나비』 속에 「우리들이 가졌던 황홀한 천재, 이상의 애도시」와 '이상의 영전에 바침' 이라는 부제를 단 「주피터의 추방」이라는 시를 끼워넣는다. 이상의 요절은 김기림뿐 아니라 박태원과 최재서 등 그를 아끼던 많은 사람을 안타깝게 만든다.

참고 자료

윤병로, 『한국 근 · 현대 문학사』, 명문당, 1992

정한숙, 『현대 한국 문학사』, 고려대학교 출판부, 1994

이인복 외, 『한국 문학 사상사』, 숙명여자대학교 출판부, 1991

김재용 외, 『한국 근대 민족 문학사』, 한길사, 1993

김용직, 『한국 현대시 해석 · 비판』, 시와시학사, 1993

고은, 『이상 평전』, 청하, 1992

김윤식 · 정호웅, 『한국 소설사』, 예하, 1993

김윤식 편, 『이상 문학 전』, 문학사상사, 1991

오감도烏瞰圖

이 상

시제일호詩第一號

13인人의아해兒孩가도로道路로질주疾走하오.
(길은막다른골목이적당適當하오.)

제第1의아해兒孩가무섭다고그리오.
제第2의아해兒孩도무섭다고그리오.
제第3의아해兒孩도무섭다고그리오.
제第4의아해兒孩도무섭다고그리오.
제第5의아해兒孩도무섭다고그리오.
제第6의아해兒孩도무섭다고그리오.
제第7의아해兒孩도무섭다고그리오.
제第8의아해兒孩도무섭다고그리오.
제第9의아해兒孩도무섭다고그리오.
제第10의아해兒孩도무섭다고그리오.

제第11의아해兒孩가무섭다고그리오.
제第12의아해兒孩도무섭다고그리오.

제第13의아해兒孩도무섭다고그리오.

13인人의아해兒孩는무서운아해兒孩와무서워하는아해兒孩와그렇게뿐이모였소.

(다른사정事情은없는것이차라리나았소.)

그중中에1인人의아해兒孩가무서운아해兒孩라도좋소.

그중中에2인人의아해兒孩가무서운아해兒孩라도좋소.

그중中에2인人의아해兒孩가무서운아해兒孩라도좋소.

그중中에1인人의아해兒孩가무서운아해兒孩라도좋소.

(길은뚫린골목이라도적당適當하오.)

13인人의아해兒孩가도로道路로질주疾走하지아니하여도좋소.

—『조선중앙일보』(1934. 7. 24.~8. 8.)

이상은 20세기 한국 문학사에서 명멸한 숱한 인물 가운데 가장 문제적 인물이며, 그의 연작시 「오감도」는 한국 현대 문학사 1백 년 동안 나온 작품 가운데 가장 문제적 작품이다. 이상 문학은 그 자체로 20세기 한국 문학사에 내장된 최고의 형이상학적 스캔들이다.

1933년 이상은 폐결핵에 따른 각혈로 총독부 기수직을 그만둔다. 이듬해 구인회에 가담한 이상은 '조선중앙일보'에 돌연 「오감도」 연재를 단행한다. 그러나 너무 앞서간 이상의 극단적 실험 시는 단번에 독자들로부터 "무슨 미친 놈의 잠꼬대냐."는 비난을 받게 되고, 업무가 마비될 정도로 빗발친 항의 때문에 신문사는 예정된 횟수의 반만 채우고 게재를 중단한다. 당대를 훨씬 앞지른 '첨단', 이 도저한 정신 분열적 언어의 파행에 독자들은 이토록 거부감을 나타낸다. 당대 사람들의 의식과 정서로는 수용 불가능했던 시 「오감도」. 그러나 당대 사람들에게 모독당한 그의 시는 한국 현대 문학사에서 불멸의 자리에 각인되며, 후학들에게 엄청난 영향을 준다. 뒷날 시인 이승훈은 이상에게서 "반리얼리즘적 태도, 실존의 현기, 추상성, 자아에 대한 회의"(이승훈, 『문학정신』1995 가을) 를 배웠다고 고백한다.

「오감도」 제1호에 나오는 '13인의 아해'는 무엇을 말하는 것일까. 이상 문학 연구자들은 이에 대한 온갖 해석을 내놓는다. "최후의 만찬에 합석한 기독 이하 13인", "위기에 당면한 인류", "해체된 기아의 분신", "이상 자신의 기호", "인간 역사의 한계성", "일제하의 13도', '언어 도단의 세계", "시인의 공포가 아해의 불안으로 투사"…… 그러나 어떤 해석도 시대에 대한 반동 지향의 자의식에서 솟구쳐 나온 '13인의 아해'의 상징성을 다 풀어내지 못한다. 21세기 의 문턱에 이른 현재까지도 이상은 온전히 이해되지 않은 아방가르드이며, '첨단' 이다.

'건축가' 이상

이상이 경성고공 건축과를 나왔다는 사실은 잘 알려져 있지만, '건축가'로서의 그를 다룬 글은 찾아보기 어렵다. 그러나 문인이기에 앞서 이상은 일제 시대의 건축 기술 전문 인력 양성소이던 경성고공 건축과를 거친 직업 건축가다. 건축은 그의 삶을 떠받친 한쪽 기반이며, 그의 문학의 촉매 인자이자 발생론적 근거인 것이다. 우연히 한 일간지에서 「건축가로서의 닫힌 꿈 문학으로 발산한 이상」이라는 제목으로 쓴 짧은 글을 보게 되어 옮겨 싣는다. 눈밝은 한 기자가 '건축가' 이상을 조명한 글이다.

건축은 세상을 짓는 일이다. 건축은 또 당대를 사는 사람들의 문화 삶·꿈을 담는다. 그러니 문학과 음악과 철학과 영화가 건축에 투영되는 것도 당연한 일이다. 이런 건축과 문화의 만남에서 건축가이면서 시인인 이상(본명 김해경·1907~1937)을 빼놓을 수 없다.

이상은 1920년대 당시 유일한 기술 전문 인력 양성소였던 경성고등공업전문학교 건축과 출신이다. 그러나 짧은 생애에 이룩한 문화적 광채에 가려, 그가 많은 일본인을 제치고 건축과 수석 졸업했으며, 졸업 작품으로 「수상 경찰서 겸 소방서 설계안」을 냈고, 이후 폐병으로 현장 활동이 불가능해진 1933년 말까지 조선총독부의 직원으로서 공사를 직접 감독·지휘했던 일 등은 사람들의 기억에서 지워져 왔다.

또한 그가 지은 건물은 고사하고 설계도 한 장 남은 게 없어 그의 건축 활동을 추적하기란 쉬운 일이 아니다. 그러나 분명히 이상의 예술을 이해하는 데 건축은 빠질 수 없는 요소다. 최혜실 교수(과학기술대 국문과)는 이상이 한때 편집을 맡았던 건축 잡지 『조선과 건축』 머리글에서 그 흔적을 찾는다. 이상은 당시 이 잡지에 운문과 산문의 중간 형태 글을 실었는데, 이는 독일 예술 학교 바우하우스 교수였던 헝가리 출신의 건축 이론가 모홀리 나기의 이론을 응용한 것이라고 최 교수는 분석한다. 최 교수는 또 그의 글 전반에 건축적 대칭성이 나타나고, 「오감도」, 「삼차각 설계도」, 「건축 무한 육면각체」 등 건축과 깊은 관련을 지닌 표제어를 자주 썼다고 지적한다. 전문가들은 특히 내부와 외부를 기하학적으로 묘사하는 「신기함의 백화점」에서 '건축가 이상'을 읽어낸다.

"동경은 20세기인데 나는 19세기"라고 초조해했던 이상. 겁 없이 모더니즘의 바다를 항해했던 그에게 건축은 무엇이었을까. 조선인은 설계 사무소를 낼 수도 없고, 건축가가 될 수도 없었던 '19세기적인 식민지 조선'에서 그는 건축 현실의 닫힌 문을 시를 통해 풀려고 했던 것은 아닐까. "……너는누구기에구태어닫힌문門앞에서탄생하였느냐."(「정식」).

— 『한겨레신문』(1999. 3. 13.), 이주현 기자

마해송

마해송馬海松(1905~1966)은 1905년 1월 8일 경기도 개성시 대화동에서 태어난다. 본명은 상규湘圭, 해송은 아호다. 개성제일공립보통학교를 4년 만에 졸업한 그는 불교계 학교인 개성학당에 입학한다. 그런데 개성학당은 일본인이 세운 학교인 탓에 1919년 3·1운동에 참여하지 못하는데, 그는 이를 내내 부끄럽게 여긴다. 이어 서울의 중앙고보와 보성고보에서 공부하나, 두 군데 다 동맹 휴학으로 말미암아 졸업은 하지 못한다. 1921년 니혼대학 예술과에 입학한 그는 '극예술협회' 회원이 되어 여름 방학 때 귀국, 김우진·윤심덕·홍난파·조명희·황석우 등과 함께 지방 순회 공연을 갖기도 한다.

어린이 운동에 앞장서고 창작 동화를 개척한 마해송의 1960년대 모습

1922년께 어린이 운동을 시작한 마해송이 창작 동화를 처음 발표한 것은 1923

1937년 무용가 박외선과 결혼하던 날

마해송의 대표적인 장편 동화 『모래알 고금』과 수필집 『요설록』

년의 일이다. 「어머님의 선물」·「바위나리와 아기별」·「소년 투사」 등을 박홍근이 주간으로 있던 어린이 잡지 『샛별』에 기고한 것이다. 방정환·윤극영·손진태 등과 '색동회'를 꾸려 활동하던 그는 이듬해 일본으로 건너가 '분게이슌주사文藝

春秋社'의 초대 편집장이 된다.

　마해송은 해방 뒤 자리잡은 서울 종로구 명륜동 3가의 집에서 20여 년 동안 산다. 대표작인 「떡배 단배」·「모래알 고금」·「앙 그리께」·「멍멍 나그네」 같은 장편 동화가 그 곳에서 씌어진다. 창작 동화의 개척자인 그는 1966년 11월 6일, 새로 이사한 성북구 정릉동 집에서 뇌일혈로 숨진다. 시인 마종기馬鍾基는 그의 맏아들이다.

참고자료
이재철, 『한국 현대 아동 문학사』, 일지사, 1978
이상현, 『한국 아동 문학론』, 동화출판공사, 1976

김환태

비평의 독재를 지양하고
작품에 구현된
예술성을 옹호한
평론가 김환태

　김환태金煥泰(1909~1944)는 1934년께 문단에 나와 비평의 독재를 지양하고 작품에 구현된 예술성을 옹호한 평론가다. 그는 1909년 음력 11월 29일 전북 무주군 무주면 읍내리에서 태어난다. 자라는 동안 특기할 만한 사항은 전주고보에 다니던 열다섯 살 때 일본인 교사를 추방하기 위한 동맹 휴학을 벌이다가 퇴학당한 일이다. 보성고보로 적을 옮겨 졸업한 그는 일본으로 건너가 도시샤同志社대학 예과에 입학한다. 도시샤대학 예과를 마친 뒤에는 규슈九洲제국대학 법문학부 영문과에서 공부한다.

　학업을 마치고 돌아온 그는 한동안 일정한 직업 없이 지내는데, 이 때 요시찰 인물로 지목되어 일경의 감시 대상이 되기도 한다. 1938년께 황해도 재령의 명신중학교 교사로 임명된 그는 1939년에 서울의 무학여고로 전임해 폐결핵 증세가 깊어진 1943년 9월까지 이 학교의 교사로 재직한다.

김환태는 1934년 4월에 『조선일보』에 투고한 「문예 비평가의 태도에 대하여」를 시작으로 비평 활동에 나선다. 여러 평문을 통해 그는 당대의 주류이던 카프 진영의 계급 문학론에 반기를 든다. 그는 문학을 정치 선전의 도구로 삼는 카프의 공리주의적 문학관을 비판하며, 문학의 독립성과 순수성을 옹호한다. 비평의 목적을 "재구성적 체험"에 있다고 주장하며, 인상주의 비평의 뼈대를 세운 김환태는 1930년대의 비평 경향에 새바람을 일으킨다. 그의 비평 태도는 "비평가는 언제나 실용적 정치적 관심을 버리고 작품 그것에로 돌아가서 작자가 작품을 사상思想한 것과 똑같은 견지에서 사상하고 음미하여야 하며, 한 사상의 이해나 평가란 그 작품의 본질적 내용에 관련하여야만 진정한 이해나 평가가 된다는 것을 언제나 잊어서는 안 됩니다."라는 말 속에 잘 드러난다. 메슈 아놀드와 월터 페이터의 영향을 받은 그는 서구의 비평 이론에 정통했고, 기초적인 비평 원리에 충실하려고 애쓴다. 그는 '해외 문학파'와 가까이 지냈으며, '구인회'의 일원으로 활동하기도 한다.

1940년 김환태는 일제의 탄압에 대한 항거의 표시로 돌연 절필을 한다. 활동 기간은 6~7년밖에 되지 않지만, 문학의 입법자이기보다는 변호인을 자청한 그의 평론가로서의 입지는 뚜렷하다. 시인으로서는 정지용을, 소설가로서는 김유정을 높이 평가한 그는 현대 한국 비평 문학의 확립에 이바지한 인물이다. 김환태는 1940년 2월 『문장』에 「주제의 선택과 응시」라는 평론을 마지막으로 발표하고는 문단과 절연한 채 일제 말기를 보낸다. 그가 비평 활동을 멈추고 문단과 담을 쌓고 지낸 것은 건강이 악화된 탓도 있고, 일제의 조선어 말살 정책 등에 대한 반발 심리도 크게 작용한 것으로 알려진다. 1944년 5월 26일, 김환태는 서른다섯 살의 나이로 세상을 뜬다.

참고자료

김영진, 『김환태 전집』, 현대문학사, 1972
김윤식, 『한국 근대 문예 비평사 연구』, 한얼문고, 1973
이헌구, 「신념으로 문학을 지킨 김환태」, 『현대문학』 1963. 2.